READER'S DIGEST
AUSWAHLBÜCHER

Die Kurzfassungen in diesem Buch erscheinen
mit Genehmigung der Autoren und Verleger

102 (240)
Printed in France
ISBN 3 87070 988 X

READER'S DIGEST AUSWAHLBÜCHER

Reader's Digest

DEUTSCHLAND · SCHWEIZ · ÖSTERREICH

INHALT

Rosamunde Pilcher

Wintersonne

Elfrida Phipps hat ein bewegtes Leben als Schauspielerin hinter sich. Als ihr geliebter Partner an einer heimtückischen Krankheit stirbt, zieht sie sich in ein kleines Häuschen auf dem Lande zurück, wo sie allein und in Ruhe leben möchte. Doch dann gerät ihr guter Freund Oscar Blundell plötzlich in Not. Die warmherzige Elfrida überlegt nicht lange, sondern wirft ihr eigenes Leben über den Haufen, um zu helfen.

Lee Child

Zeit der Rache

Das FBI steht vor einem überaus rätselhaften Fall: Vier ehemalige Soldatinnen sind bizarren Ritualmorden zum Opfer gefallen. Die Frauen hatten eines gemeinsam: Sie quittierten den Dienst, nachdem man sie sexuell belästigt hatte. Und sie alle kannten Jack Reacher, den Militärpolizisten. Somit ist Reacher gezwungen, bei der Jagd nach dem Killer aufs Ganze zu gehen: um weitere Morde zu verhindern und um seinen Namen reinzuwaschen.

Seite 331

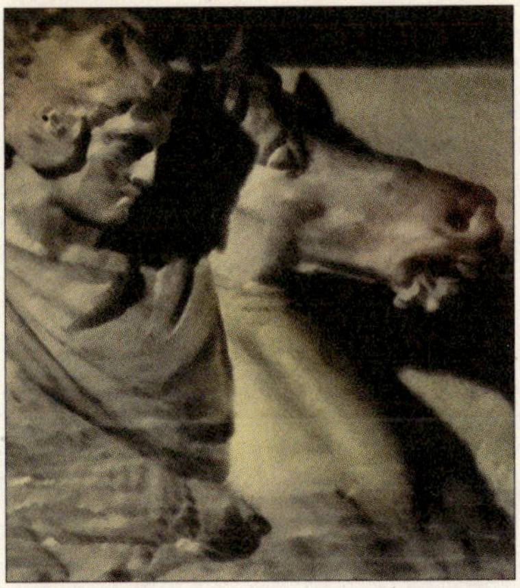

Bernard Clavel

Der Reiter vom Baikalsee

In wenigen Stunden soll Sadko, ein junger Krieger vom Baikalsee, sterben, weil er die Fähigkeiten des alten Stammesführers angezweifelt hat. Doch Sadko steht nicht allein. Eine Gruppe von Freunden bereitet den Auszug aus der Heimat vor. Gemeinsam wollen sie im tiefen sibirischen Winter in den unbekannten Westen aufbrechen. Eine lange Reise führt sie zu den Helvetiern, die mit einem unerbittlichen Gegner ringen: Gaius Julius Cäsar.

Seite 435

Sue Grafton

Kopf in der Schlinge

Ganz auf sich allein gestellt versucht die Privatdetektivin Kinsey Millhone herauszufinden, was genau den jähen Tod eines verdienten Polizisten herbeigeführt hat. Aber irgendjemandem in dem kalifornischen Provinznest Nota Lake ist dies alles andere als recht. Kinsey soll verschwinden, und zwar für immer.

Winter-
sonne
Rosamunde
Pilcher

Die fünf Menschen, die das Schicksal zur Weihnachtszeit in einem alten Haus an der schottischen Küste zusammengeführt hat, sind höchst unterschiedlich. Und dennoch entwickelt sich zwischen ihnen ein Gefühl der Zusammengehörigkeit, das ihnen neue Lebensfreude beschert.

Elfrida

Bevor Elfrida Phipps London endgültig verließ und aufs Land zog, machte sie einen Abstecher ins Tierheim nach Battersea und kehrte mit einem vierbeinigen Gefährten nach Hause zurück. Sie hatte ihn entdeckt, wie er ganz dicht am Gitter seines Zwingers saß und mit dunklen, flehenden Augen zu ihr aufsah. In dem Moment war es um sie geschehen gewesen.

Sie wollte keinen großen Hund, hatte aber auch für kläffende Schoßhündchen nichts übrig. Dieser hatte genau die richtige Größe. Eben Hundegröße.

Das dichte, weiche Fell fiel ihm teilweise über die Augen, er konnte die Ohren spitzen oder hängen lassen und triumphierend mit dem buschigen Schwanz wedeln. Sein Fell war unregelmäßig braun und weiß gescheckt. Als sie nach seinem Stammbaum fragte, meinte die Tierpflegerin, er hätte etwas vom Schottischen und etwas vom Deutschen Schäferhund und noch von etlichen anderen, nicht genauer identifizierbaren Rassen. Elfrida war es egal.

Sie machte sich mit ihrem neuen Gefährten auf den Weg. Der Hund saß aufrecht auf dem Beifahrersitz neben ihr und blickte so zufrieden aus dem Fenster ihres alten Ford Fiesta, als wäre er nie woanders gewesen.

Am nächsten Tag ging sie mit ihm zum Schneiden, Waschen und Föhnen in den Hundesalon. Frisch gewaschen und lieblich nach Zitrone duftend kehrte er nach Hause zurück und dankte ihr die zuvorkommende Behandlung mit treuer Ergebenheit. Er war ein schüchterner, eher ängstlicher Hund, aber beileibe nicht feige. Wenn es klingelte oder er einen Eindringling im Haus vermutete, bellte er einen Augenblick lang aus vollem Hals, ehe er sich in sein Körbchen zurückzog. Es dauerte eine Weile, bis sie einen Namen für ihn gefunden hatte, aber schließlich taufte sie ihn Horaz.

MIT IHREM Korb in der Hand und Horaz fest an der Leine machte Elfrida sich auf den Weg ins Dorf. Sie schloss die Haustür, ging den schmalen Gartenweg entlang und zog das Tor hinter sich zu. So spazierten die beiden durch den kleinen Ort Dibton in der Grafschaft Hampshire. Genau anderthalb Jahre war es jetzt her, dass Elfrida London verlassen hatte, um hier ein neues Leben zu beginnen. Zuerst hatte sie sich ein bisschen einsam gefühlt, aber inzwischen konnte sie sich schon gar nicht mehr vorstellen, woanders zu leben. Von Zeit zu Zeit machten sich alte Bekannte aus ihrer Theaterzeit unerschrocken auf die Reise, um ihr einen Besuch abzustatten. Sie mussten dann auf dem unbequemen Sofa in dem winzigen Zimmer schlafen, in dem ihre Nähmaschine stand – Elfrida nähte elegante Kissen für ein vornehmes Einrichtungsgeschäft in der Sloane Street, um sich ein bisschen Geld dazuzuverdienen.

Fürsorglich vergewisserten sich diese Freunde dann bei ihrer Abfahrt, ob Elfrida sich auch wohl fühlte. „Bereust du auch nichts, Elfrida? Bist du wirklich glücklich hier?“

„Natürlich“, antwortete sie dann. „Hier in Dibton will ich meinen Lebensabend verbringen.“

Inzwischen fühlte sie sich wie zu Hause. Sie kannte ihre Nachbarn, und auf der Straße begrüßten die Leute sie mit Namen. Manche Bewohner pendelten zwischen Dibton und London hin und her. Sie nahmen den Zug in die Stadt und kehrten erst spätabends zurück. Andere hatten ihr ganzes Leben in einem der kleinen Backsteinhäuser verbracht, das schon ihren Eltern und Großeltern gehört hatte. Wieder andere waren neu zugezogen, wohnten in den Neubausiedlungen am Dorfrand und arbeiteten in der Elektronikfabrik in der Nachbarstadt. Es war alles sehr anspruchslos und provinziell. Genau das, was Elfrida brauchte.

Sie ging am Pub vorbei, dem „Dibton Coachhouse“. Etwas weiter kam die Kirche mit den stattlichen Eiben und dem Friedhofstor, an dem die neuesten Gemeindenachrichten aushingen. Dahinter machte die Straße einen Bogen, und dann kam der Dorfladen. Elfrida band Horaz draußen an und ging hinein.

In dem hell erleuchteten Laden mit seiner niedrigen Decke war es angenehm warm. Die Inhaberin, Mrs Jennings, hatte erst vor wenigen Monaten moderne Verkaufsregale anfertigen lassen, sodass man nicht mehr mit einem Blick sehen konnte, wer sich im Laden befand. Und so musste Elfrida erst eine Ecke umrunden, ehe sie ihn neben der Kasse entdeckte. Oscar Blundell.

Elfrida war eigentlich aus dem Alter heraus, wo ihr Herz vor Freude einen Luftsprung machte, aber sie freute sich einfach immer, wenn sie Oscar sah. Er war einer der ersten Menschen gewesen, den sie in Dibton kennen gelernt hatte. Eines Sonntagmorgens, als sie zur Kirche gegangen war, hatte der Pfarrer, dem die Haare in der frischen Frühjahrsbrise zu Berge standen und dessen Soutane im Wind flatterte wie frisch gewaschene Wäsche auf der Leine, sie an der Tür angehalten. Er hatte sie in Dibton willkommen geheißen und ihr dann Oscar vorgestellt. „Hier kommt unser Organist“, hatte er gesagt. „Oscar Blundell. Er ist nicht unser ständiger Organist, aber er springt bereitwillig ein, wenn Not am Mann ist.“

Er war so groß wie Elfrida, was ungewöhnlich war. Mit ihrer gertenschlanken Figur und ihren ein Meter achtzig überragte Elfrida die meisten Männer, aber Oscar war auf ihrer Augenhöhe, und ihr gefiel, was sie sah. Er hatte dichtes weißes Haar, trug einen Tweedanzug und eine hübsche Krawatte dazu. Sein fester Händedruck fühlte sich gut an.

„Bewundernswert“, sagte Elfrida. „Orgel spielen zu können, meine ich. Ist das Ihr Hobby?“

„Nein, mein Job“, erwiderte er ernst. „Mein Leben.“ Und dann lächelte er, was seinen Worten alle Großspurigkeit nahm. „Es ist mein Beruf“, fügte er hinzu.

Ein oder zwei Tage später bekam Elfrida einen Anruf.

„Hallo, hier ist Gloria Blundell. Sie haben am Sonntag nach der Kirche kurz mit meinem Mann gesprochen. Dem Organisten. Hätten Sie vielleicht Lust, am Donnerstag zum Essen zu uns zu kommen? Wir wohnen in der Grange, dem roten Backsteinkasten am Ende des Dorfes.“

„Wie nett von Ihnen. Ich komme gern.“

„Wunderbar. Also bis Donnerstag. Gegen halb acht.“

„Herzlichen Dank.“ Aber der Hörer am anderen Ende der Leitung war bereits aufgelegt worden. Mrs Blundell war offenbar keine Frau, die Zeit zu verschwenden hatte.

Die Grange war das größte Haus in Dibton. Es hatte ein pompöses Eingangstor und eine repräsentative Auffahrt. Irgendwie passte beides nicht zu Oscar Blundell, darum war Elfrida sehr gespannt auf seine häusliche Umgebung. Sie fand, dass man Leute eigentlich erst richtig kennen lernte, wenn man sie in ihren eigenen vier Wänden erlebte.

Am Donnerstagmorgen ging Elfrida zum Friseur, um sich die Haare schneiden und farblich auffrischen zu lassen. Offiziell ging sie als rotblond, aber wie schon so oft geriet der Ton auch diesmal etwas zu sehr ins Orange. Elfrida zerbrach sich darüber nicht den Kopf. Es beschäftigte sie viel mehr, was sie anziehen sollte, doch schließlich entschied sie sich für einen knöchellangen geblümten Rock und eine dreiviertellange Jacke aus seegrünem Strickstoff. Wenn Elfrida etwas für ihr Selbstvertrauen tun wollte, dann wählte sie gern extravagante Kleidung. Haarfarbe, Blumenrock und Jacke hatten eine ziemlich spektakuläre Wirkung, und mit einem letzten zufriedenen Blick in den Spiegel machte sie sich auf den Weg.

Sie ging zu Fuß. Nach etwa zehn Minuten erreichte sie das pompöse Tor und ging die Auffahrt zum Haus hinauf. Sie war ausnahmsweise einmal pünktlich. Gespannt drückte sie auf die Klingel. Eine Frau in blauem Kleid und geblümter Schürze öffnete die Tür.

„Guten Abend. Mrs Phipps, ja? Treten Sie ein. Mrs Blundell kommt sofort, sie ist oben und macht sich nur noch schnell das Haar."

„Bin ich die Erste?"

„Ja, aber keine Sorge. Die anderen werden gleich hier sein. Hier entlang bitte, in den Salon …"

„Sie sind sicher Elfrida Phipps!", ertönte da eine weibliche Stimme. Elfrida hob den Blick und sah die Gastgeberin die prächtige Treppe herunterkommen. Gloria Blundell war eine stattliche, wohlproportionierte Frau. Sie trug eine schwarze Seidenhose und eine sehr schicke, bestickte seidene Jacke. In der Hand trug sie ein halb volles Glas, das nach Whisky Soda aussah.

„Ich hatte mich ein bisschen verspätet, und dann klingelte auch noch das Telefon. Guten Abend." Sie streckte die Hand aus. „Ich bin Gloria Blundell. Ich freue mich, Sie kennen zu lernen."

Sie hatte ein frisches, offenes Gesicht, hellblaue Augen und Haare, die wie Elfridas vermutlich gefärbt waren, aber in diskreterem, sanftem Blond.

„Wie nett, dass Sie mich eingeladen haben."

„Kommen Sie und wärmen Sie sich auf. Danke, Mrs Muswell."

Elfrida folgte ihr in einen großen, im Stil der Dreißigerjahre getäfelten Raum mit einem riesigen Backsteinkamin, in dem ein Holzfeuer brannte. Der Raum war mit üppig gepolsterten, gemusterten Sofas und Sesseln möbliert. Die pflaumenblauen Samtportieren waren mit goldener Tresse besetzt, und auf dem Teppichboden lagen überall dicke, farbenprächtige Perserteppiche. Alles strahlte eine Atmosphäre von Wärme und heiterem Wohlbehagen aus.

„Wohnen Sie schon lange hier?“, fragte Elfrida.

„Seit fünf Jahren. Ich habe das Haus von einem alten Onkel geerbt. Ich war schon als Kind immer gern hier.“

„Und wo haben Sie vorher gewohnt?“

„In London. Ich hatte ein Haus in Elm Park Gardens.“ Gloria ergriff ihr Glas, nahm einen kräftigen Schluck und stellte es wieder ab. „Was kann ich Ihnen anbieten? Sherry oder lieber Gin Tonic? St. Biddulph, die Kirche, in der Oscar Organist war, lag nur etwa zehn Minuten entfernt. Wenn ich dieses Haus nicht geerbt hätte, wären wir wahrscheinlich dort geblieben, aber unsere Tochter Francesca ist jetzt zwölf, und ich war immer dafür, dass Kinder auf dem Land aufwachsen. Wo Oscar nur bleibt? Er sollte sich eigentlich um die Getränke kümmern. Entschuldigung, haben Sie Sherry oder Gin Tonic gesagt?“

Elfrida sagte Gin Tonic und sah zu, wie Gloria Blundell ihr den Drink einschenkte. Dann goss Gloria sich selbst einen tüchtigen Schuss Scotch nach.

„Bitte schön. Aber nun setzen Sie sich und erzählen Sie mir von Ihrem kleinen Haus.“

Elfrida machte es sich in einem der Sessel bequem. „Na ja…, es ist klein.“

Gloria lachte und setzte sich ebenfalls. „Poulton's Row, ja? Die Häuser wurden damals für die Eisenbahner gebaut. Ist es schrecklich beengt?“

„Eigentlich nicht. Ich habe nicht viele Möbel, und Horaz und ich brauchen nicht viel Platz. Horaz ist mein Hund.“

„Ich muss mal vorbeikommen. Bin seit meiner Kindheit nicht mehr in diesen kleinen Häuschen gewesen. Und was machen Sie?“

„Wie bitte?“

„Gartenarbeit? Golf? Wohltätigkeitsvereine?“

Elfrida zögerte. Sie hatte so ihre Erfahrungen mit dominanten Frauen. „Ich versuche den Garten in Ordnung zu bringen“, antwortete sie vorsichtig.

„Reiten Sie?“

„Ich habe noch nie auf einem Pferd gesessen.“

„Ich bin viel geritten, als meine Söhne noch klein waren, aber das ist lange her. Francesca hat ein kleines Pony, aber ich glaube, sie macht sich nicht viel draus.“

„Sie haben auch Söhne?"

„O ja. Erwachsen und beide verheiratet. Oscar ist mein zweiter Mann. Wir kannten Oscar schon seit Jahren, weil wir in St. Biddulph am Raleigh Square zur Kirche gegangen sind. Er hat beim Begräbnis meines Mannes wunderschön Orgel gespielt. Als wir dann heirateten, sind meine Freunde aus allen Wolken gefallen. Der ‚alte Junggeselle', haben sie gesagt. ‚Weißt du auch, worauf du dich einlässt?'"

Elfrida hörte fasziniert zu. „War Ihr Mann sein Leben lang Musiker?"

„Immer. Er hat Musik studiert und danach am Goodridge College unterrichtet. Er war viele Jahre Chorleiter und Organist dort, bevor er dann Organist in St. Biddulph wurde. Ich glaube, sie hätten ihn mit den Füßen voran hinaustragen müssen, aber dann ist mein Onkel gestorben, und das Schicksal hat es anders gewollt."

Oscar Blundell tat Elfrida ein bisschen Leid. „Ist es ihm sehr schwer gefallen, London zu verlassen?"

„Um Francescas willen hat er das Opfer bereitwillig auf sich genommen. Und hier hat er sein Musikzimmer und gibt Privatunterricht. Musik ist nun mal sein Leben. Er freut sich, wenn in Dibton Not am Mann ist und er sonntagmorgens beim Gottesdienst spielen kann. Und natürlich schleicht er dauernd heimlich hinüber, um in aller Ruhe üben zu können."

Die Tür zum Flur war aufgegangen, und Gloria drehte sich im Sessel um. „Ach, da bist du ja, mein Lieber. Wir sprechen gerade von dir."

DIE ÜBRIGEN Gäste trafen alle auf einmal ein und füllten die Eingangshalle mit Stimmengewirr. Die Dinnerparty nahm ihren Lauf. Es war ein formvollendeter Abend, üppig und traditionell, mit ausgezeichnetem Essen und einer Reihe erlesener Weine. Sie aßen geräucherten Lachs und einen appetitlich angerichteten Lammbraten, es gab drei verschiedene Desserts und anschließend einen blau geäderten Stilton. Als schließlich Portwein gereicht wurde, winkte Elfrida ab und schenkte sich Wasser aus einer Kristallkaraffe ein, während die anderen Frauen ihren Port genossen – allen voran Gloria Blundell. Doch obwohl sie viel trank, merkte man ihr nichts an, und als Mrs Muswell den Kopf durch die Tür steckte und verkündete, dass der Kaffee im Salon serviert sei, ging die Gastgeberin mit festem Schritt aus dem Esszimmer und durch den Flur voran.

Die Gesellschaft gruppierte sich zwanglos um den Kamin. Elfrida nahm ihre Tasse Kaffee vom Tablett und sah aus dem Fenster. Über einer knospenden Buche war am Himmel der erste Stern zu sehen. Elfrida nahm auf der breiten Fensterbank Platz und genoss den Blick auf den Garten.

Nach einer Weile gesellte sich Oscar Blundell zu ihr. „Fühlen Sie sich nicht wohl?“, fragte er.

„Doch. Aber was für ein herrlicher Abend. Und Ihre Osterglocken sind schon im Kommen.“

„Haben Sie etwas für Gärten übrig? Wollen wir einen kleinen Rundgang zusammen machen? Noch ist es nicht dunkel.“

Sie warf einen Blick auf die anderen, die es sich in lebhaftem Gespräch in den tiefen Sesseln bequem gemacht hatten.

„Ja, sehr gern. Aber ich möchte nicht unhöflich erscheinen.“

„Keine Sorge.“ Er nahm ihr die Tasse aus der Hand und stellte sie aufs Tablett. „Mrs Phipps und ich machen einen kleinen Gang durch den Garten.“

„Aber gib ihr etwas zum Überziehen“, meinte Gloria. „Es ist kühl und feucht draußen…“

Im Flur nahm Oscar Blundell einen dicken Lammfellmantel von einem Stuhl. „Er gehört Gloria. Nehmen Sie ihn.“ Fürsorglich legte er Elfrida den warmen Mantel um die Schultern. Dann traten sie in die kühle Frühlingsluft hinaus.

Sie wanderten nebeneinanderher. Die Rasenfläche wurde von einer bewachsenen Mauer abgeschlossen, hinter der sich ein Rosengarten mit beschnittenen, sorgfältig gedüngten Sträuchern befand, die im Sommer ihre ganze Pracht entfalten würden.

„Ist das alles Ihr Werk?“

„Nein. Ich mache die Planung, aber ich habe einen Gärtner.“

Einträchtig schlenderten sie einen breiten, kiesbestreuten Gartenpfad entlang.

„Ich hoffe, Sie haben sich beim Essen nicht ausgeschlossen gefühlt“, sagte er.

„Ganz und gar nicht. Ich habe mich sehr gut unterhalten. Ich höre gern zu.“

„Das Leben in der Provinz. Es wimmelt nur so von Intrigen.“

„Vermissen Sie London?“

„Gelegentlich sehr. Konzerte und Opern. Und St. Biddulph, meine Kirche.“

„Sind Sie ein gläubiger Mensch?“, fragte Elfrida unvermutet.

„Ich weiß es nicht. Ich hatte mein ganzes Leben lang mit klassischer

Kirchenmusik zu tun, und ich kann mir nicht vorstellen, in einer Welt zu leben, in der ich niemandem zu danken hätte."

„Meinen Sie für alle guten Dinge im Leben?"

„Genau."

„Ich bin kein gläubiger Mensch, aber ich weiß, was Sie meinen. Ich bin am Sonntagmorgen nur zur Kirche gegangen, weil ich mich ein bisschen verlassen fühlte und Leute um mich haben wollte. Mit der herrlichen Musik hatte ich gar nicht gerechnet."

„Die Orgel ist ganz neu."

Eine Weile gingen sie schweigend nebeneinanderher. „Gehört das auch zu den guten Dingen? Die neue Orgel?"

Er lachte. „Ja, natürlich gehört die dazu."

„Was sonst noch?"

Er antwortete nicht gleich. Sie dachte an sein Familienleben, seine Frau, sein großzügiges Haus, sein Musikzimmer, seine Freunde. Sie hätte gern gewusst, wie Oscar dazu gekommen war, Gloria zu heiraten. Hatte er genug gehabt vom Dasein als Junggeselle? Und sich vorsichtshalber mit der wohlhabenden Witwe, der perfekten Gastgeberin, der guten Freundin liiert? Oder war sie es gewesen, die ihm nachgestellt und den Entschluss gefasst hatte? Wie dem auch war, es schien zu funktionieren.

„Ich habe spät geheiratet, und irgendwie bin ich nie auf den Gedanken gekommen, dass ich auch eigene Kinder haben könnte. Als Francesca geboren wurde, war ich einfach fassungslos, nicht nur darüber, dass sie da war, ein winziges menschliches Wesen, sondern auch noch so wunderschön. Und so vertraut. Als hätte ich sie mein Leben lang gekannt. Ein echtes Wunder. Jetzt ist sie zwölf, und ich kann mein Glück noch immer nicht fassen."

„Ich würde sie gern kennen lernen."

„Das lässt sich sicher einrichten. Sie mögen sie sicher. Als Gloria diesen riesigen Kasten geerbt hat, wollte ich zuerst nicht aus London weg, aber Francescas wegen habe ich schließlich nachgegeben. Sind Sie auch aus London geflohen?"

„Ja. Ich habe mein ganzes Leben dort verbracht. Ich war beim Theater – sehr zum Leidwesen meiner Eltern. Aber ich hatte schon immer meinen eigenen Kopf."

„Also Schauspielerin. Das hätte ich mir denken können."

„Und Sängerin. Und Tänzerin. In Revuen und amerikanischen Musicals. Ich war immer die Lange in der hintersten Reihe. Und dann jahrelang Engagements und Tourneen und kleine Rollen im Fernsehen. Nichts sonderlich Berühmtes."

„Treten Sie immer noch auf?"

„Großer Gott, nein. Ich habe den Beruf schon vor Jahren an den Nagel gehängt. Ich war mit einem Schauspieler verheiratet, aber die Ehe ist schief gegangen. Meine zweite Ehe leider auch."

„War Ehemann Nummer zwei auch Schauspieler?" Oscars Stimme klang eher belustigt, und genau das hatte Elfrida beabsichtigt. Sie sprach selten über ihre Ehen und fand, dass Katastrophen ohnehin nur erträglich waren, wenn man darüber lachte.

„Nein, nein, er war Geschäftsmann. Er war der Meinung, dass ein Mann seine ehelichen Verpflichtungen bereits erfüllt hat, wenn er seiner Frau ein Zuhause bietet und ihr von Zeit zu Zeit etwas Haushaltsgeld in die Hand drückt."

„Nun ja", sagte Oscar. „Eine alte Tradition, die sich über Jahrhunderte bewährt hat. Nur nannte man es damals Sklaverei."

Elfrida lachte. „Mein sechzigster Geburtstag war der schönste Tag meines Lebens. Ich bekam meinen Rentenausweis und zum ersten Mal Geld, ohne einen Finger dafür krumm zu machen. Es war einfach herrlich."

„Haben Sie Kinder?"

„Nein. Keine Kinder."

„Sie haben mir noch immer nicht erklärt, warum Sie ausgerechnet in dieses Dorf gezogen sind."

Elfrida drehte sich zum Haus um und sah zu den erleuchteten Fenstern hinüber. „Ich habe hier noch mit niemandem darüber gesprochen", sagte sie. „Es gab noch einen Mann. Einen einzigartigen, liebenswerten, geistreichen, einfach vollkommenen Mann. Auch Schauspieler, aber diesmal ein erfolgreicher und berühmter, dessen Namen ich nicht nennen möchte. Wir haben drei Jahre zusammen in seinem kleinen Haus in Barnes gelebt, aber dann bekam er die Parkinsonsche Krankheit. Zwei Jahre später starb er. Es war sein Haus, also musste ich mich nach einer neuen Bleibe umsehen. Ich sah die Anzeige für das Häuschen in der Poulton's Row. Ich habe nicht viel Geld, aber dafür reichte es gerade. Ich habe meinen Hund Horaz mitgebracht, der mir Gesellschaft leistet, und ich habe meine Rente. Nebenbei nähe ich Kissen für ein ziemlich vornehmes Einrichtungsgeschäft in London. Ich habe immer gern genäht, und die Arbeit mit den kostspieligen Stoffen macht mir Spaß." Es klang alles sehr banal. „Ich weiß nicht, warum ich Ihnen das alles erzähle. Es klingt nicht sehr interessant."

„Ich finde es faszinierend."

„Ich weiß nicht recht, warum. Aber es ist nett, dass Sie das sagen." Inzwischen war es ganz dunkel geworden. Zu dunkel, um seinen Gesichtsausdruck zu erkennen. „Ich glaube, es wird langsam Zeit, dass wir wieder hineingehen."

„Ja, Sie haben Recht."

„Ihr Garten gefällt mir. Irgendwann würde ich ihn gern einmal bei Tag besichtigen."

AM FOLGENDEN Sonntagmorgen regnete es, ein regelrechter Landregen, der gegen die Fenster von Elfridas Cottage trommelte. Sie beschloss, den Morgen warm, gemütlich und faul mit Lesen zu verbringen.

Kurz nach elf wurde sie durch das Läuten ihrer Türglocke aufgeschreckt. Horaz bellte ein paar Mal. Eher überrascht als beunruhigt ging Elfrida zur Haustür und öffnete. Draußen stand ein kleines Mädchen in Jeans und Turnschuhen und einem klitschnassen Anorak. Das kupferfarbene Haar war zu Zöpfen geflochten und das sommersprossige Gesicht von der frischen, feuchten Frühjahrsluft rosig angehaucht.

„Mrs Phipps?", fragte sie. Sie trug eine Zahnspange.

„Ja?"

„Ich bin Francesca Blundell. Meine Mutter möchte wissen, ob Sie an solch einem schrecklichen Tag nicht zum Mittagessen kommen wollen?"

„Aber ich war doch gerade erst zum Essen bei euch..."

„Genau das würden Sie sagen, hat sie gesagt. Sie wollte Sie anrufen. Aber ich hab gesagt, ich nehme mein Fahrrad."

„Du bist mit dem Rad hier? Komm lieber rein, bevor du ertrinkst."

„Vielen Dank." Francesca folgte der Einladung ohne Zögern.

Elfrida schloss die Tür. „Dies ist mein Hund, Horaz."

„Ist der süß! Darf ich meinen Anorak ausziehen?"

„Ja, natürlich."

Francesca entledigte sich ihrer Jacke und hängte sie über den Pfosten am Ende des Treppengeländers. Dann sah sie sich um. „Ich fand diese kleinen Häuser immer so niedlich, aber ich war noch nie in einem drin. Deshalb bin ich mit dem Rad hergekommen. Wo geht die Tür hin?"

„In die Küche. Komm, ich zeig sie dir." Elfrida ging voran. Ihre Küche war nicht größer als eine Schiffskombüse.

„Wie gemütlich! Und was ist oben?"

„Ein winziges Badezimmer, ein Schlafzimmer und ein Arbeitsraum, in dem ich nähe. Und wenn ich Gäste habe, müssen sie dort schlafen."

„Ich finde, es ist genau richtig für eine Person. Und einen Hund natürlich. Wie ein Puppenhaus. Aber jetzt muss ich wieder los. Vielen Dank, dass ich mir Ihr Haus ansehen durfte."

„Gern geschehen. Und vielen Dank für die freundliche Einladung."

„Mami hat gesagt, um Viertel vor eins."

„Ich bin pünktlich zur Stelle! Vielen Dank für deinen Besuch."

„Ich komme wieder", versprach Francesca.

OSCAR, Gloria und Francesca waren Elfridas erste Freunde in Dibton. Durch sie lernte sie andere Leute kennen – die alteingesessenen Foubisters, die im Park ihres weitläufigen Landhauses die Kirchengemeinde zum alljährlichen Sommerfest einluden, oder den pensionierten Fregattenkapitän Burton-Jones und die reiche Familie Dunn. Sie waren alle sehr liebenswürdig und entgegenkommend, aber keinen von ihnen fand Elfrida so interessant und anregend wie die Blundells. Sie waren nach kurzer Zeit per du, und Elfrida kam es vor, als hätten sie sich schon immer gekannt. Sie verbrachte Weihnachten und Silvester bei ihnen, und als sie selbst ihre erste kleine Party für all ihre neuen Freunde gab, erbot Oscar sich, die Getränke zu servieren.

Allerdings hatte alles seine Grenzen. Es ging nicht anders, wenn Elfrida sich von den Blundells nicht vereinnahmen lassen und ihnen verpflichtet sein wollte. Elfrida hatte London verlassen, um ihr eigenes Leben zu leben, und wusste, dass es nur zu leicht war, im Kielwasser von Glorias unerschöpflicher gesellschaftlicher Energie mitzuschwimmen. Darum hielt sie sich von Zeit zu Zeit bewusst zurück und blieb für sich. Manchmal verfrachtete sie Horaz auf den Rücksitz ihres alten Autos und fuhr mit ihm irgendwohin, wo niemand sie kannte und wo sie zwischen grasenden Schafen einen Hügel erklimmen und das kostbare Alleinsein genießen konnte.

Bei solchen Gelegenheiten dachte sie manchmal über ihre Beziehung zu den Blundells nach. Oscar Blundell war ihr enorm sympathisch, und seit ihrer ersten Begegnung draußen vor der Kirche hatte sie seine Gesellschaft immer mehr schätzen gelernt. Elfrida war durchaus keine Frau, die übertrieben hohe moralische Maßstäbe anlegte. Schließlich war der geliebte Mann, mit dem sie zusammengelebt hatte, der Ehemann einer anderen Frau gewesen. Aber Elfrida hatte diese Frau nie kennen gelernt, und die Ehe war bereits gescheitert, als Elfrida und er sich gefunden hatten, deshalb hatte sie auch nie ein schlechtes Gewissen gehabt.

Längst nicht so unverfänglich war es, wenn eine allein stehende Frau wie sie von einer netten Freundin unter die Fittiche genommen wurde und sich dann mit dem Ehemann dieser Freundin einließ. Ein Drama dieser Art hatte Elfrida in ihrem Leben mehr als einmal beobachten müssen. Es war immer furchtbar gewesen, und sie wollte es auf keinen Fall so weit kommen lassen.

Die zwölfjährige Francesca Blundell war genau die Tochter, die Elfrida sich gewünscht hätte. Sie war unabhängig und offen. Dabei hatte sie einen so ausgeprägten Sinn für Humor, dass Elfrida gelegentlich Tränen lachte. Francesca war eine richtige Leseratte, was ihre lebhafte Fantasie noch zusätzlich beflügelte. In den Schulferien tauchte sie oft in der Poulton's Row auf, um mit Horaz zu spielen oder Elfrida endlose Fragen zu stellen über ihre Theatervergangenheit, die sie ungemein faszinierend fand.

Ihr Verhältnis zu ihrem Vater war sehr eng und liebevoll. Hinter der geschlossenen Tür des Musikzimmers konnte man die beiden vierhändig auf seinem Klavier spielen hören, und an Winterabenden saßen sie eng aneinander gekuschelt in seinem riesigen Ohrensessel, und Oscar las ihr vor.

Gloria Blundell hatte mehr mit Männern im Sinn und deshalb ein engeres Verhältnis zu ihren erwachsenen Söhnen als zu ihrer spät geborenen Tochter. In Glorias Augen schienen die beiden über jeden Tadel erhaben zu sein. Elfrida hatte die Söhne Giles und Crawford Bellamy mit ihren eleganten Frauen hin und wieder am Wochenende in der Grange erlebt. Sie hatte den Eindruck, dass keiner der Brüder sie sonderlich mochte, aber da sie die beiden auch nicht besonders sympathisch fand, spielte es keine Rolle. Elfrida hatte das Gefühl, dass Francesca Gloria nicht so beanspruchte und ausfüllte wie ihr Haus, ihr Freundeskreis und ihre Partys. Für Gloria war es sehr wichtig, im Mittelpunkt zu stehen.

Nur ein einziges Mal hatte Elfrida Glorias Gunst eingebüßt. Es war auf einer förmlichen Dinnerparty bei den Foubisters gewesen. Es hatte ein herrliches Essen gegeben mit brennenden Kerzen, funkelndem Silber und einem betagten Butler, der bei Tisch servierte. Anschließend hatte Oscar sich an den Flügel gesetzt und Chopin gespielt. Als er fertig gewesen war, hatte er Elfrida gebeten, etwas für sie zu singen.

In ihrer Verlegenheit hatte sie heftig protestiert. Sie hatte seit Jahren nicht mehr gesungen und wusste, dass ihre Stimme etwas eingerostet war. Doch dann hatte sie bemerkt, dass Gloria sie missbilligend anblickte. Gloria wollte nicht, dass sie sang. Sie wollte nicht, dass sie neben Oscar stand, um die Abendgesellschaft zu unterhalten. Sie war nicht daran interessiert, dass andere die Aufmerksamkeit auf sich zogen.

Elfrida, die sich noch nie hatte einschüchtern lassen, hatte sich durch das gute Essen und den erlesenen Wein ermutigt gefühlt. Sie war Glorias drohendem Unmut mit einem Lächeln begegnet, hatte Oscar angesehen und ihm zugenickt. „Wenn du es wünschst", sagte sie, „mit Vergnügen ..."

„Was möchtest du singen?"

Sie schlug einen alten Rodgers-und-Hart-Song vor. Er schlug ein paar Akkorde an. Es war lange her. Sie stellte sich in Positur, holte tief Luft und begann. „I took one look at you, that's all I had to do." Ihre Stimme war mit der Zeit etwas dünn geworden, aber es fiel ihr nicht schwer, die Melodie zu halten. „And then my heart stood still." Auf einmal überkam sie ein unerklärliches Glücksgefühl, sie fühlte sich wieder jung, wie sie neben Oscar stand und gemeinsam mit ihm den Raum mit der Musik ihrer Jugend füllte.

Danach beglückwünschten alle Elfrida zu ihrem Auftritt, nur Gloria saß da mit ihrem Brandy in der Hand und schwieg. Als es Zeit war aufzubrechen, begleitete Sir Edwin Foubister seine Gäste nach draußen, wo Glorias Sportwagen geparkt war. Elfrida nahm auf dem Rücksitz Platz, während Oscar sich so schnell hinters Steuer setzte, dass Gloria gezwungen war, in ihrem eigenen Auto mit dem Beifahrersitz vorlieb zu nehmen. Elfrida stutzte, doch dann erkannte sie die traurige Wahrheit. Gloria Blundell trank zu viel. Sie war zwar nie außer Gefecht und hatte nie einen Kater. Aber sie trank zu viel. Und Oscar wusste es.

OSCAR. Da stand er vor ihr in Mrs Jennings' Laden an einem grauen Oktobernachmittag und holte seine Zeitungen ab.

Mrs Jennings blickte auf. „Tag, Mrs Phipps."

Mit dem Wechselgeld in der Hand drehte Oscar sich um und sah sie. „Elfrida. Guten Tag. Wie geht's?"

„Ach, ganz gut. Aber ich habe dieses Wetter langsam satt." Elfrida legte ihre Einkäufe auf den Tresen, damit Mrs Jennings die Preise in ihre Kasse tippen konnte.

„Wenn du möchtest, dann fahre ich dich nach Hause", meinte Oscar.

„Das wäre nett, aber ich habe Horaz bei mir."

„Er kann doch mitfahren. Danke, Mrs Jennings, und auf Wiedersehen."

„Tschüs, Mr Blundell. Grüßen Sie Ihre Frau."

Elfrida band Horaz los, und die drei wanderten um die Ecke, wo Oscar seinen alten Wagen geparkt hatte. Elfrida stieg ein, Horaz hüpfte hinterher und setzte sich zwischen ihre Knie auf den Boden.

„Nachmittags rechne ich nie damit, jemanden im Laden zu treffen", sagte sie, während Oscar den Wagen anließ. „Plauderstündchen ist dort immer morgens. Dann hört man den neuesten Klatsch und Tratsch."

„Ich weiß. Aber Gloria ist in London, und ich hatte die Zeitungen vergessen. Ich muss sie heute Abend um halb sieben vom Zug abholen."

„Möchtest du bei mir noch eine Tasse Tee trinken?"

„Da bin ich nicht abgeneigt."

Er fuhr die Hauptstraße entlang, bog in die Poulton's Row ein und parkte vor Elfridas Haus. Sie stiegen aus. Von seiner Leine befreit, sprang Horaz munter voraus, und Elfrida folgte ihm mit ihrem Korb in der Hand. Sie machte die Tür auf.

„Schließt du gar nicht ab?", fragte Oscar.

„Nicht für einen Gang ins Dorf. Es gibt sowieso nichts zu stehlen bei mir. Komm rein." Sie ging durch die Küche und stellte den Korb auf den Tisch, bevor sie den Wasserkessel füllte und aufsetzte.

Oscar sah sich im Zimmer um. „Du hast wirklich etwas aus diesem Häuschen gemacht."

„Ach, Oscar, es ist ein einziger Kuddelmuddel. Ich kann mich schwer von Dingen trennen. Und es gibt einige Kleinigkeiten, die ich schon seit Jahren mit mir herumschleppe, seit der Zeit, als ich noch beim Theater und auf Tournee war. Ein Seidenschal und etwas Nippes haben mir damals so manche Unterkunft erträglicher gemacht."

„Mir gefällt die kleine Reiseuhr."

„Die ist immer mit mir gereist."

„Sieht aus, als sei sie viel benutzt worden."

„Abgenutzt kommt der Wahrheit wohl näher. Ich habe sie schon seit Jahren. Ein alter Patenonkel hat sie mir vererbt. Aber das einzig Wertvolle, das ich besitze, ist das kleine Bild dort drüben. Jedenfalls glaube ich, dass es wertvoll ist."

Es hing neben dem Kamin, und Oscar setzte seine Brille auf, um das Gemälde genauer anzusehen. „Wo hast du das her?", fragte er.

„Ein Geschenk von einem Schauspieler. Wir spielten beide in einer

Neuinszenierung von ‚Heufieber' in Chichester, und am Ende der Spielzeit hat er mir das Bild geschenkt. Zum Abschied. Er hatte es in einem Trödelladen gekauft, und ich glaube nicht, dass er viel dafür bezahlt hat, aber er war sehr aufgeregt, weil er sicher war, dass es ein David Wilkie ist."

„Sir David Wilkie?" Oscar runzelte die Stirn. „Ein wertvoller Besitz. Und so ein Bild hat er dir einfach so geschenkt?"

„Vielleicht als Dank fürs Sockenstopfen?", gab Elfrida ausweichend zurück.

Oscar wandte sich wieder dem Bild zu. Es war nicht groß, nur knapp dreißig Zentimeter hoch, und zeigte ein älteres Paar, das im Stil des 18. Jahrhunderts gekleidet war. Es saß an einem Tisch, auf dem eine riesige, ledergebundene Bibel lag. Der Hintergrund war dunkel gehalten, ebenso wie die Kleidung des Mannes. Die Frau dagegen trug ein rotes Kleid, ein kanariengelbes Schultertuch und eine gerüschte, mit Bändern besetzte Haube.

„Ist das Bild versichert?"

„Es ist meine Versicherung. Für schlechte Zeiten. Wenn ich einmal mit ein paar Plastiktüten voll Habseligkeiten auf der Straße sitze, dann, und nur dann, werde ich es vielleicht verkaufen."

In diesem Augenblick pfiff der Wasserkessel. Oscar folgte Elfrida in die Küche und sah zu, wie sie in einer runden braunen Teekanne den Tee zubereitete und auf den Tisch stellte.

Er nahm Platz. Sie setzte sich ihm gegenüber an den Tisch und schnitt etwas Honigkuchen auf. Dann sah sie ihn an. „Ich fahre weg, Oscar."

Er sah sie erschrocken an. „Für immer?"

„Natürlich nicht für immer."

Seine Erleichterung war nicht zu übersehen. „Gott sei Dank. Du hast mir vielleicht einen Schreck eingejagt!"

„Der Herbst deprimiert mich immer. Diese Zeit zwischen Sommer und Weihnachten ist weder Fisch noch Fleisch. Und außerdem habe ich bald wieder Geburtstag. Zweiundsechzig. Noch deprimierender. Ich brauche einen Tapetenwechsel."

„Sehr vernünftig. Das wird dir gut tun. Wohin fährst du?"

„Ans äußerste Ende von Cornwall. Ich habe dort einen Vetter. Er heißt Jeffrey Sutton und ist zwei Jahre jünger als ich. Wir waren immer gute Freunde."

Oscar schüttelte den Kopf. „Ich wusste gar nicht, dass du einen Vetter hast. Oder überhaupt Verwandte."

„Ich bin ein bisschen verwaist. Aber an Jeffrey hat mir immer viel gelegen, und wir sind immer in Kontakt geblieben."

„Ist er verheiratet?"

„Ja, inzwischen zum zweiten Mal. Seine erste Frau war furchtbar egozentrisch. Er hatte zwei Töchter mit ihr und litt stumm und ergeben, bis die Mädchen erwachsen waren und er einen Schlussstrich unter das ganze Kapitel ziehen konnte. Als die Scheidung überstanden war, heiratete er Serena, eine junge Frau, die er schon seit Jahren kannte, und sie gründeten eine neue kleine Familie. Ein Junge und ein Mädchen. Sie leben von der Hand in den Mund, haben Hühner und beherbergen Sommergäste."

„Und die Töchter? Was ist aus denen geworden?"

„Ich habe sie ganz aus den Augen verloren. Die Ältere heißt Nicola. Sie hat geheiratet und hat ein Kind, glaube ich. Sie fühlte sich immer benachteiligt. Ich glaube, sie war schrecklich eifersüchtig auf Carrie."

„Ist Carrie ihre Schwester?"

„Ja, genau. Vor ungefähr zehn Jahren, als ich mich einer Operation unterziehen musste, hat sie sechs Wochen bei mir gewohnt und mich gepflegt. Wir haben uns glänzend verstanden. Sie muss jetzt ungefähr dreißig sein."

„Ist sie verheiratet?"

„Ich glaube nicht. Als ich das letzte Mal von ihr hörte, arbeitete sie für ein großes Reiseunternehmen in Österreich. Wintersport, sie sorgte dafür, dass alle Touristen im richtigen Hotel untergebracht waren. Sie war immer eine begeisterte Skiläuferin."

Sie goss ihm Tee ein. „Du siehst also, ich habe auch ein paar Verwandte." Sie sah ihn lächelnd an. „Und du? Wie sieht es bei dir aus?"

„Ich hatte eine schottische Großmutter. Kann die sich sehen lassen?"

„Eine schottische Großmutter! Das ist schon was."

„Sie hatte ein riesiges Gut in Sutherland, mit Haus und ausgedehntem Landbesitz. Ich habe jedes Jahr die Sommerferien bei ihr verbracht. Aber sie starb, als ich sechzehn war, und seitdem bin ich nie wieder dort gewesen."

„Und wie hieß das Gut?"

„Corrydale. Sehr gemütlich. Gewaltige Mahlzeiten, und überall lagen Gummistiefel und Angelruten im Haus herum. Meine Großmutter hatte keinerlei Allüren und war außerordentlich begabt."

„Inwiefern?"

„Sie verstand zu leben. Außerdem war sie eine erstklassige Pianistin, und es gab immer Musik auf Corrydale. Ich glaube, ich habe das bisschen Talent, das ich besitze, von ihr geerbt."

„Was hast du sonst noch getrieben im hohen Norden?"

„Ich war nachts unterwegs und habe Kaninchen gejagt. Tagsüber wurden Forellen geangelt. Und Golf gespielt. Meine Großmutter war eine passionierte Golfspielerin. Wenn es warm genug war, bin ich mit dem Fahrrad an den Strand gefahren und habe mich in die Nordsee gestürzt. Doch dann starb meine Großmutter. Der Krieg kam, und mein Onkel Hector übernahm das Gut."

„Hat er dich in den Sommerferien nicht mehr eingeladen?"

„Die Zeiten waren vorbei. Ich war sechzehn. Ein paar Jahre später fing ich mit meinem Musikstudium an."

„Lebt er noch dort? Der Onkel, meine ich."

„Nein, er wohnt jetzt in London. Er ist ziemlich alt inzwischen."

„Und Corrydale?"

„Er hat es seinem Sohn Hughie McLennan vermacht. Meinem Vetter. Einem farblosen Typen, der nichts anderes im Kopf hatte, als auf großem Fuß zu leben. Hughie fand irgendwann, dass das Leben in Schottland nicht nach seinem Geschmack war, verkaufte alles und verzog sich nach Barbados. Soweit ich weiß, ist er noch immer dort. Wir konnten uns nie so recht leiden."

„Also ist alles verkauft, und du bist nie wieder dort gewesen?"

Er lehnte sich im Stuhl zurück. „Ja. Aber als meine Großmutter starb, hat sie Hughie und mir ein Haus vererbt. Vielleicht sollte ich mal hinfahren."

„Ist das Haus groß?"

„Nicht besonders. Es steht mitten in Creagan, der kleinen Stadt in der Nähe von Corrydale. Früher war die Gutsverwaltung darin untergebracht, aber jetzt ist es ein Wohnhaus."

„Wie aufregend. Ich wünschte, ich hätte ein Haus in Schottland."

„Ein halbes. Eines Tages wird Hughie mich wahrscheinlich auszahlen wollen oder vorschlagen, dass ich ihn auszahle. Aber ich lasse mir keine grauen Haare darüber wachsen. Also, wann brichst du auf nach Cornwall?"

„Nächsten Donnerstag."

„Und für wie lange?"

„Einen Monat."

„Wir werden dich vermissen", sagte Oscar, und es tat ihr gut, dass er das sagte.

ELFRIDA verbrachte vier herrliche Wochen in Cornwall, und als der Tag ihrer Rückkehr nach Dibton gekommen war, konnte sie es kaum fassen, wie schnell die Zeit vergangen war. Natürlich versuchten Jeffrey und Serena sie zu überreden, länger zu bleiben, aber Elfrida wollte nach Hause. Herzlich verabschiedete sie sich von Jeffrey, Serena und den Kindern und machte sich auf den Heimweg.

Während der langen Autofahrt war sie in Gedanken schon wieder in Dibton. Sie malte sich aus, wie sie in der Grange anrufen würde, um sich aus dem Urlaub zurückzumelden. Sie stellte sich vor, wie Gloria über ihre Rückkehr in Freudenschreie ausbrechen und sie umgehend einladen würde. Doch zu Hause warteten nicht nur alte Freunde auf sie, sondern auch ein leerer Kühlschrank. Noch bevor sie in die Poulton's Row fahren konnte, musste sie daher zuerst ein paar Einkäufe machen. Als sie Dibton erreichte, fuhr Elfrida also direkt zu Mrs Jennings' Laden, parkte und betrat das Geschäft. Sie ergriff einen Drahtkorb, ging an den Regalen entlang und nahm, was sie brauchte. Schließlich stand sie vollbepackt am Tresen. Mrs Jennings blickte auf.

„Mrs Phipps! Das ist aber eine Überraschung. Ich habe Sie seit Wochen nicht gesehen. Hatten Sie einen schönen Urlaub?"

„Er war wunderbar. Ich bin gerade erst zurückgekommen. Ich war noch nicht mal zu Hause, weil ich zuerst etwas zu essen einkaufen musste." Sie stellte den Korb auf den Tresen und langte nach dem *Daily Telegraph*. „Sie werden es nicht glauben, aber ich habe seit einem Monat keine Zeitung gelesen. Und ehrlich gesagt, habe ich es nicht mal vermisst."

Elfrida blickte auf und sah, dass Mrs Jennings sie anstarrte, sich auf die Lippen biss und offenbar etwas auf dem Herzen hatte. „Ist etwas passiert, Mrs Jennings?"

„Sie wissen es also noch nicht?"

Elfrida hatte plötzlich einen trockenen Mund. „Was denn?"

„Mrs Blundell. Sie ist tot. Ein Autounfall am Kreisverkehr in Pudstone. Sie war mit der Kleinen auf dem Rückweg von einer Feuerwerksparty. Am vierten November. Ein riesiger Lastwagen mit Anhänger. Sie hat ihn wohl nicht rechtzeitig gesehen. Eine schreckliche Nacht. Es hat in Strömen gegossen."

Der Schock verschlug Elfrida fast die Stimme. „Und Francesca?"

„Auch tot, Mrs Phipps. Der Wagen war völlig platt gewalzt. Die Polizei hat gesagt, dass sie auf der Stelle tot waren. Sie sind ja ganz blass geworden, Mrs Phipps. Soll ich Ihnen eine Tasse Tee machen?"

„Nein, es geht schon." Was der Wahrheit entsprach, denn Elfrida war durch den Schock ruhig und gefasst. Sie fühlte eigentlich gar nichts. „Und die Beerdigung?"

„War vor ein paar Tagen. Hier im Dorf."

Also hatte sie sogar die Gelegenheit verpasst, zu trauern und zu trösten. „Und Mr Blundell?"

„Ich hab ihn kaum gesehen. Beim Begräbnis natürlich, aber seitdem nicht mehr."

Elfrida dachte an Francesca, wie sie lachte und ihren Vater neckte, wie sie am Klavier vierhändig mit ihm spielte und in seinen großen Sessel gekuschelt ein Buch mit ihm las. Aber dann vertrieb sie das Bild aus ihrem Kopf. „Ist er in der Grange?", fragte sie.

„Soweit ich weiß, ja. Der Pfarrer ist dort gewesen, aber er wollte nicht mit ihm sprechen. Mrs Muswell geht jeden Tag hin, genau wie sonst, aber sie sagt, er sei die ganze Zeit in seinem Musikzimmer. Sie stellt ihm das Essen auf den Küchentisch, aber er rührt es meist gar nicht an."

„Meinen Sie, dass er mich sehen will?"

„Keine Ahnung, Mrs Phipps. Sie waren ja immer gute Freunde."

„Wäre ich doch hier gewesen."

„Nicht Ihre Schuld, Mrs Phipps. Ich tippe diese Sachen schnell ein, ja? Ich fürchte, ich habe Ihnen die Heimkehr verdorben. Tut mir wirklich Leid."

„Ich bin froh, dass Sie mir alles erzählt haben."

Sie verließ den Laden und stieg in ihr Auto. Schweren Herzens ließ sie den Wagen an und fuhr los. Als sie in die Auffahrt der Grange einbog, fiel ihr sofort die große schwarze Limousine mit einem uniformierten Chauffeur auf, die vor dem Eingang stand. Elfrida parkte in einiger Entfernung, stieg aus und ging die Stufen hinauf. Sie klingelte nicht, sondern öffnete die Tür und trat ein. Eine Weile stand sie da und horchte in der Hoffnung, vertraute Geräusche aus der Küche oder eine Melodie von oben zu hören. Nichts. Die Stille lastete schwer wie Nebel.

Langsam ging sie durch die mit dicken Läufern ausgelegte Diele und trat in den Salon. Sie sah sofort, dass in dem Ohrensessel vor dem leeren Kamin ein Mann saß. Hosen aus Tweed, blank geputzte Halbschuhe – mehr war nicht zu sehen.

„Oscar", sagte sie leise, während sie näher trat. Und dann sah sie ihn an und erlebte den zweiten Schock an diesem schrecklichen Tag. Denn hier saß Oscar gebeugt in seinem Sessel, um Jahre gealtert, ein greisenhafter Mann mit Brille, der mit seiner knochigen Hand den Elfenbeingriff seines Ebenholzstocks festhielt. Sie hob die Hand vor den Mund, um einen Schrei zu unterdrücken.

Er hob den Kopf. „Nanu“, sagte er, und umgehend durchflutete sie ein solches Gefühl der Erleichterung, dass sie fürchtete, ihre Beine würden nachgeben. Bevor es dazu kommen konnte, ließ sie sich auf den nächsten Sessel fallen.

„Ich habe Sie gar nicht kommen hören. Haben Sie geklingelt? Ich bin ein bisschen schwerhörig, aber die Klingel hätte ich gehört. Ich hätte Ihnen aufgemacht.“

Vor ihr saß kein um Jahre gealterter Oscar. Es war ein alter Herr in den Achtzigern, der sehr korrekt und mit einem starken schottischen Akzent sprach. Er sah Oscar sehr ähnlich.

„Nein“, sagte sie. „Ich habe nicht geklingelt. Ich bin so hereingekommen.“

„Verzeihen Sie, wenn ich nicht aufstehe. Meine Gelenke, wissen Sie. Ich bin übrigens Hector McLennan. Oscar ist mein Neffe.“

Hector McLennan. Der frühere Besitzer von Corrydale, der jetzt in London lebte und dessen Sohn Hughie nach Barbados verschwunden war.

„Oscar hat mir einmal von Ihnen erzählt“, sagte sie.

„Und Sie, meine Liebe?“

„Elfrida Phipps. Ich wohne hier im Dorf. Allein. Gloria und Oscar waren immer sehr nett zu mir. Es tut mir Leid, dass ich eben so unhöflich war. Ich dachte, Sie seien Oscar, aber dann habe ich natürlich gemerkt, dass ich mich geirrt habe.“

„Oscar, vor Gram gealtert?“

„Ja, vielleicht. Ich war einen Monat lang in Cornwall und habe eben erst von Mrs Jennings im Dorfladen gehört, was passiert ist. Oscar habe ich noch gar nicht gesehen. Wie ist es passiert?“

Der alte Mann schüttelte den Kopf. „Gloria ist auf den Kreisverkehr gefahren, direkt in den Rachen eines riesigen Lastwagens.“

„Sie hat ihn also gar nicht gesehen?“

„Es war stockdunkel. Und es hatte angefangen zu regnen.“

„Mrs Jennings sagte, sie sei mit Francesca bei einer Party gewesen. Feuerwerk oder so was.“

„So ist es.“

Elfrida biss sich auf die Lippen und schwieg eine Weile. „Manchmal hat sie am Schluss einer Party noch etwas getrunken“, meinte sie schließlich und hätte ihre Worte am liebsten sofort rückgängig gemacht.

Aber der alte Herr ließ sich nicht aus der Ruhe bringen. „Ich weiß, meine Liebe. Wir wussten alle Bescheid. Sie hat des Guten gelegentlich zu viel getan und ist trotzdem noch Auto gefahren. Oscar weiß das besser als wir alle. Er macht sich schwere Vorwürfe, dass er Francesca nicht selbst zu der Feuerwerksparty gefahren hat. Ich glaube, er ist nie auf den Gedanken gekommen, dass es mehr als ein Kinderfest sein könnte. Aber es waren vermutlich noch andere Eltern dabei, und das Fest ging weiter. Es hatte angefangen zu regnen, bevor sie aufbrachen. Dann verliert man einen Moment die Konzentration, fühlt sich geblendet, ein schweres Fahrzeug, eine nasse Fahrbahn..." Er breitete die Hände in einer hilflosen Geste aus, die alles besagte. „Aus und vorbei. Zwei Leben ausgelöscht."

„Ich habe sogar das Begräbnis verpasst."

„Ich auch. Ich hatte eine leichte Grippe, und der Doktor hat es mir untersagt. Dies ist mein erster Besuch, aber ich habe natürlich Oscar sofort angerufen. Erst am Telefon habe ich von seinen Umständen gehört. Deshalb bin ich, sobald ich konnte, von London hergekommen, um die Dinge mit ihm zu besprechen. Ich bin zwar alt, aber immer noch sein Onkel. Sie haben sicher meinen Wagen vor der Tür gesehen und den Fahrer."

„Ja." Elfrida machte ein nachdenkliches Gesicht. „Sie haben ‚seine Umstände' gesagt. Darf ich fragen, worum es geht?"

„Es ist kein Geheimnis, meine Liebe. Gloria hat alles, was sie besaß, auch das Haus, ihren Söhnen vermacht. Sie wollen verkaufen."

„Und wo soll Oscar ihrer Meinung nach wohnen?"

„Sie haben ein Altenheim vorgeschlagen. Die Propstei heißt es wohl."

„Soll das heißen, dass sie ihn hinauswerfen? In ein Altenheim? Oscar? Die sind wohl verrückt!"

„Nein, verrückt sind sie nicht, nur habgierig und herzlos."

„Dann muss Oscar sich ein neues Haus kaufen."

Hector McLennan senkte den Kopf und sah Elfrida über den Brillenrand hinweg an. „Oscar ist kein begüterter Mann", sagte er. „Er hat natürlich eine kleine Rente. Und ein bisschen was auf der hohen Kante. Aber nicht genug, um sich bei den heutigen Preisen ein anständiges Haus leisten zu können."

„Glorias Söhne müssen das doch wissen." Noch etwas ging Elfrida durch den Kopf. „Und Gloria muss es auch gewusst haben. Sie hätte Oscar doch etwas hinterlassen können. Sie war immer so großzügig."

„Vielleicht hatte sie die Absicht. Aber sie war schließlich noch eine relativ junge Frau und hat vermutlich nie daran gedacht, dass sie vor Oscar sterben könnte. Vielleicht ist sie auch nicht dazu gekommen, ein neues Testament aufzusetzen. Wir werden es nie erfahren."

„Aber er kann doch nicht in einem Altenheim leben. Er kann bei mir wohnen." Aber schon während sie es aussprach, wusste sie, dass dieser Vorschlag nicht zu verwirklichen war. Das Haus in der Poulton's Row war für eine Person kaum groß genug, geschweige denn für zwei. Und wo sollte sie seinen Flügel unterbringen? „Nein, das ist idiotisch. Das geht nicht."

„Meiner Meinung nach sollte er fortziehen. An diesem Haus und diesem Dorf hängen zu viele schmerzliche Erinnerungen für ihn. Deshalb bin ich hergekommen. Und ich habe ihm meine Vorschläge unterbreitet. Aber er scheint im Moment unfähig zu sein, eine Entscheidung zu treffen. Es ist ihm offenbar egal, was aus ihm wird."

„Wo ist er denn jetzt?"

„Er musste in den Garten. Da war irgendetwas mit der Treibhausheizung."

„Und was waren Ihre Vorschläge?"

„Dass er für eine Weile nach Sutherland geht. Nach Corrydale, in das Verwalterhaus. Die Hälfte des Hauses gehört ihm ohnehin, und mein Sohn Hughie, der Mitbesitzer, lebt auf Barbados und wird sich so schnell von dort nicht wegrühren. Es war vermietet, aber im Moment steht es leer. Das habe ich von unserem ehemaligen Verwalter, Major Billicliffe, gehört. Er ist inzwischen auch pensioniert, lebt aber noch immer auf Corrydale. Er hat sein Haus damals gekauft, als viele der großen Güter unter den Hammer kamen. Ich habe ihn neulich angerufen und lange mit ihm gesprochen. Er meint, Oscars Haus sei in gutem Zustand. Es ist möbliert. Nicht gerade luxuriös, aber das Nötigste für den täglichen Gebrauch ist da."

Elfrida dachte darüber nach. Sutherland. Torfmoor und Schafe. Es klang, als läge es auf dem Mond. „Bei der Entfernung eine lange Reise für Oscar. So ganz allein", sagte sie.

„Man kennt ihn dort. Er gehört zur Familie. Mein Neffe. Die Leute sind herzensgut. Er gehört dazu, obwohl er seit fünfzig Jahren nicht mehr dort gewesen ist."

„Aber kann er gerade jetzt mit einer solch abrupten Veränderung fertig werden? Einer solch drastischen persönlichen Umstellung? Warum zieht er nicht wieder nach London in die Nähe der Kirche, in der er jahrelang Organist gewesen ist?"

„Das ist ein Rückschritt und würde nur quälende Erinnerungen wachrufen."

Schweigend saßen sie da und sahen sich traurig an. Die Stille wurde vom Geräusch langsam sich nähernder Schritte auf dem Kiesweg vorm Haus unterbrochen. Elfrida sah, wie Oscar an dem hohen Fenster vorbeiging. Sie stand auf.

Die Haustür wurde geöffnet und wieder geschlossen. Sie warteten. Eine lange Pause. Dann stand er in der Tür und blickte sie an. Sein dichtes weißes Haar fiel nach vorn, und er schob es mit der Hand aus der Stirn. Sie hatte ihn sich gebeugt vorgestellt, niedergedrückt durch die Tragödie. Aber ein gebrochenes Herz sieht man nicht, und Oscar war ein verschwiegener Mensch.

„Elfrida. Ich habe dein Auto gesehen."

Sie ging ihm entgegen. Er ergriff ihre Hände, beugte sich vor und küsste sie auf die Wange. Seine Lippen fühlten sich eisig an. „Lieber Oscar", sagte sie. „Ich bin wieder da."

„Wann bist du gekommen?"

„Ungefähr vor einer Viertelstunde. Ich war noch gar nicht zu Hause. Ich musste einkaufen, und als ich im Laden war, hat Mrs Jennings mir alles erzählt. Ich habe seit einem Monat keine Zeitung gelesen und hatte keine Ahnung. Deshalb bin ich direkt hierher gekommen und habe gerade deinen Onkel kennen gelernt."

„Ach so." Er ließ ihre Hände los und wandte sich an Hector, der im Sessel saß und die beiden beobachtete. „Tut mir Leid, Hector, dass du warten musstest. Aber Elfrida hat dir ja Gesellschaft geleistet."

„Und was für angenehme Gesellschaft. Aber jetzt muss ich wirklich aufbrechen."

Er erhob sich mühsam und ging langsam zur Tür. Sie begleiteten ihn.

„Vielen Dank für deinen Besuch, Hector. Ich weiß es wirklich zu schätzen."

„Mein lieber Junge, denk über meinen Vorschlag nach. Und denk dran, Billicliffe hat die Schlüssel zu deinem Haus. Du brauchst ihn nur anzurufen." Dann wandte er sich Elfrida zu. „Auf Wiedersehen, meine Liebe. Ich habe mich gefreut, Sie kennen zu lernen. Ich hoffe, wir sehen uns eines Tages wieder."

„Das hoffe ich auch. Auf Wiedersehen."

Der Chauffeur hielt den Schlag auf. Oscar umarmte den alten Mann. „Nochmals vielen Dank für deinen Besuch, Hector."

Als das Auto davonfuhr, standen sie da und sahen ihm nach, wie er in würdevollem Tempo nach London transportiert wurde. Es war kalt und feucht. Elfrida zitterte.

„Komm rein", sagte Oscar.

„Bist du sicher, dass ich nicht auch lieber gehen sollte?"

„Nein, ich möchte, dass du bei mir bleibst."

„Soll ich uns eine Tasse Tee machen?"

„Das wäre eine ausgezeichnete Idee."

„Kann ich Horaz mit hereinbringen? Er ist schon den ganzen Tag im Auto eingeschlossen."

„Natürlich."

Elfrida ging über den Kiesweg zu ihrem Auto, um Horaz herauszulassen. Dankbar sprang er vom Sitz, und sie gingen zusammen ins Haus. Oscar ging in die Küche voran, wo es gemütlich warm war. Elfrida nahm den Wasserkessel, füllte ihn und stellte ihn auf den Herd. Dann sah sie Oscar an. „Ich wünschte, mir würden die richtigen Worte einfallen", sagte sie. „Aber das ist leider nicht der Fall. Wenn ich Bescheid gewusst hätte, wäre ich sofort aus Cornwall zurückgekommen. Ich wäre wenigstens beim Begräbnis zugegen gewesen."

Oscar hatte sich an den Küchentisch gesetzt, und während sie sprach, stützte er die Ellbogen auf den Tisch und vergrub das Gesicht in den Händen. Einen schrecklichen Augenblick lang fürchtete Elfrida, er würde weinen. Sie hörte ihre eigene Stimme: „Ich hatte keine Ahnung. Bis heute …"

Langsam nahm er die Hände vom Gesicht, und sie sah, dass er nicht weinte, aber in seinen Augen stand eine Verzweiflung, die schlimmer war als Tränen.

„Ich wollte dir Bescheid sagen", erwiderte er, „aber ich hatte keine Ahnung, wo du warst in Cornwall."

Sie holte tief Luft. „Oscar, ich weiß, was Tod und Trauer bedeuten. Als Jimbo diese schreckliche Krankheit bekam, habe ich die ganze Zeit gewusst, dass er eines Tages daran sterben würde. Aber als er dann wirklich starb, stellte ich fest, dass ich auf den Schmerz und die entsetzliche Leere völlig unvorbereitet war. Und ich weiß, dass das, was ich damals durchgemacht habe, nur ein Bruchteil dessen ist, was du jetzt durchmachen musst. Und es gibt nichts, womit ich dir helfen und dir den Schmerz erleichtern könnte."

„Du bist hier."

„Ich kann zuhören. Wenn du reden möchtest – ich kann zuhören."

„Noch nicht."

„Ich weiß. Es ist zu früh. Viel zu früh."

„Der Pfarrer ist gleich nach dem Unfall vorbeigekommen. Kurz nachdem ich erfahren hatte, dass Gloria und Francesca tot waren. Er wollte mich trösten und sprach von Gott, und ich habe mich gefragt, ob er von allen guten Geistern verlassen ist. Du hast mich einmal gefragt, ob ich ein gläubiger Mensch sei, und ich konnte deine Frage damals nicht richtig beantworten. Ich wusste nur, dass meine Musik und meine Arbeit und meine Chöre mir mehr bedeuteten als irgendwelche kirchlichen Dogmen. Mächtig in die Orgeltasten greifen, alle Register ziehen, während die Knabenstimmen jubelnd bis unters Dach schallen. Dieses Gefühl des Glaubens habe ich für unerschütterlich gehalten."

Er schwieg.

„Und jetzt, Oscar?", fragte Elfrida nach einer Weile.

„Es dreht sich alles um Gott. Aber ich kann an keinen Gott glauben, der mir Francesca entreißt. Ich habe den Pfarrer nach Hause geschickt. Ich fürchte, ich habe seinen Unmut erregt."

Elfrida hatte Mitleid. „Der Ärmste."

„Er wird es überstehen. Das Wasser kocht."

Eine willkommene Unterbrechung. Geschäftig machte Elfrida sich auf die Suche nach Teekanne und Teedose, löffelte Tee in die Kanne und goss kochendes Wasser auf. Sie stellte alles auf den Tisch und setzte sich Oscar gegenüber, genau wie an dem Tag vor ihrer Abreise nach Cornwall in ihrem kleinen Häuschen in der Poulton's Row. Es schien eine Ewigkeit her zu sein.

„Du trinkst den Tee gerne stark, ja?"

„Stark und schwarz."

Sie goss sich den Becher voll und ließ den restlichen Tee ziehen. „Hector hat mir von deinen Stiefsöhnen und dem Haus erzählt", sagte sie. „Von dem bevorstehenden Verkauf."

„Sie meinen, ich solle mich in der Propstei anmelden, einer Villa aus dem letzten Jahrhundert, in der vergreiste Aristokraten ihren Lebensabend fristen."

„Das wirst du nicht tun!"

„Ich gestehe, dass auch mich wenig dorthin zieht."

„Aber was willst du machen?"

„Am liebsten möchte ich in Ruhe gelassen werden und meine Wunden lecken. Aber hier kann ich nicht bleiben, weil Giles und Crawford mich aus dem Weg haben wollen, um das Haus so schnell wie möglich zu verkaufen."

„Barbaren." Sie schenkte ihm Tee ein, schwarz wie Tinte, und schob ihm den Becher hin. „Hector McLennan hat mir von seinem Vorschlag erzählt."

„Das habe ich mir schon gedacht."

„Ist es eine so schlechte Idee?"

„Elfrida, es ist Wahnsinn. Weil Sutherland am Ende der Welt liegt. Und ich seit fünfzig Jahren nicht dort gewesen bin. Hectors Optimismus in allen Ehren, aber ich kenne dort keine Menschenseele."

„Ist das Haus sehr abgelegen?"

„Nein. Es liegt mitten in Creagan, einer Kleinstadt. Und ich wüsste nicht, was um alles in der Welt ich da oben mit mir anfangen soll."

„Also, eines ist sicher, Oscar. Hier kannst du nicht bleiben. Und in die Propstei gehst du nur über meine Leiche. Also musst du dir etwas anderes überlegen. Du könntest erst mal zu mir in die Poulton's Row ziehen, aber wie du weißt, ist dort kaum genug Platz für Horaz und mich."

Oscar reagierte nicht auf diesen abwegigen Vorschlag.

„Schottland", sagte sie nachdenklich. „Wenigstens wäre es ein neuer Anfang."

„Ich bin siebenundsechzig, Elfrida. Und im Augenblick unfähig, überhaupt etwas anzufangen. Und obwohl ich mit niemandem sprechen möchte, graut mir davor, allein zu sein. Einsam. Allein sein ist das Schlimmste. Leere Zimmer. Auch vor meiner Ehe mit Gloria war ich nie allein. Es waren immer Kollegen, Chormitglieder und Schüler um mich, eine anregende Gesellschaft. Mein Leben war erfüllt."

„Das kann wiederkommen. Natürlich nicht so wie früher, aber du hast den Menschen so viel zu geben. Das dürfen wir nicht brachliegen lassen."

Er hob die Augenbrauen. „Du hast ‚wir' gesagt."

„Ein Versprecher. Ich meine ‚du'."

Oscar langte nach der Teekanne und schenkte sich selbst nach. „Angenommen, ich führe nach Schottland, rauf nach Sutherland. Würdest du mitkommen?"

Sie starrte ihn an und fragte sich, ob sie sich verhört hatte. „Mitkommen?"

„Warum nicht? Irgendwie werden wir schon ankommen. Wir holen den Schlüssel bei Major Billicliffe ab, suchen mein Haus, richten uns häuslich ein und verbringen den Winter dort."

„Über Weihnachten?“

„Kein Weihnachten. Dieses Jahr nicht. Wäre das so schlimm? Es liegt zwar so weit nördlich, dass die Tage kurz und die Nächte lang und dunkel sein werden, und ich bin vermutlich auch kein sehr unterhaltsamer Gefährte. Aber vielleicht geht es mir bis zum Frühjahr schon wieder besser. Die Zeit heilt viele Wunden. Hier habe ich, wie du ganz richtig gesagt hast, keine Zukunft.“

„Und mein Haus, Oscar? Was soll ich mit meinem kleinen Häuschen machen?“

„Vermieten oder zuschließen. Hier passiert nichts.“

Es war sein Ernst. Er bat sie, ihn zu begleiten. Er brauchte sie – die exzentrische, etwas chaotische, nicht mehr hübsche zweiundsechzigjährige Elfrida.

„Oscar, ich weiß nicht, ob ich dafür die ideale Besetzung bin.“

„Du unterschätzt dich. Bitte, komm mit, Elfrida. Hilf mir.“

Sie war ihr ganzes Leben lang impulsiv gewesen, hatte ohne Rücksicht auf die Konsequenzen irrsinnige Entscheidungen getroffen und keine einzige je bereut, so verrückt sie auch gewesen sein mochte. Wenn sie zurückblickte, waren es nur die verpassten Gelegenheiten, die sie bereute, entweder weil sie sich zum falschen Zeitpunkt ergeben hatten oder weil sie sich nicht getraut hatte, sie beim Schopf zu packen.

Sie holte tief Atem. „Also gut. Ich komme mit.“

„Du bist ein Engel.“

„Ich komme deinetwegen mit, Oscar, aber ich bin es auch Gloria schuldig. Du und Gloria und Francesca, ihr wart meine ersten Freunde, als ich nach Dibton kam.“ Plötzlich hatte sie einen Kloß im Hals, und es fiel ihr schwer weiterzusprechen. Sie musste weinen. „Ich ..., ich bin erst einmal in Schottland gewesen. Vor langen Jahren, mit einer Theatergruppe, in Glasgow.“ Sie suchte in ihrem Ärmel nach einem Taschentuch, fand es und putzte sich die Nase. „Und ich konnte nicht ein einziges Wort von dem verstehen, was die Leute sagten.“

„Kein Wunder, bei dem Akzent.“

„Es war damals gar nicht zum Lachen.“

„Es ist auch jetzt nicht zum Lachen, aber du hast mich schon immer zum Lachen gebracht.“

„Wie ein Clown?“

„Nein. Nicht wie ein Clown. Wie eine liebe, sehr witzige Freundin.“

Sam

Um sieben Uhr früh am ersten Dezember, einem dunklen Freitagmorgen, rollte Sam Howard seinen Gepäckkarren in die Ankunftshalle des Flughafens Heathrow. Auf Sam wartete niemand, keine Frau und kein Chauffeur. Nicht das bescheidenste Willkommenszeichen, nur die feuchte Londoner Kälte. In New York war es auch kalt gewesen, aber im Gegensatz zur Londoner Kälte hatte Sam die trockene, frostige Luft dort eigentlich immer belebend gefunden.

Der Gepäckkarren war mit zwei Koffern, einer riesigen amerikanischen Golfausrüstung und einer Aktentasche beladen und schwer zu manövrieren. Sam reihte sich in die Taxischlange ein. Er brauchte nur ungefähr fünf Minuten zu warten. Der Fahrer war ein mürrischer Mann mit einem Walrossbart.

„Wohin?"

„Wandsworth, bitte. SW 17. Beauly Road 17."

„Steigen Sie ein."

Der Fahrer machte keine Anstalten, ihm mit seinem Gepäck behilflich zu sein, und hielt Sam offenbar für jung genug, um allein fertig zu werden. Also hievte er seine Koffer auf den Rücksitz und stieg ein. Das Taxi setzte sich mit laufenden Scheibenwischern in Bewegung.

Sam dachte erleichtert daran, dass er seinen ersten Termin erst am Montagmittag um 12.30 Uhr hatte. Lunch bei „Whites" mit Sir David Swinfield, dem Direktor von Sturrock & Swinfield, Sams zukünftigem Chef. Er konnte also das ganze Wochenende frei über seine Zeit verfügen.

Das Taxi hielt an einer roten Ampel. Unvermutet warf der Fahrer ihm über die Schulter hinweg eine Frage zu. „Urlaub gemacht? Wegen der Golfschläger."

„Nein, ich war nicht auf Urlaub."

„Geschäftlich unterwegs?"

„Sozusagen. Ich habe sechs Jahre in New York gearbeitet."

Draußen goss es in Strömen. „Mistwetter fürs Nachhausekommen." Die Ampel sprang auf Grün. Sie setzten sich wieder in Bewegung.

„Ja", stimmte Sam ihm zu. Er sagte nicht, dass er gar nicht nach Hause kam, denn er hatte momentan kein Zuhause. Er war 39 Jahre alt, und zum ersten Mal in seinem Leben stand er ohne eigene vier Wände da. Zum Glück konnte er bei seinen alten Freunden Neil und Janey Philip in deren Haus in der Beauly Road wohnen.

In Gedanken ging er die Häuser durch, in denen er in seinem Leben gewohnt hatte. Da war zunächst Radley Hill in Yorkshire, wo er geboren und aufgewachsen war. Das Haus war gemütlich gewesen wie ein altes Tweedjackett, das man am liebsten nie ausziehen möchte, aber natürlich war es anders gekommen. Denn in seinem letzten Semester an der Universität Newcastle war seine Mutter gestorben, und danach war nichts mehr so gewesen wie früher.

Sams Familie hatte eine kleine Wollspinnerei in einer Kleinstadt in Yorkshire besessen, aber dann war die Rezession gekommen, und die Spinnerei hatte mit einer hoch entwickelten europäischen Konkurrenz zu kämpfen gehabt. Schließlich war ihnen Sturrock & Swinfield, das riesige, in London ansässige Textilunternehmen, zu Hilfe gekommen und hatte die kleine Spinnerei übernommen. Sam hatte einen Job unter der neuen Führung bekommen, aber sein Vater war zu alt gewesen, um sich noch umstellen zu können, und hatte sich frühzeitig pensionieren lassen. Doch er hatte unter Einsamkeit, Langeweile und erzwungener Untätigkeit gelitten und war zwölf Monate später an einem schweren Herzanfall gestorben.

Und dann hatte der Direktor, Sir David Swinfield, Sam mitgeteilt, dass er nach New York, in die Vereinigten Staaten versetzt werden würde.

In New York fühlte Sam sich wohl wie ein Fisch im Wasser und genoss alles, was die anregende, kosmopolitische Stadt ihm zu bieten hatte. Sein Zuhause war ein Einzimmerapartment in Greenwich Village, aber als er Deborah heiratete, überredete sie ihn umzuziehen, und sie landeten in einem schicken Doppelhaus in der East 70th Street.

Häuser East 70th Street war sein letztes Zuhause gewesen, und auch das war passé. Genau wie Deborah.

Sie hatte es satt gehabt, neben Sturrock & Swinfield immer nur fünftes Rad am Wagen zu sein, und ihm ins Gesicht gesagt, dass sie ihn verlassen wollte. Natürlich war auch ein anderer Mann im Spiel gewesen. Danach war Sam klar geworden, dass er langsam genug hatte von New York. Er wollte zurück nach England. Er wollte nach Hause, zurück zu verhangenen Himmeln, sanften grünen Feldern und warmem Bier.

Eines Abends, auf dem Höhepunkt seiner Verzweiflung, klingelte das Telefon in seiner Wohnung, und Sir David Swinfield aus London war am Apparat. „Ich möchte Sie hier haben, Mr Howard. Ich brauche Sie. Sie sollen die Leitung der McTaggard-Spinnerei in Schottland übernehmen.“

Deshalb war Sam an diesem trostlosen Abend in London eingetroffen und stand am Montag um 12.25 Uhr beim Portier des renommierten Londoner Restaurants „Whites“ und fragte nach Sir David Swinfield. Sir David sei an der Bar, wurde ihm gesagt, und erwarte einen Gast.

Carrie

Nachts träumte Carrie von Österreich und Oberbeuren. Im Traum war der Himmel tiefblau und der Schnee so blendend weiß, dass die gefrorenen Eiskristalle wie Diamanten glitzerten. Sie stand auf Skiern. Die Piste war menschenleer. Schwerelos glitt sie über weiße Schneefelder, die sich zu beiden Seiten ins Unendliche erstreckten, und dann mitten durch einen dunklen Tannenwald. Sie war mutterseelenallein. Doch da sah sie weit vor sich einen zweiten einsamen Skiläufer, eine dunkle Silhouette, die vor ihr den Abhang hinunterjagte. Sie wusste, dass es Andreas war, und sie rief seinen Namen. Andreas. Warte auf mich. Lass uns zusammen fahren. Als sie über eine Bergkuppe geflogen kam, sah sie, dass er sie gehört hatte und auf sie wartete. Auf seine Stöcke gelehnt, stand er da und sah ihr entgegen.

Er lächelte. Weiße Zähne im tief gebräunten Gesicht. Andreas. Sie kam neben ihm zum Halten und sah erst jetzt, dass es gar nicht Andreas war, sondern ein ganz anderer Mann mit einem wölfischen Grinsen im Gesicht und Augen wie harte graue Kiesel. Und der Himmel war auch nicht mehr blau, sondern drohend und schwarz, und es packte sie die Angst …

Das Angstgefühl weckte sie auf. Verwirrt starrte sie auf den schmalen Spalt in der Gardine, durch den das Licht der Straßenbeleuchtung fiel. Sie war gar nicht in Oberbeuren in Österreich, sondern in London, im Gästezimmer ihrer Freunde Sara und David Lumley. Der Traum hatte sich zu nichts verflüchtigt. Andreas, der ihr nie wirklich gehört hatte, war verschwunden. Es war alles aus.

Sie tastete nach ihrer Uhr auf dem Nachttisch. Sechs Uhr an einem dunklen Dezembermorgen. Sie schloss die Augen und schlief wieder ein. Als sie aufwachte, war es neun Uhr. David und Sara waren inzwischen zur Arbeit gegangen. Seit einer Woche war Carrie bei ihnen, und immerhin hatte sie schon mit der Personalabteilung der Reisegesellschaft gesprochen, für die sie in Österreich gearbeitet hatte. Sie hatten ihr einen Job in der Londoner Zentrale in Aussicht gestellt.

Außerdem hatte sie ein langes, tröstliches Telefongespräch mit ihrem Vater in Cornwall geführt. „Und vergiss nicht, deine Mutter anzurufen, ja?“, hatte er zum Schluss gesagt.

Carrie war klar, dass sie es nicht länger hinauszögern konnte. Sie konnte nicht behaupten, dass sie sich auf ein Wiedersehen mit ihrer Mutter oder ihrer Schwester Nicola freute, weil sie schon im Voraus wusste, dass die beiden hemmungslos auf sie einreden würden und ihr bestimmt nicht viel Erfreuliches mitzuteilen hatten. Aber je schneller sie es hinter sich brachte, desto besser.

Seufzend zog Carrie ihren Morgenmantel über und ging nach unten. Sie griff nach dem Telefonhörer und wählte die Nummer ihrer Mutter Dodie.

„Hallo?“

„Hallo, Mama.“

„Wer ist denn da?“

„Carrie.“

„Carrie? Rufst du aus Österreich an?“

„Nein. Aus London. Ich bin in Putney. Gegenüber von dir, auf der anderen Seite der Themse.“

„Und seit wann bist du zurück?“

„Seit fast einer Woche. Aber ich hatte so viel zu tun, sonst hätte ich dich schon früher angerufen.“

„Schon eine Woche? Bist du auf Urlaub?“ Dodies Stimme klang gereizt.

„Nein, ich bin nicht auf Urlaub. Ich habe meine Zelte in Österreich abgebrochen. Ich hatte die Nase voll.“

„Ich dachte, du wolltest in Österreich bleiben. Wir haben seit Jahren nichts von dir gehört. Was ist denn passiert?“

„Nichts. Eine spontane Entscheidung. Hör mal, Mama, ich würde dich gern besuchen. Vielleicht zum Mittagessen?“

„Ich habe nicht viel da. Nur ein bisschen Suppe und Pastete. Reicht dir das?“

„Vollkommen. Was macht Nicola?“

„Ach, mein liebes Kind, ich glaube, sie ist verrückt geworden. Ich erzähl dir alles, wenn du hier bist.“ Dodie machte eine Pause. Und dann hörte sie sich so an, als sei ihr gerade ein glänzender Gedanke gekommen. „Das trifft sich übrigens ausgezeichnet, dass du wieder hier bist. Nicola kommt zum Mittag nach Hause. Es wäre gut, wenn du ein bisschen früher kommen könntest, damit wir in Ruhe über alles reden können.“

Carrie bedauerte im Stillen, überhaupt angerufen zu haben. „Und was ist mit Lucy?“, fragte sie.

„Lucy ist auch da. Sie hat heute schulfrei. Sie verbringt die meiste Zeit in ihrem Zimmer, damit sie uns nicht stört.“

„Ich freue mich auf sie.“

„Ja, das kann ich mir denken. Wann kommst du?“

„Gegen halb zwölf?“

„Ja, aber komm nicht zu spät. Bis dann.“ Dodie legte auf, und Carrie fing an zu lachen. Kein freudiges Lachen, denn der frostige, nicht ganz vorbehaltlose Empfang durch ihre Mutter war genau das, was sie gefürchtet und was sie erwartet hatte. Ihre Mutter hatte immer wenig Verständnis für sie gehabt und hin und wieder sogar eine gewisse Antipathie gegen ihre jüngere Tochter gehegt. Carrie hatte das schon als Kind gespürt. Dass sie sich damit abgefunden hatte, lag nur daran, dass ihr Vater Jeffrey ihr stets ein liebevoller, aufmerksamer Vater gewesen war.

Nicola war fünf Jahre älter als sie, und die Schwestern waren so verschieden, dass es schien, als gehörte jede nur zu jeweils einem Elternteil. Als sei Nicola ganz ohne Jeffreys Mitwirkung allein von Dodie produziert worden und Carrie auf wundersame Weise ausschließlich von Jeffrey. Er war ihr Vater, ihr Freund, ihr Verbündeter. Es war Jeffrey, der seine Töchter zur Schule brachte, während ihre Mutter im Bett lag, chinesischen Tee trank und Romane las. Er hatte Carrie schon mit zehn Jahren zum ersten Mal zum Skifahren nach Val d'Isère mitgenommen. Es war einer der schönsten Urlaube ihres Lebens gewesen und der Beginn einer großen sportlichen Leidenschaft. Nicola dagegen hatte die Einladung abgelehnt, einmal weil sie hoffnungslos unsportlich war, aber auch weil sie gern mit Dodie allein sein wollte, damit die beiden Einkäufe machen und neue Kleider für Nicola kaufen konnten, die sie zu all den Weihnachtspartys tragen würde, zu denen sie eingeladen war.

Kleider, junge Männer und Partys waren das Einzige, was Nicola interessierte, und es überraschte niemanden, dass sie sich früh verlobte und bereits mit einundzwanzig verheiratet war. Der betreffende Mann hieß Miles Wesley und hatte einen einträglichen Posten bei Hurst & Fieldmore, einer alteingesessenen Maklerfirma.

Carrie war die Erste, der Jeffrey anvertraut hatte, dass er Dodie verlassen würde, um mit einer anderen Frau ein neues Leben anzufangen. Carrie war damals neunzehn, studierte Englisch und Philosophie in Oxford und genoss ihr neues Leben in vollen Zügen. Sie fand, ihr Vater hatte schon lange nicht mehr so entspannt gewirkt, und sie gönnte ihm sein neues Glück, denn die Ehe ihrer Eltern war alles andere als glücklich gewesen. Doch Jeffreys neues Glück hatte seinen Preis: Die Zeit der Scheidung war schlimm, und die bitteren Vorwürfe und Beschuldigungen hallten noch lange nach.

Letzten Endes stand Dodie nach der Scheidung wesentlich besser da als Jeffrey und zog in eine charmante, altmodische Wohnung in Fulham. „Mein einsames, kleines Nest", pflegte sie es mit einem Anflug von Wehmut ihren Freunden gegenüber zu nennen, und alle bewunderten sie, wie tapfer sie sich hielt. In Wirklichkeit fühlte sie sich pudelwohl mit ihrem Bridge, ihren Einkäufen und ihren schicken Urlaubsreisen ins Ausland. Sie war so glücklich wie noch nie in ihrem Leben.

Doch dann entdeckte Nicola Wesley sieben Jahre nach Dodies Scheidung, dass der harmlose Miles eine Affäre mit einer anderen hatte, und ergriff die Gelegenheit, ihrer langweiligen Ehe zu entkommen. Natürlich floh sie zu ihrer Mutter und in deren hübsche, geräumige Wohnung. Das hätte, für sich genommen, einigermaßen unterhaltsam sein können, doch Nicola brachte ihre neunjährige Tochter Lucy mit. Da war es, wie Dodie wusste, mit der Gemütlichkeit vorbei.

CARRIE duschte, wusch sich die kurzen Haare und zog sich an. Sie hatte sich in letzter Zeit wenig um ihr Aussehen gekümmert, doch heute musste sie sich etwas Mühe geben. Also entschied sie sich für kamelhaarfarbene Hosen, einen Kaschmirpullover und auf Hochglanz polierte Stiefel. Goldene Ohrringe und eine schmale Goldkette um den Hals rundeten das Bild ab. Sie warf einen kurzen Blick in ihre Schultertasche und ging nach unten.

Im Flur hing ein länglicher Spiegel, und während sie sich davor den Mantel anzog, schien ihr Spiegelbild ihr entgegenzublicken. Sie hielt einen Augenblick inne und betrachtete sich. Das kastanienbraune Haar glänzte frisch gewaschen, eine Tolle fiel ihr locker wie eine Vogelschwinge in die Stirn. Sie hatte ihre großen braunen Augen etwas geschminkt, und ihr Gesicht war vom Wintersport noch immer gebräunt.

Sie sah gut aus. Selbstbewusst. Nicht wie jemand, mit dem man Mitleid haben musste.

Sie knöpfte den Mantel zu, einen dunkelgrauen, mit tannengrüner Paspel abgesetzten Lodenmantel, den sie vor einem Jahr in Wien gekauft hatte. Andreas hatte ihn mit ausgesucht und darauf bestanden, ihn zu bezahlen. Den trägst du für den Rest deines Lebens, hatte er gesagt, und er wird seinen Schick nicht verlieren. Arm in Arm waren sie durch die Straßen zum Café Sacher geschlendert und hatten sich ein üppiges Mittagessen gegönnt.

Nicht daran denken.

Eine halbe Stunde später stand sie vor der Wohnung ihrer Mutter und läutete. Dodie war im Nu an der Tür. „Carrie!"

Sie sah aus wie eh und je, klein und schlank, mit gepflegtem, dunklem Haar, in das kunstvoll eine weiße Strähne eingefärbt war. Geradezu beneidenswert. Sie trug ein Strickkostüm mit einem modisch kurzen Rock und flache Schuhe mit viereckigen Goldschnallen – eine noch immer hübsche Frau, der man ihr Alter nicht ansah. Nur der Mund, dem Jahre der Unzufriedenheit einen Zug ins Missmutige gegeben hatten, verriet sie. Carrie hatte immer wieder gehört, dass die Augen der Spiegel der Seele seien, aber sie fand, dass der eigentliche Charakterspiegel der Mund war.

Sie trat ein, und Dodie schloss die Tür wieder sorgfältig zu.

„Hallo, Mama. Wie geht's dir?", fragte Carrie, während sie sich den Mantel auszog. „Du siehst fantastisch aus."

„Danke, mein Schatz. Du auch. Und wie braun du bist."

Sie küssten sich, aber nur so, dass ihre Wangen sich leicht berührten. Dodie wandte sich um und ging ins Wohnzimmer voran. Es war ein schöner Raum mit großen Fenstern nach Süden und Blick auf die Themse. Davor war ein Balkon. In dem weißen Marmorkamin flackerte ein künstliches elektrisches Kohlenfeuer. Dodie nahm in einem üppigen Ohrensessel Platz.

„Nett von dir, dass du so früh gekommen bist. Ich wollte dich schnell über das idiotische Drama informieren, das sich hier abspielt."

Carrie ließ sich auf der anderen Seite des Kaminvorlegers aus weißem Schaffell in einem Sessel nieder. „Wo ist Nicola?", wollte sie wissen.

„Im Reisebüro."

„Will sie verreisen?"

„Ich glaube, sie ist völlig verrückt geworden. Das sagte ich wohl schon am Telefon. Sie hat vor ein paar Wochen auf einer Party einen Mann kennen gelernt, einen Amerikaner. Seitdem sind sie unzertrennlich."

Carrie fand das durchaus nicht verrückt. „Was ist er denn für einer?", fragte sie vorsichtig.

„Ach, er ist eigentlich ganz präsentabel. Ein Geschäftsmann. Eisenbahnen oder Stahl oder so. Er wohnt in Cleveland, Ohio, wo immer das ist. Sein Name ist Randall Fisher. Er ist geschieden und hat Nicola eingeladen, Weihnachten mit ihm in seinem Haus in Florida zu verbringen."

Es klang alles so vernünftig, dass Carrie nicht verstand, warum das alles so ein Drama sein sollte. „Wo also liegt der Haken?"

„Verstehst du das nicht, Carrie? Es geht um Lucy."

„Du meinst, Lucy ist nicht mit eingeladen?"

„Doch, natürlich, aber sie weigert sich mitzufahren. Sie sagt, sie will nicht nach Florida, sie kennt dort niemanden und Randall hätte sie nur eingeladen, weil er sich dazu verpflichtet fühlt."

„Das kann ich verstehen", antwortete Carrie. „Wie alt ist sie inzwischen? Vierzehn. Wie du zugeben musst, ist es ja ein bisschen peinlich, die eigene Mutter herumturteln zu sehen wie einen verliebten Backfisch."

„Was will sie denn sonst machen?"

Aha, dachte Carrie, jetzt kommen wir der Sache schon näher. „Meinst du Weihnachten? Sie kann doch bei dir bleiben, oder nicht?"

Dodie antwortete nicht sofort, sondern stand auf, trat ans Fenster und blickte hinaus auf die Themse. „Ich kann nicht allein mit ihr fertig werden", sagte sie schließlich. „Ich habe schließlich mein eigenes Leben. Ich möchte eigentlich mit den Freemans nach Bournemouth fahren. Sie wohnen jedes Jahr im Palace Hotel und haben mich eingeladen mitzukommen. Und ich habe nicht die Absicht, meine Pläne von einem dickköpfigen kleinen Mädchen über den Haufen werfen zu lassen."

Nein, dachte Carrie, das habe ich auch nicht einen einzigen Augenblick lang erwartet. „Und was ist mit ihrem Vater?", fragte sie laut. „Kann Miles sie nicht über Weihnachten zu sich einladen?"

„Miles und seine Frau fahren Weihnachten mit ein paar Freunden zum Skifahren nach St. Moritz. Miles hat es schlankweg abgelehnt, Lucy mitzunehmen."

„Dann sitzt ihr wohl in der Zwickmühle", meinte Carrie.

„Das hatte ich vorhin am Telefon gemeint. Dass du zu keinem günstigeren Zeitpunkt aus Österreich hättest zurückkommen können", sagte Dodie und wich Carries Blick aus.

„Du meinst, dass ich dir Lucy abnehmen soll?“

„Nein, das meine ich nicht. Ich hatte eigentlich mehr an deinen Vater gedacht.“

„Jeffrey?“

„Nennst du ihn jetzt Jeffrey?“

„Ich nenne ihn seit eurer Scheidung Jeffrey. Er ist zwar mein Vater, aber er ist auch mein Freund. Ich habe bereits mit Jeffrey über Weihnachten gesprochen. Serenas Bruder mit Frau und Baby verbringen Weihnachten bei ihnen. Für zwei weitere Leute ist dort einfach kein Platz.“

Dodie stieß einen Seufzer aus. „So kann es wirklich nicht weitergehen. Niemand hilft mir!“

„Aber, Mama ...“ Doch der Satz blieb unausgesprochen in der Luft hängen. Sie hörten, wie ein Schlüssel im Schloss herumgedreht wurde und die Wohnungstür aufging.

„Nicola ist wieder da“, sagte Dodie.

Als Nicola ins Zimmer trat, stand Carrie auf und sah ihrer Schwester entgegen. „Hallo“, sagte sie.

„Carrie!“ Nicola blieb vor Überraschung der Mund offen stehen. „Ich dachte, du bist in Österreich.“

„War ich auch“, sagte Carrie. „Aber jetzt bin ich hier.“

Die Schwestern musterten sich gegenseitig. Sie hatten sich nie sonderlich nahe gestanden, waren nie Freundinnen gewesen, hatten nie irgendwelche Geheimnisse miteinander geteilt. Carrie fiel auf, dass Nicola ihrer Mutter mit zunehmendem Alter immer ähnlicher wurde. Die gleiche Größe, die gleiche zierliche Figur, das gleiche dichte, dunkle Haar. Der gleiche verdrossene Mund.

Nicola war genauso, wie Carrie sie in Erinnerung hatte. Ihre Schwester hatte immer viel Wert auf ihr Äußeres gelegt, und auch heute sah sie aus wie aus dem Ei gepellt. Sie trug einen perfekt sitzenden Hosenanzug und eine Jacke aus künstlichem Fell. Ihre große Schultertasche war aus schokoladenbraunem Wildleder.

Nicola warf Dodie einen unterkühlten Blick zu. „Ich vermute, Mutter hat dir bereits alles berichtet. Und versucht dich auf ihre Seite zu ziehen.“

Dodie und Nicola standen ganz offensichtlich miteinander auf Kriegsfuß, und Carrie dachte voller Mitgefühl an ihre Nichte Lucy, die sicher einiges auszustehen hatte mit den beiden.

Dodie setzte ein gekränktes Gesicht auf. „Das ist unfair, Nicola!“, protestierte sie.

„Aber ich wette, es stimmt.“ Nicola ließ sich aufs Sofa fallen. „Es ist sowieso zu spät. Ich habe meinen Flug gebucht und fliege am achtzehnten Dezember. Für zwei Wochen."

„Offenbar gibt es Probleme mit Lucy", meinte Carrie.

„Sie ist auch nach Florida eingeladen worden, aber sie weigert sich mitzukommen."

„Mama hat vorgeschlagen, dass ich mich Weihnachten um sie kümmere. Aber es geht nicht."

„Warum nicht?"

„Kein Haus. Keine Bleibe."

Nicola biss auf ihren Daumennagel. „Ich jedenfalls fliege. Ich fliege mit Randall nach Florida, und keine zehn Pferde können mich daran hindern."

Carrie hatte ein gewisses Verständnis für sie, aber Lucy tat ihr Leid. „Aber, Nicola..."

Weiter kam sie gar nicht. Nicola ging sofort auf sie los. „Ja, du hast gut reden!"

Carrie fragte sich, wie viele tausend Mal in ihrem Leben sie sich diesen vertrauten Vorwurf hatte anhören müssen: Ja, du hast gut reden.

„Du hast nie eine Familie gehabt, du weißt ja gar nicht, wie angebunden man ist, tagein, tagaus, mit so einem Kind. Schulzeit und Ferien. Lucy bei Laune halten und sich um Schulprobleme kümmern. Und mit allem muss man allein fertig werden. Soweit ich sehe, ist dein Leben ein einziger langer Urlaub gewesen, immer nur Skilaufen und sich um nichts kümmern."

Carrie zwang sich, ruhig zu bleiben. „Ich war als örtliche Reisebetreuerin für ein großes Touristikunternehmen tätig und hatte neun Mitarbeiter. In der Hochsaison habe ich oft sieben Tage pro Woche gearbeitet. Ich weiß, was es bedeutet, Verantwortung zu übernehmen!"

„Das ist aber nicht das Gleiche", beharrte Nicola eigensinnig. „Nicht das Gleiche, wie ein Kind aufzuziehen."

Carrie gab auf. „Nicola, so kommen wir doch nicht weiter."

Nicola überhörte diesen beschwichtigenden Einwurf. „Die Verantwortung liegt bei dir, Mutter. Du wirst dir Bournemouth aus dem Kopf schlagen müssen..."

Dodie protestierte entrüstet. „Das werde ich nicht tun."

Carrie hatte es satt, sich dieses unvernünftige Gerangel noch länger mit anzuhören. „Schluss jetzt!", sagte sie scharf.

Zu ihrer Überraschung waren sie beide still.

„Wenn ihr nichts dagegen habt, würde ich mich gern mit Lucy

unterhalten. Dümmer als ihr beide wird sie sich wohl kaum anstellen. Wo ist ihr Zimmer?"

„Neben der Küche." Nicola warf den Kopf zurück. „Dahinten..."

Carrie verließ das Wohnzimmer und schloss leise die Tür hinter sich.

Lucy

Es gab in Dodies Wohnung eine kleine Kammer, die eigentlich für ein Hausmädchen oder eine überarbeitete Köchin vorgesehen war. Als Lucy Wesley nach der Scheidung ihrer Eltern bei ihrer Großmutter einzog, wurde ihr diese Mädchenkammer zugeteilt, und es störte sie nicht im Geringsten, dass sie beengt und düster war, denn hier hatte sie ihr eigenes Reich. Die Wände waren gelb gestrichen und erweckten die Illusion von Sonnenschein, und die Vorhänge waren gelb und weiß gestreift. Auf Lucys Bett lag ein Berg von Teddybären, und daneben stand ein großer Schreibtisch mit Schubladen, an dem sie ihre Hausaufgaben machte. Ihre vielen Bücher waren im Regal untergebracht, auf dem Schreibtisch stand ihr Computer, und es gab einen kleinen Fernseher. Wenn Schulfreundinnen zu Besuch kamen, platzten sie fast vor Neid, weil Lucy ein eigenes Zimmer hatte und es nicht mit einer lästigen jüngeren Schwester zu teilen brauchte.

Lucy war ein sehr ordentliches Mädchen. Die Bücher auf den Borden standen in Reih und Glied, ihr Bett war gemacht, und ihre Sachen hatte sie ordentlich zusammengefaltet. Einmal in der Woche ging Mrs Burgess, die Putzfrau ihrer Großmutter, mit Staubsauger und Staubtuch durch Lucys Zimmer, doch von Zeit zu Zeit machte Lucy sich noch einmal über das Zimmer her und putzte den Spiegel ihrer Frisierkommode und den Silberrahmen mit der Fotografie ihres Vaters.

Sie vermisste ihn schrecklich, nicht nur ihn persönlich, sondern auch das Gefühl der Familienzusammengehörigkeit, das mit seinem Verschwinden unwiederbringlich verloren gegangen war. Lucy war alt genug, um zu wissen, dass es nie wieder so sein würde wie früher. Sie besuchte ihren Vater zwar von Zeit zu Zeit, aber Marylin, seine neue Frau, sah diese Besuche nicht gern und war ohnehin nur an ihrem eigenen Job und nicht an Stieftöchtern oder Kindern interessiert.

Inzwischen hatte Lucy das Gefühl, sich auch ihrem Vater nicht mehr anvertrauen zu können, weil sie beide zwischen zwei Stühlen zu sitzen schienen. Manchmal hatte sie das Gefühl, platzen zu müssen, wenn sie nicht bald einen Erwachsenen fand, mit dem sie reden konnte.

Jetzt war es Viertel vor zwölf an einem Freitagmorgen, Lucy hatte ihre Hausaufgaben fertig und schrieb in ihrem Tagebuch. Das Buch war in Leder gebunden und mit einem kleinen Schloss versehen. Es hatte glattes, festes Papier, auf dem es sich angenehm schrieb, und war ein Geschenk aus Cornwall gewesen. *Fröhliche Weihnachten, Lucy,* stand auf der Innenseite, *von Großvater.*

Lucy hatte das Tagebuch seit jenem Weihnachtstag liebevoll geführt. Es hatte glatte, unbeschriebene Seiten, auf denen man oben das Datum und dann die Begebenheiten des Tages eintragen konnte. An manchen Tagen gab es wenig zu sagen, aber wenn sie zum Beispiel im Kino oder in einem Konzert gewesen war, dann hatte sie den Kopf voller Gedanken, sodass sie manchmal zwei oder drei Seiten voll schrieb. Sie benutzte ihren besten Füllfederhalter und genoss das Schreiben auf dem festen, cremefarbenen Papier.

> Mami ist heute Morgen zum Reisebüro gegangen. Gleich nach dem Frühstück. Großmutter und sie sprechen kaum miteinander, wegen Weihnachten, Bournemouth und Florida. Schade, dass sie nicht begreifen, wie unglücklich ich in Florida wäre. Man kann nicht den ganzen Tag im Schwimmbad zubringen, und für Randall habe ich auch nicht viel übrig.

Lucy hätte sich gern jemandem anvertraut, aber das Tagebuch war immerhin besser als nichts. Sie dachte an Carrie, Mamis jüngere Schwester. Carrie behandelte einen wie eine Erwachsene, aber trotzdem hatte sie immer Lust, etwas Neues und Aufregendes zu unternehmen. Einmal waren sie zusammen auf einem Schiff die Themse bis zur Tower Bridge entlanggefahren und hatten an Bord zu Mittag gegessen.

Im Laufe des Morgens hatte Lucy von Zeit zu Zeit das Telefon klingeln und die tiefe Stimme ihrer Großmutter gehört. Und vor ungefähr einer Stunde hatte es an der Tür geklingelt, und jemand war zu Besuch gekommen, aber sie hatte keine Ahnung, wer es sein mochte. Als sie dann das Geräusch des Schlüssels in der Haustür gehört hatte, wusste sie, dass ihre Mutter aus dem Reisebüro zurück war.

Etwa fünf Minuten später näherten sich Schritte. Vermutlich wollte ihre Mutter sie über den Stand ihrer Floridapläne informieren. Mit einem

Mal wurde Lucy vor Angst ganz schlecht. Aber dann vernahm sie ein leises Klopfen und wusste, dass es nicht ihre Mutter sein konnte, denn die klopfte nie an, sondern stürmte einfach ins Zimmer. Doch bevor Lucy „Herein“ rufen konnte, wurde die Tür vorsichtig geöffnet, und jemand streckte seinen Kopf durch die Tür.

„Störe ich?“ Das war weder ihre Mutter noch Großmutter, sondern ... Carrie. Lucy verschlug es förmlich die Sprache. Sie spürte, wie sie vor lauter Freude rot anlief.

„Da staunst du, was?“, meinte Carrie fröhlich. „Aber ich bin’s wirklich.“

Lucy stand ganz langsam auf. „Das gibt es doch gar nicht“, sagte sie.

Carrie trat ins Zimmer und schloss leise die Tür hinter sich. Sie beugte sich vor und gab Lucy einen Kuss auf die Wange. Dann sah sie sich im Zimmer um. „Was für ein hübsches Zimmer du hast. Früher war es immer so düster.“

„Großmutter hat das Zimmer streichen lassen, und ich durfte die Farbe aussuchen.“

„Perfekt. Richtig sonnig.“ Carrie ließ sich in den kleinen blauen Sessel neben dem Bett fallen. „Warst du am Arbeiten?“

„Ja. Hausaufgaben.“ Lucy ließ unauffällig ihr Tagebuch in einer Schublade verschwinden und schwang sich dann auf ihrem Bürosessel herum, sodass sie ihrer Tante gegenübersaß. „Wie lange bleibst du hier, Carrie?“

„Fürs Erste bleibe ich in London. Ich habe den Skijob geschmissen, und im Moment bin ich obdach- und arbeitslos, aber das macht nichts. Wie sieht’s bei dir aus?“

Lucy zuckte die Achseln. „Es geht so.“

„Bei euch ist ja ziemlich dicke Luft zur Zeit. Du fragst dich wahrscheinlich, was dir als Nächstes blüht.“

Lucy sah ihre Tante dankbar an. Carrie redete nie um den heißen Brei herum, und mit einem Mal fühlte sich Lucy so erleichtert, dass sie sogar den Mut hatte zu fragen: „Mami hat doch nicht etwa zwei Flugkarten nach Florida gekauft?“

Carrie lachte. „Keine Sorge, sie fliegt allein. Das Duell hast du also gewonnen. Es muss eine ganz schöne Schlammschlacht gewesen sein.“

„Findest du es auch blöd von mir, dass ich nicht mitfahren will?“

„Nein, ich finde, du hast völlig Recht. Du wärst das fünfte Rad am Wagen, überflüssig wie ein Kropf. Nicola ist allein viel besser aufgehoben. Aber damit sind die Probleme nicht aus der Welt.“

„Meinst du wegen Weihnachten?“

„Nein, ich meine dich. Was möchtest du denn gern machen? Ich wette, du bist nicht mal gefragt worden.“

„Eigentlich nicht.“

„Ich habe vorgeschlagen, dass du bei deinem Vater bleibst, aber offenbar fahren Marylin und er zum Skifahren. Hast du keine nette Schulfreundin mit einer fürsorglichen Mutter, bei der du bleiben könntest?“

Lucy war ein bisschen beschämt, denn sie hatte keine. Natürlich hatte sie Schulfreundinnen, aber keine besonders enge, und keine von ihnen hatte eine fürsorgliche Mutter. „Ich dachte, ich könnte vielleicht nach Cornwall fahren, zu Großvater“, meinte Lucy.

„Hättest du Lust dazu?“

„Ich glaube, ja. Aber ich bin noch nie ...“

„Ich finde es eine tolle Idee“, sagte Carrie. „Und irgendwann solltest du sie wirklich besuchen. Aber nicht dieses Weihnachten. Ich habe nämlich schon mit Jeffrey telefoniert, und sie haben das ganze Haus voll mit Besuch.“

Lucys Hoffnungen schwanden. „Na ja. Das macht ja nichts ...“

„Aber irgendwann musst du sie mal besuchen. Im Frühjahr vielleicht. Sie würden sich wirklich freuen, und du wirst von ihnen begeistert sein. Aber für Weihnachten müssen wir uns etwas anderes einfallen lassen.“

Lucy horchte auf. „Wir?“

„Ja. Du und ich. Wir sind Waisen, im Sturm vereint. Was sollen wir machen?“

„Du meinst Weihnachten?“

„Natürlich meine ich Weihnachten. Vielleicht sollten wir verreisen.“

„Aber wohin?“

So einfach war die Frage nicht zu beantworten. Sie sahen sich gegenseitig an. Dann stand Carrie auf. „Ich habe eine Idee“, sagte sie plötzlich. „Sie ist mir in diesem Moment gekommen. Hast du schon mal von Elfrida Phipps gehört?“

Lucy schüttelte den Kopf und sah Carrie gespannt an.

„Sie ist unwiderstehlich. Eine Cousine von Jeffrey. Meine Mutter konnte Elfrida nie leiden, weil sie kein Blatt vor den Mund nimmt und obendrein Schauspielerin war. Außerdem hatte sie in ihrem Leben eine Menge Liebhaber und Ehemänner. Aber ich fand sie immer toll, und als ich in Oxford studierte, habe ich sie wieder getroffen, und seitdem sind wir befreundet.“

„Wie alt ist sie denn?“

„Ach, uralt. Über sechzig. Aber sehr unterhaltsam. Vor etlichen Jahren musste sie sich einer Operation unterziehen, und ich habe sie damals gepflegt. Seitdem sind wir in Kontakt geblieben. Sie ist vor einer Weile in ein kleines Dorf in Hampshire gezogen, in ein winziges Haus. Aber für mich und dich ist bestimmt Platz dort. Was hältst du von der Idee? Soll ich sie mal anrufen?“

„Aber zwei Wochen sind ziemlich lange. Hätte sie denn nichts dagegen?“

„Ich wette mein letztes Hemd, dass sie Feuer und Flamme wäre. Weißt du, was? Ich rufe sie heute Abend mal an, aber die anderen brauchen nichts davon zu erfahren, bis alles unter Dach und Fach ist.“

Carrie schob den Ärmel ihres Kaschmirpullovers hoch und sah auf die Uhr. „Himmel, schon beinahe eins. Ich bin am Verhungern, du auch? Mama hat gesagt, sie kann uns Suppe und Pastete vorsetzen, aber ich weiß nicht, ob mir das reicht. Wie wär's, wenn ich euch alle drei zum Mittagessen einlade? Gibt es hier ein nettes, preiswertes Restaurant in der Nähe?“

„Ja, einen ganz guten Italiener. Nur fünf Minuten zu Fuß.“

„Ist doch super! Komm, wir trommeln unsere Mütter zusammen und sagen ihnen, dass wir sie verwöhnen.“

Lucy kam es so vor, als sei Carrie eine gütige Fee, die nur ihren Zauberstab zu schwingen brauchte, und plötzlich war überall strahlender, warmer Sonnenschein. Erleichtert folgte sie ihr ins Wohnzimmer.

Es DÄMMERTE bereits, als Carrie nachmittags zurückkehrte in das kleine Reihenhaus der Lumleys. Die Freunde waren noch nicht von der Arbeit zurück. Sie ging in die Küche, um sich einen Tee zu machen. Dann zog sie ihr Adressbuch aus der Handtasche und nahm den Telefonhörer ab. Sie wählte Elfrida Phipps' Nummer. Sie ließ es lange klingeln, doch niemand nahm ab, und Elfrida besaß offensichtlich auch keinen Anrufbeantworter. Im Laufe des Abends versuchte sie es noch ein paarmal. Sie wusste zwar, dass Jeffrey sie informiert hätte, wenn Elfrida etwas zugestoßen wäre, aber sie begann trotzdem, sich Sorgen zu machen. Schließlich hatten sie lange nichts voneinander gehört.

Jeffrey. Sie beschloss, ihren Vater anzurufen. Der wusste bestimmt, wo seine Kusine sich herumtrieb.

Und so war es auch.

Oscar

Mitten im Winter war Schottland ein fremdes Land für ihn, alles kam ihm eintönig und trostlos vor. Die zur Küste hin abfallenden Hügel waren bereits von einer dünnen Schneedecke überzogen, und das Weiß des Schnees ging so unauffällig in die weißen Wolken über, dass die Konturen der Hügelkuppen kaum zu erkennen waren.

Die Landschaft erschien Oscar so fremd, weil er sie anders in Erinnerung hatte. Als Junge war er immer im Sommer bei seiner Großmutter auf Corrydale gewesen, wenn es in diesen nördlichen Breiten erst zwischen zehn und elf Uhr abends dunkel wurde und die langen Schatten der Bäume noch beim Zubettgehen auf goldene, in Sonnenlicht getauchte Rasenflächen fielen.

Jetzt war alles anders. Es war eiskalt, und er machte einen Spaziergang mit Horaz. Nach dem Mittagessen hatte er seine gefütterte Jacke angezogen, seinen uralten Tweedhut tief in die Stirn gezogen und einen derben Stock in die Hand genommen. Er trug feste Wanderstiefel, und sobald er die Straßen der kleinen Stadt hinter sich gelassen und den Hügel zum Gatter oberhalb des Golfplatzes erklommen hatte, schritt er forscher aus.

Horaz sprang munter vor ihm her, während sie einem Pfad oberhalb des Golfplatzes folgten, der sich durch dichtes Ginstergebüsch schlängelte. Nach ungefähr einem Kilometer führte der Weg über einen Zaunstieg und dann an den Schienen einer stillgelegten Eisenbahnlinie entlang. Das Meer lag zu seiner Rechten, hinter dem Golfplatz, und wenn Oscar stehen blieb, konnte er die Brandung und die Schreie der Möwen hören. Er sah zu seinem Erstaunen, dass einige unverdrossene Golfspieler auf dem Platz unterwegs waren, auffällig gekleidete Gestalten, die ihre Golftrolleys hinter sich herzogen.

Die alten Bahnlinien verliefen sich in undurchdringlichem Ginstergesträuch. Oscar umrundete das Gebüsch und stellte fest, dass er das Ende des Golfplatzes erreicht hatte. Als er Stimmen hörte, blieb er stehen. Eine Gruppe von vier Golfspielern war auf dem Weg zum neunten Loch, das sich ganz in Oscars Nähe befand, und Oscar befürchtete sofort, Major Billicliffe könnte unter ihnen sein, ihn entdecken, vorstellen und womöglich in ein Gespräch ziehen. Doch er hatte Glück, Major Billicliffe in seinen unverwüstlichen Knickerbockers war nicht dabei.

Major Billicliffe war der Hauptgrund, warum Oscar sich seit seiner Ankunft in Creagan so rar gemacht hatte. Nur auf Elfridas Drängen hin war er von Zeit zu Zeit zu bewegen gewesen, im gegenüberliegenden Supermarkt etwas zu kaufen. Auch sein täglicher Spaziergang führte ihn nicht über den Zeitungsladen hinaus, wo er die *Times* und den *Telegraph* holte. Dabei hielt er immer die Augen offen, falls Billicliffe irgendwo lauerte, um ihn lautstark zu begrüßen und ihn in sein schreckliches Haus einzuladen.

Elfrida fand sein Benehmen geradezu kläglich. „Er ist doch harmlos, Oscar. Ein einfältiger alter Mann. Du kannst doch einfach ein bisschen mit ihm reden, wenn du ihn triffst."

„Er ist ein schrecklicher Langweiler."

„Du kannst doch nicht für den Rest deines Lebens im Haus hocken. Das ist einfach lächerlich."

„Ich hocke nur im Haus, weil das Wetter, um es gelinde zu sagen, unfreundlich ist."

„Unsinn. Du hast den ganzen Samstag über Blätter im Garten zusammengeharkt. Bei strömendem Regen."

„Billicliffe kann schließlich nicht in meinen Garten kommen."

„Aber er könnte über die Mauer gucken. Groß genug ist er ja."

„Mal bloß nicht den Teufel an die Wand."

Der Spaziergang mit Horaz war Oscars erster richtiger Vorstoß in die Landschaft. Mit einem Mal hatte er eine innere Unruhe verspürt. Er musste einfach hinaus, und selbst die Aussicht, Major Billicliffe zu begegnen, konnte ihn nicht zurückhalten.

Major Billicliffe war der ehemalige Verwalter von Corrydale. Er hatte den Schlüssel für das Haus verwahrt, in dem Oscar und Elfrida jetzt wohnten. Nach der endlosen winterlichen Fahrt von Hampshire nach Schottland, für die sie zwei Tage gebraucht hatten, waren Oscar und Elfrida völlig erschöpft gewesen. Es hatte fast den ganzen Weg geregnet und dann geschneit. Bis sie Creagan erreicht hatten, war es vollkommen dunkel gewesen, und Oscar hatte sich kaum zurechtgefunden. Es hatte eine Weile gedauert, bis er das Tor von Corrydale gefunden hatte und den schmalen Weg, der zu einem allein stehenden kleinen Steinhaus mit einem einzigen schwach erleuchteten Fenster führte. Sie hatten davor geparkt, und als Oscar den Motor abgestellt hatte, wurde die Stille von ohrenbetäubendem Gebell und wildem, unheimlichem Geheul zerrissen. Doch dann brach das Bellen ab. Die Tür des Häuschens öffnete sich, und in der Tür stand eine riesige, hagere Gestalt.

„Blundell? Sind Sie's? Schon auf Sie…" Der Satz wurde nicht zu Ende gesprochen. Er blieb einfach in der Luft hängen.

Oscar und Elfrida stiegen aus. „Major Billicliffe, ich bin Oscar Blundell", sagte Oscar. „ Es war gar nicht so einfach, im Dunkeln hierher zu finden. Wir kommen wegen des Schlüssels, wollen aber…" Er hatte „wollen aber gleich weiterfahren", sagen wollen, doch Major Billicliffe kam ihm zuvor.

„Natürlich. Den hab ich. Mr McLennan hat mich angerufen. Kommen Sie rein. Wollte mir gerade ein Gläschen gönnen. Leisten Sie mir doch ein bisschen Gesellschaft."

„Eigentlich…"

„Wirklich schön, Sie zu sehen. Kommen Sie rein ins Warme." Er trat beiseite, hielt einladend die Tür auf, und nach kurzem Zögern gab Oscar nach.

„Danke", sagte er halbherzig und schob Elfrida mit einer Hand vor sich her. „Dies ist Elfrida Phipps. Sie war so nett, mich auf der Reise zu begleiten."

„Famos. Famos. Verdammt langer Weg. Freut mich, Ihre Bekanntschaft zu machen, gnädige Frau." Er ergriff Elfridas Hand, und einen Augenblick lang fürchtete Oscar, er würde sie auf altmodisch galante Art küssen, doch er schüttelte sie nur herzlich.

„Guten Abend", sagte Elfrida.

Sie folgten ihm in ein kleines Wohnzimmer, das von einem spärlichen Kaminfeuer nur notdürftig erwärmt wurde. Es herrschte ein Zustand trostloser Unordnung. Überquellende Aschenbecher, durchgesessene Ledersessel und ein Teppich voller Hundehaare. An der gegenüberliegenden Seite des Zimmers war eine zweite Tür, hinter der der bellende Hund eingeschlossen war. Gelegentlich krachte es, und die Tür bebte im Schloss, wenn das gefangene Untier sich mit seinem ganzen Gewicht dagegen warf. Elfrida konnte eine leichte Nervosität nicht verbergen. „Was ist denn das für ein Hund?", fragte sie.

„Ein Labrador", erwiderte Major Billicliffe. „Treue alte Seele. Tut keiner Fliege was zuleide. Also, was kann ich Ihnen anbieten?" Er bahnte sich einen Weg zu dem alten, mit einer Unzahl von Flaschen beladenen

Teewagen, auf dessen unterstem Bord ein paar schmierige Gläser bereitstanden. „Die Bar ist geöffnet."

Oscar hätte am liebsten eine Tasse Tee getrunken, aber das hätte zu viel Zeit gekostet. „Ein Scotch wäre schön. Ein ganz kleiner Schuss..."

„Und die gnädige Frau?"

Elfrida war ebenfalls nach einer heißen Tasse Tee zumute. Aber sie sagte tapfer: „Einen Sherry vielleicht?"

„Aber gern." Er hielt eine Flasche hoch. Oscar und Elfrida standen stumm vor dem kümmerlichen Feuer, während Major Billicliffe sich ans Einschenken machte. „Fürchte, der Haushalt liegt ein bisschen im Argen", meinte er. „Meine Frau ist vor ein paar Jahren gestorben, müssen Sie wissen. Fehlt mir höllisch, aber was kann man machen?"

Major Billicliffe war klapprig wie eine Schindmähre auf dem Weg zum Abdecker. Seine Beine waren beklagenswert dünn, sein kahler Kopf mit spärlichen grauen Haarsträhnen bedeckt, und seine geröteten Augen tränten ständig. Der Schnurrbart war vom Tabak verfärbt. Man konnte ihn sich schwerlich als schneidigen Offizier in einem Regiment der britischen Armee vorstellen.

„Wird Zeit, dass wir hier oben frisches Blut bekommen. Merkwürdig, dass wir uns nie begegnet sind, wir beide, aber ist ja auch Jahre her..." Er hatte die Drinks glücklich eingeschenkt und kam nun, in jeder Hand ein Glas, auf seinen wackligen Beinen zu ihnen herübergewankt. Dann kehrte er zu seinem Teewagen zurück, um sich selbst einen sehr starken Whisky zu genehmigen.

„Machen Sie sich's doch bequem."

„Wir wollen nicht lange bleiben."

„Keine fünf Minuten, und Sie sind in Creagan." Oscar und Elfrida blieb nichts anders übrig, als nebeneinander auf dem Sofa Platz zu nehmen. Major Billicliffe ließ sich in dem einzigen Sessel nieder.

„Bin jetzt natürlich pensioniert. Nett von Mr McLennan, dass ich hier bleiben konnte, aber das Haus stand sowieso leer. Und Hughie schert sich nicht drum. Hughie hat sich nach Barbados verdrückt und den Laden verkauft. Ist jetzt ein Hotel. Sie haben das Schild wahrscheinlich gesehen. Alles aus Glas und Chrom. Und die Preise an der Bar sind der reinste Wucher. Ich lass mich da nicht blicken. Amüsier mich lieber im Golfklub. Spielen Sie Golf? Famose kleine Truppe da unten. Sie sollten beitreten. Melden Sie sich an, wenn Sie Lust haben. Ist nur ein Katzensprung von Ihrem Haus."

Oscar nickte. Ihm begann der Schweiß auszubrechen. „Der Schlüssel?", fragte er. „Zum Haus. Wenn Sie ihn mir geben, brauchen wir Sie nicht länger zu belästigen."

„Ach ja. Wo hatte ich ihn nur?" Major Billicliffe stand ächzend auf und wankte zu einem alten Rollpult mit offenem Deckel. Vornüber gebeugt kramte er eine Weile fahrig in dem Durcheinander und tastete die verschiedenen Fächer ab. „Wer sagt's denn!", rief er schließlich und hielt einen altmodischen großen Schlüssel in die Höhe, an dem ein zerknittertes Schild hing.

Oscar und Elfrida hatten beide ihr Glas leer getrunken und standen entschlossen auf. Oscar nahm Major Billicliffe den Schlüssel aus der Hand. „Vielen Dank. Tut mir Leid, dass wir Sie gestört haben."

„Von Stören kann keine Rede sein. Famos, so ein bisschen Gesellschaft. Vielleicht komme ich mal auf einen Sprung bei Ihnen vorbei. Wenn Sie sich ein bisschen eingelebt haben."

Elfrida lächelte. „Natürlich", sagte sie. „Aber nicht gleich in den nächsten fünf Minuten. Oscar ging es in letzter Zeit nicht so gut, und wir müssen uns etwas erholen."

„Natürlich, natürlich. Es wird sich schon eine Gelegenheit finden."

OSCAR blieb jetzt stehen und sah den Golfspielern zu, bis der letzte Spieler seinen Ball weggeschlagen hatte und die kleine Gruppe weiterging. Ein Gefühl der Müdigkeit überkam ihn, und er sah sich um. In der Ferne konnte er die Dächer und den Kirchturm von Creagan sehen – es war zu weit, um direkt nach Hause zu gehen, aber dann entdeckte er einen kleinen Unterstand, den die Golfspieler bei Regen benutzten. Er beschloss, sich einen Moment zu setzen und Atem zu schöpfen.

Er dachte an die Golfspieler, die sich bis in den späten Winternachmittag hinein auf dem Golfplatz amüsierten, und ein gewisses Neidgefühl erfüllte ihn. Sie waren zusammen. Waren unter Freunden, redeten, lachten und konkurrierten miteinander. Bevor sie alle nach Hause gingen, saßen sie noch eine Weile im Klubhaus zusammen, um etwas zu trinken. Normale Menschen.

Er fragte sich, ob er jemals wieder normal sein würde.

Er hatte Selbstmitleid nie leiden können, und auch jetzt, als er in dem kleinen Holzunterstand saß, wehrte er sich mit allen Mitteln dagegen und gab sich Mühe, positiv zu denken. Er besaß ein Haus, das zur Hälfte ihm gehörte und das leer stand, als er es brauchte. Zweitens gab es Elfrida, die ihn mit ihrer unkomplizierten Art davor bewahrt hatte, den Verstand zu verlieren. Sie hatte ihm in den schlimmsten Stunden zur

Seite gestanden. Wenn er schwieg, ließ Elfrida ihn gewähren. Wenn er den Wunsch hatte zu reden, hörte sie zu. Drittens wusste er, dass er nie wieder in das Haus, das Gloria gehört hatte, zurückzukehren brauchte, nie wieder die eisige, lähmende Stille ertragen musste.

Ich muss weitermachen, sagte er sich. „Ich muss weitermachen." Dieses Mal sagte er die Worte laut, sodass Horaz, der zu seinen Füßen gelegen hatte, sich aufrichtete und ihn erwartungsvoll ansah. Oscar stand auf.

Als sie das Klubhaus erreichten, war es bereits ganz dunkel geworden. Oscar sah die erleuchteten Fenster, hinter denen Leute gemütlich zusammensaßen und sich unterhielten. Auf dem Parkplatz davor stand ein Kombi, dessen Heckklappe aufgeklappt war. Auf der Ladefläche saß ein Mann und war dabei, seine mit Stollen besetzten Golfschuhe gegen ein Paar Halbschuhe auszutauschen. Er hatte gerade seine Schnürsenkel gebunden und stand auf, als Oscar an ihm vorbeiging.

„Guten Abend", sagte er höflich.

„Guten Abend", grüßte der andere freundlich zurück und sah ihn an. Er hatte ein von der Kälte gerötetes Gesicht, leuchtende blaue Augen und dichtes graues Haar. „Entschuldigen Sie, aber sind Sie nicht Oscar Blundell?"

Oscar war leicht irritiert, dass man ihn nicht nur erkannte, sondern auch noch beim Namen nannte. „Ja", antwortete er, und es klang wie ein Geständnis.

„Ich wusste, dass Sie nach Creagan zurückgekehrt sind. Ich selbst bin erst seit zwanzig Jahren hier, also habe ich Ihre Großmutter, Mrs McLennan, nicht mehr kennen gelernt. Aber ich hatte ein sehr freundschaftliches Verhältnis zu Ihrem Onkel Hector – bevor er Corrydale Hughie überließ und in den Süden zog. Ich bin übrigens Peter Kennedy." Er streckte die Hand aus, und Oscar ergriff sie mit seiner behandschuhten Rechten. „Willkommen in Creagan."

„Danke."

„Ich will im Klubhaus noch schnell eine Tasse Tee trinken. Wollen Sie nicht mitkommen?"

Oscar war sich nicht sicher, was er wollte, doch der Gedanke, eine Weile in der Wärme zu sitzen und sich eine heiße, wohltuende Tasse Tee zu gönnen, war verführerisch. Andererseits war er nicht sicher, ob er den Mut hatte, das hell erleuchtete, gesellige Klubhaus zu betreten. Womöglich wurde er anderen Leuten vorgestellt, musste mit Fremden reden und Fragen beantworten.

Aber sein neuer Freund hatte eine so herzliche, offene Art, dass er es nicht übers Herz brachte, ihm die Einladung rundweg abzuschlagen. „Ja. Sehr gern. Vielen Dank."

„Das freut mich."

Sie sperrten Horaz hinten in Peter Kennedys Kombi ein. Er schaute ihnen vorwurfsvoll durchs Rückfenster nach, als sie zum Klubhaus gingen. Im Foyer standen Vitrinen voller Silbertrophäen und Plaketten. Zur Rechten führte eine Glastür in den mit Tischen und bequemen Stühlen eingerichteten Klubraum, in dem es auch eine kleine Bar gab. Als sie eintraten, sahen ein oder zwei Leute auf, aber niemand nahm groß Notiz von ihnen. Nur eine ältere Kellnerin mit einem schwarzen Rock, weißer Bluse und üppig toupiertem silberweißem Haar strahlte über das ganze Gesicht, als sie Peter Kennedy entdeckte.

„Mr Kennedy. Ich habe heute Abend gar nicht mit Ihnen gerechnet."

„Hallo, Jessie. Ist es schon zu spät für eine Tasse Tee?"

„Dafür ist es nie zu spät." Sie wandte sich an Oscar.

„Jessie, dies ist Mr Oscar Blundell. Er wohnt im ehemaligen Verwalterhaus."

„Ach so, Sie sind das. Ich habe gehört, dass Sie dort eingezogen sind, aber Sie haben sich noch nirgendwo blicken lassen. Spielen Sie auch Golf?"

Oscar nahm seinen Hut ab. „Leider nein."

„Dagegen müssen wir dringend etwas tun. Mr Kennedy, wo möchten Sie sitzen?"

Bevor er antworten konnte, wurden sie unterbrochen. „Peter!", ertönte eine tiefe, dröhnende Stimme. „Komm her. Ich muss mit dir reden. Hab dich seit mindestens einer Woche nicht gesehen."

Peter Kennedy drehte sich um, und als Oscar seinem Blick folgte, sah er in der äußersten Ecke des Raumes einen beleibten älteren Herrn im Rollstuhl, der seinen Knotenstock schwenkte.

„Kann ich Sie einen Augenblick allein lassen, Mr Blundell? Das ist der alte Charlie Beith, ich muss ihn kurz begrüßen…"

„Natürlich."

Jessie kümmerte sich um Oscar. „Setzen Sie sich, und machen Sie sich's bequem. Möchten Sie indischen oder chinesischen Tee?"

„Entschuldigen Sie", sagte Oscar, „aber können Sie mir sagen, wer Peter Kennedy ist? Ich habe ihn gerade erst kennen gelernt, auf dem Parkplatz. Er kannte meinen Onkel. Aber ich weiß nicht…"

„Sie wissen nicht, was er macht oder wer er ist? Er ist der Pfarrer hier in unserer Gemeinde."

Der Pfarrer. Der Mann, dessen Beruf es war, Trost zu spenden. Peter Kennedys spontane Herzlichkeit hatte aufrichtig gewirkt, aber diese neue Information erfüllte Oscar mit Misstrauen. Wusste Kennedy womöglich, warum Oscar nach Creagan zurückgekehrt war? Hatte Hector, zweifellos mit den besten Absichten, mit Peter Kennedy Kontakt aufgenommen? Ihm die Situation erklärt? Vielleicht einen seelsorgerischen Besuch vorgeschlagen? Ein tröstliches Gespräch, gut gemeinte Ratschläge, einen sanften Schubs zurück in den Schoß der Kirche, an die Oscar nicht länger glaubte?

„Ist Ihnen nicht gut?", fragte Jessie besorgt.

Er sah ihr mütterliches Gesicht vor sich und merkte, wie erhitzt er war. Erhitzt durch einen inneren Aufruhr, der gefährlich an Panik grenzte. Er zwang sich, ruhig zu atmen. „Entschuldigen Sie. Mir ist gerade etwas eingefallen." Seine Stimme klang künstlich, als käme sie aus einem anderen Raum. „Ich muss sofort nach Hause. Ein Anruf..." Während er seinen Rückzug antrat, entschuldigte er sich noch einmal. „Es tut mir Leid. Bitte, entschuldigen Sie mich bei Mr Kennedy."

Oscar wandte sich ab und ging mit langsamen, vorsichtigen Schritten zur Tür. Erleichtert trat er hinaus in die bittere Kälte. Der eiskalte Wind traf ihn direkt von vorn, sodass er einen Moment lang stehen blieb und tief einatmete. Er zog seinen alten Tweedhut tief ins Gesicht. Alles in Ordnung. Noch einmal davongekommen. Jetzt musste er nur heil nach Hause gelangen. Zu Elfrida. Er ging die Stufen hinunter, überquerte den Parkplatz und befreite Horaz aus Peter Kennedys Wagen, der zum Glück nicht abgeschlossen war. Dann machte er sich in raschem Tempo davon.

Elfrida

Der Frauenkreis in Dibton hatte immer wieder Fahrten ins Blaue organisiert, die meist an einem Samstagnachmittag stattfanden. Die Damen wurden in einen Bus verfrachtet, und man fuhr hinaus aufs Land zu einem unbekannten Ziel. Häufig war es ein Herrenhaus.

Elfrida kam es vor, als befände sie sich auf so einer Fahrt ins Blaue in den Norden Schottlands. Sie war mit Oscar in Dibton losgefahren, ohne zu wissen, worauf sie sich einließ, und sie hatte auch nicht danach gefragt. Der Aufbruch war so überstürzt, das Packen so hastig, die Zeit zum Abschiednehmen so kurz gewesen, dass es ihr gar nicht in den Sinn gekommen war, Fragen zu stellen.

Elfrida hatte ihren Hausschlüssel mit etwas vagen Erklärungen bei ihrer Nachbarin hinterlassen und sie gebeten, ein Auge auf den Ford Fiesta zu haben, der verlassen auf der Straße vorm Haus stand. Oscar nahm Kontakt mit Hector McLennan auf, um ihm Bescheid zu sagen, während Elfrida ihren Vetter Jeffrey in Cornwall anrief und ihm zu erklären versuchte, was sie vorhatte.

Ohne die geringste Vorstellung, was sie an Garderobe brauchen würde, packte Elfrida diverse warme Kleidungsstücke und mehrere Paar derbe Schuhe in ihren Koffer. Hinzu kam eine alte Tasche mit Reißverschluss für ihre kostbarsten Schätze, die Besitztümer, die sie bisher auf allen Reisen begleitet hatten: der Seidenschal, den sie um das kleine Gemälde von Sir David Wilkie gewickelt hatte, ihre Uhr, eine Stickerei, an der sie gerade arbeitete, einige Fotografien in Silberrahmen und ein paar Bücher. Oscars Gepäck war kaum umfangreicher: ein Lederkoffer, eine dicke Aktentasche und seine Angelsachen.

„Hast du vor zu angeln, Oscar?"

„Keine Ahnung. Aber ich kann doch nicht ohne meine Angelrute nach Schottland fahren. Das wäre ein Sakrileg."

Dieses Gepäck hatte gut Platz im Kofferraum von Oscars Volvo, sodass Horaz die ganze Rücksitzbank mit seiner Decke, seinen Hundekuchen und seinem Wassernapf für sich beanspruchen konnte.

Es wurde eine lange, anstrengende Reise, und die Begegnung mit Major Billicliffe war die letzte Hürde. Als sie die heil überstanden hatten und Oscar den Schlüssel sicher in der Tasche hatte, legten sie die letzten Kilometer mühelos, ja beinahe unbeschwert zurück. Die dunkle Straße führte zwischen finsteren Tannenwäldern direkt aufs Meer zu. Elfrida öffnete das Fenster und roch den Tannenduft und die salzige Luft. Als die Bäume aufhörten, sahen sie vor sich eine gerade, silbrige Linie – das Meer. In der Ferne blinkte ein Leuchtturm auf dem Wasser, die ersten Straßenlaternen tauchten auf und dann Häuser mit erleuchteten Fenstern. Es folgte eine Straße mit Reihenhäusern, die terrassenartig angelegt waren. Sie fuhren auf die Kirche zu, an deren Turmuhr die Zeiger auf sieben Uhr zeigten. Man sah größere, schönere Häuser, die zurückgesetzt hinter hohen Steinmauern standen. Creagan. Eine Kurve, noch eine Straße, dann hielt Oscar vor einem Haus und stellte den Motor ab. Elfrida sah ihn an.

„Wir sind da", sagte er und legte seine Hand auf ihre.

Das war also das Verwalterhaus. Elfrida sah es zum ersten Mal im Licht der Straßenlaternen – ein massives Gebäude hinter einem schmiedeeisernen Zaun und einem mit Strandkieseln bestreuten Vorplatz. Die Fassade sah aus wie eine Kinderzeichnung – eine Tür und fünf Fenster. Aus dem schrägen, schiefergedeckten Dach ragten zwei Gauben.

Sie stiegen aus. Horaz sprang auf den Bürgersteig und begann zögernd herumzuschnüffeln, während Oscar das Tor aufmachte und den Weg entlang auf das Haus zuging. Elfrida und Horaz folgten. Mit dem großen Schlüssel öffnete er die Tür, tastete nach dem Lichtschalter und knipste das Licht an.

Sie traten ein, und Elfrida nahm erleichtert die wohlige Wärme wahr und den sauberen Geruch eines frisch geputzten Hauses. Schnell machte sie die Haustür zu. Vor ihnen führte eine Mitteltreppe hinauf zu einem Treppenabsatz und einem vorhanglosen Fenster. Die Türen zu beiden Seiten der Treppe waren geschlossen, aber die dritte Tür am Ende der Diele stand offen. Oscar trat ein und machte auch dort das Licht an.

Elfrida folgte ihm und fand sich in der Küche wieder, in der ein altmodischer Küchenschrank und ein Holztisch standen. Unter dem Fenster befand sich ein Spülstein und daneben ein gewaltiger Gasherd, der sicher vierzig Jahre oder mehr auf dem Buckel hatte.

„Nicht gerade das Gelbe vom Ei", meinte Oscar entschuldigend.

„Nichts dran auszusetzen", entgegnete Elfrida und meinte es ehrlich.

„Elfrida, weinst du?"

„Ich glaube, ja."

„Warum?"

„Vor Erleichterung."

DAS WAR vor drei Wochen gewesen. Inzwischen war es Dezember geworden. Oscar war gleich nach dem Mittagessen mit Horaz zu einem Spaziergang aufgebrochen, aber noch immer nicht zurück, obwohl es bereits fünf Uhr nachmittags war.

Elfrida machte sich eine Tasse Tee und nahm sie mit nach oben ins Wohnzimmer. Das Wohnzimmer war sehr geräumig, mit einem riesigen Erker zur Straße und Blick auf die Kirche. Man konnte stundenlang am Fenster sitzen und zusehen, wie die Welt an einem vorüberzog. Autos und Lieferwagen fuhren vorbei, Leute blieben auf ein Schwätzchen auf dem Bürgersteig stehen, und Gruppen von Kindern gingen auf dem Weg zur Schule hier vorbei.

Wie das ganze Haus war auch dieser Raum aufs Sparsamste möbliert: ein dicker türkischer Teppich, ein Sofa und zwei Sessel, ein Tisch. Keine Bilder, kein dekorativer Kleinkram, nur ein paar alte Bücher, die in einem Bücherschrank mit Glastür untergebracht waren.

Elfrida hatte dem Raum mit ihren wenigen Habseligkeiten so etwas wie eine eigene Prägung verliehen. Das kleine Bild von David Wilkie hing gegenüber vom Kamin, über dem schweren Eichentisch, den Oscar als Schreibtisch benutzte. Die Uhr hatte einen Platz auf dem Kaminsims gefunden. Die angefangene Stickerei lag auf einem Stuhl.

Elfrida hatte ein Kaminfeuer angezündet, aber sie setzte sich ans Fenster, um auf Oscar zu warten. Doch kaum hatte sie sich mit ihrem Tee dort niedergelassen, klingelte das Telefon, was ein bisschen beunruhigend war, denn dies war das erste Mal seit ihrem Einzug, dass es sich bemerkbar machte. Sie ging hinaus zur Treppe, wo das Telefontischchen stand, und nahm den Hörer ab.

„Phipps, bei Blundell."

„Hallo, Elfrida! Hier spricht Carrie. Carrie Sutton."

„Carrie! So eine Überraschung! Wo bist du?"

„In London. Wie geht's dir?"

„Gut."

„Jeffrey hat mir erzählt, dass du in Schottland bist. Er hat mir auch die Nummer gegeben. Elfrida, ich muss dich um einen Gefallen bitten. Einen riesigen Gefallen."

„Schieß los."

„Es geht um Weihnachten."

Es WURDE ein sehr langes Gespräch. Aber schließlich hatten sie alles besprochen, und Elfrida ging hinunter, um Oscar zu begrüßen, der gerade nach Hause gekommen war. Er stand im Flur und legte Jacke und Schal ab.

„Ihr seid ja eine Ewigkeit unterwegs gewesen", meinte Elfrida.

„Wir sind bis zum Ende des Golfplatzes gelaufen. Ich hatte ganz vergessen, dass es so weit ist." Erschöpft fuhr er sich mit der Hand durchs Haar.

„Möchtest du ein Tässchen Tee?", fragte sie.

„Ich glaube, ich könnte was Stärkeres gebrauchen."

„Einen Scotch? Geh doch schon mal nach oben. Der Kamin brennt. Ich bring ihn dir rauf."

In der Küche schenkte sie ihm einen Scotch ein und machte für sich noch eine Tasse Tee. Sie ging mit der Teetasse in der einen und dem Whiskyglas in der anderen Hand nach oben. Oscar stand am Kamin und lächelte dankbar. „Wie lieb du bist…“, sagte er und nahm ihr das Glas aus der Hand. Seufzend ließ er sich in einem der Sessel nieder.

Elfrida ging zum Fenster und zog die Vorhänge zu. „Ich hatte die Vorhänge offen gelassen, weil ich am Fenster gesessen und auf dich gewartet habe.“

„Ich bin aufgehalten worden. Vor dem Golfklub bin ich mit einem Mann ins Gespräch gekommen. Er heißt Peter Kennedy und ist der Pastor hier in Creagan. Er hat mich zu einer Tasse Tee eingeladen.“

Elfrida wartete. „Und was dann?“, fragte sie schließlich.

„Mir ging auf, dass Hector ihn vermutlich informiert hat. Ich dachte zuerst, er sei einfach ein netter Mensch, aber ich fürchte, er wollte mir einen Gefallen tun. Ich will aber meine Ruhe. Deshalb bin ich einfach nach Hause gegangen.“

„Aber Oscar!“

„Ich weiß. Es war rüde und unhöflich.“

„Er wird Verständnis dafür haben.“

„Hoffentlich, denn eigentlich mochte ich ihn gern.“ Er seufzte. „Ich finde es schrecklich, wenn ich so bin.“

Sie saß ihm in einem niedrigen, ausladenden viktorianischen Sessel gegenüber, der mit Schottenstoff bezogen war. „Vielleicht ist dies nicht ganz der geeignete Moment“, sagte sie, „aber ich muss dir etwas sagen. Ich hatte einen Telefonanruf. Von Jeffreys Tochter Carrie. Sie ist aus Österreich zurück und möchte raufkommen, um Weihnachten bei uns zu verbringen.“

„Aber wir feiern doch kein Weihnachten.“

„Das hab ich ihr gesagt, Oscar. Ein Lammkotelett zum Mittagessen und bloß kein Lametta. Sie hat vollstes Verständnis dafür. Sie sagt, ihr läge auch nichts an Weihnachten.“

„Dann soll sie kommen.“

Elfrida zögerte. „Die Sache hat einen Haken.“

„Ein Mann?“

„Nein. Jeffreys Enkelin, Lucy. Carries Nichte. Wenn Carrie kommt, muss Lucy mitkommen.“

Es herrschte ein sehr langes Schweigen. Oscar hatte den Kopf abgewandt und starrte ins Feuer. „Wie alt ist sie denn?“

„Vierzehn.“

„Und warum muss sie unbedingt mitkommen?“

Elfrida zuckte die Achseln. „Die Art von egoistischem Kuddelmuddel, die in meiner Familie schon immer gang und gäbe war." Elfrida biss sich auf die Lippe. „Ich kann Carrie anrufen und absagen, wenn es zu schlimm für dich ist, ein kleines Mädchen im Haus zu haben. Ich nehme es dir nicht übel."

„Für mich ändert es eigentlich nichts. Aber wenn du gern möchtest, dass sie kommen, dann sag ihnen, sie sollen kommen."

„Du bist ein lieber, guter, tapferer Mann", sagte sie.

„Wo sollen sie denn schlafen?"

„Die Dachkammer steht leer. Vielleicht könnten wir noch ein Bett kaufen, dann kann Lucy oben schlafen."

„Wir brauchen wohl mehr als nur ein Bett."

„Viel nicht."

„Dir ist es wichtig, darauf kommt es an. Sag ihnen, sie sind uns willkommen." Er trank einen Schluck Whisky und schien tief in Gedanken. „Ruf Carrie jetzt gleich an", sagte er dann. „Wenn sie mit dem Zug oder mit dem Flugzeug kommen, können wir sie mit dem Taxi von Inverness abholen lassen. Und wenn sie mit dem Auto fahren, sag ihr, sie soll vorsichtig sein wegen des Schnees."

Elfrida war ihm unendlich dankbar. „Ich rufe sie an. Jetzt gleich." Sie stand auf. „Ich danke dir, Oscar."

AM NÄCHSTEN Morgen war Elfrida als Erste unten. Sie hatte warme Cordhosen und zwei dicke Pullover angezogen und war froh darüber, denn als sie die Hintertür öffnete, um Horaz in den Garten zu lassen, stellte sie fest, dass es über Nacht stark gefroren hatte und alles mit einer glitzernden Schicht Raureif überzogen war. Ihre Schritte hinterließen Spuren auf dem dichten, knirschenden Gras. Im Osten, über dem Meer, kündigte sich die Morgendämmerung schon als schmaler Nadelstreifen am Horizont an, und es sah aus, als würde es ein schöner Tag werden.

Sie saß schon am Tisch und trank ihre erste Tasse Kaffee, als Oscar herunterkam und sich zu ihr setzte. Sein verändertes Aussehen fiel ihr sofort auf. Meist trug er einen warmen Pullover und darunter ein dickes Hemd. Ziemlich salopp. Ohne Schlips. Aber heute Morgen trug er nicht nur eins seiner besseren Hemden, sondern auch einen Schlips, eine Weste und sein gutes Tweedjackett.

Sie schenkte ihm Kaffee ein. „Du siehst ja so elegant aus heute Morgen."

„Ja, ich habe mich aufgerafft, weil ich einen Besuch machen will."

Elfrida war ehrlich überrascht. „Wen willst du denn besuchen?“

„Rose Miller. Eine ganz alte Freundin.“

„Du hast sie noch nie erwähnt. Muss ich vor Eifersucht außer mir sein?“

„Ich glaube nicht. Sie ist mindestens fünfundachtzig. Sie war das Zimmermädchen meiner Großmutter und wohnte in einem winzigen, reetgedeckten Häuschen, das früher zum Gut gehörte. Ich will ihr meine Aufwartung machen.“

„Ich bin begeistert. Was hat diesen Sinneswandel bewirkt?“

„Es war die Begegnung gestern. Mit Peter Kennedy, dem Pfarrer. Wenn Peter Kennedy mich kennt, kennen mich auch eine ganze Reihe anderer Leute. Inzwischen hat bestimmt auch Rose Miller gehört, dass ich wieder da bin, und wäre tief gekränkt, wenn ich nichts von mir hören ließe. Deshalb habe ich mich zu diesem Besuch entschlossen.“

Plötzlich war ihr so leicht zumute wie seit langem nicht mehr. Oscar wollte einen Besuch machen, und in der nächsten Woche sollten Carrie und Lucy Wesley kommen. Sie hatte das Gefühl, dass der gestrige Tag ein Wendepunkt gewesen war, ohne dass sie es gemerkt hatte.

„Und vielleicht solltest du, wenn du schon auf Corrydale bist, Major Billicliffe auch gleich einen Besuch abstatten. Er ist bestimmt furchtbar einsam. Wir müssen uns gelegentlich um ihn kümmern. Vielleicht können wir ihn einladen, wenn Carrie und Lucy hier sind.“

„Wann kommen Sie denn an?“, fragte Oscar, um das Gespräch auf ein anderes Thema zu lenken.

„Sie fliegen am Freitag früh nach Inverness, und ich habe ein Taxi bestellt, um sie abzuholen.“

NACHDEM Oscar gegangen war und Elfrida ihre täglichen kleinen Pflichten fast erledigt hatte, klingelte es an der Tür. Von unten war Horaz’ aufgeregtes Bellen zu hören.

„Ach, sei still, Horaz!“, rief sie und lief durch die Diele zur Haustür. Sie öffnete. Vor ihr stand eine ihr unbekannte weibliche Gestalt.

Die Besucherin war eine Frau von vielleicht Ende dreißig, groß und schlank und herrlich unkonventionell gekleidet. Sie hatte dunkles Haar, das ihr glatt und locker auf die Schultern fiel, und ein ebenmäßiges, ungeschminktes Gesicht. Über einem langen roten Wollrock trug sie einen alten, abgetragenen Parka und darunter Schuhe, die nach Doc-Marten-Stiefeln aussahen. Um den Hals hatte sie einen karierten Schal geschlungen. Ihre gebräunten Wangen waren von der morgendlichen

Kälte rosig angehaucht, und die tief liegenden Augen waren dunkel wie schwarzer Kaffee. In der Hand trug sie einen Korb mit Eiern.

Sie lächelte. „Guten Tag. Sind Sie Elfrida Phipps? Ich hoffe, ich störe Sie nicht. Ich bin Tabitha Kennedy. Peter Kennedys Frau."

„Ach so." Elfrida gab sich Mühe, sich ihre Überraschung nicht anmerken zu lassen. Sie konnte sich kaum jemanden vorstellen, der weniger wie eine Pfarrersfrau aussah. „Wie schön, Sie kennen zu lernen." Sie trat einen Schritt zurück und hielt die Tür auf. „Kommen Sie doch herein."

„Ich möchte Sie nicht stören", antwortete Tabitha Kennedy zögernd. „Ich wollte Ihnen nur ein paar Eier bringen. Von meinen eigenen Hühnern."

„Sie stören überhaupt nicht, und frische Eier bekommt man nicht alle Tage geschenkt. Kommen Sie herein, und trinken Sie eine Tasse Kaffee mit mir."

Tabitha trat in die Diele, und Elfrida schloss die Tür hinter ihr. „Ich setze nur eben Wasser auf. Oscar ist nach Corrydale gefahren und besucht eine Frau namens Rose Miller."

„Du liebe Güte, das wird ein Wiedersehen geben! Rose mochte ihn immer sehr gerne. Sie erzählt manchmal noch von ihm." Tabitha folgte Elfrida in die Küche und stellte den Eierkorb auf den Tisch. „Ich bin froh, dass er nicht da ist", sagte sie dann. „Ich bin unter anderem gekommen, um eine Entschuldigung zu überbringen."

„Entschuldigung? Wofür?"

„Mein Mann schickt mich. Er macht sich Vorwürfe, dass er gestern so aufdringlich war, und hofft inständig, dass er Mr Blundell nicht gekränkt hat."

„Ich glaube, Oscar hat eher das Gefühl, dass er sich bei Ihrem Mann entschuldigen muss. Es war unhöflich von ihm, einfach so davonzulaufen, aber er ist in Panik geraten und hat die Flucht ergriffen. Er hat ein ganz schlechtes Gewissen und weiß, dass er sich unmöglich benommen hat."

„Hector hatte uns geschrieben und uns erzählt, dass Oscar seine Frau und seine Tochter bei einem schrecklichen Autounfall verloren hat. Ich weiß, dass es ein langer, schmerzlicher Prozess ist, bis man darüber hinwegkommt und sich dem Leben wieder zuwenden kann."

„Das nennt man Trauern."

„Ja, richtig. Für Sie ist es sicher auch nicht ganz einfach."

„Um ganz ehrlich zu sein, manchmal ist es furchtbar." Elfrida war selbst überrascht, wie impulsiv diese Worte herauskamen, denn bisher hatte sie sich nicht einmal selbst eingestanden, dass sie solche Gefühle hatte. „Das Schlimmste ist die eigene Hilflosigkeit, denn es gibt nichts auf der Welt, was ich tun kann, um zu helfen. Und dann die Ungeduld. Und gleichzeitig das schlechte Gewissen, weil ich ungeduldig bin. Ich bin von Natur aus ein geselliger Mensch, und es fällt mir leicht, mit anderen Kontakt aufzunehmen, doch Oscar zuliebe habe ich mich zurückgehalten. Ich habe vermutlich einen ziemlich hochnäsigen Eindruck gemacht."

„Nein, das glaube ich nicht."

„Heute habe ich zum ersten Mal das Gefühl, dass die ganz schlimmen Zeiten hinter uns liegen. Vielleicht ist der Besuch bei Rose Miller ein Schritt in die richtige Richtung."

„Meinen Sie, es wäre eine gute Idee, wenn mein Mann Mr Blundell einmal besuchen würde?"

„Eine ausgezeichnete Idee, aber sagen Sie ihm, er soll vorher anrufen."

„Mach ich."

Der Kaffee war fertig. Elfrida nahm das Tablett in die Hand. „Kommen Sie, wie gehen nach oben. Dort ist es gemütlicher."

Sie ging voran, und Tabitha Kennedy folgte ihr. „Ich finde diese Treppe so herrlich. Sie gibt dem Haus etwas Herrschaftliches." Sie blieb auf dem Treppenabsatz stehen und blickte in den winterlichen kahlen Garten hinaus, der in terrassenförmig angelegten Rasenflächen nach hinten anstieg und durch dessen Mitte eine Steintreppe führte. „Ich hatte ganz vergessen, wie groß der Garten ist."

„Oscar arbeitet gern im Garten, hat sich bisher aber darauf beschränkt, ein paar Blätter zusammenzuharken", sagte Elfrida und ging mit ihrem Tablett weiter die Treppe hinauf. Die niedrige Sonne strömte durch die offene Wohnzimmertür. „Wollen wir uns ans Fenster setzen?"

„Gern. Die Sonne ist so herrlich warm." Tabitha Kennedy nahm ihren Schal ab und zog ihre Jacke aus, bevor sie sich am Fenster niederließ.

„Wie lange wohnen Sie schon in Creagan?", fragte Elfrida.

„Seit ungefähr zwanzig Jahren. Unsere Kinder sind beide im Pfarrhaus geboren."

„Und wie alt sind Ihre Kinder?"

„Rory ist achtzehn. Er ist gerade mit der Schule fertig. Er hat einen Studienplatz an der Uni in Durham, will aber erst nächstes Jahr mit dem Studium beginnen. Und Clodagh ist zwölf und ganz verrückt nach Pferden, wir wissen auch nicht, warum."

Elfrida sah Tabitha Kennedy an, wie sie in ihrem schwarzen Rollkragenpullover vor ihr saß, und sie genoss es sehr, endlich einmal wieder mit jemandem Kaffee zu trinken und ein Schwätzchen zu halten. „Ich finde, Sie sehen gar nicht aus wie eine Pfarrfrau."

„Eigentlich bin ich auch gar keine richtige Pfarrfrau. Ich bin Lehrerin und gebe Kunstunterricht an der Schule, aber ich bin natürlich trotzdem in der Gemeinde aktiv. Ich würde Sie sehr gern zu uns ins Pfarrhaus einladen, aber vielleicht sollten wir lieber warten, bis mein Mann sich mit Mr Blundell verständigt hat."

„Darauf freue ich mich schon jetzt", erwiderte Elfrida lächelnd.

Tabitha hatte ihren Kaffee ausgetrunken und sah auf die Uhr. „Oh, ich muss wieder los. Peter hat heute Nachmittag eine Sitzung in Buckly, und ich muss ihm noch etwas zum Mittagessen kochen."

ALS TABITHA KENNEDY fort war, ging Elfrida in die Küche und warf einen Blick in ihren Kühlschrank. Dabei hörte sie, wie die Haustür ging. Oscar war zurück. Elfrida ging ihm in die Diele entgegen.

„Da bist du ja wieder. Wie geht es Rose Miller?"

„Glänzend." Er nahm seinen Hut ab und hängte ihn über den Pfosten am Ende des Treppengeländers. „Wir haben in Erinnerungen geschwelgt und ein Glas Holunderbeerwein zusammen getrunken."

Sie ging mit ihm in die Küche zurück. Er zog seine dicke Jacke aus, nahm sich einen Stuhl und setzte sich. Elfrida sah ihn besorgt an. Für einen Mann, der sich gerade mit einer alten Verehrerin ein Gläschen Holunderbeerwein genehmigt hatte, sah er müde und abgespannt aus.

„Fehlt dir was, Oscar?"

„Nein, mir fehlt nichts, Elfrida. Ich bin deinem Rat gefolgt und bei Major Billicliffe vorbeigefahren."

„Oh, gut!"

„Von gut kann keine Rede sein. Ich fühle mich alles andere als gut."

„Wieso? Was ist denn passiert?"

Oscar hatte auf dem Rückweg Billicliffes Hund heulen hören. Das Geheul hatte in seinen Ohren geklungen wie ein Hilferuf, und er war stutzig geworden.

Elfrida sah ihn entsetzt an. „Ja, und dann?"

„Ich habe bei ihm geklingelt, aber es rührte sich nichts, außer dass der Hund aufhörte zu jaulen und laut zu bellen anfing. Also habe ich die Klinke runtergedrückt, und tatsächlich, die Tür war offen. Ich bin hineingegangen und habe gerufen. Aber es kam keine Antwort. Und der Hund war in demselben Hinterzimmer eingesperrt wie bei unserem ersten Besuch. Zuerst bin ich unten durch alle Räume gegangen, wo es überall noch chaotischer aussah als im Wohnzimmer. Wäsche über den Stuhllehnen, Stapel von alten Zeitungen und Kartons auf den Tischen. Dann bin ich raufgegangen, und da lag der alte Knabe im Bett…"

„Doch nicht etwa tot?"

„Kurz war ich mir selbst nicht sicher. Aber dann hat er sich gerührt."

„Gott sei Dank!"

„Billicliffe ist nicht tot. Aber er sah sterbenselend aus, und es ging ihm offensichtlich schlecht. Als er merkte, dass Besuch da war, versuchte er mühsam, sich in den Kissen aufzurichten und gute Miene zum bösen Spiel zu machen. Seine Putzfrau sei am Tag zuvor gekommen und so entsetzt über sein Aussehen gewesen, dass sie Dr. Sinclair, den praktischen Arzt in Creagan, angerufen habe. Der sei unverzüglich nach Corrydale gefahren und habe Billicliffe nach eingehender Untersuchung mitgeteilt, er halte es für das Beste, ihn ins Krankenhaus nach Inverness zu überweisen, um dem Übel auf den Grund zu kommen."

„Und wann geht er nach Inverness?"

„Am Montag. Dr. Sinclair hat ihn dort angemeldet."

„Und wie kommt er dorthin?"

Oscar hatte gemerkt, dass der alte Soldat schlichtweg Angst hatte bei dem Gedanken an Krankenhaus, Untersuchungen, Ärzte, Krankheit, Schmerzen und eine mögliche Operation. Deshalb hatte er Major Billicliffe vorgeschlagen, dass er, Oscar, ihn in seinem Wagen ins Krankenhaus nach Inverness bringen und nicht von seiner Seite weichen würde, bis der Alte wohlbehalten untergebracht war.

Bei diesem Angebot war Major Billicliffe von Rührung überwältigt worden. „Aber warum?", hatte er gefragt und nach seinem schmuddeligen Taschentuch gekramt, um sich die hilflosen Altmännertränen aus den Augen zu wischen. „Warum sollten Sie mit einem klapprigen Greis wie mir Ihre Zeit verschwenden?"

„Weil mir daran liegt", hatte Oscar gesagt. „Weil Sie ein Teil von Corrydale sind. Wie meine Großmutter und Hector McLennan." Major Billicliffe hatte ihn skeptisch angesehen. „Und weil Sie mein Freund sind", hatte Oscar hinzugefügt.

Elfrida war ganz gerührt. „Wie lieb von dir. Du hast genau das Richtige getan. Er wird längst nicht so viel Angst haben, wenn du dabei bist. Und was ist mit dem Hund?"

„Ich bin nach unten gegangen und habe ihn in den Garten gelassen. Er ist überhaupt nicht aggressiv, sondern ein gutmütiger alter Labrador, der nur ein bisschen Zuwendung braucht. Er heißt übrigens Brandy."

„Interessant, interessant."

„Ich habe ihn ins Auto verfrachtet, bin mit ihm zu Rose Miller zurückgefahren und habe ihr die Geschichte erzählt. Sie macht sich schreckliche Vorwürfe, dass sie nicht wusste, wie es um Billicliffe stand. Als ich schließlich abfuhr, hatte sie schon ihre Siebensachen zusammengepackt, um bei ihm Ordnung zu schaffen und ihm etwas zu essen zu bringen. Trotz ihrer fünfundachtzig Jahre lässt sie sich so schnell durch nichts einschüchtern. ‚Kann nicht von der Buddel lassen, aber eine Seele von Mensch und zu stolz, um sich helfen zu lassen', waren ihre Worte."

„Und was wird aus dem armen Hund?"

„Rose will dafür sorgen, dass ihr Neffe, Charlie Miller, sich um ihn kümmert."

„Ach, Oscar, was für einen aufregenden Morgen du hinter dir hast!"

Er lächelte und nickte. „Und wie war's bei dir?"

„Tabitha Kennedy hat mich besucht. Du ahnst nicht, was ich dir alles zu erzählen habe!"

„Das kannst du beim Essen tun. Warum gehen wir nicht essen? Ich lade dich zu einem Gin Tonic ein, und wir trinken auf..." Er zögerte. „Auf uns?"

„Ach, Oscar." Elfrida wanderte um den Tisch herum, legte ihm die Arme um den Hals und drückte ihn fest an sich. Was für ein schöner Tag!

Oscar

Warm eingehüllt gegen die Kälte, machte sich Oscar nach einem verhältnismäßig späten Frühstück am Sonntagmorgen auf den Weg zum Zeitungskiosk, um seine Sonntagszeitungen zu holen. Die kleine Stadt lag still und verlassen da. Wieder war es ein strahlender, wolkenloser Tag. Kein Windhauch war zu spüren.

Auf dem Rückweg traf er Elfrida und Horaz, die gerade zu einem langen Strandspaziergang aufbrachen. „Komm doch mit", forderte sie ihn auf, doch er freute sich auf die Sonntagslektüre des Feuilletons, das ihn über die kulturellen Ereignisse in London auf dem Laufenden hielt, und wollte lieber zu Hause bleiben. Er trat ins Haus, ging die Treppe hinauf und betrat das stattliche Wohnzimmer. Elfrida hatte bereits das Holz im Kamin geschichtet, sodass er es nur anzuzünden brauchte. Dann machte er es sich mit seiner Lektüre im Sessel bequem.

Doch die Kirchenglocken störten ihn. Die Turmuhr teilte ihm mit, dass es halb elf war. Er ließ die Zeitung sinken, stand auf, trat ans Fenster und sah hinaus. Er fand es immer wieder faszinierend, wie sich die leere Stadt am Sonntagmorgen langsam, aber stetig belebte.

Um die Kirche herum begann es lebendig zu werden. Plötzlich drangen wie aus weiter Ferne die Klänge der Orgel zu ihm herauf. Obwohl der Ton durch die dicken Steinmauern gedämpft wurde, erkannte Oscars geschultes musikalisches Gehör die Qualität des Instruments und die kompetente Hand des Organisten.

Dass die Kirche in unmittelbarer Nachbarschaft lag, hatte Oscar anfangs ein wenig irritiert. Es rührte an frische Wunden und erinnerte ihn an all das, was er verloren hatte. Während er zusah, wie die Menschen sich in Gruppen vor der Kirche einfanden, war ihm bewusst, dass er nur die Straße zu überqueren brauchte, um sich vom Strom der Gläubigen wie ein Schwimmer in der Strömung durch das hohe Portal ins mächtige Kirchenschiff mittreiben zu lassen.

Er verließ den Erker und kehrte zum Kamin und zu seiner Zeitung zurück. Doch als die Gemeinde in der Kirche gegenüber das erste Kirchenlied anstimmte, ließ er die Zeitung erneut sinken, starrte versonnen in die Flammen und lauschte. „Macht hoch die Tür, die Tor macht weit, es kommt der Herr der Herrlichkeit." Ein schönes altes Adventslied. Er erinnerte sich, wie er es mit seinem Schulchor geprobt und die Sänger inständig gebeten hatte, es so zu singen, als glaubten sie wahrhaftig an die hoffnungsvolle Botschaft.

Ich muss mich mit Peter Kennedy in Verbindung setzen, dachte er.

IN DER übernächsten Nacht lag Oscar lange wach und dachte über Godfrey Billicliffe nach. Er wusste inzwischen, wie Billicliffe mit Vornamen hieß, denn er hatte im Krankenhaus etliche Formulare für ihn ausfüllen müssen, bevor er den kranken alten Mann der barmherzigen Pflege der Stationsschwester überlassen hatte.

Das Unternehmen war nicht so nervenaufreibend gewesen, wie er befürchtet hatte. Die Fahrt nach Inverness war ohne Hindernisse vonstatten gegangen, und der alte Billicliffe hatte den ganzen Weg ohne Unterbrechung über sein Leben geredet. Als sie über die Höhen der Black Isle gefahren waren und Inverness am anderen Ufer vor ihnen aufgetaucht war, hatte Major Billicliffe plötzlich gesagt: „Hab überlegt, Blundell …"

„Was haben Sie überlegt?“

„Was werden soll …, wenn ich dran glauben muss …“

„Warum sollten Sie dran glauben müssen?“, hatte Oscar protestiert und versucht, zuversichtlich zu klingen.

„Wer weiß … Man muss auf alle Eventualitäten gefasst sein. Hab ich beim Militär gelernt. Mit dem Schlimmsten rechnen und das Beste hoffen.“ Ein längeres Schweigen. „Dachte bei mir …, hängt natürlich von Ihnen ab …, ob Sie wohl mein Testamentsvollstrecker sein wollen. Wäre beruhigend zu wissen …, wenn die Sache … in guten Händen …“

„Ich weiß nicht, ob die Sache bei mir in guten Händen wäre.“

„Unsinn. Hector McLennans Neffe … Meine Freunde …, alle tot. Dachte, Sie könnten … Würde mich freuen.“

Oscar trieben Billicliffes unvollendete Sätze zum Wahnsinn. Aber er beherrschte sich und sagte so ruhig wie möglich: „Wenn Sie wollen. Wenn es Sie beruhigt, bin ich gern bereit, Ihr Testamentsvollstrecker zu sein.“

„Famos. Werde gleich mit meinem Anwalt … Brauchbarer Bursche. Begeisterter Angler. Werde ihm sagen, dass Sie mein Testamentsvollstrecker sind. Ob ich ihn vom Krankenhaus anrufen kann?“

„Natürlich. Hat er einen Namen?“

Major Billicliffe schnaubte kurz, was vielleicht als Lachen über Oscars komische Frage zu verstehen war. „Natürlich hat er einen Namen. Murdo McKenzie. Von der Firma McKenzie & Stout. South Street, Inverness.“

Dann sagte er kein Wort mehr, bis sie ihr Ziel erreicht hatten.

Oscar fand das Royal-Western-Krankenhaus ohne größere Schwierigkeiten. Kaum waren sie angekommen, stand die Stationsschwester mit Formularen bereit, um die Aufnahme vorzunehmen. Alles verlief reibungslos, bis sie zu der Zeile „Angehörige“ kam.

„Angehörige, Major Billicliffe?“

Billicliffe machte ein verstörtes Gesicht. „Wie?“

„Angehörige. Sie wissen doch. Frau. Kinder. Brüder oder Schwestern.“

Er schüttelte den Kopf. „Ich habe niemanden …“

„Ach was, irgendjemanden muss es doch geben.“

Oscar machte der peinlichen Situation ein Ende. „Ich“, sagte er bestimmt. „Ich bin Major Billicliffes nächster Angehöriger. Mein Name ist Oscar Blundell. Ich wohne in Creagan.“ Er teilte ihr seine Telefonnummer mit und buchstabierte seinen Namen.

Schließlich war alles korrekt zu Papier gebracht und gegengezeichnet. Es war Zeit für Oscar, aufzubrechen. Er verabschiedete sich.

„Kommen Sie wieder?“

„Natürlich. Vorausgesetzt, dass wir nicht einschneien."

„Vielen Dank fürs Herbringen. Sehr verbunden…"

„Gern geschehen."

Und er ließ den alten Mann allein zurück.

Mehr hatte er nicht für ihn tun können. Später, wenn sie Nachricht über sein weiteres Ergehen hatten, würden Elfrida und er sich noch einmal auf die lange Reise machen und ihn besuchen. Elfrida würde ihn schon aufmuntern.

Ein heftiger Windstoß traf das Haus. Oscar drückte das Gesicht in die Kissen, schloss die Augen und musste mit einem Mal an Francesca denken. Das passierte ihm oft in den dunklen Stunden einer schlaflosen Nacht, und ihm graute vor der immer wiederkehrenden Qual über den entsetzlichen Verlust. Mit der Hand tastete er nach dem Taschentuch unter dem Kopfkissen, weil er wusste, dass er gleich weinen musste, aber diesmal kamen keine Tränen. Ihn überkam ein Gefühl großer Ruhe. Francesca. Er sah sie vor sich, wie sie ihm über den sonnenbeschienenen Rasen entgegengelaufen kam. Das Bild blieb ihm vor Augen, in schmerzlicher Klarheit, aber unendlich berührend.

Er hielt es fest und schlief ein.

DER NÄCHSTE Morgen brachte erbärmliches Wetter. Elfrida hatte sich einen Notizblock gekauft und machte eine Liste für den Einkaufsbummel, den sie mit Tabitha Kennedy in Buckly machen wollte. Es ging vor allem um die Einrichtung für das Dachzimmer, in dem Lucy schlafen sollte.

„Dass ich nur ja nichts vergesse", sagte sie zu Oscar. „Dafür ist die Zeit wirklich zu knapp. Carrie und Lucy kommen doch schon am Freitag."

Oscar sah ihr amüsiert zu. Er hatte Elfrida noch nie so konzentriert erlebt, und in diesem Moment erinnerte sie ihn an Gloria, die auch oft am Planen, Listenschreiben und Organisieren gewesen war.

Als Tabitha Kennedy Elfrida abgeholt hatte und die beiden fröhlich abgezogen waren, trat Oscar entschlossen zum Telefon, schlug die Nummer nach und tippte die Zahlen in den Apparat. Er hörte es läuten, dann wurde abgehoben.

„Pfarrhaus von Creagan." Eine warme, dunkle Stimme. „Peter Kennedy."

UM HALB sechs verließ Oscar warm angezogen das Haus und stieg zu Fuß den terrassierten Weg hinauf, der zum Haus der Kennedys führte. Oscar erinnerte sich an das Haus, in das ihn seine Großmutter vor sechzig Jahren gelegentlich zum Kaffee mitgenommen hatte. Er drückte auf die Klingel.

Einen Moment später wurde die Tür weit aufgerissen, sodass ihm das Licht im Flur in die Augen schien. Vor ihm stand Peter Kennedy und strahlte über das ganze Gesicht. Er trug einen dicken Rollkragenpullover und eine abgetragene Cordhose und sah ganz und gar nicht wie ein Pfarrer aus.

„Mr Blundell! Kommen Sie herein!"

Oscar trat in die Diele und sah sich um. Der türkische Teppich, die Garderobe aus Eichenholz, die antike Truhe mit den säuberlich gestapelten Gemeindenachrichten, alles machte einen sehr wohnlichen Eindruck. Am Fuß der Treppe standen ein Paar Fußballstiefel.

„Bitte legen Sie ab. Die Kinder sind beide nicht da, sodass wir völlig ungestört sind. In meinem Arbeitszimmer brennt ein Feuer..." Er ging ihm in sein Arbeitszimmer voraus, ein geräumiges Erkerzimmer zur Straße mit einem riesigen, mit Papieren übersäten Schreibtisch und zwei alten Ledersesseln. Die Wände waren bis unter die Decke mit Bücherregalen gesäumt. Außerdem durchzog ein herrlicher Duft das Zimmer, der von dem sorgfältig geschichteten Torffeuer herrührte, das im Kamin brannte.

„Ein Torffeuer! Torf hatte ich völlig vergessen. Ich muss doch sehen, ob ich mir nicht welchen besorgen kann, schon allein wegen des Dufts."

„Ich bin gut dran. Einer aus meiner Gemeinde besitzt ein eigenes Torfmoor und versorgt mich damit. Aber nun setzen Sie sich, und machen Sie sich's bequem. Möchten Sie eine Tasse Kaffee?"

Oscar antwortete nicht gleich.

„Oder ein Glas Laphroaig? Den bewahre ich für besondere Gelegenheiten auf."

Malzwhisky. Laphroaig. Herrlich. „Da kann ich nicht widerstehen", antwortete Oscar lächelnd.

„Das habe ich mir gedacht, deshalb habe ich vorgesorgt."

Oscar sah auf dem Schreibtisch ein kleines Tablett, auf dem eine Flasche Laphroaig, zwei kleine Whiskygläser und ein Krug mit Wasser standen. Von wegen Kaffee.

„Die Damen sind noch nicht aus Buckly zurück?"

„Nein." Oscar ließ sich in einem der Sessel nieder.

Peter kam mit den beiden Gläsern, reichte Oscar eins und setzte sich dann seinem Besucher gegenüber in den zweiten Sessel. Er hob sein Glas. *„Slàinte."*

„Ihr Wohl."

Der Laphroaig war wie Nektar, rein und köstlich.

„Buckly ist eine ziemlich trostlose Stadt im Moment", fuhr Peter fort. „Die meisten Bewohner sind arbeitslos. Die Spinnerei hat Pleite gemacht."

Oscar runzelte die Stirn. „Die Wollspinnerei? Doch nicht etwa McTaggarts? Wie konnte das passieren?"

Peter erzählte ihm die Geschichte. „Der alte McTaggarts ist gestorben, und die Söhne waren nicht interessiert. Man hat der Belegschaft mit Krediten unter die Arme gegriffen, sodass sie die Firma übernehmen konnte. Es lief auch nicht schlecht, aber dann hatten wir eine fürchterliche Schlechtwetterperiode, der Fluss trat über die Ufer, und die ganze Fabrik wurde überschwemmt. Alles hin, alles kaputt. Es war die Rede von einer Übernahme. Einer von diesen riesigen Textilkonzernen. Sturrock & Swinfield. Aus London. Aber bisher scheint nicht viel passiert zu sein."

„Das ist ja furchtbar." Oscar machte ein nachdenkliches Gesicht. „Ich verstehe gar nicht, dass ich nichts davon gehört habe. Aber ich lese momentan auch nicht alle Zeitungen, und außerdem habe ich nicht viel Kontakt mit den Leuten. Das ist übrigens einer der Gründe, warum ich hier bin. Ich wollte mich bei Ihnen entschuldigen. Eigentlich hätte ich schon viel früher kommen sollen. Tut mir Leid."

„Ich bitte Sie. Machen Sie sich deswegen keine Gedanken. Ich habe Sie überrumpelt. Ich hätte eine geeignetere Gelegenheit abwarten sollen, um mich Ihnen vorzustellen."

„Ich weiß selbst nicht, was über mich gekommen ist. Meine Reaktion war absurd."

„Wir sollten das Ganze einfach auf sich beruhen lassen. Wir können uns ja ein andermal im Klub treffen zum Tee oder auf einen Drink. Das Beste wäre, Sie würden dem Klub beitreten. Der Golfplatz ist so schön, es wäre eine Schande, hier zu wohnen und nicht wenigstens mal eine Partie zu spielen."

Oscar nahm einen Schluck von seinem Laphroaig. „Major Billicliffe hat mich ebenfalls aufgefordert, dem Klub beizutreten."

„Ich habe gehört, dass Sie ihn gestern ins Krankenhaus gefahren haben."

„Woher wissen Sie das?"

Peter Kennedy lächelte. „Dr. Sinclair hat bei mir angerufen. Es war sehr liebenswürdig von Ihnen, sich um Billicliffe zu kümmern."

„Wussten Sie, dass er krank ist?"

„Nein. Ich glaube, das wusste niemand. Woher wussten Sie denn, dass ihm was fehlt?"

„Ich habe Rose Miller besucht. Auf dem Heimweg hörte ich Billicliffes Hund heulen. Also habe ich angehalten."

„Ich muss am Freitag beruflich nach Inverness. Dann kann ich im Krankenhaus vorbeifahren und sehen, wie es ihm geht."

„Ich habe mich bereit erklärt, als sein nächster Angehöriger zu fungieren, deshalb werde ich wahrscheinlich über alle Vorkommnisse informiert."

„Na prima, dann können Sie mich ja auf dem Laufenden halten. Und nun erzählen Sie mir von Ihrem Onkel Hector."

„Er ist ziemlich alt geworden. Er lebt in London und hat mich nach ..., nach dem Begräbnis besucht. Es war seine Idee, dass ich hierher zurückkommen sollte ..."

„Ich weiß. Er hat mir einen langen Brief geschrieben. Ich hätte Sie am liebsten sofort aufgesucht, um Ihnen zu versichern, dass ich jederzeit bereit wäre, Ihnen zu helfen ... oder zu reden ... Aber dann hatte ich das Gefühl, dass Sie einfach Zeit brauchen, um mit sich selbst ins Reine zu kommen. Ich hoffe, dass ich nicht desinteressiert gewirkt habe."

„Nein. Das wäre mir nie in den Sinn gekommen."

„Manchmal ist es leichter, mit einem Fremden ..., mit einem Außenstehenden zu reden."

„Ich weiß gar nicht, wo ich anfangen soll. Es geht alles so weit zurück. Ich habe nie gedacht, dass ich jemals heiraten würde. Ich hatte meine Arbeit als Lehrer, gab Klavierunterricht und leitete den Chor. Ich war viel mit den anderen Lehrern und ihren Frauen zusammen. Es waren sehr glückliche Jahre. Dann wurde der Direktor, ein sehr enger Freund von mir, pensioniert, und ich brauchte einen Tapetenwechsel. Man hatte mir den Posten des Organisten und Chorleiters in St. Biddulph in London angeboten. St. Biddulph war berühmt für seine Musik. Also habe ich gekündigt und bin nach London gezogen. Ich lernte die Bellamys kurz nach meiner Ankunft in St. Biddulph kennen. Sie waren von Anfang an unerhört gastfreundlich und liebenswürdig zu mir. Dann wurde George Bellamy krank. Ich habe ihn oft besucht, ihm Gesellschaft geleistet und Backgammon mit ihm gespielt. Als er starb, habe ich die Musik für sein ziemlich pompöses Begräbnis zusammengestellt. Danach lud Gloria Bellamy mich weiterhin zu diversen kleinen gesellschaftlichen Anlässen ein. Manchmal gingen wir zusammen ins Kino oder machten kleine Ausflüge. Ich dachte mir nicht viel dabei, aber ich genoss ihre Gesellschaft. Und dann teilte sie mir eines Tages mit, dass sie es für eine gute Idee hielte, wenn wir heirateten. Sie war noch eine verhältnismäßig junge Frau, voller Lebensfreude und Vitalität. Als sie mir sagte, dass sie schwanger sei, konnte ich es anfangs einfach nicht fassen. Nicht in meinen kühnsten Träumen hatte ich mir ausgemalt, je Vater zu werden. Und als Francesca, dieses winzige Etwas, schließlich geboren wurde, erfüllte mich ein Staunen, das ich vermutlich nie wieder erleben werde. Als sei ein Wunder geschehen. Und für mich hörte sie nie auf, ein Wunder zu sein. Als sie dann anfing, zu laufen und zu sprechen, und das kleine Mundwerk nicht stillstehen wollte, sah ich ihr staunend zu und fand es schier unbegreiflich, dass ich dazu beigetragen hatte, dieses entzückende, wunderschöne kleine Menschenkind in die Welt zu setzen. Dann erbte Gloria das Haus auf dem Lande, in Hampshire, und wir verließen London und begannen ein neues Leben in Dibton. Ich muss zugeben, mir fehlte St. Biddulph, aber die Musik gehörte weiterhin zu meinem Leben. Ich habe ein bisschen unterrichtet und gelegentlich bei den Sonntagsgottesdiensten in der Dorfkirche die Orgel gespielt."

Hier machte Oscar eine Pause, griff nach seinem Glas und nahm einen Schluck von seinem Laphroaig.

„Und Ihre Freundin Elfrida?", ergriff Peter das Wort. „Kennen Sie sie schon lange?"

„Nein. Wir haben uns erst kennen gelernt, als sie zu uns ins Dorf zog. Sie war allein, und Gloria hat sich mit ihr angefreundet und sie ein bisschen unter ihre Fittiche genommen. Elfrida ist unterhaltsam und lebenslustig, und wir alle haben den Umgang mit ihr geschätzt. Als Hector vorschlug, ich solle Hampshire verlassen und nach Creagan zurückgehen, wusste ich, dass ich es allein niemals schaffen würde. Mir graute vor dem Alleinsein. Deshalb bat ich Elfrida mitzukommen. Es ist ein Zeichen für ihre Großherzigkeit, dass sie eingewilligt hat.

Als ich Elfrida zum ersten Mal traf, fragte sie mich, ob ich ein gläubiger Mensch sei. Ich sagte ihr, dass es schwer sei, nicht zu glauben, wenn man so eng mit der Liturgie und den Traditionen der anglikanischen Kirche verwachsen sei wie ich. Und dass ich das Bedürfnis hätte, jemandem zu danken. Denn ich hatte so viel, für das ich dankbar sein konnte. Doch mit einem Mal waren Gloria und Francesca tot. Wenn es einen Gott gab…, und ich war mir dessen nie ganz sicher gewesen…, dann wollte ich nichts mehr mit ihm zu tun haben.

Ich hätte mitfahren sollen. Ich hätte hinterm Steuer sitzen müssen. Ach, hätte ich doch! Dieses ‚Hätte' ist mein täglicher Albtraum."

„Wir können die Zeit nicht zurückdrehen“, sagte Peter. „Was Gott anbetrifft, so hoffe ich nicht, dass irgendjemand Sie damit zu trösten versucht hat, dass Gott Francesca nötiger gebraucht hat als Sie. Mir wäre es unmöglich, zu einem Gott zu beten, der mir absichtlich mein Kind entreißt.“

Oscar sah ihn fragend an. „Tatsächlich?“

Peter nickte. „Doch, wirklich. Dreißig Jahre Pfarrdienst haben mich gelehrt, dass es einen Satz gibt, den wir beim Tod eines jungen Menschen niemals sagen dürfen: ‚Es war Gottes Wille.‘ Wir wissen einfach nicht genug, um das behaupten zu können. Ich bin sogar fest davon überzeugt, dass Gott bei Francescas und Glorias tragischem Tod der Erste war, dem das Herz brach.“

„Ich möchte in die Zukunft blicken, weiterleben, ihren Tod akzeptieren können, aber es ist furchtbar schwer. Ich möchte geben können und nicht immer nur nehmen müssen. Das ist nicht meine Art.“

„Wissen Sie, Mr Blundell, Sie brauchen jetzt niemanden, der Ihnen die Bibel zitiert, sondern Freunde, die ein offenes Ohr für Sie haben, wenn Sie über Francesca und Gloria sprechen möchten.“ Peter hielt einen Moment inne, als wollte er ihm Gelegenheit geben, sich zu diesem Gedanken zu äußern. Aber Oscar schwieg.

„Das Leben ist schön“, fuhr Peter fort. „Bei allem Schmerz ist das Leben doch schön. Es gibt noch immer Schönheit, Lebensgenuss und Freundschaft, alles Quellen der Liebe und der menschlichen Verständigung. Vielleicht noch nicht gleich, aber später werden Sie andere Menschen brauchen, die Sie ermutigen, einen neuen Anfang zu machen. Sie werden Ihnen helfen, in die Zukunft zu blicken, sich an glückliche Zeiten zu erinnern und schmerzlichen Erinnerungen mit mehr als nur Zorn und Bitterkeit zu begegnen.“

Oscar dachte daran, dass er in der Nacht zuvor, wie jede Nacht, an Francesca hatte denken müssen und zum ersten Mal keine bitteren Tränen vergossen hatte. Ihr Bild hatte ihn mit einem Gefühl tröstlichen Friedens durchdrungen, und vielleicht war das der erste Schritt zu seiner Genesung gewesen. Und vielleicht war dieses Gespräch ein weiterer Schritt auf dem Weg aus der Trauer. Er wusste es nicht. Er wusste nur, dass er sich besser, stärker, nicht mehr ganz so hilflos und überflüssig fühlte. Er sah Peter Kennedy an. „Ich danke Ihnen“, sagte er.

„Ach, mein Freund, ich wünschte, ich könnte mehr für Sie tun.“

„Nein. Das ist nicht nötig. Sie haben genug für mich getan.“

Lucy

Lucy war erst zweimal in ihrem Leben geflogen. Beide Male war sie schrecklich aufgeregt gewesen, aber jetzt bemühte sie sich, möglichst abgeklärt zu wirken, um den Eindruck einer erfahrenen Reisenden zu machen.

Ihre Mutter war vor ihrer Abreise mit ihr in die Stadt gegangen und hatte ihrer Tochter noch allerlei schicke Sachen zum Anziehen gekauft. Daher trug Lucy ganz neue, mit rotem Flanell gefütterte Jeans, dazu Stiefel aus hellem Wildleder und eine leuchtend rote, gesteppte Jacke. Außerdem hatte ihre Mutter ihr zwei dicke Rollkragenpullover gekauft, einen marineblauen und einen weißen, einen schwarzen Minirock und zwei Paar dicke schwarze Strumpfhosen. Am Abend zuvor hatte Lucy sich die Haare gewaschen und sie am Morgen zu einem Pferdeschwanz zusammengebunden. Sie kam sich sehr schick vor. Und fand, dass sie Carrie alle Ehre machte.

Carrie sah in ihren hohen Stiefeln, dem Lodenmantel und der schwarzen Fuchspelzkappe ungeheuer elegant aus. Lucy bemerkte immer wieder, dass die Leute sich nach ihr umdrehten, wenn sie mit ihrem Gepäckwagen an ihnen vorbeiging. Allerdings hatte Carrie sich eine leichte Erkältung zugezogen, aber sie war der Meinung, dass die reine, kalte schottische Luft das wieder ins Lot bringen würde.

Im Flugzeug hatte Lucy einen Fensterplatz und blickte beim Start auf die englische Landschaft hinunter, die von oben wie eine grünlichgraue Flickendecke aussah, auf der die langsam dahintreibenden Wolken bizarre Muster bildeten.

Später, im Landeanflug auf Inverness, nahm die Landschaft unter ihnen wieder Gestalt an, und Lucy konnte Schnee auf den Bergspitzen ausmachen. Dann kam das leuchtende Blau des Meeres in Sicht, ein paar Schiffe und eine Brücke über einen breiten Meeresarm.

Sie landeten. Die riesigen Räder rumpelten auf der Landebahn. „Wir werden abgeholt", hatte Carrie ihr erzählt. „Von einem Taxi aus Creagan." Und das Taxi stand auch tatsächlich am Taxistand vor dem Flughafen für sie bereit.

Es wurde eine spektakuläre Fahrt. Die Straße führte an Feldern vorbei und über mehrere Brücken. Auf den Höhen knirschten die Wagenreifen im Schnee. Später folgten sie dem Ufer einer lang gestreckten Bucht und fuhren durch mehrere kleine Dörfer mit grauen Steinhäuschen und schlichten, gedrungenen Kirchen, bis sie schließlich Creagan erreichten. Der Taxifahrer fuhr an der Kirche vorbei um die Friedhofsmauer herum und hielt vor einem großen Haus. Er drehte sich zu Carrie und Lucy um. „Wir sind da", sagte er.

Carrie bezahlte, und sie stiegen aus. Hektisches Bellen war zu hören. Einen Moment später flog die Haustür auf, und Elfrida Phipps und ihr stimmgewaltiger Hund kamen den Gartenweg entlanggelaufen.

„Carrie! Mein liebes Kind." Sie schlang die Arme um Carrie. „Ich habe mich so auf dich gefreut ..., ich bin ganz aufgeregt ..."

Lucy stand daneben und sah ihnen zu. Lucy wusste sofort, warum ihre Großmutter Elfrida nicht leiden konnte. Elfrida war sehr groß und dünn, und ihr orangefarbenes Haar sah ziemlich wild aus. Sie trug lange Hosen mit auffällig grellem Schottenmuster und einen dicken grauen Pullover. Ihre Augenlider waren leuchtend blau geschminkt, und die Lippen in kräftigem Rot angemalt. Ihr Kuss hinterließ auf Carries linker Wange einen roten Fleck.

„Elfrida, du siehst blendend aus", sagte Carrie. „Schottland scheint dir gut zu bekommen."

„Ein Paradies, mein Schatz. Eisig kalt, aber ein Paradies."

„Und dies hier ist Lucy."

„Lucy, natürlich." Elfrida lachte. „Ist es nicht unglaublich, Lucy? Da sind wir miteinander verwandt und haben uns noch nie im Leben gesehen. Dein Großvater war immer mein Lieblingsvetter, und wir haben herrliche wilde Zeiten zusammen verlebt." Sie legte Lucy die Hände auf die Schultern. „Lass dich anschauen. Wie hübsch du bist! Dies ist übrigens mein Hund Horaz, der zum Glück aufgehört hat zu bellen. Er freut sich schon lange auf deinen Besuch, weil er hofft, dass du lange Strandspaziergänge mit ihm machst. Aber jetzt kommt erst mal herein, damit ich euch Oscar vorstelle ..."

Sie gingen hintereinander den Weg zum Haus hinauf. Zuerst Elfrida, dann der Hund, Carrie und Lucy und zu guter Letzt der Taxifahrer mit den Koffern. Sie traten ins Haus und stiegen die schöne, breite Treppe hinauf. Neugierig sah Lucy sich um. Ihr gefiel es hier, und ihr gefiel auch der köstliche Duft, der aus der Küche kam.

Als sie den ersten Stock erreicht hatten, sah Lucy, dass die Treppe noch weiter hinauf in den zweiten Stock führte.

„Oscar! Sie sind hier!", rief Elfrida laut, und zu Carrie gewandt, sagte sie: „Er ist im Wohnzimmer. Geht doch schon vor. Ich zeige dem Taxifahrer eben, wo die Koffer hinkommen."

Carrie nickte, nahm Lucy bei der Hand, und gemeinsam gingen sie hinein. Oscar stand mit dem Rücken zum Kamin und sah sie erwartungsvoll an. Er war so groß wie Elfrida, aber nicht so dünn wie sie, hatte dichtes silberweißes Haar und ein freundliches Gesicht mit bemerkenswert wenig Falten. Er trug ein kariertes Hemd und darüber einen blauen Shetlandpullover.

„Guten Tag", sagte Carrie. „Ich bin Carrie Sutton."

Er kam ihnen entgegen, um sie zu begrüßen, und Lucy war sicher, dass er mit einem so eleganten Gast wie Carrie nicht gerechnet hatte. Aber er war sichtlich erfreut. „Wie schön, dass Sie da sind", sagte er. „Hatten Sie eine angenehme Reise?" Sie gaben sich die Hand.

„Ja, danke, es hat alles prima geklappt", antwortete Carrie.

„Elfrida konnte schon gar nicht mehr still sitzen und ist immer wieder ans Fenster gelaufen, um zu sehen, ob Sie schon da sind."

„Wir sind Ihnen sehr dankbar für die Einladung, Mr Blundell."

„Ach, wollen wir nicht ‚du' sagen?", meinte Oscar. „Ich heiße Oscar."

„Sehr gern", erwiderte Carrie und lächelte ihn an. Sie sah sich um. „Und was für ein wunderschönes Haus du hast!"

„Mir gehört nur eine Hälfte. Meinem Vetter Hughie gehört die andere."

„Das macht es nicht weniger attraktiv." Sie ließ Lucys Hand los und legte ihr den Arm um die Schultern. „Und dies ist meine Nichte, Lucy Wesley."

Lucy schluckte ihre Nervosität hinunter. „Guten Tag", sagte sie höflich. Oscar sah auf sie herab, und sie zwang sich, ihm in die Augen zu blicken. Er schwieg, und es kam ihr wie eine Ewigkeit vor, denn sie war sich sicher, dass er an seine eigene Tochter dachte, die nicht mehr lebte. Dann ging ein Lächeln über Oscars Gesicht, er nahm ihre kleine Hand liebevoll in seine beiden warmen, großen Hände, und Lucys Nervosität war verflogen.

„Du bist also Lucy?"

„Ja."

„Und du musst oben unter dem Dach schlafen?"

Carrie lachte. „So, wie du es sagst, klingt es nicht sehr verlockend."

„Keine Angst, Lucy. Elfrida hat dafür gesorgt, dass du es richtig schön hast da oben." Er ließ Lucys Hand los. „Es ist jetzt halb eins. Ich schlage vor, ihr geht beide zuerst in eure Zimmer und richtet euch ein, dann trinken wir etwas, und anschließend gibt es Mittagessen. Elfrida hat uns heute Morgen einen herrlichen Kartoffelauflauf gezaubert. Sie dachte, ihr hättet nach der langen Reise sicher Lust auf etwas Herzhaftes."

SIE ASSEN in der Küche. Carrie und Elfrida tranken anschließend eine Tasse Kaffee, aber Oscar wollte keinen, sondern sah auf seine Uhr. „Wenn Horaz und ich uns jetzt nicht auf die Socken machen, dann sind wir vor Einbruch der Dunkelheit nicht zurück", meinte er und sah Lucy an. „Hast du Lust mitzukommen?"

„Auf einen Spaziergang?"

„Wir könnten zum Strand gehen. Dann zeige ich dir gleich den Weg dorthin."

Sie empfand die Einladung als ausgesprochene Ehre. „Ja, ich komme gern mit", sagte sie.

„Ihr könnt doch zuerst eine Runde durch die Stadt machen, Oscar, dann weiß Lucy gleich, wo die Läden sind", schlug Elfrida vor. „Das dauert keine fünf Minuten."

„Wenn sie das gern möchte, natürlich. Hast du etwas Warmes zum Überziehen, Lucy?"

„Ich habe eine ganz neue Jacke."

„Du brauchst auch eine warme Mütze. Bei dem kalten Seewind frieren einem sonst die Ohren ab."

„Eine Mütze habe ich auch mit. Soll ich noch eben helfen, den Tisch abzuräumen?"

Elfrida lachte. „Was für ein gut erzogenes Mädchen du bist. Aber keine Sorge. Das machen Carrie und ich, wenn wir den Kaffee ausgetrunken haben. Geht ihr beide nur los, bevor es zu kalt wird."

Fünf Minuten später waren sie unterwegs, der alte Mann, das Mädchen und der Hund. Lucy trug dicke Fäustlinge und hielt Horaz an der Leine, als sie die Straße entlanggingen, um die Friedhofsmauer herum, am Souvenirladen, an der Drogerie, am Buchladen, am Schlachter und am Zeitungsladen vorbei.

„Hier hole ich jeden Morgen die Zeitung. Wenn du mir mal eine Freude machen möchtest, dann kannst du sie für mich holen", meinte Oscar.

Nach dem Handarbeitsgeschäft mit gestrickten Pullovern im Fenster blieb Lucy an einem schmiedeeisernen Tor stehen und sah zur Kirche hinüber, deren Seitentür offen stand. „Können wir mal reingehen? Nur ganz kurz. Kirchen sind so schön, wenn sie leer sind. Genau wie Straßen. Man sieht dann erst richtig die Architektur."

Oscar holte tief Atem, und einen Moment lang dachte sie, er würde Nein sagen, aber er seufzte nur tief. „Also gut“, sagte er.

Sie banden Horaz, der nicht sehr erfreut aussah, draußen an der Kirche fest und gingen hinein.

Ihre Schritte hallten auf den Steinplatten, und das Echo wurde von dem hohen Gewölbe zurückgeworfen. Sonnenlicht fiel durch die bunten Glasfenster, und hoch über ihnen erhob sich das Rippengewölbe der Decke, das leuchtend blau ausgemalt war.

Lucy sah sich neugierig um. Sie las die Inschriften auf den Gedenkplatten, die Menschen vergangener Zeiten gewidmet waren, treuen Dienern Gottes und verdienstvollen Gemeindemitgliedern. Aufmerksam betrachtete sie das prächtige Taufbecken und die hübschen handgestickten, gepolsterten Gebetsbänke. Oscar, der nicht gern lange stand, ließ sich auf einer der vorderen Bänke nieder und wartete auf sie. Etwas schuldbewusst setzte sie sich schließlich neben ihn. „Entschuldige, dass ich so getrödelt habe.“

„Das macht doch nichts. Ich finde es schön, dass du an solchen Dingen interessiert bist.“

„Carrie hat mir erzählt, dass du Organist bist und Musik unterrichtet hast.“

„Das stimmt. Ich habe auch einen Chor geleitet. Hörst du gern Musik?“

Lucy zuckte die Achseln. „Nur Pop und so. Aber von der Schule aus gehen wir manchmal ins Konzert. Im letzten Sommer waren wir bei einem Freiluftkonzert im Regent’s Park. Am Ende des Konzerts haben sie die Feuerwerksmusik gespielt, mit einem richtigen Feuerwerk im Hintergrund. Das war wirklich fantastisch.“

„Ein richtiges Erlebnis.“

„Ja, das war echt klasse.“ Sie sah nach oben zu den hohen, farbigen Glasfenstern im Chor. Maria mit dem kleinen Jesuskind. „Ich möchte nicht mitten im Winter Geburtstag haben“, sagte sie. „Und schon gar nicht an Heiligabend.“

„Warum nicht?“

„Weil man bestimmt nur einmal was geschenkt bekommt. Und außerdem ist es um diese Jahreszeit so dunkel und trübe.“

„Wann hast du denn Geburtstag?“

„Anfang Juli. Viel besser. Leider sind an meinem Geburtstag meist noch keine Ferien.“

„Aber es ist immerhin Sommer. Ich glaube übrigens nicht, dass Christus im Winter geboren wurde. Es war wahrscheinlich Frühling.“

„Wirklich? Wie kommst du darauf?"

„Na ja, die Hirten hüteten auf dem Feld ihre Herden, und das bedeutet, dass die Mutterschafe gelammt hatten. Sie waren auf der Hut vor den Wölfen, damit die ihnen nicht die neugeborenen Lämmer auffraßen."

„Und warum feiern wir dann nicht im Frühling Weihnachten?"

„Ich glaube, die ersten Christen waren gar nicht so dumm. Die haben gewisse heidnische Riten einfach von den Bewohnern der Länder, die sie christianisiert haben, übernommen. Die Wintersonnenwende, der kürzeste Tag des Jahres, ist nämlich immer und überall gefeiert worden. Und um sich im kalten Winter ein bisschen zu amüsieren, haben diese vorchristlichen Menschen ein großes Fest organisiert, ein Freudenfeuer entfacht, Kuchen gebacken, Kerzen angezündet, Mistelzweige gepflückt und nach Herzenslust gegessen und getrunken." Oscar schmunzelte.

„Also haben die frühen Christen dieses Fest einfach geklaut?"

„So ungefähr."

„Und ein paar andere Sachen dazu erfunden?"

„Zum Beispiel den Glauben an den Sohn Gottes."

„Aha." Bei genauerem Hinsehen eine sehr praktische Angelegenheit. Lucy schwieg einen Moment. „Magst du Weihnachten?", fragte sie dann.

„Manches ja, manches nein", sagte Oscar, ohne sich festzulegen.

„Ich habe nicht viel dafür übrig. Erst wird so viel Wind drum gemacht, und dann ist es immer irgendwie ... enttäuschend."

„Das zeigt nur, dass man seine Erwartungen nie zu hoch stecken darf." Die Turmuhr über ihnen schlug halb drei. Ein ferner, gedämpfter, melodischer Klang. „Es wird Zeit, dass wir gehen", sagte Oscar. „Wir wollten ja eigentlich einen Spaziergang machen. Wenn wir vor Einbruch der Dunkelheit noch bis zum Strand kommen wollen, müssen wir uns beeilen."

Carrie

Nachdem Oscar, Lucy und Horaz das Haus verlassen hatten und die schwere Eingangstür hinter ihnen ins Schloss gefallen war, sahen Carrie und Elfrida sich lächelnd an. Zwei Frauen aus verschiedenen Generationen, aber alte Freundinnen, die sich seit langer

Zeit nicht mehr gesehen hatten und nun die ungestörte Zweisamkeit genossen.

„Was für ein durch und durch liebenswürdiger Mann", sagte Carrie. Sie fand, dass Elfrida mit ihren zweiundsechzig Jahren aussah wie das blühende Leben, quicklebendig und vital wie ein junges Mädchen.

„Ja, das ist er", sagte Elfrida nicht ohne einen Anflug von Stolz.

„Ich bin so froh, dass die beiden dabei sind, sich anzufreunden, weil Lucy ein bisschen Angst hatte vor der Begegnung. Meine einzige Sorge ist, dass euch beiden unser Besuch zu viel wird."

„Im Gegenteil, er ist genau das, was wir brauchen."

„Und ihr dürft nicht denken, dass ihr uns ein Weihnachtsfest mit allem Drum und Dran bieten müsst. Für den ganzen Weihnachtsrummel haben Lucy und ich ohnehin nicht viel übrig."

„Wir auch nicht. Obwohl Oscar gleich einen Tannenbaum bestellt hat, als er gehört hat, dass ihr kommt."

„Lucy wird begeistert sein, wenn sie den Baum schmücken darf."

„Wie geht's denn deiner Mutter?"

„Wie soll's ihr schon gehen."

„Und Nicola?"

„Ebenfalls. Im Gegensatz zu Wein werden die beiden mit den Jahren nicht besser."

„Und dein Vater?"

„Den habe ich noch gar nicht besucht, aber wir haben miteinander telefoniert."

„Ich habe im Oktober vier herrliche Wochen bei ihm und seiner Familie in Cornwall verbracht. Aber als ich nach Hause kam, war diese schreckliche Geschichte mit Oscar passiert. Das Leben kann sich mit solch schockierender Schlagartigkeit ändern."

„Ich weiß." Carrie dachte an Andreas, verscheuchte den Gedanken aber sofort. „Ich weiß", wiederholte sie und ahnte, was als Nächstes kommen würde. Sie hatte sich nicht getäuscht.

„Und du, Carrie, wie geht es dir?"

„Ich? Mir geht's gut."

„So siehst du mir aber nicht aus. Du bist müde und blass. Und schrecklich dünn."

„Wer im Glashaus sitzt… Du bist ja auch nicht gerade die Üppigkeit in Person."

Elfrida lachte. „Warum bist du denn so überstürzt aus Österreich zurückgekommen?"

„Ach, das hatte diverse Gründe", meinte Carrie und zuckte die Achseln. „Eines Tages erzähle ich dir, warum."

„Du bist doch nicht krank?"

„Nein. Ich schlage mich zwar mit einer Erkältung herum und fühle mich etwas müde, aber krank bin ich nicht."

„Du machst keinen glücklichen Eindruck. Ich wünschte, ich könnte dir helfen."

„Du hilfst mir ja. Damit, dass wir hier sein dürfen."

Elfrida fuhr sich mit der Hand durch das orangefarbene Haar. „In dem Fall werde ich schweigen. Also …" Sie schlug einen völlig anderen Ton an, der optimistisch und entschlossen klang. „Was möchtest du heute Nachmittag machen? Dich vielleicht ein bisschen hinlegen? Ich kann dir eine Wärmflasche machen."

Ein Bett und eine Wärmflasche. Carrie konnte sich nicht erinnern, wann sie zum letzten Mal von jemandem verwöhnt worden war. Wann jemand gesagt hatte: Du siehst müde aus. Vielleicht möchtest du dich hinlegen?

Jahrelang hatte sie immer nur die Zähne zeigen und sich um anderer Leute Probleme kümmern müssen: rückgängig gemachte Reservierungen, nicht funktionierende Skilifte, Zimmer, die den Ansprüchen nicht genügten, Züge und Busse, die Verspätung hatten. Zu wenig oder manchmal auch zu viel Schnee, abhanden gekommene Pässe, Geld … Und in London hatte sie sich auch noch mit Familienproblemen beschäftigen müssen.

Sie hatte es satt, immer der Fels in der Brandung zu sein. Oben war ihr Zimmer. Als sie sich vor dem Mittagessen schnell das Haar gekämmt hatte, war ihr das große, bequeme Doppelbett mit dem weißen Überwurf wohltuend ins Auge gefallen. Am liebsten wäre sie an Ort und Stelle unter die Decke gekrochen, um zu schlafen. Sie hätte Elfrida um den Hals fallen können.

„Nichts wäre mir lieber", sagte sie dankbar.

Sie gingen die Treppe hinauf. „Lucys Zimmer ist unter dem Dach. Das Wohnzimmer und dein Zimmer kennst du. Dann gibt es noch zwei Badezimmer, und hier" – sie öffnete eine weitere Tür – „ist noch ein Gästezimmer. Ich hätte Lucy hier unterbringen können, aber es ist sehr klein und ein bisschen dunkel hier drinnen. Die Dachkammer fand ich viel reizvoller für sie, und ich hatte viel Spaß dabei, sie einzurichten."

Carrie sah um die Ecke und blickte in ein kleines, unauffälliges

Zimmer, das fast ganz von einem enormen Bett ausgefüllt war. Es war offenbar unbewohnt, und mit einem Mal überkam Carrie ein Gefühl leisen Unbehagens, als ihr klar wurde, dass Elfrida und Oscar offenbar ein gemeinsames Schlafzimmer hatten.

„Elfrida…“

Aber entweder hörte Elfrida sie nicht oder wollte sie nicht hören. Stattdessen öffnete sie die letzte Tür mit einem Schwung, der beinahe etwas Trotziges hatte.

„Und dies“, sagte sie, „ist unser Zimmer.“

Es war ein ausgesprochen stattliches, geräumiges Zimmer, offenbar das Elternschlafzimmer des ursprünglichen Hauses, mit hohen Fenstern, durch die die späte Nachmittagssonne fiel. Es enthielt einen mächtigen viktorianischen Kleiderschrank, einen hübschen viktorianischen Toilettentisch und eine Kommode. Und ein ungewöhnlich hohes und breites Bett. Elfrida hatte ihr besticktes, scharlachrotes seidenes Schultertuch darüber ausgebreitet, das zwar etwas verschossen war und an den Rändern auszufransen begann, aber immer noch prächtig wirkte und an alte Zeiten erinnerte.

Es gab noch andere Kleinigkeiten. Eine Haarbürste aus Elfenbein auf der Kommode, einen dunkelblauen Pyjama auf dem Kopfkissen.

Es entstand ein kurzes Schweigen. „Du bist doch nicht schockiert?“, fragte Elfrida schließlich.

„Ich, Elfrida? Ich bin doch nicht Dodie. Du brauchst mir nichts zu erklären.“

Carrie legte Elfrida den Arm um die Schultern und zog sie an sich. „Wie schön für euch, Elfrida. Zwei Menschen, die sich brauchen und die sich gefunden haben.“

„Es ist nicht nur das, Carrie. Oscar ist längst nicht über den Berg. Er hat noch einen langen Weg vor sich. Vor allem nachts hat er furchtbare Albträume, und da ist es gut, dass ich bei ihm bin. Ich weiß, dass es ein bisschen komisch wirkt, so kurz nach Glorias Tod, aber es hat sich einfach so ergeben. An manchen Tagen ist er so niedergeschlagen, dass er kaum ein Wort spricht, aber ich habe gelernt, ihn in Ruhe zu lassen. Er muss auf seine Art mit seinem Schmerz fertig werden.“

„Es ist sicher nicht leicht für dich.“

„Ach, meine liebe Carrie, nichts im Leben ist leicht. Aber jetzt hole ich dir eine Wärmflasche, und du gehst in die Falle.“

Oscar

Es war ein windstiller, schöner Wintermorgen. Oscar beschloss, den Schuppen aufzuräumen und mit dem alten Gerümpel ein „Sonnenwendfeuer" zu entfachen. Das Feuer loderte schon bald munter vor sich hin und verbreitete einen angenehmen Herbstgeruch. Er war so in seine Arbeit vertieft, dass er gar nicht bemerkte, wie die hintere Pforte geöffnet wurde und ein Mann hinter ihm den Gartenweg heraufkam.

„Mr Blundell."

Erschrocken fuhr Oscar herum und sah Peter Kennedy vor sich stehen. Er war auf dem Weg zum Golfplatz, trug seine knallrote Jacke und hatte die Baseballmütze mit dem langen Schirm tief in die Stirn gedrückt.

„Lieber Himmel, ich hab Sie gar nicht gehört."

„Ich wollte Sie nicht erschrecken. Als ich den Rauch sah, wusste ich, dass ich Sie hier finde. Ich wollte Ihnen nur sagen, dass ich gestern in Inverness war und Godfrey Billicliffe im Krankenhaus besucht habe."

„Wie geht's ihm denn?"

Peter Kennedy schüttelte den Kopf. „Gar nicht gut. Er hat Krebs."

„Das ist ja furchtbar!", sagte Oscar. „Wie lange hat er noch?"

„Nicht mehr lange. Er liegt im Sterben. Aber er leidet nicht und scheint seinen Frieden gemacht zu haben. Es tut ihm gut, dass er wichtig genommen wird und die Krankenschwestern ihn alle verwöhnen."

„Ich muss hinfahren und ihn besuchen."

„Lieber nicht. Er hat mich ausdrücklich darum gebeten. Er bekommt starke Medikamente und ist sehr gebrechlich. Man sieht ihm an, dass er bereits auf dem Weg ist, diese Welt zu verlassen. Aber er hat mir aufgetragen, Sie zu grüßen und Ihnen zu sagen, wie dankbar er Ihnen für alles ist."

„Das war nicht der Rede wert."

„Doch. Sie waren zur Stelle, als er einen Freund am allernötigsten hatte. Er hat mit dem Leben abgeschlossen. Er war bei vollem Verstand, als wir miteinander gesprochen haben, und akzeptiert, dass es zu Ende geht."

Oscar stieß einen tiefen Seufzer aus. „Ich habe mich als sein nächster Angehöriger ausgegeben."

„Man wird Sie informieren. Oder ich sage Ihnen Bescheid. Wir bleiben in Kontakt."

„Vielen Dank, dass Sie mir Bescheid gesagt haben."

„Das ist doch selbstverständlich." Peter Kennedy schwieg kurz. „Noch etwas. Mir fiel neulich ein, dass Ihnen vielleicht Ihre Musik fehlen könnte." Er griff in die Tasche seiner roten Golfjacke und zog einen kleinen Messingschlüssel hervor. „Die Kirche steht immer offen, aber die Orgel ist abgeschlossen. Ich habe mit unserem Organisten Alistair Heggie gesprochen. Er hat nichts dagegen, wenn Sie auf der Orgel spielen. Hier …" Bevor Oscar protestieren konnte, hatte Peter Kennedy sein Handgelenk ergriffen und ihm den Schlüssel in die ausgestreckte Hand gedrückt. „Vielleicht haben Sie jetzt noch keine Lust dazu. Aber ich möchte, dass Sie die Möglichkeit haben zu spielen, wenn Ihnen danach ist."

„Sie sind sehr liebenswürdig."

„Sie dürfen ihn nur nicht verlieren", erwiderte er mit einem kleinen Augenzwinkern. „Es ist unser einziger Ersatzschlüssel." Er wandte sich zum Gehen, besann sich aber und kehrte noch einmal um. „Fast hätte ich das Wichtigste vergessen. Meine Frau lässt fragen, ob Sie alle am Dienstagabend gegen sechs auf einen Drink und einen kleinen Imbiss zu uns kommen möchten. Alle sind herzlich willkommen. Und keine Umstände, bitte. Keine Festtagskleidung. Unsere Kinder werden vermutlich auch da sein."

„Dienstag." Oscar machte sich einen geistigen Knoten ins Taschentuch. Dass er nur nicht vergaß, Elfrida Bescheid zu sagen. „Dienstag gegen sechs. Wir freuen uns drauf."

„Wie schön." Und damit verabschiedete sich Peter Kennedy. „Also, bis dann!", rief er, als er das Gartentor hinter sich zugezogen hatte, und winkte.

„Viel Spaß beim Golf. Und danke für den Besuch."

Lucy

Am Montagmorgen, als Lucy die Treppe herunterkam, bemerkte sie erstaunt, dass die Tür zu Carries Zimmer geschlossen war. Unten saßen nur Oscar und Elfrida am Frühstückstisch.

„Guten Morgen, Lucy!", rief Oscar, als sie in der Tür erschien, stellte seine Kaffeetasse ab und lächelte. „Hast du gut geschlafen?"

„Ja, danke, sehr gut, aber wo ist Carrie?“

„Carrie fühlt sich nicht wohl.“ Elfrida stand vom Tisch auf, um Lucys Würstchen vom Herd zu holen, die sie dort warm gestellt hatte. „Ich glaube nicht, dass sie die Grippe hat, aber sie ist einfach furchtbar erkältet. Wie viele Würstchen möchtest du, Lucy, zwei oder drei?“

„Drei bitte, wenn genug da sind. Liegt sie noch im Bett?“

„Ja. Ich habe gerade nach ihr gesehen. Sie sagt, sie hätte die ganze Nacht gehustet. Ich habe ihr eine Tasse Tee raufgebracht, aber essen möchte sie nichts. Um neun, wenn die Praxis aufmacht, rufe ich Dr. Sinclair an und frage, ob er mal vorbeikommen und sie sich ansehen kann.“

Lucy machte sich über ihren Teller mit Würstchen her. „Hoffentlich geht es ihr Weihnachten wieder besser! Kann ich raufgehen und ihr Gesellschaft leisten?“

„Lieber nicht, solange wir nicht wissen, was sie hat. Nachher stellt sich heraus, dass es ansteckend ist, und dann liegst du auch noch im Bett.“

Lucy verputzte mit großem Appetit ihre Würstchen. „Wirklich schade“, sagte sie. „Wir hatten heute Morgen einen langen Strandspaziergang mit Horaz vor. Kommst du mit, Oscar?“

„Ich kann heute nicht. Zuerst will ich zum Friseur, und dann muss ich beim Schlachter das Fleisch abholen.“

„Ach so.“

Oscar sah, wie enttäuscht sie war, und lächelte ihr aufmunternd zu. „Du kannst doch allein gehen. Nimm Horaz mit. Er wird dich schon bewachen.“

Lucys Miene hellte sich auf. „Darf ich das?“

„Natürlich.“

Je länger sie über ihre neu gewonnene Freiheit nachdachte, desto verlockender fand Lucy den Gedanken, sich ganz allein mit dem Hund auf den Weg zu machen. Am ersten Tag, als sie mit Oscar zum Strand gewandert war, hatte sie überall Teenager gesehen, die Radtouren machten oder in den Dünen herumkletterten, ohne dass ein Erwachsener in Sicht war. In London durfte sie nicht allein ausgedehntere Spaziergänge unternehmen, und auch wenn sie sich mit einer Freundin verabredete, wollte ihre Mutter immer genau wissen, wo sie hinging.

Lucy verließ also nach dem Frühstück allein mit Horaz an der Leine das Haus, überquerte den Marktplatz und schlug dann den Weg zum Golfplatz ein. Der Fußweg über den Golfplatz folgte den natürlichen Erhebungen des Geländes, und als Lucy eine kleine Anhöhe erklommen hatte, lag vor ihr, kalt und bleiern wie Metall, das Meer. Die Flut ging zurück, und kleine Wellen liefen über den nassen, glänzenden Sand. Weit draußen konnte sie den Leuchtturm sehen.

Lucy ließ Horaz von der Leine, und er rannte vor ihr her zum Strand hinunter. Im Schutz der Dünen war der Sand weich und tief und erschwerte das Gehen, sodass Lucy lieber dicht am Wasser auf dem harten, feuchten Sand lief. Als sie zurückblickte, sah sie ihre eigenen Fußstapfen mit den kleinen Hundepfoten dazwischen wie eine Zierleiste hinter sich. Sie war ganz allein. Keine Menschenseele, kein anderer Hund weit und breit.

Eigentlich fand sie diese Einsamkeit richtig schön. Niemand wusste genau, wo sie war, und falls sie jemandem begegnen sollte, wusste der nicht, wer sie war. Sie gehörte also niemandem als sich selbst.

Der Strand endete an einem Felsen. Lucy versuchte sich zu orientieren. Sie wusste, dass der Strand durch die Dünen vom Golfplatz getrennt war, und während sie noch überlegte, wo sie entlanggehen sollte, hörte sie Motorengeräusche und sah jenseits der Felsen einen Traktor über eine Anhöhe in ihre Richtung fahren. Dort oben gab es also auf jeden Fall einen Weg. Lucy kraxelte mit einiger Mühe über die Felsen hinauf und erreichte schließlich die Dünen. Horaz war ihr vorausgelaufen und wartete auf sie. Allerdings würdigte er sie keines Blickes, denn er hatte ganz offensichtlich etwas Interessantes erspäht. Mit gespitzten Ohren und erhobenem Schwanz stand er da, den Blick unverwandt auf etwas gerichtet. Als Lucy seinem Blick folgte, sah sie von der Stadt her eine zweite Spaziergängerin mit einem Hund entschlossenen Schrittes auf sich zukommen. Sie trug Stiefel, eine lange Hose, eine Felljacke und hatte sich eine Schottenmütze in kessem Winkel aufs kurz geschnittene graue Haar gesetzt. Ihr Hund lief frei vor ihr her, blieb aber, als er Horaz entdeckte, wie angewurzelt stehen. Die beiden Tiere ließen sich nicht aus den Augen, und als Lucy sah, dass der andere Hund ein Rottweiler war, bekam sie plötzlich Angst.

Horaz fing an zu bellen, als der Rottweiler sich ihm mit langsamen Schritten näherte. Ein drohendes Knurren drang aus seiner Kehle. Er fletschte die Zähne und setzte zum Sprung an.

Lucy stieß einen Schrei aus. Auch Horaz schrie auf, ein Hundeschrei, der wie ein Hilferuf klang. Er wurde gewaltsam zu Boden geschleudert, gebissen und gebeutelt. Sosehr er sich auch wehrte, es gelang ihm nicht zu entkommen.

Die Besitzerin des Hundes trug eine Hundeleine in der Hand, traute sich jedoch nicht, dazwischenzugehen und ihren wild gewordenen Hund am Halsband zu packen. Stattdessen zog sie eine Hundepfeife aus der Tasche und stieß einen gellenden Pfiff aus, bevor sie versuchte, den Hund zur Räson zu bringen. „Brutus! Brutus! Bei Fuß! Brutus, bei Fuß!“

Doch der Rottweiler nahm nicht die geringste Notiz von ihr.

„Halten Sie ihn doch fest!“, rief Lucy, beinahe hysterisch vor Angst. „Packen Sie ihn!“

Den Traktor hatte sie ganz vergessen. Rechtzeitig wie die rettende Kavallerie in einem alten Wildwestfilm tauchte er plötzlich vor ihnen auf. Die Tür flog auf, der Fahrer sprang heraus, sprintete auf sie zu und warf sich furchtlos und ohne mit der Wimper zu zucken ins Getümmel. Ein gut gezielter Stiefeltritt traf das muskulöse Hinterteil des Rottweilers. „Lass los, du wild gewordene Bestie!“ Der verdutzte Rottweiler ließ Horaz vor Schreck los, um sich auf seinen neuen Feind zu stürzen, aber der junge Mann packte ihn an seinem Würgehalsband und zerrte ihn mit Gewalt von seiner Beute fort. Lucy hätte es nie für möglich gehalten, dass jemand so geistesgegenwärtig, so stark und so mutig sein konnte.

„Was haben Sie sich denn dabei gedacht?“, fuhr er die Hundebesitzerin barsch an, riss ihr die Hundeleine aus der Hand und befestigte sie mit einiger Mühe am Halsband des knurrenden, widerspenstigen Tieres. Dann schleifte er ihr den Hund vor die Füße, und sie ergriff die Lederschlaufe mit beiden Händen.

„Wie reden Sie denn mit mir …“

„Warum ist der Hund nicht an der Leine?“

„Er ist angegriffen worden.“ Jetzt wurde sie aggressiv.

„Davon ist kein Wort wahr. Ich hab’s doch gesehen. Wenn Sie von hier wären, kämen Sie gar nicht auf die Idee, einen so gefährlichen Hund frei herumlaufen zu lassen.“

„Auch noch hier wohnen“, entgegnete die Frau, als empfände sie die bloße Vorstellung als Zumutung. „Ich bin zu Besuch hier und wohne bei meiner Schwester in ihrem Wohnwagen.“

„Dann kehren Sie mal schnellstens zu Ihrem Wohnwagen zurück und sperren den Hund ein.“

„Was fällt Ihnen ein, in dem Ton mit mir zu reden!“

„Ich rede mit Ihnen, wie’s mir passt. Ich arbeite hier auf dem Golfplatz. Wenn ich den Hund noch einmal frei herumlaufen sehe, zeige ich Sie an.“

„Und ich zeige Sie an wegen Beleidigung …“

Aber in dem Augenblick erspähte Brutus zwei neue Opfer und ging erneut zum Angriff über. Zwei Golfspieler waren aufgetaucht, und von dem blutrünstigen Drang getrieben, seine Zähne in weitere Kehlen zu versenken, setzte er ihnen nach. Seine Besitzerin musste wohl oder übel hinterherlaufen und hatte alle Mühe, Schritt zu halten.

Lucy saß im Gras, wiegte Horaz in den Armen und drückte seinen Kopf gegen ihre neue rote Jacke. Der junge Mann kniete sich neben sie. Sie sah, dass er noch ganz jung war und ein windgebräuntes Gesicht und blaue Augen hatte. Sein kurzes, flachsfarbenes Haar sah aus, als sei es gefärbt, und im linken Ohr trug er einen goldenen Ohrring.

„Alles okay?", fragte er.

Lucy brach in Tränen aus. „Ja…, aber Horaz…"

„Komm, ich schau ihn mal an." Behutsam untersuchte er Horaz' geschundene Gliedmaßen, strich ihm die langen Haare aus dem Gesicht und redete dabei beruhigend auf ihn ein. „Der erholt sich bald wieder. Ich glaube nicht, dass er ernstlich verletzt ist."

„Er hat doch nur gebellt!", stieß Lucy schluchzend hervor. „Er bellt immer. Er ist ein bisschen dusselig. Ich dachte, der würde ihn umbringen."

„Schwein gehabt."

„Er gehört nicht mal mir. Er gehört Elfrida. Ich habe nur einen Spaziergang mit ihm gemacht."

„Ich kann euch auf dem Traktor ein Stück mitnehmen, bis zum Klubhaus. Kannst du von da aus laufen?"

„Ich glaube, ja."

Lucy folgte ihm zum Traktor und kletterte in die Kabine. Es gab nur einen Sitz, sodass sie vorsichtig auf dem Rand Platz nahm. Horaz saß zu ihren Füßen und lehnte sich mit seinem ganzen Gewicht gegen ihr Knie. Dann sprang der junge Mann ebenfalls auf, schlug die Tür zu und legte den Gang ein.

Lucys Tränen waren inzwischen getrocknet. „Ich habe ein so schlechtes Gewissen. Ich hätte besser auf ihn aufpassen müssen."

„Was hättest du denn tun sollen? Und dann hieß das Viech auch noch Brutus!"

Trotz allem musste Lucy lächeln. „Vielen Dank für deine Hilfe", sagte sie.

„Du bist bei Oscar Blundell zu Besuch, oder?"

„Ja, das stimmt. Kennst du ihn?"

„Nein, aber mein Vater kennt ihn. Mein Vater ist der Pfarrer, Peter Kennedy. Ich bin Rory Kennedy."

„Ich bin Lucy Wesley. Arbeitest du hier auf dem Golfplatz?"

„Ja, vorübergehend. Ich war im Juli mit der Schule fertig und will nächstes Jahr in Durham studieren. Ich mache ein Jahr Pause."

„Ich habe noch keine Ahnung, was ich nach der Schule machen will."

„Wie alt bist du denn?"

„Vierzehn."

„Da hast du ja noch genug Zeit, dir etwas zu überlegen. Meine Mutter hat vorgeschlagen, dass ich dir meinen alten Fernseher leihen soll. Willst du den haben?"

„Das wäre natürlich toll, aber ich komme auch ganz gut ohne aus."

„Ich guck mal nach, ob er überhaupt noch läuft." Eine Weile rumpelten sie stumm den holprigen Weg entlang. „Ich hab gehört, dass ihr morgen alle auf einen Drink zu uns kommt", begann Rory dann. „In der Schule findet um sieben ein Schwof statt. Clodagh und ich gehen hin. Willst du mit?"

„Was ist denn ein Schwof?"

„Ein Tanzabend."

Lucy bekam einen Schreck. Sie war schon zu Partys eingeladen gewesen, aber noch nie zum Tanzen. „Ich weiß nicht", sagte sie unsicher.

„Was weißt du nicht?"

„Ob ich zum Tanzen mitkommen will."

„Wieso denn nicht? Es sind alles nur Schüler. Wir üben Volkstänze für die Neujahrspartys. Ein Mordsspaß."

Volkstänze. „Ich habe noch nie Volkstanz gemacht. Ich kann die Schritte gar nicht."

„Dann wird es höchste Zeit, dass du sie lernst."

Lucy war die Sache trotzdem nicht geheuer. Aber dann wandte er ihr den Kopf zu und lächelte so freundlich und ermutigend auf sie herab, dass sie sich zu ihrer eigenen Überraschung sagen hörte: „Na gut. Warum nicht. Vielen Dank. Muss ich ..., muss ich mich fein machen?"

„Bloß nicht. Jeans und Turnschuhe."

Während sie sich unterhielten, hatte sich über ihnen ein Unwetter zusammengebraut, und es fielen bereits die ersten dicken Schneeflocken. „Ich hab mich schon gefragt, wann es losgeht", meinte Rory. „Man konnte sehen, wie die Schneewolken von Norden herantrieben. Ich habe heute den Wetterbericht gehört, sie haben heftige Schneefälle vorhergesagt."

„Dann erlebe ich hier vielleicht meine erste weiße Weihnacht!"

„Gut zum Schlittenfahren, schlecht für die Straßenwacht und die Schneepflüge."

Sie krochen im Schneckentempo den Hang hinauf, der zum Klubhaus führte. Rory lenkte den Traktor auf den Parkplatz, stellte den Motor ab, öffnete die Tür und kletterte hinaus.

„So, da wären wir", sagte er und half Lucy hinaus. Schneeflocken landeten auf seinem Haar und auf seinen Schultern und blieben dort liegen. Lucy langte in die Kabine und hob mit Rorys Hilfe den verletzten Hund heraus. Sie setzten ihn auf den Boden. Er schüttelte sich und wedelte sogar ein bisschen mit seinem buschigen Schwanz. Lucy holte die Hundeleine aus der Jackentasche, und Rory befestigte sie an Horaz' Halsband.

„Also dann bis morgen. Komm gut nach Hause", meinte er.

„Vielen Dank für alles."

Inzwischen hatte es heftig angefangen zu schneien, sodass sie im dichten Schneetreiben den Hügel hinunterwanderte. Horaz humpelte tapfer neben ihr her. Etwas besorgt dachte Lucy daran, dass sie gleich Elfrida erzählen musste, was passiert war. Hoffentlich war sie nicht böse. Sie drehte sich noch einmal um, um zu winken.

Was für ein Abenteuer! Ein langer Spaziergang, ein Kampf zwischen zwei Hunden, eine Traktorfahrt, ein Schneesturm und eine Einladung zum Tanzen. Plötzlich konnte sie es gar nicht erwarten, nach Hause zu kommen und Oscar und Elfrida alles zu erzählen.

Elfrida

Elfrida fiel ein Stein vom Herzen, als sie die Haustür hörte und Lucy im Flur nach ihr rief. Sie ließ alles stehen und liegen und lief ihr entgegen. Und da standen die beiden wie die Schneemänner auf der Fußmatte und hatten eine schreckliche Geschichte zu erzählen.

„... so ein grässlicher Hund, ein riesiger Rottweiler..., er hat sich auf Horaz gestürzt..., und in dem Augenblick kam ein Traktor... Rory Kennedy..., der war vielleicht mutig..., und dann hat er uns in seinem Traktor zum Golfplatz zurückgebracht. Ach, Elfrida, es tut mir ja so Leid, aber ich konnte wirklich nichts machen. Und der arme Horaz ist fürchterlich zugerichtet. Ich hatte solche Angst..."

Der Zwischenfall hatte Lucy offensichtlich ziemlich mitgenommen, aber sie war auch aufgeregt und erleichtert, dass sie das Abenteuer heil überstanden und Horaz lebendig wieder mit nach Hause gebracht hatte.

Ihre Wangen glühten, und ihre Augen leuchteten. Sie war ein liebes Kind, keine Frage, aber viel zu sittsam und brav, und solche Sittsamkeit passte nun mal nicht zu einer Vierzehnjährigen. Was Horaz betraf, so saß er wie ein Häufchen Elend auf dem Fußboden und wartete darauf, dass Elfrida sich um ihn kümmerte.

„Was ist denn passiert, Horaz?", fragte Elfrida und streichelte ihn. „Hat dich ein blutrünstiger Hund überfallen?" Dann wandte sie sich wieder Lucy zu. „Hör mal, deine Jeans sind klitschnass. Du solltest dir trockene Sachen anziehen."

Lucy nickte zustimmend und wandte sich zum Gehen, blieb aber in der offenen Tür noch einmal stehen.

„Elfrida?"

„Was ist, mein Schatz?"

„Rory Kennedy ist unheimlich nett. Und er hat sich die Haare gefärbt."

„Die Haare gefärbt?", wiederholte Elfrida in gespieltem Entsetzen. „Was deine Großmutter dazu wohl sagen würde."

„Ab-scheu-lich!", sagte Lucy in dem Ton, den ihre Großmutter hatte, wenn ihr etwas missfiel, und damit verschwand sie nach oben. Elfrida hörte, wie sie, zwei Stufen auf einmal nehmend, die Treppe zu ihrer Dachkammer hinauflief.

Sam

Sam Howard stand mit Fergus Skinner, dem Betriebsrat der McTaggard-Spinnerei, an der Theke im „Duke's Arms" in Buckly, einem altmodischen kleinen Pub, der keinerlei Konzessionen an Touristen oder neumodisches Dekor gemacht hatte. Die Wände waren aus dunkel gebeiztem Holz, die Beleuchtung trübe, und es roch nach abgestandenem Bier und Whisky.

„Was darf's sein?", fragte Fergus Skinner.

„Ein kleines Pils, bitte."

„Trinken Sie keinen Kurzen mit?"

„Nein danke, ich muss noch fahren."

Fergus Skinner war nach der Betriebsversammlung im Kirchensaal mit Sam über die verschneite Straße in den Pub gegenüber gegangen, seine Stammkneipe.

„Jammerschade, aber da kann man nichts machen", meinte er und bestellte ein großes Helles für sich. „Deshalb geh ich immer zu Fuß." Es mochte spaßhaft gemeint sein, aber seine Augen verrieten nicht ein Fünkchen Humor.

Er war ein großer Mann, ein typischer Schotte mit seinen dunklen Haaren und der blassen Haut. Mit seiner kräftigen, gebogenen Nase, dem kantigen Kinn und den tief liegenden Augen wirkte er etwas finster, doch der Eindruck täuschte. Fergus Skinner hatte in der Spinnerei McTaggart als Vorarbeiter gearbeitet, und als das Familienunternehmen Bankrott ging, war er es gewesen, der die Belegschaft zusammengetrommelt und die Übernahme organisiert hatte. Die Überschwemmungskatastrophe hatte ihn auch persönlich hart getroffen, aber er hatte sich geweigert, die Flinte ins Korn zu werfen. Als Sam ihn von seinem Büro bei Sturrock und Swinfield aus angerufen hatte, weil er ein Treffen mit der Belegschaft organisieren wollte, hatte Fergus Skinner die ganze Sache in die Hand genommen. Ihm war es zu verdanken, dass die Versammlung so gut besucht war, dass die Zuspätkommer sich mit Stehplätzen hatten begnügen müssen.

Fergus Skinner hob sein Glas. „Auf Ihr Wohl, Mr Howard."

„Auf die Zukunft", erwiderte Sam.

Wegen des desolaten Zustandes der Spinnerei hatte die Versammlung im Kirchensaal von Buckly stattgefunden. Sam und Fergus hatten auf einem erhöhten Podium gesessen, und Sam hatte nur zu deutlich wahrgenommen, dass die Atmosphäre zu Anfang etwas unterkühlt war. Die Leute waren schon lange arbeitslos und standen dem neuen Direktor von McTaggart sehr skeptisch gegenüber. Sam hatte erläutert, wie er den Wiederaufbau und die spätere Inbetriebnahme der Spinnerei in die Wege leiten wollte. Die Leute hatten dazu geschwiegen, und so hatte Sam ein bisschen mehr ausgeholt und erzählt, dass er in Yorkshire geboren wurde und in einem Familienunternehmen ähnlich dem der McTaggarts groß geworden sei. Er berichtete auch, wie sie ebenfalls mit finanziellen Schwierigkeiten zu kämpfen gehabt hätten und Sturrock und Swinfield den Karren aus dem Dreck gezogen hätte, weshalb er, Sam Howard, heute vor ihnen stehe.

Danach hatte sich die Atmosphäre ein wenig entspannt. Die Leute hatten sich geräuspert und ihn ein wenig freundlicher angeblickt. Sam konnte erleichtert fortfahren. Er rollte den gesamten Prozess auf. Die Machbarkeitsstudie und die Umstrukturierung. Dass der Betrieb zwar nach wie vor traditionell arbeiten solle, aber notgedrungen mit der

Zeit gehen müsse. Also neue Produkte. Neue Märkte. Neue Maschinen.

Am Ende hatte er die Zuhörer ermutigt, ihm Fragen zu stellen. Jetzt reckten sich die Hände in die Höhe. „Gibt es ein Umschulungsprogramm?“ Er bestätigte es. „Werden Arbeitsplätze abgebaut?“ Sam erklärte, dass zunächst ein gewisser Personalabbau nicht zu vermeiden sein werde, aber wenn die neue Spinnerei erst einmal in Gang sei, würde man allmählich expandieren und neue Arbeitsplätze schaffen.

Eine Frau stand auf und wollte wissen, ob es für sie als Handarbeiterin weiterhin Arbeit gäbe oder ob alles von den neuen Maschinen gemacht werden würde. Sam konnte sie beruhigen. Bei den neuen Luxusartikeln, die sie im Programm haben würden, konnte auf Handarbeiterinnen nicht verzichtet werden. Doch die Frage, die seinen Zuhörern am meisten am Herzen lag, war natürlich das Wann. Wie schnell konnte die Arbeit wieder aufgenommen werden? Hier musste Sam ihnen erklären, dass dies frühestens in neun Monaten möglich sein würde. Es läge eine gewaltige Aufgabe vor ihnen. Wer es schwarz auf weiß wissen wolle, könne Pläne und Blaupausen einsehen, die hinten in der Halle am schwarzen Brett ausgehängt waren.

Das Äußere der alten Spinnerei sollte unverändert bleiben, aber von innen musste das Gebäude von Grund auf umgestaltet werden. Es war ein Laden geplant, der Touristen anziehen sollte, und der Architekt hatte in seinem Entwurf sogar ein kleines Café vorgesehen, was beides zusätzliche Arbeitsplätze schaffen würde.

Wer sollte die Renovierungsarbeiten ausführen? Sam erklärte, dass Sir David Swinfield daran gelegen sei, möglichst viele Handwerker aus der Gegend zu beschäftigen, und dass alle hiesigen Maurer, Klempner, Elektriker und Tischler angesprochen werden sollten.

Zu Sams großer Zufriedenheit hatte der Abend in einer allgemeinen Diskussion geendet, und er hatte am Ende das Gefühl gehabt, dass die Leute ihm ein gewisses Vertrauen entgegenbrachten.

„Wo wohnen Sie eigentlich?“, fragte Fergus Skinner.

„Im Moment noch in einem Hotel in Inverness.“ Sam blickte auf die Uhr. „Ich sollte mich langsam auf den Weg machen. Es ist eine lange Fahrt.“

„Mit Ihrem Wagen ist das doch kein Problem. Sie fahren einen Landrover, oder?“

„Ja, den habe ich mir zugelegt, als meine Firma mir mitteilte, dass ich im hohen Norden meine Zelte aufschlagen sollte.“

Sie verließen die Kneipe. Draußen hatte es wieder zu schneien begonnen. „Bevor Sie nach Inverness aufbrechen, sollten Sie den Automobilklub wegen der Straßenbedingungen anrufen“, riet Skinner ihm. „In so einer Nacht ist mit der Straße über die Black Isle nicht zu spaßen.“

„Danke für den Tipp! Aber erst mal frohe Weihnachten, Mr Skinner.“

„Ihnen auch. Hat mich sehr gefreut, Sie kennen zu lernen.“

Sie gaben sich die Hand. Dann kletterte Sam in seinen Landrover und griff in die Tasche. Er zog zwei Schlüssel hervor, den Autoschlüssel und den gewaltigen, altmodischen Schlüssel zu Hughie McLennans Haus, an dem mit einem Bindfaden ein Schild befestigt war. Er hatte Hughie McLennan in London bei einem Abendessen mit gemeinsamen Freunden kennen gelernt. Obwohl er den alternden Playboy nicht besonders sympathisch gefunden hatte, hatte er sich doch recht gut mit ihm unterhalten. Als sich herausgestellt hatte, dass Hughie aus Schottland stammte, hatte Sam ihm von seiner neuen Aufgabe bei McTaggart erzählt.

„Wenn Sie da oben arbeiten, dann brauchen Sie ein Haus“, hatte Hughie gesagt. „Und ich habe eins zu verkaufen, in Creagan, in der Nähe von Buckly. Sie können sich das Haus ja mal ansehen.“ Und damit hatte er Sam den Schlüssel in die Hand gedrückt und sich verabschiedet.

Es war nicht weit nach Creagan, er konnte ohne Probleme einen kleinen Umweg machen und einen Blick auf Hughie McLennans Haus werfen. Er brauchte ja nicht unbedingt hineinzugehen, er wollte nur mal sehen, ob es sich überhaupt lohnte, das Gebäude näher anzusehen.

Voller Unternehmungslust ließ er den Motor an und schaltete die Scheinwerfer ein. Um nach Creagan zu gelangen, musste er eine lange Brücke überqueren, die über einen Meeresarm führte. Ein paar Kilometer weiter leuchtete ein Straßenschild im Scheinwerferlicht auf:

TOURISTENROUTE CREAGAN 2 KILOMETER. Er bog ab und folgte einer schmalen Landstraße, die an einer Bucht entlangführte. Eine schöne Allee führte direkt in die Stadt, und im Licht der Straßenlaternen sah er die Kirche, den Marktplatz und den alten, von einer Mauer umgebenen Friedhof. Im Schritttempo fuhr er einmal um die Kirche, blickte nach links und nach rechts und fragte sich, welches das Haus sein mochte, das Hughie McLennan gehörte. Als er die Runde erfolglos beendet hatte, beschloss er, sich bei einem Paar zu erkundigen, das ihm entgegenkam.

„Entschuldigen Sie, ich suche das Verwalterhaus von Corrydale…“

„Sie stehen direkt davor.“ Der Mann lachte amüsiert und wies mit einer Kopfbewegung auf das Haus hinter sich.

„Ach so. Vielen Dank.“

„Gern geschehen.“ Die beiden setzten ihren Weg fort.

Sam blieb einen Moment reglos im Wagen sitzen und starrte das Haus an, das er zwar wahrgenommen, an dem er aber vorbeigefahren war, weil es unmöglich Hughies Haus sein konnte. Hughies Haus stand leer. Er hatte gesagt, es sei unbewohnt. Aber in diesem Haus brannte Licht, das war deutlich zu sehen, obwohl die Vorhänge sorgfältig geschlossen waren. Und wenn das Haus bewohnt war, dann konnte er eigentlich gleich weiterfahren. Aber er wusste, dass ihn das Rätsel nicht loslassen würde, bis er heraushatte, was dahinter steckte. Also holte er den Schlüssel aus dem Handschuhfach und kletterte aus dem Landrover. Langsam ging er den Weg hinauf zum Haus. Es gab eine Klingel, und er schellte.

Er wartete ein Weilchen. Plötzlich ging über ihm das Licht an, und die Tür wurde geöffnet.

Er wusste selbst nicht, wen oder was er erwartet hatte. Vielleicht eine alte Frau in Kittelschürze? Oder einen Mann in Filzpantoffeln? Auf keinen Fall hatte er ein großes, dunkelhaariges Mädchen in Jeans und dickem Pullover erwartet. Ein bildhübsches Mädchen, nach dem sich sogar auf der Fifth Avenue alle umgedreht hätten.

Carrie

Morgens war Dr. Sinclair wie versprochen kurz vorbeigekommen, um nach Carrie zu sehen. Als der Doktor gegangen war, streckte Elfrida den Kopf durch die Tür. „Was hat er gesagt?“

„Alles in Ordnung, aber ich soll noch einen weiteren Tag im Bett bleiben. Tut mir Leid.“

„Sei doch nicht albern. Möchtest du vielleicht eine Wärmflasche?“

„Nein, mir ist mollig warm.“

Der Tag nahm seinen Lauf. Durchs Fenster konnte Carrie das Wetter beobachten und war eigentlich ganz froh, nicht das Haus verlassen zu müssen. Sie fühlte sich warm und geborgen, und ihr fielen Zeiten ein, da sie als Kind krank im Bett gelegen und das Gefühl genossen hatte, dass andere ihren täglichen Pflichten nachgehen mussten, während sie selbst nichts damit zu tun hatte. Sich verwöhnen zu lassen und alle Verantwortung abzustreifen war ein Luxus, den Carrie sich lange nicht mehr gegönnt hatte.

So verging der Tag in seligem Nichtstun, bis um Viertel vor sechs Oscar, Elfrida und Lucy zu dem kleinen Empfang im Pfarrhaus aufbrachen. Als Carrie hörte, dass sie die Hintertür hinter sich zugeschlagen hatten, stand sie auf, ließ ein Bad einlaufen und aalte sich ausgiebig im heißen Wasser. Dann zog sie Jeans und ihren wärmsten Pullover an, machte sich das Haar, besprühte sich mit Parfüm und fühlte sich wie ein neuer Mensch. Ich bin wieder gesund, versicherte sie ihrem eigenen Spiegelbild.

Sie ging nach unten, um nach dem verletzten Horaz zu sehen. „Willst du mit nach oben ans Feuer kommen?“, fragte sie ihn, aber Horaz wollte nicht. Der Tierarzt hatte am Tag zuvor seine Wunden versorgt. Warm in seinen Korb gekuschelt, schloss er die Augen und ergab sich wieder dem Schlaf.

Also ging Carrie allein ins Wohnzimmer, wo das Kaminfeuer noch brannte, und machte es sich mit Oscars Zeitung im Sessel bequem. Sie war mitten in einem Artikel über eine bekannte, nicht mehr ganz junge Schauspielerin, als die Türglocke durchs Haus schrillte.

Mit einem nachdrücklichen „Mist!“ ließ Carrie die Zeitung sinken. Sie konnte sich nicht vorstellen, wer es sein mochte. Vielleicht hatte jemand eine Autopanne und wollte telefonieren. Etwas unwillig warf sie die Zeitung hin, lief die Treppe hinunter und knipste im Vorbeigehen alle Lichter an. Sie machte die Tür auf und sah im Schein der Außenbeleuchtung einen verfrorenen jungen Mann vor sich stehen. Er hatte dunkles, kurz geschnittenes Haar und trug einen dicken marineblauen Mantel, dessen hochgeschlagener Kragen bis über die Ohren reichte. Dichte Schneeflocken bedeckten sein Haar, seinen Mantel und seine Ohren.

Über seine Schulter hinweg sah sie einen großen Geländewagen am Straßenrand stehen.

„Ja, bitte?“

„Entschuldigen Sie die Störung, aber ist dies das Verwalterhaus von Corrydale?“

„Ja.“

„Das Haus von Hughie McLennan?“

Carrie runzelte die Stirn. „Nein. Das Haus von Oscar Blundell.“

Er machte ein nachdenkliches Gesicht und hielt einen großen Schlüssel hoch, an dem mit Bindfaden ein kleines Schild befestigt war. Auf dem Schild stand geschrieben: CORRYDALE VERWALTERHAUS. „Vielleicht liegt hier ein Missverständnis vor“, meinte er etwas ratlos.

„Ich weiß nicht, aber vielleicht sollten Sie lieber hereinkommen“, erwiderte Carrie.

Er zögerte. „Ich möchte Sie nicht stören."

„Sie stören nicht. Kommen Sie herein."

Er trat an ihr vorbei ins Haus, und sie schloss die Tür. „Ich hoffe, ich komme nicht ungelegen", sagte er etwas verlegen.

„Nein, nein, keineswegs. Wollen Sie Ihren Mantel nicht ablegen? Wir hängen ihn hier neben die Heizung."

Er hatte den Schlüssel wieder in die Tasche gesteckt, knöpfte den Mantel auf und zog ihn aus. Sie sah, dass er sehr korrekt gekleidet war und einen dunkelgrauen Flanellanzug mit Schlips trug.

„Vielleicht sollte ich mich erst einmal vorstellen", sagte er. „Sam Howard."

„Carrie Sutton." Sie gaben sich nicht die Hand. „Kommen Sie nach oben ins Wohnzimmer. Das Kaminfeuer brennt."

Sie ging voran, und er folgte ihr die Treppe hinauf. Als er hinter ihr ins Wohnzimmer trat, war er genauso überrascht wie alle anderen, die zum ersten Mal hierher kamen. „Was für ein außergewöhnlicher Raum!", rief er.

„Ja, das finde ich auch!" Sie bückte sich, um die Zeitung aufzuheben. „Auch tagsüber ist es ein herrliches Zimmer, weil es so hell ist." Sie legte die Zeitung auf ein Tischchen. „Kann ich Ihnen etwas zu trinken anbieten?"

„Zu liebenswürdig von Ihnen. Aber ich muss heute noch nach Inverness fahren."

„Nach Inverness? Bei diesem Wetter?"

„Ich habe Vierradantrieb. Es wird schon gehen."

Carrie hatte da so ihre Zweifel, aber es ging sie nichts an. „Bitte, setzen Sie sich doch, und erzählen Sie mir, wieso Sie einen Schlüssel zu Oscars Haus besitzen."

„Um ehrlich zu sein, begreife ich es selbst nicht", meinte er etwas ratlos und nahm in Oscars Sessel vor dem Kamin Platz. Im Sitzen wirkte er gleich sehr viel gelassener, und Carrie fand, dass er ein interessantes Gesicht hatte, nicht im eigentlichen Sinne gut aussehend, aber charaktervoll. „Aber ich bin sicher, wir werden des Rätsels Lösung finden. Wissen Sie, ob Mr Blundell früher in Hampshire gewohnt hat?"

„Das hat er."

„Und einen ziemlich betagten Onkel hat, der in London lebt? Und einen Vetter namens Hughie McLennan?"

„Ich fürchte, ich kann Ihnen da gar nicht weiterhelfen. Ich bin hier nur zu Besuch und weiß so gut wie nichts über Oscars Familie. Oscar und Elfrida sind heute Abend leider eingeladen. Vor acht Uhr werden sie kaum zurück sein." Sie warf einen Blick auf die kleine Uhr auf dem Kaminsims. „Es ist schon fast sieben. Wenn Sie warten möchten…"

„Nein, das geht nicht. Ich muss los."

„Ich weiß noch immer nicht, woher Sie den Schlüssel zu diesem Haus haben."

„Hughie hat ihn mir gegeben. Er will das Gebäude loswerden. Verkaufen."

Carrie starrte ihn an. „Verkaufen? Aber das Haus gehört doch Oscar."

„Ich glaube, sie sind gemeinsame Besitzer. Das Haus gehört ihm nur zur Hälfte."

„Ja, das kann sein. Oscar hat so etwas gesagt. Aber Hughie McLennan hat kein Recht, ein Haus zum Verkauf anzubieten, das ihm nicht ganz gehört."

„Ja", stimmte er ihr zu. „Das klingt ein bisschen suspekt."

„Und warum sind Sie hier und wollen es angucken? Wollen Sie es kaufen?"

„Möglicherweise. Ich habe einen neuen Job in Buckly. Ich soll die alte Wollspinnerei der McTaggarts wieder in Gang bringen. Wenn ich hier arbeite, brauche ich eine Bleibe."

„Wo ist denn Buckly?"

„Ungefähr zwanzig Kilometer nördlich von hier. Ich komme gerade von dort. Aber ich muss jetzt wirklich los." Er erhob sich.

„Ich halte es für unumgänglich, dass Sie mit Oscar Blundell sprechen. Er muss doch wissen, was Hughie McLennan vorhat."

Carrie trat an das große Erkerfenster und zog die schweren Vorhänge zurück. Der am Straßenrand geparkte Landrover war bereits völlig zugeschneit. Carrie dachte an die lange Fahrt nach Inverness. „Ich glaube nicht, dass Sie bei diesem Wetter fahren sollten", meinte sie.

Er trat zu ihr, und gemeinsam sahen sie aus dem Fenster. „Fergus Skinner, der Manager der Spinnerei, hatte mir geraten, den Automobilklub anzurufen und mich nach dem Straßenzustand zu erkundigen. Er hat wohl schon geahnt, was für ein Wetter da kommt."

„Ich kann Ihnen die Nummer vom Automobilklub raussuchen." Sie holte das Telefonbuch vom Telefontischchen vor der Tür und suchte die Nummer heraus. „Hier ist sie."

Er zog sein Handy aus der Tasche, tippte die Nummer ein, hatte sofort Anschluss und erkundigte sich nach dem Straßenzustand auf der A 9 nach Inverness. Schweigend hörte er zu.

„Ich verstehe", sagte er schließlich. „Vielen Dank."

Sie sahen sich an. „Sie hatten Recht", meinte er. „Die Straße ist unpassierbar. Ich hatte, ehrlich gesagt, keine Ahnung, dass es so schlimm werden könnte."

„Tut mir Leid."

„Ich ..., ich mach mich besser auf den Weg. Ich will Sie nicht länger belästigen."

„Auf den Weg, wohin?"

„Es wird ja irgendwo ein Hotel oder eine Pension geben, wo ich bleiben kann."

„Um diese Jahreszeit ist in Creagan nicht ein einziges Hotel oder eine Pension geöffnet. Sie werden hier bleiben müssen. Bei uns."

„Hier? Sie kennen mich doch gar nicht. Ich kann doch nicht einfach hier auftauchen und ..."

„Natürlich können Sie das, und Sie haben auch gar keine Wahl. Außerdem haben wir noch ein Gästezimmer im Haus, das nicht belegt ist." Carrie lächelte. „Wie sagt man so schön? Bei Sturm ist einem jeder Hafen recht ..."

„Aber ..., Mr Blundell ..."

„Ich vermute, er wird nichts gegen einen weiteren Gast auszusetzen haben. Und mit Interesse zur Kenntnis nehmen, was Sie ihm zu berichten haben. Und Elfrida ist jemand, der mit überraschendem Besuch gut fertig wird. Es steht ein Abendessen im Ofen, heißes Badewasser ist auch genug da. Was will ein Mann mehr? Eine Zahnbürste?"

Er sah sie etwas unsicher an. „Ich habe eine im Wagen", meinte er. „Meinen elektrischen Rasierapparat auch. Aber wenn es Ihnen recht ist, würde ich gern noch einen Anruf machen."

„Ja, natürlich." Er musste zu Hause anrufen, wo immer das sein mochte, und seiner Frau erklären, was passiert war.

Er zog sein Handy noch einmal aus der Tasche und sprach mit der Rezeption irgendeines Hotels in Inverness. „Ich wollte Ihnen nur sagen, dass ich heute Abend nicht mehr komme. Ich sitze in Creagan fest, in einem Schneesturm. Bitte reservieren Sie mir das Zimmer. Danke."

„War das alles?", fragte Carrie. „Sonst keine Anrufe?"

Er schob das Handy in die Tasche zurück und schüttelte den Kopf: *„Njet."*

„Na gut. Dann können Sie ja jetzt mit gutem Gewissen etwas trinken."

„Das wäre durchaus in meinem Sinne. Einen Scotch? On the rocks?"

„Schön. Bin gleich wieder da."

Carrie lief nach unten in die Küche, belud ein Tablett mit Gläsern, etwas Eis, der Whiskyflasche und stellte eine geöffnete Weinflasche dazu. Als sie mit dem Tablett wieder ins Wohnzimmer trat, saß ihr Besucher nicht am Kamin, sondern stand an der entfernten Seite des Raumes, wo er aufmerksam Elfridas kleines Bild betrachtete. Dazu hatte er eine dunkle Hornbrille aufgesetzt, die ihm etwas ausgesprochen Intellektuelles gab.

Als Carrie erschien, nahm er die Brille ab. „Was für ein bezauberndes kleines Gemälde."

„Ja. Es gehört Elfrida. Ein David Wilkie. Sie besitzt ihn schon seit Jahren. Sie sagt immer, er sei ihre Versicherungspolice, die sie davor bewahren soll, in der Gosse zu landen, falls ihr jemals das Geld ausgeht."

„Eine echte kleine Kostbarkeit … Geben Sie her, ich halte es eben." Er nahm Carrie das Tablett ab, während sie Platz auf Oscars Tisch machte und ein paar Akten und Papiere beiseite schob. „Sie schenken sich besser selbst ein", sagte sie zu ihm.

„Was ist mit Ihnen?"

„Ich möchte lieber ein Glas Wein." Sie ging zu ihrem Sessel am Kamin zurück und beobachtete, wie er mit gekonnten Bewegungen die Getränke einschenkte. Auf eine etwas distanzierte Weise faszinierte sie die Situation, sein plötzliches Auftauchen in diesem Haus, der Grund für seinen Besuch, die Tatsache, dass er (auf Grund des Wetters) über Nacht bleiben musste …, es kam ihr vor wie der Beginn eines Films, der eine unerwartete, vielleicht verhängnisvolle Wendung nehmen konnte.

Er reichte ihr das Glas und nahm im selben Sessel Platz wie zuvor. „Zum Wohl", sagte er.

„Zum Wohl." Sie tranken.

„Sie sind zu Besuch hier?", fragte er dann.

„Ich wohne eigentlich in London. Aber ich habe meine Nichte bei mir, und wir bleiben über Weihnachten und Neujahr."

„Ist sie mitgegangen zu der Party?"

„Ja, und anschließend geht sie zu irgendeiner Volkstanzveranstaltung. Kennen Sie sich in diesen Breiten aus?"

„Nein, überhaupt nicht. Ich komme ursprünglich aus Yorkshire, aber ich habe in London gearbeitet. Danach war ich sechs Jahre in New York."

„Und was sind Sie von Beruf?"

„Ich bin eigentlich Wollmakler bei der Firma Sturrock und Swinfield in London. Sie hat vor Jahren die Wollspinnerei meines Vaters in Yorkshire aufgekauft, und seitdem arbeite ich bei ihr."

„Da steht Ihnen hier oben wohl ein Kulturschock bevor."

„Ja", pflichtete er ihr bei. „Das fürchte ich auch."

„Was haben Sie gesagt, wie die Spinnerei heißt?"

„McTaggarts, in Buckly."

„Floriert der Betrieb?"

Er antwortete mit einem lakonischen „Nein", ging dann aber mehr ins Detail und erklärte ihr, wie die Firma durch eine Kettenreaktion an den Rand des Ruins gebracht worden war und dass er nun die Spinnerei renovieren und wieder in Schwung bringen sollte.

„Warum walzen Sie nicht einfach alles platt und fangen von vorn an?"

„Weil es ein besonders schönes altes Gebäude ist. Die Spinnerei ist über hundertfünfzig Jahre alt. Es wäre eine Sünde, sie abzureißen."

„Und nun sind Sie auf der Suche nach einer Bleibe?"

„Ja." Er lächelte. „Aber dazu muss ich erst mit Ihrem Gastgeber gesprochen haben. Sie sagten, Sie leben in London?"

Carrie hatte nicht die mindeste Lust, über sich selbst zu sprechen. „Ich war drei Jahre lang in Österreich, in Oberbeuren, und habe dort für eine internationale Reisegesellschaft gearbeitet. Aber jetzt bin ich wieder in London. Sie haben mir einen Job in ihrem Hauptbüro angeboten."

„Und wollen Sie wirklich wieder in London arbeiten?"

„Ja. Warum nicht?"

„Weil Sie Österreich und die Berge vermissen werden."

„Ja", sagte Carrie nur, und einen Augenblick herrschte Schweigen zwischen ihnen, in dem Ungesagtes mitschwang. „Ihr Glas ist leer", bemerkte sie dann. „Möchten Sie noch einen Scotch?"

Elfrida

Arm in Arm und mit äußerster Vorsicht bahnten Oscar und Elfrida sich durch das dichte Schneetreiben einen Weg nach Hause. Im Flur entledigten sie sich ihrer feuchten Mäntel, der schneeverkrusteten Stiefel und klatschnassen Mützen und hängten sie zum Trocknen auf. Sie gingen die Treppe hinauf. Als sie die Wohnzimmertür öffneten, bot sich ihnen ein Bild friedlicher Geselligkeit. Vor dem wohlige Wärme ausstrahlenden Kaminfeuer standen die beiden bequemsten Sessel, und darin saßen Carrie und ein wildfremder Mann und sahen aus, als seien sie uralte Bekannte. Elfrida ließ ihrer Fantasie sofort freien Lauf. Vielleicht ein alter Bekannter von Carrie, der sich auf die Suche nach ihr gemacht hatte. Ein ehemaliger Verehrer, der sich nicht abwimmeln ließ ...

Carrie wandte den Kopf, sah sie und erhob sich sofort. „Elfrida! Ihr seid schon zurück. Wir haben euch gar nicht gehört. War es nett bei den Kennedys?"

„Ja, es war richtig schön. Aber warum bist du nicht im Bett?"

„Ich habe mich gelangweilt."

Inzwischen war der Unbekannte ebenfalls aufgestanden und wartete darauf, vorgestellt zu werden. Elfridas erster Eindruck von diesem Fremden in seinem elegant geschnittenen dunkelgrauen Anzug und dem akkurat gebundenen Schlips war der formvollendeter Korrektheit. Er hatte ein leicht gebräuntes Gesicht, in dem seine hellen haselnussbraunen Augen gut zur Geltung kamen. Elfrida fand, dass er sehr anziehend wirkte.

„Elfrida, dies ist Sam Howard. Meine Cousine, Elfrida Phipps. Und der Hausherr, Oscar Blundell."

„Guten Abend." Sie gaben sich die Hand.

„Es tut mir ehrlich Leid, dass ich Sie so überrumpelt habe", sagte Sam Howard.

„Wieso überrumpelt?"

„Weil ich ungebeten in Ihr Haus ..."

Carrie lachte. „Darüber reden wir gleich! Wer möchte etwas trinken?"

„Ich hätte gern einen Scotch", sagte Oscar.

„Aber ich muss erst ein paar Gläser von unten holen. Was kann ich für dich tun, Elfrida? Ich trinke ein Glas Wein."

„Ich schließe mich an." Elfrida fühlte sich plötzlich unendlich müde. Sie ließ sich aufs Sofa fallen. „Ich habe zwei Stunden gestanden, Lachsschnittchen und Weihnachtsgebäck gegessen und mich mit den anderen Gästen unterhalten."

„Und Lucy?"

„Sie hat sich mit den Kennedy-Kindern verzogen und ward seitdem nicht mehr gesehen. Als wir gingen, waren sie bereits zum Volkstanz aufgebrochen."

„Ach, das freut mich. Ich hole schnell Gläser. Und etwas Soda für Oscar."

Sie ließ die drei allein. Oscar hatte inzwischen in seinem eigenen Sessel am Kamin Platz genommen. Elfrida wusste, dass es ihm schwer fiel, mit Fremden ein Gespräch anzufangen, also setzte sie ihr nettestes Lächeln auf und wandte sich an Sam. „Und nun erzählen Sie uns, wer Sie sind und was Sie hierher führt. Sind Sie ein alter Freund von Carrie?"

„Eigentlich nicht."

Er rückte einen Stuhl in Elfridas Nähe und erklärte ihnen die näheren Umstände.

Oscar nickte. „Peter Kennedy, der Pfarrer hier, hat mir erzählt, dass McTaggarts aufgekauft worden ist, aber ich wusste nicht, dass die Dinge schon ins Rollen gekommen sind."

„Von Rollen kann noch nicht die Rede sein, aber wir sind auf dem Weg."

„Das ist ja erfreulich. Sind Sie schon lange in dem Geschäft?"

„Eigentlich mein Leben lang. Mein Vater besaß eine kleine Wollspinnerei in Yorkshire."

„Heißt das, dass Sie sich hier oben niederlassen wollen?"

In diesem Augenblick erschien Carrie mit einem zweiten Tablett voller Flaschen und Gläser. Sam sprang eilfertig auf, um es ihr aus der Hand zu nehmen. Er schenkte Elfrida ein Glas Wein und Oscar einen Whisky mit Soda ein und vergaß auch nicht, Carrie und sich selbst nachzuschenken. Dann nahm er wieder auf dem Stuhl neben Elfrida Platz.

„Wie weit sind Sie denn mit Ihren Erklärungen gekommen?", fragte Carrie und kuschelte sich mit angezogenen Beinen in ihre Sesselecke.

„Die ganze Geschichte ist etwas heikel", begann Sam. „Ich mache es kurz. Nach meiner Rückkehr aus New York habe ich eine Weile bei alten Freunden in London gewohnt. Dort habe ich eines Abends einen alten Bekannten ihrer Eltern kennen gelernt, sein Name war Hughie McLennan." Er legte eine kleine Pause ein, damit die Bombe ihre Wirkung nicht verfehlte. Oscar fand als Erster die Sprache wieder. „Sie meinen doch nicht etwa meinen Vetter Hughie? Hughie ist doch auf Barbados."

„Er war vorübergehend in London, um Freunde zu besuchen und verschiedene geschäftliche Angelegenheiten zu erledigen."

„Was für ein außerordentlicher Zufall."

„Wir haben uns eine Weile unterhalten, und dabei erfuhr er, dass ich auf dem Weg nach Buckly war. Er fragte mich, ob ich schon eine Unterkunft hätte, und als ich verneinte und meinte, dass ich mich nach etwas Geeignetem umsehen müsse, zog er den Schlüssel zu diesem Haus aus der Tasche. Und er erzählte mir, dass ihm die eine Hälfte des Hauses und seinem Vetter die andere Hälfte gehöre, er aber die Absicht habe, seinen Teil zu verkaufen."

„Und warum setzt er sich dann nicht mit mir in Verbindung?“, fragte Oscar erbost. „Sein Vater Hector McLennan wusste doch, dass ich hier oben in Creagan bin.“

„Soweit ich weiß, hat er mit seinem Vater gar keinen Kontakt aufgenommen.“

„Das ist doch wirklich die Höhe!“ Oscar nahm einen gehörigen Schluck aus seinem Whiskyglas. „Wieso will er denn plötzlich das Haus verkaufen? Wir teilen uns nun schon so lange die jämmerliche Miete, ich bin gar nicht auf die Idee gekommen, dass er das Haus je würde veräußern wollen. Und schon gar nicht, ohne mich vorher zu fragen.“

„Ich vermute, dass er etwas knapp bei Kasse ist.“

„Wundert mich nicht. Der Unterhalt für seine drei Exfrauen muss ihn ein Vermögen kosten. Wussten Sie, dass ich Miteigentümer bin?“

„Ja, das hat er mir erzählt. Und mir ist natürlich klar, dass Sie beide zusammen entscheiden müssen, was mit dem Haus werden soll.“

„Also, was wollen Sie hier?“

„Er erklärte mir, dass dieses Haus zur Zeit leer stünde, und gab mir den Schlüssel. Er fand, dass ich es mir einmal ansehen sollte, wenn ich schon in der Gegend sei.“

„War von einem Preis die Rede?“

„Hundertfünfzigtausend Pfund“, erwiderte Sam.

„Durch zwei geteilt, fünfundsiebzigtausend?“

„Stimmt.“

„Und wenn ich mehr haben möchte?“

„Dann muss man darüber reden. Ich gebe nur wieder, was Mr McLennan zu mir sagte.“

„Aha.“ Oscar leerte sein Glas bis auf den Grund.

„Jetzt, wo Sie wissen, wie alles zustande gekommen ist“, fuhr Sam fort, „muss ich mich bei Ihnen beiden entschuldigen. Das Beste ist, ich gebe Ihnen den Schlüssel, und wir vergessen die ganze Angelegenheit.“

Elfrida hatte es einige Überwindung gekostet, den Mund zu halten, doch jetzt hatte sie noch eine Frage. „Mr Howard, wo wohnen Sie eigentlich? In Buckly?“

„Nein. In einem Hotel in Inverness. Heute Nachmittag fand das erste Treffen mit der Belegschaft der Spinnerei statt. Auf dem Rückweg nach Inverness kam mir die Idee, Mr McLennans Rat zu folgen und einen Abstecher nach Creagan zu machen. Ich habe natürlich gleich gesehen, dass das Haus bewohnt ist, und bin neugierig geworden. Also bin ich ausgestiegen und habe geklingelt.“

„Ich verstehe.“ Elfrida fand das Ganze unglaublich aufregend. Sie konnte sich die Szene lebhaft vorstellen. Der attraktive Fremde, das Klingeln an der Haustür und Carrie, wie sie nach unten ging und ihm die Haustür öffnete …

„Carrie, ich hoffe, du hast Mr Howard zum Essen eingeladen“, sagte Elfrida.

Carrie fing an zu lachen. Sie tauschte einen Blick mit Sam, der, wie Elfrida fand, etwas geradezu Verschwörerisches hatte. „Elfrida, die Straßen nach Inverness sind zugeschneit und blockiert. Wir werden heute Nacht einen weiteren Gast im Haus haben. Ich hoffe, es ist euch recht.“

„Natürlich ist es uns recht“, entgegnete Elfrida und gab sich gar keine Mühe, ihre Begeisterung zu verbergen.

Es WAR beinahe Mitternacht. Elfrida lag im Bett, und neben ihr lag Oscar und las „Die Liebe in den Zeiten der Cholera“. Sie ließ sich die vielen unerwarteten Begebenheiten des Abends noch einmal durch den Kopf gehen. Gegen neun Uhr hatten sie sich alle vier zum Abendessen an den Küchentisch gesetzt. Sie waren gerade beim Kaffee angelangt, als Lucy und Rory Kennedy von ihrem Volkstanzabend zurückkamen.

Carrie streckte den Arm nach Lucy aus und zog sie an sich. „Hast du dich gut amüsiert?“

Lucy gab ihr einen Kuss. „Es war einfach klasse.“

Während Oscar und Sam Howard noch über ihrem Kaffee saßen, gingen Elfrida und Carrie nach oben, um das letzte Gästebett zu beziehen. Zum Glück fanden sie im Schrank noch Laken und Kopfkissen, Handtücher und eine zusätzliche Wolldecke.

„Was mehr kann eines Mannes Herz begehren?“, fragte Elfrida.

„Eine Zahnbürste hat er und einen Rasierapparat auch. Sonst braucht er nichts.“

„Schlafanzug?“

„Er schläft vermutlich ohne.“

„Und woher weißt du das?“

„Instinkt, Elfrida. Weiblicher Instinkt.“ Sie lachten gleichzeitig los. „Elfrida, du bist ein Engel. Was sollte ich anderes tun, als ihn einzuladen, bei uns zu übernachten?“

„Ich habe gern viele Leute um mich. Oscar und ich tattern schon viel zu lange allein hier herum. Jetzt ist das Haus voll – wie ein richtiges Familienheim.“ Sie sagte das im Ton höchster Befriedigung.

Ein Familienheim. Elfrida lag im Bett und spürte, wie das Haus sie umgab, wie ein Schild, ein Panzer, eine sichere Zuflucht. „Oscar? Wenn Hughie seine Hälfte des Hauses unbedingt verkaufen möchte, könntest du ihn dann nicht auszahlen?“

„Fünfundsiebzigtausend! Wenn ich alle meine Habseligkeiten verkaufe, könnte ich vielleicht zwanzigtausend zusammenkratzen.“

„Du könntest eine Hypothek aufnehmen.“

„Nicht für die Summe. Nicht in meinem Alter. Außerdem habe ich immer einen Horror vor Hypotheken gehabt.“

„Und wenn ich die fünfundsiebzigtausend hätte?“

„Wenn du sie hättest, würden sie dir gehören. Und wären nicht dazu da, mir aus der Klemme zu helfen.“

„Ich liebe dieses Haus. Es ist so charaktervoll und so … anpassungsfähig. Du musst doch selbst spüren, wie viel Geborgenheit es uns gibt. Du darfst es nicht verlieren, Oscar.“

„Mir fehlt deine blühende Fantasie.“

Sie schwieg eine Weile. „Und wenn ich nun mein kleines Gemälde verkaufe, meinen David Wilkie, was glaubst du, wie viel ich dafür bekäme?“

„Der kleine Schatz gehört dir allein. Er ist deine Altersversicherung und nicht meine.“

„Warum ein kleines Bild behalten, wenn man sich dafür Geborgenheit kaufen kann? Ich kann den Gedanken nicht ertragen, dass dieses herrliche Haus fremden Leuten gehören soll.“

Oscar nahm ihre Hand und drückte sie. „Du bist die Großzügigkeit in Person.“

„Darüber reden wir noch“, sagte sie. „Morgen früh.“

Lucy

Es ist erst halb neun Uhr morgens, und ich schreibe mein Tagebuch. Ich hätte es gestern tun sollen, aber ich war so müde.

Es war toll. Wir sind zu Fuß zu den Kennedys gegangen. Als wir ankamen, waren schon andere Leute da, und wir wurden allen vorgestellt. Rory und ich haben die Erwachsenen im Wohnzimmer gelassen und sind in die Küche gegangen, wo schon drei andere

Jungen, Schulfreunde von Rory, und seine Schwester Clodagh saßen. Sie ist zwölf und ganz dünn, aber sie hat wache, leuchtend blaue Augen und blonde Zöpfe.

Wir haben in der Küche gegessen und Cola getrunken, und Clodagh hat wie verrückt mit den Jungs geflirtet. Es gab einen enormen Makkaroniauflauf mit Salat zum Abendessen und anschließend einen üppigen Schokoladenkuchen mit Eis. Dann haben wir uns alle fertig gemacht und sind den Berg runter zu Fuß zur Schule gelaufen.

Die Aula war voller Schüler, alle Altersgruppen, von den Siebenjährigen bis zu den Großen. Der Direktor heißt Mr Mackintosh, aber hinter seinem Rücken nennen sie ihn alle Mackie, und ich wette, er weiß das. Er ist noch ganz jung und sehr nett. Es gab eine richtige Band. Akkordeon, Schlagzeug und Fiedel. Es herrschte ein unheimlicher Krach, und alle haben herumgealbert, bis Mr Mackintosh sagte, wir sollten still sein, und zwar mit ganz leiser Stimme, und es wirkte. Dann ging's richtig los, und zuerst haben wir einen Volkstanz getanzt, der „Strip the Willow" heißt, weil er nicht so schwer war, besonders für die Kleinen und für Anfänger wie mich. Rory hat gesagt, er tanzt mit mir. Es war kein besonders schwerer Tanz, man musste nur mit seinem Partner durch die Reihe tanzen, zwischendurch den Partner wechseln und dann wieder zurück.

Am Schluss waren wir alle ganz verschwitzt und außer Atem, und es gab Limonade, aber dann ging's gleich wieder los. Der nächste Tanz hieß „Hamilton House", und dann kam „The Dashing White Sergeant". Ich habe nicht immer nur mit Rory getanzt, sondern alle möglichen Jungen haben mich aufgefordert. Manche trugen auch ihren Kilt mit einem Sweatshirt drüber oder einer altmodischen Weste aus Tweed.

Die Zeit verging wie im Flug, und es war wirklich komisch, denn egal, wie erschöpft oder erhitzt man war, kaum fing die Musik wieder an, zog es einen gleich auf die Tanzfläche.

Gegen zehn Uhr war Schluss. Rory brachte mich nach Hause. In der Küche bei uns saß ein fremder Mann. Er heißt Sam Howard und ist hier oben, um irgendeine alte Wollspinnerei in Buckly zu leiten. Sieht sehr gut aus, genau das richtige Alter für Carrie.

Rory kommt heute wieder vorbei, um mir einen Fernseher für mein Zimmer zu bringen. Nicht dass ich einen brauche, denn hier ist immer so viel los, dass ich zum Fernsehen gar keine Zeit habe. Das Beste ist, dass man weiß, dass auch in Zukunft immer was los ist. Das habe ich in London noch nie erlebt.

Elfrida

Elfrida war am nächsten Morgen wie gewöhnlich als Erste auf. Es hatte aufgehört zu schneien, und im Garten lagen Büsche und Bäume unter einer schweren Schneelast begraben. Nichts rührte oder regte sich.

Horaz befand sich offensichtlich auf dem Weg der Besserung, denn als sie die Tür aufmachte, kletterte er aus seinem Korb und kam ihr schwanzwedelnd entgegen. Während sie ihn liebevoll kraulte und tätschelte, hielten sie ihr kleines Morgengespräch, und dann machte sie die Hintertür auf, um ihn hinauszulassen.

Elfrida begann, das Frühstück zu machen, deckte den Tisch, kochte Kaffee und briet Frühstücksspeck. Sie trank gerade ihre erste Tasse Kaffee, als die Küchentür aufging und Sam Howard erschien. Er trug wieder den eleganten Anzug vom Abend vorher.

„Ich komme mir etwas deplatziert vor in diesem Aufzug", meinte er. „Aber ich habe sonst nichts dabei."

„Sie sehen sehr schick aus, aber wenn Sie wollen, kann ich Ihnen einen Pullover leihen", erwiderte Elfrida.

„Ja gern, das ist nett."

Sie ging nach oben, kramte in der Kommode in Oscars Sachen und zog einen blauen Shetlandpullover mit Rollkragen hervor. Als sie wieder in die Küche kam, stand Sam in Hemdsärmeln am Herd und briet Spiegeleier zu dem Frühstücksspeck. Sie warf ihm den Pullover zu. Er fing ihn auf und zog ihn rasch an.

„Danke", sagte er und lächelte Elfrida zu.

Elfrida steckte Toast in den Toaster und schenkte ihm Kaffee ein. In schöner Zweisamkeit saßen sie am Tisch.

„Inzwischen ist es mir richtig peinlich wegen gestern Abend…"

„Das muss Ihnen doch nicht peinlich sein", erwiderte Elfrida. „Wir haben nichts weiter getan, als Ihnen ein Essen vorzusetzen und ein Bett zu beziehen."

„Das meine ich eigentlich nicht, obwohl ich Ihre Liebenswürdigkeit sehr zu schätzen weiß. Ich meine, wie ich hier hereingeplatzt bin, Ihnen den Hausschlüssel unter die Nase gehalten und verkündet habe, dass ich das Haus kaufen will. Ich habe noch lange wach gelegen und gehofft, dass ich Sie beide nicht gekränkt oder Ihnen eine schlaflose Nacht bereitet habe."

„Da kennen Sie Oscar schlecht. Er hat sich zwar ein bisschen geärgert, aber eigentlich nur über Hughie und nicht über Sie."

Sam griff nach seiner Kaffeetasse. „Könnte Mr Blundell seinen Vetter eventuell auszahlen?"

„Das wäre natürlich das Einfachste, aber das ist finanziell nicht möglich." Sam machte auf Elfrida einen so Vertrauen erweckenden Eindruck, dass sie keine Skrupel hatte, ihn in ihre Pläne einzuweihen. „Aber ich besitze ein kleines Bild, das ich verkaufen könnte."

„Sie meinen Ihren David Wilkie?"

„So ist es. Ich habe ihn vor Jahren geschenkt bekommen, aber da er nicht versichert ist, habe ich ihn auch nie schätzen lassen."

„Würden Sie ihn denn verkaufen?"

„Für Oscar würde ich alles tun. Ich habe mich jahrelang daran erfreut, aber man muss auch die Realität im Auge behalten. Ein so schönes Haus wie dieses zu besitzen ist ungleich wertvoller."

„Ich bin ganz Ihrer Meinung", sagte Sam. „Wissen Sie ungefähr, was das Bild wert ist?"

„Nein, weiß ich nicht, und ich wüsste auch nicht, wie und von wem ich es hier schätzen lassen sollte."

„Die Philips, die Freunde, bei denen ich in London zu Gast war und wo ich Mr McLennan kennen gelernt habe, die könnten Ihnen vielleicht weiterhelfen. Janey Philip hat früher in der Kunsthandlung bei Boothby's gearbeitet. Ich könnte sie anrufen ... Janey wüsste bestimmt Rat."

„So kurz vor Weihnachten sollte man vielleicht kein Bild verkaufen."

„Es muss ja nicht sofort sein."

„Und dann der Schnee. Der macht allem einen Strich durch die Rechnung." Sie sah ihn an. „Ich fände es übrigens ganz nett, wenn Sie immer noch eingeschneit wären, dann könnten Sie noch ein paar Tage hier bleiben."

Sam lachte. „Sie sind wirklich unglaublich. Die meisten Leute wären froh, einen Fremden wie mich endlich wieder los zu sein."

„Sie kommen mir gar nicht wie ein Fremder vor. Aber Sie sind sicher froh, wenn Sie endlich wieder nach Hause können."

„Ich habe im Moment gar kein Zuhause. Meine Frau und ich haben uns getrennt."

„Oh, das tut mir aber Leid! Und was machen Sie über Weihnachten?"

„Weihnachten fällt für mich aus dieses Jahr. Ich wollte eigentlich in Inverness bleiben und dann nach Buckly fahren und den Laden wieder in Schwung bringen."

„Dann verbringen Sie doch Weihnachten bei uns. Ich fände es gar zu trostlos, wenn Sie über die Feiertage allein in einem Hotelzimmer in Inverness hockten. Oscar und ich hatten eigentlich gar nicht vor, Weihnachten zu feiern. Wie die alten Germanen wollten wir die Wintersonnenwende mit einem Lammkotelett feiern. Aber dann haben Carrie und Lucy sich angemeldet, und Oscar hat einen Tannenbaum bestellt und den Christbaumschmuck dazugekauft. Und nun sitze ich hier und denke bereits über das Weihnachtsessen nach. Ich bin hoffnungslos in solchen Dingen. Aber schließlich geht es ja um die Menschen, um die Freunde, mit denen man Weihnachten verbringt, finden Sie nicht? Bleiben Sie hier, Mr Howard, ich bin sicher, dass wir ein richtig schönes Fest miteinander verbringen werden."

„Sie sind der großzügigste Mensch, der mir je begegnet ist", erwiderte er. „Aber ich will Ihnen sagen, was ich mache. Ich rufe den Automobilklub an und frage nach, wie es heute auf den Straßen aussieht. Ist die Luft rein, fahre ich nach Inverness zurück. Ich stecke wirklich bis über beide Ohren in Arbeit. Aber wenn die Straßen weiterhin unpassierbar sind, nehme ich Ihre Einladung mit dem größten Vergnügen an."

„Einverstanden. Dann hoffe ich, dass uns ein weiterer Schneesturm heimsucht!"

„Und was sagt Mr Blundell dazu?"

„Der sagt ‚Famos!' und zieht sich mit seiner Zeitung in seinen Sessel zurück."

ALS NÄCHSTE erschien Carrie. „Wo sind denn die anderen? Ich dachte, ich hätte Stimmen gehört."

„Stimmt. Das war Sam Howard. Aber er ist wieder nach oben gegangen, um zu telefonieren."

„Der Schnee draußen liegt immer noch meterhoch." Carrie schenkte sich Kaffee ein und steckte eine Scheibe Toast in den Toaster. Als sie sich an den Tisch setzte, sah sie Elfridas unvollendete Einkaufsliste. „Was soll das denn werden?"

„Ich wollte mit den Weihnachtsvorbereitungen anfangen. Ich schiebe es von Tag zu Tag vor mir her, und nun sind es nur noch vier Tage bis Weihnachten."

„Überlass das doch mir. Organisieren ist mein Beruf, und ich finde nichts schöner, als Listen aufzustellen. Kann man hier irgendwo einen Großeinkauf machen?"

„Auf der anderen Seite der Brücke, in Kingsferry, gibt es einen riesigen Supermarkt. Er heißt PriceRite. Ich bin nur nicht sicher, ob man bei diesem Schnee hinkommt. Aber wenn Sam Howard mit dem Automobilklub gesprochen hat, wissen wir mehr."

„Fährt er heute nach Inverness zurück?"

„Kommt darauf an. Ich habe ihm vorsichtshalber angeboten zu bleiben. Über die Feiertage, wie man so schön sagt."

Carrie verzog keine Miene. „In dem Fall wären wir zu fünft im Haus ...", meinte sie nur, zog die Liste zu sich heran und machte sich mit dem Bleistift ans Werk. „Also. Gibt es ein richtiges Weihnachtsessen?"

„Ja. Ich denke schon. In den kleinen Ofen kriegen wir aber keinen Puter rein."

„Dann gibt's eben Huhn. Zwei gebratene Hühner." Carrie schrieb wie wild. Hühner. Rosenkohl. Kartoffeln. Gefrorene Erbsen. Karotten. Berge von Obst. Butter. Stangenbrot. Preiselbeerkompott. Zimt ...

„Und Wein?"

„Um den Wein muss Oscar sich kümmern."

„Räucherlachs, Nüsse und natürlich einen Weihnachtskuchen. Sollen wir vielleicht einen ganzen gekochten Schinken kaufen? Sehr praktisch fürs kalte Büfett am zweiten Feiertag."

„Genial. Und einen riesigen Topf Suppe. Die mache ich auch." Doch hier widersprach Elfrida. Suppe war ihre Spezialität, am liebsten Hühnerbrühe mit einer bunten Gemüsemischung. „Und vielleicht Cracker und verschiedene Dips, falls wir eine kleine Cocktailparty veranstalten wollen."

„Eine Party? Wen willst du denn einladen?"

„Na ja ..., die Kennedys zum Beispiel. Und den Doktor und seine Frau. Und dann das nette Buchhändlerehepaar. Sie waren gestern Abend auch bei den Kennedys, und Oscar und er haben sich glänzend unterhalten ..."

In diesem Augenblick trat Oscar wie auf ein Stichwort in die Tür. „Mit wem hab ich mich glänzend unterhalten?"

„Mit dem Buchhändler. Wir wollen eine kleine Party veranstalten, Oscar. Dazu könnten wir ihn und seine Frau doch auch einladen."

„Wann veranstalten wir denn die kleine Party?"

Carrie und Elfrida sahen sich fragend an. „Am Samstag. Samstagabend wird gefeiert", sagte Carrie entschlossen. „Am Tag vor Heiligabend."

„Dann muss ich mich dringend um die Getränke kümmern“, meinte Oscar.

„Wenn die Brücke befahrbar ist, will Carrie Großeinkauf bei PriceRite machen. Vielleicht solltest du mitfahren.“

„Könnte ich machen.“

Als Lucy auftauchte, überließ Elfrida sie alle sich selbst und ging erleichtert nach oben. Endlich hatten sie Pläne für Weihnachten gemacht. Sie ging ins Wohnzimmer, räumte die Hinterlassenschaften des vergangenen Abends auf und war gerade dabei, den Kamin auszufegen, als sie Sam Howards Stimme hörte. „Ich fürchte, ich muss Ihre Gastfreundschaft noch ein wenig länger in Anspruch nehmen.“

„Wie schön!“ Elfrida gab sich gar keine Mühe, ihre Freude zu verbergen. „Sieht es so schlimm aus auf den Straßen?“

„Bis zur Cromarty-Brücke sind die Straßen passierbar, aber Inverness ist total eingeschneit. Kein Verkehr rein, kein Verkehr raus.“

„Carrie und Oscar wollen nach Kingsferry zum Einkaufen. Das liegt jenseits der Brücke. Wissen Sie, ob die Straße dorthin passierbar ist?“

„Bis Kingsferry ist es kein Problem.“

„Haben Sie mit Ihrem Hotel telefoniert?“

„Ja, hab ich. Und mit meinem Chef, David Swinfield in London, habe ich auch gesprochen. Außerdem habe ich Janey in London angerufen. Es gibt tatsächlich einen Repräsentanten von Boothby in diesen Breiten. Er wohnt im Kingsferry House und heißt Sir James Erskine-Earle.“

„Klingt ja richtig beeindruckend.“

„Was meinen Sie? Soll ich ihn anrufen? Eine Schätzung bedeutet ja nicht, dass Sie verkaufen müssen, aber dann wissen Sie, woran Sie sind.“

Elfrida überlegte einen Moment. „Ja“, sagte sie dann. „Rufen Sie ihn bitte an. Mal sehen, was er sagt.“

Er ging, und Elfrida blieb allein im Wohnzimmer zurück und blickte auf die gegenüberliegende Wand, wo ihr kleines Juwel hing. Das alte Ehepaar mit der Familienbibel vor sich auf dem Tisch, er in feierlichem Sonntagsstaat, sie stolz in ihrem roten Kleid und dem butterblumengelben seidenen Schultertuch. Ihre Gesichter waren aufmerksam, weise und gütig. Sie strahlten Würde und Gelassenheit aus und hatten ihr immer wieder über unglückliche, verzweifelte Tage hinweggeholfen. Ihr Herz hing an ihnen.

Aber nicht so sehr wie an Oscar.

Fünf Minuten später tauchte Sam wieder auf und schien sehr zufrieden mit sich. „Alles klar. Er ist heute Nachmittag ohnehin in Creagan, wegen irgendeines Komitees, und kommt gegen vier Uhr vorbei, um sich das Gemälde mal anzusehen. Er klang durchaus interessiert."

Elfrida überfiel mit einem Mal eine gewisse Nervosität. „Ich finde das alles... so aufregend. Was meinen Sie? Soll ich Oscar einweihen?"

„Auf jeden Fall, sonst sieht es aus, als hätten Sie Heimlichkeiten vor ihm."

„Sie haben Recht. Haben Sie vielen Dank für Ihre Mühe."

„Gern geschehen. Das ist das wenigste, was ich tun kann. Apropos. Sie haben doch gesagt, dass Carrie und Mr Blundell einen Großeinkauf in Kingsferry machen wollen. Wie wäre es, wenn ich statt seiner mitfahren würde?"

Das erschien Elfrida aus mehr als einem Grund eine blendende Idee. „Wie hilfsbereit von Ihnen! Oscar geht furchtbar ungern einkaufen."

„Ich bin dabei nicht ganz ohne Hintergedanken." (Das wurde ja immer besser.) „Denn ich brauche unbedingt etwas zum Anziehen. Schließlich kann ich die nächsten fünf Tage nicht herumlaufen wie ein Geschäftsmann."

„Ich verstehe", erwiderte Elfrida lächelnd, die eigentlich gehofft hatte, dass er sich die Chance nicht entgehen lassen wollte, Carrie besser kennen zu lernen.

„Außerdem würde ich gern den Weinvorrat im Haus etwas aufstocken, aber vielleicht sollte ich da kurz Mr Blundell nach seinen Vorlieben fragen, bevor wir losfahren."

„Das wäre eine gute Idee. Wenn es um Wein geht, hat Oscar sehr ausgeprägte Vorstellungen."

„Und das zu Recht."

Draußen in der hellen Morgenluft krakeelten die Möwen auf dem hohen Dachfirst, segelten um den Turm und schienen das klare Winterwetter zu genießen.

„Merkwürdig, aber eigentlich würde dieses Haus gut zu Ihnen passen", sagte Elfrida. „Es ist so gediegen, genau das Richtige für den Direktor einer großen Firma." Sie sah ihn an, wie er da in Oscars blauem Pullover saß, und es kam ihr vor, als würden sie sich schon seit ewigen Zeiten kennen. „Ich muss sagen, ich finde es äußerst beruhigend, dass ein paar nette junge Leute im Haus sind. Oscar und ich, uns hat beiden ein bisschen vor Weihnachten gegraut, aber jetzt, wo wir Sie und Lucy und Carrie bei uns haben, sieht die Welt schon anders aus. Weihnachten kommt, ob wir es wollen oder nicht, deshalb sollten wir versuchen, das Beste daraus zu machen. Vielleicht wird es ja wie eine von diesen Partys, zu denen man eigentlich keine Lust hat, und hinterher stellt man fest, dass man sich noch nie so gut amüsiert hat. Wissen Sie, was ich meine?"

„Ich weiß genau, was Sie meinen", versicherte ihr Sam.

Lucy

Um halb zehn an diesem Morgen waren alle beschäftigt. Sam und Carrie waren mit einer ellenlangen Liste versehen in Sams stattlichem Landrover nach Kingsferry zum Einkaufszentrum unterwegs. Elfrida machte mit Horaz einen Spaziergang, und Oscar saß im Wohnzimmer am Kamin. Er hatte erleichtert aufgeatmet, als er hörte, dass ihm das Einkaufen erspart blieb.

Lucy saß allein in ihrer Dachkammer und machte ihre eigenen Listen. Sie wollte an diesem Morgen ihre eigenen Weihnachtseinkäufe erledigen, denn sie hatte von ihrer Mutter und ihrer Großmutter großzügig bemessenes Weihnachtsgeld bekommen. Sie brauchte also nicht zu knausern. Elfrida, Oscar und Carrie. Sie schrieb Sam dazu. Und Rory. Vielleicht sogar Clodagh, sonst sähe es ein bisschen seltsam aus.

Sie zog ihren gefütterten Anorak und ihre Stiefel an und ging nach unten. Mit einem Mal nahm Weihnachten Gestalt an. Lucy hatte erfahren, dass es ein Weihnachtsessen geben würde, und zwar abends, ein richtiges Festessen. Sie hatte also Gelegenheit, ihren neuen schwarzen Minirock anzuziehen. Während sie so in Gedanken den langen Flur entlangging, blieb sie plötzlich stehen und öffnete die Tür zum unbenutzten Esszimmer. Es sah düster und wenig einladend aus und musste dringend geputzt werden, aber in ihrer Fantasie sah Lucy eine von Kerzenschimmer erhellte Tafel mit den köstlichsten Speisen vor sich.

Ihr kam eine Idee, aber sie hatte jetzt keine Zeit, ihr weiter nachzugehen, also schloss sie die Tür wieder und trat hinaus auf den verschneiten Gartenweg. Sie machte sich auf den Weg, um eine Runde durch die Läden der Stadt zu machen.

Im Wollgeschäft entdeckte sie einen langen roten Kaschmirschal, den sie sich gut an Carries elegantem Hals vorstellen konnte. Im Buchladen entschied sie sich für einen dicken Bildband für Oscar, ein Buch mit ganzseitigen Fotografien von alten schottischen Landhäusern, Schlössern und Gärten. Für Sam wählte sie eine Generalstabskarte von Creagan, Buckly und Umgebung. Schließlich kaufte sie noch eine Rolle Geschenkpapier und farbiges Seidenband dazu.

Als Nächstes kam der Drogist dran. Für Clodagh fand sie kleine, glitzernde Haarspangen und für Rory eine große Flasche Badedas. Ihr Vater hatte immer Badedas benutzt, und sie mochte den Geruch sehr.

Elfrida war der bei weitem schwierigste Fall. Was konnte man Elfrida schenken, um sich auch nur annähernd für all die spontane Zuwendung, die sie Lucy gezeigt hatte, zu bedanken?

Plötzlich schoss ihr eine Idee durch den Kopf. Sie ging in den Obst- und Gemüseladen und bestellte sechs Weihnachtslilien, die am Samstag geliefert werden sollten. Sie würden sich ganz langsam öffnen und ihre zartrosa Blütenblätter entfalten und das ganze Haus mit ihrem betörenden Duft füllen – genau das Richtige für die extravagante Elfrida.

Als Lucy sich schließlich auf den Heimweg machte, malte sie sich aus, wie sie auf ihr Zimmer gehen und alle Geschenke hübsch einpacken würde. Doch als sie die Haustür aufstieß, hörte sie Stimmen und fand Elfrida, die in einem Topf auf dem Herd rührte, mit Rory Kennedy in der Küche. Auf dem Küchentisch stand der Fernsehapparat.

„Hallo", sagte Rory. Er trug eine graue Fleecejacke und Gummistiefel.

„Hallo. Ich dachte, du arbeitest heute."

„Nichts los auf dem Golfplatz bei diesem Wetter. Deshalb hab ich mir von meinem Vater das Auto geliehen und dir den Fernseher gebracht."

Lucy besah sich den Apparat näher. „Ich dachte, er wäre alt. Aber er sieht ja aus wie neu."

„Es ist sogar ein Farbfernseher. Ich habe mir einen größeren gekauft, deshalb brauche ich diesen nicht mehr."

„Lucy, zeig doch Rory, wo du ihn in deinem Zimmer hinstellen möchtest."

„Es ist aber ganz oben unter dem Dach", meinte Lucy warnend zu ihm.

Er lächelte überlegen. „Ich schätze, das schaff ich noch."

Mit ihren Einkaufstüten in der Hand ging sie voran, und er folgte ihr mit dem Fernseher. Oben machte sie die Tür zu ihrem Zimmer auf und warf die Tragetaschen auf ihr Bett. Etwas außer Atem trat Rory ein und setzte den Fernseher vorsichtig auf dem Tisch ab. Dann sah er sich anerkennend um. „Cool. Und so viel Platz."

Sie fanden eine geeignete Steckdose, und Rory schloss den Apparat an. Er kniete sich auf den Fußboden, schaltete ihn ein und fummelte ein bisschen an der Antenne herum, bis der Empfang ganz klar war.

„Soll ich ihn anlassen?“, fragte Rory.

„Nein. Ich weiß ja jetzt, wie er funktioniert.“ Lucy ließ sich neben ihm auf dem Fußboden nieder. „Nett von dir, dass du mir den Apparat leihst.“

„Kein Problem.“ Er stellte den Apparat aus und sah sich noch einmal mit anerkennendem Blick im Zimmer um. „Hast du zu Hause in London auch so ein Zimmer?“

„Nein. Es ist längst nicht so groß. Aber es ist ganz hübsch.“

„Wie lebt es sich so in der Stadt?“

„Es ist okay.“

„Stell ich mir toll vor, bei all den Museen und Ausstellungen und Konzerten und Theatern. Ich bin nur ein einziges Mal da gewesen. Mein Vater hatte eine Tagung in London.“

„Es ist anders, wenn man immer dort wohnt.“

„Wahrscheinlich.“ Nach einer Weile fragte er: „Hast du Heimweh?“

Lucy sah ihn ungläubig an. „Heimweh?“

„Na ja, ich meine, vermisst du deine Mutter? Und deine Sachen und alles. Clodagh ist hoffnungslos. Sie kann nicht mal über Nacht wegbleiben, ohne wie ein Baby zu heulen.“

„Nein.“ Zu ihrer eigenen Überraschung merkte Lucy, dass ihre Stimme mit einem Mal ganz fest und entschieden klang. „Nein, Heimweh hab ich bestimmt nicht. Ich mag noch nicht einmal daran denken, dass ich nach London zurückmuss.“

„Aber…“

„Das verstehst du nicht. Bei uns geht es anders zu. Nicht so wie hier. Oder wie bei euch, wo das Haus voller Leute ist und deine Freunde kommen und gehen. Die Wohnung gehört meiner Großmutter, und sie sieht meine Freunde nicht gern bei sich. Sie bekommt dann Kopfschmerzen, sagt sie.“ Sie hielt inne, um Rory Gelegenheit zu geben, sich zu diesen vertraulichen Mitteilungen zu äußern, aber er schwieg. „Es ist alles so anders hier“, fuhr Lucy fort. „Man kann machen, was man will, man wandert an den Strand und geht auf Entdeckungstour. Nachts kann man draußen herumlaufen, ohne dass einer was sagt. Hier behandeln sie mich wie eine Erwachsene. Ich bin jetzt vierzehn Jahre alt, aber manchmal hab ich das Gefühl, ich hätte mein ganzes Leben noch nichts anderes getan, als zur Schule zu gehen. Es wäre alles halb so schlimm, wenn ich eine Schwester oder einen Bruder hätte. Vor allem einen Bruder. Denn immer nur mit Frauen zusammen zu sein kann einen schrecklich deprimieren. Sie reden über solch triviales Zeug. Immer nur Kleider oder Restaurants oder andere Leute…“

„Wo gehst du denn zur Schule?“

„Die Schule heißt Stanbrook. Sie ist ganz in der Nähe von uns. Aber es ist eine Mädchenschule, und ich denke, dass es viel mehr Spaß macht, auf eine gemischte Schule zu gehen.“

„Und dein Vater?“, fragte Rory.

„Von dem sehe ich nicht viel, weil Mami dagegen ist. Außerdem hat er eine neue Frau, die mich nicht besonders leiden kann. Ich habe auch einen Großvater. Er heißt Jeffrey Sutton und ist Carries Vater. Er wohnt in Cornwall mit seiner zweiten Frau und zwei kleinen Kindern.“

„Kannst du die denn nicht besuchen?“

„Doch, könnte ich, aber meine Großmutter nimmt ihm die Scheidung noch immer übel, deshalb wird sein Name so gut wie nie erwähnt. Eines Tages werde ich einfach hinfahren, aber damit muss ich wohl warten, bis ich älter bin.“

„Im Gegenteil. Du musst es jetzt tun.“

„Ich fürchte, dass ich nicht die Kraft dazu habe“, antwortete Lucy traurig und dachte bei sich, was für ein guter Zuhörer er war. Er saß nur da und sah sie an. Sie begegnete seinem Blick und lächelte.

„Kommst du heute Nachmittag mit zum Rodeln?“, fragte er. „Ich rufe die anderen an. Wir könnten zum Golfplatz gehen…, da gibt's ein paar richtig gute Rodelstrecken.“ Er sah auf die Uhr. „Es ist fast zwölf jetzt. Warum kommst du nicht mit zu uns, meine Mutter gibt uns was zu essen, und dann trommeln wir die andern zusammen?“

„Ich habe aber keinen Schlitten.“

„In unserer Garage stehen drei oder vier. Du kannst dir einen ausleihen.“ Er stand auf. „Los, komm“, sagte er und zog sie hoch.

„Aber hat deine Mutter…“

„Nein, die hat nichts dagegen. Zu essen ist immer genug da.“ Er stand auf, packte sie am Arm und zog sie auf die Füße. „Hör auf, dir immer über alles Sorgen zu machen“, sagte er. „Hör auf, dir Knüppel in den Weg zu legen.“

„Tu ich das?“

„Jetzt nicht mehr.“

Elfrida

Der Großeinkauf in Kingsferry war ein Riesenerfolg. Nicht nur hatten Sam und Carrie ganze Berge von Lebensmitteln, Gemüse, Obst und Weihnachtssüßigkeiten mitgebracht, sondern auch kartonweise Wein, mehrere Kisten Bier, Limonade, Cola und sogar sechs Flaschen Whisky. Außerdem hatten sie ein Herrengeschäft gefunden, wo Sam sich mit bequemer Freizeitkleidung eingedeckt hatte: Cordhose, warmen Flanellhemden, einem dicken, gerippten Pullover, einem Paar Timberland-Stiefeln und einer wasserdichten warmen Jacke. Anschließend hatten sie sich in einem kleinen Café etwas erholt, Kaffee getrunken und sich das Du angeboten. Bestens gelaunt waren sie wieder in Creagan angekommen.

Nach dem Mittagessen machte sich Sam mit Oscar zu Fuß auf den Weg zum Golfklub, wo er sich beim Manager angemeldet hatte, um mit ihm über eine mögliche Mitgliedschaft im Klub zu sprechen. Elfrida sah den beiden nach, wie sie nebeneinander den verschneiten Bürgersteig entlanggingen, und fand, dass sie gut zusammenpassten. Ein bisschen männliche Gesellschaft würde Oscar gut tun.

Es blieb also Carrie und ihr überlassen, sich innerlich auf den Empfang des Kunstexperten Sir James Erskine-Earle vorzubereiten, der um vier Uhr kommen sollte. Während Carrie in der Küche noch einen Tee machte, ging Elfrida ins Wohnzimmer und warf einen Blick auf ihr kleines Bild, das sie heute vielleicht zum letzten Mal sah. „Falls wir später keine Zeit mehr haben sollten, Abschied zu nehmen, dann tu ich's jetzt", murmelte sie. „Danke für die schöne gemeinsame Zeit."

Als Sir James Erskine-Earle um Punkt vier an der Tür klingelte, waren Oscar und Sam gerade von ihrem Ausflug zum Golfklub zurückgekehrt, wo sie alles angeschaut hatten und einigen Mitgliedern vorgestellt worden waren. Elfrida lief hinunter, um den Kunstexperten hereinzulassen, und war ehrlich verblüfft, einen relativ jungen Mann vor sich zu sehen.

„Mrs Phipps?", fragte er und nahm seine Tweedmütze ab.

„Ja. Sir James..." Sie gaben sich die Hand. „Kommen Sie doch herein." Sie führte ihn die Treppe hinauf. „Sehr liebenswürdig von Ihnen, so kurz vor Weihnachten noch zu kommen."

„Gern geschehen." Er hatte eine sonore Stimme und ein sehr gewinnendes Lächeln. „Ich freue mich immer, wenn ich gebeten werde, mir etwas Besonderes anzusehen."

Sie führte ihn ins Wohnzimmer und stellte ihn den anderen vor. „Oscar Blundell. Und Carrie Sutton, meine Nichte. Und dies ist Sam Howard, der zukünftige Direktor der alten Kammgarnspinnerei in Buckly."

„Mr Howard, wir haben miteinander telefoniert. Freut mich, Sie kennen zu lernen." Wie alle Neuankömmlinge schaute er sich erst einmal staunend in dem großen Wohnzimmer um. Draußen leuchteten die Lichterketten in den Bäumen vor der Kirche. „Was für ein schöner Blick", meinte er und wandte sich ihnen wieder zu. „Aber ich will nicht Ihre Zeit verschwenden. Wo ist denn das Bild, das ich mir ansehen soll?"

„Es..." Elfrida musste sich räuspern. „Es hängt hier."

„Darf ich es abnehmen?"

„Ja, natürlich."

Er nahm das Bild behutsam von der Wand. „Was für ein reizendes Bild. Sir David Wilkie. Ein Porträt seiner Eltern. Vermutlich um 1835 gemalt."

„Ich wusste nicht, dass es seine Eltern sind."

Schweigen herrschte im Raum, während Sir James Erskine-Earle das Bild genau betrachtete. Er ließ sich Zeit. Er holte eine randlose Brille hervor und drehte das Gemälde um, um die Rückseite zu inspizieren.

Schließlich legte er es behutsam auf Oscars Tisch. „Wie sind Sie an das Bild gekommen, Mrs Phipps?"

„Ich habe es geschenkt bekommen. Vor langer Zeit. Vielleicht vor dreißig Jahren. Von einem Freund."

„Und wissen Sie, wo er es gekauft hat?"

„In einem Trödelladen, glaube ich. In Chichester."

„Ja." Er nickte. „Das habe ich mir gedacht."

„Ich..., ich habe immer in dem Glauben gelebt..., und man hat mich darin bestärkt..., dass es ein Original sei. Aber ich habe es nie schätzen oder versichern lassen."

Er sah sie lächelnd an, es war ein gewinnendes, jungenhaftes Lächeln. Dann nahm er die Brille ab. „Es tut mir Leid", sagte er, „aber dies ist nicht das Original. Es ist eine Kopie. Es ist eine reizvolle und äußerst geschickt ausgeführte Arbeit, aber es ist nicht das Original."

Oscar fand zuerst die Sprache wieder. „Woher wissen Sie das?"

„Es kann nur eine Kopie sein, weil das Original, wie der Zufall es will, erst vor ungefähr einem Jahr in London durch unsere Hände gegangen ist. Es war größer als Ihr kleines Gemälde, Mrs Phipps, was mich zu der

Vermutung veranlasst, dass diese Kopie niemals als Fälschung, sondern eher als eine Art Huldigung gedacht war. Vielleicht ein Student, der den Stil des Meisters nachahmen wollte."

„Was ist es wert, Sir James?", fragte Elfrida, die blass geworden war.

„Ungefähr tausend Pfund, vielleicht mehr, vielleicht weniger. Das hängt vom Markt ab."

Tausend Pfund. Eine Kopie und nur tausend Pfund wert. Elfridas kleiner Spargroschen, ihre Vorsorge gegen ein Alter in Armut und Einsamkeit. Tausend Pfund. Es gab keinen Grund mehr, das Bild zu verkaufen, also konnte sie sich für den Rest ihres Lebens daran erfreuen, aber all ihre Pläne, Hughie auszuzahlen und Oscar eine sichere Zukunft zu garantieren, waren damit zunichte.

Einen beängstigenden Augenblick lang fürchtete sie, in Tränen auszubrechen. In ihrer Verzweiflung wandte sie sich an Carrie, die sie voller Mitgefühl anblickte. Elfrida machte den Mund auf, um etwas zu sagen, aber ihr versagte die Stimme. Carrie kam ihr zu Hilfe.

„Ich glaube, ich gehe jetzt mal nach unten und setze Wasser auf. Und dann nehmen wir alle eine schöne, heiße Tasse Tee zu uns."

Zum ersten Mal, seit er Sir James Erskine-Earle vorgestellt worden war, machte auch Sam den Mund auf. „Ich komme mit, Carrie, und gehe dir zur Hand."

Elfrida wusste genau, dass nicht zwei Menschen dazu nötig waren, eine Kanne Tee zu kochen, und war Sam dankbar für die taktvolle Art, mit der er in dieser prekären Situation von der Bildfläche verschwand.

„Es tut mir aufrichtig Leid", sagte Sir James noch einmal, als sie allein waren.

„Ach, zum Donnerwetter!", sagte Elfrida etwas schroff. „Es ist doch nicht Ihre Schuld."

Behutsam hängte er das kleine Bild wieder an seinen Platz. „Wenigstens ... können Sie sich nun weiter daran erfreuen", sagte er.

Oscar schaltete sich in das Gespräch ein. „Eigentlich bin ich froh, dass du dich nun nicht von deinem Bild trennen musst."

Elfrida drehte den beiden den Rücken zu und ging, um ihre Enttäuschung mit einer gewissen Geschäftigkeit zu verdecken, zum Kamin hinüber, nahm ein Holzscheit aus dem Korb und warf es nicht eben behutsam auf den brennenden Holzstoß. Sie beobachtete, wie die Funken sprühten. Sir James trat zu ihr und räusperte sich. „Entschuldigen Sie, ich möchte nicht neugierig erscheinen, aber wem gehört diese interessante kleine Uhr?"

„Die Uhr?“, fragte Elfrida und runzelte etwas unwillig die Stirn.

„Sie gehört Elfrida“, sagte Oscar an ihrer Stelle.

„Darf ich ..., darf ich mal sehen?“

Elfrida nickte. Sir James setzte noch einmal die Brille auf und nahm die kleine Uhr von ihrem Platz auf dem Kaminsims. „Ein Reisechronometer“, sagte er anerkennend. „Erstaunlich. Wie sind Sie an dieses Kleinod gekommen?“

„Meinen Sie Kleinod im ideellen oder im materiellen Sinn?“

„Ich bin nicht sicher“, entgegnete er höflich.

„Ich habe sie von einem alten Patenonkel geerbt“, erwiderte sie. „Ein alter Seefahrer. Wie Sie sehen, gibt es jeweils ein Zifferblatt für die Stunden, für die Minuten und für die Sekunden. Ich muss sie täglich aufziehen. Wahrscheinlich könnte ich eine Batterie einbauen lassen, aber das kommt mir...“

„Um Himmels willen. Ein so seltenes Stück.“

„Selten? Meinen Sie? Es ist doch nur eine altmodische kleine Seemannsuhr.“

„Ein sehr schönes Stück.“

Sie betrachtete die Uhr in seiner Hand und sah sie plötzlich mit völlig neuen Augen an. Das Leder außen war ziemlich abgewetzt, aber innen war es noch tiefdunkel und weich, und der Deckel, der sich wie ein antiker Buchdeckel zuschließen ließ, war mit korallenrotem, etwas zerknautschtem Samt ausgeschlagen. Rund um das kreisrunde Zifferblatt mit den unterschiedlichen Zeigern war das Leder mit einem Kranz aus winzigen vergoldeten Blättern verziert. Der kleine Schlüssel, die Angeln und das winzige Schloss waren aus Messing.

„Ich weiß nicht einmal genau, wie alt sie ist“, sagte Elfrida. „Vielleicht wissen Sie es.“

„Leider bin ich kein Uhrenspezialist. Aber ich habe einen Kollegen, der sich darauf versteht. Wenn Sie wollen, könnte ich sie ihm zeigen.“

„Wozu?“

„Weil ich sie für etwas ganz Besonderes halte.“

„Meinen Sie, die Uhr hat einigen Wert? Wie viel denn?“, fragte sie.

„Ich weiß es wirklich nicht, Mrs Phipps“, sagte Sir James. „Aber dürfte ich ..., dürfte ich die Uhr einmal mitnehmen? Ich stelle Ihnen natürlich eine Quittung aus und werde sie wie meinen Augapfel hüten.“

„Natürlich.“

„Hätten Sie vielleicht... eine Schachtel... oder etwas, worin ich sie einwickeln könnte?“

Oscar ging an seinen Tisch, zog eine der Schubladen auf und fand einen wattierten Umschlag, in dem ihm Bücher zugeschickt worden waren. „Reicht das?"

„Ja, das ist genau richtig." Die Uhr wurde verpackt, und dann setzte Sir James Erskine-Earle sich an den Schreibtisch, um Elfrida eine Quittung auszustellen.

Sam

Zitternd vor Kälte wachte Sam auf. Es war schon hell, und er merkte, dass ihm die Daunendecke vom Bett gerutscht war. Er lehnte sich aus dem Bett, langte nach der Decke und breitete sie über sich aus. Während er darauf wartete, dass ihm wieder warm wurde, sah er auf seine Uhr. Schon fast neun Uhr!

Er sah sich in dem dämmrigen, inzwischen vertrauten Zimmer um und fragte sich, warum er alles hier so ansprechend fand. Gleich von diesem ersten, eher peinlichen Abend an hatte er das Gefühl gehabt, nach Hause zu kommen. Er kam sich ein bisschen vor wie auf einem Schiff – isoliert vom Rest der Welt, aber intensiv mit den anderen Passagieren beschäftigt. Die Zimmer waren alle voller Leben, die Türen standen offen, Kaminfeuer brannten, Stimmen und Schritte waren auf der Treppe zu hören.

Es war ein gutes Haus, und Sam wollte es haben. Die Lage war perfekt. Außerdem war es ein Haus mit Zukunft. Seiner Zukunft. Wenn es ihm gehörte, brauchte er es nie wieder zu verlassen. Schließlich wurde er bald vierzig. Er wollte nicht mehr umziehen, kaufen und verkaufen und von neuem anfangen. Er wollte endlich sesshaft werden. Aber die Hälfte des Hauses gehörte Oscar Blundell, und das war das Problem. Sam fand Oscar enorm sympathisch, und das machte die Sache nicht gerade einfacher. Und doch ..., irgendwie wurde er den Gedanken nicht los, dass es ihm bestimmt war, sich in diesem soliden viktorianischen Stadthaus niederzulassen und den Rest seines Lebens darin zu verbringen.

Er dachte daran, wie er vor kurzem noch in London gewesen war und festgestellt hatte, dass es nicht einen einzigen Menschen auf der Welt gab, der ein Weihnachtsgeschenk von ihm erwartete. Nun war er in Creagan und musste sich langsam etwas einfallen lassen, wenn er am

Weihnachtsmorgen mit Geschenken aufwarten wollte für Oscar, Elfrida, Lucy. Und Carrie.

Carrie. Nach dem Fiasko mit Deborah und der Rückkehr nach London hatte er nicht im Entferntesten an die Möglichkeit gedacht, dass eine andere Frau in sein Leben treten könnte. Doch dann war er nach Schottland gefahren mit Hughie McLennans Schlüssel im Gepäck, und Carrie hatte ihm die Tür aufgemacht.

Carrie mit ihrem kastanienbraunen Haar, den dunklen, ausdrucksvollen Augen, der schlanken Figur, dem langen Hals. Den feinen, geschwungenen Augenbrauen und einem faszinierenden Leberfleck am Mundwinkel. In ihrer tiefen, wohltönenden Stimme lag immer ein Anflug von Spott, sodass er nie sicher war, wann er sie ernst nehmen konnte und wann nicht. Sie ruhte völlig in sich selbst. Wenn sie nichts zu sagen hatte, sagte sie nichts. Wenn sie sprach oder eine Meinung äußerte, geschah es auf kühle, überlegene, intelligente Art. Wenn die andern am Esstisch miteinander plauderten, hörte sie zwar aufmerksam zu, blieb aber meist schweigsam.

Er hatte nicht die leiseste Vorstellung davon, was Carrie von ihm hielt. Sie gab sich völlig ungezwungen, war jeder Situation gewachsen, aber gleichzeitig zurückhaltend bis zur Verschlossenheit. Als sie nach Kingsferry in das große Einkaufszentrum gefahren waren, hatte er gehofft, über persönliche Dinge mit ihr reden zu können, aber jedes Mal, wenn er das Gespräch auf sie selbst und ihr Privatleben gebracht hatte, hatte sie sehr ausweichend geantwortet und das Thema gewechselt.

Er hätte gern gewusst, ob sie schon einmal verheiratet gewesen war, traute sich aber nicht, sie danach zu fragen. Irgendwann, irgendwo war etwas schief gegangen, und je weniger sie sagte, desto mehr brannte er darauf, ihr Geheimnis zu erfahren. Warum war es ihm so wichtig? War er etwa im Begriff, sich in sie zu verlieben? Aber wozu sollte er sich in eine Frau verlieben, die vollauf mit ihrer Karriere und ihrer problematischen Familie beschäftigt war und nicht im Traum daran dachte, beidem den Rücken zu kehren und mit ihm, Sam Howard, im hohen Norden Schottlands zu leben? Ganz abgesehen von der Tatsache, dass er noch immer mit Deborah verheiratet war.

Sam zog sich an und ging nach unten. Aus der offenen Küchentür drang der appetitanregende Duft nach Kaffee und Frühstücksspeck. Er trat in die Küche, wo Carrie ganz allein beim Frühstück saß. Sie las die *Times*, blickte jedoch von der Zeitung hoch und begrüßte ihn mit einem freundlichen „Guten Morgen“.

Am ersten Abend vor gerade einmal zwei Tagen, als er so rücksichtslos mit Hughie McLennans Schlüssel in der Hand ins Haus geplatzt war, hatte sie sich noch kaum von einer heftigen Erkältung erholt und deshalb blass, zerbrechlich und ungeheuer verletzlich ausgesehen. Trotzdem hatte er sie hinreißend gefunden. Inzwischen war sie wieder ganz gesund, trug einen roten Kaschmirpullover und wirkte lebendiger und strahlender denn je. Am liebsten hätte er sie mit Schwung in die Arme genommen, sie an sich gedrückt, die Schranken eingerissen und mit ihr geredet.

Stattdessen wünschte er ihr ebenfalls einen guten Morgen. Sie legte die Zeitung aus der Hand und erhob sich. „Da ist Frühstücksspeck." Auf der Wärmeplatte stand ein zugedeckter Teller. Mit einem Topflappen nahm sie den Teller hoch, stellte ihn auf den Tisch und nahm mit Schwung den Deckel ab. Es lag nicht nur Speck auf dem Teller, sondern auch Eier, ein Würstchen und eine gedünstete Tomate.

Ungläubig betrachtete er den Festschmaus. „Wer hat denn das alles zubereitet?"

„Ich. Ich mache noch eben einen frischen Kaffee."

„Wie lieb von dir", sagte er begeistert, setzte sich an den Tisch und bestrich eine Scheibe Toast mit Butter. „Wo sind denn die anderen?"

„Ach, überall und nirgends. Wir müssen heute Morgen den Tannenbaum abholen. Oscar hat gefragt, ob wir das vielleicht mit deinem Wagen übernehmen könnten."

„Wir? Fährst du mit? Wo soll der Baum denn abgeholt werden?"

„Von Corrydale. Oscar hat einen genauen Plan aufgezeichnet. Ich komme mit und spiele den Navigator. Außerdem möchte ich mir Corrydale ansehen. Oscar schwärmt immer von dem ausgedehnten Park und dem Garten, aber wie er sagt, hat sich alles verändert, weil sie ein Hotel daraus gemacht haben."

Von stummer Genugtuung erfüllt, fuhr Sam in aller Ruhe fort, sein üppiges Frühstück zu verzehren. Er konnte sich an diesem Morgen nichts Schöneres vorstellen, als mit Carrie nach Corrydale zu fahren, den Tannenbaum aufzuladen und mit ihr auf dem Gut herumzustromern. Aber er beschränkte sich wohlweislich auf ein knappes „Okay", weil er nicht wollte, dass sie ihm die Vorfreude anmerkte und womöglich einen Rückzieher machte.

OSCARS kleiner Lageplan von Corrydale erwies sich als minutiöser Wegweiser zu allem, was innerhalb der Parkmauern lag – zu einem kleinen Irrgarten aus Straßen, Wegen, Gehölzen und einem langen Uferstreifen.

Die jeweiligen Unterkünfte aller ehemals auf dem Gut Beschäftigten waren sorgfältig eingezeichnet und beschriftet. Billicliffes Haus, Rose Millers Haus, das Haus des Försters, die Wirtschaftsgebäude. Zuletzt kam das Gärtnerhaus, wo Rose Millers Enkel Charlie lebte. In einiger Entfernung und durch eine weitere geschwungene Auffahrt erreichbar, hatte Oscar das in einsamer Stattlichkeit dastehende Herrenhaus von Corrydale eingezeichnet. Der Weihnachtsbaum sollte im Gärtnerhaus abgeholt werden. Sie fanden es schnell, und als Sam den Wagen geparkt hatte, trat schon ein junger Mann aus dem Schuppen. Sie stiegen aus. „Charlie Miller?“, fragte Sam.

„Ja, das bin ich. Sie sind sicher Sam Howard. Oscar hatte angerufen wegen einem Weihnachtsbaum.“ Er zeigte auf einen Baum, der an einem uralten Traktor lehnte. „Er meinte, eins achtzig wäre groß genug, deshalb habe ich diesen für Sie ausgesucht. Eine gut gewachsene Tanne und keine abgeknickten Zweige.“

„Nichts daran auszusetzen.“

„Zwei Pfund pro Fuß. Also zwölf Pfund. Und einen Ständer zu zwei fünfzig. Macht zusammen vierzehn fünfzig.“ Offensichtlich ein Mann, der nicht lange fackelte. Sam holte sein Portemonnaie hervor und zahlte.

Jetzt meldete sich Carrie zu Wort. „Wir sind noch nie auf Corrydale gewesen und würden uns gern mal das Haus und den Park ansehen. Aber wenn es privat oder nicht zugänglich ist…“

„Sie können gehen, wohin Sie wollen. Das Hotel ist sowieso geschlossen. Während Sie Ihren Spaziergang machen, stecke ich den Baum in ein Netz und lade ihn ein.“

„Vielen Dank.“

„Keine Ursache. Genießen Sie Ihren Spaziergang.“

Sie machten sich auf den Weg. Die gefrorenen Fahrspuren krachten unter ihren Schritten, die Luft war berauschend wie eisgekühlter Wein, und die Sonne schien ihnen warm auf den Rücken. Ringsumher glitzerte feinster Schneestaub, der von den Wipfeln der Bäume herabrieselte.

„Hier muss doch mal eine Menge Geld gesteckt haben“, meinte Carrie. „Solch ein weitläufiges Gut, und trotzdem scheint Oscar kaum Vermögen zu haben.“

„Nein. Viel kann es nicht sein.“

„Warum hat Oscar denn nichts geerbt? Er hätte einen wunderbaren Laird abgegeben.“

„Hughie war der Sohn des ältesten Sohns. Der Erstgeborene. Pech, dass er keine Lust hatte, sich um Corrydale zu kümmern."

„Oscar hat etwas Besseres verdient. Beide, er und Elfrida. Ich finde, sie sollten sich zur Ruhe setzen können, in einem Haus, das ihnen gehört. Schade, dass ich nicht reich bin und mich ihrer annehmen kann."

„Meinst du, dass die beiden zusammenbleiben?", fragte Sam.

„Ich könnte es mir vorstellen. Sie haben doch niemand anders." Eine Weile blieb Carrie stumm. „Ich würde mir gern deine Spinnerei ansehen", sagte sie plötzlich.

Sam wäre nie auf den Gedanken gekommen, dass sie auch nur im Entferntesten daran interessiert sein könnte, und stutzte einen Moment. „Wirklich?"

„Du hast gesagt, das Gebäude sei sehr schön. Warum fahren wir nicht mal hin?"

„Gern, wenn du willst."

„Ich habe etwas für leer stehende Gebäude und Häuser übrig. Kahle Räume, nackte Wände. Man kann sich ausmalen, wie sie einmal ausgesehen haben, und versuchen sich vorzustellen, was daraus zu machen ist. Es ist doch eine sehr reizvolle Aufgabe, das alles wieder in Gang zu bringen."

„Das stimmt, aber ich habe auch Respekt davor. Ich habe allerdings schon festgestellt, dass Probleme manchmal beflügelnd wirken, besonders wenn jemand anders glaubt, dass man sie lösen kann. Und mir steht in Buckly ein guter Mann zur Seite, Fergus Skinner."

„Trotzdem – mit New York ist es nicht zu vergleichen."

„Ich bin jetzt neununddreißig und schon ziemlich viel herumgekommen. Ich bin mit dem Wollgewerbe groß geworden und im Stillen davon überzeugt, dass nichts so kleidsam, so bequem, so jederzeit angebracht ist wie ein lieb gewonnenes, gut sitzendes Tweedjackett. Man kann sich damit jedem Wind und Wetter aussetzen und macht abends an der Dinnertafel immer noch eine gute Figur. Für mich geht nichts über den Geruch oder das Gefühl von Tweed. Ich liebe den Klang gut geölter Zahnräder, das Klappern der Webstühle, das Stampfen der gewaltigen Krempelmaschinen. Und mir gefallen die Menschen, die daran arbeiten."

„Du kannst dich glücklich schätzen, weil du hier oben wohnen darfst. Auf diesem weiten, sauberen, unverfälschten Fleckchen Erde." Carrie ging weiter. Vor ihr tauchte die Mauer der Gartenanlage auf. Der Weg führte an ein schmiedeeisernes Tor, das von zwei Pfosten mit prächtigen Löwenwappen flankiert wurde. Vor dem Tor blieben sie stehen und warfen einen ersten Blick hinauf zum Corrydale House – ein mit Giebeln und Türmchen bestücktes viktorianisches Herrenhaus aus rotem, zum Teil von wildem Wein überwuchertem Backstein.

„Es ist wunderschön", sagte Carrie nach einer Weile. „Was für herrliche Zeiten Oscar hier verbracht haben muss."

„Würdest du gern hier leben?", fragte Sam.

„Meinst du, in diesem Haus? An diesem Ort?"

„Nein. Ich meine nur hier. In Creagan. In Sutherland."

„Ich habe einen Job in London. Schließlich muss ich meinen Lebensunterhalt verdienen."

„Und wenn du das nicht müsstest? Könntest du hier glücklich sein?"

„Ich weiß nicht. Um London verlassen zu können, müsste ich frei sein. Ohne Verpflichtungen. Ohne Verantwortung."

„Bist du nicht frei?"

„Es gibt Lucy." Sie klinkte das Tor auf und öffnete es. Dahinter lag ein breiter Kiesweg. „Lucy ist der eigentliche Grund, warum ich den Job in London annehme. Irgendjemand muss sie aus diesem öden, beschränkten, ausschließlich von Frauen bestimmten Leben herauslocken, das man ihr aufzwingt."

„Sie kommt mir eigentlich wie ein ziemlich glückliches Mädchen vor."

„Sie ist ja auch glücklich. Hier jedenfalls. Mit Elfrida und Oscar und all dem Kommen und Gehen. Rory Kennedy nicht zu vergessen. Aber das bittere Erwachen wird kommen, wenn sie nach London zurückmuss."

Sam fand, dass Carrie viel zu jung und zu hübsch war, um sich nach den Bedürfnissen einer kleinen Nichte zu richten. „Was willst du denn mit Lucy machen?"

„Ach, ich weiß es noch nicht. Verfügbar sein. Am Telefon. Einfach da. Vielleicht verreisen wir über Ostern gemeinsam. Fahren nach Cornwall zu ihrem Großvater. Oder wir gehen Ski fahren."

„Willst du nach Oberbeuren zurück …"

„Nein." Das Wort war heraus, kaum dass er die Frage beendet hatte. „Nicht nach Oberbeuren. Irgendwo anders hin."

„Ihr könntet nach Amerika fahren. Nach Colorado oder Vermont. Es ist zwar viel weiter, aber im Moment deutlich billiger."

Carrie schlenderte neben ihm her. „Bist du schon mal in Vermont Ski gefahren?"

„Ja. Etliche Male. Wir sind häufiger übers Wochenende von New York aus dorthin gefahren."

„Wir", wiederholte Carrie. „Du meinst, deine Frau und du."

Nun war es also heraus. Der Punkt, um den sie beide wie um den heißen Brei herumgeschlichen waren. „Ja", sagte er. „Mit meiner Frau. Wir haben uns getrennt."

Carrie nickte. „Das hat Elfrida mir gesagt. Hast du Kinder?"

„Nein. Sie wollte keine. Jedenfalls nicht gleich. Wir haben es immer wieder aufgeschoben, und dann hat sie im letzten Sommer einen Mann wieder getroffen, mit dem sie im College befreundet war. Sie hat mir gesagt, dass sie mich verlassen und mit dem anderen zusammenleben wollte."

„Bist du schon geschieden?"

„Nein, dazu war noch keine Zeit. Sechs Wochen nachdem sie ausgezogen war, holte meine Firma mich zurück nach England. Ich nehme an, es wird mich bald ein Brief von ihrem Anwalt erreichen."

„Liebst du sie noch?"

„Ach, Carrie…"

„Sie ist untrennbar mit dir verbunden, weil du mit ihr verheiratet bist. Du wirst dich nie von ihr lösen können."

Sie stieß diese Worte mit solcher Bitterkeit aus, dass Sam sofort hellhörig wurde. Er sah sie an. „Carrie…", begann er, aber sie marschierte einfach weiter, und er musste hinter ihr herlaufen, sie am Arm packen und sie zu sich herumschwenken, um sie anzusehen. Ihre dunklen Augen standen voller Tränen. „Carrie. Schütte mir dein Herz aus. Bitte."

„Wieso?" Sie war wütend und kniff die Augen zusammen, um die Tränen zu verscheuchen. „Es lohnt sich gar nicht. Du würdest es sowieso nicht begreifen."

„Ich könnte es versuchen. Und bin sicher, dass ich es begreifen würde. Ich habe selber böse Zeiten durchgemacht. Und musste damit fertig werden, dass ich plötzlich von jemandem abgelehnt wurde, den ich doch liebte."

„Ich wurde aber nicht abgelehnt!", schrie Carrie ihn an, und plötzlich verzog sie das Gesicht wie ein Kind und brach in Tränen aus. Wütend über sich selbst, stieß sie ihn zurück und versuchte sich seinem Griff zu entziehen, aber er hielt sie mit beiden Händen an den Schultern fest und hätte sie um keinen Preis losgelassen. „Ich wurde geliebt. Wir haben uns beide geliebt und wollten nichts als zusammen sein. Aber das Schicksal war gegen uns. Zu viele Ansprüche, Verpflichtungen, Traditionen. Sein Job, seine Familie, seine Frau, seine Kinder, seine Religion, sein Geld. Ich war nur seine Geliebte. Und lebte im Hinterhof seines Lebens. Ich hatte keine Chance. Als Andreas mich schließlich verlassen hat, ist mein Leben in die Brüche gegangen. Jetzt weißt du Bescheid, Sam. Und vielleicht geht ja auch die Tatsache in deinen Schädel, dass ich an verheirateten Männern nicht interessiert bin."

Er machte den Mund auf, um zu protestieren, aber in dem Augenblick riss sie sich mit einem Ruck von ihm los, rannte davon und stolperte im Schnee. Er lief ihr nach, holte sie ein und hielt sie fest. Dieses Mal setzte sie sich nicht mehr zur Wehr.

Er nahm sie in seine Arme. Mit bebenden Schultern lehnte sie sich an ihn und weinte bitterlich in den Ausschnitt seines Mantels. Den ganzen Tag hatte er den Wunsch gehabt, sie in die Arme zu nehmen und an sich zu drücken. Sie fühlte sich federleicht und zerbrechlich an, und er bildete sich ein, durch die dicken Schichten ihrer Winterkleidung ihren Herzschlag zu spüren.

„Ach, Carrie." Er schämte sich seiner eigenen Seligkeit, während sie so unglücklich und verzweifelt war. „Es wird alles wieder gut", murmelte er.

„Nichts wird wieder gut."

Ihre Stimme war plötzlich kalt und abweisend. Sam hielt sie in den Armen und fühlte sich verwirrt. Carrie war schön und intelligent, und er begehrte sie, aber sie war auch kompliziert. „Es wird alles wieder gut", sagte er noch einmal.

„Du hast ja keine Ahnung."

Er war so klug, darauf nicht einzugehen. Das hemmungslose Weinen legte sich nach einer Weile. Als sie langsam ihre Fassung wiedergewann, schob er sie ganz sanft von sich weg, und sie wischte sich mit den gefütterten Handschuhen über das verweinte Gesicht.

„Bitte entschuldige", sagte er. „Ich wollte dich nicht quälen. Eigentlich wollten wir doch nur den Tannenbaum abholen und einen kleinen Spaziergang machen."

„Es war nicht dein Fehler. Lass uns nicht mehr darüber reden und einfach weitergehen."

„Ich bin trotzdem froh, dass wir miteinander gesprochen haben. Das ist immer gut."

„Ist es so gut, miteinander zu sprechen? Ich bin mir da nicht so sicher.“

„Es reinigt die Luft. Und macht es leichter, den anderen zu verstehen.“

„Ich weiß gar nicht, ob ich verstanden werden will. Ich möchte vor allem in Ruhe gelassen werden. Im Augenblick ist es besser, dass ich zu niemandem gehöre.“

Wenn du dich da mal nicht täuschst, dachte er. Aber er behielt es für sich.

Lucy

Heute Morgen haben Carrie und Sam den Tannenbaum abgeholt. Und ich habe im Esszimmer einen anständigen Großputz gemacht. Es war total verstaubt und vernachlässigt.

Ich habe herumgestöbert und silberne Kerzenleuchter gefunden, vier Stück, alle ein bisschen schwarz angelaufen. Nachdem ich sie poliert hatte, waren sie sehr hübsch. Dann habe ich Kerzen besorgt (cremefarbene, ein bisschen wie in der Kirche).

Ich wollte ja nichts verraten, weil es eine Überraschung sein sollte, aber kurz vorm Mittag kamen Carrie und Sam mit dem Tannenbaum zurück, und es gab eine lange Diskussion, wo wir ihn aufstellen sollten. Also blieb mir nichts anderes übrig, als mein Geheimnis zu verraten, und wir sind alle ins Esszimmer runtermarschiert, wo es ganz frisch nach Politur roch, und alle waren hellauf begeistert, und Elfrida hat sogar gesagt, sie hätte sich nie träumen lassen, dass das Esszimmer so festlich aussehen könnte. Und da wussten wir natürlich alle, wo der Baum hin sollte. Also ist Sam nach draußen gegangen und hat ihn reingeholt. Ich hab den Duft von Tannennadeln im Zimmer so gern.

Nachmittags haben Oscar und ich den Baum geschmückt. Sam hat die Lichterketten aufgehängt und einen Stern oben an der Spitze befestigt. Elfrida hat eine ganze Rolle kariertes Seidenband spendiert. Wir haben daraus lauter hübsche Schleifen gemacht und über den ganzen Baum verteilt. Und mit den Kugeln und den brennenden Lichtern ist es der schönste Baum, den ich je gesehen habe.

Morgen müssen wir anfangen, die Party vorzubereiten. Ich werde meinen neuen Minirock mit der schwarzen Strumpfhose und dazu den neuen weißen Pullover anziehen.

Oscar

Oscar? Ich muss dich verlassen." – „Für immer?" – „Nein. Vielleicht für eine halbe Stunde. Ich habe mit Tabitha Kennedy telefoniert und will ein paar Extragläser für die Party von ihr leihen."

Elfrida war noch keine zehn Minuten aus dem Haus, als das Telefon klingelte. Oscar hob ab. „Blundell."

„Ach, Mr Blundell, hier spricht Schwester Thomson vom Royal Western Hospital in Inverness. Ich fürchte, ich habe eine betrübliche Nachricht für Sie. Major Billicliffe ist heute in den frühen Morgenstunden gestorben. Unseren Unterlagen zufolge sind Sie der nächste Angehörige."

Der alte Billicliffe. Tot. Oscar suchte etwas hilflos nach Worten. „Verstehe", murmelte er, weil ihm nichts anderes einfiel.

„Er hat einen friedlichen Tod gehabt."

„Das freut mich. Vielen Dank, dass Sie mir Bescheid gesagt haben."

„Es gibt einige persönliche Gegenstände, die Sie abholen müssen. Und alle weiteren Formalitäten ..." Die Schwester ließ den Satz taktvoll in der Schwebe.

Aber Oscar wusste genau, worauf sie hinauswollte. „Ja, natürlich", wiederholte er. „Und vielen Dank. Ich komme vorbei."

Er hatte ganz plötzlich das Bedürfnis, sich zu setzen. Billicliffe war tot, und Oscar war nicht nur sein „nächster Angehöriger", sondern auch sein Testamentsvollstrecker. Eine Weile saß er in Gedanken versunken da und überlegte, was er als Erstes tun musste. Billicliffes Anwalt. Oscar hatte sich den Namen des Anwalts in seinem Kalender notiert: Murdo McKenzie, McKenzie & Stout, South Street, Inverness.

Er schlug die Nummer im Telefonbuch nach und rief in der Kanzlei an. Ich muss mich um das Begräbnis kümmern, dachte er, während das Telefon klingelte. Eine Kirche finden. Die Leute müssen benachrichtigt werden. Außerdem muss ich mit Peter Kennedy sprechen. Und eine Todesanzeige in die Zeitung setzen. Nur ein paar Zeilen. „McKenzie & Stout."

„Oh, guten Morgen. Könnte ich bitte mit Mr Murdo McKenzie sprechen?"

„Wer ist am Apparat, bitte?"

„Oscar Blundell. Aus Creagan."

„Einen Augenblick, bitte."

„Murdo McKenzie. Guten Morgen. Was kann ich für Sie tun?"

„Guten Morgen. Tut mir Leid, dass ich Sie störe, aber ich bin gerade vom Krankenhaus benachrichtigt worden, dass Major Billicliffe gestorben ist."

„Oh, das ist eine traurige Nachricht. Es tut mir Leid." (Es klang, als täte es ihm wirklich Leid.)

„Major Billicliffe hatte mich gebeten, als sein Testamentsvollstrecker zu fungieren."

„Er hatte mir mitgeteilt, dass Sie sich dazu bereit erklärt hätten."

„Ja, deshalb rufe ich an. Es wird ja ein Begräbnis stattfinden müssen, aber wo und wann und wie ist die Frage. Er hat Freunde in Creagan, die bei der Beerdigung bestimmt anwesend sein wollen. Und natürlich muss ein Beerdigungsunternehmen ausfindig gemacht, seine Bank benachrichtigt werden und das Krankenhaus..."

Hier schaltete Murdo McKenzie sich auf diskrete Weise ein. „Mr Blundell, warum überlassen Sie das nicht alles mir? Major Billicliffe hat Anordnungen in meiner Kanzlei hinterlassen, dass er eingeäschert werden möchte, was die Sache vereinfacht. Es gibt ein ausgezeichnetes Institut in Inverness, dessen Besitzer mir persönlich bekannt ist, das würde ich gern damit beauftragen."

„Das wäre außerordentlich liebenswürdig von Ihnen. Und dann all die anderen Formalitäten, Testamentsbeglaubigung, Bankauszüge und dergleichen. Das Konto muss aufgelöst werden..."

„Auch diese Formalitäten können Sie getrost uns überlassen."

„Und was ist mit seinen persönlichen Sachen, die noch im Krankenhaus sind?" Oscar dachte an Billicliffes verbeulten Lederkoffer und hatte plötzlich einen Kloß im Hals. „Sie müssen abgeholt werden, aber die Straße nach Inverness ist noch immer unpassierbar."

„Ich rufe an und setze mich mit der Stationsschwester in Verbindung."

„Ich weiß gar nicht, wie ich Ihnen danken soll. Sie haben mir sehr geholfen."

„Ich weiß, dass Major Billicliffe Ihnen auf gar keinen Fall irgendwelche Unannehmlichkeiten machen wollte. Falls es Probleme gibt, lasse ich von mir hören."

„Ich bin Ihnen zu allergrößtem Dank verpflichtet. Und nun will ich Ihre Zeit auch nicht länger..."

„Mr Blundell, legen Sie bitte noch nicht auf. Natürlich werden Sie schriftlich darüber von uns informiert, aber da wir schon mal dabei sind, würde ich Sie gern ins Bild setzen."

Oscar stutzte. „Wie bitte? Ich verstehe nicht ganz."

„Nach seiner Einlieferung ins Krankenhaus hat Major Billicliffe mich angerufen, weil er ein neues Testament aufsetzen wollte. Er war sehr hinfällig, aber geistig völlig klar. Das Testament wurde noch am selben Tag in meinem Büro aufgesetzt, sodass er es unterzeichnen konnte. Sie sind sein einziger Erbe, Mr Blundell. Der Major wollte, dass Sie sein Haus auf Corrydale und seinen Hund erben sollten. Was sein Geld betrifft: Er hatte einige Ersparnisse, die sich nach Abzug der Beerdigungskosten und einiger ausstehender Rechnungen auf ungefähr zweitausendfünfhundert Pfund belaufen dürften."

Oscar fiel einfach nichts ein, was er darauf antworten sollte.

„Es lag Major Billicliffe am Herzen, Sie wissen zu lassen, wie sehr er Ihre Güte zu schätzen wusste."

„Ich war nicht gütig", sagte Oscar.

Der Anwalt tat so, als habe er ihn nicht gehört. „Ich weiß nicht, ob Sie das Haus kennen?"

„Ich kenne es von früher, als der Förster noch dort wohnte."

„Ich habe die Eigentumsübertragungen vorgenommen, als Major Billicliffe das Haus gekauft hat. Es ist zwar ein bescheidenes Gebäude, aber es ließe sich durchaus etwas daraus machen. Ich werde dafür sorgen, dass Sie alles schriftlich bekommen, und dann können Sie selbst überlegen, was Sie damit machen wollen."

„Ich danke Ihnen."

„Gern geschehen, Mr Blundell. Auf Wiedersehen. Und fröhliche Weihnachten."

Ganz langsam legte Oscar den Hörer auf die Gabel zurück. Er dachte an Billicliffes Haus und wie es damals gewesen war, als es noch zum Gut Corrydale gehört hatte und der Oberförster und seine mollige Frau dort gewohnt hatten. Damals war es voller Leben gewesen, mit vier Kindern, drei Hunden und flatternder Wäsche auf der Wäscheleine. Und immer einem überschwänglichen Willkommen für einen kleinen Jungen. Ihm war, als hätte es dort immer nach heißen, von Butter triefenden Scones gerochen. Und nun gehörte es ihm.

Die Haustür ging auf. „Oscar!" Elfrida war wieder da. „Kannst du rauskommen und mit anfassen?"

Er ging ihr entgegen.

„Ich habe zwei riesige Kartons im Kofferraum…"

„Die holen wir später herein. Ich muss dir etwas erzählen."

Sie sah ihn erschrocken an. „Oscar, du siehst ja ganz aufgelöst aus. Was ist denn passiert?"

Sie setzte sich an den Küchentisch, und er nahm ebenfalls Platz. „Ich werde dir erzählen, was los ist. Aber unterbrich mich nicht, und stell keine Fragen, bis ich fertig bin, sonst bringst du mich womöglich ganz durcheinander."

„Ich werde mir Mühe geben."

„Gut. Also, zuallererst ist Major Billicliffe heute Morgen gestorben. Ich habe einen Anruf vom Krankenhaus bekommen."

Elfrida legte die Hand auf den Mund. „Ach, Oscar! Mutterseelenallein auf der Welt und dann sterben…"

„Er war auf der Station die ganze Zeit von liebevollen Schwestern und Pflegepersonal umgeben. Und vermutlich viel weniger einsam als nach dem Tod seiner Frau in seinem eigenen Haus."

„Da hast du wahrscheinlich Recht", sagte Elfrida nachdenklich.

Und er erzählte ihr die ganze Geschichte. Dass er Billicliffes Anwalt, Murdo McKenzie, angerufen habe, der sich der ganzen Formalitäten angenommen hatte. „Aber das ist noch nicht alles, Elfrida. Billicliffe hat mir sein Haus, seinen Hund und ungefähr zweitausendfünfhundert Pfund vermacht."

„Billicliffe hat dir sein Haus vermacht?" Elfrida schwieg einen Moment. Dann sagte sie zu Oscars Überraschung: „Du könntest doch dort einziehen."

Oscar starrte sie fassungslos an. „Ich dort einziehen? Allein?"

„Nein, du Dussel, ich komme natürlich mit."

„Aber du hast doch gesagt, du findest das Haus abscheulich."

„Häuser lassen sich immer verbessern und verschönern. Hundehaare und überquellende Aschenbecher waren es, die es so abstoßend gemacht haben."

„Aber ich habe ein Haus. Ich besitze dieses Haus."

„Du besitzt nur eine Hälfte davon. Aber du könntest deine Hälfte verkaufen, dann hättest du fünfundsiebzigtausend Pfund. Die könntest du in Major Billicliffes Haus stecken und bis an dein Lebensende glücklich und in Frieden dort leben."

„Du meinst…, das hier verkaufen?"

„Ach, Oscar, mach doch nicht ein solch entsetztes Gesicht. Sam Howard will das Haus haben, und Hughie McLennan will es offenbar so schnell wie möglich abstoßen. Wenn Sam und Carrie und Lucy fort sind, dann sitzen wir wieder allein hier und kommen uns ganz verloren vor. Außerdem ist es für mich ein typisches Familienhaus. In diesem Haus sollten junge Leute wohnen und ihre Kinder großziehen."

„Sam hat aber keine Kinder."

„Nein, aber er wird bestimmt wieder heiraten."

„Aber nicht Carrie", sagte er. „Misch dich da nicht ein, Elfrida."

„Ich finde, die beiden sind wie füreinander bestimmt."

„Sie sind überhaupt nicht füreinander bestimmt. Er hört nicht auf, zuvorkommend zu sein, und Carrie ist zugeknöpft und abweisend wie ein stacheliger Ginsterbusch. Die Umstände haben sie zufällig hier zusammengeführt, das ist alles."

Elfrida seufzte. „Na gut, da hast du wahrscheinlich Recht. Aber mal ganz abgesehen von Carrie, ist dies genau die richtige Behausung für einen Mann wie Sam Howard, Direktor der Wollspinnerei und einflussreiches Mitglied der Gemeinde."

„Wenn ich das Haus verkaufe, müsste ich ja verrückt sein, das ganze Geld an Major Billicliffes Häuschen zu verschwenden und nachher mit leeren Händen dazustehen."

„Wir wissen ja gar nicht, wie viel wir ausgeben müssten ..., für die Renovierung, meine ich. Wenn ich nun mein Haus in Hampshire verkaufe, dann könnten wir das Geld für ..."

„Nein! Es ist alles, was du besitzt, und du darfst es unter gar keinen Umständen verkaufen. Vermiete es meinetwegen, wenn du jemanden findest, der dort wohnen möchte, aber verkaufen – nein."

„Na gut." Ihre Stimme klang enttäuscht, und Oscar kam sich ein bisschen schäbig vor. „Ich dachte, es sei ein glänzender Einfall, aber vermutlich hast du Recht", sagte sie resigniert. Doch dann hellte sich ihr Gesicht gleich wieder auf. „Wie auch immer, jedenfalls müssen wir hinfahren und die Bude vom Dachboden bis zum Keller eingehend unter die Lupe nehmen. Aber was machen wir bloß mit dem Hund?"

„Vielleicht können wir Charlie Miller ja bewegen, den Hund zu behalten. Ich werde mal mit Rose Miller sprechen."

In dem Moment klingelte oben das Telefon. „Muss das Telefon immer zur Unzeit klingeln?", fragte Elfrida seufzend und stand auf.

Oscar hörte, wie sie die Treppe hinauflief und sich oben meldete. Während er darauf wartete, dass sie zurückkam, dachte er über ihr Gespräch nach. Sie mussten sich Billicliffes Haus natürlich genau ansehen, und es war sogar möglich, dass es nach einer gründlichen Reinigung und einem neuen Anstrich ganz passabel aussehen würde. Trotzdem kam es ihm im Vergleich zu dem Haus, in dem sie jetzt wohnten, vor wie ein finsteres Loch.

Als Elfrida schließlich wieder von oben herunterkam, wirkte sie aufgeregt und glücklich. Noch nie hatte er ihre Augen so leuchtend gesehen.

„Oscar." Sie legte die Arme um seinen Hals und drückte ihn. „Etwas schier unvorstellbar Wunderbares ist passiert. Stell dir vor, das war Sir James Erskine-Earle. Wegen meiner kleinen Uhr. Du weißt, dass er sie einem Kollegen bei Boothby zeigen wollte. Und der Kollege hat ihn heute Morgen angerufen und gesagt, die Uhr sei ein ganz besonderes Stück. Ein sehr seltener Chronometer. Französisch und von einem gewissen J. F. Houriet um ungefähr 1830 gemacht. Stell dir vor, Oscar, all die Jahre bin ich mit dieser Uhr herumgereist, ohne zu wissen, dass sie etwas Besonderes ist. Ich habe dann meinen ganzen Mut zusammengenommen und gefragt, wie viel sie denn wert sei. Und da hat er gemeint, dass sie auf einer Auktion... möglicherweise... zwischen siebzig- und achtzigtausend Pfund bringen könnte!"

„Mir fehlen die Worte."

„Ach, Oscar, mit dem Geld könnten wir Billicliffes Häuschen in eine Villa verwandeln! Hinten einen Wintergarten anbauen..."

„Elfrida, wenn du die Uhr verkaufst, gehört das Geld dir."

„Nein, Oscar, es gehört uns. Wir werden für den Rest unserer Tage in einem entzückenden kleinen Haus leben. Wir haben Rose Miller als Nachbarin und ein Viersternehotel in der Nähe. Was will man mehr?"

„Elfrida, ich weiß nicht. Das muss man doch alles in Ruhe überlegen."

„Ich will aber nichts in Ruhe überlegen. Ich will nach draußen gehen und auf der Straße tanzen. Und unser großes Glück in alle Welt hinausschreien."

Oscar machte ein Gesicht, als traue er ihr zu, dass sie diese Drohung umgehend in die Tat umsetzen würde. „Nein, Elfrida, bitte nicht. Mir wäre es lieber, wir ließen erst mal gar nichts darüber verlauten. Zuerst sollten wir mit Sam Howard sprechen, ob er das Haus tatsächlich kaufen möchte. Dann sehen wir weiter."

„Ja. Du hast völlig Recht. Aber ich würde am liebsten sofort zu Billicliffes Haus fahren und es mal unter die Lupe nehmen. Leider schaffen wir es heute nicht mehr, und morgen geht es auch nicht wegen der Vorbereitungen für die Party."

„Wie wäre es mit Sonntag?"

„An Heiligabend?"

„Warum denn nicht? Wir könnten doch morgens hinfahren."

„Also gut. Wie wäre es, wenn wir alle zusammen fahren? Sam Howard versteht was von Türstürzen, Stützbalken und Feuchtigkeit in den Wänden. Er hat bestimmt ein paar gute Ideen, was man mit dem Haus machen könnte. Und Carrie und Lucy finden alte Häuser sowieso spannend. Wir könnten dort ein Picknick machen. Ein Winterpicknick. Ich koche einen Topf Suppe. Apropos, Oscar, haben wir eigentlich den Schlüssel zu Major Billicliffes Haus?"

„Rose Miller wird einen Schlüssel haben. Oder jemand kennen, der einen hat. Ich muss sie sowieso anrufen und ihr sagen, dass der Alte gestorben ist. Und Peter Kennedy muss ich auch Bescheid sagen."

Carrie

Sam Howard und Carrie fuhren nach Buckly zu McTaggarts, der Wollspinnerei, in der Sams berufliche Zukunft lag. Der Betrieb lag am Rand der kleinen Stadt auf einem großen Gelände. Sam parkte vor dem eindrucksvollen Hauptgebäude, das eine breite, symmetrische Fassade hatte und aus dunkelgrauen Steinen gebaut war, die aus einem örtlichen Steinbruch stammten. Über dem zentralen Giebel war ein Turm mit einer großen Uhr; das schräge, von Luken unterbrochene Dach war mit Schieferplatten gedeckt, und der dunkle Stein der Fassade wurde hier und da durch das glänzende Grün von rankendem Efeu belebt. Das Gebäude hatte eine gewaltige Doppeltür und zu beiden Seiten davon eine Reihe von Fenstern.

Sie stiegen aus und standen im Schnee. „Und?", fragte er.

„Was für ein wunderschönes Gebäude."

„Siehst du. Platt walzen und neu aufbauen kommt einfach nicht infrage."

Er zog einen gewaltigen Schlüssel aus der Tasche, steckte ihn in das Messingschloss der Eingangstür, drehte ihn herum und stieß die Tür auf. Dann trat er zur Seite und ließ Carrie eintreten. Sie sah sofort, was die Überschwemmung in der hohen Empfangshalle angerichtet hatte. Ein Trauerspiel. Die Markierungen des Hochwassers waren fast einen Meter fünfzig hoch. Eine Tür an der Rückwand der Empfangshalle führte in einen mit Steinplatten ausgelegten Raum von der Größe einer Lagerhalle, der durch ein hohes Glasdach erhellt wurde. Der Raum war völlig leer und eiskalt, und jeder Schritt hallte laut von den Wänden wider.

Carrie durchlief ein Schauder. Sam bemerkte es und machte ein schuldbewusstes Gesicht. „Entschuldige, es ist wirklich nicht besonders schön hier. Möchtest du lieber wieder gehen?“

„Nein, nein. Ich möchte, dass du mir alles zeigst und mir sagst, was du vorhast. Die Aufgabe kommt mir schier unlösbar vor.“

„Ja, es ist viel zu tun, aber ich stehe ja nicht allein da, sondern habe die Unterstützung eines riesigen Konzerns. Da sieht die Sache schon anders aus.“

„Trotzdem bist du hier der Verantwortliche, und deine Firma wird schon wissen, warum sie dich mit der Aufgabe betraut hat.“

Sam strahlte über das ganze Gesicht und hatte mit einem Mal etwas sehr Jungenhaftes. Er wusste, wovon er redete. Er befand sich auf vertrautem Boden. „Der Hauptgrund war wahrscheinlich, dass ich aus Yorkshire stamme und die Mentalität hier im Norden kenne. Und nun komm, damit ich dir den Rest zeigen kann, bevor du erfrierst...“

ALS SIE ihren Rundgang beendet hatten und wieder ins Freie traten, war Carrie bis auf die Knochen durchgefroren. Sam sah auf die Uhr. „Jetzt ist es halb zwölf. Willst du gleich nach Creagan zurückfahren, oder wollen wir uns irgendwo aufwärmen?“

„Ein heißer Kaffee wäre ganz schön.“

„Also gut. Steig ein, und wir sehen zu, wie wir dich wieder auftauen.“

Also fuhren sie nach Buckly hinein, und Sam hielt vor dem Pub, in dem er mit Fergus Skinner gewesen war. Drinnen glühte und züngelte ein Kohlenfeuer in dem altmodischen Kamin. Außer ihnen saßen nur noch zwei alte Männer schweigend vor ihrem Bier.

„Komm“, sagte Sam. „Setz dich hierhin, ganz dicht ans Feuer.“ Er zog einen Stuhl von einem der Tische heran. „Willst du wirklich nur einen Kaffee oder vielleicht doch einen Whisky Mac? Ich finde, nichts auf der Welt möbelt einen mehr auf als ein Whisky Mac.“

Es klang verführerischer als Kaffee. „Also gut.“

Sam trat an die Theke, gab die Bestellung auf und begann mit dem Wirt ein leises Gespräch.

Carrie nahm ihre Pelzkappe ab und legte sie auf den Stuhl neben sich. Sie sah den beiden zu. An diesem Morgen hatte sie zum ersten Mal die andere Seite des Mannes erlebt, der vor erst drei oder vier Tagen im wahrsten Sinne des Wortes aus der Kälte gekommen war. Sam hatte sich in seiner eigenen Welt als ein ganz anderer entpuppt. Gar nicht mehr der liebenswürdige, zuvorkommende Hausgast der letzten Tage, sondern ein Mann mit Verantwortung, der ihr einen gewissen Respekt einflößte.

Schließlich kehrte er zu ihr zurück, in beiden Händen ein Glas. „Tut mir Leid. Kneipengespräche. Das Wetter. Es ist Tauwetter angesagt. Und die Straße nach Inverness ist wieder offen."

„Heißt das, dass du dich sofort aus dem Staub machst?"

„Nein." Er schüttelte den Kopf. „Ich bin zu Weihnachten eingeladen worden, also bleibe ich. Aber am zweiten Feiertag muss ich der rauen Wirklichkeit wieder ins Auge blicken und meine Koffer packen. Ich muss nächste Woche in London sein. David Swinfield hat eine Sitzung anberaumt."

„Lucy und ich fliegen am Dritten. Wir haben einen frühen Flug gebucht." Sie biss sich auf die Lippen, als sie daran dachte. „Ich sehe dem Abschied mit gemischten Gefühlen entgegen. Lucy wird schrecklich deprimiert sein, wenn sie wieder nach London zurückmuss."

„Daran kann ich natürlich nichts ändern, aber ich könnte ihr immerhin etwas Schönes zu Weihnachten kaufen. Worüber würde sie sich denn freuen?"

Carrie war belustigt. „Hast du deine Weihnachtseinkäufe noch immer nicht gemacht?"

„Ich wollte morgen nach Kingsferry fahren und alles auf einmal erledigen."

Sie schwiegen, aber das Schweigen zwischen ihnen hatte nichts Belastendes. „Mir ist neulich morgens aufgegangen, dass das Leben in diesem Haus eine gewisse Ähnlichkeit mit einer Kreuzfahrt mit nur einer Hand voll von Passagieren hat. Und jetzt habe ich das Gefühl, ich könnte wochenlang in dieser gemütlichen Gangart weitermachen."

„Aber es muss dir doch ein bisschen wie Zeitverschwendung vorkommen."

Er runzelte die Stirn. „Es war ganz sicher keine Zeitverschwendung, das mußt du mir glauben."

Carrie hob den Kopf und sah ihn an. Ganz sicher keine Zeitverschwendung. Und plötzlich kam es ihr vor, als hätte sie ihn bisher noch gar nicht richtig angesehen; und gleichzeitig war ihr bewusst, dass er bald abreisen und sie ihn vermutlich nie wiedersehen würde. Auf Corrydale, nach ihrem überspannten Zornesausbruch und dem frustrierten Weinen, hatte Sam sie in die Arme genommen und gehalten, bis ihre Tränen versiegt waren. Aber sie hatte auf seine körperliche Nähe nicht reagiert. Nur unwillige Dankbarkeit für seinen Trost und Scham über sich selbst empfunden. Aber jetzt… wurde ihr ganz anders ums Herz, und sie fühlte sich geradezu verunsichert. Vielleicht war dies der Anfang der Genesung. Das Schmelzen des Eispanzers, der ihr einziger Schutz gewesen war. Lieben. Und wieder geliebt werden…

„Carrie, können wir miteinander reden?“

„Worüber?“

„Über dich und mich. Über uns. Ich habe das Gefühl, dass der Zeitpunkt, an dem wir uns begegnet sind…, uns kennen gelernt haben…, unglücklich war. Wir sind beide nicht frei. Du hast die moralische Verantwortung für Lucy übernommen, und ich bin noch immer mit Deborah verheiratet.“ Gespannt beobachtete er, wie sie auf seine Worte reagierte.

„Was willst du damit sagen?“

„Nur dass wir uns eine Chance geben sollten. Ich werde hier in Buckly wohnen und du in London. Hunderte von Kilometern entfernt. Aber ich muss immer wieder zu Sitzungen, Konferenzen und dergleichen nach London fliegen. Ich dachte…, vielleicht könnten wir uns in London wiedersehen. Ins Konzert gehen, gemeinsam essen gehen. Noch mal anfangen. Ganz von vorn. Und tun, als hätte es die Zeit hier gar nicht gegeben.“

Nochmals anfangen. Ganz von vorne. Sie beide zusammen. „Ich möchte aber nicht vergessen, dass es die Zeit hier gegeben hat“, stellte Carrie fest.

„Ich auch nicht“, meinte Sam lächelnd. „Es waren Tage aus einem anderen Leben, einer anderen Welt. Carrie, wie finde ich dich in London?“

„Bei der Firma Overseas. Die Nummer steht im Telefonbuch. Und ab Februar wohne ich wieder in meinem Haus in Fulham. Es wäre schön, wenn du mich dort besuchen würdest.“

„Keine Versprechungen. Keine Verpflichtungen.“

„Keine Versprechungen.“

„Belassen wir es also dabei?“

„Belassen wir es dabei.“

Und als wollte Sam ihr Abkommen besiegeln, legte er seine Hand auf ihre, und sie drehte ihre Hand um, sodass sie sein Handgelenk mit den Fingern umfassen konnte.

Die beiden alten Männer saßen schweigend da. Während sie so den Vormittag vor sich hin gedöst hatten, schienen sie gar nicht gemerkt zu haben, dass die Welt sich verändert hatte.

Elfridas Party

Abends um sechs war alles fix und fertig und aufs Schönste herausgeputzt für Elfridas Party. Die Eingangstür war außen mit einem weihnachtlichen Kranz aus Stechpalmenblättern verziert, und sobald man ins Haus trat, empfing einen der hell erleuchtete Tannenbaum im Esszimmer in seiner ganzen weihnachtlichen Pracht. Das Geländer der Treppe war mit einer Girlande aus Efeu, Stechpalmen und funkelnden Lichterketten geschmückt.

Es war still im Haus. Alle hatten sich zum Rasieren, Baden und Umkleiden zurückgezogen und machten sich schön für den bevorstehenden Abend. Oscar erschien als Erster. Er schloss die Schlafzimmertür hinter sich und blieb einen Augenblick am Geländer stehen, um die weihnachtliche Verwandlung seines Hauses, das für den Ansturm der Gäste gerüstet war, in Augenschein zu nehmen. Elfrida und er waren sich einig gewesen, dass in diesem Jahr Weihnachten nicht stattfinden sollte, aber es war ganz anders gekommen. Und er fand, dass das sonst so nüchterne und spartanisch eingerichtete Haus sich zu diesem feierlichen Anlass geradezu in Schale geworfen hatte und etwas hatte von einer betagten, aber über alles geliebten Tante, die zur Feier des Tages ihren schönsten Sonntagsstaat und ihre kostbaren Juwelen angelegt hatte und wahrlich keine schlechte Figur machte.

Oscar hatte sich ebenfalls einige Mühe gegeben und trug seinen Smoking und sein bestes Seidenhemd. Elfrida hatte noch vorm Spiegel gestanden, als er hinausging, und ihm versichert, dass er zum Anbeißen aussähe.

Während er sich angekleidet hatte, hatte Oscar es bewusst vermieden, an das letzte Weihnachtsfest in der Grange zurückzudenken. An den verschwenderischen Rahmen, die vielen Gäste, die üppigen Geschenke und den riesigen Baum. An Gloria mit ihrer strahlenden Laune und ihrer Gastfreundschaft. Er dachte an Francesca. Erinnerte sich, wie sie in einem schwarzen Samtkleid mit wehenden Haaren die große Treppe in der Grange heruntergelaufen kam. Und wie sie immer in Bewegung gewesen war, als sei ihr die Zeit so kostbar, dass sie keinen Augenblick verschwenden durfte.

Manchmal überwältigte ihn bei solchen Erinnerungen die Trauer, doch heute war er bei allem Schmerz vor allem dankbar, dass es Gloria und Francesca gegeben hatte und sie immer Teil seines Lebens, Teil seines Wesens sein würden. Und dass er mit lieben, hilfsbereiten Menschen zusammen war, die ihm über die schwärzesten Stunden hinweggeholfen hatten.

Er sah sich um. Das große Wohnzimmer sah sehr einladend und ungewöhnlich aufgeräumt aus. Elfrida hatte Krüge mit rot-grünen Stechpalmen und weißen Chrysanthemen gefüllt, aber das Beste war die riesige Vase voller Weihnachtslilien, die Lucy Elfrida zu Weihnachten geschenkt hatte. Elfrida wäre fast in Tränen ausgebrochen, so überrascht und gerührt war sie gewesen.

Als Elfrida endlich mit dem Ankleben ihrer falschen Wimpern fertig war, betrachtete sie sich kritisch in dem langen Spiegel an der Innenseite des Kleiderschranks. Sie hatte eine schwarze Seidenhose und eine schimmernde schwarze Bluse angezogen, über der sie einen lockeren grünen Seidenmantel trug. Die langen Ohrgehänge und diversen Perlenketten leuchteten in dem gleichen Jadegrün wie der Seidenmantel, ihr Lidschatten war blau, ihr Mund scharlachrot geschminkt, und das flammende Rotgold ihrer Haare war aufgefrischt. Sie nickte ihrem Spiegelbild zu und gesellte sich zu den anderen ins Wohnzimmer. Die ganze Gesellschaft war nicht wieder zu erkennen. Lucy hatte sich das Haar hochgesteckt und sah plötzlich wie siebzehn aus. Was Carrie betraf, so war sie an diesem Abend von hinreißender Schönheit, mit leuchtendem Teint und einem Strahlen in den Augen, das Elfrida seit Jahren nicht mehr an ihr gesehen hatte. Sie trug ein ärmelloses schwarzes Kleid, das ihr sanft von den schmalen Hüften bis auf die Knöchel hinabfiel, und dazu hochhackige Sandalen. Ihr einziger Schmuck waren Brillantohrringe und ein Saphirring.

Bei ihrem Anblick fragte Elfrida sich ernsthaft, wie es einem Mann gelingen konnte, sich nicht Hals über Kopf in sie zu verlieben, doch Sam schien Carries spektakuläre Erscheinung für selbstverständlich zu halten. Elfrida hielt das für ein gutes Zeichen, vor allem weil Carrie Sam gegenüber langsam aufzutauen schien.

Alle standen in lebhaftem Gespräch vor dem Kamin. Als Oscar Elfrida durch die Tür treten sah, trafen sich ihre Augen, und einen Augenblick war es, als gäbe es in dem strahlend erleuchteten Raum nur sie beide.

„Du siehst hinreißend aus“, sagte er.

„Ich fürchte, ich sehe ein bisschen wie eine abgetakelte alte Schauspielerin aus. Was ich natürlich auch bin. Aber eine glückliche." Sie küsste ihn vorsichtig auf die Wange, um keinen Lippenstiftabdruck zu hinterlassen. „Und du, Oscar?" Sie verständigten sich ohne große Worte. „Alles in Ordnung?"

Er nickte. Unten drückte jemand auf die Klingel. Elfridas Party hatte endlich begonnen.

VIEL zu schnell schien alles vorbei zu sein. Nur die Kennedys zögerten den Aufbruch noch hinaus, denn sie waren erst ziemlich spät eingetroffen, weil sie direkt von der jährlichen Weihnachtsfeier im Altenheim gekommen waren. Sam schürte noch einmal das Kaminfeuer, und sie ließen sich erschöpft auf Stühlen und Sesseln nieder.

„Ich kann gar nicht glauben, dass schon alles vorbei ist", sagte Elfrida.

„Dann heißt das, dass es eine erfolgreiche Party war", versicherte ihr Peter Kennedy. „Wenn man sich amüsiert, vergeht die Zeit wie im Flug." Er sah auf die Uhr. „Tabitha, meine Liebe, für uns wird es auch Zeit."

„Ach, bleiben Sie doch noch", bat Elfrida. „Das ist doch das Beste an einer Party, wenn man mit den letzten Gästen noch einmal alles durchhecheln kann. Wir gehen alle in die Küche und essen die Reste auf. Es ist genug übrig geblieben, und Suppe ist auch noch da."

„Sind Sie sicher?" Tabitha fand den Vorschlag verführerisch.

„Wir würden uns freuen!", sagte Elfrida und nahm Oscars Hand.

„Dann gehe ich schon mal in die Küche und bereite ein bisschen was vor", meinte Carrie und verließ das Zimmer. Sie hatte gerade die Tür geschlossen, als das Telefon plötzlich klingelte.

Sie nahm den Hörer auf. „Hallo, hier bei Blundell."

„Wer ist denn da?" Die weibliche Stimme am anderen Ende war glasklar, kam aber mit einer ganz leichten Verzögerung durch die Leitung.

„Hier spricht Carrie Sutton."

„Carrie. Hier ist Nicola. Aus Florida."

„Du liebe Güte. Wie geht's dir?"

„Danke, bestens. Was treibt ihr denn so?"

„Wir hatten gerade eine Party. Jetzt sitzen wir alle herum und erholen uns."

„Ist Lucy da?"

„Ja, sie hat sich glänzend amüsiert. Bleib dran, ich hole sie schnell."

Carrie legte den Hörer neben das Telefon und ging ins Wohnzimmer zurück. „Lucy, deine Mutter ist am Telefon."

Erschrocken drehte Lucy sich um. „Mami?"

„Ja. Aus Florida. Mach schnell, das kostet eine Stange Geld."

Lucy warf Rory einen besorgten Blick zu und ging hinaus zum Telefon, während Carrie hinunterlief in die Küche. Aus der eiskalten Waschküche holte sie einen riesigen Kochtopf, der mit Elfridas Spezialsuppe gefüllt war. Sie stellte den Topf auf dem Herd auf kleine Hitze, damit die Suppe sich langsam erhitzte und nicht anbrannte, und ging wieder nach oben. Der Treppenabsatz war leer. Der Hörer lag wieder auf der Gabel, aber keine Spur von Lucy. Carrie stand einen Moment unschlüssig da, aber plötzlich überfiel sie ein unerklärliches Gefühl von Panik. In genau diesem Augenblick klingelte das Telefon noch einmal.

Carrie hob den Hörer ab. „Hier bei Blundell."

„Ja, guten Abend, ich möchte mit Carrie Sutton sprechen."

Die Stimme war unverkennbar, und Carrie sank das Herz. „Ich bin's. Hallo, Mama."

„Ach, hallo. Gott sei Dank. Hat Nicola mit dir gesprochen?"

„Nicht direkt. Sie hat eben aus Florida angerufen, aber sie wollte mit Lucy sprechen."

„Hat sie's dir erzählt?"

„Was erzählt?"

„Ach, mein Kind, sie hat geheiratet. Sie hat Randall Fisher geheiratet. Heute Morgen."

„Sie hat dich angerufen, bevor sie mit Lucy gesprochen hat?"

„Ja. Sie wollte das Weitere wegen Lucy mit mir besprechen… Es war von Flitterwochen die Rede und dass sie vor Ende Januar nicht nach London zurückkommt. Und sie erwartet ausgerechnet von mir, dass ich in London bin und mich um Lucy kümmere, wenn die Schule wieder anfängt. Aber ich habe vor, bis Ende Januar hier in Bournemouth zu bleiben."

„Will sie denn den Rest ihres Lebens in Amerika verbringen?"

„Ich denke, ja. Wenn man einen Amerikaner heiratet, bleibt einem ja wohl nichts anderes übrig."

„Und was wird aus Lucy?"

„Ach, Lucy wird nun endlich mal tun müssen, was man ihr sagt. Aber im Moment geht's darum, wer sich um sie kümmert, solange ihre Mutter nicht zu Hause ist."

Carrie gab keine Antwort auf diese Frage. Sie stand nur da und spürte einen unbändigen Zorn auf ihre Mutter und ihre Schwester, doch wenn sie jetzt den Mund aufmachte, würde sie genau das Falsche sagen und ein Wortgefecht auslösen, das zu nichts führen würde.

„Carrie?“

„Mama ..., ich glaube, es ist besser, wenn ich dich später wieder anrufe.“

„Hast du denn mit Lucy gesprochen?“

„Nein. Noch nicht. Ich höre ja zum ersten Mal von der frohen Botschaft.“

„Hast du meine Nummer? Hier in Bournemouth?“

„Ja, die habe ich. Ich rufe dich wieder an. Vielleicht morgen.“

„Schieb es nicht zu lange hinaus. Ich bin ganz krank vor Sorgen. Oh, und mein Kind ..., euch allen ein wunderschönes Weihnachtsfest.“

„Danke, gleichfalls“, erwiderte Carrie.

Sie legte den Hörer auf und stand einen Moment regungslos da, um sich zu fassen. Nicola war nun also Mrs Randall Fisher. Carrie wusste gar nicht, wo sie mit ihren Überlegungen anfangen sollte. Lucy. Um Lucy musste sie sich zuerst kümmern. Lucy hatte es von ihrer Mutter am Telefon erfahren, den Hörer aufgelegt und war verschwunden.

Carrie holte tief Luft und stieg die Stufen zu Lucys Dachkammer hinauf. Die Zimmertür war fest verschlossen. Carrie klopfte. Keine Antwort. Leise öffnete sie die Tür. Alles war dunkel. Sie tastete nach dem Lichtschalter und knipste das Licht an. „Lucy?“

Der vorwurfsvolle Umriss unter der blauweißen Daunendecke regte sich nicht. Carrie durchquerte den Raum und setzte sich auf die Bettkante. „Lucy.“

„Geh weg. Ich will nicht reden.“

„Großmutter hat aus Bournemouth angerufen. Sie hat mir alles erzählt.“

„Es ist mir egal, ob sie dir alles erzählt hat. Es spielt keine Rolle. Jetzt ist alles kaputt. Alles. Wie immer. Sie machen immer alles kaputt.“

„Ach, Lucy ...“ Carrie legte eine Hand auf die Decke, aber Lucy zuckte heftig mit der Schulter und schüttelte die tröstliche Geste ab.

„Geh weg, und lass mich allein!“ Ihre Stimme klang tränenerstickt. Carrie hatte vollstes Verständnis für ihren Kummer, scheute sich aber, sie allein zu lassen.

„Du hast ja ganz Recht. Das hätte deine Mutter nicht tun dürfen. Vor allem, dich am Telefon vor vollendete Tatsachen stellen und obendrein noch erwarten, dass du dich freust. Aber wir müssen versuchen, die Sache von ihrem Standpunkt aus zu betrachten ...“

Voller Zorn warf Lucy die Daunendecke beiseite und sah Carrie an. „Natürlich bist du auf ihrer Seite!", schrie sie. „Sie ist ja schließlich deine Schwester. Aber ich hasse sie. Ich hasse sie, weil sie mir das angetan hat und weil ich ihr nie etwas bedeutet habe. Jetzt bedeute ich ihr noch weniger. Und ich gehe nicht nach Amerika. Ich hasse Randall Fisher und will auch gar nicht darüber reden, sondern nur in Ruhe gelassen werden." Und sie warf sich herum, zog sich die Decke über den Kopf und vergrub das Gesicht in dem völlig durchnässten Kissen.

Carrie versuchte es trotzdem noch einmal. „Die Kennedys bleiben alle zum Essen..."

„Ich will nichts essen, ich will, dass du weggehst!"

Carrie war sich der Aussichtslosigkeit der Situation bewusst, verließ das Zimmer und ging zurück nach unten ins Wohnzimmer.

„Was ist denn nur los?", fragte Elfrida sofort. „Zwei Telefonanrufe so kurz hintereinander."

„Ich weiß gar nicht, wo ich anfangen soll", erwiderte Carrie. Sam zog ihr einen Stuhl heran und stellte ihn neben Elfridas. Erleichtert ließ Carrie sich darauf nieder und begann zu erzählen. Alle hörten aufmerksam und mit wachsender Besorgnis zu.

„Es gibt also eine unmittelbare und eine langfristige Krise", kam Carrie schließlich zum Ende. „Unmittelbar, weil niemand in London ist, der sich um Lucy kümmert, wenn die Schule wieder anfängt. Es sei denn, ich springe ein. Aber das langfristige Problem ist, dass sie Randall Fisher nicht mag und, ehrlich gesagt, auch nicht sonderlich an ihrer Mutter zu hängen scheint."

„Aber sie braucht doch nicht nach Amerika zu gehen." Elfrida war sicher, des Rätsels Lösung gefunden zu haben. „Sie kann doch als Internatsschülerin in London bleiben."

„Es ist eine Tagesschule, Elfrida. Außerdem sind noch Ferien."

„Was ist mit deiner Mutter?"

„Du weißt so gut wie ich, dass Mama allein nicht mit ihr fertig wird. Und es auch gar nicht möchte."

„Und Lucys Vater?"

„Das ist doch alles absurd." Plötzlich mischte sich eine neue Stimme in die Diskussion. Es war Rory Kennedy. „Das ist doch absurd. Ihr dreht euch alle im Kreis und haltet es für selbstverständlich, dass Lucy nach London zurückwill. Sie will aber nicht zurück. Sie hat dort kein richtiges Zuhause, und sie fühlt sich ungeliebt dort. Zum ersten Mal ist sie richtig glücklich, seit sie hier ist, in Creagan, bei Elfrida und Oscar. Sie hat mir erzählt, dass sie sich in ihrem ganzen Leben noch nie so wohl gefühlt hat wie hier. Warum also soll sie nicht hier bleiben? Sie kann doch bei Elfrida und Oscar wohnen, Mum und Dad können sich um sie kümmern. Sie kennt schon all unsere Freunde und könnte in Creagan zur Schule gehen. Wenn ihr sie nach London zurückschickt, ohne einen Gedanken an ihre Zukunft zu verschwenden, dann fände ich das kriminell. Unglückliche Teenager sind schließlich zu allem fähig." Er verstummte. Von seinem leidenschaftlichen Plädoyer war er ganz rot im Gesicht geworden. Einen Augenblick lang herrschte verblüfftes Schweigen in der Runde. „Tut mir Leid", sagte er. „Ich wollte nicht vorlaut sein."

Erneutes Schweigen. Dann stand Peter Kennedy auf und stellte sich neben seinen Sohn. „Das war gar nicht vorlaut", sagte er zu ihm und legte ihm die Hand auf die Schulter. „Du hast völlig Recht, Rory. Gut gemacht, mein Sohn."

VOM WEINEN völlig erschöpft, lag Lucy im Bett, starrte an die schräge Decke und hatte ein schlechtes Gewissen, weil sie sich Carrie gegenüber so schlecht benommen hatte. Die Stimme ihrer Mutter, die aufgeregt drauflosgeplappert hatte, ohne dabei auf ihre Gefühle Rücksicht zu nehmen, klang ihr noch im Ohr. Lucy war das Gespräch mit einem Mal so auf die Nerven gegangen, dass sie unfähig gewesen war, noch eine Sekunde länger zuzuhören, und den Hörer einfach aufgelegt hatte.

Ein leises Klopfen an der Tür. Die Tür öffnete sich. „Lucy?"

Es war Oscar. „Wie fühlst du dich?", fragte er. Als wäre er ein gütiger Doktor und sie längere Zeit krank gewesen.

„Schrecklich", sagte sie. „Ich weiß nicht, was werden soll. Das ist das Schlimmste. Ich weiß nicht, was ich tun soll."

„Ich glaube nicht, dass du etwas tun musst. Ich glaube, das müssen andere für dich tun."

„Wer denn?"

„Nun hör mir mal zu. Wir haben unten über die neue Entwicklung gesprochen, und dabei ist uns eine Idee gekommen. Wie wäre es, wenn du im neuen Jahr gar nicht mit Carrie nach London zurückfliegen würdest? Sondern hier bleibst bei Elfrida? Und ich fliege stattdessen mit Carrie nach London und besuche deine Großmutter in Bournemouth?"

In Lucys Stimme schwang leichte Besorgnis. „Was willst du denn zu ihr sagen?"

„Ich werde ihr vorschlagen, dass du in Creagan bleibst, bei Elfrida und mir, vorläufig jedenfalls, bis deine Mutter ihr neues Leben ein bisschen sortiert hat."

„Aber was wird mit der Schule? Ich muss doch zur Schule zurück."

„Ja, natürlich, aber du könntest dich von deiner Schule in London eine Zeit lang beurlauben lassen und in Creagan zur Schule gehen."

Lucy sah ihn unsicher an. „Du meinst, ich sollte nach Neujahr gar nicht nach London zurückgehen? Einfach bei dir und Elfrida bleiben?"

„Wenn du das möchtest. Die Entscheidung liegt natürlich bei dir."

„Großmutter kann Elfrida nicht leiden", sagte sie ganz unverblümt.

Oscar lachte. „Das habe ich schon gehört. Aber ich werde mich ihr als Schulmeister und Kirchenorganist vorstellen, mit einwandfreiem Lebenslauf und unbeflecktem Leumund. Glaubst du, sie kann dem widerstehen?"

„Nicht wenn sie mich dabei loswird", sagte Lucy mit einem Anflug von Verschmitztheit.

„Und deine Mutter?"

„Der ist es gleichgültig. Und jetzt, wo sie Randall hat, erst recht."

„Carrie will morgen mit beiden telefonieren und ihnen unsere Pläne unterbreiten. Du bleibst hier, in Creagan, bei Elfrida und mir und gehst auf die hiesige Schule. Später kannst du vielleicht auf ein Internat wechseln."

„Genau das hat Rory auch gesagt, als wir darüber geredet haben. Ein Internat."

„Der Junge ist nicht auf den Kopf gefallen. Er hat sich für dich eingesetzt. Und uns alle auf Trab gebracht."

„Aber, Oscar, wollt ihr mich denn haben? Wollt ihr mich wirklich haben?"

„Natürlich wollen wir dich haben. Vielleicht bin ich egoistisch, aber ich brauche einen jungen Menschen im Haus."

„Bevor wir gekommen sind ..., als Carrie und ich von London raufgeflogen und nach Creagan gekommen sind, war ich schrecklich nervös, weil sie mir von deiner Tochter erzählt hatte. Ich hatte Angst, dass meine Gegenwart dich an sie erinnern ... und dich schrecklich traurig machen würde."

„Du erinnerst mich an sie, und es hat mich auch traurig gemacht, aber ich finde es trotzdem schön, dass du hier bist bei uns."

„Wie sah sie aus?"

„Lange kupferfarbene Haare und Sommersprossen auf der Nase. Und sie war zwei Jahre jünger als du."

„Was hat Francesca gern gemacht?"

„Alles Mögliche. Sie hatte ein kleines Pony und ein altes Fahrrad und ein Meerschweinchen in einem Käfig und ein eigenes Zimmer voller Bücher."

„Was konnte sie denn gut?"

„Leben."

Ihre Blicke trafen sich, und sie sahen sich an. Es schien, als habe er ganz aus dem Unterbewusstsein gesprochen, und das Wort stand nun zwischen ihnen. Erschreckt sah Lucy, dass sich Oscars Augen mit Tränen füllten und dass seine Lippen zitterten. Dann schlug er plötzlich die Hände vors Gesicht.

Sie hatte noch niemals zuvor einen Erwachsenen weinen sehen. Hilflos starrte sie ihn an und fragte sich, wie sie ihn trösten könnte. Nach einer Weile senkte er zu ihrer Erleichterung seine Hände und zog ein Taschentuch aus der Brusttasche. Er putzte sich die Nase und versuchte, sie beruhigend anzulächeln. „Entschuldige", sagte er.

„Das macht nichts, Oscar. Es macht mir nichts aus. Wirklich, ich verstehe dich."

„Ja, ich glaube, das tust du. Der Tod ist ein Teil des Lebens. Ich muss mich immer daran erinnern, aber von Zeit zu Zeit ist es mir nicht mehr bewusst."

„Leben ist wichtig, nicht wahr? Und sich erinnern?"

„Wichtiger als alles andere. Erinnerst du dich, wie wir beide zusammen in der Kirche gesessen und über Weihnachten geredet haben? Und über die Wintersonnenwende? In dem Moment habe ich mich … zum ersten Mal seit ihrem Tod … an Francesca erinnert, ohne dass ich völlig verzweifelt war. Mir fiel ein, dass ich vor ein oder zwei Jahren das gleiche Gespräch mit ihr geführt hatte. Und versucht habe, ihr den Weihnachtsstern und die Theorie der Wissenschaftler über die Zeit zu erklären. Und sie hat zugehört, aber sie war nicht überzeugt. Sie wollte sich nicht überzeugen lassen. Ihr gefiel die Geschichte besser so, wie sie war. Denn die Weihnachtslieder und die Dunkelheit und die Geschenke gehörten für sie zu der Jahreszeit, die die Menschen beflügelt und in der sie sich zu den Sternen aufschwingen."

„So stelle ich mir Weihnachten dieses Jahr auch vor", sagte Lucy.

„Möchtest du nicht nach unten kommen und mit uns allen noch etwas essen?"

„Aber erst muss ich mich kämmen und mir das Gesicht waschen."

Oscar ging zur Tür. „Aber beeil dich", sagte er lächelnd.

Heiligabend

Bei den unbeständigen schottischen Klimaverhältnissen wachte man jeden Morgen auf, ohne zu wissen, was das Wetter bringen würde. Am 24. Dezember war die Luft so erstaunlich rein und milde, als wollte sie den Frühling einläuten. Durch das Tauwetter am Tag zuvor war der Schnee auf den Straßen und Feldern geschmolzen, der Himmel war wolkenlos, und die Sonne schien sogar schon etwas zu wärmen. Vögel sangen in den kahlen Bäumen.

Oscar und Elfrida standen am Gartentor, das zu Oscars neuem Besitz führte. Gemeinsam gingen sie die kiesbestreute Auffahrt entlang, die unter ihren Schuhsohlen knirschte, und dann steckte Oscar den Schlüssel ins Schloss. Die Tür öffnete sich nach innen, und mit angehaltenem Atem folgte Elfrida ihm durch den Flur in das kleine Wohnzimmer.

Das Haus war eiskalt und ein bisschen feucht, aber längst nicht so schlimm, wie Elfrida befürchtet hatte. Durch das rückwärtige Fenster schien die Sonne ins Zimmer, außerdem hatte Rose Miller gründlich geschrubbt, gereinigt, gescheuert. Im Kamin lagen sogar Papier und Kleinholz, das nur darauf wartete, angezündet zu werden.

„Alles der Reihe nach", meinte Oscar, zog seine Jacke aus und kniete sich vor dem Kamin nieder, um ein Streichholz ans Papier zu halten.

Die zweite Tür des Raumes stand offen. Mit vorsichtigen Schritten ging Elfrida hindurch und fand sich in einer eiskalten, kümmerlichen kleinen Küche wieder. Ein steinerner Ausguss, ein winziger Kühlschrank und ein Gasherd befanden sich darin. Auf dem schmalen Küchentisch lag eine Wachstuchdecke. Eine zur Hälfte verglaste Tür zur Linken führte hinaus auf eine kleine Terrasse.

Sie ging zu Oscar zurück und sah ihm zu, wie er Kohlen aufs Feuer tat. Er richtete sich auf und wischte sich die Hände an seiner Cordhose ab. „Komm. Sehen wir uns mal um."

Zusammen besichtigten sie Major Billicliffes Esszimmer und stiegen dann eine sehr steile, schmale Treppe hinauf, die ins obere Stockwerk zu den beiden Schlafzimmern führte. In Major Billicliffes Zimmer war das Bett mit einem sauberen baumwollenen Überwurf bedeckt, und die ausgefransten Bettvorleger waren frisch gewaschen.

Das zweite Schlafzimmer war kleiner und das Badezimmer äußerst spartanisch, doch von seinem Fenster aus hatte man einen schönen Blick auf die sanft abfallenden Felder, das strahlende Blau des Wassers und in der Ferne die Berge. Und auf Elfrida wirkte das Haus, obwohl es nicht gerade von glücklichen Erinnerungen erfüllt war, doch irgendwie anheimelnd. Es war zwar renovierungsbedürftig, aber sie dachte, dass es genau wie ein Mensch einfach ein bisschen Heiterkeit und Zuwendung brauchte, dann würde es bald wieder zu neuem Leben erwachen.

„Ich gehe mal nach draußen, um mein Herrschaftsgebiet zu besichtigen“, sagte Oscar.

„Tu das nur“, meinte Elfrida. „Ich sehe mich hier drinnen noch ein bisschen um.“ Sie ging über den schmalen Flur in das kleinere Schlafzimmer zurück, in dem Lucy wohnen würde, und fragte sich, ob wohl genug Platz für einen Schreibtisch für Lucys Hausaufgaben darin war. Da hörte sie, wie Sams Landrover vorfuhr und mit Schwung vor dem offenen Tor hielt. Einen Moment später ertönte Lucys Stimme. „Elfrida!“ Sie klang vergnügt. Elfrida lief die schmale Treppe hinunter, riss die Haustür auf und breitete die Arme weit aus. Und Lucy warf sich ihr entgegen. „Elfrida, das ist ja ein märchenhaftes Haus! Ist dies das Wohnzimmer? Ihr habt ja sogar schon ein Feuer gemacht! Wo ist denn Oscar?“

„Draußen im Garten.“

In Nu war Lucy draußen, lief durch den Garten und rief Oscars Namen. Dann tauchte Carrie auf und schleppte einen riesigen Einkaufskorb ins Haus. Ihr folgten Rory und Sam, der einen Karton mit Lebensmitteln vor sich hertrug.

„Ist das alles für das Picknick?“, fragte Elfrida einigermaßen ungläubig.

„Ein Schlemmerpicknick“, gab Sam zurück.

FÜR DAS Picknick auf Corrydale an Heiligabend hatten Carrie und Sam wirklich an alles gedacht: heiße, mit einem Schuss Sherry abgeschmeckte Suppe, die aus Bechern getrunken wurde; frische, dick mit Schinken und Senf belegte Brötchen, eine Quiche Lorraine, gebratene Hühnerschlegel, Tomatensalat, knackige grüne Äpfel und dicke Happen Cheddarkäse. Und natürlich eine Thermosflasche mit frischem, heißem Kaffee.

Elfrida saß mit dem Rücken gegen die Hauswand gelehnt auf einem Kissen, hatte die Augen geschlossen und ließ ihr Gesicht von der Sonne bescheinen. „Dies ist das beste Picknick, bei dem ich je war“, meinte sie. „Vielen Dank, Carrie.“

Rory und Lucy standen auf.

„Wohin wollt ihr beiden denn jetzt?", fragte Oscar.

„Wir wollten mit Horaz einen Spaziergang zum Strand runter machen."

Oscar kippte schnell den letzten Schluck seines Kaffees hinunter. „Ich komme mit. Nach der Schlemmerei brauche ich Bewegung. Kommt noch jemand mit?"

„Ich!", rief Carrie.

„Ich nicht", sagte Elfrida bestimmt.

„Ich bleibe auch hier", erklärte Sam. „Wir wollen das Haus noch mal auf Herz und Nieren prüfen."

MIT SAM HOWARD einen Rundgang durch Major Billicliffes Haus zu machen war eine ganz andere Sache als mit Oscar. Sam klopfte die Wände ab, drehte die Wasserhähne auf und zu, inspizierte die Fensterrahmen und Steckdosen. Schließlich hatten sie ihre Tour beendet, und Elfrida sah ihn unsicher an.

„Ich finde, es lässt sich durchaus was draus machen", meinte er. „Und die Lage ist einmalig. Einen Augenblick, ich muss nur mal was aus dem Wagen holen."

Als Sam zurückkam, sah sie, dass er einen Schreibblock und einen Kugelschreiber mitgebracht hatte. Sie ließen sich gemeinsam auf dem Sofa nieder. „Also", sagte Sam, „haben Sie vor, in dem Haus so, wie es ist, zu wohnen, oder wollen Sie irgendwelche Veränderungen vornehmen?"

„Das kommt darauf an, wie viel es kostet", sagte Elfrida vorsichtig.

„Angenommen..." Er fing an, einen Grundriss auf den Block zu zeichnen. „Angenommen, Sie würden zunächst mal die vorhandene Küche und das Badezimmer abreißen. Dann wäre mein Vorschlag, dass Sie das Esszimmer zur Küche machen und vielleicht zur Südseite hin eine kleine Essecke anbauen. Ein Schornstein ist ja vorhanden, Sie könnten sich also einen Aga- oder einen Reaburnherd zulegen."

„Was ist mit dem Badezimmer?"

„Neu machen." Er skizzierte einen ungefähren Plan. „Über dem Esszimmer."

Elfrida blickte auf all diese simplen für sie skizzierten Vorschläge. „Wird das womöglich mehr als achtzigtausend Pfund kosten?"

Er lachte. „Nein, so viel wird es auf keinen Fall kosten." Er sah sie an. „Haben Sie achtzigtausend Pfund?"

„Nein. Aber bald. Sir James Erskine-Earle will meine kleine Uhr für mich verkaufen. Wir haben es Ihnen gar nicht erzählt, aber es ist anscheinend ein sehr seltenes Stück."

„Achtzigtausend?"

„Das hat er jedenfalls behauptet. Höchstpreis fünfundachtzigtausend."

„In dem Fall gibt es überhaupt keine Probleme. Sie könnten gleich loslegen."

„Wie lange würde es dauern, bis das Haus bezugsfertig ist?"

„Etwa sechs Monate, schätze ich, aber ich weiß es nicht genau."

„Wir müssten so lange im Verwalterhaus wohnen, bis wir hier einziehen können."

„Natürlich."

„Aber Sie wollen doch selbst dort einziehen."

„Ich kann warten. Ich werfe Sie schon nicht auf die Straße."

Elfrida hatte eine glänzende Idee. „Eigentlich ist dort doch genug Platz für uns alle. Sie haben sowieso schon ein Zimmer dort. Außerdem könnten Sie gleich dort wohnen bleiben, wenn wir ausziehen."

Sam lachte noch einmal. „Ich bin nicht sicher, ob Mr Blundell da so begeistert wäre."

„Ach, ich glaube nicht, dass Oscar etwas dagegen hat. Bitte, sagen Sie ja. Ich habe ohnehin das Gefühl, als ob Ihnen das Haus in gewisser Weise schon gehört. Als gehören Sie dorthin."

„Danke", sagte Sam. „Wenn das so ist, nehme ich an – vorausgesetzt, Mr Blundell stimmt zu."

Die Sonne stand schon bedenklich tief, als Oscar und Carrie von ihrem Spaziergang zurückkehrten.

„Wie war's?", fragte Elfrida.

„Unbeschreiblich", sagte Carrie. „All die Vögel unten am Ufer! Enten und Kormorane und Möwen..., und wie seid ihr beide zurechtgekommen?"

„Mr Howard hat die Pläne fürs Haus praktisch schon fertig. Du musst sie dir nachher mal ansehen, Oscar."

Doch es wurde jetzt langsam dunkel und war höchste Zeit, nach Creagan zurückzukehren. „Gehen wir zum Mitternachtsgottesdienst, Elfrida?", fragte Carrie, während sie die Reste des Picknicks einpackten.

„Ich möchte schon. Oscar will zwar nicht mitkommen, aber ich gehe hin."

„Ich auch. Lucy und Sam wollen auch mitkommen."

Als sie alles eingepackt hatten, erschienen auch Lucy und Rory wieder. Zusammen mit Carrie und Sam machten sie sich in Sams Wagen auf den Weg. Elfrida, Oscar und Horaz winkten ihnen nach und gingen dann noch einmal ins Haus zurück.

„Ich möchte gar nicht wieder wegfahren“, sagte Elfrida. „Ich möchte, dass der heutige Tag niemals endet.“

„Dann bleiben wir noch ein Weilchen. Und ich schaue mir in Ruhe an, was du mit Sam Howard ausgeheckt hast.“

Er sank ermüdet aufs Sofa und nahm den Schreibblock zur Hand. Elfrida legte das letzte Stück Holz auf die Glut, setzte sich neben ihn und erläuterte Sams Ideen. „Kannst du dir vorstellen, hier zu wohnen?“, fragte sie schließlich.

„Wenn du Lust dazu hast.“

„Ich habe Lust dazu. Du auch?“

„Ja. Ich gebe zu, dass ich Vorbehalte hatte, aber jetzt, wo ich das Haus wiedergesehen habe, finde ich, es ist genau das, was wir brauchen.“

Die Schatten wurden immer länger. Elfrida seufzte. „Ich glaube, wir müssen gehen.“

„Warte noch einen Moment. Ich möchte mit dir reden“, entgegnete Oscar. Er streckte die Hand aus und legte sie auf ihre.

„Ich höre“, sagte sie.

„Dies wird ein neuer Anfang für uns. Ein gemeinsamer Anfang. Eine wirkliche Verpflichtung. Meinst du nicht, dass wir ernsthaft an eine Heirat denken sollten? Ich weiß, es ist eine bloße Formalität, denn verheirateter als jetzt können wir ja eigentlich kaum sein. Aber es würde unserer Verbindung das offizielle Siegel geben…, es wäre ein Zeichen unseres Vertrauens in eine gemeinsame Zukunft.“

Elfrida merkte, wie sich ihre Augen mit Tränen füllten. „Ach, Oscar…“ Sie zog ihre Hand aus seiner und begann nach ihrem Taschentuch zu suchen. „Das ist doch nicht nötig. Ich will gerne für den Rest meines Lebens bei dir bleiben, aber ich möchte nicht, dass du dich verpflichtet fühlst, mich zu heiraten…“

„Das tue ich auch nicht. Du hast mir geholfen, ein neues Leben zu beginnen. Nur dir habe ich es zu verdanken, dass ich diese schlimme Zeit durchgestanden habe. Ich habe dir schon vor langer Zeit gesagt, dass du mich immer zum Lachen bringst. Aber du hast mich auch dazu gebracht, dich zu lieben, und jetzt kann ich mir ein Leben ohne dich gar nicht mehr vorstellen. Bitte, heirate mich. Wenn ich zwanzig Jahre jünger wäre, würde ich einen Kniefall machen.“

„Das hätte gerade noch gefehlt.“ Elfrida hatte endlich ihr Taschentuch gefunden und konnte sich die Nase putzen. „Ja, ich möchte dich von Herzen gern heiraten“, sagte sie schließlich. „Vielen Dank für den Antrag.“

„Dann sind wir jetzt also verlobt. Wollen wir die Neuigkeit bekannt machen oder sie für uns behalten?“

„Wir wollen sie für uns behalten. Vorläufig jedenfalls.“

Und Oscar lachte und küsste sie.

Sie saßen auf Billicliffes altem Sofa und hätten so im Schein des verglimmenden Feuers den ganzen Abend verbringen können. Doch schließlich war auch das letzte Holzscheit heruntergebrannt, und es war Zeit zu gehen. Oscar schloss die Haustür ab, hakte sich bei ihr ein, und während Horaz ihnen vorauslief, gingen sie im tiefblauen Dämmerlicht den Kiesweg entlang zu ihrem Auto.

Lucy

Was nicht alles passiert! Das Schlimmste war, dass Mami gestern während Elfridas Party anrief, um zu sagen, dass sie Randall Fisher geheiratet hat. Ich dachte immer nur, nun muss ich nach Amerika fliegen und dort leben, weil ich sonst ganz allein bei Großmutter in London bleiben müsste. Ich war todunglücklich und vollkommen außer mir. Außerdem war ich richtig gemein zu Carrie. Jedenfalls ist jetzt alles geklärt, und ich bleibe hier in Creagan, bei Elfrida und Oscar, vorläufig jedenfalls, und gehe in Creagan zur Schule.

Carrie hat Großmutter angerufen und ihr von unseren Plänen erzählt, und sie war einverstanden. Und später hat sie dann auch mit Mami in Florida telefoniert und hat sie auch überredet. Und dann habe ich mit Mami geredet und mir Mühe gegeben, nicht zu erleichtert zu klingen, damit sie nicht beleidigt ist und womöglich ihre Meinung ändert.

Später kam Rory, und wir haben zusammen das Picknick eingepackt, und Sam hat uns nach Corrydale gefahren. Oscars kleines, auf dem Gutsgelände verstecktes Haus ist süß, nicht weit von ein paar anderen Häusern entfernt und mit riesigen Bäumen und einem freien Blick aufs Wasser und die Berge gegenüber.

Ich kann gar nicht glauben, dass ich an einem Tag so traurig und verzweifelt und am nächsten so unbeschreiblich glücklich bin.

Wenn ich das nächste Mal etwas in mein Tagebuch schreibe, ist Weihnachten schon vorbei.

Es war zehn nach elf, als das Telefon klingelte. Elfrida, Carrie, Sam und Lucy hatten gerade aufgehört, Karten zu spielen, und machten sich für den Mitternachtsgottesdienst fertig.

„Wer ruft uns denn um diese Zeit an!“, knurrte Oscar und ging hinaus. Elfrida hörte ihn sagen: „Blundell.“

Und dann herrschte Schweigen, während der Anrufer am anderen Ende der Leitung sprach. Anschließend hörte man nur eine kurze, gemurmelte Antwort. Einen Augenblick später war Oscar wieder da.

Elfrida war neugierig. „Wer war das denn?“

„Niemand. Ein Versehen. Ich gehe jetzt mit Horaz spazieren.“

Elfrida sah ihn einigermaßen verwundert an.

„Ich brauche einfach ein bisschen frische Luft. Vielleicht bin ich noch nicht zurück, wenn ihr zur Kirche geht. Viel Spaß.“ Und damit verschwand er.

„Komisch. Man sollte glauben, er hätte heute genug Bewegung für eine ganze Woche gehabt“, meinte Elfrida verblüfft. „Wie dem auch sei, ich denke, wir sollten rechtzeitig hinübergehen zur Kirche. Heute findet sich die gesamte Gemeinde ein, und ich hätte ganz gern einen Sitzplatz.“

Einige Minuten später kam Lucy aus ihrer Dachkammer die Treppe heruntergelaufen. „Ich bin so weit, Elfrida. Aber Carrie ist noch nicht fertig.“

„Dann gehen wir schon mal vor und halten ein paar Plätze frei. Sam, warten Sie auf Carrie und kommen mit ihr nach?“

„Natürlich.“

Sam hörte, wie die große Haustür hinter ihnen ins Schloss fiel. Er stand oben auf der Treppe und wartete auf Carrie. Doch er verspürte keinerlei Ungeduld. Er hatte im Laufe seines Lebens schon auf viele Frauen gewartet. Und so wartete er in dem Haus, das ihm eines Tages gehören würde, auch in aller Ruhe auf Carrie.

Sie trat aus dem Zimmer. „O Sam. Hast du auf mich gewartet? Ich konnte meinen Seidenschal nicht finden.“ Sie trug ihren Lodenmantel. Den verloren gegangenen Schal in changierendem Rosa und Blau hatte sie locker um ihren schlanken Hals geschlungen. Sie war ihm noch nie so schön vorgekommen. „Wo sind denn die anderen? Sind sie schon vorgegangen?“

„Ja“, sagte er, legte ihr beide Hände auf die Schultern, zog sie zu sich heran und küsste sie. Schon am ersten Abend, als sie ihm die Tür geöffnet hatte und er im Schneetreiben vor ihr gestanden hatte, hätte er sie am liebsten in die Arme geschlossen. Doch erst jetzt war der richtige

Moment gekommen. Als sie sich schließlich trennten, sah er, dass sie lächelte und ihre dunklen Augen leuchteten.

„Fröhliche Weihnachten“, sagte er.

„Fröhliche Weihnachten, Sam. Es wird Zeit.“

ELFRIDA und Lucy überquerten die Straße. Auf dem erleuchteten Marktplatz waren Fußgänger unterwegs, die alle auf die Kirche zuströmten. Überall hörte man Stimmen. Die Leute waren aus dem ganzen Umland gekommen, begrüßten sich und gingen zusammen weiter.

„Mrs Phipps!“

Sie blieben stehen und sahen Tabitha, Rory und Clodagh Kennedy hinter sich.

„Hallo! Ich dachte, wir wären früh dran, aber das scheint nicht der Fall zu sein. Ich habe hier noch nie so viele Menschen gesehen …“

„Ja, ist das nicht schön?“ Tabitha trug einen Mantel aus kariertem Schottenstoff und einen roten Schal um den Hals.

„Zum Mitternachtsgottesdienst kommen die Leute immer von weit her. Nur ist dieses Jahr leider eine kleine Panne passiert. Alistair Heggie, der Organist, hat plötzlich Grippe bekommen, deshalb müssen wir wohl auf Orgelmusik verzichten. Jetzt haben wir nur Musik vom Band.“

„Ach, das ist aber schade“, antwortete Elfrida nachdenklich.

Sie traten durch das weit geöffnete Tor und gingen den Pfad entlang, der über eine breite Steintreppe zu dem großen Doppelportal führte. Beide Flügel standen heute Abend weit offen. Aus dem Inneren der Kirche strömte Licht auf das Kopfsteinpflaster, und Elfrida konnte die Musik durch den Kirchenraum schallen hören. Ein Chor, der Weihnachtslieder sang. Es klang ein bisschen mechanisch und blechern.

> O du fröhliche, o du selige,
> gnadenbringende Weihnachtszeit.
> Christ ist geboren …

Schweigen. Entweder das Tonbandgerät war kaputtgegangen, oder jemand hatte aus Versehen den Strom abgestellt.

„Ach, du lieber Himmel“, sagte Rory. „Nun gibt auch noch das Tonbandgerät den Geist auf.“

Und dann erklang die Musik. Gewaltiger Orgelklang erhob sich. Er erfüllte die Kirche mit mächtigen Akkorden, die durch die offenen Türen nach draußen drangen und in die Nacht hinausschallten.

Elfrida sah Tabitha Kennedy an, aber Tabitha erwiderte ihren Blick mit großen, unschuldigen Augen, und sie lauschten beide der Musik.

„Hat Ihr Mann vorhin bei Oscar angerufen?“, fragte Elfrida. „Ungefähr um Viertel nach elf?“

Doch Tabitha Kennedy zuckte die Achseln. „Keine Ahnung. Also los, Kinder, kommt, damit wir noch einen Sitzplatz ergattern.“ Mit diesen Worten wandte sie sich ab, eilte mit Lucy und ihren beiden Kindern voraus und verschwand im Innern der Kirche.

Einen Augenblick später folgte auch Elfrida. Sie sah, dass die Kirche schon fast bis auf den letzten Platz gefüllt war. Es herrschte noch Unruhe in der Gemeinde, doch die Musik füllte den ganzen Raum, füllte ihn bis hoch hinauf zur aufwärts strebenden Decke und hallte durch das lange Kirchenschiff. Langsam ging Elfrida den Mittelgang hinunter direkt auf die Musik zu, die sie wie das Rauschen einer mächtigen Brandung umfing.

Eine Hand berührte ihren Arm. Sie blieb stehen. „Elfrida. Hier.“ Es war Lucy. „Wir haben Plätze für Carrie, Sam und dich freigehalten.“

Doch sie achtete nicht darauf, sondern blieb ganz still stehen. Neben dem Altar stand der über und über geschmückte, leuchtende Weihnachtsbaum. Dahinter strebten an der Nordwand der Kirche die Orgelpfeifen in die Höhe. Der Organistensitz war von einer Balustrade aus Eichenholz umgeben, sodass der Organist für die im Kirchenschiff sitzende Gemeinde unsichtbar war. Aber Elfrida stand. Und sie war groß. Ein Scheinwerfer beleuchtete ihn von oben, und sie konnte seinen Kopf und sein Profil und sein etwas zerzaustes weißes Haar deutlich erkennen. Und sie kannte auch die Musik, die er spielte.

Beethoven. „An die Freude.“

Und Oscar Blundell spielte mit Leidenschaft. Versöhnt. Heimgekehrt. Wohin er gehörte.

ROSAMUNDE PILCHER

Foto: Isolde Ohlbaum

„Das Leben ist nicht heil, aber heilbar."

Rosamunde Pilcher begann als junge Mutter mit dem Schreiben – auf einer alten Schreibmaschine am Küchentisch zwischen Mittagessen und Kindergeschrei. Ihre romantischen Geschichten verkaufte sie zunächst an Zeitschriften und verdiente sich so ein kleines Zubrot, bis schließlich der erste Verleger auf sie aufmerksam wurde. Heute ist sie eine der bekanntesten Schriftstellerinnen der Welt und *Die Muschelsucher* und *September* waren internationale Bestseller. *Wintersonne* ist ihr 25. Roman, doch wenn es nur nach ihr gegangen wäre, hätte sie ihn nicht mehr geschrieben.

Rosamunde Pilcher ist heute über siebzig und wollte eigentlich ihren wohlverdienten Ruhestand genießen. Als ersten Schritt dazu ist sie vor einiger Zeit mit ihrem Mann Graham aus ihrem großen Haus im schottischen Dundee in ein kleines Cottage nördlich von Edinburgh gezogen. „Alte Menschen brauchen praktische Häuser", erklärte sie und verkündete, dass nun Schluss sei mit dem Schreiben. Doch so einfach kam sie nicht davon. Verleger, Buchhändler und Leser ließen ihr keine Ruhe, und als sie ihre alte Schreibmaschine auf den Dachboden stellte und einen Computer anschaffte, verbreitete es sich wie ein Lauffeuer in der Buchwelt: Sie schreibt wieder! Und so entstand, sehr zur Freude von Menschen in aller Welt, der Roman *Wintersonne*.

Den Lesern der *Reader's Digest Auswahlbücher* hat die Autorin einen besonderen Gruß zugedacht: „Jedes Jahr am Weihnachtsmorgen trinken wir ein Glas Sekt vor dem Auspacken der Geschenke", schrieb sie uns. „Und dieses Mal werde ich mein Glas auf die Leser dieser bemerkenswerten Buchreihe erheben."

Zeit der
LEE CHILD

Rache

Es gibt keine Anzeichen gewaltsamen Eindringens ins Haus, die Leichen weisen keine Wunden auf, die Pathologen finden keinen Hinweis darauf, wie die Frauen umgebracht wurden. Der Täter scheint das perfekte Verbrechen begangen zu haben ...

Wissen ist Macht, heißt es. Je mehr Wissen, desto mehr Macht. Angenommen, du würdest die Gewinnzahlen im Lotto kennen. Du hättest nicht bloß Vermutungen, und sie wären dir auch nicht im Traum eingefallen, du wüsstest sie vielmehr tatsächlich. Was würdest du tun? Du würdest zur Annahmestelle rennen. Du würdest die Zahlen auf dem Schein ankreuzen. Und dann würdest du gewinnen.

Angenommen, du wüsstest, welche Aktienkurse an der Börse steil nach oben gehen werden. Wir reden nicht von einer Vermutung, einem Trend oder einem Tipp. Es geht vielmehr darum, dass du es ganz genau weißt. Was würdest du machen? Du würdest deinen Aktienmakler anrufen. Du würdest kaufen. Später würdest du verkaufen, und dann wärst du reich.

Angenommen, du möchtest jemanden umbringen. Dann müsstest du im Voraus wissen, wie du das anstellen sollst. Manche Methoden sind besser als andere. Die meisten haben ihre Nachteile. Also machst du dir dein Wissen zunutze und erfindest eine neue Methode. Du denkst dir den perfekten Mord aus.

Du planst alles ganz sorgfältig. Gut vorbereitet zu sein ist sehr wichtig. Aber das ist für dich eine Selbstverständlichkeit, inzwischen hast du ja Erfahrung. Die eigentlichen Schwierigkeiten kommen nachher. Wie kannst du dafür sorgen, dass du ungestraft davonkommst? Du nutzt dein Wissen. Du weißt, auf was die Bullen besonders achten, und deshalb hinterlässt du keine Spuren. Du lässt dir vorher alles ganz genau und ganz sorgfältig durch den Kopf gehen.

Jack Reacher saß in Tribeca, einem Stadtviertel von New York City, in einem Restaurant allein an einem Tisch. Er betrachtete die Rücken von zwei Männern, die etwa sechs Meter von ihm entfernt standen, und überlegte, ob es reichen würde, wenn er sie verwarnte, oder ob er noch einen Schritt weiter gehen und ihnen die Arme brechen müsste.

Es war eine Frage der Dynamik. Zur Dynamik von New York gehörte, dass ein neu eröffnetes italienisches Restaurant wie dieses ziemlich leer blieb, bis der Gastrokritiker der *New York Times* darüber berichtete oder irgendeine Berühmtheit zwei Abende hintereinander dort gesehen wurde. Aber weder das eine noch das andere war bis jetzt passiert, und das Lokal war nach wie vor schwach besucht. Es war deshalb genau richtig für einen Mann wie Reacher, der in der Nähe der Wohnung seiner Freundin zu Abend essen wollte, während diese Überstunden machte.

Zur Dynamik der Stadt gehörte auch, dass ein neuer Geschäftsbetrieb früher oder später von Typen wie den beiden, die Reacher gerade beobachtete, aufgesucht wurde. Sie kamen meist im Auftrag von jemandem, der regelmäßig 300 Dollar die Woche dafür bekommen wollte, dass er darauf verzichtete, seine Jungs mit dem Auftrag loszuschicken, die Bude mit ihren Baseballschlägern kurz und klein zu hauen.

Die beiden Burschen standen Seite an Seite an der Bar und sprachen leise mit dem Besitzer, einem kleinen, nervösen Mann, der zurückwich, bis er mit dem Rücken an die Kassenschublade stieß. Er hatte die Arme abwehrend vor der Brust verschränkt. Reacher konnte seine Augen sehen. Sie ließen Erstaunen und Angst erkennen.

In dem hohen Raum, der gut zwanzig Meter lang und ebenso breit war, musste früher mal eine Fabrik untergebracht gewesen sein. Und jetzt befand sich hier also ein italienisches Restaurant von der Sorte, bei der vorn 300 000 Dollar für avantgardistisches Dekor investiert werden und wo man dann auf einem großen Teller sieben oder acht handgemachte Ravioli-Täschchen serviert bekommt, die eine Mahlzeit darstellen sollen. Das Lokal hieß „Mostro's", und angesichts seiner bescheidenen Italienischkenntnisse überlegte Reacher, ob dieser Name etwas mit „monströs" zu tun haben könnte. Er war sich aber nicht sicher, worauf sich die Bezeichnung in einem solchen Fall beziehen sollte. Bestimmt nicht auf die Größe der Portionen. Aber das Essen war schmackhaft und das Lokal sehr ansprechend. Reachers unmaßgeblicher Meinung nach war das Restaurant dabei, sich einen guten Ruf zu erwerben.

Aber das hatte sich anscheinend noch nicht herumgesprochen. Heute Abend war außer Reacher nur noch ein Paar hier, fünf Tische von ihm entfernt. Der Mann war mittelgroß, hatte rötlich blonde Haare, einen blonden Schnurrbart und trug einen hellbraunen Anzug. Die Frau war schlank und dunkelhaarig. Sie hatte einen Rock und eine Jacke an.

Beide waren etwas über dreißig. Sie sprachen nicht viel miteinander.

Dafür redeten die beiden Typen an der Bar umso eifriger. Sie beugten sich vor und sprachen dabei schnell und eindringlich. Beide trugen identische dunkle Wollmäntel. Reacher konnte ihre Gesichter in dem Spiegel hinter dem Spirituosenregal sehen. Olivfarbene Haut, dunkle Augen. Vermutlich Syrer oder Libanesen. Der Kerl rechts machte eine weit ausholende Handbewegung. Es war nicht schwer zu erkennen, was er damit andeuten wollte: wie ein Baseballschläger die Flaschen zertrümmerte. Der Restaurantbesitzer wurde blass.

Der Typ links tippte auf seine Uhr, wandte sich um und machte sich auf den Weg. Sein Partner richtete sich auf und folgte ihm. Er fuhr mit der Hand über den nächstbesten Tisch und wischte einen Teller auf den Boden hinunter, wo er auf den Fliesen zersprang. Der rötlich blonde Mann und die dunkelhaarige Frau schauten weg. Mit erhobenem Kopf und siegessicherer Miene gingen die beiden Burschen zur Tür. Reacher sah ihnen nach. Dann kam der Restaurantbesitzer hinter der Bar hervor, kniete nieder und griff mit den Fingern nach den Scherben.

Reacher ging zu ihm. „Alles in Ordnung?“

Der Mann zuckte mit den Achseln und schob die Stücke zu einem Häufchen zusammen.

Reacher breitete seine Serviette neben sich auf einer Fliese aus und legte die Scherben darauf. „Wann kommen die wieder?“, erkundigte er sich.

„In einer Stunde“, antwortete der Besitzer.

„Wie viel verlangen sie?“

Der Mann lächelte verkniffen. „Ich kriege einen Rabatt, weil ich eben erst angefangen habe. Zweihundert die Woche und vierhundert, sobald das Geschäft besser läuft.“

„Wer waren diese Typen?“, fragte Reacher mit leiser Stimme.

„Italiener waren sie nicht. Einfach Rabauken.“

„Darf ich Ihr Telefon benutzen?“

Der Besitzer nickte.

„Kennen Sie ein Büroartikelgeschäft, das abends geöffnet hat?“

„Am Broadway, zwei Blocks von hier.“

Reacher erhob sich und ging hinter die Bar. Er nahm den Telefonhörer, wählte eine Nummer und wartete, bis am anderen Ende abgenommen wurde.

„Ja bitte?“, meldete sie sich.

„Hallo, Jodie.“

„Hallo, Reacher. Was gibt's?“

„Bist du bald fertig?“

Sie seufzte. „Nein, das wird die ganze Nacht lang dauern. Die Rechtslage ist kompliziert, und ich muss schnellstens eine Stellungnahme abgeben. Tut mir wirklich Leid.“

„Ist schon in Ordnung“, erwiderte Reacher. „Ich habe noch was zu erledigen. Und dann fahre ich wieder zurück nach Garrison.“

„Okay, pass auf dich auf!“, entgegnete sie. „Ich liebe dich.“

Reacher legte auf und kehrte zu seinem Tisch zurück. Er schob vierzig Dollar unter sein Espressotellerchen, schlüpfte in seinen Mantel und ging zur Tür. „Viel Glück!“, rief er dem Restaurantbesitzer zu.

Der Mann nickte verhalten, und das Paar an dem Tisch weiter hinten schaute Reacher nach. Er stellte seinen Kragen hoch und trat ins Dunkel hinaus. In dem Büroartikelgeschäft am Broadway kaufte er einen kleinen Etikettierapparat und eine Tube Superkleber. Dann machte er sich auf den Weg zu Jodies Apartment, wo sein Geländewagen in der Tiefgarage abgestellt war.

Reacher fuhr die Rampe hinauf, bog auf den Broadway ein und kehrte zu dem Restaurant zurück. Davor angekommen, verlangsamte er die Fahrt und blickte durch die Fenster. Die Tische waren jetzt alle frei, und der Besitzer saß hinter der Bar auf einem Hocker. Reacher fuhr bis zur Einmündung der Gasse, die zu den Türen der Küche führte, und parkte dort im Halteverbot. Er stellte den Motor ab, machte es sich bequem und wartete.

Die Dynamik der Großstadt. Die Starken terrorisieren die Schwachen. Sie machen das so lange, bis einer kommt, der noch stärker ist. Jemand wie Reacher. Eigentlich hatte er keinen Grund, einem Mann zu helfen, den er kaum kannte. Aber er konnte sich auch nicht einfach davonstehlen. Das hatte er noch nie getan.

Er holte den Etikettierapparat aus seiner Tasche. Es ging nicht nur darum, die beiden Typen zu vertreiben. Noch wichtiger war, dass sie glaubten, da stünden andere dahinter. Vor einem Einzelgänger hat niemand Angst, weil man ihn stets durch zahlenmäßige Überlegenheit kleinkriegen kann. Was wirklich Eindruck macht, ist eine Organisation. Reacher lächelte und begann, weiße Buchstaben auf die blauen Plastikstreifen zu stanzen. Als er damit fertig war, legte er die Streifen auf den Beifahrersitz. Dann schraubte er die Tube Superkleber auf und drückte den Plastikdorn der Verschlusskappe in die Aluminiumfolie, um den Kleber verwendungsfähig zu machen. Im Anschluss schraubte er die Kappe wieder auf und schob Tube und Etiketten in seine Tasche. Dann stieg er aus, stellte sich ins Dunkel und wartete.

Die Dynamik der Großstadt. Seine Mutter hatte sich vor Großstädten gefürchtet. Die seien gefährlich, hatte sie ihm gesagt. Die seien voller Furcht einflößender Gestalten. Als Teenager war er überzeugt gewesen, dass die Furcht einflößenden Typen immer hinter ihm her waren. Dann war ihm schlagartig klar geworden: Nein, ich bin der Furcht einflößende Typ. Es war wie eine Offenbarung gewesen. Er hatte mit 15 aufgehört zu wachsen. Da war er schon 1,96 Meter groß und 90 Kilo schwer gewesen. Wenn er sein Spiegelbild in Schaufenstern betrachtet hatte, hatte er die Bestätigung gefunden: Ich bin ein Riese. Die Leute haben Angst vor mir. Von da an hatte er gewusst: Auf jeden Großstadtmenschen, vor dem er sich fürchten musste, kamen 999 andere, die vor ihm noch viel mehr Angst hatten. Aus diesem Wissen machte er eine Taktik, und das Selbstvertrauen, das von nun an in seiner Haltung zum Ausdruck kam, verstärkte die Wirkung, die er auf die Leute hatte. Die Dynamik der Großstadt.

Die beiden Burschen trafen pünktlich in einem schwarzen Mercedes ein. Sie parkten den Wagen beim nächsten Häuserblock und stiegen aus, öffneten die hinteren Türen, holten Baseballschläger heraus und schoben diese unter ihre langen Mäntel. Dann schlugen sie die Türen zu und stolzierten den Gehweg entlang.

Reacher trat aus dem Dunkel. „Kommt in die Gasse, Jungs", sagte er.

Aus der Nähe sahen die beiden jung aus. Sie mussten unter dreißig sein. Offene Hemden, Seidenkrawatten und Anzüge, die aus keinem Versandhauskatalog stammten. Mit der linken Hand, die in der Manteltasche steckte, hielt jeder von ihnen seinen Schläger fest.

„Wer zum Teufel bist du?", fragte der Kerl, der rechts von Reacher stand.

Dieser musterte ihn. Bei Partnern ist derjenige der Dominierende, der als Erster spricht. Der muss zuerst erledigt werden. Reacher trat nach links und vollzog dabei eine leichte Drehung, um den Gehweg zu blockieren und die beiden in die Gasse zu lenken. „Der Geschäftsführer", antwortete er. „Wenn ihr das Geld abholen wollt, bin ich die richtige Adresse."

„Okay, aber nicht in der Gasse", sagte der Typ nach einer Weile. „Wir machen das drinnen."

Reacher schüttelte den Kopf. „Das ist nicht der Sinn der Sache, mein Freund. Wir bezahlen euch schließlich dafür, dass ihr das Restaurant von jetzt an nicht mehr betretet, stimmt's?"

Sie schauten ihn an, schauten einander an und wandten sich dann der Gasse zu. Offenbar hatten sie keine Bedenken. Große, selbstsichere Burschen mit Schlägern unter ihren Mänteln. Zwei gegen einen. Reacher trat beiseite, als wollte er ihnen höflichkeitshalber den Vortritt lassen. Die beiden gingen voran.

Reacher knallte dem Kerl rechts von sich den Ellbogen gegen die Schläfe. Der Mann ging zu Boden, als wäre unter ihm eine Falltür aufgegangen.

Der andere zog den Baseballschläger unter seinem Mantel hervor und holte aus. Doch er schwang zu weit nach hinten und hielt den Schläger zu tief.

Reacher packte den Schläger mit beiden Händen, stemmte den Griff in die Höhe und brachte den Typ damit aus dem Gleichgewicht. Er versetzte ihm einen Tritt, entriss ihm den Schläger und drosch auf ihn ein. Der Mann sank auf die Knie und schlug mit dem Kopf gegen die Wand. Reacher drehte ihn mit dem Fuß auf den Rücken, kauerte nieder und drückte ihm den Schläger gegen die Kehle, während er mit der linken Hand eine Tasche nach der anderen durchsuchte. Er fand eine automatische Handfeuerwaffe, eine dicke Brieftasche und ein Handy.

„Wer hat euch geschickt?“, fragte er.

„Mr Petrosian“, keuchte der Typ.

Der Name sagte Reacher nichts. Er setzte jedoch ein erstauntes Lächeln auf. „Petrosian? Das kann doch nicht dein Ernst sein!“ Er sagte das so höhnisch wie möglich, als stünde Petrosian bei seinen Bossen auf der Liste lästiger Rivalen so weit unten, dass er überhaupt nicht mehr zählte. „Wir haben Petrosian etwas mitzuteilen“, setzte er sanft hinzu.

„Was denn?“

Reacher lächelte erneut. „Du wirst der Bote sein. Bleib jetzt ganz still liegen!“

Er holte die Streifen und den Kleber aus seiner Tasche. Dann strich er Klebstoff auf einen der Streifen und drückte diesen auf die Stirn des Mannes. MOSTRO'S HAT BEREITS SCHUTZ stand auf dem Etikett.

„Still liegen!“, befahl Reacher noch einmal.

Er nahm den Schläger und drehte damit den anderen Mann um, sodass dieser mit dem Gesicht nach oben lag. Reacher drückte eine schöne Portion Klebstoff auf das zweite Etikett und presste es auf die Stirn des Mannes. FINGER WEG VON UNSEREM GEBIET! war auf diesem Etikett zu lesen. Bei der Durchsuchung der Taschen fand Reacher eine automatische Handfeuerwaffe, eine Brieftasche, ein Handy und die Autoschlüssel. Er quetschte den restlichen Inhalt der Tube auf die Handflächen des ersten Burschen und drückte sie fest zusammen. Chemische Handschellen.

Reacher zog den Mann hoch und warf dem anderen die Autoschlüssel zu. „Ich glaube, das Fahren solltest du übernehmen", sagte er. „Grüßt Mr Petrosian von uns. Und jetzt verschwindet!"

Die beiden taumelten aus der Gasse.

Bei den Handfeuerwaffen handelte es sich um 9-mm-Berettas des Typs M-9. Das war die militärische Ausführung. Genau so eine hatte Reacher 13 Jahre lang benutzt. Auf beiden Pistolen waren die Seriennummern abgefeilt worden. Er nahm die Berettas im Dunkeln auseinander und warf die Schlagbolzen, die Magazine und die Patronen in die Mülltonne, die bei den Küchentüren stand. Danach streute er Sand in die Mechanik und drückte den Abzug, bis dieser klemmte. Dann warf er den Rest der Berettas ebenfalls in die Mülltonne. Mit einem der Baseballschläger zertrümmerte er anschließend die Handys. Die Stücke ließ er liegen.

In den Brieftaschen befanden sich Kreditkarten, Führerscheine und insgesamt etwa 300 Dollar Bargeld. Reacher steckte die Scheine zusammengerollt in seine Hosentasche und kickte die Brieftaschen in eine Ecke. Dann ging er in das leere Restaurant. Gedankenverloren saß der Besitzer hinter der Bar. Er schaute auf, als Reacher einen Zehndollarschein aus dem gestohlenen Bündel zog und auf die Bar legte.

„Für den zerbrochenen Teller. Die haben sich's anders überlegt."

Reacher wandte sich um und ging hinaus. Das Paar aus dem Restaurant stand auf der anderen Straßenseite auf dem Gehsteig und beobachtete ihn. Er stieg in sein Auto und reihte sich in den Verkehr ein. Einen Häuserblock weiter warf er einen Blick in den Rückspiegel und sah, wie die dunkelhaarige Frau an den Straßenrand trat und ihm nachschaute.

GARRISON liegt etwa 90 Kilometer nördlich von Tribeca am Ostufer des Hudson. An einem Herbstabend stellt der Verkehr kein Problem dar. Die breiten Alleestraßen sind leer, und man kann so schnell fahren, wie man sich traut. Reacher wollte aber nicht in Schwierigkeiten geraten und wählte ein Tempo, bei dem er nicht auffiel.

Nach einer Stunde und 17 Minuten bog er in seine Auffahrt. Als die Scheinwerfer zur Garage schwenkten, erfassten sie zwei Wagen, die davor standen. Reacher trat auf die Bremse. Die Scheinwerfer der beiden

Autos gingen an und blendeten ihn, und im selben Moment war im Rückspiegel ein greller Lichtschein zu sehen. Als er den Kopf zur Seite wandte, sah er, wie bewaffnete Personen auf ihn zurannten.

Eine Gestalt trat an sein Auto. Eine Hand kam hoch und klopfte neben seinem Kopf an die Scheibe. Es war eine Frauenhand. Als der Strahl einer Taschenlampe auf sie gerichtet wurde, war zu erkennen, dass sie sich um ein glänzendes goldenes Abzeichen wölbte. Es zeigte einen Schild, auf dem ein Adler hockte. Reacher starrte auf das Abzeichen. BUNDESBEHÖRDE FÜR ERMITTLUNGEN war dort zu lesen. FBI. Die Frau drückte den Schild an die Scheibe und rief: „Motor abstellen, und beide Hände auf das Lenkrad legen!“

Reacher tat es. Als die Tür geöffnet wurde, ging die Innenbeleuchtung an, und der Lichtschein fiel auf die dunkelhaarige Frau aus dem Restaurant. Der rötlich blonde Mann mit dem blonden Schnurrbart stand neben ihr. Die Frau hielt das FBI-Abzeichen in der einen Hand und in der anderen eine Waffe, die auf Reachers Kopf gerichtet war.

„Schön langsam aussteigen.“ Die Frau trat zurück und zielte dabei weiter auf seinen Kopf. Reacher schob die Beine nach draußen und erhob sich.

„Umdrehen!“, befahl die Frau. „Legen Sie die Hände auf das Fahrzeug!“

Reacher gehorchte. Er spürte, wie er abgetastet wurde, wie seine Brieftasche und das gestohlene Geld aus seiner Hosentasche geholt wurden. Jemand beugte sich in sein Auto und zog den Schlüssel aus dem Zündschloss.

„Und jetzt gehen Sie zu dem Wagen da hinüber.“ Die Frau zeigte auf eine der beiden Limousinen, die vor der Garage standen.

Reacher ging hinüber. Ein Mann in einer blauen kugelsicheren Weste öffnete die hintere Tür des einen Wagens und trat beiseite. Als Reacher einstieg, ging die gegenüberliegende Tür auf. Die Frau schlüpfte herein und setzte sich neben ihn, wobei sie ihre Pistole, eine SIG Sauer, wieder auf seinen Kopf richtete. Die Vordertür ging auf. Der rötlich blonde Mann kniete sich auf den Sitz, beugte sich nach hinten und griff nach der Aktentasche der Frau, die auf der Rückbank stand. Er öffnete sie und zog einen Stoß Papiere heraus.

„Der Durchsuchungsbefehl für Ihr Haus“, sagte die Frau zu Reacher.

Der rötlich blonde Mann kroch aus dem Auto und schlug die Tür zu. Reacher hörte, wie seine Schritte im Nebel immer leiser wurden.

„Sie wollen ja gar nicht wissen, um was es hier geht“, sagte die Frau.

Um das, was vor gut einer Stunde geschehen ist, geht es nicht, dachte Reacher. So schnell hat man das nicht organisieren können. Aber er hielt den Mund und rührte sich nicht. Dass der Fingerknöchel der Frau, der am Abzug der SIG Sauer lag, weiß war, gefiel ihm nicht. Die Waffe konnte auch aus Versehen losgehen.

Gleichgültig zuckte die Frau mit den Achseln. Wie Sie wollen, schien sie zu sagen, als sie das Gesicht verzog. Es war nicht hübsch, aber interessant und einprägsam. Sie war ungefähr 35, und ihre Haut hatte Falten. Ihr Haar war tiefschwarz, aber so fein, dass Reacher ihre weiße Kopfhaut sehen konnte. Das gab ihr ein kränkliches Aussehen. Ihre Augen glänzten jedoch. Sie schaute durch das Fenster ins Dunkel, hinüber zu dem Haus, das ihre Kollegen gerade durchsuchten, und lächelte. Ihre Schneidezähne standen übereinander. Der eine war etwas schief und überdeckte den anderen ein wenig. Sie hatte einen interessanten Mund, der ihr Gesicht unverwechselbar machte. Reacher konnte unter ihrem offenen Mantel erkennen, dass sie schlank war. Sie trug einen schwarzen Rock, eine Jacke und eine cremefarbene Bluse, die über ihren kleinen Brüsten nicht ganz zugeknöpft war. Der Rock war kurz, und ihre in schwarzen Nylons steckenden Beine waren dünn und knochig.

„Bitte lassen Sie das sein!", fuhr die Frau ihn an.

„Was denn?"

„Hören Sie auf, meine Beine anzustarren!"

Reacher blickte ihr ins Gesicht. „Wenn jemand eine Waffe auf mich richtet, habe ich doch das Recht, die Person von Kopf bis Fuß zu betrachten, oder?"

Die Pistole bewegte sich von ihm weg. „Mir gefällt es nicht, wie Sie mich anschauen."

„Wie denn?"

„Als ob Sie mich vernaschen wollten. Sie widern mich an."

Reacher betrachtete ihr dünnes Haar, ihre Runzeln, ihren schiefen Zahn. „Sie glauben wirklich, dass ich Sie vernaschen will?"

„Stimmt das etwa nicht?"

Er schüttelte den Kopf.

NACH zwanzig Minuten kam der rötlich blonde Mann zum Wagen zurück und setzte sich auf den Beifahrersitz. Gleich darauf ging auch die Fahrertür auf, und ein zweiter Mann stieg ein, der den Motor anließ. In feindseligem Schweigen fuhren sie nach Manhattan zurück.

Sie parkten südlich vom Zentrum in einer hell erleuchteten Tiefgarage und schafften Reacher aus dem Auto. Die Frau zeigte auf eine schwarze Fahrstuhltür am anderen Ende. Dort warteten zwei weitere Männer wie ein Empfangskomitee. Reacher begriff plötzlich, dass die Frau und der rötlich blonde Mann keine New Yorker FBI-Agenten waren. Sie kamen von auswärts.

Sie stellten Reacher in die Mitte der Aufzugskabine und drängten sich um ihn herum. Einer der beiden New Yorker Agenten drückte auf einen Knopf. Die Tür schloss sich, und der Aufzug fuhr nach oben. Er stoppte abrupt, als die Zahl 21 auf der Stockwerksanzeige erschien. Polternd ging die Tür auf, und die New Yorker Agenten traten als Erste auf einen grauen, schmucklosen Korridor hinaus.

Der Mann, der die Limousine von Garrison hergefahren hatte, blieb vor der dritten Tür stehen und öffnete sie. Reacher wurde in einen leeren Raum geschoben, der etwa vier Meter breit und fünfeinhalb Meter lang war. Er besaß einen Betonboden und Wände aus Schwemmsteinblöcken, die wie die Seitenflächen eines Schlachtschiffs mit dicker grauer Farbe überstrichen waren. In der einen Ecke stand ein Gartenstuhl aus Plastik.

„Hinsetzen!", befahl die Frau.

Reacher ging in die dem Stuhl gegenüberliegende Ecke und setzte sich auf den Boden. Die anderen traten wieder auf den Gang hinaus und machten die Tür zu. Kein Geräusch deutete darauf hin, dass sie verschlossen wurde. Das war auch gar nicht nötig, da es innen keinen Griff gab.

Reacher blieb eine Stunde lang sitzen. Dann ging die Tür auf, und ein grauhaariger Mann mit einer dicken Brille betrat den Raum, während zwei junge Agenten hinter ihm Position bezogen.

„Und jetzt wird geredet", sagte der Mann.

Reacher erhob sich und trat aus seiner Ecke. „Ich möchte telefonieren."

Der Grauhaarige schüttelte den Kopf. „Zuerst wird geredet, dann kommt das Telefonieren."

Reacher zuckte mit den Achseln. Wenn einem seine gesetzlichen Rechte vorenthalten wurden, musste man dafür einen Zeugen haben. Die beiden jungen Agenten taten jedoch so, als ginge sie das alles gar nichts an.

Reacher wurde auf den grauen Korridor geschafft, wo sich eine Gruppe von Leuten befand. Die Frau und der rötlich blonde Typ waren da, außerdem ein älterer Mann, dessen gerötetes Gesicht hohen Blutdruck vermuten ließ, und ein junger hemdsärmeliger Bursche mit einem hageren Gesicht. Alle waren sehr erregt. Offenbar gab es zwei verschiedene Lager, zwischen denen eine starke Spannung herrschte. Die Frau bezog links von Reacher Position, und der rötlich blonde Typ sowie der unter Bluthochdruck leidende Mann stellten sich neben sie. Das war das eine Lager. Rechts von Reacher befand sich der Kerl mit dem hageren Gesicht. Zu seinem Missvergnügen stand er als Einziger auf der Gegenseite.

Sie gingen den schmalen grauen Korridor entlang und betraten einen ebenfalls grauen Raum, der von einem langen glänzenden Mahagonitisch ausgefüllt wurde. Auf seiner einen Seite standen sieben Plastikstühle, deren Lehnen der Tür zugewandt waren. In der Mitte der gegenüberliegenden Seite befand sich ein weiterer Plastikstuhl.

Reacher blieb am Eingang kurz stehen. Es war nicht allzu schwer herauszufinden, welcher Stuhl für ihn gedacht war, und er nahm Platz.

Die beiden jungen Agenten stellten sich an den Schmalseiten des Tisches an der Wand auf. Ihre Jacken waren offen, man konnte ihre Schulterhalfter sehen. Der Grauhaarige setzte sich Reacher genau gegenüber. Rechts von ihm nahm der Mann mit dem geröteten Gesicht Platz, daneben die Frau und neben ihr der rötlich blonde Typ. Der Hemdsärmelige mit dem hageren Gesicht setzte sich auf der linken Seite auf den mittleren der drei freien Stühle.

Der Grauhaarige beugte sich vor und ergriff das Wort. „Wir haben uns Ihretwegen ein bisschen gestritten."

„Bin ich festgenommen?", fragte Reacher.

„Nein, noch nicht."

„Es steht mir also frei zu gehen?"

Der Mann betrachtete Reacher über seine Brille hinweg. „Es wäre uns lieber, wenn Sie hier blieben, damit wir die ganze Sache zivilisiert abwickeln können."

„Dann sollten Sie sich aber auch entsprechend benehmen", entgegnete Reacher. „Bei zivilisierten Leuten ist es meines Wissens üblich, dass sie sich vorstellen. Mein Name ist Jack Reacher. Und wie zum Teufel heißen Sie?"

„Ich bin Alan Deerfield. Ich leite die New Yorker Außenstelle des FBI."

„Agent Tony Poulton", stellte sich der rötlich blonde Typ vor.

„Agentin Julia Lamarr", knurrte die Frau.

„Ich bin Agent Nelson Blake", war von dem Mann mit dem geröteten Gesicht zu hören. „Wir drei sind aus dem FBI-Hauptquartier in Quantico, Virginia. Ich leite die Abteilung für Serienverbrechen. Die Agenten Lamarr und Poulton sind mir unterstellt."

„Agent James Cozo“, sagte der Hemdsärmelige als Letzter. „Ich leite die Abteilung gegen das organisierte Verbrechen in New York City. Insbesondere befasse ich mich mit Banden, die Schutzgeld erpressen.“

Reacher nickte. „Okay. Freut mich, Sie kennen zu lernen. Aber wenn Sie mit mir reden wollen, müssen Sie mir erst mal meine Rechte vorlesen. Und dann klappt es immer noch nicht, weil meine Anwältin möglicherweise eine ganze Weile braucht, um hierher zu kommen. Und wenn sie schließlich da ist, wird sie nicht zulassen, dass ich mit Ihnen spreche.“

„Bei Ihrer Anwältin handelt es sich um Jodie Jacob, nicht wahr?“, fragte Deerfield. „Ihre Freundin. Sie arbeitet in der Kanzlei Spencer Gutman, hat einen sehr guten Ruf und wird vermutlich bald Mitglied der Anwaltssozietät. Die sind jedoch im Wirtschaftsrecht tätig und haben mit dem Strafrecht nicht viel Erfahrung. Sind Sie sicher, dass Sie Jodie Jacob als Rechtsbeistand haben wollen? In so einer Situation?“

„In was für einer Situation bin ich denn?“

„Reacher, ich habe bereits eine Stunde damit verplempert, die Kollegen davon abzuhalten, Ihretwegen Streit anzufangen. Sie schulden mir also einen Gefallen. Beantworten Sie die Fragen, die sie Ihnen stellen, und dann erfahren Sie von mir, ob und wann Sie einen Rechtsbeistand brauchen.“

„Um was geht's denn?“

Deerfield lächelte. „Wir müssten da einiges genauer wissen. Dann wird sich herausstellen, ob wir an Ihnen interessiert sind.“

„Also gut“, erwiderte Reacher. „Wie lauten die Fragen?“

Julia Lamarr beugte sich vor. „Sie kannten Amy Callan ziemlich gut, nicht wahr?“, erkundigte sie sich.

Reacher starrte sie an. Dann fiel ihm die Frau namens Amy Callan wieder ein. Als er ins Grübeln geriet, breitete sich auf dem kantigen Gesicht von Julia Lamarr ein zufriedenes Lächeln aus. „Diese Frau war Ihnen nicht besonders sympathisch, nicht wahr?“, setzte sie hinzu.

Stille trat ein. Alle schwiegen.

„Okay, jetzt bin ich an der Reihe“, meldete sich Cozo zu Wort. „Für wen arbeiten Sie?“

Reacher schaute ihn an. „Ich arbeite für niemanden.“

„‚Finger weg von unserem Gebiet!‘“, zitierte Cozo. „Da geht es nicht um eine Einzelperson, da ist von mehreren die Rede. Wer ist damit gemeint?“

„Die gibt es gar nicht.“

„Lassen Sie den Quatsch! Wer hat Sie in das Restaurant geschickt?“

Reacher gab keine Antwort.

„Wie steht es mit Caroline Cooke?“, fragte Julia Lamarr. „Die kannten Sie auch, nicht wahr? Und sie war Ihnen auch unsympathisch, oder?“

„Erzählen Sie uns mal die ganze Geschichte!“, forderte Blake Reacher auf.

„Was für eine Geschichte?“

„Wer hat Sie in das Restaurant geschickt?“, fragte Cozo noch einmal.

Reacher wandte sich ihm zu. „Niemand hat mich irgendwohin geschickt.“

Cozo schüttelte den Kopf. „Das stimmt doch nicht, Reacher. Sie haben in Garrison ein Haus am Fluss, das eine halbe Million Dollar wert ist, und soweit das Finanzamt weiß, haben Sie innerhalb von knapp drei Jahren keinen Cent verdient. Und als bestimmte Leute wollten, dass die besten Jungs von Petrosian im Krankenhaus landeten, wurden Sie beauftragt, das zu erledigen. Ich möchte verdammt noch mal wissen, wer Ihre Auftraggeber sind!“

„Ich arbeite für niemanden“, wiederholte Reacher.

„Sie sind also ein Einzelgänger?“, fragte Blake.

„Stimmt.“

„Das dachte ich mir. Wann wurden Sie aus der Armee entlassen?“

Reacher zog die Schultern hoch. „Das ist ungefähr drei Jahre her.“

„Sie waren bei der Militärpolizei, nicht wahr?“

„Richtig. Als Major.“

„Wieso haben Sie Ihren Abschied genommen?“

„Das ist meine Sache. Sie würden das nicht verstehen.“

„Vor drei Jahren also. Und was haben Sie seither gemacht?“

„Nicht viel. Ein bisschen Spaß gehabt.“

„Haben Sie auch gearbeitet?“

„Nicht oft.“

„Und wie sind Sie finanziell über die Runden gekommen?“

„Ersparnisse.“

„Die sind seit drei Monaten aufgebraucht. Wir haben das überprüft. Und jetzt lassen Sie sich von Miss Jacob aushalten, stimmt’s? Wie fühlen Sie sich dabei?“

Reacher betrachtete den Ehering an Blakes dickem Finger. „Nicht schlechter als Ihre Frau, die sich von Ihnen aushalten lässt“, erwiderte er.

Blake grunzte. „Sie schieden also aus der Armee aus und waren seither die meiste Zeit auf sich selbst gestellt.“

„Die meiste Zeit."

„Quatsch!", fuhr Cozo dazwischen. „Er arbeitet für jemanden."

„Der Mann sagt doch selbst, dass er ein Einzelgänger ist, verflucht!", fauchte Blake.

Deerfield richtete einen ruhigen Blick auf Reacher. „Erzählen Sie mir von Amy Callan und Caroline Cooke!"

„Was gibt es da zu erzählen? Callan war klein und dunkelhaarig, Cooke groß und blond. Callan war Feldwebel, Cooke Leutnant. Callan war auf der Schreibstube der Feldzeugmeisterei in Fort White bei Chicago. Cooke arbeitete beim Planungsstab des NATO-Hauptquartiers in Brüssel."

„Haben Sie mit diesen Frauen geschlafen?", wollte Julia Lamarr wissen.

Reacher starrte sie an. „Was ist denn das für eine Frage?"

„Eine, die sich leicht beantworten lässt."

„Na gut. Mit keiner von beiden."

„Beide waren recht hübsch, nicht wahr?"

Reacher grinste. „Hübscher als Sie, das steht fest."

Julia Lamarr schaute weg.

„Kannten die beiden einander?", erkundigte sich Blake.

„Das glaube ich kaum. Eine Menge Leute dient bei der Armee, und die Dienstorte der beiden waren über 6000 Kilometer voneinander entfernt."

„Finden Sie es richtig, dass es beim Militär Frauen gibt?", fragte Deerfield. „Glauben Sie, dass Frauen für Kampfeinsätze geeignet sind?"

Reacher zuckte mit den Achseln. „Frauen eignen sich dafür genauso gut wie Männer. Waren Sie mal in Israel? Dort kämpfen Frauen in vorderster Linie."

„Wie lernten Sie Amy Callan kennen?", fragte Deerfield.

„Sie kam zu mir, weil sie in ihrer Einheit ein Problem hatte."

„Was für eines?"

„Sexuelle Belästigung."

„Und was unternahmen Sie?"

„Ich nahm den Offizier fest, den sie beschuldigt hatte."

„Und was taten Sie dann?"

„Nichts. Von da an war der Staatsanwalt zuständig. Der Offizier wurde freigesprochen. Amy Callan nahm ihren Abschied."

„Aber die Karriere des Offiziers war dennoch ruiniert."

„Ja, das stimmt."

„Wie haben Sie darauf reagiert?“

Reacher schürzte die Lippen. „Mir kam das etwas verwirrend vor. Ich hatte ihn für schuldig gehalten und war vermutlich froh darüber, dass er weg war. Aber so hätte es eigentlich nicht ausgehen dürfen. Ein Freispruch sollte dem Betreffenden nicht die Karriere verderben.“

„Also tat Ihnen der Offizier Leid?“

„Nein, mir tat Callan Leid. Die ganze Sache ist aber völlig schief gelaufen. Da wurde die Karriere von zwei Personen ruiniert statt von einer.“

„Und wie war es bei Caroline Cooke?“

„Bei Cooke war es anders. Sie war in Übersee stationiert. Sie schlief mit einem Oberst. Und das schon seit einem Jahr. Ich hatte den Eindruck, dass es in gegenseitigem Einvernehmen geschah. Cooke sprach erst dann von Belästigung, als sie nicht befördert wurde.“

„Sie unternahmen also nichts?“

„Doch. Ich nahm den Oberst fest, weil es inzwischen entsprechende Vorschriften gab. Zwischen Personen unterschiedlichen Ranges war Sex ausdrücklich verboten.“

„Und dann?“

„Der Oberst wurde unehrenhaft entlassen. Seine Frau trennte sich von ihm, und er brachte sich um. Und Cooke nahm dennoch ihren Abschied.“

„Und was geschah mit Ihnen?“

„Ich ließ mich vom NATO-Hauptquartier wegversetzen. Ich war ein guter Ermittler. In Belgien war ich fehl am Platz. Dort spielt sich nicht viel ab.“

„Haben Sie danach noch mehr Fälle von sexueller Belästigung erlebt?“

„Aber ja. Es wurde zu einer großen Sache.“

„Ist vielen tüchtigen Männern die Karriere ruiniert worden?“, fragte Julia Lamarr.

Reacher wandte sich ihr zu. „Manchen. Das wurde zu einer Hexenjagd. An den meisten Fällen war meiner Meinung nach etwas dran, aber einige Unschuldige wurden auch darin verwickelt. Die Regeln hatten sich auf einmal geändert.“

„Hatten Sie Kontakt mit Callan und Cooke, nachdem Sie die Fälle dem Staatsanwalt übergeben hatten?“, erkundigte sich Blake.

„Ein- oder zweimal, glaube ich, im Vorbeigehen.“

„Hatten die beiden Vertrauen zu Ihnen?“

Reacher zuckte mit den Achseln. „Vermutlich schon. Es gehörte zu meinen Aufgaben, sie dazu zu bringen, mir zu vertrauen. Ich musste von ihnen ja alle möglichen vertraulichen Details erfahren."

„Mussten Sie dieser Aufgabe bei vielen Frauen nachgehen?"

„Es gab hunderte von Fällen. Ich bearbeitete ein paar Dutzend davon."

„Glauben Sie, dass Sie diesen Frauen in guter Erinnerung geblieben sind?"

Reacher nickte. „Es ist eine schreckliche Tortur für sie. Daher muss der Ermittler zu ihnen eine gute Beziehung herstellen. Er muss ein Freund und Helfer sein."

Blake brummte zustimmend, und die drei Agenten aus Quantico lehnten sich zurück, als wollten sie sagen: Okay, wir sind interessiert. Cozo schaute Deerfield alarmiert an. Dieser beugte sich vor und starrte Reacher durch seine Brille an. „Und was hat sich denn nun in dem Restaurant abgespielt?"

„Nichts", antwortete Reacher.

Deerfield winkte ab. „Sie wurden überwacht. Meine Leute sind Ihnen eine Woche lang gefolgt. Poulton und Lamarr sind heute Abend zu Ihnen gestoßen. Sie haben alles mitverfolgt."

„Sie haben mich seit einer Woche observiert? Wieso?"

„Darauf kommen wir später zurück."

Julia Lamarr streckte die Hand nach ihrer Aktentasche aus. Sie zog eine Akte hervor, schlug sie auf und nahm eine Anzahl Blätter heraus, die alle in kleiner Schrift voll geschrieben waren. Kalt lächelnd schob sie Reacher die Blätter zu.

Dort war alles aufgelistet, was er in der vorangegangenen Woche getan hatte. Er blickte in das lächelnde Gesicht von Julia Lamarr. „Die Überwachung des FBI funktioniert recht gut. Ich habe nichts gemerkt."

„Also, was hat sich in dem Restaurant abgespielt?", wiederholte Deerfield.

„Ich habe eine kleine Straftat begangen, um eine größere zu verhindern."

„Und das haben Sie auf eigene Faust getan?", wollte Cozo wissen.

Reacher nickte. „Ja, das habe ich."

„Und das ‚Finger weg von unserem Gebiet!'. Wozu sollte das gut sein?"

„Dieser Petrosian, wer auch immer er sein mag, sollte es ernst nehmen. Er sollte den Eindruck bekommen, dass er es mit einer anderen Organisation zu tun hat."

Deerfield beugte sich über den Tisch, griff nach dem Überwachungsprotokoll und blätterte es durch. „Hier ist lediglich von Kontaktaufnahmen mit Miss Jacob die Rede, und die hat nichts mit Schutzgelderpressung zu tun.“ Er schaute zu Reacher auf. „Das Protokoll der Telefonate ist sauber. Sie haben lediglich mit Miss Jacob gesprochen. Es gab keinen Kontakt zu Gangstern.“ Er wandte sich an Cozo. „Teilen Sie diese Meinung?“

Cozo verzog den Mund. „Mir bleibt wohl nichts anderes übrig.“

„Sie waren also quasi ein besorgter Bürger, Reacher?“, fuhr Deerfield fort. „Sie haben gemerkt, dass etwas im Argen lag, und etwas dagegen unternommen.“

Schweigend machte Reacher eine zustimmende Geste.

„Wieso haben Sie dann das Geld gestohlen?“

„Das war sozusagen die Kriegsbeute. Eine Art Trophäe.“

„Sie würden keine alten Damen niederschlagen, aber zwei schweren Jungs das Geld wegzunehmen, finden Sie ganz in Ordnung.“

„Wohl schon.“

„Haben Sie schon mal was von Täterprofilen gehört?“

Reacher zögerte. „In den Zeitungen habe ich ein bisschen was darüber gelesen.“

„Das ist eine Wissenschaft für sich. Lamarr ist unsere Expertin auf diesem Gebiet, und Poulton ist ihr Assistent.“

„Wir schauen uns Tatorte an und befassen uns mit den psychologischen Merkmalen“, erklärte Julia Lamarr. „Und dann überlegen wir, welche Persönlichkeitsstruktur der Täter hat.“

„Geht es hier um was Spezielles?“, fragte Reacher.

„Um die Mordfälle Callan und Cooke“, antwortete Blake.

Reacher starrte ihn an.

„Callan war das erste Opfer“, fuhr Blake fort. „Die Vorgehensweise wies besondere Kennzeichen auf, aber es handelte sich eben nur um einen einzelnen Fall. Doch dann wurde Cooke auf dieselbe Weise beseitigt. Und damit war es ein Serienverbrechen.“

„Wir fanden eine Verbindung zwischen den Opfern“, erläuterte Poulton. „Beide hatten in den Streitkräften ein Verfahren wegen sexueller Belästigung angestrengt und danach den Dienst quittiert.“

„Die Ausführung der Verbrechen ließ militärische Präzision erkennen“, berichtete Julia Lamarr. „Doch der Täter hinterließ keinerlei Spuren. Er war offenbar mit dem Vorgehen bei Ermittlungen vertraut. Möglicherweise ist er selbst ein Ermittler.“

„In beiden Fällen drang er nicht gewaltsam in die Wohnungen ein", sagte Poulton. „Er wurde vielmehr von den Opfern hereingelassen."

„Der Killer war also jemand, den sie kannten", folgerte Blake.

„Jemand, dem sie vertrauten", meinte Poulton. „Ein willkommener Besucher."

„Wir betrachteten den psychologischen Hintergrund der Verbrechen", machte Julia Lamarr weiter. „Wir hielten nach einem Armeeangehörigen Ausschau, der noch eine alte Rechnung zu begleichen hatte. Der möglicherweise über Frauen erbost war, die die Karriere tüchtiger Soldaten ruiniert und dann dennoch den Dienst quittiert hatten."

„Jemand, der einen klaren Begriff von Recht und Unrecht hatte", fügte Poulton hinzu. „Einer, der von seinen Vorstellungen so überzeugt war, dass er auf eigene Faust gegen die Ungerechtigkeiten vorgehen wollte. Einer, dem es ganz recht war, wenn die zuständigen Stellen nicht eingriffen."

„Und es war jemand, den die beiden so gut kannten, dass sie ihn bedenkenlos eintreten ließen wie einen alten Freund", sagte Blake.

„Die beiden lernten einander nie kennen, und sie hatten fast keine gemeinsamen Bekannten", warf Julia Lamarr ein. „Aber einer davon waren Sie."

„Die Erstellung eines Täterprofils erfolgt nach streng wissenschaftlichen Methoden", erläuterte Blake. „Es wird in den meisten Bundesstaaten als Beweismittel für einen Haftbefehl akzeptiert."

Julia Lamarr lächelte selbstzufrieden. „Beim Täterprofil gibt es keine Irrtümer."

„Worauf wollen Sie hinaus?", fragte Reacher.

„Jemand hat diese zwei Frauen umgebracht", sagte Deerfield und nickte zu Blake, Julia Lamarr und Poulton hin. „Und diese Agenten meinen, dass es sich bei der fraglichen Person um jemanden wie Sie handelt. Dass Sie sogar diese Person sein könnten, Reacher."

„Wieso sollte es einer wie ich sein? Das ist doch bloß eine Vermutung. Mehr kommt bei diesem Profilquatsch nicht heraus. Sie haben keine handfesten Beweise."

„Der Täter hinterließ wie gesagt keine Spuren", sagte Julia Lamarr. „Offensichtlich war es ein schlauer Bursche, ein Einzelgänger und ein brutaler selbst ernannter Ordnungshüter. Das grenzte die Sache weiter ein. Das traf nur noch auf einige tausend zu und ganz besonders auf Sie."

„Auf mich? Sie sind ja nicht ganz dicht!"

Deerfield räusperte sich. „Die Experten sind der Ansicht, wenn Sie es nicht waren, muss es jemand gewesen sein, der Ihnen sehr ähnlich ist."

„Geben Sie mir die Fakten!", forderte Reacher. „Wann und wo ist es geschehen?"

„Callan wurde vor sieben Wochen ermordet und Cooke vor vier", erwiderte Blake.

Reacher dachte nach. Vier Wochen zuvor hatte der Herbst angefangen, und vor sieben Wochen war Spätsommer gewesen. Damals hatte er in Garrison im Garten das wuchernde Gestrüpp zurückgeschnitten. Oft hatte er Jodie tagelang nicht zu Gesicht bekommen, weil sie in der Stadt mit schwierigen Rechtsfällen beschäftigt gewesen war.

Bei Herbstbeginn hatte er dann angefangen, verschiedene Dinge im Haus in Ordnung zu bringen. Er hatte das stets allein erledigt. Jodie hatte sich nach wie vor in der Stadt aufgehalten und versucht, auf der Karriereleiter ein Stück nach oben zu kommen. Gelegentlich hatten sie eine Nacht zusammen verbracht, aber es hatte keine Fahrten zu ihr gegeben, keine Fahrscheine und keine Einträge in ein Hotelregister. Und somit keine Alibis.

„Jetzt möchte ich meine Anwältin dabeihaben", sagte Reacher.

DIE BEIDEN Wachen brachten ihn in den kleinen Raum zurück. Sein Status hatte sich offenbar geändert, denn die zwei blieben bei ihm und stellten sich an der geschlossenen Tür auf. Reacher setzte sich auf den Plastikstuhl und ignorierte sie. Er wartete fast zwei Stunden lang.

Dann ging die Tür plötzlich auf. Die Wachen traten hinaus, und Jodie kam herein. Sie trug ein pfirsichfarbenes Kleid und darüber einen Wollmantel, der eine Nuance dunkler war. Vor dem Hintergrund der grauen Wände war sie eine ungemein farbenprächtige Erscheinung. Ihr Haar war noch von der Sommersonne gebleicht. Sie hatte strahlend blaue Augen und eine honigfarbene Haut. Jedes Mal, wenn Reacher sie sah, kam sie ihm noch schöner vor.

Sie beugte sich nieder und küsste ihn. Er sah ihr an, dass sie besorgt war. „Hast du mit ihnen gesprochen?"

„Ich bin nicht die Richtige, um so etwas anzupacken", erwiderte sie. „Im Wirtschaftsrecht kenne ich mich aus, aber nicht im Strafrecht."

Reacher stand auf und reckte sich mit verdrießlicher Miene. „Da gibt es nichts anzupacken. Ich habe die Frauen nicht umgebracht."

„Das weiß ich. Und sie wissen es auch, andernfalls hätten sie dich sofort nach Quantico geschafft. Es geht vermutlich um die andere Sache.

Sie haben dich dabei gesehen. Du hast zwei Typen krankenhausreif geschlagen."

„Darum kann es nicht gehen. Sie haben zu schnell reagiert. Das muss schon vorbereitet gewesen sein, bevor ich in die andere Geschichte hineingeraten bin. Und für die interessieren sie sich auch nicht. Mit Schutzgelderpressern habe ich nichts zu tun. Nur Cozo ist da ganz erpicht darauf, der interessiert sich lediglich für kriminelle Vereinigungen."

Jodie nickte. „Cozo ist zufrieden. Jetzt sind zwei Rabauken weniger auf der Bildfläche, ohne dass er etwas unternehmen musste. Aber merkst du denn nicht, in was für eine Situation du geraten bist? Um Cozo zu überzeugen, musstest du dich als Einzelgänger ausgeben, der selbst für Ordnung sorgt, und je mehr dir das gelungen ist, desto genauer war die Übereinstimmung mit diesem Täterprofil aus Quantico."

„Das Profil ist Quatsch."

„Da sind sie anderer Meinung. Du steckst ganz schön in der Patsche, Reacher. Auf alle Fälle haben sie gesehen, wie du die beiden Typen zusammengeschlagen hast. Ich bin nicht die Richtige für so etwas. Im Strafrecht bin ich nicht bewandert."

„Ich brauche keinen Rechtsbeistand."

„Doch, du brauchst einen. Das steht fest." Sie schmiegte sich in seine Arme und küsste ihn. „Ich liebe dich, Reacher, von ganzem Herzen, aber du brauchst einfach einen besseren Anwalt."

Sie schwiegen lange.

„Sie haben mir eine Kopie des Überwachungsprotokolls gegeben", sagte Jodie schließlich.

Reacher nickte. „Damit habe ich gerechnet."

„Wieso?"

„Weil man aufgrund des Protokolls nicht weiter gegen mich ermitteln wird. Weil es nicht um zwei, sondern um drei Frauen geht, da bin ich mir sicher, auch wenn sie mir von einem dritten Opfer nichts gesagt haben. Der Mörder geht nach einem genauen Zeitplan vor. Er hält einen Abstand von drei Wochen ein. Der erste Mord geschah vor sieben Wochen, der zweite vor vier Wochen. Und der dritte Mord hat sich vermutlich letzte Woche ereignet, als sie mich bereits überwacht haben."

„Wieso haben Sie dich dann hierher geschafft, wenn du gar nicht infrage kommst?"

„Keine Ahnung."

Die Tür ging auf, und Deerfield trat ein. „Miss Jacob, die Zeit für die Besprechung mit Ihrem Mandanten ist abgelaufen."

Er führte beide in den Raum mit dem langen Tisch. Die zwei New Yorker Agenten folgten ihnen. Auf der anderen Seite des Tisches hatte man einen zweiten Stuhl bereitgestellt, und Jodie setzte sich neben Reacher. Unter der glänzenden Mahagonitischplatte drückte er ihre Hand.

Ihnen gegenüber nahm dieselbe Formation wie zuvor Platz: Poulton, Julia Lamarr, Blake, Deerfield und schließlich Cozo. Diesmal stand jedoch ein kleiner schwarzer Rekorder auf dem Tisch.

Deerfield drückte die Aufnahmetaste, nannte das Datum und die Namen der Anwesenden. „Ich selbst bin Alan Deerfield und wende mich jetzt an den Tatverdächtigen. Jack Reacher, Sie wurden wegen folgender Beschuldigungen festgenommen: Erstens wegen schwerer Körperverletzung und Raub, begangen an zwei noch nicht identifizierten Personen."

Cozo beugte sich vor. „Zweitens wegen Unterstützung einer kriminellen Vereinigung, die sich mit Schutzgelderpressung beschäftigt."

Deerfield lächelte. „Sie sind nicht verpflichtet, Angaben zu machen. Was Sie sagen, wird aufgenommen. Es kann als Beweismittel vor Gericht gegen Sie verwendet werden. Sie haben das Recht, einen Rechtsanwalt hinzuzuziehen. Falls Sie sich keinen leisten können, wird Ihnen vom Staat New York ein Rechtsbeistand zur Verfügung gestellt. Haben Sie Ihre Rechte verstanden?"

„Ja", antwortete Reacher.

„Wollen Sie jetzt eine Aussage machen?"

„Nein."

Deerfield streckte die Hand aus und beendete die Aufzeichnung.

„Ich werde eine Anhörung zwecks Freilassung auf Kaution beantragen", kündigte Jodie an.

Deerfield schüttelte den Kopf. „Nicht nötig. Wir setzen ihn ohne Sicherheitsleistung auf freien Fuß. Ihr Mandant kann gehen."

Es WAR kurz nach drei Uhr morgens. Jodie musste wieder zu ihrer Nachtarbeit ins Büro zurück, weshalb einer der beiden New Yorker Agenten sie zur Wall Street fuhr. Der andere brachte Reacher nach Garrison und machte sich gleich wieder auf den Rückweg, kaum dass die Beifahrertür zugefallen war. Reacher schaute zu, wie der Wagen im Dunst verschwand, und ging dann zu seinem Haus hinunter.

Er hatte es zu Beginn des Sommers von Leon Garber geerbt, dem Vater von Jodie, der einst sein vorgesetzter Offizier gewesen war. In jener Woche hatte er freudige, aber auch betrübliche Überraschungen erlebt.

So war er nach langer Zeit wieder mit Jodie zusammengetroffen und hatte erfahren, dass sie verheiratet gewesen war und die Scheidung hinter sich hatte. Er hatte allerdings auch von Leons Tod erfahren und mitgeteilt bekommen, dass das Haus jetzt ihm gehörte. Er war schon seit fünfzehn Jahren in Jodie verliebt, seit sie sich auf einem Armeestützpunkt auf den Philippinen kennen gelernt hatten. Sie war damals fünfzehn und von einer erblühenden Weiblichkeit gewesen. Und die Tochter seines Vorgesetzten. Reacher hatte seine Gefühle im Zaum gehalten, weil er Jodies und Leons Vertrauen nicht hatte missbrauchen wollen. Leon zu hintergehen wäre ihm nie in den Sinn gekommen, denn er liebte ihn wie einen Vater.

Einige Tage nach Leons Beisetzung hatte Jodie Reacher offenbart, dass sie seine Gefühle erwiderte.

Das Wiedersehen mit ihr war die freudige Überraschung gewesen, der Tod von Leon die betrübliche. Dass Reacher das Haus geerbt hatte, löste dagegen gemischte Gefühle in ihm aus. Bei dem am Hudson gegenüber von West Point gelegenen Anwesen handelte es sich um eine Immobilie im Wert von einer halben Million Dollar. Das Haus stellte für ihn aber auch ein großes Problem dar. Reacher empfand es als unangenehm, dass er dadurch ziemlich gebunden war. Er war so viel unterwegs gewesen, dass er es nicht lange an einem Ort aushielt. Außerdem ging es ihm gegen den Strich, Hausbesitzer zu sein. Er hatte sein ganzes Leben lang nur so viel besessen, wie er bei sich tragen konnte. Als er den Dienst quittiert hatte, waren einige Kleidungsstücke und eine Armbanduhr sowie eine Zahnbürste hinzugekommen, die man zusammenklappen und wie einen Stift in die Tasche stecken konnte. Das war alles gewesen. Und nun besaß er ein Haus. Das brachte allerlei mit sich. Man musste diverse Versicherungen abschließen und Steuern bezahlen.

Das Einzige, was er für das Haus gekauft hatte, war ein goldfarbener Filtereinsatz für Leons alte Kaffeemaschine. Er fand ihn praktischer als die Papierfilter, die man andauernd aus dem Laden besorgen musste. An diesem Morgen füllte er um zehn nach vier Kaffeepulver ein, goss Wasser dazu und schaltete die Maschine ein. Noch bevor der Kaffee durchgelaufen war, hörte er auf seiner Auffahrt das Knirschen von Reifen. Dann drang ein aufblitzender roter Lichtschein durch sein Küchenfenster. Autotüren gingen auf, und zwei Leute stiegen aus. Die Türen wurden zugeschlagen. Gleich darauf klingelte es an der Haustür.

Im Gang gab es zwei Lichtschalter. Reacher drückte den für die Beleuchtung am Vordach und öffnete die Tür. Das gelbe Strahlerlicht fiel auf Nelson Blake und Julia Lamarr. Auf Blakes Gesicht war nur Erschöpfung zu erkennen, Julia Lamarr hingegen schaute Reacher mit unverhohlener Feindseligkeit an.

„Kommen Sie rein", sagte er. „Ich mache gerade Kaffee." Er ging in die Küche zurück. „Ich kann Ihnen leider nur schwarzen anbieten."

„Ist mir recht." Blake war an der Küchentür stehen geblieben, weil er nicht unaufgefordert eintreten wollte.

Julia Lamarr trat neben ihn. „Ich möchte keinen", lehnte sie ab.

„Trinken Sie einen Kaffee, Julia. Es war eine lange Nacht." Blake drückte es so aus, dass es ein bisschen wie ein Befehl, aber auch wie ein väterlicher Rat klang.

Reacher schaute zu ihm hinüber und füllte drei Becher. „Wer war das dritte Opfer?", fragte er beiläufig.

Blake zuckte nicht einmal mit der Wimper. „Lorraine Stanley. Sie hatte in Utah als Quartiermeister-Feldwebel gedient. Heute Morgen wurde sie in Kalifornien tot aufgefunden."

„Identische Vorgehensweise?"

„Sie stimmt völlig überein."

„Die gleiche Vorgeschichte?"

„Ja. Eine Klage wegen sexueller Belästigung, mit der sie Erfolg hatte. Trotzdem quittierte sie vor einem Jahr den Dienst. Jetzt haben wir also drei Fälle. Dass alle drei mit dem Militär in Zusammenhang stehen, kann man nicht mehr als Zufall betrachten."

Reacher trank einen Schluck. „Ich kannte diese Frau nicht. In Utah habe ich niemals gedient."

Blake nickte. „Können wir uns irgendwo hinsetzen und miteinander reden?"

Reacher führte die beiden ins Wohnzimmer. Dort standen drei Sofas u-förmig um einen offenen Kamin angeordnet. Blake setzte sich mit dem Gesicht zum Fenster, Reacher nahm ihm gegenüber Platz, und Julia Lamarr ließ sich mit Blick auf den Kamin nieder.

„Zu dem Täterprofil stehen wir nach wie vor", betonte sie.

„Wie schön für Sie."

„Bei den ersten beiden kamen Sie als Tatverdächtiger durchaus in Betracht", sagte Blake. „Und deshalb wurden Sie überwacht."

„Soll das eine Entschuldigung sein?", erkundigte sich Reacher.

„Wenn Sie so wollen."

„Haben Sie eine Person gefunden, die alle drei Frauen kannte?"

„Bis jetzt noch nicht", erwiderte Julia Lamarr.

„Wir glauben, dass ein vorheriger persönlicher Kontakt möglicherweise gar nicht so wichtig ist“, setzte Blake hinzu.

„Vor ein paar Stunden waren Sie aber noch ganz anderer Meinung. Da war ich für Sie der Bekannte der beiden, der nur an die Tür zu klopfen brauchte und sofort eingelassen wurde.“

„Wir meinten nicht Sie persönlich, sondern jemanden wie Sie“, erwiderte Blake. „Dieser Typ bringt Frauen um, weil ein ganz bestimmter Sachverhalt vorliegt. Zuerst erstatten sie Anzeige wegen sexueller Belästigung, und dann quittieren sie den Dienst. Kann sein, dass er ihnen gar nicht persönlich bekannt ist, sondern nur aufgrund des Sachverhalts, seiner dienstlichen Funktion nach. Zum Beispiel als Militärpolizist.“

Reacher lächelte. „Jetzt glauben Sie also schon wieder, dass ich es gewesen sein könnte?“

Blake schüttelte den Kopf. „Nein, denn Sie waren ja nicht in Kalifornien.“

„Das ist die falsche Antwort, Blake. Ich bin kein Killer, deswegen war ich's nicht.“

„Haben Sie nie einen Menschen umgebracht?“, warf Julia Lamarr ein.

„Nur wenn es nicht anders ging.“

Sie lächelte eisig. „Ich wiederhole: Wir stehen nach wie vor zu dem Täterprofil. Es geht um einen selbstgerechten Mistkerl, der Ihnen zum Verwechseln ähnlich ist.“

Blake warf seiner Kollegin einen missbilligenden Blick zu und beugte sich nach vorn, um Reachers Aufmerksamkeit auf sich zu lenken. „Wir wollen damit nur sagen, dass der Betreffende möglicherweise Militärpolizist war.“

„Möglich ist alles“, stimmte Reacher zu.

„Wir haben es hier mit ganz bestimmten Sachverhalten zu tun. Da ist vor allem der militärische Hintergrund der Opfer. Der ist so unübersehbar, dass man ihn nicht mehr als Zufall bezeichnen kann.“

„Worauf wollen Sie hinaus?“

„FBI und Militär kommen in der Regel nicht besonders gut miteinander aus.“

„Das überrascht mich nicht. Mit wem kommt ihr Typen denn schon aus?“

Blake schaute verdrießlich drein. „Überall gibt es Reibereien. Das Militär hasst das FBI. Das FBI hasst die CIA. Jeder hat einen Hass auf die anderen. Folglich brauchen wir einen Mittelsmann.“

„Etwa mich?“

„Sie waren ein sehr tüchtiger Ermittler, als Sie beim Militär waren."

„Das ist lange her."

„Vielleicht haben Sie dort immer noch Freunde. Es mag Leute geben, die sich an Sie erinnern, oder solche, die Ihnen noch einen Gefallen schuldig sind."

„Vielleicht, vielleicht auch nicht." Reacher lehnte sich zurück.

„Haben Sie denn kein Mitgefühl für die ermordeten Frauen? Sie kannten Callan und Cooke doch und mochten sie."

„Ich mochte Callan."

„Also, dann helfen Sie uns, ihren Mörder zu finden. Ohne Ihre Unterstützung tappen wir weiter im Dunkeln."

„Nichts zu machen."

„Sie Mistkerl", knurrte Julia Lamarr.

Reacher wandte sich an Blake. „Glauben Sie allen Ernstes, ich wollte mit dieser Frau zusammenarbeiten? Der fällt doch nichts anderes ein, als mich zu beschimpfen."

„Wie wäre es mit einer beratenden Funktion?"

Reacher schüttelte den Kopf. „Kein Interesse."

„Wären Sie damit einverstanden, sich hypnotisieren zu lassen?", erkundigte sich Blake.

„Hypnotisieren? Wozu das?"

„Möglicherweise kommt etwas zum Vorschein, was verschüttet war. Zum Beispiel, dass einer Drohungen ausgestoßen oder abfällige Äußerungen gemacht hat. Irgendetwas, was Sie damals nicht weiter beachtet haben, könnte Ihnen wieder einfallen."

„Sie setzen immer noch Hypnose ein?"

„Gelegentlich. Julia ist eine Expertin auf diesem Gebiet. Sie würde die Hypnose vornehmen."

„Nein danke. Sie könnte mich dazu bringen, dass ich nackt auf der Fifth Avenue umherspaziere."

Blake blickte kurz auf den Boden, dann schaute er wieder auf. „Zum letzten Mal, Reacher: Das FBI bittet Sie um Ihre Mitarbeit als Berater. Sie bekämen selbstverständlich eine Vergütung. Ja oder nein?"

„Das ist der Grund dafür, dass Sie mich zu sich geschafft haben, stimmt's?"

Blake nickte. „Manchmal klappt es. Wenn man jemand den Eindruck vermittelt, er sei der Hauptverdächtige, und ihm dann mitteilt, dass er's nicht ist, dann empfindet er uns gegenüber Dankbarkeit und möchte uns behilflich sein."

„Ziemlich grausam, meinen Sie nicht auch?"

„Das FBI hat manchmal keine andere Wahl. Also, wie lautet Ihre Antwort?"

„Wenn Sie Miss Lamarr anderweitig beschäftigen, könnte ich's in Betracht ziehen."

Sie blickte finster, und Blake erwiderte: „Kommt nicht infrage."

„Dann muss ich das Angebot ablehnen."

Blake zog die Mundwinkel herab. „Wir haben mit Deerfield gesprochen, bevor wir herkamen. Aus Gründen der Höflichkeit, verstehen Sie. Er hat uns ermächtigt, Ihnen mitzuteilen, dass Cozo die Anklage wegen Mitgliedschaft in einer kriminellen Vereinigung fallen lässt, wenn Sie mit uns zusammenarbeiten."

„Darüber mache ich mir keine großen Sorgen. Damit werde ich fertig. Wenn die Jury mit Geschäftsleuten aus Tribeca besetzt ist, werde ich wie ein Robin Hood dastehen."

Blake wischte sich den Mund. „Das Dumme ist nur, dass noch ein anderer Anklagepunkt dazukommen könnte. Einer der beiden Typen ist in einem kritischen Zustand. Er hat einen Schädelbruch erlitten. Wenn er stirbt, gibt's eine Anklage wegen Totschlags."

Reacher lachte. „Das verfängt bei mir nicht, Blake. Niemand hat einen Schädelbruch erlitten. Wenn ich einem den Schädel einschlagen will, weiß ich, wie ich's anstellen muss. Darauf können Sie sich verlassen. Und nun machen Sie mal weiter mit Ihren schlimmen Drohungen."

„Cozo hat Leute, die verdeckt für ihn arbeiten. Petrosian wird Erkundigungen einziehen, um herauszufinden, wer seine Jungs zusammengeschlagen hat. Cozos Leute könnten da mal Ihren Namen fallen lassen. Dieser Petrosian ist ein harter Bursche."

„Dieses Risiko gehe ich ein."

Blake räusperte sich. „Wir haben geahnt, dass Sie das sagen würden. Wir sind nämlich gute Menschenkenner. Deshalb haben wir uns auch gefragt, wie Sie wohl reagieren würden, wenn Cozo nicht Ihren Namen und Ihre Adresse, sondern Namen und Adresse Ihrer Freundin durchsickern ließe."

„ICH KANN es nicht fassen, dass sie mit solchen Methoden vorgehen", sagte Jodie.

Sie befanden sich in ihrer Küche, vier Stockwerke über dem unteren Broadway. Zwanzig Minuten nachdem sich Blake und Julia Lamarr in Garrison von Reacher verabschiedet hatten, war er nach Manhattan gefahren. Als Jodie um sechs Uhr morgens nach Hause gekommen war, hatte er in ihrem Wohnzimmer auf sie gewartet.

„Sie sind rabiat, und anmaßend sind sie auch", entgegnete er. „Und sie wollen unbedingt gewinnen, dafür tun sie alles. Ich soll ihnen bis um acht Uhr Bescheid geben."

Nervös ging Jodie auf und ab. Sie hatte seit 36 Stunden nicht geschlafen, aber das merkte man ihr bis auf einen leichten bläulichen Schatten in den Augenwinkeln kaum an. „Kann sein, dass sie es nicht ernst meinen", gab sie zu bedenken.

„Die sicherste Methode ist, davon auszugehen, dass sie es ernst meinen."

„Warum gehen die so rabiat vor? Wieso diese Drohungen? Und wieso gerade gegen dich?"

„Dafür gibt's viele Gründe. Ich war an zwei von den Fällen beteiligt. Es ist ihnen gelungen, mich ausfindig zu machen. Außerdem hatte ich eine gehobene Position inne, und es stand zu vermuten, dass mir einige von der jüngeren Generation noch einen Gefallen schulden."

Jodie nickte. „Also gut, was sollen wir tun?"

„Ich könnte Petrosian unschädlich machen."

Sie starrte ihn an und schüttelte dann den Kopf. „In der Firma haben wir eine bestimmte Vorgehensweise. Wir nennen sie die Was-läuft-da-noch-Regel. Angenommen, wir betreuen einen Typ, der bankrott ist. Manchmal stöbern wir ein bisschen herum und stellen fest, dass er Vermögenswerte gebunkert hat, die er uns gegenüber nicht erwähnt hat. Er schwindelt also. Als Erstes fragen wir uns: Was läuft da noch? Was macht er sonst noch? Was hat er sonst noch beiseite geschafft?"

„Worauf willst du hinaus?"

„Was wollen die eigentlich wirklich? Es könnte sein, dass es überhaupt nicht um die Frauen, sondern in Wirklichkeit um Petrosian geht. Vermutlich ist er ein gerissener, aalglatter Bursche. Kann sein, dass sie nichts in der Hand haben, was sie ihm zur Last legen können. Und dass Cozo Blake und Lamarr dazu benutzt, dich dazu zu bringen, gegen Petrosian vorzugehen. Sie wissen genau: Wenn sie Petrosian als eine Bedrohung, die sich gegen mich richtet, ins Spiel bringen, wirst du sofort auf den Gedanken kommen, ihn zu beseitigen. Dann wäre er weg vom Fenster, ohne einen Prozess, den sie wahrscheinlich sowieso nicht gewinnen würden. Und es gäbe keine Spuren, die zum FBI führten. Es kann durchaus sein, dass sie dich als Attentäter einsetzen möchten. Sie bringen dich auf Touren, und schon fegst du los."

„Und warum haben sie mir das nicht klipp und klar vorgeschlagen?"

„Das dürfen sie nicht, das wäre absolut ungesetzlich. Und du darfst das sowieso nicht tun, Reacher. Ein Mordanschlag, bei dem sie Mitwisser sind? Der sich unter ihrer Nase abspielt? Das FBI hätte dich dann für den Rest deines Lebens völlig in der Hand."

Er stützte sich auf das Fenstersims und schaute auf die Straße hinunter.

„Du steckst gewaltig in der Klemme", setzte Jodie hinzu. „Wir stecken beide in der Klemme. Was wirst du tun?"

„Nachdenken. Ich habe bis acht Uhr Zeit. Ich weiß nur eines: Ich kann nicht nach Quantico gehen und dich allein in dieser Stadt zurücklassen, in der sich auch Petrosian aufhält. Das kann ich auf keinen Fall machen."

BEVOR Jodie die Wohnung verließ, um zur Arbeit zu gehen, küssten sie einander leidenschaftlich und sehr lange, als ob sie in absehbarer Zeit keine Gelegenheit mehr dazu bekämen. Dann dachte Reacher eine halbe Stunde nach. Anschließend telefonierte er zwanzig Minuten lang. Um 7.55 Uhr rief er schließlich Julia Lamarr an. Sie nahm nach dem ersten Klingeln ab.

„Ich mache mit", teilte Reacher ihr mit. „Ich tue es zwar ungern, aber ich bin dabei."

Sie schwieg einen Moment. „Gehen Sie nach Hause, und packen Sie ein paar Sachen zusammen", erwiderte sie dann. „Wir gehen nach Virginia. In genau zwei Stunden hole ich Sie ab."

„Nicht nötig. Ich werde Sie am Flughafen treffen."

„Wir nehmen kein Flugzeug."

„Wieso denn nicht?"

„Weil ich niemals fliege. Wir fahren mit dem Auto."

PÜNKTLICH traf Julia Lamarr in einem nagelneuen Buick ein. „Wo ist denn Ihr Gepäck?", fragte sie Reacher, als er die Beifahrertür öffnete und neben ihr Platz nahm.

„Ich brauche keines." Seine zusammenklappbare Zahnbürste hatte er in die Innentasche seiner Jacke gesteckt.

Angewidert wandte sie den Blick von ihm ab, als wäre er ein Asozialer. Dann reihte sie sich in den Verkehr ein und fuhr schweigend dahin. Die I-84 führte sie über den Hudson und durch Newbury. Danach nahm Julia Lamarr die nach Süden gehende Schnellstraße.

„Sind Sie überhaupt nie geflogen?“, wollte Reacher wissen.

„Früher schon, aber seit einiger Zeit nicht mehr.“

„Aus welchem Grund?“

„Eine Phobie. Ich habe einfach Angst davor.“

„Aber beim Autofahren ist das Risiko doch wesentlich höher“, wandte Reacher ein.

„Der Statistik nach schon.“

„Folglich ist Ihre Angst irrational. Gibt’s beim FBI eine Menge Agenten mit irrationalen Ängsten?“

Sie erwiderte nichts darauf, aber ihr blasses Gesicht bekam einen rötlichen Schimmer. „Wir müssen miteinander reden“, sagte sie nach einer Weile.

„Also gut. Erzählen Sie mir mal vom College.“

„Nein, nicht darüber! Wir sollten über die Fälle sprechen.“

Er lächelte. „Aber Sie sind doch aufs College gegangen, nicht wahr?“

Sie nickte. „Indiana State.“

„Und hatten Psychologie als Hauptfach?“

Sie schüttelte den Kopf. „Wenn Sie’s unbedingt wissen wollen: Landschaftsgärtnerei. Meine berufliche Ausbildung habe ich auf der FBI-Akademie in Quantico bekommen.“

„Landschaftsgärtnerei? Kein Wunder, dass das FBI bei Ihnen zugegriffen hat.“

„Da lernt man, das Gesamtbild zu betrachten und geduldig zu sein.“

„In Quantico gibt es wohl eine Menge irrationaler, unter Phobien leidender Landschaftsgärtner? Und Bonsaifans, die sich vor Spinnen fürchten?“

„Ich hoffe, Sie sind mächtig stolz, wenn Sie Ihre Witzeleien von sich geben, während etliche Frauen in Lebensgefahr schweben. Nach Angaben des Verteidigungsministeriums gibt es 91, die in die Kategorie der Mordopfer passen. Meine Stiefschwester ist eine davon.“

Reacher verstummte und schaute aus dem Fenster. Sie fuhr schnell. „Tut mir Leid“, entschuldigte er sich. „Sie machen sich bestimmt Sorgen um sie.“

Bald darauf gelangten sie nach New Jersey. Die Straße war nass, und vor ihnen hingen dunkle Wolken. Sie jagten einem nach Süden ziehenden Unwetter nach.

Julia Lamarr packte das Lenkrad fester. „Also, sprechen wir über die Fälle“, wiederholte sie. „Die einzelnen Tatorte ergaben sich offenbar aus den Umständen, aber die Auswahl der Opfer erfolgte nach speziellen

Gesichtspunkten, nicht wahr? Der Täter ist hinter ganz bestimmten Frauen her und geht dorthin, wohin er muss. Die Morde geschahen stets bei den Opfern zu Hause. In allen drei Fällen handelte es sich um Einfamilienhäuser, die mehr oder weniger abgelegen waren."

„Gab's da keinen Ehemann oder Familienangehörige?", fragte Reacher.

„Callan lebte getrennt und war kinderlos. Cooke hatte verschiedene Freunde, aber keine Kinder. Stanley war eine Einzelgängerin ohne Bindungen."

„Haben Sie Callans Ehemann überprüft?"

„Selbstverständlich. Das machen wir bei jeder verheirateten Frau. Er hatte ein einwandfreies Alibi, und es gab nichts Verdächtiges. Mit Cooke wurde dann klar, nach welchem Muster es ablief, dass es nicht der Ehemann oder der Freund gewesen sein konnte."

„Allem Anschein nach nicht."

„Die erste Frage lautet: Wie bekommt er Einlass? Er verschafft sich nicht gewaltsam Zutritt, sondern spaziert einfach durch die Tür."

„Glauben Sie, dass er die Häuser zuerst überwacht hat? Gibt es Hinweise darauf? Zigarettenkippen oder Getränkedosen unter einem Baum irgendwo in der Nähe?"

„Dieser Bursche hinterlässt keinerlei Spuren. Das habe ich Ihnen bereits gesagt."

„Haben die Nachbarn was bemerkt?"

Sie schüttelte den Kopf. „Bis jetzt kam kein Hinweis."

„Und alle drei wurden bei Tag umgebracht?"

„Zu unterschiedlichen Zeiten, aber bei Tageslicht."

„Keine war berufstätig?"

„Sie selbst arbeiten ja auch nicht. Von euch ehemaligen Armeeangehörigen scheint kaum jemand zu arbeiten. Wie kommt das?"

„In meinem Fall ist es so, dass ich nichts Passendes finden kann. Ich dachte mal an Landschaftsgärtnerei, aber ich suchte eine echte Herausforderung, nicht irgendetwas, was man sich im Nu aneignen kann."

Julia Lamarr schwieg, während der Wagen in einen Wolkenbruch geriet. Sie setzte die Scheibenwischer in Gang, schaltete die Scheinwerfer ein und verlangsamte das Tempo ein wenig.

„Haben Sie die Absicht, mich die ganze Zeit zu beleidigen?", fragte sie schließlich.

„Sie ein bisschen hochzunehmen ist nichts im Vergleich zu dem, was Sie meiner Freundin androhen. Außerdem habe ich nicht vergessen, dass Sie mich für einen Kerl hielten, der zwei Frauen umbringen kann."

„War das jetzt ein Ja oder ein Nein?"

„Es war ein Vielleicht. Eine Entschuldigung von Ihrer Seite könnte dazu beitragen, dass es zu einem Nein wird."

„Ich soll mich entschuldigen? Das können Sie vergessen, Reacher. Von meinem Täterprofil rücke ich nicht ab. Wenn Sie's nicht waren, dann war es ein Drecksack, der Ihnen aufs Haar gleicht."

Der Himmel verdunkelte sich weiter, und es regnete nun heftig. Durch die Wassermassen hindurch, die auf die Windschutzscheibe prasselten, war das Schimmern roter Bremslichter zu erkennen. Der Verkehr kam ins Stocken und bewegte sich nur noch im Schneckentempo voran. Julia Lamarr trat scharf auf die Bremse.

„So ein Mist!", spottete Reacher. „Unter diesen Bedingungen ist Ihr Todesrisiko 10 000-mal höher als beim Fliegen."

Sie erwiderte nichts, sondern konzentrierte sich aufs Fahren und blieb mit dem Fuß auf der Bremse. „Worüber sprachen wir zuletzt?", fragte sie nach einer Weile.

„Er hat rausgekriegt, dass die Frauen allein leben. Er gelangt bei Tageslicht hinein. Und was passiert dann?"

„Er bringt sie um."

„Im Haus?"

„Das nehmen wir an."

„Wissen Sie das nicht genau?"

„Er hinterlässt keine Spuren, erinnern Sie sich? Absolut nichts: keine Fasern, kein Blut, keinen Speichel, keine Haare, keine Fingerabdrücke, keine DNA."

„Also bringt er sie vielleicht gar nicht im Haus um."

„Er lässt die Leichen zumindest dort zurück. In der Badewanne."

„In der Wanne? Alle drei?"

„Ja. Nackt. Und die Kleidung fehlt."

„Er nimmt die Kleidungsstücke mit? Wieso?"

„Wahrscheinlich als Trophäe. Das kommt bei einem Serienverbrechen wie diesem häufig vor."

„Nimmt er sonst noch was mit?"

„Nach unseren bisherigen Feststellungen nicht."

„Er nimmt also ihre Kleider mit und lässt nichts zurück."

„Doch, etwas schon", schränkte sie ein. „Nämlich Farbe."

„Farbe?"

„Grüne Armee-Tarnfarbe. In der Badewanne. Er legt die nackten Frauen hinein und füllt die Wanne mit Farbe."

Reacher starrte in den Regen hinaus. „Er ertränkt sie? In der Farbe?"

„Nein, zu diesem Zeitpunkt sind sie schon tot."

„Erzählen Sie mir Genaueres über die Farbe", bat er leise.

Verwundert schaute sie ihn an. „Es ist die Grundierung für den Tarnanstrich der Armee. Ein mattes Grün. Die Farbe wird in Illinois massenhaft produziert."

Reacher nickte knapp. Er hatte die Farbe nie benutzt, aber oft genug zu Gesicht bekommen. „Die kleckert ganz schön."

„Doch die Tatorte sind blitzsauber. Er verschüttet keinen einzigen Tropfen."

„Die Frauen waren bereits tot. Es gab keinen Kampf. Kein Wunder, dass nichts verschüttet wurde. Es bedeutet jedoch, dass er jeweils hundert oder hundertzwanzig Liter Farbe ins Haus tragen musste, um die Wanne zu füllen. Das ist eine ganze Menge. Die Farbe muss ihm sehr wichtig sein. Haben Sie mal überlegt, was das zu bedeuten hat?"

„Mir ist da lediglich der offenkundige Zusammenhang mit dem Militär eingefallen. Kann sein, dass es eine Art Heimholung darstellt, wenn er die Leichen mit dieser Armeefarbe übergießt. Sie kehren dahin zurück, wo sie hingehören, wo sie seiner Meinung nach hätten bleiben sollen. Die Farbe umschließt sie. Nach ein paar Stunden bildet sich eine Haut. Die Oberfläche wird hart, und darunter entsteht eine gallertartige Masse. Ich glaube, wenn man lange genug wartete, würde die ganze Wannenfüllung steinhart werden."

Reacher starrte durch die Windschutzscheibe. Der Horizont war hell. Sie ließen das schlechte Wetter hinter sich.

„Hundertzwanzig Liter Farbe sind nicht leicht zu transportieren. Dazu braucht man ein größeres Fahrzeug. Das fällt auf. Hat niemand was gesehen?"

„Wir sind von Tür zu Tür gegangen, haben aber keinerlei Hinweise bekommen."

Er kratzte sich am Kinn. „Die Farbe ist des Rätsels Lösung. Woher genau stammt sie?"

„Wir haben keine Ahnung. Das Militär ist nicht besonders entgegenkommend."

„Das überrascht mich nicht. Denen ist das peinlich. Denn es sieht so aus, als stecke ein aktiver Soldat dahinter. Wer sonst hätte so viel Tarnfarbe beschaffen können?"

Julia Lamarr erwiderte nichts, schaltete aber die Scheibenwischer aus, denn der Regen hatte aufgehört.

Reacher dachte über einen Soldaten nach, der irgendwo eimerweise Farbe auflud. 91 Frauen standen auf seiner Liste, und nach seinen wahnwitzigen Überlegungen waren für jede 100 oder 120 Liter vorgesehen. Das waren ganze Lkw-Ladungen. Vielleicht war der Täter ein Quartiermeister.

„Wie bringt er sie um?“, erkundigte sich Reacher.

Julia Lamarr schluckte. „Wir wissen es nicht.“

„Sie wissen es nicht?“

„Wir können es nicht nachvollziehen.“

Zusammen sind es 91, und du musst insgesamt sechs erledigen, also bleiben noch drei. Was machst du jetzt? Du denkst weiter scharf nach und fährst mit der Planung fort. Du musst sie nämlich alle überlisten, die Opfer wie auch die Ermittler. Immer mehr Ermittler kommen hinzu. Neue Aspekte, neue Methoden. Sie machen sich auf die Suche nach dir und tun ihr Möglichstes, dich zu finden.

Die Ermittler sind hartnäckig, aber die Frauen sind kein Problem. Du hast alles lange und sehr sorgfältig geplant, und die Planung war perfekt. Sie kommen an die Haustür, sie fallen darauf rein und lassen dich eintreten. Sie sind so dumm, dass sie ihr Schicksal verdient haben. Und es ist gar nicht schwierig. Es ist wie alles andere. Wenn du es richtig geplant hast, ist es einfach. Noch drei. Dann hast du’s geschafft.

„WIESO wissen Sie nicht, wie die Frauen umgekommen sind?“, hakte Reacher nach.

„Es sind keine Verletzungen oder Wunden zu sehen. Die von der Spurensicherung holen die Leichen aus der Wanne. Die Pathologen säubern sie und finden nichts. In den Lungen kein Wasser und keine Farbe, folglich sind sie nicht ertrunken.“

„Keine Hautabschürfungen oder Prellungen?“

„Nichts dergleichen. Aber vergessen Sie nicht, dass die Leichen in der Farbe lagen. Die ist voller Chemikalien und ziemlich ätzend. Kann sein, dass lädierte Hautstellen durch die Auswirkungen der Farbe unkenntlich werden. Wie auch immer sie zu Tode kamen, es geschah jedenfalls auf eine sehr subtile Weise."

„Gibt es innere Verletzungen?"

„Nichts. Keine subkutanen Quetschungen, keine Organverletzungen. Der toxikologische Befund ergab nichts. Und es fand kein Geschlechtsverkehr statt."

„Eine sehr unsoldatische Weise, jemanden zu töten. Soldaten erschießen, erstechen, erschlagen oder erwürgen den Feind. Sie wenden keine subtilen Methoden an."

„Wir wissen nicht genau, was er gemacht hat."

„Aber Wut ist da nicht zu erkennen, oder? Wenn dieser Typ Vergeltung übt, wo bleibt dann die Wut? Es kommt mir viel zu nüchtern vor."

Julia Lamarr gähnte. „Mir bereitet das auch Kopfzerbrechen. Aber betrachten Sie doch den Hintergrund der Opfer. Was könnte er sonst für ein Motiv haben? Und wenn wir uns hinsichtlich des Motivs einig sind, kommt nur ein erboster Soldat als Täter infrage, oder?"

Sie verfielen in Schweigen. Die Kilometer rauschten vorüber. Als Julia Lamarr erneut gähnte, warf Reacher ihr einen forschenden Blick zu. „Sind Sie okay?"

„Ich bin vielleicht ein bisschen erschöpft. Machen Sie sich auf einmal meinetwegen Gedanken?"

„Nein, meinetwegen. Sie könnten einschlafen und von der Straße abkommen."

Sie gähnte schon wieder. „Das ist mir noch nie passiert."

Reacher musterte sie prüfend. „Ich werde jetzt ein Stündchen schlafen. Bringen Sie mich bitte nicht in Lebensgefahr!"

ALS ER aufwachte, sah er, dass Julia Lamarr starr vor Erschöpfung war. Mit geröteten, aufgerissenen Augen starrte sie auf die Fahrbahn.

„Wir sollten mal anhalten und was essen", schlug er vor.

Sie unterdrückte ein Gähnen. „Okay, das machen wir."

Sie fuhr noch ein Stück und bog zur nächsten Raststätte ab. Anlagen dieser Art hatte Reacher schon tausendmal gesehen: eine Billigkonstruktion aus den Fünfzigerjahren mit der Filiale einer Fastfood-Kette.

Sie stiegen aus, und Reacher streckte seine steifen Glieder in der kalten, feuchten Luft. Dann gingen sie hinein und stellten sich in die Schlange, um ein Sandwich zu kaufen.

Als die Schlange sich voranbewegte, beschloss Reacher, statt Käse das teurere Krabbenfleisch zu nehmen, weil Julia Lamarr vermutlich die Rechnung zahlen würde. Außerdem nahm er sich einen großen Becher schwarzen Kaffee und ein Doughnut und ging dann zu einem Tisch, während sie in ihrer Tasche nach dem Portmonee nestelte.

Als sie sich zu ihm setzte, hob Reacher seinen Becher und brachte einen ironischen Trinkspruch aus. „Auf dass wir zusammen ein paar interessante Tage erleben."

„Ein paar Tage werden nicht reichen", erwiderte sie. „Wir arbeiten so lange zusammen, wie es nötig ist."

Er trank seinen Kaffee und dachte nach. „Was hat denn der Dreiwochenzyklus zu bedeuten?"

„Das wissen wir nicht genau. Kann sein, dass er immer zwei Wochen durcharbeitet und dann eine Woche dienstfrei hat. Dass er diese Woche dazu verwendet, die Opfer zu überwachen, die Vorkehrungen zu treffen und die Tat zu begehen."

Reacher hatte eine Idee. Er nickte. „Schon möglich."

„Was für ein Soldat hat so eine Diensteinteilung?"

„Die so schematisch abläuft?" Er runzelte die Stirn. „Jemand von den Sondereinheiten beispielsweise." Dann wartete er ab, ob Julia Lamarr den Köder schlucken würde.

„Angehörige der Sondereinheiten wüssten, wie man Leute auf subtile Weise umbringt, nicht wahr?"

Er biss in sein Sandwich. „Sie können geräuschlos vorgehen, sie können unbewaffnet vorgehen, und sie verstehen sich aufs Improvisieren. Ob sie subtil vorgehen können, weiß ich nicht."

„Was wollen Sie damit sagen?"

„Dass ich keine Ahnung habe, wer der Täter sein könnte, welchen Grund er hat und welche Methoden er anwendet. Sie sind doch hier die große Expertin."

„Wir erwarten da schon etwas Besseres von Ihnen, Reacher", entgegnete sie nach einer Weile. „Sie wissen genau, was wir machen werden, wenn Sie nicht spuren."

„Und wenn Jodie etwas angetan wird, wissen Sie genau, was ich mit Ihnen machen werde. Ist Ihnen das klar?"

Sie lächelte. „Sie drohen mir? Einer FBI-Agentin? Damit liefern Sie mir einen weiteren Anklagepunkt."

Er trank seinen Becher aus und erwiderte nichts.

„Bleiben Sie am Ball, dann ist alles okay", sagte sie.

„Ich werde mich als Mittelsmann betätigen. Sie müssen mir jedoch sagen, was ich zu tun habe."

Sie nickte. „Als Erstes überprüfen Sie die Spezialeinheiten."

Reacher presste die Lippen zusammen, um nicht lächeln zu müssen.

SCHWEIGEND gingen sie zu dem Buick zurück. Julia Lamarr ließ den Motor an und fuhr auf den Highway.

„Erzählen Sie mir Genaueres über Ihre Schwester", bat Reacher.

„Stiefschwester."

„Sei's drum. Erzählen Sie von ihr!"

„Sie ist ein reiches Mädchen, das Abenteuer erleben wollte."

„Und deswegen ging sie zum Militär?"

„Sie fiel auf die Werbung rein. Kennen Sie die Zeitschriftenanzeigen? Die glorifizieren alles als tolles Abenteuer. Sie meinte, sie müsste die ganze Zeit mit einem Messer zwischen den Zähnen auf Felsen herumklettern."

„Und was tat sie wirklich?"

„Man steckte sie in ein Transportbataillon. Dort musste sie einen Lastwagen fahren."

„Wieso hat sie nicht den Dienst quittiert, wenn sie reich ist?"

„Sie gibt nicht so schnell auf. Sie bemühte sich, etwas Besseres zu kriegen. Aus diesem Grund traf sie fünfmal mit einem Oberst zusammen. Dieser Mistkerl meinte schließlich, es könne ihrer Karriere nur nützen, wenn sie sich bei der nächsten Besprechung ausziehen würde."

„Und dann?"

„Sie ließ ihn hochgehen. Daraufhin genehmigte man die gewünschte Versetzung. Zu einer Nachschubeinheit der Infanterie. Aber Sie können sich denken, was dann gemunkelt wurde. Kein Rauch ohne Feuer. Man nahm an, dass sie mit dem Typ geschlafen hatte, auch wenn sie ihn gemeldet hatte. Er wurde entlassen. Zuletzt konnte sie das Getratsche nicht mehr ertragen und nahm ihren Abschied."

„Und was macht sie jetzt?"

„Nichts. Sie ergeht sich in Selbstmitleid."

„Haben Sie eine enge Beziehung zu ihr?"

„Nicht so eng, wie ich's vielleicht gern hätte."

„Haben Sie sie gern?"

Julia Lamarr verzog das Gesicht. „Sie ist ein großartiger Mensch, aber ich habe alles falsch angepackt. Ich war jung, mein Vater war tot, und wir waren arm. Dann verliebte sich dieser reiche Mann in meine Mutter und adoptierte mich. Dass er mein Retter aus der Not war, passte mir nicht. Ich dachte, ich müsste seine Tochter deswegen noch lange nicht gern haben. Sie ist nur meine Stiefschwester, sagte ich mir. Als meine Mutter schließlich starb, war ich sehr einsam und niedergedrückt. Jetzt ist meine Stiefschwester einfach eine nette Frau, die ich kenne. Sie ist wie eine Bekannte von früher. Ich glaube, wir haben beide diesen Eindruck. Aber wir kommen recht gut miteinander aus."

„Wenn die Familie reich ist, sind Sie's doch auch, oder?"

„Ich bin reicher, als Sie denken. Mein Stiefvater verhält sich uns gegenüber sehr fair, obwohl ich nicht seine leibliche Tochter bin, sie aber schon."

„Sie Glückspilz."

„Bald werden wir noch viel reicher sein. Mein Stiefvater ist leider schwer krank. Er kämpft seit zwei Jahren gegen den Krebs an, aber jetzt gibt es keine Hoffnung mehr. Uns steht eine große Erbschaft bevor."

„Tut mir Leid, dass es ihm so schlecht geht."

„Mir tut es auch Leid. Es ist traurig."

Stille trat ein. Nur das Fahrgeräusch war zu vernehmen. „Haben Sie Ihre Schwester gewarnt?", fragte Reacher schließlich.

„Meine Stiefschwester."

„Wieso betonen Sie das so?"

„Weil Blake mir den Fall entziehen wird, wenn er meint, ich sei zu stark involviert. Und dazu darf es nicht kommen. Ich möchte das selbst in die Hand nehmen." Sie schwieg einen Moment. „Dieser familiäre Aspekt ist mir peinlich. Als meine Mutter tot war, hätten sie mich abschieben können. Aber sie taten nichts dergleichen. Sie sind mir gegenüber immer sehr fair und großzügig gewesen, und es war dumm von mir, dass ich mir anfangs wie ein Aschenputtel vorgekommen bin."

„Haben Sie Ihre Schwester gewarnt?", fragte Reacher noch einmal.

Sie schaute ihn aus den Augenwinkeln an. „Selbstverständlich. Ich habe sie aufgefordert, niemanden einzulassen, ganz gleich, um wen es sich handeln mag."

„Hat sie sich das zu Herzen genommen?"

„Dafür habe ich gesorgt."

Er nickte. „Okay. Dann müssen wir uns also nur noch um 87 Frauen kümmern."

AN NEW JERSEY schlossen sich 130 Kilometer Maryland an. Dann streiften sie den District of Columbia und gelangten nach Virginia. Auf der I-95 waren es jetzt noch 65 Kilometer bis nach Quantico.

Als Julia Lamarr den Highway verließ und auf eine schmale Straße einbog, die sich durch den Wald schlängelte, setzte sich Reacher auf und schaute aufmerksam hinaus. Er war noch nie in Quantico gewesen. Der Wagen fuhr durch eine Kurve, ließ die Bäume hinter sich und stoppte an einem Wachhäuschen aus kugelsicherem Glas. Ein bewaffneter Posten trat vor. In der Ferne waren eine Ansammlung niedriger honigfarbener Steinbauten zu sehen und zwischen ihnen einige Hochhäuser. Ringsherum erstreckten sich makellose Rasenflächen. Von der Umzäunung aus scharfkantigem Draht und dem bewaffneten Posten abgesehen, sah es wie auf einem Collegecampus aus.

Julia Lamarr ließ das Fenster herunter und kramte in ihrer Handtasche nach ihrem Ausweis. Der Posten wusste offensichtlich, wer sie war, hielt sich aber an die Vorschriften und wollte ihren Ausweis sehen. Sobald ihre Hand aus der Tasche kam, nickte er. Dann schaute er Reacher an.

„Die entsprechenden Unterlagen müssten Ihnen vorliegen", sagte Julia Lamarr.

Der Posten nickte erneut. „Ja, Mr Blake hat das veranlasst."

Er verschwand in seinem Wachhäuschen und kam mit einem laminierten Plastikanhänger zurück, der an einer Kette hing. Er reichte ihn durchs Fenster, und Julia Lamarr gab ihn an Reacher weiter. Der Ausweis trug seinen Namen und sein altes Dienstfoto. Über das Ganze war ein blassrotes B gedruckt.

„B für Besucher", erklärte Julia Lamarr. „Sie müssen das stets tragen, sonst schießt man auf Sie. Das ist mein voller Ernst."

Als der Posten die Schranke öffnete, kurbelte sie ihr Fenster hoch und fuhr zu einem Parkplatz, der sich vor dem größten Gebäude erstreckte. Sie fand eine Lücke und stellte den Motor ab.

„Und was nun?", fragte Reacher.

„Jetzt machen wir uns an die Arbeit."

Er legte die Kette des Besucherausweises um seinen Hals und stieg aus. Die Panzerglastür am Eingang öffnete sich, und Poulton kam heraus.

„Ich bringe Sie zu Ihrem Zimmer", sagte er zu Reacher. „Dort können Sie Ihre Sachen verstauen."

„Ich habe kein Gepäck."

Poulton zögerte. „Ich zeige es Ihnen auf alle Fälle."

Julia Lamarr ging mit ihrer Reisetasche davon, während Poulton Reacher zu einem Fahrstuhl führte. Sie fuhren in den dritten Stock und gelangten in einen ruhigen Korridor. Poulton ging zu einer schlichten Tür und schloss auf. Es war ein Standardzimmer im Motelstil. Rechts das Bad, links ein Schrank, ein Bett, ein Tisch und zwei Stühle, unaufdringliches Dekor.

Poulton blieb draußen auf dem Gang stehen. „Halten Sie sich in zehn Minuten bereit."

Die Tür ging zu. Auf ihrer Innenseite gab es keinen Griff. Vom Fenster aus sah man den Wald, aber es ließ sich nicht öffnen. Auf dem Nachttisch stand ein Telefon. Reacher nahm es, drückte die Neun und bekam eine Amtsleitung. Er wählte die Nummer von Jodies Büro und ließ es 18-mal klingeln, bevor er es bei ihrer Wohnung versuchte. Nur ihr Anrufbeantworter schaltete sich ein. Daraufhin wählte Reacher die Nummer ihres Handys. Es war abgeschaltet.

Er hängte seine Jacke in den Schrank, holte die Zahnbürste aus seiner Tasche und stellte sie im Bad in ein Glas. Am Waschbecken erfrischte er sich das Gesicht. Dann setzte er sich auf den Bettrand und wartete.

ACHT Minuten später hörte Reacher, wie ein Schlüssel ins Schloss gesteckt wurde. Er rechnete damit, Poulton zu Gesicht zu bekommen, aber es war eine Frau. Sie sah aus, als wäre sie sechzehn. Ihr langes blondes Haar trug sie als Pferdeschwanz. Sie hatte ein offenes, gebräuntes Gesicht, weiße Zähne und strahlend blaue Augen. Sie trug einen maßgeschneiderten Anzug, ein weißes Hemd und eine Krawatte, war über 1,80 Meter groß, langbeinig und absolut umwerfend.

„Hallo", begrüßte sie ihn und lächelte ihn an.

Reacher erwiderte nichts, worauf sich ihre Miene verdüsterte, und ihr Lächeln ein wenig verlegen wurde. „Sollen wir die HGFs gleich hinter uns bringen?"

„Die was?"

„Die HGFs. Die häufig gestellten Fragen."

„Wie lauten die denn?"

„Ach, wissen Sie, die höre ich laufend von den Männern, die hier neu sind. Und das nervt echt." Sie verzog das Gesicht. „Ich heiße Lisa Harper. Ich bin 29 – ja, wirklich! Ich komme aus Aspen, Colorado. Ich bin 1,85 groß – ja, wirklich! Ich bin seit zwei Jahren in Quantico. Ja, ich gehe mit Männern aus. Nein, ich bin so gekleidet, weil es mir gefällt. Nein, einen Freund habe ich zurzeit nicht. Und nein, ich möchte heute nicht mit Ihnen zu Abend essen." Sie lächelte wieder, und diesmal lächelte Reacher zurück.

„Wie wär's dann mit morgen Abend?", fragte er.

Lisa Harper stöhnte. „Sie müssen nur eines wissen: Ich bin FBI-Agentin und im Dienst."

„Und wie lautet Ihr Auftrag?"

„Ich soll auf Sie aufpassen. Sie sind mit ‚Status unbekannt' eingestuft, sind also weder Freund noch Feind. Das bedeutet meist, dass ein Deal bevorsteht, weil ein Typ bereit ist, seine Bosse zu verpfeifen."

„Ich gehöre zu keiner kriminellen Vereinigung."

„Aus unseren Akten geht aber hervor, dass dies der Fall sein könnte."

„Dann sind die Akten Schrott."

Lisa nickte. „Ich habe mich über Petrosian informiert. Er ist Syrer. Folglich sind die Chinesen seine Rivalen. Und die beschäftigen ausschließlich andere Chinesen. Es ist daher kaum anzunehmen, dass sie einen weißen Amerikaner wie Sie einsetzen würden."

„Haben Sie das auch Ihren Kollegen vorgetragen?"

„Die wissen das selbst, da bin ich sicher. Die möchten Sie nur dazu bringen, dass Sie die Drohung ernst nehmen."

„Sollte ich sie denn ernst nehmen?"

„Ja. Sie sollten sich wegen Miss Jacob ernsthaft Gedanken machen."

„Taucht sie auch in den Akten auf?"

„Da steht alles drin."

Lisa hielt die Tür auf, die sich leise hinter Reacher schloss, als sie dem Gang folgten. Sie betraten einen anderen Fahrstuhl als den, mit dem Reacher heraufgekommen war. Dieser hatte Knöpfe für fünf Untergeschosse, und Lisa drückte den untersten. Holpernd gelangte der Aufzug ans Ziel. Als die Tür aufging, lag ein grauer Korridor vor ihnen.

„Wir nennen es den Bunker", erklärte Lisa. „Das war mal unser Atombunker, und jetzt sind die Verhaltensforscher hier untergebracht."

Sie führte Reacher zu einer Tür auf der linken Wandseite und klopfte an. „Ich warte hier draußen auf Sie", sagte sie und ließ ihn eintreten.

In einem kleinen, unordentlichen Büro saß Nelson Blake hinter einem übervollen Schreibtisch. Überall häuften sich Papierstapel.

„Fallbesprechung in zwei Minuten", sagte er. „Passen Sie auf, Reacher, für Sie gelten folgende Regeln: Lisa Harper bleibt immer bei Ihnen, was Sie auch tun, wohin Sie auch gehen. Aber verstehen Sie das nicht falsch, Sie sind weiterhin Julia Lamarr zugeordnet. Nur bleibt die hier, weil sie nicht fliegen will. Aber Sie werden auf Reisen gehen müssen. Und kommen Sie ja nicht auf dumme Gedanken, was Lisa betrifft. Sie macht einen netten Eindruck, aber wenn Sie sich an sie ranmachen wollen, können Sie was erleben. Okay?"

„Okay."

Blake suchte in dem Papierstapel herum, der auf seinem Schreibtisch lag, zog einen großen braunen Umschlag hervor und streckte ihn Reacher entgegen. „Mit den besten Empfehlungen von Cozo."

Reacher nahm den Umschlag. Er enthielt acht Fotos. Tatortfotos von verstümmelten Leichen. Manche waren zerstückelt.

„Das Werk von Petrosian", erklärte Blake. „Das sind die Frauen, Töchter oder Schwestern von Burschen, die ihn auf die Palme gebracht haben."

„Und wo ist Jodie?"

„Woher soll ich das wissen?", erwiderte Blake. „Wir überwachen sie nicht. Wenn nötig, kann Petrosian sie selbst ausfindig machen. Wir werden sie ihm bestimmt nicht anliefern. Das wäre ja ungesetzlich."

„Es würde Sie teuer zu stehen kommen."

Blake schnaubte auf. „Hören Sie auf mit Ihren Drohungen, Reacher! Sie jagen mir keine Angst ein. Im Grunde sind Sie ein anständiger Mensch. Sie werden mir helfen, und später werden Sie keinen Gedanken mehr an mich verschwenden."

Reacher lächelte. „Ich dachte immer, diejenigen, die Täterprofile erstellen, sollten hervorragende Menschenkenner sein."

DIE BESPRECHUNG fand in dem Stockwerk über Blakes Büro in einem lang gestreckten, niedrigen Raum statt. Dort stand ein langer Tisch mit billigen Stühlen, die in einem Winkel von 45 Grad aufgestellt waren, sodass sie zum Kopf des Tisches zeigten, wo sich an der hinteren Wand eine große leere Tafel befand.

Lisa Harper führte Reacher zu dem Platz, der am weitesten von der Tafel entfernt war. Sie selbst wählte den nächsten Stuhl, der etwas näher am Geschehen stand. Poulton und Julia Lamarr kamen zusammen herein; sie hatten Akten bei sich. Blake wartete, bis sich die Tür hinter den beiden geschlossen hatte, dann klappte er die Tafel auf.

Ihr oberes rechtes Viertel wurde von einer mit einem Wald aus Fähnchen gespickten Karte der USA ausgefüllt. Reacher vermutete, dass es 91 Fähnchen waren. Die meisten waren rot, drei aber schwarz. Links von der Karte hing ein 20 auf 30 Zentimeter großes Farbfoto einer lächelnden Frau, die ihre Augen wegen der Sonne zusammenkniff. Sie war in den Zwanzigern und hübsch. Ihr rundes, glückliches Gesicht wurde von lockigem braunem Haar umrahmt.

„Meine Damen und Herren, das ist Lorraine Stanley", erläuterte

Blake. „Sie ist vor kurzem in San Diego, Kalifornien, verstorben."

Unterhalb des lächelnden Gesichts waren in einer genauen Reihenfolge weitere Fotos angeordnet. Der Tatort. Die Gesamtansicht eines Bungalows im spanischen Kolonialstil. Weitwinkelaufnahmen der Eingangsdiele, des Wohnzimmers und des Schlafzimmers. Im Bad befanden sich rechts eine Duschkabine und links eine Wanne, die voll mit grüner Farbe war.

„Vor drei Tagen lebte Lorraine Stanley noch", fuhr Blake fort. „Nachbarn haben gesehen, wie sie am Morgen ihre Mülltonne an den Straßenrand schob. Danach hat sie niemand mehr zu Gesicht bekommen. Ihre Putzfrau fand sie gestern tot auf."

„Ist der Zeitpunkt des Todes bekannt?", fragte Julia Lamarr.

„Ungefähr", antwortete Blake. „Vorgestern im Laufe des Tages. Die Vorgehensweise stimmt mit den beiden anderen Fällen überein."

„Spuren?"

„Bis jetzt nicht die kleinste Kleinigkeit."

Reacher betrachtete das Foto von der Eingangsdiele. Es handelte sich um einen langen, schmalen Gang, der an der Türöffnung zum Wohnzimmer vorbei zum Schlafzimmer führte. Links hing in Hüfthöhe ein schmales Regal voller winziger Kakteen. Rechts hingen weitere Regale in unterschiedlicher Höhe, auf denen kleine Porzellanfiguren standen.

„Okay", sagte Reacher. „Sie öffnet die Tür, dieser Typ überwältigt sie und schafft sie durch die Diele ins Bad. Dann schleppt er über hundert Liter Farbe ins Haus. Ohne dass von diesen Regalen was runterfällt. Hat er denn keine Gewalt angewendet? Wo bleibt die Wut?"

Blake wedelte abwehrend mit der Hand. „Er hat sie nicht überwältigt. Aus den Obduktionsberichten geht hervor, dass die Frauen völlig unversehrt waren. Es gab keine Gewaltanwendung."

„Und wie passt das Ihrer Ansicht nach zum Täterprofil? Ein erboster Soldat sucht Vergeltung, aber er schafft keinerlei Unordnung?"

„Er bringt die Frauen um, Reacher. Darin kommt seine Wut zum Ausdruck."

„Und was ist mit der Farbe? Wie schafft er die ins Haus? Wir sollten in ein Geschäft gehen und die entsprechende Menge anschauen. Er muss ein Auto oder einen Kleinlaster ungefähr zwanzig oder dreißig Minuten lang draußen geparkt haben. Wie kommt es, dass niemand etwas bemerkt hat?"

„Das entzieht sich unserer Kenntnis", erwiderte Blake.

„Und wie bringt er die Frauen um, ohne auch nur einen Kratzer zu hinterlassen?"

„Das wissen wir auch nicht."

„Ganz schön viel, was Sie nicht wissen, wie?"

Blake verzog das Gesicht. „Ja, das stimmt, Sie Schlauberger. Wir arbeiten jedoch daran. Wir haben achtzehn Tage Zeit, bis der nächste Mord fällig ist. Und wenn uns ein Genie wie Sie behilflich ist, sollte das reichen."

„Und wenn er den Zeitabstand nicht einhält?"

Blake schaute Julia Lamarr an. „Was glauben Sie?"

„Ich stehe zu meinem Täterprofil", antwortete sie. „Die Spezialeinheiten interessieren mich jetzt ganz besonders. Sie bekommen nach zwei Wochen Dienst eine Woche frei. Ich schicke Reacher los, damit er sich ein bisschen umschaut."

Blake nickte zustimmend. „Okay, und wo genau?"

Julia Lamarr warf Reacher einen Blick zu, der auf der Karte die drei schwarzen Fähnchen betrachtete. „Der Bursche kann an jedem x-beliebigen Ort stationiert sein. Deshalb wäre Fort Dix für mich der beste Ausgangspunkt. Ich kenne dort einen Oberst namens John Trent. Von ihm könnte ich vielleicht Hilfe bekommen."

„In Ordnung", stimmte Blake zu. „Wir rufen diesen Oberst Trent an und bereiten alles vor."

„Sie müssen immer wieder laut und deutlich meinen Namen nennen", betonte Reacher. „Andernfalls wird er nicht darauf eingehen."

„Genau deshalb haben wir Sie ja an Bord genommen. Sie reisen gleich morgen früh zusammen mit Lisa ab."

VIELLEICHT ist es jetzt Zeit, ihnen ein Schnippchen zu schlagen. Die Zeitspanne zu verkürzen oder gar keine Pause einzulegen. Das würde sie verwirren.

Oder vielleicht auch ein bisschen was von der Wut zum Vorschein kommen zu lassen. Denn darum geht es hier schließlich. Um Wut und um Gerechtigkeit. Möglicherweise ist es jetzt Zeit, das ein wenig deutlicher zu machen. Vielleicht ist es Zeit, mit harten Bandagen zu kämpfen. Außerdem könnte ein wenig Gewaltanwendung das nächste Mal interessanter machen.

Also, was nun? Die Zeitspanne verkürzen? Oder mehr Dramatik am Tatort? Oder beides? Wie wär's denn mit beidem? Denk nach, denk scharf nach!

Lisa Harper brachte Reacher kurz nach 18 Uhr hinauf zum Erdgeschoss und von dort hinaus in die kühle Luft. Auf einem Fußweg führte sie ihn zum nächsten Gebäude. „Hier ist die Cafeteria." Sie öffnete eine Glastür.

Vor ihnen lag ein langer Korridor. Aus dem Speisesaal, zu dem er hinführte, kamen Geklapper und Essensgerüche.

„Greifen Sie zu!", sagte Lisa. „Das FBI übernimmt die Rechnung."

Reacher stellte sich mit einem Tablett in die Schlange an der Theke. Lisa blieb bei ihm.

Die Schlange bewegte sich voran. Ein Servierer reichte Reacher ein Filet Mignon. Vom nächsten bekam er Gemüse. Dann füllte er an einer Kaffeemaschine eine Tasse und schaute sich um.

Lisa führte ihn zu einem freien Tisch. Sie stellte ihr Tablett ab, zog ihr Jackett aus und legte es um die Stuhllehne. Sie trug ein dünnes Baumwollhemd und nichts darunter. Sie rollte die Ärmel bis zu den Ellbogen auf. Ihre Unterarme waren glatt und gebräunt.

„Sie sind schön braun", sagte Reacher.

Sie stieß einen Seufzer aus. „Ja, am ganzen Körper. Nein, ich möchte es nicht beweisen."

Er lächelte. „Ich wollte mich bloß unterhalten."

„Wenn Sie plaudern wollen, können wir über den Fall reden."

„Über den weiß ich nicht viel. Und Sie?"

„Ich weiß nur, dass dieser Typ geschnappt werden muss. Diese Frauen, die so klar Stellung bezogen haben, waren wirklich tapfer."

„Das klingt, als hätten Sie da auch schon Erfahrungen gemacht."

„Mir fehlte bislang der Mut. Bis jetzt habe ich noch nicht so eindeutig Stellung bezogen."

„Werden Sie belästigt?"

Sie lächelte. „Soll das ein Witz sein?" Dann errötete sie. „Kann ich das sagen, ohne dass es eingebildet klingt?"

Er lächelte ebenfalls. „Ja, Sie können das schon."

„Wissen Sie, da gibt's das Gerede, die zweideutigen Fragen und die Anspielungen. Keiner sagt, ich solle mit ihm schlafen, damit ich schneller befördert werde, aber ich spüre es trotzdem. Deshalb ziehe ich mich jetzt so an. Ich will damit zeigen, dass ich genauso bin wie sie."

Reacher ging nicht darauf ein, lächelte nur nochmals. „Befindet sich in meinem Zimmer eine Überwachungskamera?", wollte er wissen.

„Wieso?"

„Ich frage mich nur, ob das die Alternativmethode darstellen soll, falls

Petrosian nicht anbeißt. Blake hat Sie angewiesen, mich zu betreuen, damit Sie einen ganz engen Kontakt zu mir bekommen. Damit er noch was kriegt, womit er mich unter Druck setzen kann. Zum Beispiel eine intime Szene, Sie und ich in meinem Zimmer, auf einer Videokassette, die er Jodie schicken kann."

Sie errötete. „So etwas würde ich nicht machen."

„Blake hat Sie aber dazu aufgefordert, nicht wahr?"

Lisa schwieg lange. Reacher trank seinen Kaffee. „Mich hat er praktisch dazu herausgefordert, dass ich's mal versuche", erzählte er. „Er behauptete, ich könnte was erleben, wenn ich mich an Sie ranmachte. Ich bin aber nicht drauf reingefallen. Ich bin doch nicht blöd. Ich habe nicht vor, denen noch mehr Munition zu liefern."

Sie schaute ihn an und lächelte. „Können wir das jetzt hinter uns lassen und uns entspannen?"

„Klar. Was machen die Leute hier, wenn es Abend wird?"

„Die meisten gehen nach Hause. Aber Sie werden auf Ihr Zimmer gehen. Das hat Blake angeordnet."

„Halten wir uns auf einmal an Blakes Anordnungen?"

Sie lachte. „An manche schon."

REACHER schlief schlecht und wachte vor sechs Uhr auf. Er wählte die Nummer von Jodies Apartment. Der Anrufbeantworter. Er rief in ihrem Büro an. Niemand nahm ab. Dann ihr Handy. Abgeschaltet.

Er duschte, zog sich an, setzte sich hin und wartete.

Er wartete eine Dreiviertelstunde lang. Dann war an der Tür ein höfliches Klopfen zu hören, und Lisa trat lächelnd ein. „Guten Morgen", begrüßte sie ihn.

Er erwiderte ihren Gruß, indem er die Hand erhob. Heute hatte sie einen anderen Anzug an, einen kohlengrauen. Dazu trug sie ein weißes Hemd und eine dunkelrote Krawatte. Es war die perfekte Parodie der inoffiziellen FBI-Einheitskluft. Ihr langes Haar fiel lose über ihre Schultern.

„Wir müssen los", drängte sie. „Frühstücksbesprechung."

Sie fuhren zur Eingangshalle hinunter und blieben an den Türen einen Moment stehen. Draußen regnete es stark. Lisa sprintete den Fußweg entlang. Reacher folgte ihr und betrachtete sie dabei. Sie sah sehr gut aus.

Julia Lamarr, Blake und Poulton erwarteten sie in der Cafeteria. Sie saßen auf drei von fünf Stühlen, die um einen Tisch am Fenster aufgestellt waren. In seiner Mitte stand eine große Kaffeekanne, die von Bechern umgeben war. Lisa nahm Platz, und Reacher setzte sich neben sie.

„Gestern Nacht haben wir Fort Dix angerufen“, begann Blake. „Wir haben mit Oberst Trent gesprochen. Er scheint Sie zu mögen. Er wird Ihnen heute den ganzen Tag zur Verfügung stehen.“

„Das müsste reichen.“

„Gut.“ Julia Lamarr nickte. „Sie wissen, wonach Sie suchen müssen, nicht wahr? Befassen Sie sich in erster Linie mit den Daten. Finden Sie einen, dessen Freizeitwochen dazu passen. Ich vermute, dass er es gegen Ende der Woche macht, weil er zum Stützpunkt zurückkehren und sich noch ein wenig erholen muss.“

Reacher zuckte mit den Achseln. „Wenn wir nur nach den Daten vorgehen, bekommen wir ungefähr tausend Namen.“

„Dann müssen Sie das eben ein bisschen eingrenzen. Machen Sie mit Trents Hilfe einen Abgleich mit den Frauen. Finden Sie jemanden, der zusammen mit einer von ihnen gedient hat.“

Reacher grinste. „An diesem Tisch sitzen ja wahre Intelligenzbestien.“

„Haben Sie einen besseren Vorschlag, Sie Schlauberger?“, raunzte Blake ihn an.

„Ich weiß, was ich zu tun habe.“

„Und denken Sie dran, was auf dem Spiel steht. Eine ganze Anzahl Frauen schwebt in Lebensgefahr, und eine davon ist Ihre Freundin.“

EIN MANN vom Fuhrpark brachte einen Wagen zum Eingang und ließ ihn dort mit laufendem Motor stehen. Lisa schaute Reacher beim Einsteigen zu und setzte sich dann auf den Fahrersitz. Durch den Regen fuhren sie zum Kontrollpunkt und hinaus auf die I-95. Lisa brauste nach Norden. Fünfzig Minuten später bog sie rechts ab und fuhr zum Nordtor der Andrews-Luftwaffenbasis.

„Sie haben das FBI-Flugzeug für uns reserviert“, erklärte sie Reacher.

Nachdem sie zwei Sicherheitskontrollen passiert hatten, fuhren sie zur Passagiertreppe eines Learjet, der keine Kennzeichen trug. Sie ließen den Wagen auf der Rollbahn stehen und stiegen ein. Noch bevor sie sich angeschnallt hatten, setzte sich der Jet in Bewegung.

„Wir müssten in einer halben Stunde in Dix sein“, sagte Lisa.

„In McGuire“, korrigierte Reacher sie. „Dix ist ein Stützpunkt des Marinekorps. Wir landen auf der McGuire-Luftwaffenbasis.“

Sie sah besorgt aus. „Mir wurde mitgeteilt, dass wir direkt dorthin fliegen.“

„Das tun wir auch. Es ist derselbe Ort, nur ein anderer Name.“

Lisa verzog das Gesicht. „Seltsam. Ich verstehe das Militär nicht."

„Das braucht Sie nicht zu kümmern. Wir verstehen euch auch nicht."

Dreißig Minuten später setzte der Learjet auf und rollte zu einer abgelegenen Asphaltfläche, während ein grüner Chevy durch den Regen in seine Richtung raste. Der Fahrer, ein Marineleutnant, wartete bereits unten, als die Treppe herabgelassen wurde.

„Major Reacher?", fragte er.

Reacher nickte. „Und das ist Agentin Harper vom FBI."

Der Leutnant ignorierte Lisa. „Der Oberst erwartet Sie, Sir."

„Dann mal los! Wir wollen den Oberst doch nicht warten lassen."

Sie verließen McGuire und fuhren nach Dix. Nach anderthalb Kilometern hielten sie bei einer Gruppe von Bürogebäuden aus Backstein.

„Die Tür links, Sir", erklärte der Leutnant.

Reacher stieg aus. Lisa folgte ihm in einen großen Vorraum, in dem Metallschreibtische und Aktenschränke standen. Drei Feldwebel waren an den Schreibtischen beschäftigt. Einer von ihnen drückte an seinem Telefon auf eine Taste.

„Major Reacher ist eingetroffen, Sir", meldete er.

Kurz darauf ging die Tür zum inneren Büro auf, und ein groß gewachsener Mann trat ein. Sein kurz geschnittenes schwarzes Haar wies an den Schläfen einen silbernen Schimmer auf. „Hallo, Reacher", begrüßte ihn John Trent.

Der Oberst hatte die zweite Hälfte seiner Laufbahn einem Absatz zu verdanken, den Reacher zehn Jahre zuvor in einem offiziellen Bericht weggelassen hatte. Trent war davon ausgegangen, dass der Passus bereits geschrieben wäre und weitergeleitet würde, als er Reacher damals aufgesucht hatte. Aber nicht, um ihn zu bitten, die Sätze zu streichen, oder um ihn zu bestechen. Er hatte ihm nur erklären wollen, wie es dazu gekommen war, dass er den Fehler gemacht hatte, und dass keine Böswilligkeit oder Unehrlichkeit im Spiel gewesen war. Danach war er gegangen, ohne dass er Reacher um irgendetwas gebeten hätte, und hatte auf seinen Rausschmiss gewartet. Doch dazu kam es nicht. Der Bericht wurde veröffentlicht, aber der betreffende Abschnitt fehlte. Trent ahnte nicht, dass Reacher ihn überhaupt nicht geschrieben hatte. Nach diesen zehn Jahren hatten die beiden Männer erstmals wieder Kontakt miteinander gehabt, als Reacher Trent am Morgen des vorangegangenen Tages von Jodies Wohnung aus angerufen hatte.

„Hallo, Oberst", erwiderte Reacher den Gruß. „Das ist Agentin Harper vom FBI."

Trent lächelte und schüttelte Lisa die Hand. „Freut mich, Sie kennen zu lernen“, sagte sie. „Und ich danke Ihnen schon im Voraus für Ihre Unterstützung.“

„Ich werde mein Möglichstes tun, aber der Zusammenarbeit sind Grenzen gesetzt. Es gibt da Personalunterlagen und Verwendungsnachweise, in die ich Ihnen keinen Einblick gewähren kann. Reacher und ich werden uns damit befassen, aber ohne Sie. Hier müssen nationale und militärische Sicherheitsinteressen gewahrt werden. Sie werden hier draußen warten müssen.“

„Den ganzen Tag?“, stöhnte sie.

Trent nickte. „Bis wir damit fertig sind. Ist das in Ordnung?“

Aber für Lisa war das offenkundig nicht in Ordnung. „Ich habe die Anweisung, ihn zu beaufsichtigen.“

„Das verstehe ich. Aber Sie sind ja hier, direkt vor meinem Büro. Es hat nur den einen Ausgang. Einer der Feldwebel weist Ihnen einen Schreibtisch zu.“

Der Soldat brachte sie zu einem freien Tisch, von dem aus man die Tür zu Trents Büro genau im Blick hatte. Langsam und unentschlossen nahm Lisa Platz.

„Da können Sie warten“, sagte Trent. „Wir brauchen vermutlich eine ganze Weile. Eine komplizierte Angelegenheit. Sie wissen ja bestimmt, wie das mit dem Papierkram so ist.“

Dann führte er Reacher in das große innere Büro und schloss die Tür. Es hatte auf zwei Seiten Fenster. Ein großer Schreibtisch aus Holz und Ledersessel standen darin.

Reacher setzte sich vor den Schreibtisch und lehnte sich zurück. „Warten wir mal zwei Minuten, okay?“

„Lesen Sie das. Tun Sie, als wären Sie sehr beschäftigt.“ Trent reichte ihm eine ausgebleichte grüne Aktenmappe aus einem hohen Stapel. Reacher schlug sie auf, und Trent ging zur Tür und öffnete sie weit.

„Miss Harper?“, rief er. „Möchten Sie vielleicht eine Tasse Kaffee?“

Reacher blickte an ihm vorbei und sah, wie Lisa ihn anstarrte und die Ledersessel, den Schreibtisch und die Aktenstapel musterte.

„Danke, im Moment nicht!“, rief sie zurück.

„In Ordnung“, erwiderte Trent. „Wenden Sie sich an den Feldwebel, wenn Sie irgendetwas brauchen.“

Er machte die Tür wieder zu und ging dann zu einem der Fenster. Reacher nahm seinen Besucherausweis ab und stand auf. Trent entriegelte das Fenster und öffnete es weit.

„Sie haben uns nicht viel Zeit gelassen, aber es ist alles geregelt", flüsterte er.

„Die sind voll drauf reingefallen", flüsterte Reacher zurück.

Trent streckte den Kopf aus dem Fenster und schaute nach rechts und nach links. „Okay, es kann losgehen. Viel Glück, mein Freund!"

„Ich brauche eine Waffe."

Entschieden schüttelte der Oberst den Kopf. „Das kann ich nicht machen."

„Ich brauche unbedingt eine. Sie müssen mir eine geben."

Trent überlegte kurz. „Gut, Sie kriegen eine, aber ohne Munition."

Er öffnete eine Schublade und holte eine Beretta M-9 heraus; Pistolen dieses Typs hatten Petrosians Schläger bei sich gehabt. Reacher sah jedoch, dass diese Beretta noch eine intakte Seriennummer aufwies. Trent nahm das Magazin heraus und entfernte eine Patrone nach der anderen. Dann schob er das leere Magazin in die Pistole und reichte sie Reacher.

„Passen Sie auf sich auf!", sagte der Oberst.

Reacher setzte sich auf das Fensterbrett, schwenkte die Beine nach draußen und ließ sich auf den Erdboden fallen.

Er befand sich in einem schmalen Durchgang. Zehn Meter entfernt wartete der Leutnant in dem Chevy, dessen Motor immer noch lief. Reacher sprintete zu dem Auto hinüber, das losfuhr, noch bevor er die Wagentür geschlossen hatte. Für den Rückweg nach McGuire brauchten sie nicht viel mehr als eine Minute. Der Wagen raste über die Rollbahn und fuhr auf einen Hubschrauber des Marinekorps zu. Die Tür am Rumpf stand offen, und die Rotorblätter drehten sich bereits.

„Danke, mein Junge", sagte Reacher beim Aussteigen. Er kletterte in den Hubschrauber, dessen Luke sich sofort hinter ihm schloss. Der Helikopter hob ab. Vier Hände griffen nach Reacher und drückten ihn auf einen Sitz. Er schnallte sich an. Dann stülpte man ihm ein Headset über. Aus der Bordsprechanlage kam ein Knacken.

„Wir fliegen zum Heliport der Küstenwache in Brooklyn", erklärte der Pilot. „Wenn wir näher ranwollten, müssten wir einen Flugplan vorlegen, und das ist ja heute nicht unbedingt das Richtige, wie?"

Reacher schob sein Mikrofon zurecht. „Ist in Ordnung, Leute. Und vielen Dank auch."

„Der Oberst muss Ihnen ganz schön was schuldig sein", meinte der Pilot.

„Nein, er mag mich einfach."

Der Heliport der Küstenwache in Brooklyn lag knapp hundert Kilometer nordöstlich von McGuire. Der Pilot des Marinehubschraubers legte die Strecke in 37 Minuten zurück. „Sie haben genau vier Stunden Zeit", sagte er zu Reacher nach dem Aufsetzen. „Wenn Sie sich verspäten, sind wir nicht mehr da. Okay?"

„In Ordnung", antwortete Reacher. Er legte den Sicherheitsgurt und das Headset ab und ging die Rampe hinunter. Auf der Rollbahn wartete eine dunkelblaue Limousine mit Marinekennzeichen. Reacher nahm auf dem Beifahrersitz Platz.

Der Fahrer trat aufs Gas. „Ich bin Marinereservist", sagte er. „Wir tun dem Oberst einen Gefallen und leisten damit einen kleinen Beitrag zur Zusammenarbeit zwischen den Teilstreitkräften."

„Ich weiß das zu schätzen", erwiderte Reacher.

„Also, wohin geht die Reise?"

„Nach Manhattan, genauer gesagt, nach Chinatown."

Es herrschte kein starker Verkehr, aber es dauerte dennoch eine halbe Stunde, bis Reacher am Ziel war. Der Fahrer hielt vor einem Hydranten an.

„In genau drei Stunden werde ich hier in der Gegenrichtung auf Sie warten. Keine Verspätung, okay?"

„Ich werde pünktlich da sein", versicherte Reacher. Er stieg aus und zog in südlicher Richtung los. Es war noch nicht Mittag, und er machte sich Sorgen, dass er zu früh dran sein könnte.

Fünf Minuten später blieb er stehen. Wenn sich irgendeine Straße für ihn eignete, dann diese. Auf beiden Seiten befanden sich Chinarestaurants. Auf den Gehwegen drängten sich die Menschen, und dicht neben den geparkten Autos standen Lieferwagen in der zweiten Reihe. Reacher ging die Straße zweimal entlang, inspizierte dabei das Terrain und hielt nach seinen Zielpersonen Ausschau.

Ein Blick auf die Uhr zeigte ihm, dass die Zeit schnell verrann. Er schaute in Türöffnungen. Nichts. Er kontrollierte die Gassen. Ohne Erfolg. Er ging einen Häuserblock weiter nach Süden und bog in eine andere Straße. Nichts. Er ging zu seinem Ausgangspunkt zurück, lehnte sich gegen eine Wand und beobachtete die immer zahlreicher herbeiströmenden Mittagsgäste. Zwei Stunden später schaute er zu, wie die letzten wieder verschwanden. Er hatte jetzt noch eine Stunde Zeit.

Er ging nach Osten und dann nach Süden. Schließlich kehrte er zurück, ging die eine Straßenseite hinab und kam auf der anderen wieder herauf. Abermals schaute er auf die Uhr. Noch dreißig Minuten.

Auf einmal erblickte er sie. Zwei Typen, natürlich Chinesen. Jung, mit glänzendem schwarzem Haar, das an den Hemdkragen stieß. Sie trugen dunkle Hosen, helle Windjacken und Schals um den Hals, was wie eine Uniform aussah.

Der eine hatte eine Aktenmappe bei sich, der andere ein Notizbuch. Sie schlenderten von einem Restaurant zum anderen, wobei der eine jedes Mal am Reißverschluss seiner Mappe herumhantierte, während der andere sich Notizen machte. Reacher überquerte die Straße und schaute zu, wie die beiden das nächste Lokal betraten und sich einem alten Mann näherten, der an der Kasse stand. Der Alte griff in die Kasse und holte ein Bündel zusammengefalteter Geldscheine heraus. Der Kerl mit dem Notizbuch nahm das Geld und reichte es seinem Partner. Dann schrieb er etwas in sein Buch, und die Scheine verschwanden in der Aktenmappe.

Reacher ging ein Stück bis zur Einmündung eines Gässchens voraus, das sich zwischen zwei Gebäuden hinzog. Mit dem Rücken zur Wand wartete er dort. Dann trat er plötzlich aus der Gasse heraus und stellte sich den beiden Männern entgegen. Er packte sie mit beiden Händen an ihren Windjacken und wirbelte sie im Halbkreis herum, sodass sie mit dem Rücken gegen die Hauswand krachten. Der Typ mit der Aktenmappe vollzog dabei einen größeren Bogen und knallte deshalb härter auf. Reacher erwischte ihn mit dem Ellbogen genau in dem Moment, als der Chinese von der Wand abprallte. Er ging zu Boden und blieb liegen.

Der andere ließ das Notizbuch fallen und griff in seine Tasche, doch Reacher zog Trents Beretta schneller. Er trat an den Mann heran und richtete die Pistole auf dessen Kniescheibe. „Schön ruhig bleiben, in Ordnung?“

Er griff nach unten und spannte den Hahn. Der Stoff seines Mantels dämpfte zwar das Geräusch, doch in seinen erfahrenen Ohren klang es nach einem leeren Magazin.

Aber der Chinese merkte nichts. Er stand zu sehr unter Schock. Er presste sich gegen die Wand, als wollte er sich durch sie hindurch verdrücken. „Du machst einen Fehler, Freundchen“, flüsterte er.

Reacher schüttelte den Kopf. „Nein, wir schlagen jetzt los.“

„Wir? Wer soll das sein?“

„Petrosian."

„Petrosian? Du willst mich wohl veräppeln?"

„Keineswegs", entgegnete Reacher. „Ich meine es ernst. Von heute an gehört diese Straße Petrosian." Er jagte dem Chinesen die Linke in den Magen. Als der Mann sich nach vorn krümmte, knallte ihm Reacher den Pistolenknauf an die Schläfe und ließ ihn auf seinen Partner fallen. Dann steckte er die Beretta ein, hob die Aktenmappe vom Boden auf und klemmte sie sich unter den Arm. Er ließ die Gasse hinter sich und ging in nördlicher Richtung davon.

Er war spät dran, aber er rannte nicht, denn das hätte Aufsehen erregt. Doch er ging so schnell wie möglich und schlängelte sich die Gehsteige entlang. Aber als er sah, wie das blaue Auto, das seitlich die Kennzeichnung der Marine trug, gerade von der Bordsteinkante losfuhr, fing er doch noch an zu rennen.

Als er die Stelle erreichte, an welcher der Wagen eben noch gestanden hatte, befanden sich bereits drei Fahrzeuge zwischen ihm und dem fahrenden Auto. Eine Ampel schaltete auf Rot, und der Wagen kam zum Stehen. Reacher rannte zur Kreuzung, riss die Beifahrertür auf und warf sich schnaufend auf den Sitz. Der Fahrer nickte ihm zu, entschuldigte sich aber nicht dafür, dass er nicht gewartet hatte. Wenn die Marine drei Stunden sagte, meinte sie drei Stunden.

AUF DEM Rückflug nach Dix zählte Reacher das Geld, das sich in der Aktenmappe befand. Sechs Bündel zu je 200 Dollar. Er schenkte das Geld dem Piloten für die nächste Party von dessen Einheit, dann riss er die Mappe an den Nähten auseinander und warf die Einzelteile über Lakewood, New Jersey, durch die Klappe bei der Einstiegsluke.

Nach der Landung fuhr ihn der Leutnant zurück zu dem Durchgang bei Trents Büro. Reacher ging zu dem Fenster und klopfte leise an die Scheibe. Trent öffnete es, und Reacher kletterte hinein.

„Alles okay?", fragte er.

Trent nickte. „Sie hat den ganzen Tag mucksmäuschenstill draußen gesessen. Ist wohl mächtig beeindruckt von unserem Pflichteifer. Wir haben ja ohne Mittagspause durchgearbeitet."

Reacher gab ihm die Beretta zurück, hängte sich den Besucherausweis um den Hals und schnappte sich ein Aktenstück.

„Hat es geklappt?", erkundigte sich der Oberst.

„Ich glaube schon. Es wird sich bald herausstellen."

„Vergessen Sie Ihre Notizen nicht!", sagte Trent.

Er reichte Reacher ein Blatt Papier, auf dem ungefähr dreißig Namen aufgelistet waren. Nicht auszuschließen, dass es sich dabei um das Football-Team handelte, dem Trent an der Highschool angehört hatte. Reacher steckte das Blatt in die Tasche und schüttelte dem Oberst die Hand. Dann ging er in den Vorraum, in dem Lisa Harper auf ihn wartete.

„ALSO, haben Sie unseren Tatverdächtigen ausfindig gemacht?", fragte Blake. Zusammen mit Poulton und Julia Lamarr saßen sie wieder an dem Tisch in der Cafeteria in Quantico.

„Kann sein", antwortete Reacher. „Ich habe dreißig Namen, und er könnte sehr wohl dabei sein."

„Dann wollen wir uns diese Namen mal anschauen."

„Nicht so schnell, so einfach ist das nicht."

Blake starrte ihn an. „Was ist denn das für ein Quatsch? Wir müssen diese Typen beschatten."

Reacher schüttelte den Kopf. „Geht nicht. Sie befinden sich an Orten, die Ihnen nicht zugänglich sind. Selbst wenn Sie einen Haftbefehl gegen sie haben wollen, müssen Sie sich erst noch ans Verteidigungsministerium wenden, nachdem Sie beim Richter gewesen sind. Und das Verteidigungsministerium wird die Angelegenheit dem Oberkommandierenden vorlegen, und das ist der Präsident, wenn ich mich nicht irre. Unter diesen Umständen müssen Sie schon erheblich mehr in der Hand haben, als ich Ihnen jetzt liefern kann."

„Was wollen Sie damit sagen?"

„Lassen Sie mich das noch weiter konkretisieren. Ich möchte Lamarrs Schwester aufsuchen."

„Meine Stiefschwester", korrigierte sie.

„Und wieso?", fragte Blake.

Weil ich Zeit schinden will und weil ich da lieber auf Reisen gehe, als hier herumzuhocken, hätte Reacher am liebsten geantwortet. Stattdessen setzte er eine ernste Miene auf und erwiderte: „Weil wir quer denken müssen. Wenn es dieser Typ auf eine bestimmte Kategorie von Frauen abgesehen hat, müssen wir den Grund finden. Er kann doch nicht auf alle zusammen wütend sein. Eine von ihnen muss das ausgelöst haben. Dann hat er seine Wut vermutlich vom persönlichen Bereich ins Allgemeine verlagert. Also, wer war das? Lamarrs Schwester könnte ein guter Ausgangspunkt sein. Sie wurde zu einer völlig anderen Einheit versetzt. Dadurch verdoppelte sich die Zahl der potenziellen Kontakte."

Blake stimmte zu. „Wir bereiten das vor. Sie reisen morgen ab."

„Wo wohnt sie denn?“

„Im Bundesstaat Washington“, antwortete Julia Lamarr. „In der Nähe von Spokane.“

Reacher wandte sich wieder Blake zu. „Sie sollten diese Frauen bewachen lassen.“

Blake stöhnte laut. „Rechnen Sie doch mal nach, Menschenskind! Es sind 88 Frauen, und wir wissen nicht, welche als Nächste dran ist. Noch siebzehn Tage, wenn er den Zeitabstand einhält. Das sind mehr als 100000 Arbeitsstunden. Das schaffen wir nicht. Wir haben nicht genug Personal.“

„Haben Sie die Frauen gewarnt?“

Blake machte einen verlegenen Eindruck. „Uns sind die Hände gebunden. Wenn wir sie nicht bewachen können, dann können wir sie auch nicht warnen. Sonst hieße das nämlich: Ihr seid in Gefahr, Mädels, aber wir können leider nichts für euch tun. Das geht nicht.“

„Wir müssen diesen Kerl erwischen“, sagte Poulton. „Das ist die einzig sichere Methode, den Frauen zu helfen.“

Lamarr nickte. „Irgendwo dort draußen ist er. Wir müssen ihn hinter Schloss und Riegel bringen.“

„Also, essen Sie etwas, und gehen Sie ins Bett, Reacher“, sagte Blake. „Nach Spokane ist es ein langer Weg. Sie müssen morgen früh raus. Lisa geht natürlich mit Ihnen.“

„Ins Bett?“

Blake geriet erneut in Verlegenheit. „Nach Spokane, Sie Esel!“

Hinsichtlich des Zeitabstands ist eine Entscheidung gefallen. Er hat keine Gültigkeit mehr. Drei Wochen sind jetzt eine viel zu lange Pause. Die Sache läuft so: Du kommst da auf einen Gedanken, überlegst dir die Sache und merkst, dass da was dran ist. Du stellst fest, dass es reizvoll ist, und damit ist es praktisch schon entschieden. Wenn der Geist aus der Flasche raus ist, kriegst du ihn nicht wieder rein. Und dieser Geist ist rausgekommen. Er rennt umher. Und du rennst hinter ihm her.

Am nächsten Morgen gab es keine Frühstücksbesprechung, denn für Reacher begann der Tag sehr früh. Lisa öffnete seine Tür, bevor er ganz angezogen war. Er hatte nur seine Hose an. Sein Hemd lag noch auf der Matratze, und er fuhr gerade mit der Handfläche darüber, um es auf diese Weise zu glätten.

„Diese Narben gefallen mir." Lisa trat einen Schritt näher und betrachtete mit unverhohlener Neugier seinen Bauch. „Wo haben Sie die her?" Sie zeigte mit dem Finger auf seine rechte Seite.

„Die hat mir meine Mutter beigebracht."

„Ihre Mutter?"

„Ich wurde in Alaska von Grislibären aufgezogen."

Lisa verdrehte die Augen. Dann schaute sie sich die linke Seite seiner Brust an. Dort war die Narbe eines Einschusslochs zu sehen.

„Eine exploratorische Operation", erläuterte Reacher. „Man wollte nachsehen, ob ich ein Herz im Leib habe."

„Woher stammen die Narben tatsächlich?"

Er knöpfte sein Hemd zu. „Die am Bauch stammt von einem Bombensplitter. Und auf meine Brust hat jemand geschossen."

„Ein aufregendes Leben."

Reacher holte sein Jackett aus dem Schrank. „Nein, eigentlich ein ganz normales. Ein Soldat, der Gewalt aus dem Weg gehen möchte, gleicht einem Buchhalter, der nichts mit Zahlen zu tun haben will."

„Ist das der Grund dafür, dass Ihnen das Schicksal dieser Frauen nicht viel bedeutet?"

Er schaute sie an. „Wie kommen Sie auf diesen Gedanken?"

„Ich dachte, es würde Sie stärker aufwühlen."

„Damit erreicht man nicht viel."

Lisa schwieg einen Moment. „Womit dann?"

„Wenn man den Spuren nachgeht. So wie immer."

„Es gibt keine Spuren. Er hinterlässt keine."

Reacher lächelte. „Aber das ist an sich schon ein Anhaltspunkt, nicht wahr?"

DERSELBE Mann vom Fuhrpark brachte denselben Wagen zum Eingang. Diesmal blieb er aber hinter dem Lenkrad sitzen und fuhr sie zum National Airport nach Washington. Als sie am Terminal ankamen, war die Sonne noch nicht aufgegangen. Lisa holte am Schalter von United zwei Tickets für die Economyclass und ging zum Abfertigungsschalter hinüber.

„Wir hätten es gern ein bisschen bequemer", sagte sie zu dem Angestellten und klappte ihren FBI-Ausweis auf. Der Mann drückte ein paar Tasten und gab ihnen ein Upgrade für die erste Klasse. Lisa grinste.

Die erste Klasse war halb leer. Reacher bekam einen Fensterplatz, weil Lisa sich den Sitz am Gang nahm, um ihn wie einen zu überführenden

Gefangenen unter Kontrolle zu haben. Sie streckte sich aus. Heute trug sie wieder einen anderen Anzug, einen mit kleinen Karos in gedämpftem Grau.

Nach dem Start zog Reacher die Broschüre der Fluglinie hervor und blätterte darin herum.

Lisa hatte bereits ihr Brettchen fürs Frühstück heruntergeklappt. „Was meinten Sie, als Sie sagten, das sei an sich schon ein Anhaltspunkt?“, fragte sie.

„Ich habe nur laut gedacht“, antwortete Reacher. „Lamarr betonte, die forensischen Testmethoden des FBI seien unglaublich gut. Ich wette, dass man anhand einer Teppichfaser feststellen kann, wann der Teppich gekauft wurde, welche Art von Floh drauf gesessen hat und von was für einer Hunderasse der Floh stammte.“

„Ja und?“

„Dieser Kerl brachte Amy Callan um und ließ all diese Tests ins Leere laufen, nicht wahr?“

„Stimmt.“

„Und wie nennt man so einen Kerl?“

„Wie denn?“

„Äußerst clever.“

Sie verzog das Gesicht. „Es gäbe auch noch andere Bezeichnungen.“

„Klar, noch eine ganze Menge, aber vor allem ist er ein äußerst cleverer Bursche. Weil er's bei Cooke erneut geschafft hat und bei Stanley zum dritten Mal.“

„Was soll das heißen?“

„Das ist der Anhaltspunkt. Wir haben es mit einem sehr, sehr cleveren Burschen zu tun.“

„Ich glaube, das wissen wir bereits.“

Reacher schüttelte den Kopf. „Das glaube ich nicht. Das FBI hat daraus keine Konsequenzen gezogen.“

„Was meinen Sie damit?“

„Denken Sie darüber nach! Ich bin hier nur der Botenjunge. Die schwierigen Sachen überlasse ich Ihnen und Ihren Kollegen.“

Die Stewardess kam mit dem Frühstückswagen aus der Bordküche. In der ersten Klasse konnte man mit anständiger Verpflegung rechnen. Reacher nahm den Geruch von Schinken mit Eiern und von Würstchen wahr. Und von starkem Kaffee. Er klappte sein Brettchen auf.

„Wieso behaupten Sie, wir hätten daraus keine Konsequenzen gezogen?“, fragte Lisa.

„Das müssen Sie selbst rausfinden."

„Soll das heißen, dass es sich nicht um einen Soldaten handelt?"

Reacher wandte sich ihr zu und starrte sie an. „Das ist ja wirklich ein starkes Stück. Wir einigen uns, dass er ein sehr cleverer Bursche ist, und daraus folgern Sie, dass er kein Soldat ist. Freut mich ungeheuer."

Verlegen schaute sie weg. „Tut mir Leid. So habe ich das nicht gemeint. Ich verstehe einfach nicht, dass wir nicht die entsprechenden Konsequenzen gezogen haben sollen."

Er gab keine Antwort, trank nur seinen Kaffee. Dann stieg er über ihre Beine hinweg, um zur Toilette zu gehen. Als er zurückkam, war sie immer noch zerknirscht.

„Sagen Sie es mir", bat sie.

„Nein."

Auf der ganzen Strecke bis nach Seattle fiel kein Wort mehr. Sie schwiegen fünf Stunden lang. Reacher machte das nichts aus. Er saß einfach da, als reiste er allein.

Aber Lisa hatte Probleme damit. Sie war wie die meisten Leute. Sie meinte, sie müsse sich unterhalten, wenn sie neben einer Person saß, die sie kannte. Reacher blieb jedoch unnachgiebig.

Die Westküstenzeit machte aus den fünf Stunden zwei. Als sie landeten, war es immer noch Frühstückszeit. In der Ankunftshalle stand das übliche Sortiment von Fahrern, die Schilder in der Hand hielten. Unter ihnen befand sich ein Mann mit kurzem Haar, der einen dunklen Anzug und eine gestreifte Krawatte trug. Er hätte genauso gut mit der Tätowierung FBI auf der Stirn herumlaufen können.

„Lisa Harper?", fragte er. „Ich komme von der Außenstelle Seattle."

Sie schüttelten einander die Hand.

„Das ist Reacher", stellte sie ihren Begleiter vor.

Der Agent ignorierte ihn völlig. „Wir werden nach Spokane geflogen", teilte er Lisa mit. „Die Lufttaxifirma schuldet uns noch den einen oder anderen Gefallen."

Auf der Schleppspur hatte er einen FBI-Wagen stehen. Mit ihm legten sie auf der Rollfeldringstraße die anderthalb Kilometer zur General Aviation zurück. Auf dem eingezäunten Gelände standen zahlreiche winzige Maschinen. Ein Pilot führte sie zu einer weißen sechssitzigen Cessna.

Innen war das Flugzeug etwa genauso groß wie der Buick von Julia Lamarr. Es rollte zur Startbahn und positionierte sich hinter einer 747, die auf dem Weg nach Tokio war. Das sah so aus, als wartete eine Maus hinter einem Elefanten. Schließlich brauste die Cessna los und hob nach wenigen Sekunden vom Boden ab.

Auf dem Flugplatz von Spokane wartete an der Rollbahn eine dunkle Limousine, an deren Motorhaube ein Mann im Anzug lehnte.

„Er ist von der Nebenstelle Spokane“, erklärte der Agent aus Seattle.

Der Wagen rollte an das Flugzeug heran, und keine zwanzig Sekunden nachdem der Pilot die Motoren abgestellt hatte, waren sie schon unterwegs. Der einheimische FBI-Mann fuhr nach Osten Richtung Idaho, dann bog er auf eine schmale Straße ab, die nach Norden in die Berge führte. In der Ferne waren Gebirgsketten mit schneebedeckten Gipfeln zu sehen. Lediglich alle paar Kilometer tauchte an der Straße ein Gebäude auf. Dazwischen lagen dichte Wälder und ausgedehnte Wiesen.

Ihr Ziel sah wie das Hauptgebäude einer alten Viehranch aus. Es stand auf einem kleinen Grundstück, um das sich ein neuer Weidezaun zog. Außerhalb des Zauns erstreckte sich Weideland, hinter ihm war Rasen angelegt. An einer kleinen Scheune waren seitlich Garagentore angebracht, und von der Zufahrt führte ein Fußweg zur Haustür. Da das Anwesen nahe an der Straße lag, hätte es zu einer Vorstadtsiedlung gehören können, aber in Wirklichkeit war das nächste Haus knapp zwei Kilometer entfernt.

Der einheimische FBI-Agent blieb im Auto sitzen, während Lisa und Reacher ausstiegen und zur Haustür gingen. Die Stille der Gegend lastete auf ihnen. An der Tür hing ein großer eiserner Klopfer in Form eines Löwenkopfes, dessen Maul einen schweren Ring umschlossen hielt. Darüber befand sich ein Spion.

Lisa griff nach dem Ring und klopfte zweimal. Nichts rührte sich. Sie klopfte noch einmal. Sie warteten. Schließlich quietschten drinnen die Bodenbretter, und Schritte waren zu hören.

„Wer ist da?“ Eine argwöhnische Frauenstimme.

Lisa hielt ihre Dienstmarke vor den Spion. „FBI, Ma'am. Wir haben Sie gestern angerufen und einen Termin vereinbart.“

Die Tür ging auf. Eine Eingangsdiele war zu sehen und eine Frau, die erleichtert lächelte. „Julia hat mich so verdammt nervös gemacht“, sagte sie.

Lisa erwiderte ihr Lächeln und stellte sich und Reacher vor. Die Frau schüttelte beiden die Hand.

„Alison Lamarr. Freut mich sehr, Sie kennen zu lernen.“

Sie ging voraus. Die Diele war mit alten Kiefernbrettern ausgelegt, die abgeschliffen und in einem dunklen Goldton gewachst worden waren.

„Möchten Sie gern einen Kaffee?“, fragte Alison Lamarr.

„Danke, im Moment nicht“, lehnte Lisa ab.

„Ja, gern“, erwiderte Reacher.

Alison Lamarr führte die beiden zur Küche, die sich über den ganzen hinteren Teil des Erdgeschosses hinzog. Es war ein schöner Raum mit einem ebenfalls gewachsten, auf Hochglanz gebohnerten Fichtenboden, einem großen ländlichen Herd, neuen Küchenmöbeln aus unauffälligem Holz und einer Reihe funkelnder Maschinen für Wäsche und Geschirr. An den Fenstern hing gelber Gingan.

Alison Lamarr war mittelgroß, dunkelhaarig und hatte den federnden Gang einer kräftigen, durchtrainierten Frau. Sie besaß ein offenes, freundliches Gesicht. Ihre gebräunte Haut ließ vermuten, dass sie sich viel im Freien aufhielt. Sie duftete nach Zitronen, und ihre Kleidung bestand aus sauberem, sorgfältig gebügeltem Jeansstoff. Dazu trug sie Cowboystiefel.

Sie goss Kaffee in einen Becher und reichte ihn Reacher. Ihr Lächeln bewies, dass sie mit ihrer Stiefschwester nicht blutsverwandt war. Es war ein nettes, interessiertes, freundliches Lächeln, das Julia Lamarr völlig unbekannt war.

„Darf ich mich umsehen?“, bat Reacher. „Als Sicherheitscheck.“

„Tun Sie sich keinen Zwang an.“

Er nahm seinen Becher mit. Die beiden Frauen blieben in der Küche. Im Erdgeschoss gab es vier Räume: die Diele, die Küche, das Ess- und das Wohnzimmer. Das Haus war eine solide Holzkonstruktion, die man hervorragend renoviert hatte. Die Fenster waren alle neu und verfügten über stabile Holzrahmen, und jedes einzelne konnte verriegelt werden. Die Haustür war dagegen original, aus fünf Zentimeter dickem Kiefernholz, verfügte aber über ein modernes Schloss. Die Hintertür war ebenfalls alt und aus ähnlich dickem Holz. Dasselbe Schloss.

Draußen gab es eine stählerne Kellertür, die mit einem großen Vorhängeschloss gesichert war. Die Garage befand sich in der gut erhaltenen Scheune. Darin stand ein neuer Jeep Cherokee, und die Kartons, die dort ebenfalls aufgestapelt waren, bewiesen, dass die Renovierungsarbeiten erst vor kurzem stattgefunden hatten. Außerdem standen in der Garage eine neue Waschmaschine, die sich noch in ihrer Originalverpackung befand, sowie eine Werkbank mit einem Regal darüber, auf dem Elektrosägen und Bohrmaschinen sorgfältig untergebracht waren.

Reacher kehrte ins Haus zurück und stieg die Treppe hinauf. Die gleichen Fenster. Vier Schlafzimmer. Ein neues großes Badezimmer mit Toilette, Waschbecken und Dusche. Und einer Wanne.

Er ging in die Küche zurück. Lisa stand am Fenster und betrachtete die Gegend, während Alison Lamarr am Tisch saß. „Alles okay?“, fragte sie.

„Alles in Ordnung. Dieser Typ bricht keine Türen auf, und wenn Sie niemanden reinlassen, kann nichts schief gehen.“

„Das meine ich auch. Möchten Sie mich noch irgendetwas fragen?“

„Zu diesem Zweck hat man mich wohl hergeschickt.“

Reacher nahm ihr gegenüber Platz und versuchte, sich etwas Intelligentes einfallen zu lassen. „Wie geht es Ihrem Vater?“

„Das wollen Sie wissen?“

Er zuckte mit den Achseln. „Julia erwähnte, dass er krank ist.“

„Er ist vor zwei Jahren an Krebs erkrankt, und jetzt kämpft er sich von einem Tag zum anderen durch. Er liegt in Spokane im Krankenhaus. Ich besuche ihn täglich.“

„Tut mir Leid, das zu hören.“

„Julia sollte mal herkommen. Sie hat sich völlig in diese Stiefkindgeschichte verrannt. Aber das spielt doch überhaupt keine Rolle! Ich betrachte sie ganz einfach als meine Schwester. Und Schwestern sollten zueinander stehen, meinen Sie nicht auch? Aber wie auch immer, das ist jetzt nicht so wichtig. Wie kann ich Ihnen behilflich sein?“

„Haben Sie eine Ahnung, um wen es sich handeln könnte?“

„Es muss jemand sein, der es okay findet, dass Frauen belästigt werden. Oder einer, der es nicht in Ordnung findet, aber meint, dass man solche Angelegenheiten hinter verschlossenen Türen regeln sollte.“

„Ist das vorstellbar?“, fragte Lisa. Sie setzte sich neben Reacher.

Alison schaute sie an. „Ich weiß nicht recht. Ich glaube nicht, dass es irgendeinen Kompromiss gibt. Entweder nimmt man es hin, oder man macht es mit einem Donnerschlag publik. Ich bin da richtig ausgeflippt.“

„Wer war es in Ihrem Fall?“, erkundigte sich Reacher.

„Ein Oberst namens Gascoigne. Er sagte immer, ich solle zu ihm kommen, wenn ich ein Problem hätte. Also suchte ich ihn wegen einer Versetzung auf. Ich wollte eine interessantere Beschäftigung.“

„Und was passierte?“

Alison stöhnte. „Zuerst dachte ich, er mache nur Späße.“ Sie schwieg einen Moment. „Er sagte, das nächste Mal solle ich auf meine Uniform verzichten. Ich dachte, er wolle ein Treffen in der Stadt vorschlagen, in einer Bar, in der Freizeit, in Zivil. Aber dann machte er mir klar, dass er sein Büro meine und dass ich mich dort ausziehen solle.“

„Das war wenig nett.“

Alison verzog das Gesicht. „Anfangs sagte er das in einem lustigen Ton.

Als wollte er mit mir flirten. Aber dann meinte er wohl, ich sei schwer von Begriff, und wurde auf einmal obszön. Er schilderte, was er von mir erwartete. Da packte mich die Wut. Ich flippte aus und erstattete Anzeige."

„Wie reagierte er darauf?", fragte Reacher.

Sie lächelte. „Er war völlig von den Socken. Ich bin sicher, er hatte das schon oft gemacht und war immer ungeschoren davongekommen."

„Könnte er der Täter sein?"

Sie schüttelte den Kopf. „Nein. Der Kerl, um den es geht, hat gemordet, nicht wahr? Gascoigne ist ein jämmerlicher, ausgelaugter alter Mann. Ich kann mir nicht vorstellen, dass er dazu fähig wäre."

Reacher nickte. „Wenn das Täterprofil stimmt, das Ihre Schwester erstellt hat, handelt es sich wahrscheinlich um jemanden aus dem Umfeld, der das mitbekommen und dann einen Rachefeldzug gestartet hat."

„Richtig", stimmte Alison zu. „Die Zielgruppe ist aber so spezifisch, dass es sich um einen Soldaten handeln muss. Wer sonst hätte uns ausfindig machen können? Es muss allerdings schon ein durchgeknallter Soldat sein. Mit so einem bin ich jedoch nie zusammengekommen."

„Niemals?", fragte Lisa. „Bekamen Sie keine Drohungen, als die Sache lief?"

„Nichts von Bedeutung, soweit ich mich erinnere. Ich bin sogar nach Quantico geflogen, um mich von Julia hypnotisieren zu lassen und Dinge hervorzuholen. Sie sagte jedoch, es sei nichts zum Vorschein gekommen."

Sie schwiegen eine Weile. Dann seufzte Lisa: „Wir sind wohl umsonst hierher gereist."

„Tut mir Leid", bedauerte Alison.

„Nichts ist umsonst", widersprach Reacher. „Negative Befunde können ebenfalls nützlich sein. Und der Kaffee war prima."

Alison ging mit den beiden aus der Küche in die Diele und öffnete die Tür.

„Lassen Sie niemanden rein!", ermahnte Reacher sie.

Alison lächelte. „Das habe ich nicht vor."

„Ich meine es ernst", betonte Reacher. „Es gibt offenbar keinerlei gewaltsames Eindringen. Der Kerl spaziert einfach rein. Möglicherweise kennen Sie ihn. Es könnte sich aber auch um eine Art Trickbetrüger handeln, der einen plausiblen Vorwand parat hat. Fallen Sie ja nicht drauf rein!"

Als er mit Lisa den Fußweg entlangging, hörten sie, wie die Tür zugemacht und abgeschlossen wurde.

DER EINHEIMISCHE FBI-Mann half ihnen, die Flugzeit um zwei Stunden zu verkürzen, indem er sie darauf aufmerksam machte, dass sie von Spokane nach Chicago und von dort nach Washington fliegen konnten. Lisa kümmerte sich um die Umbuchungen. Dann stiegen sie in eine Boeing nach Chicago. Diesmal gab es keine Vorzugsbehandlung. In der Economyclass saßen sie so dicht beisammen, dass sie Tuchfühlung miteinander hatten.

„Also, was denken Sie?“, fragte Lisa.

„Fürs Denken werde ich nicht bezahlt“, erwiderte Reacher. „Und bis jetzt habe ich ohnehin noch nichts bezahlt bekommen. Ich bin nur ein Berater. Wenn Sie Fragen haben, kriegen Sie von mir eine Antwort.“

„Ich habe Sie was gefragt. Ich wollte wissen, was Sie denken.“

Er zog die Schultern hoch. „Die Zielgruppe ist groß, aber wenn sich die anderen 87 Frauen so verhalten wie Alison Lamarr, dürfte ihnen nichts passieren.“

„Ist das die Lösung? Glauben Sie, wir sollten die Frauen einfach auffordern, ihre Türen abzuschließen?“

Er nickte. „Ich glaube, wir sollten sie warnen.“

„Aber den Kerl schnappen wir auf diese Weise nicht.“

„Sie können ihn sowieso nicht schnappen.“

„Und warum nicht?“

„Weil Sie nicht berücksichtigen, wie clever er ist.“

„Das tun wir sehr wohl. Dem Profil zufolge ist er sehr clever. Und dieses System funktioniert, es hat zu spektakulären Erfolgen geführt.“

„Und wie viele Fehlschläge gab es? Das ist keine exakte Wissenschaft.“

„Sie glauben also, das Profil sei wertlos?“

„Ich weiß genau, dass es wertlos ist. Es ist fehlerhaft. Da stecken widersprüchliche Feststellungen drin.“

„Nämlich?“

Reacher schüttelte den Kopf. „Da läuft nichts, Lisa. Erst wenn Blake sich dafür entschuldigt, dass er Jodie bedroht hat, und Lamarr den Fall entzieht.“

„Wieso sollte er das tun? Sie ist die beste Profilexpertin, die er hat.“

„Eben deshalb.“

DER MANN vom Fuhrpark holte sie am National Airport ab. Als sie in Quantico ankamen, war es schon spät. Sie trafen nur mit Julia Lamarr zusammen. Blake war bei einer Etatbesprechung, und Poulton hatte Feierabend gemacht und war nach Hause gegangen.

„Wie geht es ihr?“, erkundigte sich Julia Lamarr.

„Alles in Ordnung“, antwortete Reacher.

„Wie sieht ihr Haus aus? Ist es sehr abgelegen?“

„Es ist abgelegen, aber gut gesichert.“

Sie nickte, und Reacher wartete kurz. „Sie möchte, dass Sie mal einen Besuch machen“, sagte er schließlich.

„Das geht nicht. Ich würde eine Woche brauchen, um dorthin zu kommen.“

„Ihr Vater liegt im Sterben.“

„Mein Stiefvater.“

„Wie auch immer. Sie meint, Sie sollten mal kommen.“

„Das geht nicht“, wiederholte sie. „Ist sie immer noch wie ein Cowboy angezogen? Gebräunt, hübsch und sportlich?“

„Genau.“

Sie schüttelte leicht den Kopf. „Sie ist anders als ich.“

Reacher betrachtete sie. Ihr billiger schwarzer Straßenanzug war staubig und zerknittert. Sie war blass und mager. Ihr Blick war ausdruckslos.

„Ja, das stimmt“, bestätigte er.

„Ich bin eben die hässliche Schwester“, erwiderte sie und ging davon.

Als Lisa am nächsten Morgen die Tür aufschloss und hereinschlenderte, war Reacher längst fertig. Die Agentin sah gut erholt und elegant aus. Sie trug denselben Anzug wie am ersten Tag, hatte also allem Anschein nach drei Anzüge und benutzte sie in genauer Reihenfolge.

Sie gingen zur Cafeteria. Es war Sonntag, und auf dem Gelände war es still. Das Wetter hatte sich gebessert. Es war nicht wärmer, aber die Sonne schien. Als sie zwischen den Gebäuden entlanggingen, hegte Reacher einen Moment lang die Hoffnung, dass es ein guter Tag werden würde. Dass diese Hoffnung allerdings trog, merkte er, als er Blake allein an dem Tisch am Fenster sitzen sah. Blake hatte einen Becher Kaffee und Doughnuts vor sich, und eine Anzahl Sonntagszeitungen lagen aufgeschlagen herum, ganz oben die *New York Times*. Das bedeutete, dass es noch keine Neuigkeiten aus New York gab. Und das wiederum hieß, dass es noch nicht funktioniert hatte und Reacher weiter warten musste.

Sie nahmen gegenüber von Blake Platz. Er sah alt und müde und sehr angespannt aus, aber Reacher empfand kein Mitleid mit ihm.

„Heute arbeiten Sie die Akten durch!“, befahl Blake.

„Geht in Ordnung“, erwiderte Reacher.

„Das Material zum Fall Lorraine Stanley ist in die Akten aufgenommen worden. Also, Sie beschäftigen sich heute damit, und Ihre Schlussfolgerungen teilen Sie uns dann morgen bei der Frühstücksbesprechung mit. Ist das klar?“

„Kristallklar.“

„Gibt es irgendwelche Zwischenergebnisse, über die ich Bescheid wissen sollte?“

„Dazu ist es noch zu früh. Lassen Sie mich erst mal die Akten studieren.“

„Allmählich ist es aber Zeit, dass wir Fortschritte erzielen.“

„Hab's kapiert“, murmelte Reacher.

NACH DEM Frühstück führte ihn Lisa in einen ruhigen Raum, in dem Eichentische und bequeme Ledersessel standen. Auf einem der Tische lag ein dreißig Zentimeter hoher Aktenstapel. Er war in drei Bündel aufgeteilt, um die sich dicke Gummibänder spannten. Reacher legte sie nebeneinander auf den Tisch. Amy Callan, Caroline Cooke, Lorraine Stanley. Drei Opfer, drei Bündel.

Reacher schaute auf seine Uhr. 10.25 Uhr. Ein später Beginn.

„Haben Sie versucht, Jodie zu erreichen?“, fragte Lisa.

„Nein, sie ist offensichtlich nicht da.“

„Bereitet Ihnen das Kopfzerbrechen?“

„Soll ich mir den Kopf über etwas zerbrechen, was ich nicht ändern kann?“

Sie schwiegen beide. Reacher griff nach der Callan-Akte, streifte das Gummiband ab und klappte den Deckel auf. Lisa zog ihr Jackett aus und nahm ihm gegenüber Platz. Die direkt hinter ihr stehende Sonne machte ihr Hemd transparent. Reacher sah ihre Brust, die sich am Riemen ihres Schulterhalfters vorbei nach vorn wölbte.

„Machen Sie sich an die Arbeit, Reacher“, ermahnte sie ihn.

JETZT kommt der spannende Moment. Du parkst am Straßenrand, und zwar so, dass der Wagen in der richtigen Richtung steht. Du schaltest den Motor aus. Du ziehst den Zündschlüssel raus und steckst ihn in die Tasche. Du streifst deine Gummihandschuhe über.

Du steigst aus. Du bleibst einen Augenblick stehen und horchst. Dann bewegst du dich langsam im Kreis und schaust dich um. Das ist der spannende Moment, in dem du dich entscheiden musst, ob du aufhören oder weitermachen sollst. Überlege. Aber tu das ganz leidenschaftslos. Es ist lediglich eine Einsatzentscheidung.

Du entschließt dich weiterzumachen. Du drückst die Autotür leise zu. Du betrittst die Auffahrt. Du gehst zur Haustür. Du klopfst. Die Tür geht auf. Sie lässt dich eintreten. Sie freut sich, dich zu sehen. Zuerst ist sie ein bisschen verwirrt, aber dann ist sie entzückt. Du redest eine Weile mit ihr. Du redest weiter, bis die Zeit reif ist. Du wirst es schon merken, wenn der Augenblick gekommen ist. Du redest weiter.

Der Moment kommt. Du stehst eine Sekunde lang still und vergewisserst dich. Dann bist du am Zug. Du erklärst ihr, dass sie sich genau nach deinen Angaben richten muss. Sie ist natürlich einverstanden, weil sie keine andere Wahl hat.

Du lässt dir das große Badezimmer zeigen. Sie steht wie eine Maklerin da und deutet umher. Die Badewanne ist brauchbar. Du forderst sie auf, die Farbe herbeizuschaffen. Du behältst sie die ganze Zeit im Auge. Sie muss fünfmal über die Treppe nach draußen und wieder zurückgehen. Sie fängt an zu schnaufen und zu schwitzen. Du verlangst, dass sie ein Lächeln zeigt.

Du forderst sie auf, etwas Passendes zu holen, um die Deckel aufzustemmen. Sie nickt erfreut und holt einen Schraubenzieher aus einer Küchenschublade. Du weist sie an, einen Deckel nach dem anderen abzunehmen. Sie kniet neben der ersten Dose nieder. Sie schiebt die Spitze des Schraubenziehers unter den Wulst des Deckels und drückt ihn nach oben. Sie macht im Kreis herum weiter. Der Deckel springt ab. Sie macht mit der nächsten Dose weiter, dann mit der übernächsten.

Du ziehst den zusammengefalteten Müllsack aus der Tasche. Du forderst sie auf, ihre Kleidung hineinzuwerfen. Sie nickt lächelnd. Sie zieht sich aus und wirft alles in den Sack. Sie ist nackt. Du verlangst wieder, dass sie lächelt.

Du weist sie an, den Sack hinunterzutragen und gegen die Haustür zu stellen. Dann gehst du mit ihr ins Badezimmer zurück und lässt sie die Farbe in die Wanne schütten. Eine Dose nach der anderen, langsam und sorgfältig. Sie gibt sich große Mühe. Die Dosen sind schwer und unhandlich. Die Farbe ist dick. Sie läuft langsam in die Wanne, die sich allmählich mit der grünen, öligen Masse füllt.

Du teilst ihr mit, dass sie das gut erledigt habe. Sie freut sich über das Lob und lächelt. Dann sagst du, sie solle die leeren Dosen dorthin zurückbringen, wo sie vorher gestanden hätten. Da sie jetzt nackt sei, müsse sie aber aufpassen, dass sie von niemandem gesehen werde. Sie nickt erneut. Sie schafft die Dosen die Treppe hinunter. Du öffnest die Haustür und schickst sie hinaus. Sie rennt die ganze Strecke hin und zurück.

Du gehst wieder ins Bad mit ihr. Der Schraubenzieher liegt noch auf dem Boden. Du bittest sie, ihn aufzuheben. Du forderst sie auf, sich mit ihm das Gesicht zu zerkratzen. Sie ist verwirrt. Du erklärst es ihr: Drei oder vier tiefe Kratzer reichen aus. Sie lächelt und nickt. Sie fährt mit dem Schraubenzieher über ihre linke Gesichtshälfte. Eine feuerrote, zwölf Zentimeter lange Linie entsteht. Du sagst, sie solle nächstes Mal stärker drücken. Sie nickt. Der nächste Kratzer blutet. Gut, sagst du. Noch drei. Sie nickt und lächelt. Braves Mädchen, sagst du.

Sie hält immer noch den Schraubenzieher in der Hand. Du forderst sie auf, langsam und vorsichtig in die Wanne zu steigen. Sie stellt den rechten Fuß hinein, dann den linken. Sie setzt sich. Die Farbe berührt unten ihre Brüste. Du sagst ihr, sie solle sich langsam und vorsichtig zurücklehnen. Sie gleitet in die Farbe hinunter.

Du erklärst ihr, was sie zu tun hat. Zuerst begreift sie es nicht, deshalb erklärst du es noch einmal. Sie nickt. Ihr Haar ist dick mit Farbe verklebt. Sie rutscht hinunter. Jetzt ist nur noch ihr Gesicht zu sehen. Sie legt den Kopf nach hinten. Dabei nimmt sie ihre Finger zu Hilfe. Sie gehorcht aufs Wort. Ihre Augen werden starr vor Entsetzen, und dann stirbt sie.

Du wartest fünf Minuten lang. Dann tust du das, was sie nicht selbst erledigen kann. Du bekommst dabei Farbe auf den rechten Handschuh. Danach drückst du ihre Stirn mit der Fingerspitze nach unten. Sie gleitet unter die Oberfläche. Du streifst deinen rechten Handschuh ab, sodass die Innenseite nach außen kommt, und nimmst ihn in die linke Hand. Du gehst die Treppe hinunter und behältst die rechte Hand sicherheitshalber in der Tasche, weil es jetzt Fingerabdrücke geben könnte. Steck den Gummihandschuh in den Müllsack zu ihrer Kleidung. Öffne die Haustür. Horch und schau dich um. Stell den Sack nach draußen. Dreh dich um, und schließ die Tür hinter dir. Geh die Auffahrt hinunter zur Straße. Öffne den Kofferraumdeckel, und stell den Müllsack hinein. Mach die Fahrertür auf, und setz dich hinters Steuer. Fahr weg.

Die Akte von Amy Callan begann mit einer Zusammenfassung ihrer vierjährigen Militärlaufbahn. Nach der Grundausbildung war sie zur Feldzeugmeisterei gekommen. Innerhalb von zwanzig Monaten war sie Feldwebel geworden und hatte in Fort White bei Chicago in einem Lagerhaus gearbeitet, in dem es nach Waffenöl stank und das vom Lärm der Gabelstapler erfüllt war. Sie hatte den Papierkram erledigt und Lieferungen bis in die fernsten Länder geschickt. Am Anfang war sie ganz zufrieden gewesen. Doch dann hatte das anzügliche Gerede überhand genommen. Ihr Hauptmann und ihr Major waren allmählich zu weit gegangen und hatten angefangen, sie zu begrapschen. Die Zoten, die anzüglichen Blicke und das Gefummel hatten sie schließlich dazu gebracht, Reachers Büro aufzusuchen. Nach ihrem Ausscheiden war sie nach Florida gezogen. Nach einem Jahr hatte sie geheiratet, sich aber bald wieder getrennt. Und sie war auch dort gestorben.

Auf den Tatortfotos waren keine Beschädigungen an den Türen oder Fenstern ihres Hauses zu entdecken. In den Räumen war nichts durcheinander geraten. In dem weiß gekachelten Bad war eine mit grüner Farbe gefüllte Wanne zu sehen, in der sich vage Umrisse abzeichneten.

Die Farbe besaß eine Molekularstruktur, die alles durchdrang, womit sie in Berührung kam. Bei ihrem Entfernen wurde auch die Haut entfernt. Es gab keine Anzeichen von Prellungen oder Verletzungen. Der toxikologische Befund ergab nichts. Keine Luftembolien. Es gibt viele schlaue Methoden, jemanden umzubringen. Die Pathologen in Florida fanden jedoch keinerlei Hinweise auf irgendeine davon.

„Und?“, erkundigte sich Lisa.

„Sie hatte Sommersprossen, daran erinnere ich mich.“

„Sie konnten sie gut leiden.“

Reacher nickte. „Sie war okay.“

Das letzte Drittel der Akte enthielt die umfassendsten forensischen Tatortuntersuchungen, die er je zu Gesicht bekommen hatte. Jeder Staubpartikel und jedes Faserteilchen in Amy Callans Haus war aufgesaugt und analysiert worden, aber Spuren eines Eindringlings waren nicht zu entdecken gewesen.

„Ein wirklich äußerst cleverer Bursche“, murmelte Reacher. Er schob die Callan-Akte beiseite und schlug die von Caroline Cooke auf. Ihr Inhalt war ähnlich.

Caroline Cooke hatte als Leutnant angefangen und war direkt zur Planungsabteilung gekommen. Dort war sie zum Oberleutnant befördert und nach Brüssel versetzt worden, wo sie dann ein Verhältnis mit ihrem

Oberst gehabt hatte. Als sie nicht schnell genug zum Hauptmann befördert worden war, hatte sie ihn angezeigt.

Reacher konnte sich gut an den Fall erinnern. Um sexuelle Belästigung war es da nicht gegangen, bestimmt nicht in dem Sinn, wie Amy Callan sie hatte erdulden müssen. Aber die Vorschriften hatten sich inzwischen geändert, und es war nun verboten, mit Untergebenen zu schlafen. Der Oberst wurde entlassen und erschoss sich. Caroline Cooke nahm ihren Abschied und kehrte in ein Cottage in New Hampshire zurück. Dort wurde sie schließlich in einer mit Farbe gefüllten Wanne tot aufgefunden.

Die Pathologen und die forensischen Wissenschaftler in New Hampshire waren zu demselben Ergebnis wie ihre Kollegen in Florida gekommen. Das von Bäumen umgebene Haus aus grauem Zedernholz wies keinerlei Beschädigungen an der Tür auf. Das Innere war unangetastet, nur im Badezimmer befand sich eine Wanne voll grüner Farbe.

„Was halten Sie davon?“, fragte Lisa.

Reacher klappte die Akte zu. „Die Sache mit der Farbe ist schon sehr merkwürdig. Einerseits entfernt sie an den Leichen alle Spuren und verringert so Risiken, andererseits entstehen jedoch Risiken, weil sie beschafft und transportiert werden muss.“

„Mir kommt es vor, als wäre sie ein absichtlicher Hinweis“, überlegte Lisa laut. „Sie unterstreicht das Motiv. Sie liefert die definitive Bestätigung, dass es sich um einen Armeeangehörigen handelt. Es ist wie eine Verhöhnung.“

„Lamarr behauptet, es habe psychologische Hintergründe. Sie meint, es sei eine Art Heimholung in die Armee. Aber wenn der Täter die Frauen dermaßen hasst, dass er sie umbringt, wieso sollte er sie dann heimholen wollen?“

„Keine Ahnung. Aber wer weiß denn schon, was so ein Typ denkt?“

„Lamarr tut so, als wisse sie es.“

Die Akte von Lorraine Stanley war die letzte der drei. Ihre Vorgeschichte ähnelte der von Amy Callan, war jedoch neueren Datums, da sie jünger gewesen war. Sie hatte in einer riesigen Quartiermeister-Einrichtung in Utah als Feldwebel gedient und war dort die einzige Frau gewesen. Man hatte sie von Anfang an behelligt und ihre Eignung in Zweifel gezogen. Eines Nachts wurde in ihrer Baracke ein Einbruch verübt. Sämtliche Uniformhosen wurden gestohlen. Am nächsten Morgen erschien sie in ihrem vorschriftsmäßigen Rock zum Dienst. In der darauf folgenden Nacht wurde ihre gesamte Unterwäsche gestohlen.

Als sie dann ohne Unterwäsche in ihrem Rock zum Dienst erschien, rief sie ihr Leutnant in sein Büro. Er ließ sie in der Mitte des Raumes in Rührt-euch-Stellung gehen, wobei sich ihre Füße am Rand eines großen Spiegels befanden, der auf dem Boden lag. Der Leutnant wurde schließlich zu einer Gefängnisstrafe verurteilt. Lorraine Stanley schied ein Jahr später aus dem Dienst aus und lebte und starb dann allein in San Diego.

Reacher klappte die Akte zu. „Caroline Cooke wurde in New Hampshire ermordet, Lorraine Stanley drei Wochen danach in San Diego. Die Entfernung könnte kaum größer sein, nicht wahr? Das sind ungefähr 5600 Kilometer. Außerdem transportiert der Täter auch noch eine Menge Farbe durch die Gegend."

„Vielleicht hat er irgendwo ein Lager eingerichtet."

„Das würde die Sache noch komplizierter machen. Wenn sein Lager nicht auf einer direkten Verbindungslinie zwischen seinem Aufenthaltsort und New Hampshire und Kalifornien liegt, hätte er jedes Mal einen Umweg machen müssen. Dadurch wäre die Wegstrecke noch länger."

„Was ergibt sich daraus?"

„Er hätte mit dem Auto eine Strecke von ungefähr 4800 bis 6400 Kilometern zurückzulegen."

Lisa runzelte die Stirn. „Sagen wir mal siebzig Stunden mit neunzig Stundenkilometern."

„Diese Geschwindigkeit könnte er aber nicht konstant beibehalten. Er müsste Städte durchfahren, käme an Baustellen vorbei. Und einen Verstoß gegen die Geschwindigkeitsbeschränkung würde er nicht riskieren."

„Nehmen wir also mal hundert Stunden Fahrt an."

„Das ist das Mindeste. Und dann ein oder zwei Tage Observierung, wenn er dort ist. Das ergibt zusammen mehr als eine Woche. Wahrscheinlich sind es sogar eher zehn oder elf Tage."

„Das bedeutet, dass es keiner ist, der zwei Wochen Dienst tut und anschließend eine Woche freihat."

„Stimmt genau."

UM DIE Mittagszeit gingen sie wieder zur Cafeteria hinüber, wo sie Blake trafen, der auf dem Weg in die Bibliothek war. Er sah sehr betroffen aus. „Julias Vater ist tot", berichtete er.

„Ihr Stiefvater", sagte Reacher.

„Sei's drum. Er ist heute Morgen gestorben. Vom Krankenhaus in Spokane ist ein Anruf für sie gekommen. Jetzt muss ich sie zu Hause anrufen."

„Übermitteln Sie ihr unser Beileid", bat Lisa.

Gedankenverloren brummte Blake etwas und ging davon.

„Er sollte ihr den Fall entziehen", meinte Reacher.

„Das sollte er wohl", erwiderte Lisa. „Aber er wird es nicht. Und sie würde sich sowieso dagegen wehren. Die Arbeit ist alles, was sie hat."

NACH dem Mittagessen kehrten sie zu den Akten zurück. Reacher legte sie auf dem Tisch zurecht, betrachtete sie und ließ sich die geographischen Gegebenheiten noch einmal durch den Kopf gehen. Er lehnte sich zurück, schloss die Augen und dachte scharf nach.

„Kommen Sie voran?", fragte Lisa nach einer Weile.

„Ich brauche eine Liste der 91 Frauen", erwiderte er.

„Okay." Sie ging hinaus.

Mit geschlossenen Augen blieb Reacher sitzen und genoss die Stille, bis Lisa mit einer dicken blauen Akte zurückkehrte.

Er öffnete sie und fing an zu lesen. Zuerst kam eine vier Seiten lange Liste vom Verteidigungsministerium, die in alphabetischer Reihenfolge 91 Namen enthielt. Auf einer weiteren Liste standen die Adressen, dann folgte ein dickes Bündel Blätter mit Hintergrundinformationen. Reacher blätterte hin und her und nahm einen Bleistift zur Hand. Zwanzig Minuten später fing er an zu zählen.

„Es geht um elf Frauen, nicht um 91", sagte er.

„Tatsächlich?"

„Um elf", wiederholte er. „Acht sind noch übrig, nicht 88."

„Wieso das?"

„Dafür gibt es viele Gründe. 91 war von vornherein absurd. Ein dermaßen cleverer Bursche würde sich auf etwas beschränken, was praktikabel ist. Auf eine Untergruppe. Was hatten Callan, Cooke und Stanley noch gemeinsam?"

„Was denn?"

„Sie waren ledig oder getrennt lebend und wohnten in Einfamilienhäusern in der Vorstadt oder auf dem Land. Er braucht diese isolierte Lage. Wo es keine Störungen und keine Zeugen gibt. Er braucht Frauen, die allein leben."

Lisa schüttelte den Kopf. „Von denen gibt es mehr als elf. Wir haben das geprüft. Ich glaube, es sind über dreißig. Etwa ein Drittel von ihnen."

„Aber Sie haben das erst mal überprüfen müssen. Ich spreche von Frauen, die ganz offensichtlich allein und in isolierter Lage leben. Wir müssen annehmen, dass der Typ niemanden hat, der für ihn Nachforschungen anstellt. Er hat nur diese Liste."

„Aber das ist doch unsere Liste."

„Nicht ausschließlich. Alle diese Informationen kamen direkt vom Militär, nicht wahr? Er hatte diese Liste vor Ihnen."

SIEBZIG Kilometer entfernt lag genau dieselbe Liste in einem kleinen fensterlosen Büro im Pentagon auf einem polierten Schreibtisch. Sie war im Gegensatz zu Reachers Version aus einem Fotokopierer gekommen, der zwei Generationen moderner war, aber ansonsten war sie identisch. Nur waren die elf Namen nicht hastig mit Bleistift angekreuzt, wie Reacher es gemacht hatte, sondern säuberlich mit einem Stift und einem Lineal unterstrichen.

Drei der elf Namen waren außerdem mit einer zweiten Linie durchgestrichen.

Zu beiden Seiten der Liste ruhten die uniformierten Unterarme des Büroinhabers. Die Handgelenke waren angespannt, um die Finger von dem Blatt fern zu halten. In der rechten Hand befand sich ein Stift, der nun eine dicke Linie durch einen vierten Namen zog.

„ALSO, was unternehmen wir?", fragte Lisa.

Reacher lehnte sich zurück. „Ich glaube, Sie sollten auf Risiko gehen. Sie sollten die acht überlebenden Frauen rund um die Uhr überwachen lassen, weil Ihnen der Kerl so innerhalb von sechzehn Tagen in die Arme laufen wird."

„Und wenn Sie nicht Recht haben?", fragte sie unentschlossen.

„Was haben Sie denn sonst zu bieten? Sie kommen doch überhaupt nicht voran."

„Okay, ich rede morgen mit Julia." Aber sie klang noch immer nicht ganz überzeugt.

„Wird sie hier sein? Wird sie nicht an der Beerdigung ihres Vaters teilnehmen?"

„Sie wird nicht hingehen. Für so einen Fall würde sie sogar ihre eigene Beerdigung verpassen."

„Okay, aber Sie werden das besprechen, und zwar mit Blake. Halten Sie die Sache von Lamarr fern!"

„Wieso denn?"

„Vergessen Sie nicht, dass ihre Schwester allein lebt und zu den acht Frauen gehört, die jetzt noch übrig sind. Blake wird nicht umhinkönnen, Lamarr den Fall zu entziehen."

„Das wird er nicht tun."

Reacher zuckte mit den Achseln. „Dann brauchen Sie sich gar nicht die Mühe zu machen, mit ihm zu sprechen. Der Kerl ist doch ein Schwachkopf. Ich verschwende hier nur meine Zeit."

„So dürfen Sie nicht reden. Sie müssen kooperieren. Denken Sie an Ihre Freundin."

Er schloss die Augen und dachte an Jodie. Sie schien weit weg zu sein. Er dachte lange an sie.

„Gehen wir essen", schlug Lisa vor. „Anschließend rede ich mit Blake."

SIEBZIG Kilometer entfernt starrte der uniformierte Mann reglos auf das Papier. Seine Miene ließ erkennen, dass er sich mit einer schwierigen Angelegenheit befasste. Da klopfte es an der Tür.

„Moment!", rief er.

Er schob die Kappe auf den Stift und verstaute ihn in seiner Tasche. Dann faltete er die Liste zusammen, steckte sie in eine Schreibtischschublade und legte ein Buch darauf. Es war eine Bibel in der autorisierten englischen Übersetzung. Er machte die Schublade zu und schloss sie ab. „Herein!", rief er, während er den Schlüsselbund in seine Tasche steckte.

Die Tür ging auf. Ein Unteroffizier trat ein und salutierte. „Ihr Wagen steht bereit, Herr Oberst."

AM FOLGENDEN Tag stand Reacher vor Sonnenaufgang am Fenster und schaute ins Dunkel hinaus. Es war wieder kalt geworden. Er rasierte sich, duschte und zog sich an. Dann steckte er die Zahnbürste in die Innentasche seines Sakkos. Für den Fall, dass heute der Tag gekommen war.

Er setzte sich aufs Bett und wartete auf Lisa. Doch als der Schlüssel ins Schloss gesteckt und die Tür geöffnet wurde, erschien nicht sie, sondern Poulton. Reacher merkte, dass sich in ihm die ersten Anzeichen eines leisen Triumphs regten.

„Wo ist Lisa?", fragte er.

„Aus dem Fall raus", antwortete Poulton.

„Hat sie mit Blake gesprochen?"

„Ja, gestern Abend."

„Und?"

Poulton zuckte mit den Achseln. „Nichts weiter."

„Sie ignorieren meine Vorgaben?"

„Sie sind nicht hier, um uns Vorgaben zu machen."

Reacher atmete tief durch. „Gut. Können wir frühstücken gehen?"

„Natürlich."

Die Sonne stieg im Osten auf und färbte den Himmel. Es war angenehm, durch die Morgendämmerung zu spazieren.

In der Cafeteria saß Blake am gewohnten Tisch. Julia Lamarr war bei ihm. Statt ihrer üblichen cremefarbenen trug sie eine schwarze Bluse. Es gab Kaffee und Doughnuts, aber Zeitungen waren keine da.

„Die Nachrichten aus Spokane habe ich mit Bedauern gehört", sagte Reacher.

Julia Lamarr nickte schweigend.

„Sie gehen nicht zur Beerdigung?"

„Alison hat mich nicht angerufen", entgegnete sie. „Mir ist nicht bekannt, wann die Trauerfeier stattfindet."

„Und Sie sind nicht mit ihr in Verbindung getreten?"

„Ich möchte mich nicht aufdrängen."

Stille trat ein. Reacher goss Kaffee in einen Becher. „Meine Theorie hat Ihnen also nicht gefallen?", fragte er Blake.

„Das ist keine Theorie, sondern eine Vermutung. Es gibt keinen Grund, achtzig Frauen den Rücken zuzuwenden, nur weil wir unseren Spaß daran haben, Vermutungen aufzustellen."

„Die nächste Frau, die stirbt, wird eine von acht unter den elf sein, die ich bezeichnet habe. Und das werden dann Sie zu verantworten haben."

Blake erwiderte nichts, worauf Reacher seinen Stuhl zurückschob. „Ich möchte Pfannkuchen", sagte er. „Ich mag diese Doughnuts nicht."

Bevor sie etwas einwenden konnten, stand er auf und ging zur Mitte des Raumes. Am ersten Tisch, auf dem eine *New York Times* lag, blieb er stehen. Die Zeitung gehörte einem Mann, der sich in den Sportteil vertieft hatte. Der erste Bogen lag unbeachtet vor ihm auf dem Tisch, und die Story, auf die Reacher wartete, stand auf der unteren Hälfte der ersten Seite.

„Darf ich mir die borgen?", fragte er und griff nach der Zeitung.

Der Mann nickte, ohne aufzuschauen.

Reacher steckte die Zeitung unter den Arm und ging zur Essenstheke weiter, wo er sich einen Stapel Pfannkuchen nahm und Sirup dazugoss.

Dann kehrte er zum Tisch zurück, legte die Zeitung vor seinen Teller und fing an zu essen. Er tat so, als wäre die Überschrift eine Überraschung für ihn. „Ja, was haben wir denn da?“, murmelte er mit vollem Mund.

BANDENKRIEG IN LOWER MANHATTAN – SECHS TOTE lautete die Überschrift. Der Artikel berichtete von einem kurzen, heftigen Revierkampf zweier rivalisierender Banden von Schutzgelderpressern. Hinter der einen standen angeblich Chinesen, hinter der anderen Syrer. Bei der Trefferquote lagen die Chinesen mit 4:2 vorn. Unter den vier syrischen Opfern befand sich auch der mutmaßliche Anführer der Bande, ein Mann namens Almar Petrosian, der verschiedener schwerer Verbrechen verdächtigt wurde.

„Ja, was haben wir denn da?“, wiederholte Reacher.

Sie hatten den Artikel bereits gelesen. Das war klar.

„Hat Cozo angerufen und eine Bestätigung geliefert?“, fragte Reacher.

Niemand antwortete, und das war gleichbedeutend mit einem Ja. Er lächelte. „Im Leben passieren seltsame Dinge. Sie hatten mich am Kanthaken, aber der ist nun plötzlich verschwunden. Und Lisa Harper hat sich geweigert, die Femme fatale zu spielen. Jetzt ist der gute alte Petrosian tot, und Sie haben keine Trümpfe mehr in der Hand. Und da Sie das, was ich Ihnen mitteile, ja sowieso nicht beachten – was soll mich nun noch davon abhalten, einfach von hier abzuhauen?“

„Es gibt eine Menge von Gründen“, antwortete Blake.

„Keiner von ihnen ist stichhaltig.“ Reacher erhob sich erneut. Niemand versuchte, ihn aufzuhalten, als er durch die Glastüren hinausging.

AM WACHHÄUSCHEN schlüpfte er unter der Schranke durch, ließ seinen Besucherausweis auf die Straße fallen und ging weiter. Fünf Minuten später hörte er ein Auto hinter sich. Er blieb stehen und wartete. Es war Lisa. Damit hatte er gerechnet. Sie fuhr an ihn heran und ließ das Fenster herunter. „Soll ich Sie mitnehmen?“

„Bis zur I-95 Richtung Norden, das genügt.“

„Sie wollen per Anhalter fahren?“

„Ich kann mir keinen Flug leisten.“

Er setzte sich neben sie, und sie gab Gas.

„Haben Sie den Auftrag bekommen, mich zurückzubringen?“

Sie schüttelte den Kopf. „Sie waren sich einig, dass Sie nutzlos sind. Von Ihnen sei nichts Brauchbares zu erwarten, hieß es.“

Er lächelte. „Die denken wohl, dass ich jetzt ganz empört zurückrenne und ihnen beweise, dass sie sich geirrt haben?“

Sie lächelte zurück. „So ungefähr. Julia schlug vor, an Ihren Stolz zu appellieren.“

„Das kommt dabei heraus, wenn man Landschaftsgärtnerei studiert und sich dann als Psychologin betätigt. Sie hat jedoch Recht: Von mir ist nichts Brauchbares zu erwarten. Dieser Kerl ist viel zu schlau für mich, das steht fest.“

Sie lächelte erneut. „Fangen Sie selbst an zu psychologisieren? Damit Sie guten Gewissens gehen können?“

„Ich habe mir nichts vorzuwerfen.“

„Auch nicht im Zusammenhang mit Petrosian? Das war schon ein toller Zufall, meinen Sie nicht auch?“

„Da habe ich eben Glück gehabt.“

„Zufälle mag ich nicht. Und den Kollegen behagt das auch nicht. Sie könnten Nachforschungen anstellen. Das könnte Sie in Schwierigkeiten bringen.“

Er grinste. „Ist das die zweite Variante Ihrer Taktik?“

Ihr Lächeln verwandelte sich in lautes Lachen. „Genau. Ich habe noch ein Dutzend andere parat. Möchten Sie die alle hören?“

„Nicht unbedingt. Ich werde nicht zurückkehren. Keiner hört auf mich.“

„Jodie ist wieder zu Hause“, teilte Lisa ihm nach einer Weile mit. „Ich habe mit Cozos Büro telefoniert. Man hat sie anscheinend ein bisschen observiert. Sie war verreist. Kam heute Morgen in einem Taxi zurück, vermutlich vom Flughafen. Sie arbeitet heute zu Hause.“

„Okay, jetzt habe ich mit dem FBI garantiert nichts mehr am Hut.“

„Wir brauchen aber Ihre Anregungen.“

„Die sind doch für die Katz. Ihre Kollegen verschwenden ihre Zeit mit diesen blöden Profilen. Sie sollten den Hinweisen nachgehen.“

„Es gibt doch gar keine.“

„Doch. Dass der Kerl so clever ist. Und dann gibt’s noch die Farbe und die geographischen Umstände. Das sind alles Hinweise, denen man nachgehen muss. Mit dem Motiv anzufangen bedeutet, dass man das Pferd am Schwanz aufzäumt.“

„Ich werde das weitergeben.“

Kurz vor der I-95 hielt Lisa an.

„Werden Sie Schwierigkeiten kriegen?“, fragte Reacher.

„Weil ich’s nicht geschafft habe, Sie zurückzubringen? Kann schon sein." Nach einer Pause fügte sie hinzu: „Das war die letzte Variante: Mir wird schon nichts passieren."

„Hoffentlich." Reacher stieg aus und ging zur Auffahrt. Dort blieb er stehen und schaute zu, wie sie ihr Auto wendete und nach Quantico zurückfuhr.

FÜR EINEN 1,95 Meter großen, 104 Kilo schweren Mann ist es nicht ganz einfach, per Anhalter zu fahren. Reacher war jedoch geduscht und rasiert, und seine Kleidung war unauffällig. Das wirkte sich positiv aus. Es gab genügend Lastwagen mit groß gewachsenen Fahrern, die ausreichend Selbstvertrauen besaßen, und so brauchte er nach New York nur sieben Stunden.

Während der Fahrt schwieg er meist, teils weil es in den Lastern zu laut war, teils weil er keine Lust hatte zu reden. In ihm regte sich wieder der alte Vagabundengeist. Wo willst du hin? Zu Jodie, ist doch klar. Okay, aber was willst du denn sonst noch machen, du Schlauberger? Im Garten rumwerkeln? Die verdammten Wände streichen?

Auf der letzten Etappe fuhr er in einem Gemüsetransporter bis nach Greenwich Village mit. Nachdem er ausgestiegen war, ging er das letzte Stück bis zu Jodies Wohnung zu Fuß und konzentrierte sich darauf, dass er sich darüber freute, sie wiederzusehen.

Für die Eingangslobby hatte er einen Schlüssel. Er fuhr mit dem Aufzug nach oben und klopfte an ihre Tür. Das Guckloch wurde dunkel, dann wieder hell. Die Tür ging auf, und Jodie stand vor ihm. Sie trug Jeans und ein Hemd. Sie war schlank und anziehend, aber sie lächelte ihn nicht an.

„Hallo Jodie", begrüßte Reacher sie.

„In meiner Küche ist ein FBI-Agent", erwiderte sie nur.

Er folgte ihr durch die Wohnung in die Küche.

Der Agent war ein junger Mann, der einen blauen Anzug, ein weißes Hemd und eine gestreifte Krawatte trug. Er hielt ein Handy an sein Ohr gedrückt und meldete gerade Reachers Ankunft.

„Bitte warten Sie hier, Sir", sagte er, als er das Telefongespräch beendet hatte. „Es dauert etwa zehn Minuten."

„Um was geht es denn?"

„Sie erfahren es gleich, Sir. In zehn Minuten."

Jodie setzte sich. Ihre Miene zeigte Besorgnis, aber auch Verärgerung. Die *New York Times* lag aufgeschlagen auf der Küchentheke. Reacher warf einen Blick darauf. „Na gut", willigte er ein und setzte sich ebenfalls.

Sie warteten schweigend. Dann wurde unten der Summer betätigt, und der FBI-Agent ging hinaus in die Diele. Sie hörten, wie die Wohnungstür geöffnet wurde und jemand über den Ahornboden ging.

Alan Deerfield betrat die Küche. „In meinem Bereich hat es sechs Tote gegeben", begann er ohne Umschweife. „Deshalb möchte ich Miss Jacob ein paar Fragen stellen."

Jodie schaute nicht auf. „Was wollen Sie denn wissen?"

„Wo waren Sie in den vergangenen Tagen?"

„Ich musste geschäftlich verreisen."

„Wohin denn?"

„Nach London. Eine Konferenz mit Mandanten."

„Wusste Reacher davon?"

„Nein, ich habe es ihm nicht mitgeteilt. Das kam ganz kurzfristig zustande."

„Er war also ziemlich beunruhigt. Gleich nach seiner Ankunft in Quantico versuchte er, Sie telefonisch zu erreichen – in Ihrem Büro, in Ihrer Wohnung, auf Ihrem Handy. In der Nacht noch einmal. Ohne Erfolg. Er muss sehr besorgt gewesen sein."

Jodie schaute zu Reacher hinüber. „Ich hätte ihm wohl Bescheid geben sollen."

„Das ist Ihre Sache. Interessant ist jedoch, dass er Sie dann plötzlich nicht mehr anrief. Dass er auf einmal nicht mehr beunruhigt war. Er muss gewusst haben, dass Petrosian nicht mehr lange leben würde."

Jodie blickte auf den Boden hinunter.

„Er ist ein schlauer Bursche", fuhr Deerfield fort. „Ich vermute, dass er einen Kumpel dazu gebracht hat, in Chinatown für Aufregung zu sorgen. Und dann hat er darauf gewartet, dass die Schlitzaugen das machen, was sie immer machen, wenn ihnen jemand in die Quere kommt. Er meint, ihm könne keiner was nachweisen. Denn als Petrosian mit einer Machete Bekanntschaft schloss, saß er ja in Quantico in einem abgesperrten Zimmer." Er wandte sich Reacher zu. „Habe ich das richtig wiedergegeben?"

Reacher zuckte mit den Achseln. „Wieso hätte sich jemand wegen Petrosian den Kopf zerbrechen sollen?"

Deerfield lächelte.

„Na klar, das müssen wir verschweigen. Wir dürfen ja keinesfalls zugeben, dass Blake mit Ihnen über dieses Thema gesprochen hat. Ich möchte ja nur wissen, was da gelaufen ist. Wenn Sie dahinter stecken, können Sie's ruhig zugeben. Vielleicht kriegen Sie sogar ein Lob von mir. Aber wenn es ein echter Bandenkrieg war, müssen wir darüber genau Bescheid wissen."

„Ich habe keine Ahnung, wovon Sie reden."

„Und wieso haben Sie Miss Jacob nicht mehr angerufen?"

„Das geht nur mich was an."

„Nein, das betrifft nicht nur Sie", widersprach Deerfield. „Reacher, ich will das wissen! Petrosian war ein mieser Typ, ganz klar, aber Mord bleibt Mord. Wir könnten für Sie ein ziemlich überzeugendes Motiv finden. Wir könnten von einer Verschwörung mit unbekannten Personen sprechen. Wenn wir die Sache richtig anpacken, kommen Sie in Untersuchungshaft."

Jodie stand auf. „Mr Deerfield, Sie sollten jetzt gehen. Ich bin nach wie vor seine Anwältin, und hier ist nicht der richtige Ort für derartige Diskussionen."

Deerfield nickte bedächtig und schaute sich in der Küche um. „Ja, da haben Sie Recht, Miss Jacob. Wir sollten dieses Gespräch an einem geeigneteren Ort fortsetzen. Früher oder später."

Er drehte sich auf dem Absatz um und verließ mit seinem Kollegen die Wohnung.

Als die Tür zugefallen war, sagte Jodie: „Du hast Petrosian also doch beseitigt."

„Ich bin überhaupt nicht in seine Nähe gekommen", entgegnete Reacher.

Sie schüttelte den Kopf. „Das kannst du meinetwegen dem FBI erzählen. Du hast die Sache eingefädelt. Du hast ihn beseitigt, auch wenn du keine Waffe auf ihn gerichtet hast. Deerfield weiß das."

„Er kann es aber nicht beweisen."

„Das spielt doch keine Rolle. Er kann es immerhin versuchen. Er meint es durchaus ernst, wenn er von U-Haft spricht. Wenn es um einen Bandenkrieg geht, werden ihn die Gerichte bereitwillig unterstützen. Das ist keine leere Drohung. Jetzt hat er dich in der Hand. Ich habe dich gewarnt."

Reacher erwiderte nichts.

„Warum hast du es getan?", wollte Jodie wissen.

„Es gab genug Gründe. Es musste getan werden."

Eine lange Stille trat ein.

„Und wieso hast du nicht mehr versucht, mich zu erreichen?", fragte Jodie schließlich.

Er schaute auf seine Hände hinunter. „Ich dachte, dass du in Sicherheit bist, dass du dich irgendwo versteckt hast. Ich habe mich um Petrosian gekümmert. Und ich habe angenommen, dass du selbst auf dich aufpassen wirst. Wir kennen einander gut genug, dass wir uns vorstellen können, wie der andere reagiert."

„Als ob wir Kameraden in derselben Einheit wären", ergänzte sie leise. „Wir verlassen uns darauf, dass jeder seine Aufgabe erledigt. Wie ein Major und ein Hauptmann, die einen gefährlichen Auftrag auszuführen haben."

Er nickte. „Genau."

„Ich bin aber kein Hauptmann. Ich gehöre auch keiner Einheit an. Ich bin beim Militär aufgewachsen genau wie du, und ich hätte auch dabei sein können, wenn ich gewollt hätte. Aber das wollte ich nicht. Ich wollte aufs College gehen, ich wollte Jura studieren. Ich wollte in einer Welt leben, in der bestimmte Regeln gelten. Und jetzt bin ich in etwas hineingeraten, in das ich nicht verwickelt sein möchte."

„Tut mir Leid."

„Und du bist auch kein Major mehr. Du bist Zivilist."

Er nickte wieder, sagte aber nichts.

„Und das eigentliche Problem besteht auch genau darin: dass du mich in etwas hineinziehst, in das ich nicht verwickelt werden möchte, und dass ich dich in etwas hineindränge, mit dem du nichts zu tun haben möchtest", fuhr Jodie fort. „In die zivilisierte Welt, in der man ein Haus und ein Auto hat und ein normales Leben führt. Mein Fehler ist wohl, dass mir das erstrebenswert vorkommt. Ich kann mich nicht damit abfinden, dass du diese Dinge nicht für erstrebenswert hältst."

„Ich möchte dich", sagte Reacher.

„Das weiß ich. Und ich möchte dich. Das weißt du auch. Aber wie ist es mit dem Leben des anderen? Wollen wir das auch?"

Der alte Vagabundengeist begann unvermittelt wieder in seinem Kopf herumzuspuken. Da hast du's! Jetzt ist es raus! Jetzt mach mal reinen Tisch!

„Ich weiß nicht", antwortete er.

„Wir müssen das klären", sagte Jodie.

Dazu hatten sie jedoch keine Gelegenheit mehr, denn der Summer meldete sich. Jodie stand auf, drückte auf den Knopf und wartete in der Diele. Reacher blieb in der Küche und hörte, wie der Fahrstuhl ankam und die Wohnungstür aufging. Dann vernahm er einen raschen Wortwechsel und schnelle, leichte Schritte. Jodie tauchte in der Küche auf und neben ihr Lisa.

„Es ist nicht zu fassen!“, seufzte Lisa. „Alison Lamarr.“

„Wann?“, fragte Reacher leise.

„Gestern. Er hat den Zeitabstand nicht eingehalten. Er macht jetzt Tempo.“

„Und wie?“

„Genau wie die anderen. Das Krankenhaus rief bei Alison an, weil ihr Vater im Sterben lag. Als niemand antwortete, schaltete man die Polizei ein, und die fand die Leiche. In der mit Farbe gefüllten Badewanne.“

„Wie zum Teufel ist er da bloß reingekommen?“

„Einfach durch die Tür.“

„Ich fasse das nicht!“

Nervös schaute Lisa in der Küche umher. „Blake möchte Sie wieder dabeihaben. Er hat Ihre Theorie voll und ganz übernommen. Es geht nicht um 91, sondern um elf Frauen.“

„Was soll ich dazu sagen? Spät ist besser als nie?“

„Er möchte Sie wieder dabeihaben“, wiederholte Lisa. „Die Sache wächst uns über den Kopf. Wir müssen bei der Armee Dampf machen. Blake meint, Sie seien der Richtige dafür.“

„Du solltest gehen“, meinte Jodie. „Tu das, was du am besten kannst.“

ALSO zog Reacher mit Lisa los. Ein Dienstfahrzeug der New Yorker FBI-Niederlassung wartete auf dem Broadway am Straßenrand auf sie und brachte sie zum Newark Airport, wo sie einen Flug nach Seattle nahmen. Blake wollte, dass sie den Tatort inspizierten.

Als sie auf ihren Plätzen saßen, fragte Reacher: „Wie hat Lamarr es aufgenommen?“

„Sie bewahrt Haltung, aber sie ist sehr angespannt. Sie möchte alles selbst in die Hand nehmen. Nach Spokane kommt sie aber nicht, denn sie will auf keinen Fall fliegen.“

„Bei einem Land von dieser Größe ist das schon ein Nachteil, insbesondere bei einer Bundespolizistin. Es überrascht mich, dass man das akzeptiert.“

„Es ist eine bekannte Tatsache. Man hat sich damit abgefunden.“

Das Flugzeug hob ab, und der Erdboden kippte nach hinten.

„Haben Sie über die geographischen Gegebenheiten nachgedacht?“, erkundigte sich Reacher. „Betrachtet man die Tatorte auf der Landkarte, liegt Spokane in der vierten Ecke der USA, stimmt's?"

Sie bejahte. „Elf weit verstreute Orte kommen infrage, und für die ersten vier Morde nimmt er die, die am weitesten auseinander liegen."

„Warum nur?"

„Um seine Reichweite unter Beweis zu stellen?"

„Und seine Schnelligkeit. Kann sein, dass er deswegen auch den Zeitabstand nicht mehr einhält. Er will zeigen, was er draufhat. Ein eiskalter Bursche. Wer zum Teufel ist das nur?"

Lisa lächelte düster. „Wenn wir ihn gefunden haben, wissen wir's."

Du bist ein Genie, ein absolutes Genie. Vier sind erledigt! Und die Vierte war die Beste von allen. Alison Lamarr! Ihr Gesichtsausdruck, als sie die Tür öffnete! Die Überraschung, die Begrüßung!

Es gab keine Patzer. Keinen einzigen. Du lässt deine Handlungen noch einmal an dir vorbeiziehen. Du hast nichts berührt und nichts zurückgelassen. Du hast nichts in ihr Haus mitgenommen. Nur du selbst warst drin. Die Gegend war natürlich eine Hilfe. Kein Mensch weit und breit. Das machte die Sache völlig sicher. Bei ihr hättest du vielleicht mehr Spaß haben können. Du hättest sie singen lassen können. Oder tanzen!

Du hast aber darauf verzichtet, weil alles nach einem bestimmten Schema ablaufen muss. Das musst du einhalten, darauf kommt es an. Du musst nachdenken und die Planung vorantreiben. Du hast Nummer vier erledigt, und das darfst du natürlich ein Weilchen genießen, aber dann ist Schluss, dann musst du dich auf Nummer fünf vorbereiten.

In Anbetracht der Tatsache, dass das Flugzeug am Nachmittag – in der Zeit zwischen Mittag- und Abendessen – gestartet war und alle Zeitzonen durchquerte, war die Bordverpflegung recht gut. Reacher ließ sich noch einen Kaffee geben und dachte über Jodie nach.

Er rief sich den Junitag in Erinnerung, an dem er wieder in ihr Leben getreten war. Die Sekunde, in der er sie erblickt und sofort begriffen hatte, wer sie war. Eine Flut von Gefühlen war über ihn hereingebrochen, die so stark wie ein Elektroschock gewesen war. Seit er aus der Armee ausgeschieden war, hatte er das verschiedene Male erlebt. Er erinnerte sich daran, wie er in Städten, von denen er nie etwas gehört hatte, aus Bussen ausgestiegen war. In Ländern, die er noch nie besucht hatte.

Er erinnerte sich an das Gefühl, das er empfunden hatte, wenn die Sonne auf seinen Rücken heruntergebrannt hatte und sich lange, gerade Straßen endlos vor ihm hingezogen hatten. Die Faszination des Vagabundenlebens war ein großer Teil von ihm, und er vermisste es, wenn er in Garrison festsaß oder bei Jodie in der City hockte. Er sehnte sich sehr danach. Genauso sehr, wie er sich jetzt nach ihr sehnte.

DER FBI-LEARJET hatte Blake und sein Team nach Spokane geflogen. Anschließend hatte dieser das Flugzeug nach Seattle-Tacoma geschickt, damit es dort Lisa und Reacher abholte. Ein Wagenpulk blockierte nun die Straße vor Alison Lamarrs Haus. Ein schwarz-weißes Fahrzeug der Ortspolizei stand mit blinkenden Warnlichtern da. Außerdem waren zwei dunkle Limousinen, ein schwarzer Minibus und der Dienstwagen eines Gerichtsmediziners geparkt. Regentropfen perlten von den Fahrzeugen.

Nachdem Lisa und Reacher aus dem Auto des örtlichen FBI ausgestiegen waren, gingen sie zu dem Minibus. Blake rutschte vom Beifahrersitz und begrüßte sie. Sein Gesicht war jetzt nicht rötlich, sondern eher gräulich gefärbt, als hätte der Schock seinen Blutdruck gesenkt. Er war voller Tatendrang.

„Hier oben ist es höchstens noch eine Stunde lang Tag“, sagte er. „Ich möchte, dass Sie mit mir zusammen alles inspizieren, was Sie vorgestern angeschaut haben. Wenn sich etwas verändert hat, teilen Sie's mir mit.“

Reacher nickte. Er war plötzlich ganz erpicht darauf, etwas zu finden. Nicht wegen Blake. Wegen Alison.

„Wer war schon im Haus drin?“, fragte er.

„Nur der Ortspolizist, der sie gefunden hat“, antwortete Blake. „Sonst niemand. Ich lege Wert darauf, dass Sie als Erster ein Urteil abgeben.“

„Sie ist also immer noch dort?“

„Ja, leider.“

„Na gut“, sagte Reacher. „Die Haustür war nicht abgeschlossen?“

„Sie war zu, aber nicht abgeschlossen.“

„Okay.“ An den geparkten Fahrzeugen und der Einmündung der Auffahrt vorbei ging Reacher auf der schmalen Straße zwanzig Meter weit.

„Wo führt die hin?“, rief er.

Blake war zehn Meter hinter ihm. „Vermutlich ans Ende der Welt.“

Reacher schlenderte zurück. „Sie sollten den Schmutz auf dem Straßenbelag bis zur nächsten Kurve überprüfen. Unser Mann kam wahrscheinlich aus Spokane, fuhr am Haus vorbei, wendete und kam zurück. Er wollte bestimmt, dass sein Auto schon in Fahrtrichtung stand, damit er nachher schnell verschwinden konnte."

„Gut, ich lasse das überprüfen. Inzwischen führen Sie mich durchs Haus."

Blake gab seinem Team Anweisungen und ging dann mit Reacher und Lisa zur Haustür, wo er eine Rolle Plastikbeutel aus seiner Manteltasche holte. „Ziehen Sie die über Ihre Füße!", sagte er. Sie streiften einen Beutel über jeden Schuh und stopften die Zipfel hinein.

„Ich habe an die Tür geklopft", rekonstruierte Lisa. „Sie öffnete nach dem zweiten Klopfen. Ich zeigte ihr meine Dienstmarke durch den Spion."

„Sie war ziemlich nervös", fügte Reacher hinzu. „Lamarr habe sie gewarnt, erzählte sie uns."

Blake brummte griesgrämig und drückte die Tür mit dem Fuß auf.

„Wir gingen zusammen in die Küche", fuhr Lisa fort.

Sie stapften dorthin. Im Spülbecken stand Geschirr, und eine der Schubladen war ein Stück weit geöffnet.

„Ist hier irgendwas anders?", wollte Blake wissen.

„Im Ausguss ist Geschirr", erwiderte Reacher. „Und die Schublade dort war zu."

Sie versammelten sich um die Spüle, in der sich ein Teller, ein Wasserglas, ein Becher, ein Messer und eine Gabel befanden. An dem Teller klebten Brotkrumen und Eireste.

„Vom Frühstück?", überlegte Blake.

„Oder vom Abendessen", meinte Lisa. „Ein Ei auf Toast kann für eine allein stehende Frau das Abendessen sein."

Mit den Fingerspitzen zog Blake die Schublade weiter heraus. Sie enthielt verschiedene Küchenutensilien.

„Okay, was kam dann?"

„Ich blieb bei ihr in der Küche", antwortete Lisa. „Reacher schaute sich um."

„Machen Sie das noch einmal!", wies Blake ihn an.

Die beiden gingen durch die Eingangsdiele.

„Ich habe zunächst Ess- und Wohnzimmer angeschaut", erläuterte Reacher. „Dort habe ich die Fenster inspiziert. Sie kamen mir sicher vor. Dann bin ich hinausgegangen und habe mir das Grundstück und die Scheune angesehen."

„Wir schauen uns zuerst mal oben um", entschied Blake.

„In Ordnung." Reacher ging voran. „Ich habe einen Blick in die Schlafzimmer geworfen. Dann habe ich mich im Bad umgesehen."

An der Tür zum Bad blieben sie kurz stehen. „Also los", seufzte Blake.

Sie warfen einen Blick hinein. Das Bad war tadellos in Ordnung. Kein Anzeichen, dass hier etwas passiert war. Mit Ausnahme der Badewanne. Sie war zu sieben Achteln mit grüner Farbe gefüllt. Knapp unter der Oberfläche trieb eine kleine, muskulöse Gestalt. Auf der Farbe hatte sich eine glitschige, plastikartige Haut gebildet, unter der sich die Konturen des Körpers abzeichneten. Der Kopf war nach hinten geneigt, der Mund leicht geöffnet und zu einer Grimasse verzogen.

Reacher schaute sich um und versuchte, etwas Brauchbares herauszulesen. Das Bad war jedoch genau wie zuvor.

„Gibt's irgendwas?", fragte Blake.

„Nein."

„Na gut, dann gehen wir mal nach draußen."

Schweigend stiegen sie die Treppe hinunter, wo Lisa in der Diele wartete. Blake schüttelte nur den Kopf, was bedeuten sollte: Gehen Sie nicht nach oben. Reacher begleitete ihn auf den Hof hinaus.

„Ich habe die Fenster von außen überprüft", erzählte er.

„Durch ein verdammtes Fenster ist der Kerl nicht reingekommen", erwiderte Blake. „Er kam durch die Tür."

„Aber wie hat er das bloß angestellt? Als wir hier eintrafen, hatte Lamarr bereits ihren Anruf gemacht. Lisa zeigte Alison die Dienstmarke, denn die hatte sich drinnen quasi verbarrikadiert."

Blake zuckte mit den Achseln. „Ich sagte Ihnen ja schon: Die Frauen kennen den Kerl. Sie haben Vertrauen zu ihm. Er klopft, sie sehen ihn durchs Guckloch und öffnen die Tür."

Die Kellertür war intakt, und das Garagentor an der Seite der Scheune war zu, aber nicht abgeschlossen. Reacher ging mit Blake hinein. Der neue Jeep und die Kartons standen da wie zuvor. Ebenso der große Waschmaschinenkarton. Seine Klappen waren ein Stück weit offen, und Klebeband hing herunter. Die Werkbank und das Regal mit den Elektrowerkzeugen befanden sich dort, wo sie hingehörten.

„Etwas ist anders", stellte Reacher fest. „Lassen Sie mich nachdenken." Er stand da, machte die Augen auf und zu und verglich den jetzigen Anblick mit seinen Erinnerungen. „Der Wagen steht nicht an derselben Stelle", sagte er schließlich.

„Klar. Nach Ihrem Besuch fuhr sie mit ihm ins Krankenhaus."

Reacher nickte. „Aber da ist noch was. Lassen Sie mich nachdenken." Plötzlich bemerkte er es. „Der Waschmaschinenkarton. Alison hatte bereits eine Waschmaschine. Die sieht nagelneu aus. Steht in der Küche."

„So? Die muss in dem Karton gesteckt haben, bevor sie installiert wurde."

Reacher winkte ab. „Nein. Vor zwei Tagen war der Karton noch zugeklebt. Nun ist er offen. Also gut. Jetzt wissen wir, wie er die Farbe transportiert. Er versteckt sie in Waschmaschinenkartons und lässt sie im Voraus anliefern."

WENN das immer und immer wieder abläuft wie ein Video, entstehen gewisse Zweifel. Du gehst das noch einmal durch, und du kannst dich nicht mehr erinnern, ob du wirklich alles berücksichtigt hast, was zu erledigen war.

Du sitzt eine Stunde lang da, dir ist heiß und kalt, und am Schluss merkst du, dass du einen Fehler gemacht hast. Du hast vergessen, den Karton wieder zuzukleben. Du weißt, wie Ermittler vorgehen. Ein kurz zuvor ausgelieferter Gerätekarton in der Garage oder im Keller wäre für sie nicht von Interesse. Bei den ersten Ermittlungen würden sie ihn mit großer Wahrscheinlichkeit ungeöffnet lassen. Mit dieser Einschätzung hattest du dreimal hintereinander Recht. Nach einiger Zeit, wenn die Erben kämen, um die Häuser auszuräumen, würde man sie öffnen und all die leeren Dosen entdecken. Aber dann wäre es viel zu spät.

Aber diesmal wird es anders laufen. Sie werden in die Garage gehen, und die Klappen des Kartons werden offen stehen. Wenn sie hineinschauen, werden sie kein Styropor sehen und kein weißes Email.

AUS DEM Minibus holten sie tragbare Lichtbogenlampen und stellten sie um den braunen Karton herum auf. Der Name des Herstellers war zusammen mit der Typenbezeichnung mit schwarzer Farbe auf allen Seiten aufgedruckt. Drinnen befanden sich zehn leere Zwölfliterdosen. Keine Firmenbezeichnung, nur ein kleines Etikett mit der schablonierten Beschriftung TARNFARBE GRÜN. Die Standardsorte der Streitkräfte.

„Und wie kam das hierher?", fragte Blake.

Reacher runzelte die Stirn. „Wie ich schon sagte: Das wurde im Voraus geliefert. Von FedEx, UPS oder einer ähnlichen Firma."

Blake stöhnte, als würde er die Welt nicht mehr verstehen. Er starrte den Karton an, ging um ihn herum. Auf einer Seite war die Pappe beschädigt. „Hier wurde der Adressaufkleber entfernt“, stellte er fest.

„Es könnte eines von diesen durchsichtigen Plastiktäschchen gewesen sein“, vermutete Reacher. „Mit inliegenden Dokumenten. Der Kerl muss es abgerissen haben, damit keine Nachforschungen angestellt werden können.“

„Aber wie ging die Auslieferung vonstatten? Angenommen, Sie wären Alison Lamarr. Plötzlich taucht UPS oder FedEx mit einer Waschmaschine auf, die Sie gar nicht bestellt haben. Sie würden sie doch gar nicht annehmen.“

„Vielleicht kam die Lieferung in ihrer Abwesenheit.“

„Aber der Fahrer verlangt doch eine Unterschrift, oder nicht?“

„Der Absender verzichtete vermutlich auf eine Bestätigung.“

„Warum hat sie den Karton nicht ausgepackt?“

„Wieso sollte sie ihn auspacken, wenn sie weiß, dass er ihr nicht gehört? Sie ruft einfach UPS oder FedEx an und fordert sie auf, den Karton wieder abzuholen. Möglicherweise hat sie den Aufkleber selbst abgerissen und ins Haus mitgenommen, damit sie die Einzelheiten am Telefon durchgeben konnte.“

„Wenn die Unterlagen im Haus liegen, werden wir sie finden. Sobald der Gerichtsmediziner fertig ist, kommt die Spurensicherung.“

„Der Gerichtsmediziner wird nichts entdecken.“

Blake schaute finster drein. „Diesmal muss er was finden.“

„Dann müssen Sie anders vorgehen. Vielleicht sollten Sie die ganze Wanne rausschaffen und nach Quantico fliegen.“

„Wie sollen wir denn die ganze Wanne rausschaffen?“

„Reißen Sie die Wand nieder. Öffnen Sie das Dach. Nehmen Sie einen Kran.“

Blake dachte darüber nach. „Ich glaube, das wäre machbar. Wir brauchen aber eine Genehmigung. Das alles gehört jetzt Julia, nehme ich an. Sie ist wohl die nächste Verwandte.“

Reacher nickte. „Rufen Sie sie an, lassen Sie sich die Genehmigung geben. Sie soll außerdem die Berichte von den anderen Tatorten überprüfen. Diese Auslieferung könnte ein Einzelfall sein. Wenn es aber keiner ist, sieht alles anders aus. Dann bedeutet es, dass der Kerl nicht mit einer Wagenladung Farbe in der Gegend herumfährt. Kann sein, dass er die Flugverbindungen nutzt, dass er irgendwo auftaucht und im Nu wieder verschwindet.“

Blake kehrte zu dem Minibus zurück, um zu telefonieren. Lisa schloss sich Reacher an und ging mit ihm die Straße bis zu der Stelle hinauf, an der Agenten aus Spokane Reifenabdrücke entdeckt hatten. Dort hatte im Schlamm ein Auto gewendet. Da es inzwischen dunkel war, nahmen sie Taschenlampen zu Hilfe.

„Vermutlich eine Limousine mittlerer Größe", sagte einer der einheimischen Agenten beim Betrachten der Abdrücke. „Ziemlich neue Radialreifen. Anhand des Profils können wir den Typ genau bestimmen. Und wenn wir die Spurweite gemessen haben, können wir folgern, um was für ein Modell es sich handelt."

Reacher und Lisa gingen zum Haus zurück, wo Blake auf sie wartete. „An allen drei Tatorten hat man Kartons von Haushaltsgeräten gefunden", teilte er ihnen mit. „Informationen über den Inhalt sind nicht vorhanden. Niemand hat sich die Mühe gemacht hineinzuschauen. Wir schicken jetzt örtliche Agenten zur Überprüfung hin. Und Julia sagt, wir sollen loslegen und die Wanne rausreißen."

Reacher rührte sich nicht von der Stelle, weil ihm ein neuer Einfall gekommen war.

„Sie sollten noch etwas überprüfen. Nehmen Sie die Liste der elf Frauen, und rufen Sie die sieben an, die er noch nicht heimgesucht hat. Fragen Sie die Frauen, ob bei ihnen unerwartete Lieferungen eingetroffen sind. Wenn dieser Bursche nämlich Tempo macht, kann es durchaus sein, dass die nächste Lieferung für eine neue Tat bereits eingetroffen ist."

Schliesslich *entspannst du dich wieder. Du bist sehr talentiert. Alles war doppelt und dreifach abgesichert. Du weißt, dass die Ermittler nicht herausbekommen werden, woher die Farbe stammt, wer sie bezogen und wer sie ausgeliefert hat. Du bist einfach zu clever für sie. Und deshalb entspannst du dich wieder.*

Du bist jedoch enttäuscht. Du hast einen Fehler gemacht. Und jetzt kannst du die Farbe wahrscheinlich nicht mehr verwenden. Vielleicht fällt dir sogar etwas noch Besseres ein. Eines ist jedoch sicher: Du kannst jetzt nicht aufhören.

Zusammengedrängt warteten sie anderthalb Stunden lang in dem Minibus. Aus dem Abend wurde Nacht, und es wurde kalt. Tau legte sich auf die Windschutzscheibe. Ein elektronisches Summen setzte der Stille plötzlich ein Ende. Blake griff nach dem Telefon und hörte aufmerksam zu, den Blick in die Ferne gerichtet. Dann legte er auf und starrte auf die Windschutzscheibe.

„Was gibt's?", fragte Lisa.

„Die Kollegen vor Ort haben die Gerätekartons überprüft", erwiderte Blake. „Alle waren fest zugeklebt, aber sie haben sie trotzdem geöffnet. In jedem der Kartons befanden sich zehn Farbdosen. Leere Dosen, genau wie die, die wir gefunden haben."

„Aber die Kartons waren zugeklebt?", hakte Reacher nach.

„Sie sind wieder zugeklebt worden", antwortete Blake. „Das haben die Kollegen bei genauerem Hinsehen festgestellt. Der Kerl hat die Kartons nachher wieder zugeklebt."

„Ein schlauer Bursche", sagte Lisa. „Er wusste, dass ein zugeklebter Karton kaum auffallen würde."

„Aber doch nicht mehr ganz so clever", fand Reacher. „Sonst hätte er diesen Karton auch wieder zugeklebt. Das war sein erster Fehler."

„Die gute Nachricht haben Sie noch gar nicht gehört", sagte Blake.

„Eine der anderen Frauen hat eine Zustellung erhalten, nicht wahr?"

„Falsch. Alle sieben haben eine Zustellung bekommen."

„Reacher, Sie fahren nach Oregon", entschied Blake. „Sie und Lisa. Dort sollen Sie eine alte Bekannte besuchen, Rita Scimeca. Vor ein paar Jahren haben Sie sich um ihren Fall gekümmert. Sie war Leutnant und wurde unten in Georgia vergewaltigt. Sie wohnt jetzt östlich von Portland und ist eine der elf Frauen, die auf Ihrer Liste stehen. Von hier aus ist sie am nächsten. Fahren Sie zu ihr, und überprüfen Sie den Keller. Wir haben von ihr erfahren, dass in ihrem Keller eine nagelneue Waschmaschine steht. In einem Karton."

„Hat sie ihn geöffnet?", fragte Reacher.

„Nein. Zwei Agenten aus Portland sind jetzt auf dem Weg zu ihr. Sie haben sie angewiesen, den Karton nicht anzufassen."

„Wenn der Kerl noch in der Gegend ist, könnte Portland sein nächstes Ziel sein."

„Deshalb fahren die Kollegen ja gerade zu ihr."

„Nun lassen Sie die Frauen also doch bewachen?"

Blake zog die Schultern hoch. „Gott sei Dank sind es jetzt nur noch sieben, da hält sich der Personalaufwand in Grenzen."

Seine sarkastische Betrachtungsweise war die eines Polizisten, der in einem Auto voller Polizisten saß. Dennoch fand sie wenig Resonanz. Blake errötete ein wenig und schaute weg. „Dass Alison Lamarr tot ist, erschüttert mich genauso wie Sie", fügte er hinzu. „Sie stand uns nahe."

„Auf ihre Schwester trifft das aber noch viel mehr zu", gab Reacher zu bedenken.

„Julia war völlig außer sich, als die Nachricht eintraf", berichtete Blake. „So habe ich sie noch nie erlebt."

„Sie sollten ihr den Fall entziehen."

Blake schüttelte den Kopf. „Ich brauche sie."

AUF DER Karte, die Blake ihnen zeigte, waren es von Spokane bis zu dem Dorf östlich von Portland knapp 600 Kilometer. Sie nahmen den Buick, mit dem sie der einheimische Agent vom Flughafen hergefahren hatte.

„Sechs Stunden", kalkulierte Lisa, zu Reacher gewandt. „Fahren Sie drei Stunden, dann übernehme ich."

Die Straße verlief durch hügeliges Gelände nach Südwesten. Reacher schaltete das Fernlicht ein und trat aufs Gas. Lisa lehnte sich in ihrem Sitz zurück und neigte den Kopf in seine Richtung. In dem Licht, das vom Armaturenbrett kam, besaß ihr Haar einen rotgoldenen Schimmer. Reacher beschleunigte bis auf fast 130 Stundenkilometer, aber nach einigen Minuten raste eine lange, niedrige Limousine an ihnen vorüber.

„Das könnte der Kerl sein", murmelte Lisa schläfrig. „Womöglich ist er auch nach Portland unterwegs. Vielleicht erwischen wir ihn heute Nacht."

„Ich habe es mir überlegt. Ich glaube jetzt eher, dass er fliegt."

„Und dann? Nimmt er am Flughafen einen Mietwagen?"

„Das vermute ich."

„Aber das ist riskant. Das wird schriftlich festgehalten."

„Der Kauf von Flugtickets auch. Dieser Bursche ist jedoch auf alles vorbereitet. Ich bin sicher, er hat gefälschte Papiere, die absolut hieb- und stichfest sind."

Lisa streckte sich, und Reacher roch ihr Parfüm. „Er steigt also aus dem Flugzeug, nimmt einen Leihwagen und macht die halbstündige Fahrt zu Alisons Haus", überlegte sie. „Er hält sich eine halbe Stunde dort auf, braucht eine halbe Stunde für die Rückfahrt und verschwindet dann wieder. Er würde sich dort nicht länger aufhalten, oder?"

„Nein, nicht so nahe am Tatort", stimmte Reacher zu.

„Das Mietauto könnte er innerhalb von zwei Stunden zurückbringen. Wir sollten auf den Flughäfen, die nahe an den Tatorten liegen, die kurzzeitige Nutzung von Leihwagen überprüfen."

Reacher nickte, dann schwiegen sie eine Weile.

„Schildern Sie mir Rita Scimeca“, bat Lisa schließlich.

„Sie hatte eine gewisse Ähnlichkeit mit Alison Lamarr. Auch sie war sportlich, tüchtig und sehr zäh. Sie war Leutnant. Hervorragende Beurteilungen. Die Offiziersausbildung machte sie mit links.“ Er verstummte und rief sich Rita Scimeca vor Augen. Eine Frau wie sie würde es bei den Streitkräften nicht oft geben.

„Es gibt noch ein Rätsel“, wechselte er das Thema. „Wie bekommt der Kerl die Frauen unter seine Kontrolle? Denken Sie mal nach! Er betritt ihre Häuser, und dreißig Minuten später liegen sie tot in der Wanne, nackt und ohne Spuren von Gewaltanwendung. Keinerlei Unordnung. Wie macht er das?“

„Er richtet eine Waffe auf sie.“

Reacher schüttelte den Kopf. „Wenn er mit dem Flugzeug anreist, hat er keine Waffe. Er darf keine bei sich führen.“

„Wenn er tatsächlich fliegt. Bis jetzt ist das nur eine Vermutung.“

„Stimmt. Aber ich dachte gerade an Alison. Sie hatte eine Infanterieausbildung. Entweder hätte sie sich sofort heftig zur Wehr gesetzt, oder sie hätte eine Gelegenheit abgewartet, den Kerl zu überwältigen. Offenbar ist jedoch nichts dergleichen geschehen. Wieso nicht?“

„Ich weiß es nicht“, gestand Lisa ein.

„Und Sie werden es nie herausfinden, weil Sie der Profilquatsch alle so in die Irre geführt hat, dass Sie das wahre Motiv nicht erkennen.“

Lisa schaute durch das Seitenfenster in die vorbeihuschende Dunkelheit. „Könnten Sie mir das erläutern?“

„Erst wenn Blake und Lamarr dabei sind und genau aufpassen. Ich sage es nämlich nur einmal.“

KURZ nach der Überquerung des Columbia River hielten sie an, um zu tanken. Während Reacher den Tank füllte, ging Lisa auf die Toilette. Als sie zurückkam, setzte sie sich auf den Fahrersitz, bereit für ihre drei Stunden am Steuer. Sie startete den Wagen und fuhr in südlicher Richtung weiter, während Reacher zu dösen begann.

Kurz vor drei Uhr morgens erreichten sie das Dorf, in dem Rita Scimeca wohnte. An der Durchfahrtsstraße gab es eine Tankstelle und einen Gemischtwarenladen, die aber beide geschlossen waren. Eine Querstraße führte nach Norden in die Vorberge. Lisa bog ab und fuhr auf ihr weiter.

Rita Scimecas Haus war leicht zu finden. Es war das einzige, das beleuchtet war. Und das einzige, vor dem eine FBI-Limousine geparkt war.

Lisa hielt an und schaltete die Scheinwerfer und den Motor aus. Eine Tür der Limousine wurde geöffnet, und ein junger Mann in einem dunklen Anzug stieg aus. Reacher und Lisa schlüpften ebenfalls in die kühle Luft hinaus.

„Sie ist zu Hause und erwartet Sie“, informierte sie der einheimische Agent.

Das große, schindelverkleidete Haus stand mit einer Seite zur Straße gewandt, sodass die Front nach Westen blickte. Es besaß eine geräumige vordere Veranda. Die Hanglage schuf Platz für eine Garage auf der Frontseite des Hauses. Ihr Tor öffnete sich unter dem Ende der Veranda zur Straßenseite hin.

Leichtfüßig stieg Lisa die Treppe zur Veranda hinauf. Unter Reachers Gewicht fingen die Stufen jedoch an zu knarren. In der offenen Haustür stand bereits Rita Scimeca.

„Hallo, Reacher“, begrüßte sie ihn.

„Hallo, wie geht es Ihnen?“, gab er zurück.

„Ganz gut, wenn man bedenkt, dass es drei Uhr morgens ist und ich gerade vom FBI mitgeteilt bekommen habe, dass ich zusammen mit zehn meiner Schwestern, von denen vier bereits tot sind, auf einer Art Abschussliste stehe.“

„Da sehen Sie, wozu Ihre Steuergelder gut sind.“

„Und wieso treiben Sie sich mit Leuten vom FBI rum?“

„Unter den gegebenen Umständen hatte ich keine andere Wahl.“

„Immerhin freue ich mich, Sie wiederzusehen.“

„Ich mich auch.“

Rita Scimeca war eine groß gewachsene, kräftige Frau, aber nicht so kompakt wie Alison Lamarr, sondern schlank wie eine Marathonläuferin. Sie trug Jeans und einen Pullover und hatte halblanges braunes Haar mit Ponyfransen über ihren strahlenden braunen Augen. Um ihren Mund zogen sich tiefe Falten. Reacher hatte sie seit vier Jahren nicht mehr gesehen, und in dieser Zeit war sie gealtert.

„Das ist Agentin Harper“, stellte er Lisa vor.

Rita nickte ihr zu. „Dann kommen Sie mal rein.“

Lisa trat ein, und Reacher folgte ihr. Rita schloss die Tür hinter ihnen zu. In der Eingangsdiele war es warm und gemütlich. Auf dem Boden lagen Wollteppiche. Die Mahagonimöbel glänzten. Überall Vasen mit Blumen.

„Chrysanthemen“, erklärte Rita. „Ich ziehe sie selbst. Gärtnern ist mein neues Hobby.“ Sie zeigte auf das Vorderzimmer. „Und Musik.

Schauen Sie mal." In der hinteren Ecke des Raumes stand ein Flügel.

„Ein schönes Instrument", lobte Reacher. „Dann kommen Sie also gut zurecht?"

Sie schaute ihm in die Augen. „Sie möchten wissen, ob ich mich davon erholt habe, dass ich von drei Typen, die ich als meine Kameraden betrachtet habe, gemeinschaftlich vergewaltigt wurde?"

„So was Ähnliches meinte ich."

„Ich dachte, ich hätte mich davon erholt. Soweit das möglich ist. Aber jetzt höre ich, dass mich irgendein Wahnsinniger umbringen will, weil ich damals Anzeige erstattet habe. Und das ist nicht gerade förderlich, verstehen Sie?"

„Wir kriegen ihn", versprach Lisa in die sich anschließende Stille hinein.

Rita blickte sie nur an.

„Können wir uns mal die neue Waschmaschine anschauen?", fragte Reacher.

„In dem Karton befindet sich aber gar keine, nicht wahr?", erkundigte sich Rita.

„Da ist vermutlich Farbe drin", bestätigte Reacher. „Grüne Tarnfarbe aus Heeresbeständen. Der Typ bringt seine Opfer um, legt sie in die Wanne und gießt die Farbe über sie."

„Wieso?"

„Gute Frage. Darüber zerbricht sich gerade eine Anzahl schlauer Leute den Kopf."

Rita führte sie zur Garage, wo eine neue Chrysler-Limousine stand. Hintereinander gingen sie an dem Auto entlang, und Rita öffnete eine Tür in der Wand, die zum Keller führte. Sie zog an einer Schnur, und das Licht ging an. „Bitte sehr", sagte sie.

Mitten auf dem Fußboden stand ein Karton. Die Größe, die braune Pappe, die schwarzen Aufdrucke, der Firmenname – alles wie zuvor. Der Karton war mit glänzendem braunem Klebeband verschlossen.

„Könnte ich ein Messer haben?", bat Reacher.

Rita zeigte auf ein Wandbrett mit Halterungen, in denen Werkzeuge steckten. Reacher nahm ein Teppichmesser, schlitzte das Klebeband auf und öffnete die Klappen. Er erblickte zehn Zwölfliterdosen. Er nahm eine davon und drehte sie herum. TARNFARBE GRÜN stand auf dem Etikett.

„Wann ist das eingetroffen?", fragte Reacher.

„Ich kann mich nicht mehr genau erinnern", antwortete Rita. „Ungefähr vor zwei Monaten."

„Vor zwei *Monaten*?“, wiederholte Lisa.

Rita nickte. „So ungefähr. Ich weiß es wirklich nicht mehr genau.“

„Sie hatten keine Waschmaschine bestellt, nicht wahr?“, vermutete Reacher.

Sie schüttelte den Kopf. „Ich habe schon eine. Ich nahm an, die Lieferung sei für meine Mitbewohnerin. Sie ist vor ein paar Wochen ausgezogen.“

„Wieso haben Sie sich nicht bei ihr erkundigt?“

„Wieso denn? Für wen sollte es sonst sein? Ich dachte, sie hätte die Maschine vorerst dagelassen, weil sie so schwer ist, und würde mit Helfern wiederkommen.“

Schweigend standen sie da. In dem gelben Licht warfen sie ausgefranste Schatten.

„Ich bin müde“, beendete Rita die Stille. „Sind wir fertig?“

„Nur noch ein Punkt“, erwiderte Reacher. „Erzählen Sie Agentin Harper, was Sie bei der Armee getan haben.“

„Ich war bei der Waffenerprobung. Wir testeten neue Waffen, die die Produzenten anlieferten.“

Verwundert schaute Lisa Reacher an.

„Okay“, sagte er. „Jetzt verschwinden wir.“

Rita ging voran durch die Garage und hinauf in die Diele.

„Auf Wiedersehen, Reacher“, sagte sie, als sie die Haustür öffnete. „Es war nett, Sie wiederzusehen.“ Sie wandte sich an Lisa. „Sie sollten ihm vertrauen. Wissen Sie, ich habe nach wie vor Vertrauen zu ihm. Und das will was heißen.“

„Sie hatte eine Mitbewohnerin“, sagte Lisa, als sie den Fußweg entlanggingen. „Also stimmt Ihre Theorie nicht. Es sah nur so aus, als lebte sie allein. Jetzt stehen wir wieder am Anfang.“

„Nicht ganz. Die Frauen stellen trotzdem eine Untergruppe dar. Niemand sucht sich 91 Opfer aus.“

Sie stiegen in den Wagen.

„Und was nun?“, fragte Reacher.

„Zurück nach Quantico.“

SIE MUSSTEN mehrmals umsteigen und brauchten mit dem Flugzeug fast sieben Stunden bis nach Washington. Dort wurden sie von einem Fahrer des FBI abgeholt und nach Virginia gebracht.

Lisa ging in das Gebäude voran, und sie fuhren mit dem Fahrstuhl ins vierte Untergeschoss. In einem Seminarraum saßen Blake, Poulton und

Julia Lamarr an einem Tisch, auf dem Papierstapel lagen. Die beiden Männer sahen überarbeitet aus, während Julia Lamarrs Gesicht so weiß wie die Dokumente war, die sie vor sich liegen hatte. Ihr Blick war fahrig.

„Lassen Sie mich raten", knurrte Blake. „Bei Rita Scimeca traf der Karton schon vor Monaten ein, und die Umstände waren ihr nicht mehr erinnerlich. Es gibt keine Unterlagen dazu."

„Sie glaubte, die Lieferung sei für ihre Mitbewohnerin", berichtete Lisa. „Sie lebte nicht allein. Die Liste der elf Frauen ist damit hinfällig."

„Nein, sie gilt nach wie vor. Elf Frauen, deren Unterlagen für den, der sie sich anschaut, den Anschein erwecken, dass sie allein leben. Wir haben alle anderen überprüft. Mit achtzig Anrufen. Keine von ihnen wusste etwas von einer unerbetenen Kartonlieferung. Reachers Theorie von der diese elf Frauen umfassenden Untergruppierung hat also weiterhin Gültigkeit."

Reacher schaute Blake erfreut und etwas überrascht an. An Julia Lamarr gewandt, sagte er: „Ich möchte Ihnen mein Beileid aussprechen."

„Es hätte vielleicht verhindert werden können", erwiderte sie. „Wenn Sie von Anfang an mitgemacht hätten."

Stille trat ein. „Jetzt geht es um sieben Frauen", sagte Blake schließlich. „Zu den Kartons sind keinerlei Unterlagen vorhanden."

„Haben Sie bei den Auslieferungsfirmen nachgeforscht?", erkundigte sich Reacher.

„Wir wissen nicht, welche infrage kommen", entgegnete Poulton.

„So viele Möglichkeiten gibt es nicht. Gehen Sie alle durch."

„Und was soll ich fragen? Ob ihnen, nachdem sie in den letzten beiden Monaten zahllose Sendungen ausgeliefert haben, ausgerechnet diejenigen erinnerlich sind, die uns interessieren?"

„Sie müssen es versuchen", beharrte Reacher. „Fangen Sie mit Spokane an. Der Fahrer kann sich vielleicht erinnern, ob sich eine Lieferadresse in einer so abgeschiedenen Gegend wie Alison Lamarrs Haus befand."

Blake nickte. „Okay, dort versuchen wir's mal. Aber nur dort."

„Wir müssen diesen Kerl erwischen", forderte Julia Lamarr.

„Das wird nicht leicht sein", meinte Blake. „Wir werden natürlich die sieben Frauen, die Lieferungen erhalten haben, rund um die Uhr bewachen. Der Kerl wird das jedoch sofort merken, und deshalb werden wir ihn nicht auf frischer Tat ertappen."

„Wie lange halten wir die Sicherheitsvorkehrungen aufrecht?", fragte Lisa.

„Drei Wochen", erwiderte Blake. „Mehr wäre nicht zu verantworten."

„Wir haben also drei Wochen Zeit, um den Kerl zu finden", schloss Poulton.

Blake legte seine Hände auf den Tisch. „Ich schlage vor, dass wir rund um die Uhr aktiv sind. Einer kann schlafen, während die anderen arbeiten. Julia, Sie bekommen die erste zwölfstündige Ruhepause. Sie beginnt jetzt."

„Ich möchte keine. Ich muss dranbleiben."

Doch Blake blieb hart. „Ob Sie wollen oder nicht, Sie haben jetzt Ihre Pause. Die Leiche Ihrer Schwester ist eben zur Autopsie eingeflogen worden. Und damit dürfen Sie nichts zu tun haben. Ich kann das nicht zulassen."

Das Pathologielabor in Quantico unterschied sich nicht von denen, die Reacher früher gesehen hatte. Es war ein großer, niedriger, hell erleuchteter Raum, dessen Boden und Wände weiß gekachelt waren. In der Mitte befand sich ein großer Untersuchungstisch aus funkelndem Edelstahl. Um ihn herum stand eine Anzahl Rollwagen, auf denen medizinische Instrumente lagen.

„Operationskittel, Handschuhe und Überschuhe", sagte Dr. Stavely, der leitende Pathologe. Er zeigte auf ein Metallregal, auf dem zusammengefaltete Nylonkittel sowie Kartons mit Einweghandschuhen und Fußbekleidung aufgestapelt waren.

Lisa verteilte die Gegenstände an Reacher, Blake und Poulton.

Als ein Assistent eine fahrbare Trage hereinschob, roch es sogleich nach Farbe. Der Plastiksack, in dem die Leiche steckte, war über und über mit glitschiger grüner Farbe verschmiert.

„Schaffen Sie sie zuerst zum Röntgen", wies Stavely den Assistenten an.

Dieser schob die Trage in einen Raum, der seitlich an das Labor angrenzte. Er verschwand einen Augenblick, kam wieder heraus und drückte die bleiummantelte Tür hinter sich zu. Ein entferntes kräftiges Summen ertönte, das eine Sekunde dauerte und dann aufhörte. Der Assistent ging wieder in den Röntgenraum und schob die Trage zurück in den Hauptraum.

„Drehen Sie sie um", bat Stavely. „Ich möchte, dass sie mit dem Gesicht nach unten liegt."

Der Assistent trat neben ihn. Er packte den Sack an einer Ecke mit beiden Händen und zog ihn halb von der Trage, halb auf den Tisch. Dann ging er auf die andere Seite, packte die Ecke dort, zog den Sack wieder hoch und drehte das Ende gleichzeitig herum. Mit dem Reißverschluss nach unten rutschte der Sack auf den Untersuchungstisch.

„Holen Sie die Abzüge", sagte Stavely.

Der Assistent verschwand im Röntgenraum und kehrte mit großen grauen Bildern zurück, auf denen Alison Lamarrs Körper abgebildet war. Er reichte sie Stavely, der die Aufnahmen durchging und eine von ihnen vor eine Leuchtwand hielt.

„Schauen Sie sich das mal an", sagte er.

Es war eine Aufnahme der Brust- und Bauchgegend. Reacher sah die gespenstischen Umrisse grauer Knochen: Rippen, Wirbelsäule und Becken. Ein Unterarm und eine Hand lagen quer darüber. Und noch etwas, was in grellem Weiß leuchtete. Ein schmaler, spitz zulaufender Gegenstand aus Metall, etwa so lang wie die Hand.

„Irgendein Werkzeug", meinte Stavely.

„Die anderen hatten nichts Derartiges", erinnerte sich Poulton.

Stavely befestigte die grauen Aufnahmen der Reihe nach an dem Betrachter und studierte sie. „Ihr Skelett ist offenbar unbeschädigt. Es gibt keine frischen Verletzungen, also kam sie nicht durch Gewalteinwirkung aufgrund eines stumpfen Gegenstands zu Tode."

Als er auf einen Schalter drückte, ging das Licht hinter den Röntgenaufnahmen aus. Der Pathologe kehrte zum Untersuchungstisch zurück. „Okay, machen wir uns an die Arbeit."

Er zog einen Schlauch aus einer an der Decke montierten Rolle und öffnete den kleinen Hahn, der in die Düse integriert war. Eine klare Flüssigkeit strömte heraus. „Azeton", erläuterte Stavely. „Ich muss die verdammte Farbe entfernen."

Er ließ das Azeton über den Sack und den Edelstahltisch laufen. Während die grüne Flüssigkeit langsam in den Ausguss rann, begann es durchdringend nach Chemikalien zu stinken.

Stavely reichte den Schlauch seinem Assistenten, bevor er ein Skalpell ansetzte und den Sack der Länge nach aufschlitzte. Oben und unten setzte er außerdem seitliche Schnitte. Dann zog er die Plastikhülle in zwei langen Streifen ab. Alison Lamarrs mit dem Gesicht nach unten liegender Leichnam kam zum Vorschein. Er war ebenfalls mit der glitschigen Farbe bedeckt. Als sie durch das Azeton weggespült wurde, nahm die Haut eine grünlich weiße Färbung an. Stavely zog die Verkrustungen mit seinen behandschuhten Fingern ab. Das Azeton floss ununterbrochen und spülte die grüne Masse in den Ausguss.

„Drehen Sie sie um!", wies Stavely den Assistenten an.

Dieser rollte die Leiche auf den Rücken. Die Haut war auch hier grünlich weiß und runzlig. Die Augen standen offen, und die Lider wiesen einen grünen Belag auf. Ein Teilstück des Plastiksacks klebte noch an der Leiche. Es bedeckte sie wie ein altmodischer Badeanzug von der Brust bis zu den Oberschenkeln und schützte ihren Intimbereich.

Stavely fuhr mit der Hand unter der Plastikhülle umher und fand den metallenen Gegenstand. Er zog ihn hervor. „Ein Schraubenzieher."

„Er gleicht den anderen, die in ihrer Küchenschublade lagen", bemerkte Reacher.

Stavely reinigte Alison Lamarrs Gesicht mit dem Azeton. „Hier hat sie Kratzer", stellte er fest. Auf der linken Wange verliefen fünf parallele Schnittwunden, die vom Auge bis zum Kiefer reichten. „Ich glaube, die hat sie sich selbst beigebracht."

„Er hat sie dazu gezwungen", sagte Reacher.

„Wie denn?", wollte Blake wissen.

„Ich weiß es nicht. Vermutlich ist ihm das nachträglich eingefallen. Ich glaube, er bringt die Frauen dazu, die Farbe selbst einzugießen. Der Schraubenzieher wird benötigt, um die Dosendeckel aufzustemmen. Wenn er die Kratzer von vornherein eingeplant hätte, dann hätte er dafür gesorgt, dass Alison in der Küche einen Schraubenzieher und ein Messer holte."

„Wieso sollte er sie dazu zwingen, sich Kratzer beizubringen?", bohrte Blake weiter.

„Aus seiner Wut heraus?", überlegte Reacher. „Um sie zu bestrafen, zu demütigen? Ich habe mich schon immer gewundert, warum er nicht gewalttätiger vorging."

„Aber wie hat er sie umgebracht?", fragte Blake.

Stavely entfernte das letzte Stück des Plastiksacks. Mithilfe des Azetonstrahls befreite er nun auch noch die Bauchgegend von der Farbe.

„Ist es möglich, jemanden umzubringen, ohne dass ein Pathologe erkennt, wie es geschehen ist?", erkundigte sich Reacher.

Stavely schüttelte den Kopf.

„Bei mir passiert so etwas nicht." Er stellte die Azetonzufuhr ab und ließ den Schlauch in die Rolle an der Decke zurückgleiten. „Es gibt im Wesentlichen zwei Methoden, jemanden umzubringen. Entweder führt man einen Herzstillstand herbei, oder man unterbricht die

Sauerstoffzufuhr zum Gehirn. Keinerlei Spuren zu hinterlassen ist jedoch bei beiden Methoden äußerst schwierig."

„Wie würden Sie das Herz zum Stillstand bringen?"

„Wenn der Gebrauch einer Schusswaffe ausscheidet, ist eine Embolie die beste Methode. Eine in den Blutkreislauf injizierte Luftblase hat, wenn sie im Herzen ankommt, den Tod zur Folge."

„Den Einstich würde man jedoch sehen, nicht wahr?"

„Bei dieser Leiche nicht. Die Farbe hat die Haut ruiniert. Beeinträchtigungen am Herzen würde man aber erkennen. Ich werde das bei der Leichenöffnung überprüfen, aber ich habe da nicht viel Hoffnung. Bei den anderen Frauen wurde nichts dergleichen entdeckt."

„Und wie ist es, wenn die Sauerstoffzufuhr zum Gehirn unterbrochen wird?", fragte Blake.

„Sie denken an Tod durch Ersticken, wie es bei den Juristen heißt", sagte Stavely. „Das ist zu machen, ohne große Spuren zu hinterlassen. Die klassische Methode wäre ein Kissen, das auf das Gesicht gedrückt wird. Das ist schwer nachzuweisen. Aber hier handelte es sich um eine junge, kräftige Person. Sie hätte sich mit allen Mitteln zur Wehr gesetzt."

Reacher wandte den Blick ab. In dem kühlen Raum trat Stille ein.

„Ich glaube, sie hat noch gelebt, als sie in die Wanne gelangte", sagte Reacher schließlich.

„Wie kommen Sie zu dieser Annahme?", fragte Stavely.

„Alles war blitzsauber. Sie wog in etwa 55 Kilo, oder? Und wenn so eine Last in eine Badewanne gehievt wird, kommt es zwangsläufig zu Verunreinigungen."

„Vielleicht hat er die Farbe erst später eingegossen", gab Blake zu bedenken.

Reacher schüttelte den Kopf. „Dann wäre sie nach oben getrieben."

„Wir müssen Experimente anstellen", sagte Stavely. „Ich bin aber auch der Meinung, dass sie in der Wanne gestorben ist. Bei den ersten drei Frauen gab es keinerlei Hinweise auf Fremdeinwirkung. Keine Quetschungen oder Abschürfungen. Ich vermute, dass sie alles selbst erledigt haben."

„Aber sie brachten sich nicht selbst um", ließ sich Lisa vernehmen.

Stavely stimmte zu. „Um Suizid handelt es sich offenbar nicht."

„Und sie wurden nicht ertränkt", fügte Blake hinzu.

Stavely nickte. „Die ersten drei nicht. Keine Flüssigkeit in der Lunge. Im vorliegenden Fall werden wir bald Bescheid wissen, aber ich würde schon darauf wetten, dass auch diese Leiche nicht ertränkt wurde."

„Wie zum Teufel hat er es dann gemacht?“, murmelte Blake.

Stavely starrte auf die Leiche hinunter. „Im Moment habe ich keine Ahnung. Geben Sie mir ein paar Stunden Zeit, vielleicht finde ich was.“

SIE DEPONIERTEN die Kittel, Handschuhe und Überschuhe in einer Ecke bei der Tür und verließen die Pathologie. Zum Hauptgebäude nahmen sie einen Umweg, als könnten sie damit in der kühlen Luft den Gestank der Farbe und den Leichengeruch loswerden. Im Seminarraum saß Julia Lamarr allein am Tisch.

„Was tun Sie denn hier?“, wollte Blake wissen.

„Hat Stavely irgendwelche Schlussfolgerungen gezogen?“, fragte sie leise.

Blake schüttelte den Kopf. „Das kommt noch. Sie sollten doch nach Hause gehen.“

„Kommt nicht infrage! Ich muss dranbleiben. Wir müssen vorankommen, denn wir haben nur noch drei Wochen Zeit, um den Kerl zu schnappen.“

„Das reicht völlig aus“, warf Reacher ein. „Wenn wir jetzt endlich mal über sein Motiv reden.“

Julia Lamarr fuhr zusammen. Sie wandte sich an Blake und sagte in flehendem Ton: „Wir wollen doch nicht wieder von vorn anfangen.“

„Es muss sein“, beharrte Reacher.

„Immer mit der Ruhe!“, rief Blake. „Wir haben drei Wochen Zeit, aber die werden wir nicht mit Auseinandersetzungen verplempern.“

„Wenn Sie weitermachen wie bisher, werden Sie gar nichts erreichen“, sagte Reacher. „Sie liegen völlig falsch, was sein Motiv betrifft, und forschen deshalb nicht an den richtigen Stellen nach.“

„Sein Motiv ist klar“, bemerkte Julia Lamarr in frostigem Ton. „Was soll das alles?“

„Reacher, rücken Sie raus mit der Sprache!“, forderte Blake.

Er holte tief Luft. „Es handelt sich um einen sehr cleveren Burschen. Er hat vier bizarre, ausgefeilte Morde begangen und nicht die geringste Spur hinterlassen. Er hat einen einzigen Fehler gemacht, aber der war ziemlich bedeutungslos, denn er hat uns nicht weitergebracht.“

„Worauf wollen Sie hinaus?“

„Seine Intelligenz ist von einer ganz spezifischen Art. Er ist praktisch, effizient und sehr rational. Er ist jemand, der plant. Er kommt mit der Realität zurecht.“

„Worauf wollen Sie hinaus?", wiederholte Blake.

„Überlegen Sie mal: Ein Typ, der wegen dieser Belästigungsgeschichten Wutanfälle kriegt, verhält sich nicht rational. Einer, der an den Opfern Rache nehmen will, hat nicht alle Tassen im Schrank. Er kommt mit der Realität nicht zurecht. Er ist ein Spinner. Wut auf diese Frauen scheidet bei unserem Täter als Beweggrund aus. Das ist nicht möglich. Sich gleichzeitig rational und irrational zu verhalten geht einfach nicht."

„Wir kennen sein Motiv", knurrte Julia Lamarr. „Was sollte es denn sonst sein? Die Zielgruppe ist zu fest umrissen."

„Ein Geistesgestörter könnte diese Verbrechen nicht begehen", wandte Reacher ein.

„Und was ist dann sein wahres Motiv, Sie Schlauberger?"

„Ich weiß es nicht."

„Sie wissen es nicht, aber meine Fachkenntnisse ziehen Sie in Zweifel?"

„Es wird sich um etwas ganz Simples handeln. Darum geht es doch immer, nicht wahr? Um etwas ganz Simples und Offensichtliches. Und etwas, was so lukrativ ist, dass es geschützt werden muss."

„Er versucht, etwas zu schützen?", überlegte Poulton.

Reacher nickte. „Kann sein, dass er Zeugen beseitigt."

„Zeugen wofür?"

„Für irgendeine Schieberei, vermute ich. Es muss etwas Großes sein."

„Innerhalb der Armee?", fragte Julia Lamarr.

„Offensichtlich", sagte Reacher.

Blake brummte kurz. „Aber um was geht es?"

Stille trat ein. Plötzlich vergrub Julia Lamarr ihr Gesicht in den Händen und fing an zu schluchzen, als bräche ihr das Herz.

„Julia, was ist mit Ihnen?", rief Blake.

Sie nahm die Hände von ihrem Gesicht. Es war schmerzverzerrt. „Es tut mir Leid", keuchte sie. „Ich habe einen schrecklichen Fehler gemacht. Reacher hat vermutlich Recht. Ich habe Mist gebaut. Das hätte ich schon längst merken müssen."

„Sie brauchen sich nicht zu entschuldigen. Der Stress ist schuld daran."

Sie starrte Blake an. „Meine Schwester ist zu Tode gekommen, weil ich so viel Zeit vergeudet habe. Es ist meine Schuld. Ich habe sie umgebracht. Mit meiner Fehleinschätzung."

„Sie brauchen dringend ein paar Tage Urlaub."

Reacher beobachtete Julia Lamarr. Sie war auf ihrem Stuhl zusammengesunken, als hätte sie eine Tracht Prügel bekommen. „Später ruhe ich mich vielleicht aus", sagte sie. „Aber zuerst gehen wir alle an die Arbeit. Denken wir mal scharf nach: Um was für Schiebereien handelt es sich da?"

„Nun rücken Sie mal raus mit der Sprache, Reacher", drängte Blake. „Etwas beschäftigt Sie, sonst hätten Sie diesen Vorstoß nicht unternommen."

„Okay. Was tat Amy Callan?"

„Sie war auf der Schreibstube der Feldzeugmeisterei", antwortete Poulton.

„Und Lorraine Stanley?"

„Sie war Quartiermeister-Feldwebel."

„Und Alison?"

„Sie war bei einer Nachschubeinheit der Infanterie."

„Nein, zuvor."

„Bei einem Transportbataillon", antwortete Julia Lamarr.

„Und welche Aufgabe hatte Rita Scimeca?"

„Waffenerprobung", warf Lisa ein.

„Und welche Verbindung könnte es zwischen ihnen geben?"

„Sagen Sie's schon!", forderte Blake ihn auf.

„Was habe ich den beiden Typen vor dem Restaurant abgenommen?"

Blake zuckte mit den Achseln. „Weiß ich doch nicht. Das ist Cozos Angelegenheit in New York. Ich weiß nur, dass Sie denen das Geld gestohlen haben."

„Die beiden trugen Handfeuerwaffen des Typs Beretta M-9 mit abgefeilten Seriennummern mit sich herum. Was bedeutet das?"

„Dass sie illegal beschafft wurden."

„Genau. Und zwar aus Armeebeständen. Die M-9 ist die militärische Ausführung der Beretta. Wenn es so ist, dass ein Armeeangehöriger ein dunkles Geschäft deckt, handelt es sich höchstwahrscheinlich um Waffenschieberei, denn damit ist viel Geld zu verdienen. Und diese Frauen waren alle in Dienststellen, in denen sie bemerkt haben könnten, dass Waffendiebstähle stattfanden. Sie hatten ständig mit Waffen zu tun, sei es, dass sie sie transportierten, testeten oder einlagerten."

Blake machte eine vage Geste. „Da sind zu viele Zufälligkeiten im Spiel. Es ist doch sehr unwahrscheinlich, dass diese Zeuginnen gleichzeitig Opfer sexueller Belästigungen gewesen sind."

Julia Lamarr beugte sich vor. „Sie müssen das anders angehen. Es handelt sich nicht um Frauen, die Opfer sexueller Belästigung und *gleichzeitig* Zeuginnen waren. Sie wurden Opfer sexueller Belästigungen, *weil* sie Zeuginnen waren. Angenommen, Sie wären ein Waffenschieber und hätten in Ihrer Einheit eine Frau, die nicht gewillt ist, bestimmte Dinge zu ignorieren. Was würden Sie machen? Sie würden dafür sorgen, dass sie verschwindet. Und wie erreicht man das am schnellsten? Indem man sie belästigt."

Stille trat ein. Dann grunzte Blake. „Nein, Julia, da sind viel zu viele Zufälligkeiten im Spiel", wiederholte er. „Wie groß ist denn die Wahrscheinlichkeit, dass Reacher ausgerechnet über den Schieber stolpert, der diese Frauen umbringt? Die Chancen sind doch eins zu einer Million."

Sie starrte ihn an. „Um Himmels willen, denken Sie mal scharf nach! Reacher behauptet doch nicht, dass genau dieser Schieber für die Morde verantwortlich ist. In der Armee gibt es bestimmt hunderte von Schiebern. Stimmt's, Reacher?"

„Das stimmt", bekräftigte er. „Die Sache mit dem Restaurant hat mich einfach dazu gebracht, pauschale Überlegungen in diese Richtung anzustellen."

Wieder trat Stille ein. Blakes Gesicht färbte sich rot. „Es gibt also hunderte von Schiebern. Und was nützt uns das? Wie sollen wir den richtigen finden? Das ist ja wie die Nadel im Heuhaufen."

„Und was ist mit der Farbe?", fragte Poulton. „Wer lästige Zeuginnen eliminieren will, nimmt eine Pistole Kaliber .22 mit Schalldämpfer und schießt sie in den Kopf. Er hält sich nicht lange mit alldem anderen Zeug auf."

„Genau darum geht es", erwiderte Reacher. „Die Art und Weise, wie die Morde begangen wurden, brachte Sie dazu, ein bestimmtes Motiv zu unterstellen. Überlegen Sie: Wenn diese Frauen mit einer Pistole Kaliber .22 erschossen worden wären, hätten Sie auch andere Motive in Betracht gezogen. Gewiss, Sie hätten einen Zusammenhang mit den Belästigungen gesehen, aber Sie hätten auch andere Überlegungen angestellt. Sie hätten beim Militär nach unsauberen Machenschaften geforscht. Der Kerl hat Sie mit seinen bizarren Täuschungsmanövern auf eine falsche Fährte gelockt. Er hat sein wahres Motiv verschleiert. Er ist clever und hat es geschafft, Sie in die Irre zu führen."

„Was meinen Sie dazu, Julia?", wollte Blake wissen.

„Es ist möglich, dass er Recht hat", antwortete sie langsam. „Ich glaube, wir sollten das überprüfen. Mit Volldampf."

„Nein, er hat nicht Recht", wandte Poulton ein und blätterte in seinen

Unterlagen. „Das beweist der Fall Caroline Cooke. Sie war beim Planungsstab der NATO und hatte mit Waffen und deren Lagerung nichts zu schaffen.“

Reacher lächelte. „Cooke war Offiziersanwärterin. Solche Leute werden zuerst überallhin geschickt, damit sie einen Überblick bekommen.“

Wieder wurde es still im Raum, doch dann kam Stavely hereingeeilt. Er trug noch seinen weißen Laborkittel, und wo ihn die Handschuhe nicht geschützt hatten, waren seine Handgelenke grün verschmiert.

Julia Lamarr starrte auf die Farbe. Dann schloss sie die Augen und fing an zu schwanken, als wäre sie einer Ohnmacht nahe. „Ich möchte nach Hause.“ Sie stand auf und ging unsicheren Schrittes zur Tür, die Augen immer noch auf die Spuren der Farbe gerichtet, in der ihre Schwester ums Leben gekommen war. Dann wandte sie den Blick ab und verließ den Raum.

„Ich weiß, wie er die Frauen umgebracht hat“, verkündete der Pathologe. „Allerdings gibt's da ein Problem.“

„Und das wäre?“, fragte Blake.

„Es ist unmöglich.“

„WIE ICH schon erwähnte“, sagte Stavely, als er Platz genommen hatte, „kann man entweder einen Herzstillstand herbeiführen oder die Sauerstoffzufuhr zum Gehirn unterbrechen. Also untersuchte ich zuerst mal ihr Herz. Es war völlig in Ordnung. Wie bei den anderen drei. Die einzige Möglichkeit ist also, dass er die Sauerstoffzufuhr unterbrach.“

„Aber Sie sagten doch, es gebe keinerlei Anzeichen dafür, dass sie erstickt oder erwürgt wurde“, wandte Blake ein.

„Gibt es auch nicht. Gerade das ließ mich nicht ruhen.“ Stavely wandte sich an Reacher. „Hatte Alison Lamarr eine Erkältung, als Sie mit ihr zusammentrafen?“

„Nein. Sie kam mir völlig gesund vor.“

Stavely schien erfreut zu sein. „In ihrer Kehle war eine ganz schwache Schwellung zu erkennen, wie sie im Verlauf einer Kopfgrippe auftritt. Normalerweise würde ich so etwas völlig ignorieren. Die anderen drei hatten aber ebenfalls Schwellungen dieser Art. Und das ist schon ein merkwürdiger Zufall.“

„Und was hat der zu bedeuten?“, fragte Blake.

„Er bedeutet, dass er ihnen etwas in den Hals schob“, erwiderte Stavely. „Etwas Weiches, das hinunterrutschte und sich dann ein wenig ausdehnte. Zum Beispiel einen Schwamm. Gab es Schwämme im Bad?“

„In Spokane habe ich keine gesehen“, antwortete Reacher. „Weder vorher noch nachher.“

Blake schaute Stavely an. „So macht er das also? Er steckt ihnen Schwämme in den Hals?“

Der Pathologe betrachtete seine großen roten Hände, die auf der Tischplatte lagen. „Schwämme oder etwas Ähnliches. Es muss so weich sein, dass es zu keinen inneren Verletzungen führt, aber immerhin so sperrig, dass es die Luftröhre verstopft.“

Blake nickte bedächtig. „Okay, jetzt wissen wir's.“

Verzweifelt schüttelte Stavely den Kopf. „Eben nicht! Weil es unmöglich ist. Jemandem gegen seinen Willen etwas in den Mund zu drücken, ohne blaue Flecke auf den Wangen und dem Unterkiefer zu hinterlassen, ist unmöglich. Das Opfer würde beißen, kratzen und mit den Beinen treten. Die Lippen wären wund. Unter den Nägeln gäbe es Spuren. Von einem Kampf auf Leben und Tod. Es sind jedoch keinerlei Anzeichen einer Auseinandersetzung zu erkennen.“

„Vielleicht hat er sie betäubt“, überlegte Reacher. „Um sie willenlos zu machen.“

Stavely winkte ab. „Nichts dergleichen. Der toxikologische Befund enthält in allen vier Fällen keinerlei Hinweise.“

„Ich habe Sie ja darauf hingewiesen, dass es sich um einen cleveren Burschen handelt“, sagte Reacher zu Blake.

„Und wie finden wir die Antwort?“

„Ich weiß es nicht“, entgegnete Reacher. „Aber ich werde das rauskriegen.“

„Wie denn?“

„Das ist ganz einfach: Ich mache den Kerl ausfindig und frage ihn.“

„Und was brauchen Sie, um ihn ausfindig zu machen?“, fragte Blake.

„Eine Vergütung.“

„Finden Sie den Kerl, und ich spreche mit Deerfield in New York, damit er die Sache mit Petrosian fallen lässt.“

„Und zusätzlich eine Prämie.“

„Ich denke mal darüber nach, Reacher. Lisa wird Sie aber begleiten, denn im Moment ist die Sache mit Petrosian noch nicht bereinigt.“

„Damit kann ich leben. Arrangieren Sie ein Treffen mit Cozo. Ich fange in New York an, und ich brauche Informationen von ihm.“

„Ich rufe ihn an. Das Treffen kann heute Abend stattfinden.“

„Nein. Morgen früh. Heute Abend besuche ich Jodie.“

67 KILOMETER entfernt war der Oberst nach einer sechzehn Kilometer langen Fahrt drei Kilometer von seinem Büro entfernt. Er hatte auf dem Parkplatz des Pentagons den Pendelbus genommen und war in der Nähe des Kapitols ausgestiegen. Dann hatte er ein Taxi herbeigewinkt und war über den Fluss zurückgefahren und weiter zum Hauptterminal des National Airports. Seine Uniform steckte in einer ledernen Anzugtasche, die er um die Schulter gehängt hatte. An den Buchungsschaltern herrschte Hochbetrieb, und in dem Ansturm von Leuten blieb er völlig unbeachtet.

„Ich möchte nach Portland, Oregon“, sagte er. „Mit der nächstmöglichen Maschine, Rückflug noch offen.“

Der Angestellte gab den Kode für Portland ein, und der Computer teilte ihm mit, dass auf dem nächsten Nonstopflug Plätze frei waren. „Abflug in zwei Stunden“, sagte er.

REACHER und Lisa wurden in einem Dienst-Chevrolet mitgenommen und trafen vor Einbruch der Dunkelheit am Washingtoner Flughafen ein. Zusammen mit Anwälten und Lobbyisten standen sie Schlange für den Pendelflug nach New York. Lisa wählte Plätze, die sich im hinteren Teil der Maschine befanden.

„Dort können wir ungestört reden“, sagte sie. „Ich möchte nicht, dass jemand zuhört.“

„Worüber sollen wir denn reden?“

„Über die Kratzer auf Alisons Gesicht. Ich muss wissen, was die zu bedeuten haben.“

Die Triebwerke heulten auf, als das Flugzeug zur Startbahn rollte.

„Die beweisen die Richtigkeit dessen, was ich gesagt habe“, meinte Reacher. „Ich glaube, sie sind der wertvollste Einzelbeweis, den wir bisher gefunden haben.“

„Wie kommen Sie auf diesen Gedanken?“

„Ich glaube, sie beweisen, dass sich der Kerl hinter einer Fassade versteckt. Sie beweisen, dass er etwas vortäuscht. Als er Rückschau hielt, fiel ihm auf, dass er bei den ersten drei Morden gar keine Wut an den Tag gelegt hatte. Deshalb wollte er beim nächsten Opfer ein wenig Wut erkennen lassen. Er empfindet aber nicht wirklich welche, und so wirkt das Ergebnis nicht recht überzeugend.“

„Aber wieso wartete er damit bis zu seinem vierten Opfer? Wieso geschah es ausgerechnet bei Alison?“

„Ich vermute, er stellt dauernd Überlegungen an und perfektioniert seine Methode.“

„Wird Alison dadurch nicht herausgehoben? Zu einem Sonderfall gemacht?"

„Das sind Spekulationen für Eierköpfe. Da sollten Sie nicht mitmachen."

Lisa nickte. „Das Motiv ist wahrscheinlich Geldgier."

„Zwangsläufig", stimmte Reacher zu. „Es geht nämlich immer nur um Liebe oder um Geld. Liebe kann es aber nicht sein, denn die raubt einem den Verstand. Und dieser Typ ist nicht verrückt."

Das Flugzeug blieb einen Augenblick stehen, bevor es losbrauste und vom Boden abhob.

„Wieso hat er den Zeitabstand geändert?", fragte Lisa.

Reacher schürzte die Lippen. „Vielleicht nur so zum Spaß. Für euch FBI-Leute gibt's ja nichts Irritierenderes als Abweichungen bei einem Tatmuster."

„Wird er ihn wieder ändern?"

„Jetzt ist Schluss", erwiderte Reacher. „Die Frauen werden bewacht, und das FBI wird bald eine Festnahme durchführen."

„Sie sind ganz erpicht darauf, diesen Kerl zu schnappen, oder?"

„Ja, jetzt schon."

„Wegen Amy Callan? Sie mochten sie, nicht wahr?"

„Sie war okay. Alison Lamarr mochte ich eigentlich lieber, soweit ich sie kennen gelernt habe. Ich bin jedoch wegen Rita Scimeca hinter ihm her."

„Die mag Sie auch", sagte Lisa. „Hatten Sie eine Affäre?"

„Nein. Ich habe sie erst getroffen, nachdem sie vergewaltigt worden war. Eben weil sie vergewaltigt worden war. Nach einer Affäre war ihr nicht zumute. Auch jetzt nicht, wie es den Anschein hat. Wir wurden Freunde, aber das war eher wie großer Bruder und kleine Schwester, immer ganz platonisch."

„Und jetzt wird sie durch diesen Kerl wieder zurückgeworfen. Das macht Sie wütend."

„Richtig. Ich fühle mich für Rita verantwortlich. Er kommt ihr in die Quere, also kommt er mir ebenfalls in die Quere."

„Ihnen darf man aber nicht in die Quere kommen."

„Nein, das darf man nicht."

„Sie sind ziemlich arrogant", urteilte Lisa. „Staatsanwalt, Richter, Geschworener und Scharfrichter – alles in einer Person? Und was ist mit dem Gesetz?"

Er lächelte.

„Das ist das Gesetz. Wer mir in die Quere kommt, merkt das verdammt schnell."

Lisa schüttelte den Kopf. „Wir machen das nach meinen Regeln, okay? Wir finden den Kerl und nehmen ihn fest."

„Ich habe doch bereits erklärt, dass ich damit einverstanden bin." Er gähnte und schloss die Augen. „Wecken Sie mich, wenn wir dort sind."

DIESMAL wird es Wachen geben. Folglich wird es diesmal sehr schwierig sein. Aber nicht unmöglich. Dass die Wachen berücksichtigt werden müssen, macht die ganze Sache etwas interessanter. Eine Herausforderung, mit der du fertig werden musst.

Was sind das für Leute? Der erste Eindruck ist, dass du es in diesem hintersten Winkel mit dümmlichen Ortspolizisten zu tun hast. Aber hier am Ende der Welt gibt es nicht genug Bullen für eine Bewachung rund um die Uhr. Deshalb werden sie Unterstützung anfordern, und du weißt genau, dass diese Unterstützung vom FBI kommen wird. Deiner Einschätzung nach wird es so laufen: Die Ortspolizisten werden tagsüber Dienst tun, die FBI-Leute bei Nacht.

Wenn du die Wahl hast, legst du dich nicht mit dem FBI an. Du machst es tagsüber, wenn du nur mit einem einheimischen Dickwanst in einem Auto voller Cheeseburger-Einwickelpapier fertig werden musst, um ans Ziel zu kommen. Der Tag ist die elegantere Lösung. Dir gefällt diese Wendung. „Das Verbrechen wurde am helllichten Tag verübt", flüsterst du vor dich hin.

Am helllichten Tag an den Ortspolizisten vorbeizukommen wird nicht allzu schwierig sein. Du musst jedoch einige Zeit darauf verwenden, sorgfältig und geduldig zu observieren. Das wird nicht schwer zu bewerkstelligen sein. Die Gegend ist bergig, also versteckst du dich einfach hoch oben auf einem Gipfel oder einer Anhöhe. Dann machst du es dir bequem und passt auf. Und wartest.

EIN FBI-WAGEN holte Reacher und Lisa am Flughafen La Guardia ab. Nachdem der Fahrer die Agentin zu ihrem Hotel gebracht hatte, fuhr er Reacher zu Jodies Wohnung.

Reacher schloss sich die Wohnungstür selbst auf, denn Jodie war noch nicht zu Hause. Er legte sich im Wohnzimmer aufs Sofa und schloss die Augen. Er erwachte, als Jodie sich über ihn beugte und ihn auf die Wange küsste.

„Hallo, Reacher", begrüßte sie ihn sanft.

Er zog sie zu sich herunter. Sie streifte ihren Mantel ab und ließ ihn fallen. Das Seidenfutter knisterte. Jodie trug ein Wollkleid, dessen Reißverschluss über den ganzen Rücken ging. Reacher zog ihn langsam herunter und spürte unter dem Kleid die Wärme ihres Körpers. Jodie fingerte an seinem Hemd herum, während er das Kleid von ihren Schultern schob.

Sie stand auf, und das Kleid fiel zu Boden. Als sie die Hand ausstreckte, ergriff er sie. Jodie zog ihn in Richtung Schlafzimmer; im Gehen entledigten sie sich ihrer Kleidung.

Sie legte ihm die Hände auf die Schultern und drückte ihn aufs Bett. Mit der Gewandtheit einer Turnerin setzte sie sich auf ihn, gierig und energiegeladen. Am Ende waren sie schweißgebadet und von zerwühlten Laken umgeben. Ihr Gesicht lag an seiner Schulter, und er spürte, wie sie lächelte. Die Form ihres Mundes. Sie war unbeschreiblich schön. Voller Energie und Leidenschaft, sprühend vor nimmermüder Intelligenz.

„Wie war dein Tag?“, erkundigte Reacher sich.

Sie legte die flache Hand auf seinen Brustkorb, drückte sich hoch und stützte sich auf den Ellbogen. „Prima. Ein weiteres Mitglied soll in die Sozietät aufgenommen werden.“

Er grinste. „Wer denn?“

Sie grinste ebenfalls. „Rate mal.“

Er tat so, als dächte er nach. „Sie haben da bestimmt eine außergewöhnliche Person im Auge, nicht wahr? Den cleversten und tüchtigsten von allen Mitarbeitern?“

„So läuft das in der Regel.“

Er nickte. „Ich gratuliere, mein Schatz. Du hast es verdient.“

Sie lächelte glücklich und legte die Arme um seinen Hals. „Mit dreißig Kompagnon zu werden – das habe ich mir immer gewünscht.“

„Du hast es verdient“, wiederholte Reacher.

„Es wird eine Party geben. Kommst du?“

„Wenn du möchtest. Ich will aber nicht, dass dein Image Schaden nimmt.“

„Du könntest einen Anzug kaufen. Und deine Orden anlegen.“

Reacher schwieg eine Weile und ließ sich die Sache mit dem Anzug durch den Kopf gehen. Er hatte noch nie einen getragen.

„Hast du erreicht, was du dir vorgestellt hast?“, wollte sie wissen.

Er schlang die Arme um sie. „Im Moment?“

„Nein, ganz allgemein.“

„Ich möchte das Haus verkaufen“, gestand er. „Es ist zu viel für mich.“

Einen Augenblick blieb Jodie still liegen, dann erwiderte sie: „Meine Genehmigung brauchst du dazu natürlich nicht, aber du solltest es dir gut überlegen. Es ist der einzige Vermögenswert, den du hast."

„Für mich ist das Haus nichts als eine Belastung. Und das Geld, das ich dafür bekomme, würde mir bis an mein Lebensende reichen."

Jodie schwieg.

„Ich werde auch mein Auto verkaufen", fuhr Reacher fort.

„Ich dachte, es gefällt dir."

„Es ist okay, aber auf Besitztümer bin ich nicht scharf."

„Wie willst du dann reisen?"

„Wie ich's früher gemacht habe – per Anhalter oder mit Bussen."

„Okay, dann verkaufe das Auto. Aber behalte das Haus."

Er schüttelte den Kopf. „Es geht mir auf die Nerven."

Er spürte, wie sie lächelte. „Außer dir kenne ich niemanden, der obdachlos sein möchte. Die meisten Leute tun ihr Äußerstes, damit das nicht passiert."

„Ich wünsche mir nichts sehnlicher", entgegnete Reacher. „Du möchtest unbedingt in die Sozietät aufgenommen werden, und ich möchte ungebunden sein."

„Auch im Hinblick auf mich?", fragte sie leise.

„Im Hinblick auf das Haus", antwortete er. „Es ist eine Belastung. Du nicht. Das Haus macht mir Kummer. Du machst mir Freude."

„Du würdest also das Haus verkaufen, aber in der New Yorker Gegend bleiben?"

Er schwieg einen Moment, dann antwortete er: „Ein wenig rumreisen würde ich wohl schon. Du bist ja meist sehr beschäftigt. Es würde schon klappen mit uns."

„Wir würden uns auseinander leben."

Er schüttelte den Kopf. „Das glaube ich nicht."

Jodie blieb stumm.

„Es wird sich nichts ändern", versicherte er.

„Warum tust du es dann?"

„Weil ich muss."

In einer etwas melancholischen Stimmung schliefen sie eng umschlungen ein.

AM MORGEN blieb keine Zeit für ein Gespräch. Jodie ging zur Arbeit, ohne dass sie Reacher gefragt hätte, was er vorhatte oder wann er zurück sein würde. Er duschte und zog sich an. Dann schloss er das Apartment ab und nahm den Fahrstuhl. Als er auf die Straße trat, sah er, dass Lisa bereits auf ihn wartete. Sie lehnte sich gegen den Kotflügel des FBI-Autos.

„Alles okay?“, erkundigte sie sich.

„Jaja.“

„Dann mal los.“

Der Fahrer kämpfte sich zwanzig Blocks durch den Verkehr und bog dann in die Tiefgarage ab, die Reacher schon kannte. Sie nahmen denselben Aufzug in der Ecke und fuhren zum 21. Stock. Derselbe graue Korridor. Der Fahrer ging voran und zeigte mit der linken Hand auf eine Tür.

„Da kommt ja der selbst ernannte Ordnungshüter wieder“, sagte Cozo, als sie den Raum betraten. Er klappte eine Akte zu und schob sie weg. „Also, was wollen Sie?“

„Adressen“, antwortete Reacher. „Von Petrosians Männern.“

„Von den beiden, die Sie krankenhausreif geschlagen haben? Die werden sich aber gar nicht freuen, Sie wiederzusehen. Wollen Sie ihnen wieder wehtun?“

„Schon möglich.“

Cozo nickte. „Soll mir recht sein, Kumpel.“

Er zog ein Dossier aus einem Stapel hervor und blätterte darin. Dann drehte er die aufgeschlagene Akte auf dem Schreibtisch herum und legte einen Zettel und einen Bleistift dazu.

„Sie haben eine gemeinsame Wohnung. Sie sind Brüder. Notieren Sie sich die Adresse. Ich möchte nicht, dass irgendwo meine Handschrift zu erkennen ist, weder im wörtlichen noch im übertragenen Sinn.“

Die Wohnung befand sich in der 66. Straße, unweit der Fifth Avenue.

„Schöne Gegend“, bemerkte Reacher. „Teuer.“

Cozo lächelte. „Lukrative Geschäfte, zumindest bis zu dem Zeitpunkt, als Sie sich in Chinatown betätigten.“ Er wandte sich an Lisa. „Nehmen Sie ein Taxi. Und halten Sie sich raus. Offiziell hat das FBI nichts damit zu tun, okay?“

SIE NAHMEN ein Taxi und stiegen in der 60. Straße aus.

„Das letzte Stück gehen wir“, entschied Reacher.

„Wir?“, fragte Lisa. „Gut, ich möchte sowieso ganz gern dabei sein.“

„Das müssen Sie auch. Ohne Sie komme ich nicht weiter.“

Um zu der Adresse zu gelangen, mussten sie noch sechs Blocks weit gehen. Es handelte sich um ein schlichtes Wohnhaus mittlerer Höhe.

Unter den Fenstern waren Klimaanlagen in die Wand eingebaut. Kein Portier, aber alles sauber und gepflegt.

Die Lobby war schmal, und in ihrer hinteren Ecke befand sich nur ein einziger Fahrstuhl. Sie betraten ihn, und Reacher drückte den Knopf für die achte Etage.

„Sie klopfen an die Tür und sorgen dafür, dass aufgemacht wird", wies er Lisa an. „Wenn ich durchs Guckloch zu sehen bin, bleibt die Tür zu."

Sie nickte. Der Fahrstuhl hielt im achten Stock an. Sie traten auf einen öden Flur hinaus und erreichten das Apartment, das sie suchten.

Reacher drückte sich an die Wand, als Lisa an die Tür klopfte. Drinnen rasselte eine Kette, und die Tür ging einen Spaltbreit auf.

„Hausverwaltung", sagte Lisa. „Ich muss die Klimaanlage überprüfen."

Die falsche Jahreszeit, dachte Reacher. Lisa war jedoch über einsachtzig groß und hatte langes blondes Haar. Die Kette rasselte wieder, die Tür ging auf, und Lisa trat ein.

Reacher stieß sich von der Wand ab und folgte ihr nach drinnen, bevor die Tür wieder zuging. Im Wohnzimmer erblickte er ein Sofa und zwei Sessel sowie die beiden Typen, die er zuletzt in dem Gässchen neben dem Restaurant gesehen hatte.

„Hallo, Jungs", begrüßte er sie.

Beide trugen breite Streifen Verbandmull an der Stirn, die ein wenig größer als die Etiketten waren, die Reacher dort festgeklebt hatte. Außerdem hatte der eine Mann bandagierte Hände. Sie waren gleich angezogen: Pullis und Golfhosen. Ohne die unförmigen Mäntel sahen sie kleiner aus. Ängstlich schauten sie Reacher an.

Dieser spürte, wie seine Aggressivität verschwand. „Setzt euch!", befahl er.

Sie ließen sich auf dem Sofa nieder. „Petrosian ist tot", murmelte der mit den bandagierten Händen.

„Das wissen wir bereits", erwiderte Reacher.

Der mit den verbundenen Händen war der ältere der beiden Brüder. Er war der Sprecher. „Was wollen Sie?", fragte er.

„Informationen. Dann verzichte ich darauf, euch zurück ins Krankenhaus zu schicken."

„Okay", stimmte der Mann zu.

Lisa grinste. „Das war einfach."

„Die Situation hat sich geändert", erklärte der Typ. „Petrosian ist tot."

„Woher stammen die Waffen, die ihr dabeihattet?“, wollte Reacher wissen.

„Wir haben sie von Petrosian bekommen“, antwortete der jüngere Bruder.

„Und von wo hat er sie bezogen?“

„Das wissen wir nicht“, erwiderte der ältere Bruder.

Reacher lächelte. „Sie stammten von der Armee.“

„Er hat sie gekauft und uns gegeben.“

Reacher wedelte mit dem Zeigefinger. „Das stimmt nicht. Er hat euch den Auftrag gegeben, sie irgendwo abzuholen. Vermutlich mit dem Mercedes, den ihr kürzlich benutzt habt.“

Nachdenklich starrten die Brüder an die Wand, als müssten sie eine Entscheidung treffen. „Wer sind Sie?“, fragte der ältere schließlich.

„Ein Niemand“, antwortete Reacher. „Kein Bulle, auch nicht vom FBI oder sonst woher. Ihr habt jetzt zwei Möglichkeiten. Die eine: Ihr erzählt mir, was Sache ist. Dann behalte ich es für mich. Ich bin an der Armee interessiert, ihr aber nicht. Die andere: Ihr erzählt mir nichts. Allerdings habe ich's dann nicht darauf abgesehen, euch vor Gericht zu bringen, wo ihr diverse Bürgerrechte in Anspruch nehmen könnt. Ich hab's dann darauf abgesehen, euch Arme und Beine zu brechen.“

Stille trat ein.

„New Jersey“, sagte der ältere Bruder nach einer Weile. „Durch den Lincoln-Tunnel. Wo die Route 3 in die Autobahn mündet, steht ein Rasthaus mit einer Bar. MacSoundso. Könnte ein irischer Name sein.“

„Wen habt ihr dort getroffen?“

„Einen Typ namens Bob.“

„Wie läuft das ab?“

„Man geht in die Bar, macht ihn ausfindig und gibt ihm Bargeld. Man geht mit ihm auf den Parkplatz, und dort holt er die Knarren aus seinem Auto.“

„Ein Cadillac“, fügte der jüngere Bruder hinzu. „Ein alter DeVille, dunkle Farbe.“

„Was für Knarren?“

„Berettas.“

„Zu welcher Tageszeit?“

„Am Abend so um acht ist er immer dort. Das haben wir von Petrosian erfahren.“

„Und wie sieht Bob aus?“

„Wie Sie“, antwortete der ältere Bruder. „Groß und fies.“

„Was nun?“, fragte Lisa, als sie die Fifth Avenue in südlicher Richtung entlangfuhr.

Um eine gewisse Distanz zwischen dem FBI und Reachers Aktivitäten zu schaffen, hatte Cozo die Dienstlimousine und den Fahrer gestrichen und Lisa die Schlüssel für einen schwarzen Nissan ausgehändigt.

„Bob taucht erst gegen acht Uhr auf“, erwiderte Reacher. „Wir haben den ganzen Nachmittag zur freien Verfügung.“

„Und was machen wir?“

„Als Erstes essen wir was. Ich habe nicht gefrühstückt.“

Sie fuhren in eine Tiefgarage an der West Ninth und setzten sich in ein Bistro mit Blick auf den Washington Square Park.

„Ich habe Jodie erzählt, dass ich das Haus verkaufen will“, berichtete Reacher.

Lisa schaute ihn an. „Und wie hat sie darauf reagiert?“

Er zuckte mit den Achseln. „Besorgt. Aber ich verstehe das nicht. Wie kann es ihr Kummer bereiten, wenn es mich glücklich macht?“

„Weil Sie dann ungebunden sind. Sie müssen Jodie davon überzeugen, dass Sie bleiben werden, auch wenn Sie das Haus verkauft haben.“

„Ich habe ihr auch gesagt, dass ich ein bisschen rumreisen möchte.“

Sie blickte ihm ins Gesicht. „Das ist nicht sehr beruhigend.“

„Sie verreist ja auch des Öfteren. Sie war dieses Jahr zweimal in London. Ich habe deswegen kein großes Getue gemacht.“

„Werden Sie viel unterwegs sein?“

„Na ja, ab und zu schon.“

„Dann werden Sie sich auseinander leben.“

„Das hat Jodie auch gesagt.“

„Das überrascht mich nicht.“

Reacher erwiderte nichts. Er trank einfach seinen Kaffee und aß seine Kekse. „Sie müssen sich entscheiden“, sagte Lisa, als sie die Rechnung an sich nahm. „Wollen Sie umherziehen oder sesshaft werden? Beides zusammen geht nicht.“

DEINER Einschätzung nach wird die Aufgabe von der Ortspolizei und dem FBI jeweils zur Hälfte wahrgenommen, wobei sie sich um acht Uhr abends und um acht Uhr morgens ablösen. Du hast es gestern

Abend um acht mitverfolgt, und heute Morgen bist du wieder zur Stelle, um den zweiten Wechsel zu beobachten.

Du bist nicht so dumm, dass du irgendwo in der Nähe ein Zimmer nimmst. Du kurvst durch die Berge und stellst den Wagen in knapp einem Kilometer Entfernung auf einer geschotterten Ausweichstelle ab.

Du steigst eine etwa dreißig Meter hohe Erhebung hinauf. Überall stehen verkümmerte Bäume. Sie haben keine Blätter, aber das Gelände bietet genügend Deckung. Du gehst auf die Knie und kriechst zu der Stelle, wo zwei gewaltige Felsen aneinander stoßen und eine dreieckige Lücke lassen, die einen schönen Blick auf Leutnant Rita Scimecas Haus bietet. Das FBI-Auto, ein dunkelblauer Buick, steht davor. Ein Agent sitzt drin. Du nimmst deinen Feldstecher. Der Typ ist immer noch wach. Er schaut sich nicht viel um, starrt meist vor sich hin und langweilt sich zu Tode.

Ein Drahtzaun umgibt das Grundstück. Er lässt eine kurze Auffahrt frei, die zu einem Garagentor führt. Es befindet sich unterhalb der vorderen Verandaseite. Das FBI-Auto ist bei der Einmündung der Auffahrt am Gehweg geparkt und zeigt bergab. Auf diese Weise hat der Fahrer den Pfad im Blick. Eine wohl überlegte Position. Wenn du den Hügel zum Haus hinaufgehst, sieht er dich kommen. Wenn du dich von hinten näherst, sieht er dich vermutlich im Rückspiegel. Und wenn du den gewundenen Pfad entlanggehst, sieht er dich sofort.

Ein schwarz-weißer Crown Victoria taucht auf der Straße auf und hält neben dem Buick an. Du siehst es zwar nicht, aber du kannst es dir denken: Sie begrüßen sich und tauschen Informationen aus.

Der schwarz-weiße Wagen fährt ein Stück bergauf und wendet. Der Buick fährt bergab davon. Der Schwarz-Weiße rollt herbei und hält. Genau dort, wo der Buick stand. Wenn der Cop den Kopf nach rechts wendet, hat er genau denselben Blick auf den Pfad wie der FBI-Mann. Er ist wohl doch nicht so dämlich.

Lisa wollte die Stadt sehen. Reacher ging mit ihr durch den Washington Square Park und weiter zum World Trade Center. Das war eine Strecke von zweieinhalb Kilometern. Sie schlenderten langsam dahin. Die Sonne stand am Himmel, und die Stadt war voller Leben.

„Wir könnten zum Restaurant hinauffahren“, schlug Reacher vor. „Das FBI könnte mir ein Mittagessen spendieren.“

„Ich habe Ihnen erst vorhin das Mittagessen bezahlt“, erwiderte Lisa.

„Nein, das war ein spätes Frühstück.“

Sie gaben ihre Mäntel in der Lobby ab und fuhren zur Spitze des Gebäudes hinauf. Als Lisa ihre Dienstmarke vorzeigte, bekamen sie einen Tisch für zwei Personen an einem Fenster, das direkt auf den West Broadway ging.

Der Blick war atemberaubend. Weit unter ihnen lag die City, in kakifarbenes Herbstlicht getaucht. Dicht gedrängte Gebäude voller geschäftiger Menschen.

„Irgendwo dort draußen ist Bob", sagte Lisa. „Aber er ist nicht der, den wir wirklich suchen, stimmt's?"

„Er ist ein kleiner Ganove", antwortete Reacher. „Er betreibt seine Geschäfte aus dem Kofferraum seines Autos heraus, und da steht nicht so viel auf dem Spiel, dass er Morde begehen muss."

„Wie kann er uns dann behilflich sein?"

„Indem er Namen nennt. Er hat seine Lieferanten und weiß, wer noch mit dabei ist. Er wird uns eine neue Richtung aufzeigen."

DU WARTEST und beobachtest ihr Haus. Du hältst das Fernglas an die Augen und passt auf. Inzwischen bist du sicher, dass der Cop in dem schwarz-weißen Auto auf Dauer da ist. Er isst im Wagen und geht nur von Zeit zu Zeit auf ihre Toilette.

Entweder muss er von dort weg, oder du musst direkt an ihm vorbei. Wie könnte man ihn von dort wegbekommen? Ein schwerer Autounfall an der Straßenkreuzung. Aber das wäre nicht leicht zu inszenieren.

Wie wär's mit einer Bombendrohung? Aber wo? In der Polizeiwache? Das würde nichts nutzen. Der Cop würde die Anweisung bekommen, an Ort und Stelle zu bleiben, bis alles überprüft ist. Eine Bombendrohung würde außerdem einen Telefonanruf erfordern. Von wo? Anrufe können zurückverfolgt werden. Und Telefonzellen gibt es hier nicht, wo du dich zusammenkauerst. Dein Handy kannst du nicht benutzen, weil der Anruf auf deiner Abrechnung auftauchen würde.

Aber je mehr du darüber nachdenkst, desto mehr rückt das Telefon in den Mittelpunkt deiner Strategie. Es gibt eine Person, die deine Stimme ruhig hören darf. Aber es gibt ein geometrisches Problem. Vierdimensional. Zeit und Raum. Du musst von hier aus telefonieren, im Freien, mit Blick auf das Haus. Aber dein Handy darfst du nicht benutzen. Du steckst in einer Sackgasse.

REACHER fuhr am Abend aus der City hinaus, da sich Lisa bei Dunkelheit und während der Hauptverkehrszeit lieber nicht ans Steuer setzen wollte. Und der Verkehr war wirklich schlimm. Er kam in Manhattan kaum voran und stockte am Eingang des Tunnels. Unter dem Hudson schlichen sie zentimeterweise voran.

Schließlich kamen sie auf die Route 3, die sich in nördlicher Richtung zum New Jersey Turnpike hinzog. Links und rechts Werbeplakate und Neonreklamen.

Das Rasthaus, das sie suchten, war mit der Neonreklame einer Brauerei und dem Schriftzug MACSTIOPHAN'S versehen. Reacher wusste, das dies auf Gälisch Stevenson's bedeutete. Er parkte den Nissan in der Nähe der Tür, stieg aus und schaute sich um.

„Kein Cadillac DeVille“, teilte er Lisa mit. „Er ist noch nicht eingetroffen.“

„Wir sind ein bisschen früh dran“, erwiderte sie. „Warten wir eben ein Weilchen.“

„Ich gehe mal rein. Sie können hier bleiben, wenn Ihnen das lieber ist.“

Lisa schüttelte den Kopf. „Ich bin schon an schlimmeren Orten gewesen.“

Reacher konnte sich kaum vorstellen, wann und wo das der Fall gewesen sein sollte. Die Außentür führte in einen Vorraum, der mit einer abgenutzten Sisalmatte ausgelegt war. Die Innentür öffnete sich in einen dunklen Raum, der nach Bier und Rauch stank.

Dort saßen acht Gäste hinter ihren Biergläsern. Lauter Männer, und keiner von ihnen war ein Soldat.

Reacher trat an die Bar und rückte für Lisa einen Hocker zurecht.

„Was gibt's vom Fass?“, fragte er den Barmann.

Der Typ war grau im Gesicht, dickbäuchig und um die fünfzig. „Sie hab ich hier noch nie gesehen“, sagte er.

Lisa lächelte. „Ja, wir sind zum ersten Mal hier.“

„Also, was darf's sein?“

„Zwei Bier“, antwortete Reacher.

„Und was noch? Wenn Leute wie Sie in mein Lokal kommen, brauchen sie sonst noch was.“

„Wir warten auf Bob“, erklärte Lisa.

„Was für 'n Bob?“

„Bob mit dem alten Cadillac DeVille“, erläuterte Reacher. „Der Soldat. Er kommt doch jeden Abend um acht hierher.“

Der Typ lächelte. Gelbe Zähne mit ein paar Lücken. „Na, da müssen Sie lange warten.“ Er stellte zwei Gläser Bier auf die Theke.

Lisa zog ihre Geldbörse hervor und ließ einen Zehndollarschein zwischen die Gläser fallen. „Stimmt so. Und wieso müssen wir auf Bob lange warten?“

Der Barmann schob den Geldschein in die Tasche. „Weil er im Knast sitzt.“

„Wieso denn?“

„Hat was mit der Armee zu tun. Einzelheiten weiß ich nicht. Die Militärpolizei hat ihn hier drin hochgenommen. Vor zwei Monaten.“

SIE LIESSEN das Bier stehen, kehrten zum Parkplatz zurück und stiegen in den Nissan.

„Vor zwei Monaten – das ist schlecht“, schimpfte Lisa. „Damit scheidet er aus.“

„Er kam sowieso nicht in Betracht, aber wir sollten trotzdem mit ihm reden.“

„Wie sollen wir das anstellen? Er ist jetzt irgendwo im Militärapparat drin.“

Reacher schaute sie an. „Ich war dreizehn Jahre lang Militärpolizist. Wenn ihn einer ausfindig machen kann, dann ich. Das regionale Hauptquartier der MP befindet sich in Fort Armstrong außerhalb von Trenton. Das sind weniger als zwei Stunden Fahrt.“

„Halten Sie zuerst mal Rücksprache.“ Sie öffnete ihre Tasche und zog ein Handy hervor, welches das Format einer Zigarettenschachtel hatte. „Nehmen Sie das“, bot sie ihm an.

DU SITZT in der Cafeteria des Flughafens und beobachtest eine junge Frau Mitte zwanzig. Sie trägt bequeme Kleidung, als hätte sie einen langen Flug vor sich, und lehnt sich in ihrem Sessel zurück, den Kopf nach links gedreht und das Handy zwischen Schulter und Kinn geklemmt. Sie lächelt beim Sprechen. Offenbar plaudert sie gemütlich mit einer Freundin.

In der Nähe ihrer Füße steht ihr Gepäckstück auf dem Boden, ein Rucksack, der mit Riemchen und Reißverschlüssen versehen ist. Sie zu schließen ist ihr offenbar zu mühsam, und deshalb hat sie sie offen gelassen. Die Frau beendet die Unterhaltung, klappt das Handy zu und steckt es in ihren Rucksack. Sie nimmt ihre Handtasche und steht auf, um sich einen Kaffee zu holen.

Du bist sofort auf den Beinen und hältst die Autoschlüssel in der Hand. Du eilst quer durch die Cafeteria, wedelst mit den Schlüsseln und tust so, als hättest du etwas Wichtiges zu erledigen. Die Frau hat sich angestellt und wird in Kürze bedient werden. Du lässt die Schlüssel fallen. Während du dich bückst, um sie aufzuheben, fährst du mit der Hand über den Rucksack. Du richtest dich wieder auf, in der Hand die Schlüssel und das Handy. Die Schlüssel steckst du wieder in die Tasche. Das Handy behältst du in der Hand. Eine Person, die mit einem Handy durch die Flughafenhalle geht, fällt überhaupt nicht auf. Du lächelst. Der fragliche Anruf wird nun jemand anders in Rechnung gestellt werden.

Der Anruf beim Dienst habenden Offizier in Fort Armstrong erbrachte nichts Konkretes, aber die Ausflüchte des Mannes waren so gehalten, dass Reacher in ihnen eine Bestätigung sah.

„Er ist dort", sagte er zu Lisa. „Ich garantiere es."

An der nächsten Raststätte tankten sie und kauften eine Landkarte.

„Wir sind auf der falschen Straße", stellte Reacher beim Betrachten der Karte fest. „Route 1 wäre besser."

Lisa beugte sich herüber. „Okay, wir nehmen die nächste Ausfahrt." Mit dem Finger glitt sie die Route 1 entlang und entdeckte Fort Armstrong. „Das ist ja ganz in der Nähe von Fort Dix, wo wir kürzlich waren."

Knapp zwei Stunden später stoppten sie an einer Schranke, neben der sich ein zweigeschossiges Wachhaus befand. Ein Posten spähte aus dem Fenster und kam zu dem Auto heraus. Reacher ließ sein Seitenfenster herunter.

„Sind Sie der Bursche, der den Hauptmann angerufen hat?", fragte die Wache.

Reacher nickte.

Der Mann grinste. „Der Hauptmann hat sich gedacht, dass Sie auftauchen würden. Fahren Sie durch." Er ging ins Wachhaus zurück und öffnete die Schranke.

Reacher fuhr auf ein niedriges symmetrisches Gebäude zu. Es hatte in der Mitte eine Doppeltür, zu der weiß getünchte Stufen hinaufführten. „Das Büro des wachhabenden Offiziers", erklärte Reacher.

Die Türen gingen auf, und ein uniformierter Mann trat heraus.

„So sah ich vor langer Zeit auch mal aus", murmelte Reacher.

Der Hauptmann erwartete sie oben an der Treppe, wo er gegen den Nieselregen geschützt war. Er war einen Kopf kleiner als Reacher, hatte aber breite Schultern und machte einen sportlichen Eindruck. Seine Uniformjacke war zugeknöpft, doch sein Gesichtsausdruck wirkte offen. Reacher stieg aus und ging um den Nissan herum. Lisa gesellte sich am Fuß der Treppe zu ihm.

„Bleiben Sie nicht im Regen stehen, kommen Sie rein!", rief der Offizier mit einem städtischen Ostküstenakzent. Reacher ging die Treppe als Erster hinauf, und Lisa folgte ihm.

„Das ist Lisa Harper vom FBI", stellte Reacher sie vor.

„Freut mich, Sie kennen zu lernen", erwiderte der Hauptmann. „Mein Name ist John Leighton."

Er schüttelte seinen Besuchern die Hand. Dann führte er sie einen Korridor entlang zu seinem Dienstzimmer, das mit Papierkram voll gestopft war.

„Wir möchten Ihre Zeit nicht zu lange in Anspruch nehmen", begann Reacher.

„Machen Sie sich deswegen keine Gedanken. Nach Ihrem Anruf habe ich natürlich ein bisschen rumtelefoniert. Ein Freund eines Freundes riet mir, Sie nach Kräften zu unterstützen. Also, wie kann ich Ihnen behilflich sein?" Mit einer Handbewegung forderte Leighton sie auf, Platz zu nehmen.

Lisa ging alles von Anfang an durch. Leighton hörte aufmerksam zu und unterbrach sie gelegentlich.

„Über die Frauen weiß ich Bescheid", sagte er. „Wir haben davon erfahren."

Zum Schluss erwähnte Lisa Reachers Theorie von der Verschleierungstaktik, die mutmaßlichen Diebstähle in der Armee und die Spur, die von Petrosians Männern in New York zu Bob in New Jersey geführt hatte.

„Sein voller Name lautet Bob McGuire", erläuterte Leighton. „Quartiermeister-Feldwebel. Aber er ist nicht der, den Sie suchen. Er ist zu beschränkt."

„Das haben wir uns bereits gedacht", erwiderte Lisa. „Wir hofften jedoch, er könnte uns vielleicht Namen nennen und uns zu einem dickeren Fisch führen. Einem, der so große Geschäfte macht, dass es sich lohnt, Zeugen umzubringen."

Leighton nickte. „Theoretisch könnte es so eine Person geben."

„Fällt Ihnen da ein Name ein?"

Leighton schüttelte den Kopf. „Seit wir mit Computern ausgestattet sind, haben wir alles viel besser im Griff als früher. Wir wissen beispielsweise, wie viele Beretta M-9 geliefert wurden, wie viele ordnungsgemäß ausgegeben wurden und wie viele eingelagert sind. Wenn diese Zahlen nicht übereinstimmten, würden wir uns Gedanken machen."

„Die Zahlen stimmen also überein?"

„Jetzt tun sie's, das steht absolut fest. In den letzten anderthalb Jahren wurde in der Armee von niemandem eine Beretta M-9 geklaut."

„Und was machte McGuire vor zwei Monaten?", fragte Reacher.

„Er verkaufte die letzten Berettas, die er noch auf Lager hatte. Er hat mindestens zehn Jahre lang Diebstähle begangen, und zwei Dutzend andere haben dies auch getan, an verschiedenen Orten. Die Computeranalyse brachte es ans Licht. Uns fehlten eine ganze Menge Waffen. Wir leiteten Maßnahmen ein, um die Diebstähle zu unterbinden, und nahmen zwei Dutzend Leute fest. Von da an gab es keine Fehlbestände mehr."

„Konnten Sie alle schnappen?", erkundigte sich Lisa.

„Alle miteinander. Es war eine umfassende, weltweite Aktion. Den Erfolg verdanken wir den Computern."

„Nun, damit wäre diese Theorie hinfällig", seufzte Lisa.

„Nicht unbedingt", widersprach Leighton. „Wir haben eine eigene Theorie. Wie ich schon sagte, steht zwei Dutzend Leuten der Prozess bevor. Wir haben sie geschnappt, indem wir Undercoveragenten als Kaufinteressenten zu ihnen schickten. McGuire zum Beispiel verkaufte in einer Bar in New Jersey Berettas an zwei von unseren Leutnants."

„MacStiophan's – dort waren wir heute", warf Lisa ein.

„Richtig", bestätigte Leighton. „Unsere Männer kauften zwei M-9 aus dem Kofferraum seines Wagens, das Stück zu 200 Dollar. Wir nahmen also McGuire fest und begannen, nach dem Geld zu suchen. Wir fanden etwa die Hälfte davon. Ein Teil lag auf Bankkonten, mit dem Rest hatte er Anschaffungen getätigt."

„Und weiter?", fragte Reacher.

„Das war zunächst einmal alles. Wir sammelten aber weitere Informationen und stellten fest, dass der Sachverhalt überall ähnlich war. Bei all diesen Typen fehlte etwa die Hälfte des Geldes."

„Und das deutet theoretisch auf den dicken Fisch hin", murmelte Reacher.

„Genau. Wie ist das sonst zu erklären? Wir kamen auf den Gedanken, dass es im Hintergrund einen großen Macher geben könnte, der alles organisiert und ihnen Schutz gewährt, wenn sie die Hälfte des Profits abliefern."

„Oder die Hälfte der Waffen."

„Richtig“, erwiderte Leighton. „So wurden die Abzocker abgezockt.“

„Das leuchtet mir ein“, meinte Lisa. „So ein Typ ist clever und geschickt. Er muss an verschiedenen Orten mit Problemen zurechtkommen. Das könnte die Erklärung dafür sein, dass er es auf so viele Frauen abgesehen hat. Nicht weil sie ihn kennen, sondern weil vielleicht jede von ihnen einen seiner Kunden kannte. Wer kann das nur sein?“

Leighton rieb sich die Augen. „Wir haben keine Ahnung. Wir haben zwei Dutzend Typen hinter Gittern, die alle den Mund halten. Wir glauben, der große Macher hat ihnen eine Heidenangst eingejagt.“

In dem Büro wurde es still.

„Wir müssen rauskriegen, wie er heißt“, sagte Reacher schließlich. „Wenn Sie nichts dagegen haben, rede ich mal mit McGuire.“

Leighton lächelte. „Ich dachte mir schon, dass Sie so etwas sagen würden. Und ich hatte mir vorgenommen, es zu untersagen, weil es unzulässig ist. Aber inzwischen habe ich's mir anders überlegt.“

Wie immer in regionalen Hauptquartieren war der Zellenblock unterirdisch angelegt. Leighton betätigte an einem Eisentor einen altmodischen Klingelzug. Eine Sekunde später ging es auf und gab den Blick auf einen hellen Korridor und einen riesigen Hauptfeldwebel frei, der dort stand. Leighton ging voran.

Auf der rechten Seite befand sich ein kleiner Büroraum. Auf einem ausladenden Schreibtisch waren Videorekorder aufgetürmt, die aus zwölf Zellen flimmernde Bilder aufzeichneten. Elf Zellen waren unbesetzt. In der zwölften lag eine zusammengekrümmte Gestalt unter einer Decke auf dem Bett.

„Nicht viel los im ‚Hilton‘ heute Nacht“, bemerkte Reacher.

Leighton nickte. „McGuire ist zurzeit unser einziger Gast.“

„Die Videoaufzeichnung ist vermutlich ein Problem“, meinte Reacher.

„Oft funktioniert sie nicht“, stimmte Leighton zu. Er beugte sich über den Schreibtisch und drückte einen Schalter. Die Rekorder hörten auf zu summen. „Sehen Sie? Ein sehr unzuverlässiges System.“

„Es dauert ein paar Stunden, bis das repariert ist“, fügte der Feldwebel hinzu. „Mindestens.“

Er nahm einen Schlüsselbund von einem Holzbrett, ging zur Innentür, schloss sie auf und öffnete sie. Reacher ging hindurch, und der Feldwebel folgte ihm und verschloss die Tür hinter ihnen wieder. Er zeigte auf eine Treppe. „Nach Ihnen.“

Die Treppe führte zu einer weiteren Tür hinunter, die ebenfalls verschlossen war. Dann kam ein Flur mit drei ebenfalls verschlossenen Türen, die zu drei Zellenblocks führten. Der Feldwebel schloss die mittlere Tür auf und drückte einen Schalter. Neonlicht erhellte einen zwölf Meter langen und sechs Meter breiten weißen Bereich. Ein Drittel davon wurde von einem Vorraum eingenommen, den Rest füllten vier Zellen aus. Drei von ihnen waren leer. In der vierten setzte sich McGuire überrascht auf.

„Sie haben Besuch!“, rief der Feldwebel. In der Ecke des Vorraums standen zwei hohe hölzerne Hocker. Der Feldwebel holte einen davon herbei und stellte ihn vor McGuires Zelle. Dann ging er zurück und setzte sich auf den anderen. Reacher ignorierte den Hocker und blickte schweigend durch die Gitterstangen.

McGuire schob seine Decke beiseite und stellte seine Füße auf den Boden. Er trug ein olivgrünes Unterhemd und olivgrüne Shorts, war über einsachtzig groß und wog mindestens neunzig Kilo. Er war sehr muskulös, hatte einen dicken Hals sowie kräftige Arme und Beine. Kurz geschnittenes schütteres Haar, kleine Augen und ein paar Tätowierungen.

„Wer zum Teufel sind Sie?“ Seine tiefe Stimme passte zu seiner Erscheinung. Reacher gab keine Antwort. Er ging zu dem Hauptfeldwebel hinüber und flüsterte ihm etwas ins Ohr. Der Unteroffizier nickte, stand auf und reichte Reacher den Schlüsselbund. Dann ging er hinaus und machte die Tür hinter sich zu, während Reacher zu McGuires Zelle zurückkehrte.

„Was wollen Sie?“, fragte der Häftling.

„Ich möchte rausfinden, wie dumm Sie tatsächlich sind.“

McGuire kniff die Augen zusammen. „Auf der anderen Seite vom Gitter können Sie gut das Maul aufreißen“, knurrte er.

Reacher trat einen Schritt vor. „Soll ich die Zellentür aufmachen? Chancengleichheit herstellen? Ich habe die Schlüssel bei mir.“

McGuire kniff die Augen noch mehr zusammen. „Ja, machen Sie auf!“

Reacher schloss die Tür auf und öffnete sie. McGuire rührte sich nicht vom Fleck. Reacher machte ein paar Schritte und hängte den Schlüsselbund an den Griff der Verbindungstür. Dann machte er eine Handbewegung. „Setzen Sie sich. Der Hocker dort ist für Sie gedacht.“

McGuire kam aus der Zelle. „Was wollen Sie?“

„Die Sache ist kompliziert“, antwortete Reacher. „Sie müssen verschiedene Punkte berücksichtigen.“

„Was für Punkte?“, fragte McGuire verdutzt.

„Punkt eins: Ich bin inoffiziell hier, verstanden? Das bedeutet: Ich bin weder Militärpolizist noch sonst ein Bulle. Ich bin eigentlich gar nicht da. Wenn ich Sie zum Krüppel schlage, kann mir nichts passieren. Zeugen gibt es nicht. Punkt zwei: Ganz gleich, was für schlimme Sachen der große Macher angedroht hat – ich habe schlimmere für Sie parat."

„Was für 'n großer Macher?"

Reacher grinste ihn grimmig an. „Jetzt wird's knifflig. Der dritte Punkt lautet: Wenn Sie mir sagen, wie der Mann heißt, verschwindet er für immer. Sie nennen seinen Namen, und er kann Ihnen nie mehr was antun. Verstehen Sie?"

„Was für einen Namen? Von was für einem Mann?"

„Von dem Mann, dem Sie die Hälfte Ihrer Einnahmen gegeben haben."

„Den gibt's gar nicht."

Reacher schüttelte den Kopf. „Das zieht nicht. Wir wissen nämlich, dass es ihn gibt. Also bringen Sie mich nicht dazu, dass ich Sie verdresche, noch bevor wir das Wichtigste besprochen haben."

McGuire fuhr hoch. Dann holte er tief Luft und beruhigte sich wieder.

„Also, passen Sie auf", sagte Reacher. „Sie müssen Folgendes begreifen: Wenn Sie ihn verpfeifen, sind Sie für den Rest Ihres Lebens in Sicherheit. Er wird nämlich wegen ein paar Sachen gesucht, die erheblich schlimmer sind als Diebstähle bei der Armee."

„Was hat er denn angestellt?"

Reacher lächelte. Der Kerl existierte also wirklich.

„Er hat vier Frauen umgebracht. Wenn Sie mir sagen, wie er heißt, kommt er für immer hinter Gitter. Niemand wird ihn nach anderen Sachen fragen."

McGuire schwieg und dachte nach. Das dauerte.

„Letzter Punkt", fuhr Reacher fort. „Sie müssen begreifen, dass Sie's mir sowieso früher oder später mitteilen werden. Sie können's mir jetzt sagen oder erst in einer halben Stunde, nachdem ich Ihnen Arme und Beine gebrochen habe."

„Sie werden mir überhaupt nichts tun", erwiderte McGuire.

Reacher wandte sich um, griff nach dem hölzernen Hocker und drehte ihn um. Er legte die Hände um zwei von den Beinen und hielt den Hocker in Brusthöhe. Er packte fest zu und ließ seine Ellbogen nach hinten schnellen. Die Beine lösten sich aus den Querleisten, die klappernd zu Boden fielen. Reacher drehte den Hocker wieder um, packte die Sitzfläche mit der linken Hand, zog mit der rechten ein Bein heraus, hielt es fest und ließ die Trümmer fallen. Das Hockerbein hatte etwa das Gewicht und die Größe eines Baseballschlägers.

„Jetzt machen Sie das Gleiche“, forderte er McGuire auf.

Dieser drehte seinen Hocker um und packte die Beine. Seine Muskeln spannten sich, die Tätowierungen dehnten sich, aber er erreichte nichts.

„Schade“, bemerkte Reacher. „Ich wollte Ihnen eine faire Chance geben.“

„Er war bei den Spezialeinheiten“, kapitulierte McGuire. „Ein ganz harter Bursche.“

„Das spielt keine Rolle. Wenn er Widerstand leistet, schießt ihn das FBI über den Haufen. Dann ist das Problem erledigt.“

McGuire schwieg.

Reacher schwang das Hockerbein durch die Luft. „Welchen Arm soll ich Ihnen zuerst brechen? Den linken oder den rechten?“

„LaSalle Kruger“, seufzte McGuire. „Kommandeur eines Nachschubbataillons. Er ist Oberst.“

DAS HANDY zu stehlen war kinderleicht, aber die Planungsarbeit ist ganz schön schwierig. Den richtigen Zeitpunkt zu finden ist von größter Wichtigkeit. Du musst warten, bis es völlig dunkel ist, bis die letzte Stunde der Tagschicht angebrochen ist. Die letzte Stunde ist eindeutig besser geeignet als die erste Stunde nach der Ablösung. Dann hat die Aufmerksamkeit nachgelassen. Langeweile hat sich eingestellt.

Du hast also einen Zeitraum von etwa vierzig Minuten, von 19 Uhr bis 19.40 Uhr. Du fährst vom Flughafen zurück und näherst dich auf der Durchfahrtsstraße. An der Kreuzung drei Straßen von ihrem Haus entfernt biegst du ab. Du hältst zweihundert Meter weiter nördlich auf einem Parkplatz für Wanderer an. Du steigst aus und arbeitest dich in westlicher und dann nördlicher Richtung durch leicht bewaldetes Gelände vor. Du bist ungefähr auf gleicher Höhe mit deiner früheren Position, aber diesmal nicht vor, sondern hinter ihrem Haus.

Du zwängst dich durch das Unterholz und erreichst den Zaun. Du stehst regungslos im Dunkel und beobachtest. Die Vorhänge sind zu. Ganz schwach kannst du hören, wie Klavier gespielt wird. Das Haus steht am Hang, im rechten Winkel zur Straße. Die Schmalseite liegt dir gegenüber. Dort gibt es Fenster, aber keine Tür. Du schiebst dich am Zaun entlang und betrachtest die Rückseite des Hauses. Auch dort gibt es keine Tür. Einen Zugang gibt es nur durch die Vordertür an der Veranda oder durch das Garagentor, das der Straße zugewandt ist. Nicht ideal, aber du hast entsprechende Pläne. Du hast alle Eventualitäten berücksichtigt.

„OKAY, Oberst Kruger, jetzt bist du dran", murmelte Leighton.

Sie waren wieder in seinem Dienstzimmer. Der Hauptmann scrollte auf seinem Computermonitor ein Menü durch, während Reacher und Lisa nebeneinander vor seinem Schreibtisch saßen.

„Er steht auf der Personalliste", informierte Leighton sie.

„Hat er sich was zuschulden kommen lassen?", fragte Reacher.

„Das kann ich noch nicht sagen. Meinen Sie, dass die MP eine Akte über ihn haben könnte?"

„Irgendetwas muss passiert sein", erwiderte Reacher. „Zuerst war er bei den Spezialeinheiten, und jetzt ist er beim Nachschub? Was soll das?"

„Das ist nicht ganz einleuchtend. Möglicherweise eine Disziplinarmaßnahme. Leider kann ich Ihnen keinen Einblick in unsere Computerdaten geben. Sie wissen doch, wie das ist, nicht wahr? Das könnte sowieso die ganze Nacht in Anspruch nehmen."

„Könnten Sie nachforschen, wo Tarnfarbe verschwunden ist?", wollte Lisa wissen.

„Theoretisch müsste das schon gehen", antwortete Leighton.

„Elf Frauen stehen auf seiner Liste. Also geht es um zirka 1100 Liter. Mich interessiert, ob es zwischen Kruger und der Farbe einen Zusammenhang gibt. Dann könnten Sie noch rausfinden, ob er dienstfrei hatte, als die Frauen umgebracht wurden. Und machen Sie einen Abgleich der betreffenden Orte. Liefern Sie die Bestätigung, dass es an den Standorten, an denen die Frauen dienten, Diebstähle gab. Weisen Sie nach, dass die Frauen etwas bemerkt haben."

Leighton schloss die Personalliste und klickte auf ein anderes Menü. Nach einer Weile sagte er: „Die Armee wird nicht sehr begeistert sein von mir. Kruger ist ein Fall für uns, und ich rackere mich hier die ganze Nacht lang ab, damit wir ihn dem FBI übergeben können."

„Tut mir Leid", bedauerte Lisa. „Aber an der Zuständigkeit kann es keinen Zweifel geben. Mord hat Vorrang vor Diebstahl."

NACHDEM du dir das Haus lange genug angeschaut hast, entfernst du dich vom Zaun und verschwindest im Unterholz. Du schlägst dich im Dunkel zu deinem Auto durch, steigst ein und fährst über die Kreuzung zurück. Du hast etwa zwanzig Minuten für den zweiten Teil deiner Aufgabe. Drei Kilometer westlich der Kreuzung steht ein altmodisches eingeschossiges Einkaufszentrum, das aus einem Mittelbau und zwei Flügeln besteht. Im Mittelbau befindet sich ein Supermarkt. Rechts und links von ihm ziehen sich kleine Läden hin. Du fährst auf den Parkplatz und schaust dich um. Von allen Schaufenstern hat man den Parkplatz direkt im Blick. Das gefällt dir nicht. Deshalb fährst du hinter den Flügelbau. Du lächelst. Dort gibt es eine Reihe Ausweichplätze, die an die Rückfront der Läden grenzen, die nur einige Türen für die Warenanlieferung hat. Hier ist es genau richtig.

Du fährst auf den großen Parkplatz zurück und hältst bei einer Gruppe anderer Fahrzeuge. Du wartest zehn Minuten und passt auf. Dann siehst du den Buick mit dem FBI-Mann vorbeifahren, der jetzt seinen Dienst antritt.

„Wünsche eine angenehme Nacht", flüsterst du vor dich hin.

LEIGHTON empfahl ein Motel, das anderthalb Kilometer entfernt an der Route 1 Richtung Trenton lag. Es sei billig und sauber und die einzige Übernachtungsmöglichkeit in der näheren Umgebung. Lisa setzte sich ans Steuer, und sie fanden das Motel ohne Schwierigkeiten.

„Nummer zwölf ist ein nettes Doppelzimmer", sagte der Mann an der Rezeption.

Lisa nickte. „Okay, das nehmen wir."

„Wirklich?", fragte Reacher. „Ein Doppelzimmer?"

„Wir reden später drüber", erwiderte Lisa.

Sie zahlte bar, und der Mann reichte ihr den Schlüssel.

„Was ist denn?", fragte sie, als sie zu dem Zimmer gingen. „Wir wollen doch nicht übernachten, wir warten nur auf Leightons Anruf. Und hier ist das Warten angenehmer als im Auto."

Reacher zuckte nur mit den Achseln. Lisa schloss die Tür auf, und sie gingen hinein. Es war ein Motelzimmer mit dem üblichen Standard. Ein Tisch und zwei Stühle standen am Fenster. Reacher setzte sich auf den rechten Stuhl, legte die Ellbogen auf den Tisch und stützte den Kopf auf die Hände. Er sagte keinen Ton.

„Was haben Sie denn?", fragte Lisa. „Was geht Ihnen durch den Kopf?"

Er schaute sie an. „Um die Wahrheit zu sagen: Ich bin nicht gern mit Ihnen in einem Zimmer, in dem ein Bett steht."

Sie lächelte spitzbübisch. „Geraten Sie etwa in Versuchung?"

„Ich bin auch nur ein Mensch."

„Dasselbe gilt für mich", erwiderte sie. „Aber wenn ich mich beherrschen kann, schaffen Sie das sicher auch."

Reacher sagte nichts.

„Ich werde jetzt duschen gehen", verkündete Lisa.

„Fein", murmelte er.

Es ist ein Standard-Motelzimmer wie tausend andere, die du hierzulande gesehen hast. Du hängst dein Jackett in den Schrank, behältst jedoch die Handschuhe an, denn du willst nicht überall Fingerabdrücke hinterlassen.

Du gehst durch das Zimmer und setzt dich auf einen der beiden Stühle. Du lehnst dich zurück, schließt die Augen und denkst nach. Es muss morgen sein. Du planst das Timing vom Schluss her. Wenn du hinausgehst, sollte es dunkel sein. Aber du möchtest, dass der Bulle von der Tagschicht sie findet. Der Einfall kommt dir schrullig vor, aber was soll's? Ein bisschen Ulk muss einfach mit dabei sein, sonst macht das Leben keinen Spaß. Du musst also raus, nachdem die Dunkelheit eingesetzt hat, aber bevor der Bulle zum letzten Mal auf die Toilette geht. So gegen halb sechs.

Okay, halb sechs. Dämmerung, aber das ist akzeptabel. Du setzt für diese Frau eine halbe Stunde an. Also musst du um fünf drin sein und anfangen. Du denkst es aus ihrem Blickwinkel durch, und es wird deutlich, dass du den Anruf gegen zwei Uhr machen musst.

Als Lisa aus dem Bad kam, war sie nur in ein Handtuch gehüllt. Ihr Gesicht war gerötet und ihr Haar nass. Kornblumenblaue Augen, weiße Zähne. Ohne Make-up sah sie wie vierzehn aus, nur war sie über einsachtzig. Und bei dieser Größe war ein normales Motel-Badetuch reichlich knapp.

„Ich rufe jetzt besser Blake an“, sagte sie. „Ich sollte mich wirklich bei ihm melden.“

„Drücken Sie sich möglichst vage aus, okay? Wenn Quantico jetzt ins Spiel kommt, wird man Leighton ablösen. Er ist nur ein Hauptmann. Man wird einen Esel mit zwei Sternen darauf ansetzen, und dann werden wir die Fakten nie erfahren. Sagen Sie einfach, wir würden morgen jemanden treffen, der uns weiterbringen könnte.“

„Ich werde vorsichtig sein“, versprach Lisa und holte das Handy aus ihrer Tasche.

„Ich glaube, ich werde jetzt auch duschen“, sagte Reacher derweil.

Sie lächelte. „Viel Spaß. Ich verspreche Ihnen, dass ich nicht reinkommen werde.“

Er ging ins Bad und schloss die Tür. Lisas Kleidung hing an einem Haken. Ihre Unterwäsche war weiß und spitzenbesetzt. Er überlegte, ob er nicht eiskalt duschen sollte, aber dann beschloss er, sich auf seine Willenskraft zu verlassen. Also stellte er den Hebel auf heiß und zog sich aus. Er duschte lange und versuchte, sich zu entspannen. Dann gab er auf und drehte den Hebel auf kalt. Nach Luft schnappend, hielt er ihn fest. Eine Minute. Zwei. Dann stellte er das Wasser ab und griff nach einem Tuch.

Lisa klopfte an die Tür. „Sind Sie fertig? Ich brauche meine Kleider."

Reacher nahm ihre Sachen vom Haken, öffnete die Tür einen Spaltbreit und reichte sie durch. Er trocknete sich ab und zog sich an. Dann klapperte er mit dem Türgriff und ging in das Zimmer. Halb angezogen stand Lisa neben dem Bett. Die übrigen Kleidungsstücke hingen über der Lehne des Sessels, der bei der Frisierkommode stand. Ihr Haar war zurückgekämmt. Das Handy lag neben dem Eiskübel.

„Was haben Sie ihm erzählt?"

„Dass wir am Morgen jemanden treffen werden. Keine Einzelheiten."

Lisa hatte nur ihr Hemd an, der BH und die Krawatte hingen über der Lehne. Ihre Anzughose ebenfalls. Sie hatte lange, schlanke Beine.

„Hatte er irgendetwas mitzuteilen?"

„Poulton ist in Spokane", antwortete sie. „Die Firma Hertz ist am dortigen Flughafen auf eine Vermietung von ganz kurzer Dauer gestoßen, um die zwei Stunden. Genau an dem Tag, als Alison starb. Es hat sich jedoch herausgestellt, dass es sich um eine Frau handelte, die geschäftlich unterwegs war. Allerdings meint der UPS-Fahrer, da sei etwas gewesen. Er schaut die Unterlagen durch."

„Der Name LaSalle wird da nicht auftauchen, das ist sicher."

Sie setzte sich auf den Rand des Bettes und wandte ihm dabei den Rücken zu. „Wahrscheinlich nicht, aber das spielt doch keine Rolle mehr, oder? Wir haben ihn gefunden. Das sollten wir feiern."

Reacher stellte die Kissen am Kopfende des Bettes auf und setzte sich. Er lehnte sich zurück und schaute zur Decke hinauf.

Lisa wandte sich ihm zu. Die beiden obersten Knöpfe ihres Hemds waren geöffnet.

„Es ist wegen Jodie, nicht wahr?", fragte sie unvermittelt.

Er schluckte. „Klar."

„Wenn sie nicht wäre, würden Sie wollen, oder?"

„Ich will", antwortete Reacher. „Aber ich werde nichts tun. Ihretwegen."

Lisa lächelte. „Standhaftigkeit – das gefällt mir bei einem Mann."

Er sagte nichts. Sie seufzte ein klein wenig und rückte ein Stückchen ab. Genug, um die Situation zu entschärfen.

„Dann wollen Sie also in der New Yorker Gegend bleiben?", fragte sie.

„So ist es geplant."

„Jodie wird verärgert sein wegen des Hauses. Ihr Vater hat es Ihnen vermacht."

„Kann schon sein, dass sie verärgert ist, aber sie muss sich damit abfinden", erwiderte Reacher. „Meiner Meinung nach hat mir ihr Vater die Wahl gelassen, das Haus zu behalten oder es zu Geld zu machen. Er wusste ja, wie ich bin. Er wäre nicht im Geringsten überrascht oder verärgert."

Im Zimmer wurde es still. „Mir ist immer noch nach Feiern zumute", flüsterte Lisa nach einer Weile. „Ein Kuss zur Belohnung. Mehr nicht, das verspreche ich."

Er schaute sie an, legte den linken Arm um sie, zog sie an sich und küsste sie auf die Lippen. Sie legte den Kopf in den Nacken und öffnete den Mund. Er spürte, wie ihre Zunge tief in seinen Mund drang. Fordernd. Es war ein gutes Gefühl. Er öffnete die Augen und sah undeutlich, dass ihre geschlossen waren. Er ließ sie los und rückte schuldbewusst von ihr ab.

„Ich muss dir was gestehen", begann er.

Sie war außer Atem. „Was denn?"

„Ich habe dir nicht die volle Wahrheit gesagt."

„Inwiefern?"

„Ich glaube nicht, dass Kruger unser Mann ist. Für Leighton ist er der Richtige, aber nicht für uns. Ich habe das auch nie angenommen."

„Doch, das hast du. Von Anfang an. Das mit der Waffenschieberei war doch deine eigene Theorie."

Reacher zog die Schultern hoch. „Die habe ich mir ausgedacht. Ich wollte eine plausible Ausrede, um aus Quantico wegzukommen. Damit ich Zeit zum Nachdenken hatte. Ich wollte auch sehen, wer diese Theorie unterstützen und wer sie ablehnen würde. Ich wollte sehen, wer wirklich darauf aus ist, dass diese Sache aufgeklärt wird."

„Das verstehe ich nicht. Das wollen wir doch alle."

In diesem Moment war ein lautes, hartnäckiges Klopfen zu hören. Reacher stand auf und ging zur Tür. „Ich komme schon!", rief er.

Als er die Tür öffnete, stand Leighton auf der Schwelle, mit offener Uniformjacke und Regentropfen auf den Schultern.

„Kruger ist unser Mann", teilte er Reacher mit und schob sich an ihm vorbei ins Zimmer.

„Oh, Verzeihung", entschuldigte er sich überrascht, als er sah, wie Lisa ihr Hemd zuknöpfte.

„Es ist heiß hier“, murmelte sie und schaute weg.

„Er ist unser Mann“, wiederholte der Offizier. „Alles passt genau zusammen.“

Unvermittelt fing Lisas Handy an zu klingeln. Leighton hielt inne und bedeutete ihr, dass er warten könne. Sie klappte das Handy auf und lauschte. Reacher sah, wie die Farbe aus ihrem Gesicht wich. Sie klappte das Handy wieder zu.

„Man ruft uns nach Quantico zurück“, teilte sie Reacher mit. „Sie haben jetzt die kompletten Unterlagen von Caroline Cooke. Du hast es also gerade ernst damit gemeint, was du über die Theorie gesagt hast. Sie hatte nie etwas mit Waffen zu tun. Nicht im Entferntesten.“

„Genau das wollte ich Ihnen ja mitteilen“, sagte Leighton. „Kruger ist unser Mann, aber nicht Ihrer. Zuerst mal: Es gab keine Liste.“ Er schaute zu Lisa hinüber. „Sie baten mich, die Einsatzorte, an denen die Frauen tätig waren, auf Diebstähle von Farbe hin zu überprüfen. Dazu brauchte ich eine Liste der Frauen, aber ich versuchte vergeblich, eine zu finden. Ich machte einige Anrufe und erfuhr Folgendes: Als Ihre Leute vor einem Monat zu uns kamen, mussten wir versuchen, von jetzt auf nachher eine Liste zusammenzustellen. All diese Unterlagen zu durchforsten erwies sich als sehr mühsam. Da hatte jemand einen Einfall, wie man die Sache vereinfachen konnte. Er rief eine der Frauen unter einem Vorwand an. Wir glauben, dass es sich dabei um Alison Lamarr handelte. Und sie lieferte die Namen. Die Frauen hatten offenbar untereinander eine große Selbsthilfegruppe eingerichtet.“

„Rita Scimeca sprach mal von ihren Schwestern“, warf Reacher ein. „Erinnern Sie sich, Lisa? Sie sagte, sie stehe mit zehn ihrer Schwestern, von denen vier schon tot seien, auf einer Abschussliste.“

„Dann trafen Krugers Akten ein. Bei den Zeitpunkten und den Orten ergab sich keine Übereinstimmung. Nicht die geringste.“ Leighton holte Luft. „Also prüfte ich nach, wieso er von den Spezialeinheiten zu einem Nachschubbataillon gegangen ist. Er nahm am Golfkrieg teil, als Major. Er war ein Ass. Einmal waren sie draußen in der Wüste und suchten nach mobilen Scud-Abschussrampen. Eine kleine Einheit mit schlechter Funkverbindung. Als der Artilleriebeschuss losging, geriet Krugers Einheit ins eigene Feuer. Er wurde schwer verwundet. Anschließend wurde er zum Oberst befördert und auf einen Posten versetzt, bei dem seine Behinderung keine Rolle spielte. So bekam er den Schreibtischjob beim Nachschub. Ich vermute, dass er mit den Schiebereien anfing, weil er sich rächen wollte. An der Armee. Er hat beide Beine verloren und sitzt im Rollstuhl. Er ist bestimmt nicht in der Lage, die Treppe zu einem Badezimmer hinaufzusteigen."

Lisa starrte die Wand an. „Okay, das war keine gute Idee."

„Tut mir Leid. Jetzt muss ich Ihnen noch Näheres über die Farbe erzählen. Der einzige Bericht über verschwundene grüne Tarnfarbe war in einer vertraulichen Akte versteckt. Ein Diebstahl von 110 Zwölfliterdosen. Ein Feldwebel aus einer Versorgungseinheit in Utah wurde dafür verantwortlich gemacht."

„Wie lautet sein Name?"

„Es handelte sich um eine Frau", antwortete Leighton. „Um Feldwebel Lorraine Stanley."

Völlige Stille trat ein.

„Das ist unmöglich", stammelte Lisa. „Sie zählt zu den Opfern."

Leighton hob bedauernd die Arme. „Ich rief in Utah an und sprach mit dem Offizier, der die Ermittlungen geleitet hatte. Er sagte, Stanley sei eindeutig die Täterin gewesen. Man habe von einer Strafverfolgung abgesehen, weil es kurz zuvor die Belästigungssache gegeben hatte. Man habe sie im Auge behalten, bis sie dann ihren Abschied nahm."

„Eines der Opfer stahl die Farbe?", wiederholte Reacher. „Und ein anderes stellte die Namensliste zur Verfügung?"

„So war es, glauben Sie mir."

REACHER fuhr schnell. Von dem Außenbezirk Trentons bis nach Quantico brauchten sie etwas weniger als drei Stunden.

Er schaltete den Motor und die Lichter aus und schaute Lisa an, bevor sie aus dem Auto stiegen. In dem Gebäude war es still. Sie nahmen den Fahrstuhl zu Blakes unterirdischem Büro und trafen ihn an seinem Schreibtisch sitzend an. Er starrte auf ein Blatt Papier und sah niedergeschlagen und verwirrt aus.

„Ein Fax von UPS", erklärte er leise. „Raten Sie mal, wer die Farbe an Alison Lamarr und die anderen verschickt hat!"

„Lorraine Stanley", antwortete Reacher.

„Stimmt. Von einer Adresse in Utah, die sich als SB-Lagerhalle entpuppte. Und noch etwas: Sie schickte einen der Kartons an sich selbst. Als sie die Farbe in der Lagerhalle unterbrachte, hatte sie aber noch gar keine eigene Wohnung. Sie wartete, bis sie sich niedergelassen hatte, und ging dann zurück nach Utah, um den Versand abzuwickeln. Was halten Sie davon?"

„Ich weiß nicht, was ich dazu sagen soll", erwiderte Reacher.

„Außerdem hat Poulton eben aus Spokane angerufen. Er hat den UPS-Fahrer vernommen. Der erinnert sich recht gut an die Auslieferung. Alison war zu Hause, als er ankam. Sie hörte sich in der Küche eine Sportübertragung im Radio an. Sie bat ihn herein und schenkte ihm Kaffee ein. Gemeinsam verfolgten sie die Sportreportage. Dann trank er noch einen Kaffee, und schließlich teilte er Alison mit, er habe einen großen, schweren Karton für sie."

„Und?"

„Und sie sagte: ‚Aha, gut' und machte in der Garage Platz. Er brachte den Karton herein, stellte ihn ab, und sie lächelte erfreut."

„Als hätte sie ihn erwartet?"

Blake nickte. „Das war der Eindruck, den der Mann hatte. Sie zog die Plastikhülle mit den Dokumenten vom Karton ab und trug sie in die Küche. Der Fahrer folgte ihr, um seinen Kaffee auszutrinken. Alison zog die Versanddokumente aus der Plastikhülle, riss sie in kleine Stücke und warf sie zusammen mit der Hülle in den Mülleimer."

„Was schließen Sie daraus?"

Blake schürzte die Lippen. „Ich habe keine Ahnung."

„Es tut mir Leid", sagte Reacher. „Meine Theorie hat uns nicht weitergebracht."

Blake verzog das Gesicht. „Einen Versuch war es wert."

„Ist Lamarr in der Gegend? Ich möchte mich auch bei ihr entschuldigen."

Blake schüttelte den Kopf. „Sie ist zu Hause. Ist noch nicht wieder da gewesen. Sie sagte, sie sei am Ende, und da hatte sie Recht. Ich kann ihr keinen Vorwurf machen."

„Eine Menge Stress. Sie sollte mal verreisen."

„Wohin denn?" Blake stöhnte. „Sie steigt ja in kein Flugzeug. Und ich möchte nicht, dass sie in ihrem Zustand mit dem Auto herumfährt." Dann verhärtete sich sein Gesichtsausdruck. „Ich werde mich nach einem anderen Berater umsehen. Sobald ich einen gefunden habe, können Sie gehen. Sie haben nichts erreicht. Wie Sie mit den Kollegen in New York zurechtkommen, ist Ihre Sache."

„Okay", erwiderte Reacher.

Lisa verstand den indirekten Wink, den Blake ihr gegeben hatte. Sie begleitete Reacher aus dem Büro und zum Fahrstuhl. Sie fuhren zur dritten Etage hinauf und gingen zu der vertrauten Tür.

„Wieso hat Alison den Karton mit Farbe erwartet?", nahm Lisa den Faden wieder auf. „Die anderen erwarteten ihn nicht."

Reacher zuckte mit den Achseln. „Ich weiß es nicht."

Lisa öffnete seine Tür. „Okay, dann gute Nacht."

„Bist du böse auf mich?"

„Du hast 36 Stunden vergeudet."

„Nein, ich habe 36 Stunden investiert."

„In was?"

„Das weiß ich noch nicht."

„Du bist ein merkwürdiger Kerl."

„Das hört man allgemein." Er küsste sie auf die Wange und betrat das Zimmer. Sie schloss die Tür ab und ging zum Fahrstuhl zurück.

Reacher legte sich aufs Bett. Sein Jackett behielt er an. Es war drei Uhr morgens. Zu spät, um mit Jodie zu telefonieren. Er starrte zur Decke und versuchte, sich Jodie vor Augen zu rufen. Er sah aber nur Lisa Harper und Rita Scimeca. Er dachte über Ritas Gesicht nach, den Schmerz in ihren Augen. Über ihre neue Existenz dort draußen in Oregon – die Blumen, den Flügel, die abgeschirmte Häuslichkeit. Er schloss die Augen. Dann öffnete er sie wieder und starrte abermals den weißen Verputz über sich an. Er rief sich Lisas Körper in Erinnerung, ihren Gang, das arglose Lächeln, ihren offenen, gewinnenden Blick. Er drehte sich um, griff nach dem Telefon und wählte die Nummer ihres Handys.

„Ich möchte dich sehen", sagte er, als sie sich meldete. „Gleich jetzt."

Lisa klopfte nicht an, sondern schloss einfach mit ihrem Schlüssel auf und trat ein. Sie war hemdsärmelig. „Was ist los?"

„Ich möchte dich was fragen", erwiderte Reacher. „Was wäre geschehen, wenn wir bereits über die Farblieferung Bescheid gewusst und Alison danach gefragt hätten? Was hätte sie gesagt?"

„Vermutlich das Gleiche wie bei dem UPS-Mann."

„Nein", widersprach Reacher. „Sie hätte uns angelogen."

„Wirklich? Wieso denn?"

„Weil sie uns alle angelogen haben. Wir haben mit sieben Frauen gesprochen, und alle haben die Unwahrheit gesagt. Die Geschichten, die uns aufgetischt wurden: von einer Mitbewohnerin, von Irrtümern – alles Quatsch. Wenn wir Alison vorher aufgesucht hätten, dann hätte sie uns so was Ähnliches vorgemacht."

„Woher weißt du das?"

„Weil wir von Rita Scimeca angelogen wurden. Das ist mir eben aufgegangen. Sie hatte keine Mitbewohnerin. Das passt nicht zu ihr. Du hast gesehen, wie sie wohnt. Alles makellos sauber und gepflegt. Eine obsessive Putzwut. Unter diesen Umständen hätte sie es nicht ertragen können, ihr Haus mit jemandem zu teilen. Und wegen des Geldes brauchte sie keine Mitbewohnerin. Du hast den großen Wagen gesehen und den Flügel. Weißt du, was so ein Flügel kostet?“

„Und was willst du damit sagen?“

„Das soll heißen, dass sie die Lieferung erwartete, genau wie Alison. Und alle anderen. Als die Kartons eintrafen, sagten sie: ‚Aha, gut.‘ Genau wie Alison. Und dann verstauten sie die Kartons.“

„Das ist doch nicht möglich. Wieso sollten sie das tun?“

„Weil der Täter sie irgendwie in der Hand hatte. Er brachte Alison dazu, ihm ihre eigene Namensliste auszuhändigen. Er brachte Lorraine Stanley dazu, die Farbe zu stehlen und diese zum richtigen Zeitpunkt zu verschicken. Er brachte jede von ihnen dazu, die Lieferung anzunehmen und die Unterlagen sofort zu vernichten. Und er brachte sie auch noch dazu, dass sie sich freuten.“

Lisa schaute ihn mit großen Augen an. „Aber wie? Wie hat er das bloß gemacht?“

„Keine Ahnung“, antwortete Reacher.

„Erpressung? Drohungen? Angst?“

„Ich weiß nicht. Die Frauen waren nicht besonders ängstlich.“

„Und was soll ich jetzt tun?“

„Weiter nachdenken. Blake hört nicht mehr auf mich. Bei ihm habe ich meine Glaubwürdigkeit verspielt.“

Lisa setzte sich neben ihm aufs Bett. Er betrachtete sie.

„Läuft die Kamera?“

Sie schüttelte den Kopf. „Davon halten sie nichts mehr. Warum?“

„Weil ich dich wieder küssen möchte.“

Sie errötete. „Nur ein Kuss und nichts weiter?“

Er nickte.

„Na gut.“

Sie wandte sich ihm zu. Er nahm sie in die Arme und küsste sie. Wie in dem Motel legte sie den Kopf in den Nacken und schob die Zunge in seinen Mund. Mit der Hand fuhr er über ihre Hüfte. Sie küsste ihn heftiger. Dann legte sie die Hand auf seine Brust und drückte sich weg. „Jetzt sollten wir aufhören“, sagte sie.

„Das glaube ich auch.“

Sie stand auf und warf ihr Haar nach hinten. „Ich verschwinde jetzt. Wir sehen uns dann morgen.“

Als Lisa gegangen war, streckte sich Reacher auf dem Bett aus. Er fand keinen Schlaf. Er machte sich Gedanken über Gehorsam und Ergebenheit, über Motive und Gelegenheiten. Und über Wahrheit und Lügen.

Lisa kam um acht Uhr morgens zurück, frisch geduscht und in einem anderen Anzug. Sie sah energiegeladen aus. Reacher dagegen war übermüdet, stand aber fertig angekleidet an der Tür und wartete auf sie. Sein Herz klopfte vor Tatendrang.

„Gehen wir", drängte er. „Gleich jetzt."

Blake saß wie zuvor in seinem Büro am Schreibtisch. „Reacher, heute gehen Sie die Akten nochmals durch!", befahl er.

„Nein. Ich muss nach Portland. Können Sie mir das Flugzeug zur Verfügung stellen?"

„Das Flugzeug? Sind Sie übergeschnappt? Das kommt überhaupt nicht infrage."

„Auch gut." Reacher ging zur Tür, warf einen letzten Blick auf das Büro und trat auf den Gang hinaus.

Lisa schob sich an ihm vorbei. „Wieso nach Portland?"

Er schaute sie an. „Wegen der Wahrheit und wegen der Lügen."

„Was soll das heißen? Was hast du vor?"

„Im Moment ist es nur ein Kartenhaus. Du würdest es wegwischen und die anderen auch. Du musst das mit eigenen Augen sehen. Menschenskind, ich muss es selbst mit eigenen Augen sehen! Ich möchte dich jedoch dabeihaben, wegen der Festnahme."

„Was für eine Festnahme? Rück doch raus damit."

Er schüttelte den Kopf. „Wo ist dein Auto?"

„Auf dem Parkplatz."

„Also, los geht's."

In Rita Scimecas gesamter Dienstzeit war um sechs Uhr Wecken gewesen, und daran hielt sie sich auch im Zivilleben. Von Mitternacht an schlief sie immer sechs Stunden, also ein Viertel ihres Lebens. Dann stand sie auf, um die anderen drei Viertel zu bewältigen.

An diesem Tag hatte sie sich vorgenommen, sich mit Bach zu beschäftigen. Sie versuchte, die zweistimmigen Inventionen zu meistern.

Rita gefiel, wie sich diese mit unausweichlicher Logik immer weiter voranbewegten, bis sie schließlich dort endeten, wo sie begonnen hatten. Die Stücke zu spielen erwies sich jedoch als sehr schwierig.

Das fünfte Stück gehört zu den schwierigsten, war aber ihr liebstes. Sie spielte es zweimal durch und war mit dem Ergebnis einigermaßen zufrieden. Sie beschloss, drei Stunden lang zu spielen und dann zu frühstücken.

Du beziehst deine Stellung schon so früh, dass du dich eingerichtet hast, als um acht Uhr die Ablösung stattfindet. Es ist dasselbe wie gestern. Der FBI-Mann ist noch wach, aber nicht mehr sehr aufmerksam. Der Ortspolizist trifft ein. Sie tauschen von Fenster zu Fenster ein paar Nettigkeiten aus. Der Buick rollt den Hügel hinunter, und der Wagen des Ortspolizisten kurvt auf seinen Platz. Der Motor geht aus, und der Mann wendet den Kopf. Er lässt sich tief in seinen Sitz sinken, und seine letzte Schicht als Bulle beginnt. Von morgen an werden sie ihm nicht mal mehr zutrauen, dass er am Polarkreis den Verkehr regeln kann.

„Also, wie kommen wir hin?“, fragte Lisa, als sie in ihren kleinen gelben Zweisitzer kletterte. Reacher fiel auf, dass er ihn noch nie zu Gesicht bekommen hatte. Er klemmte sich auf den Beifahrersitz, und sie stellte ihre Tasche auf seinen Schoß. Viel Bewegungsfreiheit gab es nicht.

„Wir müssen einen normalen Linienflug nehmen“, antwortete er. „Am besten fährst du zum National Airport. Hast du Kreditkarten dabei?“

Sie schüttelte den Kopf. „Die sind alle überzogen. Man wird sie nicht akzeptieren. Wie sieht’s bei dir aus?“

„Ich bin stets pleite“, antwortete er und dachte scharf nach. Er öffnete ihre Tasche und holte das Handy heraus. Er schloss die Augen und rief sich in Erinnerung, wie er in Jodies Küche gesessen und die Nummer gewählt hatte. Er strengte sich an, sich der Zahlenfolge zu entsinnen. Dann gab er sie langsam ein und hörte das Klingelzeichen. Schließlich nahm jemand ab.

„Oberst John Trent“, meldete sich eine tiefe Stimme.

„Trent, hier spricht Reacher. Sind wir noch gute Freunde?“

„Wie meinen Sie das?“

„Ich brauche eine Mitfluggelegenheit für zwei Personen. Von Andrews nach Portland, Oregon.“

„Wann sollte das sein?“

„Jetzt gleich. Sofort.“

„Soll das ein Witz sein?“

„Nein. Wir sind schon unterwegs. In einer halben Stunde treffen wir ein.“

Trent schwieg einen Moment. „Okay“, sagte er dann und legte auf.

„Macht er es?“, erkundigte sich Lisa.

Reacher nickte. „Er schuldet mir was. Also los.“

Lisa fuhr vom FBI-Parkplatz, fegte den Zubringer entlang und gelangte auf die I-95.

„Und was ist nun der Schlüssel zu allem?“, fragte sie.

„Die Mittel, das Motiv und die Gelegenheit. Die Heilige Dreifaltigkeit der Polizeiarbeit. Wir wissen alles, was wir wissen müssen. Manches ist uns schon seit Tagen bekannt. Aber wir haben alles vermurkst. Wir haben schwere Fehler gemacht und sind von falschen Annahmen ausgegangen.“

„Was für Fehler? Und welche Annahmen meinst du?“

„Ganz gravierende Fehler“, entgegnete Reacher. „Aber daran sind wir nicht allein schuld. Ich glaube, wir haben uns auch ein paar dicke Lügen auftischen lassen. Es waren dermaßen dreiste Lügen, dass niemandem etwas auffiel.“

NACH ihrer Ankunft auf dem Luftwaffenstützpunkt Andrews wurden sie von einem Hauptmann in einen Warteraum geführt. Er war karg eingerichtet und wurde von Neonröhren erhellt.

„Sag es mir“, bat Lisa, als der Offizier gegangen war. „Um was geht es?“

„Fangen wir mit dem Motiv an“, erwiderte Reacher. „Wer hat ein Motiv?“

„Das weiß ich nicht.“

„Geh mal zurück zu Amy Callan. Angenommen, sie wäre das einzige Opfer gewesen. Bei wem würdest du dann ein Motiv vermuten?“

„Bei ihrem Mann. Wenn die Ehefrau umgebracht wird, verdächtigt man immer den Mann. Weil die Motive oft persönlicher Natur sind.“

„Gut, nehmen wir mal an, Amy Callans Mann sei der Täter. Was macht er, um den Verdacht von sich abzulenken?“

„Er kann nichts machen.“

„Doch. Er kann ihn von sich ablenken, indem er eine Anzahl Frauen findet, die gewisse Ähnlichkeiten mit seiner Frau aufweisen, und sie ebenfalls umbringt. Er kann die Aufmerksamkeit von sich ablenken, indem er die persönliche Verbindung durch eine Gruppe verdeckt. Wo kann man ein Sandkorn am besten verstecken?"

„Am Strand."

„Genau", bestätigte Reacher.

„Du meinst also, dass alle bis auf eine Lockvögel sind. Sand am Strand."

„Tarnung. Vernebelungstaktik."

„Und um welche geht es? Welche ist das eigentliche Ziel?"

Reacher schwieg.

Der Hauptmann kam zurück und führte sie hinaus zu einem wartenden Dienstwagen. Das Auto fuhr sie zu einer nagelneuen Boeing, die allein auf dem Vorfeld stand. Der Hauptmann hatte ihnen erklärt, es handele sich um ein Transportflugzeug, das sich auf einem Testflug befinde und nun nach Portland umgeleitet werde. An der vorderen Kabinentür befand sich eine fahrbare Gangway, an deren oberem Ende die uniformierte Besatzung mit Klemmbrettern voller Unterlagen stand.

„Willkommen an Bord", begrüßte sie der Kopilot. „Einen freien Platz werden Sie schon finden." Es gab 260 freie Plätze.

Reacher machte sich auf drei Sitzen breit und lehnte den Kopf gegen das Fenster, während Lisa hinter ihm Platz nahm und den Sicherheitsgurt anlegte.

„Also, welche Frau ist das eigentliche Ziel?", fragte sie noch einmal.

„Darauf kannst du von selbst kommen", antwortete Reacher.

Das Flugzeug rollte zur Startbahn. Eine Minute später war es schon in der Luft und begann seinen Steigflug.

Es ist zwei Uhr. Der Ortspolizist befindet sich weiterhin vor ihrem Haus. Zeit für den Anruf. Du nimmst das gestohlene Handy und wählst ihre Nummer. Du hörst, wie die Verbindung zustande kommt. Du hörst das Klingelzeichen. Du duckst dich hinter deinem Felsen und machst dich bereit.

Sie nimmt ab. „Hallo?", meldet sie sich.

„Hallo, Rita", erwiderst du.

Sie hört deine Stimme. Du merkst, wie sie sich entspannt. „Ja?", fragt sie.

Du sagst ihr, was sie tun soll.

„DIE ERSTE Frau sollte uns von der Fährte abbringen", überlegte Lisa. „Und mit der zweiten ergab sich ein gewisses Muster."

„Das meine ich auch", erwiderte Reacher. „Mit Callan und Cooke fängt die Vernebelungstaktik an."

„Aber allzu lange warten würde er nicht", fuhr Lisa fort. „Ihm käme es darauf an, seine Zielperson zu erledigen, bevor irgendetwas aufgedeckt wird."

„Das meine ich auch", bestätigte Reacher erneut.

„Also ist es die Dritte oder die Vierte."

Reacher nickte, sagte aber nichts.

„Aber welche von diesen beiden?", fragte Lisa. „Wo findet man die Antwort?"

„In allem, wie immer", antwortete er. „Bei den Anhaltspunkten. Den geographischen Gegebenheiten. Der Farbe. Der gewaltlosen Vorgehensweise."

„Lorraine Stanley stahl die Farbe", fasste Lisa zusammen. „Das gewaltlose Vorgehen zeigt, dass der Täter etwas vortäuscht. Die geographischen Gegebenheiten verdeutlichen seine Reichweite."

„Sowie Schnelligkeit und Mobilität", fügte Reacher hinzu. „Vergiss die Mobilität nicht."

„Warum ist die so wichtig?"

„Weil das eine von den Lügen ist. Wir sind voll darauf reingefallen."

DAS FRÜHSTÜCK bestand aus einem kalten, runzligen Apfel und einem Stück Schweizer Käse. Mehr hatte Ritas Kühlschrank nicht zu bieten.

Als sie den Teller abwusch, klingelte es an der Tür. Es war der Polizist, der wieder aufs Klo gehen wollte. Sie wartete im Flur, bis er aus dem Badezimmer kam, und schaute zu, wie er zum Wagen zurückging. Dann schloss sie die Tür wieder ab und ging ins Wohnzimmer. Sie setzte sich an den Flügel und spielte noch anderthalb Stunden.

Ihr Anschlag wurde immer besser. Er war so gut wie nie. Sie konzentrierte sich ganz auf die Noten und schaffte es, dass ihr Spiel nur ein klein wenig langsamer als die angegebene Tempobezeichnung war. Es klang jedoch herrlich. Sie war zufrieden.

Sie schob den Hocker zurück, massierte ihre Finger und spreizte sie. Anschließend ging sie zur Garderobe und holte ihre Jacke hervor. Sie schloss die Tür zum Untergeschoss auf und stieg hinunter in die Garage. Mit der Fernbedienung am Schlüsselbund entriegelte sie ihr Auto, dann drückte sie auf den Knopf des Garagenöffners. Während das Tor nach oben rumpelte, stieg sie in den Wagen und ließ den Motor an.

Sie fuhr rückwärts in die Auffahrt und drückte den Knopf, um das Tor wieder zu schließen. Als sie sich umdrehte, sah sie, dass ihr das Polizeiauto den Weg versperrte. Sie stieg aus und ging auf den Wagen zu.

„Ich fahre in den Supermarkt", erklärte sie. „Ich werde ungefähr eine Stunde weg sein."

„Okay, aber ich bleibe hier", erwiderte der Polizist. „Wir bewachen nur das Haus, nicht Sie persönlich. Uns geht es um Verbrechen, die in den Häusern verübt wurden."

„Ist gut. In dem Geschäft wird mir niemand was antun."

DU SIEHST, wie das Garagentor aufgeht. Du siehst, wie der Wagen herauskommt. Du siehst, wie das Tor wieder zugeht. Du siehst, dass sie in der Auffahrt anhält und aussteigt. Du beobachtest sie bei ihrem Gespräch mit dem Ortspolizisten. Du siehst, wie der Bulle mit seinem Wagen zurückstößt und wie sie rückwärts auf die Straße rollt und den Hügel hinunterfährt. Du lächelst vor dich hin und stehst auf. Du machst dich an die Arbeit.

AM FUSS des Hügels fuhr Rita nach links, dann nach rechts auf die Straße Richtung Portland. Nach drei Kilometern bog sie links zum Einkaufszentrum ab, stellte ihr Auto auf den leeren Parkplatz hinter den Geschäften und ging auf den Supermarkt zu.

Drinnen nahm sie einen Einkaufswagen. Sie schob ihn durch alle Gänge und nahm die Waren mit, von denen sie annahm, dass sie bei ihr zur Neige gingen. Sie bekam so wenig zusammen, dass sie zur Schnellkasse gehen konnte.

Das Mädchen steckte alles zusammen in eine Papiertüte. Rita bezahlte bar und ging mit der Tüte im Arm hinaus. Sie wandte sich auf dem schmalen Gehsteig nach rechts und ging zu dem Eisenwarenladen hinüber.

Sie zog die Tür auf. An der Kasse stand ein älterer Mann in einem braunen Arbeitskittel. Rita ging an den Werkzeugen und den Nägeln vorbei und kam zu den Farben. Sie stellte die Tüte mit den Lebensmitteln auf den Boden und nahm eine Farbmusterkarte von einem Regal.

„Kann ich Ihnen behilflich sein?", erkundigte sich der Mann.

„Ist diese Farbe wasserlöslich?"

Er nickte. „Es ist Latex, und das bedeutet, dass es auf Wasserbasis hergestellt wurde."

„Ich glaube, ich nehme die olivgrüne Farbe. Ich möchte, dass sie etwas Militärisches hat."

„Okay", erwiderte der Verkäufer. „Wie viel brauchen Sie?"

„Eine Vierliterdose."

Er trug die Dose für sie zur Kasse und tippte den Preis ein. Sie bezahlte bar. Zusammen mit einem hölzernen Rührlöffel brachte der Mann die Dose in einer Tragetasche unter.

„Danke schön." Rita nahm die Lebensmitteltüte mit der einen Hand und die Tragetasche mit der anderen und ging an den Geschäften vorbei. Nach dem letzten bog sie um das Gebäude und kam wieder zu dem kleinen Parkplatz auf der Rückseite. Sie eilte zu ihrem Auto, stellte die Einkäufe auf den Rücksitz, stieg ein und ließ den Motor an.

DER ORTSPOLIZIST sah die Gestalt den Hügel heraufkommen, als sie noch hundert Meter entfernt war. Der Mann war groß und hatte volles graues Haar, das säuberlich nachgeschnitten und gebürstet war. Er trug eine Armeeuniform. Adler auf den Achselklappen und an den Aufschlägen: ein Oberst. Statt des üblichen Hemds und einer Krawatte trug er jedoch einen runden Kragen. Der Mann, der rasch den Gehweg entlangkam, war also ein Feldgeistlicher, ein Militärpfarrer.

Einen Meter vom rechten Scheinwerfer des Polizeiautos entfernt blieb er auf dem Gehweg stehen und schaute zu Rita Scimecas Haus hinauf.

Der Polizist ließ das Fenster auf der Beifahrerseite herunter. „Kann ich Ihnen behilflich sein?", rief er.

Der Militärpfarrer steckte den Kopf durch das offene Fenster. „Ich möchte die Dame des Hauses besuchen."

„Sie ist kurz weggegangen", erwiderte der Polizist. „Und wir haben hier eine besondere Situation."

„Was für eine Situation?"

„Sie wird bewacht. Den Grund kann ich Ihnen nicht nennen. Ich muss Sie jedoch bitten, in den Wagen zu kommen und sich auszuweisen."

Der Militärpfarrer zögerte einen Moment. Dann öffnete er die Beifahrertür und stieg ein. Er steckte die Hand in seine Uniformjacke und holte eine Brieftasche hervor. Er klappte sie auf und zog einen abgegriffenen Dienstausweis heraus.

Der Polizist überprüfte ihn. „In Ordnung, Herr Oberst. Wenn Sie möchten, können Sie hier drin warten."

Rita bog von der Hauptstraße links und dann nach rechts in ihre Straße ab. Das Polizeiauto war wieder quer über ihre Auffahrt geparkt. Neben dem Polizisten saß jemand. Rita stoppte mitten auf der Straße, bereit zum Abbiegen und in der Hoffnung, dass der Polizist begreifen und Platz machen würde. Stattdessen öffnete er seine Tür und stieg aus, als müsste er mit ihr reden. Sie kurbelte ihr Fenster herunter, und er kam zu ihr herüber.

„Hier ist jemand, der Sie sprechen möchte. Ein Militärpfarrer. Er hat sich ausgewiesen."

„Wimmeln Sie ihn ab!"

Der Polizist schien verwundert. „Er ist aus Washington angereist."

„Das ist mir egal. Ich möchte nichts mit ihm zu tun haben."

Der Polizist sagte nichts, schaute nur über seine Schulter nach hinten. Der Militärpfarrer kletterte aus dem Wagen, erhob sich auf dem Gehweg zu seiner vollen Länge und kam herbei. Rita stieg nun ebenfalls aus.

„Rita Scimeca?", fragte der Pfarrer, als er nahe genug herangekommen war.

„Was wollen Sie?"

„Ich möchte hören, wie es Ihnen geht. Nach Ihren Problemen."

„Meinen Problemen?"

„Nach der Vergewaltigung."

„Und wenn es mir nicht gut geht?"

„Dann kann ich Ihnen vielleicht helfen." Er hatte eine tiefe, warme, volle Stimme. Eine Kirchenstimme.

„Sind Sie von der Armee hergeschickt worden?", fragte Rita. „Ist es amtlich?"

„Leider nicht. Ich habe mich deswegen oft mit den zuständigen Leuten auseinander gesetzt."

„Wenn sie Beratung anbieten, geben sie zu, dass sie haftbar sind."

„So sehen die das auch", erwiderte der Militärpfarrer. „Deswegen handelt es sich hier um einen privaten Besuch, entgegen den Befehlen. Aber mein Gewissen zwingt mich dazu."

Rita schaute weg und zog ihre Jacke fester um sich. „Warum besuchen Sie ausgerechnet mich? Es gibt doch eine ganze Anzahl betroffener Frauen."

„Sie sind die fünfte", erwiderte er. „Ich fing mit denen an, die offenbar allein leben, die meine Hilfe eventuell am dringendsten benötigen. Ich bin im ganzen Land herumgereist. Einige Besuche waren nützlich, andere umsonst. Ich möchte mich nicht aufdrängen. Ich meine jedoch, dass ich guten Willen zeigen muss."

„Nun, ich fürchte, Sie haben wieder eine Reise umsonst gemacht", entgegnete sie in kühlem Ton. „Ich muss Ihr Angebot ablehnen. Ich brauche Ihre Hilfe nicht."

„Sind Sie sicher? Bitte überlegen Sie sich's. Ich habe einen weiten Weg zurückgelegt."

Statt zu antworten, schaute Rita den Polizisten ungeduldig an. Der Beamte trat von einem Bein aufs andere und versuchte, die Aufmerksamkeit des Pfarrers auf sich zu lenken. „Sir, ich muss Sie jetzt leider bitten zu gehen", sagte er schließlich.

„Das Angebot gilt weiterhin", versicherte der Geistliche. „Ich könnte Sie jederzeit erneut aufsuchen." Damit wandte er sich um und ging den Hügel hinunter.

Rita blickte ihm eine Weile nach, bevor sie wieder in ihr Auto stieg. Der Polizist ging zu seinem Streifenwagen zurück und fuhr rückwärts den Hügel hinauf. Rita bog in ihre Auffahrt ein und drückte den Knopf des Garagenöffners. Das Tor rumpelte in die Höhe. Sie fuhr hinein und drückte den Knopf erneut. Bevor das Tor herunterkam und sie in Dunkelheit hüllte, sah sie noch, wie das Polizeiauto wieder seinen alten Platz einnahm.

Als sie die Wagentür öffnete, ging die Innenbeleuchtung an. Sie betätigte den kleinen Hebel für den Kofferraum, stieg aus, holte ihre Einkäufe vom Rücksitz und schaffte sie nach oben. Sie stellte sie in der Küche auf die Arbeitsplatte, setzte sich auf einen Hocker und wartete.

Das Auto hat eine flache, lang gezogene Form. Der Kofferraum ist deshalb zwar tief und breit, aber nicht sehr hoch. Daher liegst du zusammengekrümmt auf der Seite. Hineinzukommen war kein Problem. Sie hat den Wagen unverschlossen stehen lassen, genau wie du sie angewiesen hattest. Du hast zugeschaut, wie sie zum Supermarkt gegangen ist. Dann bist du einfach hinübergeschlendert, hast die Fahrertür aufgemacht und den Hebel für den Kofferraum betätigt. Dann hast du die Tür wieder zugemacht, bist nach hinten gegangen und hast den Deckel hochgezogen. Niemand hat zugeschaut. Du hast dich hineingewälzt und den Deckel zugezogen. Es war einfach.

Du musst lange warten da drinnen. Du merkst aber, dass sie wieder einsteigt und den Motor anlässt. Du führst dir vor Augen, wo sie abbiegt, und weißt, wann sie wieder bei sich zu Hause eintrifft. Du hörst den Bullen reden. Da gibt's ein Problem. Dann hörst du, wie ein dämlicher Militärpfarrer auf sie einredet. Du wirst nervös. Wenn sie ihn nun hereinbittet? Sie weist ihn jedoch ab. Du lächelst im Dunkel, als du spürst, dass das Auto wieder anfährt. Dann geht der Motor aus, und es wird sehr still. Sie denkt daran, den Kofferraum zu entriegeln. Du warst dir dessen sicher, weil du sie gebeten hast, das ja nicht zu vergessen. Dann hörst du, wie sie weggeht, wie die Tür zum Untergeschoss geöffnet und geschlossen wird. Du drückst den Kofferraumdeckel hoch und kletterst raus. Du streifst deine Handschuhe über.

„HALLO, Rita“, sagte die Person.

Rita schaute auf und erblickte den erwarteten Besuch am Ende der Treppe, die zur Garage führte. „Hallo“, erwiderte sie.

Die Person schaute sie fragend an. „Hast du die Farbe gekauft?“

„Ja“, antwortete sie.

„Also, bist du bereit?“

„Ich weiß nicht recht.“

Die Person lächelte. „Ich glaube schon, dass du bereit bist. Was meinst du?“

Rita nickte langsam. „Ich bin bereit.“

Die Person schwieg eine ganze Weile und betrachtete sie genau. „Das mit dem Geistlichen hast du gut gemacht.“

„Er wollte mir helfen.“

„Dir kann niemand helfen.“

„So ist es wohl“, stimmte Rita zu.

Die Person ging in die Küche. „Zeig mir die Farbe.“

Rita holte die Dose aus der Tragetasche und hielt sie am Metallhenkel hoch. „Olivgrün. Der ähnlichste Farbton, den es dort gab.“

Die Person nickte. „Gut. Das hast du fein erledigt. Jetzt möchte ich, dass du dich konzentrierst, denn ich werde dir sagen, was du zu tun hast.“

„In Ordnung“, erwiderte Rita.

„Zuerst einmal: Du musst mir ein Lächeln zeigen. Das ist sehr wichtig.“

Rita bekam ein schwaches, schüchternes Lächeln zustande, das sie mühsam beibehielt.

„Das ist nett“, bedankte sich die Person. „Du musst froh an die Arbeit gehen. Wir brauchen etwas, womit wir die Dose aufmachen können. Hast du einen Schraubenzieher?"

„Natürlich", antwortete Rita. „Ich habe acht oder neun verschiedene."

„Hol mir einen großen. Und vergiss das Lächeln nicht."

NACH der Landung auf dem Portland International Airport hielten Reacher und Lisa nach einem Taxi Ausschau. An der Spitze der Schlange wartete ein zerbeulter Caprice, der an der Seite einen Streifen mit einem Schachbrettmuster aufwies. Der Fahrer machte sich in östlicher Richtung zu dem Dorf an den Hängen des Mount Hood auf. Als die Steigung zunahm, neigte sich das Heck des alten Wagens, und er rumpelte bergauf.

„Wer ist es?", fragte Lisa.

„Poultons Bericht aus Spokane hat den Schlüssel dazu geliefert."

„Tatsächlich?"

Reacher nickte. „Es ist sonnenklar. Es dauerte aber eine ganze Weile, bis ich's gemerkt habe."

„Die Sache mit UPS? Die haben wir doch schon besprochen."

Er schüttelte den Kopf. „Nein, davor. Der Mietwagen von Hertz."

RITA kam mit einem großen Schraubenzieher in der Hand zurück. „Ich glaube, das ist der beste für diesen Zweck."

Die Person betrachtete ihn. „Der ist gut. Und wo ist dein Badezimmer?"

„Oben."

„Nimm die Farbe mit und den Schraubenzieher."

Rita griff nach der Dose. „Brauchen wir den Rührlöffel auch?"

Die Person zögerte. Bei einer neuen Prozedur braucht man auch eine neue Technik.

„Ja, nimm ihn mit."

Rita ergriff auch noch den Schraubenzieher und den Rührlöffel und ging voran die Treppe hinauf. Dann trat sie durch ihr Schlafzimmer ins Bad. „Da wären wir."

Die Person zog einen schwarzen Müllsack aus der Manteltasche. „Stell die Sachen auf den Boden. Ich möchte, dass du alles, was du anhast, in diesen Sack steckst."

Rita nickte schwach. „Okay."

„Mit dem Lächeln bin ich nicht zufrieden, Rita", tadelte die Person. „Du möchtest doch, dass ich zufrieden bin, nicht wahr? Also steck deine Kleider in den Sack, und lächle."

Rita zog ihren schweren Strickpullover aus, beugte sich zur Seite und ließ ihn in den Sack fallen. Sie knöpfte ihre Jeans auf, schob sie hinunter und kickte ihre Schuhe weg, bevor sie aus der Hose stieg. Sie rollte sie um die Schuhe und steckte das Bündel in den Sack. Danach zog sie ihre Socken und ihre Unterwäsche aus und warf alles in den Sack. Schließlich stand sie nackt da und wartete.

„Lass das Bad einlaufen!", wies die Person sie an.

Rita beugte sich nieder und drückte den Stöpsel ins Abflussloch. Dann öffnete sie den Warmwasserhahn zu drei Vierteln und den Kaltwasserhahn zu einem Viertel.

„Mach die Farbe auf, und gieß sie in die Wanne!", sagte die Person. „Aber sei vorsichtig. Ich möchte nicht, dass was bekleckert wird."

Rita stemmte den Deckel auf, nahm die Dose zwischen die Handflächen und trug sie zur Wanne. Sie beugte sich vor und goss die Dose aus. Die Farbe war dickflüssig. Sie roch nach Ammoniak. Als das aus den Hähnen sprudelnde Wasser sie erfasste, bildete sie einen spiralförmigen Wirbel und sank nach unten. Rita kippte die Dose vollends auf den Kopf und hielt sie fest, während der dicke Strahl dünner wurde und schließlich ganz versiegte. Dann drehte Rita die offene Seite wieder nach oben und stellte die leere Dose vorsichtig neben den Deckel.

„Hol jetzt den Rührlöffel, und misch alles durch."

Rita nahm den Löffel, kniete am Rand der Wanne nieder, schob ihn in die abgesunkene Masse und begann sie umzurühren. Als die Farbe sich auflöste, änderte sich ihr Ton von Dunkeloliv zu der Farbe von Gras, das in einem feuchten Wäldchen wächst.

„Okay, das genügt. Pack den Löffel und den Schraubenzieher in die Dose."

Rita zog den Rührlöffel aus dem Wasser und schüttelte ihn vorsichtig aus. Dann stellte sie ihn zusammen mit dem Schraubenzieher senkrecht in die Dose.

„Mach den Deckel wieder drauf."

Sie fasste den Deckel am Rand an und setzte ihn auf die Dose. Er wölbte sich ein wenig nach oben, weil der Rührlöffel ein bisschen zu lang war.

„Jetzt kannst du die Wasserhähne zumachen."

Sie stellte das Wasser ab, das nun fünfzehn Zentimeter vom Rand der Wanne entfernt war.

„Jetzt möchte ich, dass du die Dose ins Untergeschoss trägst", sagte die Person. „Dorthin, wo der Karton war. Kannst du das erledigen?"

Rita nickte. „Ja, das kann ich machen."

Sie zog den Metallhenkel an dem schlecht sitzenden Deckel vorbei nach oben. Dann trug sie die Dose vor sich her – die Treppe hinab, den Flur entlang, hinunter zur Garage und weiter in den Keller.

Als sie ein wenig außer Atem ins Badezimmer zurückkehrte, sagte die Person: „Jetzt musst du in die Wanne steigen."

Rita ging zur Wanne, hob den Fuß und tauchte ihn ins Wasser. Dann verlagerte sie ihr Gewicht auf den im Wasser befindlichen Fuß und zog den anderen nach. Als sie in der Wanne stand, ging ihr die Farbe bis an die Waden.

„Jetzt setz dich vorsichtig."

Sie legte die Hände auf den Wannenrand und ließ sich hinunter.

„Die Arme einziehen."

Sie ließ die Wanne los und legte die Hände an ihre Oberschenkel.

„Gut", lobte die Person. „Gleite langsam und vorsichtig ins Wasser."

Rita lehnte sich zurück und streckte sich aus. Dabei spürte sie, wie die Wärme an ihrem Körper entlangkroch, und sie nahm wahr, wie das Wasser über ihre Schultern schwappte.

„Den Kopf zurück."

Sie wandte das Gesicht der Decke zu und fühlte, wie ihr Haar im Wasser schwebte.

„Hast du schon mal Austern gegessen?", fragte die Person.

Rita nickte. „Ab und zu."

„Erinnerst du dich, wie die sich anfühlen? Wenn sie in deinem Mund sind und du sie dann auf einmal am Stück hinunterschluckst? Einfach hinunterwürgst?"

Sie nickte erneut.

„Das hat mir gefallen."

„Tu so, als wäre deine Zunge eine Auster", sagte die Person.

Rita warf ihr einen verwunderten Blick zu. „Das verstehe ich nicht."

„Ich möchte, dass du deine Zunge schluckst. Ich möchte, dass du sie ganz schnell hinunterwürgst, als wäre sie eine Auster."

„Ich weiß nicht, ob ich das schaffe."

„Schieb sie mit deinem Finger nach hinten. Die anderen haben es auch geschafft."

„Okay." Rita hob die Hand und öffnete den Mund.

„Schieb den Mittelfinger genau unter die Zunge", erklärte ihr die Person. „Und dann drückst du sie kräftig nach hinten."

Rita machte den Mund noch weiter auf und drückte die Zunge energisch nach hinten.

„Und jetzt schluck sie runter!“

Sie tat es – und riss die Augen in panischer Angst weit auf.

Kühler an Kühler mit dem Streifenwagen hielt das Taxi an. Reacher stieg als Erster aus, teils weil er angespannt war, teils weil Lisa zuerst noch den Fahrer bezahlen musste.

„Alles in Ordnung?“, erkundigte Reacher sich bei dem Polizisten.

„Wer sind Sie?“, fragte dieser zurück.

„FBI. Ist alles in Ordnung hier?“

„Kann ich mal ’ne Dienstmarke sehen?“

„Lisa, zeig ihm deine Marke!“, rief Reacher.

Das Taxi fuhr rückwärts auf die Straße und wendete in einem weiten Bogen. Lisa griff in ihre Tasche und holte ihre vergoldete Dienstmarke hervor. Der Polizist warf einen Blick darauf und entspannte sich.

„Es ist alles ruhig hier“, sagte er durch sein Fenster.

„Ist Rita Scimeca drinnen?“, fragte Reacher.

„Sie ist gerade vom Einkaufen zurückgekommen.“ Der Polizist zeigte dabei auf die Garage.

„Sie war weg?“

„Ich kann sie nicht davon abhalten.“

„Haben Sie ihr Auto überprüft?“

„Sie saß allein drin mit zwei Einkaufstüten. Ein Militärpfarrer wollte sie besuchen, um sie zu beraten. Sie hat ihn weggeschickt.“

„Das passt zu ihr. Sie ist nicht religiös.“ Reacher wandte sich Lisa zu. „Okay, wir gehen rein.“

Sie eilten den Fußweg entlang und die Stufen zur Tür hinauf. Lisa drückte auf die Klingel, wartete zehn Sekunden und drückte noch mal. Der Nachhall, dann Stille. „Wo ist sie?“, fragte Lisa.

Reacher betrachtete das große, schwere Schloss an der Tür aus Kiefernholz. Er trat bis an den Rand der Veranda zurück. Dann machte er einen Satz und ließ seinen Fuß gegen das Schloss krachen. Er spürte, wie das Holz nachgab.

„Was zum Teufel soll das?“, rief Lisa.

Ungerührt trat er noch dreimal gegen die Tür. Der Rahmen zerbrach. Ein Teil davon fiel mit der Tür in die Eingangsdiele.

„Nach oben!", keuchte Reacher.

Er raste hinauf, Lisa hinter ihm. Sie rannten ins Schlafzimmer. Ein gemachtes Bett, Kissen mit kleinen Vertiefungen, ein Telefon, ein Wasserglas auf dem Nachttisch. Eine Verbindungstür, die einen Spaltbreit offen stand. Reacher durchquerte den Raum und stieß die Tür auf. Er erblickte das Badezimmer.

Eine Wanne voll mit scheußlich grünem Wasser.

Rita Scimeca im Wasser.

Und neben ihr Julia Lamarr.

Auf dem Rand der Wanne hockend, wirbelte diese nun herum, erhob sich und starrte Reacher an. Sie trug einen Pullover, eine Hose und schwarze Lederhandschuhe. Ihr Gesicht war weiß vor Hass und Angst. Reacher packte sie an ihrem Pullover, riss sie herum und versetzte ihr einen brutalen Schlag gegen den Unterkiefer. Ihr Kopf wurde nach hinten geschleudert. Sie fiel um, als wäre sie von einem Laster angefahren worden. Reacher wandte sich der Wanne zu. Verkrümmt lag Rita in der Brühe, nackt, steif, den Kopf im Nacken, mit hervorquellenden Augen, den Mund im Todeskampf aufgerissen.

Sie bewegte sich nicht. Sie atmete nicht.

Reacher schob seine rechte Hand unter ihren Nacken und hielt ihren Kopf hoch. Dann streckte er die Finger seiner linken Hand und stieß sie in Ritas Mund. Er stocherte in ihrer Kehle herum, krümmte einen Finger um ihre Zunge und zog diese nach vorn. Er beugte sich nieder, um sie zu beatmen, aber als sein Gesicht an ihres herankam, begann sie krampfartig auszuatmen und zu husten. Dann hob sich ihr Brustkorb heftig, und sie machte tiefe Atemzüge. Reacher legte den Arm um ihren Kopf. Sie schnaufte laut. Aus ihrer Kehle drang ein gequältes Pfeifen.

„Stell die Dusche an!", rief Reacher Lisa zu.

Sie rannte zur Duschkabine und ließ das Wasser laufen, während er einen Arm um Ritas Schultern und den anderen unter ihre Knie legte, sie hochhob und zurücktrat. So stand er mitten im Badezimmer. Die grüne Brühe rann auf den Boden.

„Schau, dass du dieses Zeug von ihr abkriegst", sagte er hilflos.

„Ich nehme sie", erwiderte Lisa mit sanfter Stimme.

Sie packte Rita unter den Armen und schleppte sie in die Dusche. Dort drückte sie sich in eine Ecke und hielt die schlaffe Gestalt wie einen Betrunkenen aufrecht. Unter der Dusche wurde die Farbe hellgrün.

Als sie abgespült wurde, kam gerötete Haut zum Vorschein. Das dauerte einige Minuten. Lisa war jetzt klatschnass, und ihre Kleidung war mit grüner Farbe verschmiert. Sie hatte nicht mehr viel Kraft.

„Bring Tücher", keuchte sie. „Such nach einem Bademantel!"

Die Handtücher hingen an einer Reihe von Haken direkt über der Stelle, an der Julia Lamarr nach wie vor regungslos am Boden lag. Reacher nahm zwei Tücher. Als Lisa aus der Duschkabine taumelte, breitete er das eine Tuch aus und fing Rita darin auf. Er wickelte sie ein und trug sie aus dem Bad ins Schlafzimmer, wo er sie auf das Bett legte. Dann beugte er sich über sie und strich das nasse Haar aus ihrem Gesicht. Sie schnaufte noch immer stark. Ihre Augen standen offen, doch ihr Blick war leer.

Reacher nahm ihr Handgelenk und tastete nach ihrem Puls. Er war schnell und stark. „Sie ist okay. Der Pulsschlag ist gut."

„Wir sollten sie ins Krankenhaus bringen!", rief Lisa. „Sie muss ruhig gestellt werden. Was da passiert ist, hat sie bestimmt total umgehauen."

„Hier ist sie besser aufgehoben", entgegnete Reacher. „Sie wird aufwachen und sich an nichts mehr erinnern."

Lisa brachte einen Bademantel herbei. „Soll das ein Witz sein?"

Er schaute zu ihr auf. „Sie war unter Hypnose. Auf diese Weise hat Lamarr alles bewerkstelligt. Schritt für Schritt, die ganze verdammte Chose. Sie ist ja auf diesem Gebiet die größte Expertin des FBI."

„Seit wann weißt du das?"

„Seit gestern Nacht wusste ich's genau."

„Aber wie bist du draufgekommen?"

Reacher nahm den Bademantel und deckte Rita damit zu. Ihr Atem ging immer noch schnell, wurde allmählich aber ruhiger. Sie sah aus, als läge sie in tiefem Schlaf.

„Ich habe mir alles immer wieder durch den Kopf gehen lassen", erläuterte Reacher. „Von Anfang an, ein Tag nach dem anderen. Ich grübelte fort und fort, bis ich fast den Verstand verlor. Ich wusste, dass das FBI beim Motiv falsch lag. Das wusste ich die ganze Zeit. Aber ich konnte nicht verstehen, dass diese cleveren Leute so einen Blödsinn machten. Wieso?, fragte ich mich. Wieso nur?"

„Du wusstest, dass Julia diejenige war, die das falsche Motiv propagierte und zur Richtschnur machte", sagte Lisa. „Weil es eigentlich ihr Fall war. Und deshalb kam sie dir verdächtig vor."

„Genau. Als Alison starb, musste ich unweigerlich an Lamarr als Täterin denken, weil zwischen ihnen eine enge Verbindung bestand.

Wie du selbst gesagt hast: Nahe Verwandte sind immer relevant. Dann überlegte ich: Könnte sie nicht alle Morde begangen haben? Sind die ersten drei vielleicht die Tarnung für ein persönliches Motiv? Ich konnte mir aber nicht erklären, wie sie das getan haben sollte und aus welchem Grund. Es gab keine Differenzen in der Familie. Keine Benachteiligung bei der Erbschaft zum Beispiel, also kein Grund zur Eifersucht. Außerdem benutzte Lamarr kein Flugzeug. Wie konnte sie die Täterin sein?"

„Aber?"

„Aber dann ging mir ein Licht auf. Ich erinnerte mich wieder an etwas, was Alison gesagt hatte: dass Schwestern ‚zueinander stehen sollten'. Ich habe erst gedacht, sie meinte damit moralische Unterstützung. Aber dann dachte ich: Hat sie das vielleicht anders gemeint? Sollte das heißen, dass sie bereit war, ihre Stiefschwester finanziell zu unterstützen? Weil sie wusste, dass sie selbst die Alleinerbin sein würde? Weil Lamarr nichts erhielt und deswegen erbost war? Sie hatte mir jedoch erzählt, sie würden gleich behandelt, sie sei jetzt schon reich, weil ihr Stiefvater so freigebig und fair sei. Und plötzlich fragte ich mich: Hat sie da vielleicht gelogen? War er gar nicht so freigebig und fair? Ist sie gar nicht reich? Sie macht jedenfalls nicht den Eindruck. Und dann dachte ich: Was, wenn alles eine Lüge ist? Was, wenn sie über ihre Flugangst gelogen hätte? Was, wenn das auch eine große Lüge wäre, so groß und einleuchtend, dass niemand auch nur zweimal darüber nachdenken würde? Du hast gesagt, bei der Arbeit habe sich jeder damit arrangiert. Wir alle taten das. Wie sie es beabsichtigt hatte."

„Es ist nicht möglich, dass alles gelogen war. Wer eine Aversion gegen das Fliegen hat, kann daran nichts ändern."

„Früher flog sie schon", erwiderte Reacher. „Sie hat es mir selbst erzählt. Aber dann bekam sie vermutlich eine starke Abneigung und hörte damit auf. Das war sehr überzeugend. Keiner, der sie kannte, sah sie je in einem Flugzeug. Deshalb glaubten ihr alle. Aber als es darauf ankam, stieg sie in ein Flugzeug. Als es sich für sie lohnte. Sie hatte das beste Motiv, das man sich denken kann: Alison sollte alles bekommen, und sie wollte es selbst haben."

„Mich hat sie jedenfalls damit reingelegt", seufzte Lisa.

„Sie hat alle reingelegt. Zu diesem Zweck nahm sie zuerst die Orte, die am weitesten voneinander entfernt lagen. Alle sollten sich mit den geographischen Gegebenheiten, der Reichweite, den Entfernungen beschäftigen. Sie selbst nahm sich auf diese Weise vollkommen von der Bildfläche."

„Aber sie war so außer sich“, gab Lisa nach einer Weile zu bedenken. „Sie weinte vor uns allen. Weißt du noch?“

Reacher schüttelte den Kopf. „Sie war nicht außer sich. Sie hatte Angst. Zu diesem Zeitpunkt war sie in größter Gefahr. Erinnerst du dich daran, wie sie sich weigerte freizunehmen? Sie wusste, dass sie unbedingt präsent sein musste für den Fall, dass die Obduktion etwas ergeben sollte. Als ich anfing, das Motiv in Zweifel zu ziehen, war sie ganz aufgebracht, weil die Gefahr bestand, dass ich die richtige Fährte finden würde. Aber dann behauptete ich, es hinge mit Waffendiebstählen zusammen, und sie weinte. Aber nicht, weil sie außer sich war. Sie weinte vor Erleichterung.“

„Sie unterstützte deine These, dass es einen Zusammenhang mit den Waffendiebstählen geben müsse.“

„Genau. Sie sprang auf den fahrenden Zug auf, weil sie merkte, dass er in die falsche Richtung fuhr. Sie überlegte schnell und improvisierte, aber sie überlegte nicht scharf genug. Meine These war von vornherein Unsinn. Sie enthielt eine Ungereimtheit, die nicht zu übersehen war.“

„Nämlich?“

„Dass die elf Zeuginnen alle allein lebten, war einfach eine unmögliche Übereinstimmung. Ich wollte damit zum Teil ein Experiment machen. Ich wollte sehen, wer die These nicht unterstützen würde. Nur Poulton wandte sich gegen sie. Blake hielt sich zurück. Er war ganz betroffen, weil Lamarr außer sich war. Sie selbst jedoch war voll und ganz dafür. Und dann ging sie angeblich nach Hause, und alle hatten Mitgefühl mit ihr. Sie ging aber gar nicht heim. Sie kam direkt hierher und machte sich ans Werk.“

Lisa wurde blass. „Sie hat sogar zugegeben, dass sie ihre Schwester umgebracht hat. Das war genau damals, bevor sie ging. Erinnerst du dich? Sie sagte, ihre Schwester sei zu Tode gekommen, weil sie selbst so viel Zeit vergeudet habe. Sie habe sie umgebracht. Das stimmte aber wirklich! Es war ein makabrer Witz.“

„Sie spinnt total. Um an das Vermögen ihres Stiefvaters ranzukommen, brachte sie vier Frauen um. Und sie hat das auch noch genossen. Außerdem ist sie sehr clever. Kannst du dir vorstellen, wie viel Planung da nötig war? Sie muss vor zwei Jahren damit angefangen haben. Ihr Stiefvater erkrankte zu der Zeit, in der ihre Schwester den Dienst quittierte. Lamarr bereitete sich sorgfältig vor. Von ihrer Schwester bekam sie die Namensliste der Selbsthilfegruppe. Sie wählte die elf Frauen aus, die offensichtlich allein lebten. Dann besuchte sie alle. Sie bekam überall Zugang, denn sie war eine Frau und konnte eine Dienstmarke des FBI vorweisen – bei dir und dem Bullen lief es vorhin ähnlich. Und dann erzählte sie ihnen vermutlich, dass das FBI dem Militär endlich auf die Finger klopfen wolle. Dass sie mit einer umfassenden Untersuchung angefangen habe. Dann fragte sie die Frauen, ob sie sie hypnotisieren dürfe, um Hintergrundinformationen zu diesem Thema zu erhalten. Sie brachte Alison sogar dazu, zu diesem Zweck nach Quantico zu kommen. Erinnerst du dich? Alison erzählte, sie sei nach Quantico geflogen, damit Julia sie habe hypnotisieren und bestimmte Dinge hervorholen können. Aber darum ging es gar nicht. Es ging darum, Alison Anweisungen zu erteilen. Wie sie sich zu verhalten habe. Bei allen anderen machte Lamarr es genauso. Lorraine Stanley war damals noch bei der Armee. Daher trug Lamarr ihr auf, die Farbe zu stehlen und zu verstecken. Die anderen wies sie darauf hin, dass ein Karton eintreffen werde und dass sie ihn aufbewahren sollten. Sie teilte allen mit, sie werde einen weiteren Besuch machen. Falls in der Zwischenzeit irgendwelche Fragen gestellt würden, sollten sie alles abstreiten."

Lisa schloss die Augen. „Als Alison starb, hatte Julia dienstfrei. Es war ein Sonntag. In Quantico war es still. Darüber habe ich mir nie Gedanken gemacht."

„Sie ist sehr clever", bekräftigte Reacher.

Lisa öffnete die Augen wieder. „Und das ist wohl der Grund dafür, dass es keinerlei Spuren gab. Sie weiß genau, wonach wir an Tatorten suchen."

„Außerdem ist sie eine Frau. Auf ihre Anweisung hin suchten die Ermittler aber nach einem Mann. Bei den Leihwagen war es genauso. Lamarr wusste: Im Falle einer Überprüfung würde man auf den Namen einer Frau stoßen, aber man würde dieser Information keine Bedeutung beimessen. Und genau das passierte auch."

„Aber unter welchem Namen machte sie das? Als sie einen Leihwagen nahm, musste sie sich ja ausweisen."

„Bei den Fluglinien auch", erwiderte Reacher. „Ich bin sicher, dass sie eine Schublade voller Ausweise hat. Von Frauen, die das FBI in den Knast befördert hat."

Lisa schaute schuldbewusst drein. „Ich habe die Nachricht von Hertz weitergeleitet, weißt du noch? Ich sagte, da sei nichts dran: nur eine Frau, die geschäftlich unterwegs gewesen sei."

Reacher nickte. „Sie ging sehr schlau vor. Ich glaube, sie zog sich sogar genauso an wie ihre Opfer, als sie diese aufsuchte. Heute zum

Beispiel trägt sie einen alten Pullover, genau wie Rita. Zurückgebliebene Fasern werden dann nicht näher beachtet. Erinnerst du dich, dass sie von uns wissen wollte, wie Alison angezogen war? Sie fragte: ‚Ist sie immer noch wie ein Cowboy angezogen? Gebräunt, hübsch und sportlich?' Wir bestätigten das, und deshalb ging sie bestimmt in Jeans und Stiefeln dorthin."

„Und zerkratzte Alisons Gesicht, weil sie ihre Stiefschwester hasste."

„Nein", widersprach Reacher. „Ich fürchte, da bin ich dran schuld. Ich kam immer wieder auf das gewaltlose Vorgehen zu sprechen. Und deshalb lieferte sie beim nächsten Mal Anzeichen von Gewaltausübung. Ich hätte die Klappe halten sollen."

Lisa warf einen Blick auf die Tür zum Badezimmer. Ein Schauder überlief sie, und sie schaute wieder weg. „Wie bist du auf die Hypnose gekommen?"

„So, wie ich auf alles andere gekommen bin. Wer es aus welchem Grund heraus getan hatte, glaubte ich zu wissen, aber das Wie war mir weiterhin unverständlich. Es dauerte lange, bis ich draufkam. Es war letztlich die einzige Erklärung, die es gab – für die Passivität, den Gehorsam, die Willfährigkeit. Lamarr stellte einfach die Suggestion wieder her und sagte ihnen, was sie zu tun hatten. Schritt für Schritt. Die Opfer machten alles selbst, sie schluckten sogar die eigene Zunge. Das Einzige, was Lamarr machte, war das, was ich auch getan habe: Sie zog die Zunge nachher wieder zurück, damit die Pathologen keinen Verdacht schöpften."

„Aber wie bist du draufgekommen, dass die Zunge etwas damit zu tun hatte?"

Reacher schwieg einen Moment. „Dadurch, dass ich dich geküsst habe", antwortete er schließlich.

„Dass du mich geküsst hast?"

Er lächelte. „Du hast eine große Zunge. Durch sie kam ich ins Überlegen. Zu Stavelys Autopsiebefunden passten nur Zungen. Ich dachte aber zunächst, man könne niemanden dazu bringen, die eigene Zunge zu schlucken. Dann fiel mir ein, dass sich Lamarr auf Hypnose verstand. Nun stimmte alles überein."

Lisa fröstelte. „Wie lange hätte sie wohl noch weitergemacht?"

„Vielleicht noch eine. Sechs hätten genügt. Als Sandkörner am Strand." Reacher schaute in Richtung Badezimmer. „Sorg dafür, dass sie zu sich kommt. Nimm sie fest, und fang mit der Befragung an. Du hast viel Arbeit vor dir."

Lisa ging ins Bad. Im Schlafzimmer wurde es still. Nur Ritas Atemzüge waren zu hören, sonst kein Ton. Dann kam Lisa zurück. Sie war ganz weiß im Gesicht. „Sie wird nicht mit mir reden", sagte sie.

„Woher weißt du das? Du hast sie ja gar nichts gefragt."

„Weil sie tot ist."

Stille.

„Du hast ihr das Genick gebrochen, Reacher."

In der Eingangsdiele waren laute Schritte zu hören. Dann kamen sie die Treppe herauf und in den Flur.

Der Polizist trat ins Schlafzimmer. „Was zum Teufel geht hier vor?"

SIEBEN Stunden danach wurde Reacher in der FBI-Außenstelle in Portland in eine Haftzelle gesperrt. Dort war es heiß. Nach einer Stunde war seine Kleidung trocken. Sie war steif wie ein Brett und mit olivfarbenen Flecken bedeckt. Sonst passierte nichts. Reacher nahm an, dass die Zuständigen einige Zeit brauchen würden, um hierher zu kommen.

Nach Mitternacht ging es los. Er hörte Geräusche im Gebäude. Leute trafen ein, es wurde aufgeregt diskutiert. Nelson Blake war die erste Person, die Reacher zu Gesicht bekam. Er musste in dem Learjet hergeflogen sein.

Blake ging an den Gitterstäben entlang und warf einen Blick in die Zelle. Diesmal hast du echt Scheiße gebaut, besagte sein Gesichtsausdruck.

Kurz nach ein Uhr traf Alan Deerfield aus New York ein. Er kam schweigend herein, mit der gleichen nachdenklichen Miene, die er schon in jener Nacht aufgesetzt hatte. Dann erschien ein einheimischer Agent, der die Tür aufschloss. „Jetzt wird geredet", sagte er.

Er führte Reacher aus dem Zellenblock und geleitete ihn in einen Besprechungsraum. Auf der einen Seite eines großen Tisches saßen Deerfield und Blake. Auf der gegenüberliegenden Seite stand ein Stuhl, auf dem Reacher Platz nahm.

Blake beugte sich vor. „Ich muss mich mit dem Tod einer Agentin beschäftigen", knurrte er. „Und das gefällt mir gar nicht."

Reacher blickte ihn an. „Es geht auch um den Tod von vier anderen Frauen", entgegnete er. „Eine fünfte wäre beinahe dazugekommen."

„Wir hatten die Lage unter Kontrolle. Julia war vor Ort, um die fünfte Frau zu retten. Da kamen Sie und brachten unsere Agentin um."

In dem Raum wurde es still. Reacher nickte langsam. „Ist das Ihre Sicht der Dinge?", fragte er.

Deerfield schaute auf. „Es ist eine einleuchtende Interpretation. In ihrer dienstfreien Zeit gelingt es Julia Lamarr, einen Durchbruch zu erzielen, sie überwindet ihre Angst vorm Fliegen und trifft gerade noch rechtzeitig am Ort des Geschehens ein. Sie will erste Hilfe leisten, da platzen Sie herein und schlagen sie nieder. Lamarr ist eine Heldin, und Sie kommen vor Gericht, weil Sie eine Bundesagentin umgebracht haben."

„Hat der Dorfbulle gesehen, wie sie ins Haus ging?"

Deerfield zuckte mit den Achseln. „Wir nehmen an, dass er geschlafen hat. Man weiß ja, wie diese Jungs vom Lande sind."

„Er hat mit einem Militärpfarrer gesprochen, der Rita besuchen wollte. Da war er wach."

Deerfield schüttelte den Kopf. „Die Armee wird angeben, dass kein Militärgeistlicher dorthin beordert wurde. Der Polizist muss das geträumt haben."

„Wie ist Lamarr ins Haus gekommen?"

„Sie klopfte an die Tür und scheuchte den Kerl auf. Er stürzte an ihr vorbei ins Freie. Sie verfolgte ihn nicht, weil sie zuerst nach Rita Scimeca schauen wollte. Aus humanitären Gründen."

„Hat der Bulle gesehen, wie der Kerl nach draußen rannte?"

„Er schlief immer noch."

„Und Lamarr nahm sich die Zeit, die Tür wieder zu verschließen, obwohl sie aus humanitären Gründen schleunigst nach oben wollte?"

„Offensichtlich."

Stille trat ein.

„Ist Rita schon zu sich gekommen?", erkundigte sich Reacher.

Deerfield nickte. „Wir haben im Krankenhaus angerufen. Es geht ihr ganz gut. Wir wollen aber davon absehen, sie um eine Täterbeschreibung zu bitten. Nach allem, was sie erlebt hat, wäre dies nicht zu vertreten."

„Und wo ist Lisa?"

„Suspendiert", antwortete Blake.

„Weil sie von der Parteilinie abgewichen ist?"

„Romantische Anwandlungen haben sie ganz durcheinander gebracht. Sie hat uns eine unglaubliche Story erzählt."

„Merken Sie jetzt, wie problematisch Ihre Lage ist?", fragte Deerfield. „Sie haben Julia Lamarr von Anfang an gehasst. Also brachten Sie sie aus persönlichen Gründen um und erfanden als Tarnung eine Story. Die ist jedoch nicht sehr gut. Den Nachweis, dass sich Julia Lamarr in der Nähe irgendeines der Tatorte aufhielt, können Sie nicht erbringen."

„Wo ist ihr Auto?“, hakte Reacher nach. „Sie fuhr mit einem Auto vom Flughafen zu Ritas Haus. Wo ist das?“

„Der Täter hat es gestohlen“, antwortete Blake. „Sie überrascht ihn, und er macht sich in ihrem Auto davon.“

„Werden Sie einen Mietvertrag auftreiben, der auf ihren wirklichen Namen ausgestellt ist?“

„Wahrscheinlich. Das, was wir brauchen, finden wir meist.“

„Merken Sie, wie problematisch Ihre Lage ist?“, wiederholte Deerfield.

Reacher räusperte sich. „Ich glaube, das bedeutet, dass ich keine Bezahlung bekomme.“

„Das ist kein Witz, Reacher. Damit wir uns recht verstehen: Sie stecken in großen Schwierigkeiten. Sie können behaupten, Sie hätten Verdachtsmomente gehabt. Aber das wird Ihnen niemand abnehmen. Und es wird sowieso keine Rolle spielen, weil unser Anwalt darlegen wird, dass Sie sich, selbst wenn Sie aufrichtige, aber letztlich unbegründete Verdachtsmomente gehabt haben sollten, sofort um Rita Scimeca hätten kümmern müssen und dass Sie Julia Lamarr Lisa Harper hätten überlassen sollen. Sie waren zwei gegen eine. Das hätte Ihnen Zeit gespart, wo Sie doch so besorgt um Ihre alte Bekannte waren.“

„Damit hätte ich vielleicht eine halbe Sekunde gespart.“

„Eine halbe Sekunde kann lebensentscheidend sein. Unser Anwalt wird das groß herausstellen. Er wird sagen: Wenn jemand wertvolle Zeit damit vergeudet, eine Person niederzuschlagen, beweist dies, dass eine persönliche Animosität vorliegt.“

„Und dass es ein Unfall war, können Sie nicht behaupten“, warf Blake ein. „Sie erzählten mir mal, wenn Sie jemandem den Schädel einschlagen wollten, wüssten Sie genau, wie Sie's anstellen müssten. Erinnern Sie sich? Da ging es um Petrosians Schläger. Und was für den Schädel gilt, gilt auch fürs Genick. Also war es kein Unfall, sondern Mord.“

„Okay“, sagte Reacher. „Was für einen Handel wollen Sie vorschlagen?“

„Es gibt keinen Handel“, antwortete Deerfield. „Sie gehen ins Gefängnis.“

„Es gibt immer einen Handel“, widersprach Reacher.

„Nun, wir könnten uns vielleicht auf einen Kompromiss einlassen“, meinte Blake. „Wir könnten bei Julia von einem Selbstmord sprechen. Dass sie die Ermordung ihrer Schwester nicht hat verhindern können, habe ihr schwer zu schaffen gemacht.“

„Und Sie könnten Ihre große Klappe halten, Reacher“, fügte Deerfield hinzu.

„Wieso sollte ich?“

„Weil Sie ein cleverer Bursche sind. Vergessen Sie nicht, dass gegen Julia Lamarr überhaupt nichts vorliegt. Sie könnten ein paar unbedeutende Indizien vorbringen, aber was sollen die Geschworenen damit anfangen? Ein großer Mann hasst eine kleine Frau. Er ist ein Gammler, sie eine Bundespolizistin. Er bricht ihr das Genick, und dann schiebt er die Schuld auf sie. Und erzählt auch noch eine fantastische Story über Hypnose. Das können Sie vergessen!“

„Also, finden Sie sich damit ab“, sagte Blake. „Sie stehen jetzt auf unserer Seite.“

Reacher winkte ab. „Nein danke.“

„Dann wandern Sie in den Knast.“

„Ich habe da noch eine Frage“, sagte Reacher. „Habe ich auch Lorraine Stanley umgebracht?“

Blake schüttelte den Kopf. „Nein, haben Sie nicht.“

„Woher wissen Sie das?“

„Das ist Ihnen bekannt. Wir haben Sie doch die ganze Woche überwacht.“

„Und meiner Anwältin ließen Sie eine Kopie des Überwachungsberichts zugehen, nicht wahr?“

„Das stimmt.“

Reacher lächelte. „Dann können Sie mich unter Umständen wegen Lamarr hinter Gitter bringen. Aber Sie werden nie behaupten können, ich sei derjenige, der die Frauen umgebracht hat. Weil meine Anwältin Ihren Bericht hat, aus dem hervorgeht, dass ich es nicht war.“

„Na und?“, erwiderte Blake. „Sie kommen so oder so in den Knast.“

„Stellen Sie sich mal vor, wie das in Zukunft sein wird“, gab Reacher zu bedenken. „Sie machen publik, ich sei es nicht gewesen. Und Lamarr auch nicht, beteuern Sie. Folglich muss man davon ausgehen, dass Sie weiter an der Sache dran sind. Aber stellen Sie sich mal die negativen Schlagzeilen vor: NACH ZEHNJÄHRIGER SUCHE: FBI-ELITEEINHEIT TAPPT WEITER IM DUNKELN. Das müssten Sie schlucken. Außerdem müssten Sie die Bewachung aufrechterhalten, und die Kosten der Suche würden von Jahr zu Jahr größer werden. Wollen Sie wirklich so verfahren?“

Eine Weile herrschte Stille.

„Nein, so werden Sie nicht verfahren“, fuhr Reacher fort. „Aber wenn

Sie es nicht tun, geben Sie praktisch zu, dass Ihnen die Wahrheit bekannt ist. Lamarr ist tot, die Suche hat aufgehört, und ich war es nicht. Folglich war Lamarr die Täterin."

Wieder trat Stille ein. Reacher grinste. „Also, was nun?"

Allmählich erholten sich die beiden. „Wir sind das FBI", sagte Deerfield. „Wir können Ihnen jede Menge Schwierigkeiten machen."

„Mein Leben ist sowieso schon sehr hart", erwiderte Reacher. „Das können Sie nicht noch schwieriger machen. Aber Sie können sich die Drohungen sparen, weil ich das Geheimnis für mich behalten werde."

„Tatsächlich?"

„Mir bleibt doch gar nichts anderes übrig. Behalte ich es nicht für mich, dann muss Rita Scimeca die Konsequenzen tragen. Sie ist die einzige Zeugin, die noch am Leben ist. Sie würde keine ruhige Minute mehr haben. Alle würden sie bedrängen: die Staatsanwaltschaft, die Polizei, die Medien. Ich möchte nicht, dass es dazu kommt. Deshalb ist Ihr Geheimnis bei mir gut aufgehoben."

Blake starrte auf die Tischplatte. „Also gut", erwiderte er. „Ich gehe darauf ein."

„Wir werden Sie jedoch im Auge behalten", warnte Deerfield. „Immer."

„Aber sorgen Sie dafür, dass ich Sie nicht dabei erwische. Sie dürfen nämlich nie vergessen, was mit Petrosian passiert ist."

ES ENDETE mit einem Unentschieden, einer labilen Pattsituation. Reacher stand auf, verließ den Raum und fuhr im Fahrstuhl zum Ausgang hinunter. Niemand folgte ihm. Er drückte die Eichentüren auf und trat hinaus in die kühle Nacht.

„Hallo, Reacher!", rief Lisa.

Sie stand hinter ihm im Schatten einer Säule, die den Eingang flankierte. Als er sich umdrehte, sah er ihr glänzendes Haar und die weiße Hemdbrust.

„Grüß dich", sagte er. „Wie geht's dir denn?"

Sie kam zu ihm. „Es wird mir bald besser gehen. Ich werde um meine Versetzung bitten. Vielleicht nach Oregon. Hier gefällt es mir."

„Werden sie dich ziehen lassen?"

„Aber ja. Kein Mensch wird mehr ein Wort über die Sache verlieren."

„Wir sind übereingekommen, dass sie überhaupt nicht stattgefunden hat", berichtete Reacher.

„Dann hast du also nichts mehr von ihnen zu befürchten?"

„Nicht mehr als sonst auch."

„Ich habe mich für dich eingesetzt, so gut ich konnte“, versicherte Lisa ihm.

„Das habe ich mir gedacht. Es müsste mehr von deiner Sorte geben.“

„Nimm das!“ Sie streckte ihm einen dünnen Papierstreifen entgegen. Es war ein Reisegutschein, ausgestellt in Quantico. „Damit kommst du nach New York.“

„Und was ist mit dir?“

„Ich werde behaupten, ich hätte ihn verloren. Man wird mir einen anderen faxen.“ Lisa trat nah an ihn heran und küsste ihn auf die Wange. Dann machte sie sich auf den Weg. „Ich wünsche dir viel Glück!“, rief sie ihm noch zu.

„Das wünsche ich dir auch!“, rief er zurück.

WÄHREND des vierstündigen Fluges schlief Reacher. Bei der Landung in La Guardia war es ein Uhr nachmittags.

Sein letztes Kleingeld gab er für den Bus zur U-Bahn-Station und die Weiterfahrt nach Manhattan aus. Er stieg bei der Canal Street aus und ging in südlicher Richtung zur Wall Street. Kurz nach zwei erreichte er die Lobby des Bürogebäudes, in dem Jodie arbeitete. Am Empfang ihrer Kanzlei traf er niemanden an. Er ging durch eine offen stehende Tür und schlenderte einen Korridor entlang, den Regale mit juristischen Fachbüchern säumten. Links und rechts sah er unbesetzte Büros.

Er kam zu einer zweiflügeligen Tür und hörte auf der anderen Seite das Gemurmel von Unterhaltungen. Als er den rechten Flügel öffnete, brach der Lärm über ihn herein. Er erblickte einen Konferenzraum voller Leute in dunklen Anzügen, schneeweißen Hemden und dezenten Krawatten. Auf einem langen, mit einem schweren weißen Tuch bedeckten Tisch standen Reihen von funkelnden Gläsern und Champagnerflaschen. Zwei Kellner gossen das schäumende goldfarbene Getränk in die Gläser, so schnell sie nur konnten. Die Leute erhoben die Gläser und tranken und schauten dabei Jodie an.

Sie bewegte sich durch die Menge und zog dabei wie ein Magnet die Menschen an. Lächelnd wandte sie sich nach links und rechts und stieß mit den anderen an. Sie nahm Reacher an der Tür im selben Moment wahr, als er an der Wand sein Spiegelbild im Glasrahmen einer Zeichnung von Renoir erblickte. Er war unrasiert und hatte ein zerknittertes kakifarbenes Hemd an, das von grünen Flecken übersät war. Jodie trug ein sündhaft teures Kleid. Hundert andere Gesichter wandten sich Reacher ebenfalls zu, und im Raum wurde es still. Jodie zögerte einen

Augenblick, dann bahnte sie sich ihren Weg durch die Menge und schlang die Arme um seinen Hals.

„Ich gratuliere dir zur Aufnahme in die Sozietät", sagte er. „Tut mir Leid, dass ich verspätet zu deiner Party komme."

Jodie führte ihn in die Menge, und die Leute drängten sich um sie. Reacher schüttelte zahllosen Anwälten die Hand, auf dieselbe Art, in der er einst Generälen fremder Streitkräfte die Hand geschüttelt hatte: Lass mich in Ruhe, dann lass ich dich auch in Ruhe. Der Seniorchef war ein etwa 65 Jahre alter Mann mit einem grauen Gesicht, das jetzt gerötet war. Sein Anzug musste mehr gekostet haben als alles, was Reacher im Laufe seines Lebens getragen hatte, aber in der Partystimmung gab der Senior sich recht jovial.

„Jodie ist ein großer Star", sagte er. „Ich bin froh, dass sie mein Angebot angenommen hat."

Reacher bemühte sich, den Lärm zu übertönen. „Sie ist die cleverste Anwältin, die mir je begegnet ist."

„Werden Sie mit ihr gehen?"

„Wohin denn?"

„Nach London. Hat sie Ihnen das nicht erläutert? Jeder neue Partner bekommt zuerst die Aufgabe, die europäische Niederlassung zwei Jahre lang zu leiten."

Jodie erschien wieder an Reachers Seite und zog ihn lächelnd fort. Die Menge zerfiel jetzt in kleine Gruppen, die geschäftliche Angelegenheiten besprachen. Jodie führte Reacher zu einem ruhigen Plätzchen in der Nähe des Fensters.

„Ich habe mit dem New Yorker FBI telefoniert", erzählte sie. „Weil ich mir Sorgen um dich machte und offiziell immer noch deine Anwältin bin. Ich ließ mich mit dem Büro von Alan Deerfield verbinden, aber dort wollte man mir nichts mitteilen."

„Es gibt auch nichts mitzuteilen. Sie sind quitt mit mir, und ich bin quitt mit ihnen."

„Du hast es also geschafft." Sie machte eine Pause. „Wird es einen Prozess geben?"

Er schüttelte den Kopf.

„Nur ein Begräbnis, stimmt's?"

Er zog die Schultern hoch. „Es gibt keine weiteren Verwandten. Das war ja der springende Punkt."

Sie zögerte wieder, als wäre gleich etwas Wichtiges zu besprechen. „Ich muss zwei Jahre lang in London arbeiten", verkündete sie dann.

„Ich weiß", erwiderte Reacher. „Der Senior hat es mir erzählt. Wann wirst du abreisen?"

„Ende des Monats."

„Und du möchtest nicht, dass ich mitkomme."

„Ich werde sehr viel zu tun haben. Wir haben wenig Personal und ein großes Arbeitspensum."

„Und London hat viel zu bieten."

„Das stimmt. Wärst du gern dabei?"

„Zwei Jahre lang? Das ist nichts für mich. Aber vielleicht könnte ich mal einen Besuch machen."

Sie lächelte schwach. „Das wäre nett."

Reacher erwiderte nichts.

„Es ist schon schlimm", fuhr Jodie fort. „Fünfzehn Jahre lang hatte ich das Gefühl, ich könnte ohne dich nicht leben. Und jetzt merke ich, dass ich mit dir nicht leben kann."

„Das ist mir klar, und die Schuld liegt ganz bei mir."

„Uns bleibt noch die Zeit bis zum Monatsende."

Er nickte. „Das ist immerhin etwas. Kannst du den Nachmittag freinehmen?"

„Na klar. Jetzt bin ich Teilhaberin. Ich muss niemanden um Erlaubnis bitten."

„Dann lass uns gehen!"

Sie ließen ihre leeren Gläser auf dem Fenstersims stehen und bahnten sich ihren Weg durch die Grüppchen. Alle schauten ihnen nach und wandten sich dann wieder ihren Überlegungen zu.

LEE CHILD

Foto: Roth Child

„Ein Roman ist die reinste Form der Unterhaltung. Man verbringt viele Stunden mit dem Leser buchstäblich von Angesicht zu Angesicht.“

18 Jahre war der 1954 in Coventry geborene Lee Child als Produktionstechniker für die preisgekrönte Fernsehspielabteilung eines englischen TV-Senders tätig. Dann wurden seine Dienste entbehrlich. Doch im Gegensatz zu vielen Schicksalsgenossen entpuppte sich für ihn die Arbeitslosigkeit als Glücksfall. Er musste die Miete bezahlen – und wagte sich ans Bücherschreiben, denn: „Ich hatte zwei Jahrzehnte fürs Fernsehen gearbeitet und wollte einfach nicht damit aufhören, die Leute zu unterhalten.“ Gesagt, getan: Bereits vier Monate später erschien 1997 sein erster Jack-Reacher-Roman. Zwei weitere Erfolgskrimis um den eigenbrötlerischen ehemaligen Militärpolizisten machten ihn schließlich zu einem der Top-Autoren im Spannungsgenre.

Wer sich wundert, dass ein Engländer Bücher schreibt, die in den USA spielen, dem erklärt Lee Child, dass ihm durch seine Frau, eine gebürtige New Yorkerin, die Staaten seit einem Vierteljahrhundert von über zwanzig Aufenthalten bereits vertraut waren, als er sich an die erste Zeile setzte. Sein Faible für das Land der nicht mehr ganz so unbegrenzten Möglichkeiten reicht ohnehin weit zurück. „Als Junge war meine Lieblingslektüre die Bilderbuchreihe *Ich wohne in Amerika*. Und daraus war mein absoluter Favorit *Mein Apartment in New York*.“ Dieser Kindheitstraum ging durch den Erfolg als Schriftsteller in Erfüllung: Seit 1998 lebt Lee Child mit seiner Familie nördlich von New York.

Wie viele seiner Kollegen hat er doch sicher auch mit Schreibblockaden zu kämpfen? „Gewiss. Aber dann schaue ich mir meinen Steuerbescheid und die unbezahlten Rechnungen an, und in ein paar Sekunden ist der Spuk vorbei.“

BERNARD CLAVEL

Der Reiter vom Baikalsee

Er liebte die Weite der Steppe, den glänzenden Baikalsee und seinen ebenso treuen wie feurigen Tarpanhengst Navra. Doch Sadko, der beste Krieger seines Volkes, hatte sich in dem betagten Stammesführer einen erbitterten Feind geschaffen, der nun seinen Tod forderte.

DER JUNGE STAMMESFÜHRER

1

Das Ende des Winters kündigte sich an. Brutal. Heftig. Ein Wüten wie am Winteranfang. Am ersten Tag schmolz der Schnee allmählich, er funkelte, von Tropfen bedeckt, die im Wind bebten. Alles glitzerte. Am Abend erstarrte die Welt plötzlich von neuem. Eis, Reif, schneidende Luft. Nordwind fegte über den Boden. Überall klirrendes Eis, auf der kahlen Erde, an den gestrüppbewachsenen Ufern, in den Tiefen des Waldes.

Noch lange würde der Baikalsee zugefroren sein. Viele Schneeverwehungen zogen sich über die Oberfläche des Sees und zeigten Spuren zahlreicher Überquerungen. Im Lauf der Monate waren die Reiter immer wieder von einem Ufer zum anderen galoppiert.

Das Dorf lag zwanzig Schritte vom Westufer entfernt. Etwa dreißig Holzhütten und ein paar Zelte aus Bären- und Auerochsenfellen, umgeben von zertrampeltem, frosthartem Morast. Hier und da ragte ein Felsblock aus dem Boden.

Sadko wanderte in Gedanken über die unendliche Weite. Das erste Tageslicht fiel auf die Bergkämme, die violette Schatten warfen. An diesem Morgen würde er nicht auf die Jagd gehen, er würde kein Loch zum Angeln in das Eis schlagen und auch keinen Krieg führen. Das Urteil war gesprochen. Sadko sollte sterben. Den Tod aber hatte er als Krieger finden wollen.

Wo war Navra, sein Hengst? Die anderen mussten ihn in einiger Entfernung an einen Baum gebunden haben. Wäre er in der Nähe gewesen, hätte Sadko sein Wiehern gehört. Und wenn Navra spüren würde, dass sein Herr gefangen war, würde er sich losreißen, mit den Hufen die Tür einschlagen und ihn so befreien.

Die Handgelenke des Gefangenen waren mit einem festen, schmalen Lederriemen so eng gefesselt, dass die Hände gefühllos und die Adern an seinen bloßen Unterarmen geschwollen waren. Ein dumpfer Schmerz kroch bis zu den Schultern, doch Sadko fürchtete den Schmerz nicht.

Ein zweiter Lederriemen, mit dem die Hände an den Körper gebunden waren, machte jede Bewegung der Arme unmöglich.

Die ganze Nacht patrouillierten zwei Krieger um sein Gefängnis, manche beleidigten ihn, einige spuckten ihn an. Andere sagten gar nichts.

Durch einen Spalt im Holz blickte er auf den See hinaus. Ein leichter Nebel schien sich vom Gebirge herabzuwälzen und verschleierte allmählich das andere Ufer. Sadko sah immer wieder Rotschka vor seinem geistigen Auge, die Frau, die er liebte. Er sah Rotschka vor sich, wie sie sich lautlos erhob. Sie wusste, wo Navra angebunden war. Sie würde ihn holen, ihn hierher bringen. Das Pferd, das unglaublich ausschlagen konnte, würde die beiden Wachen töten und die Tür eintreten. Rotschka würde die Fesseln mit dem Messer zerschneiden, sich mit Sadko auf das Pferd schwingen und entfliehen.

Sadko war klar, dass sie nach Westen fliehen würden. Selbst mit zwei Reitern auf dem Rücken war Navra weitaus schneller als alle anderen Pferde.

Navra war ein Tarpan, ein Steppenpferd, mit rötlichem Fell und langer schwarzer Mähne. Ein sehr hochbeiniger und schlanker Hengst. Er gehörte Sadko, weil niemand sonst ihn reiten konnte. Nur Sadko wusste, wie man mit ihm sprach. Sie waren sehr schnell Freunde geworden.

„Wer kümmert sich um ihn, wenn man mich tötet? Sie werden ihn schlagen, und er wird sich verteidigen. Sie werden ihn töten." Sadko spürte die Wut in sich aufsteigen. Seine Arme spannten sich. Die Fesseln schnitten ihm ins Fleisch, aber er bezwang seine Schmerzen. „Niemand wird ein so stolzes Tier gefügig machen können."

PLÖTZLICH erbebte Sadko. Er hörte Schritte auf der harten Erde. Er hielt die Augen dicht an einen anderen Spalt im Holz und sah Omakis, den alten Anführer, vorübergehen. Omakis humpelte und hatte einen Stock zu Hilfe genommen. Er schleppte sich mühsam voran, doch das hatte ihn nicht gehindert, als Erster aufzustehen, um mit Vergnügen den Menschen sterben zu sehen, den er zum Tod verurteilt hatte.

Dieser alte Mann, der nicht mehr in der Lage war, ein Pferd zu besteigen, geschweige denn das Dorf zu führen, konnte keine Herrschaft ausüben. Er war kein Stammesführer mehr. Und weil Sadko das auszusprechen gewagt hatte, hatte Omakis ihn verurteilt. Die meisten dachten wie Sadko, aber niemand erkühnte sich, etwas zu unternehmen. Niemand verteidigte Sadko, doch die Blicke vieler ließen Zustimmung erkennen.

Nun sollte Sadko sterben, und der Greis würde den Stamm ins Verderben stürzen. Wer sollte das Kommando übernehmen, wenn das Dorf angegriffen wurde?

Omakis blieb regungslos in der Mitte des Platzes stehen, ein paar Schritte vom Ufer entfernt. Er legte seinen Stock beiseite und nahm dafür einen ausgehöhlten Ast in die linke Hand und eine kleine Keule in die rechte.

Sadko wusste, was das bedeutete.

Der lange graue Bart des alten Stammesführers wirbelte im Wind hoch, und der bis zum Mund hängende Schnurrbart zitterte. Der Gefangene erahnte das hasserfüllte Lächeln in dem kupferfarbenen Gesicht mit den vorspringenden Wangenknochen. Jede Runzel in der verbrauchten Haut verzog sich zum Lachen.

Omakis hob langsam seine Hände und schlug heftig mit der Keule auf den Ast. Ein spröder Ton erklang. Sofort stürzten die Kinder aus den Zelten und Hütten herbei und stellten sich im Kreis um den Greis auf. Bald fanden sich auch die Frauen und Männer ein. Alle trugen Leder- und Pelzkleidung. Sadko bemerkte, dass seine besten Freunde als Letzte kamen.

Ein paar Augenblicke vergingen. Nun kam Bewegung in die Reihen. Vier Männer traten hervor und gingen auf die Zelte zu. Sadko erkannte, was sie vorhatten. Sie wollten Rotschka holen. Als sie zurückkamen und die junge Frau mit sich schleppten, spannten sich die Muskeln des Gefangenen erneut vor Wut. Er wollte sich aufbäumen und um sich schlagen. Tränen der Wut trübten seinen Blick, doch er nahm sich zusammen, als er ganz in der Nähe Schritte hörte.

Vier mit Lanzen bewaffnete Männer traten ein. Vier, die er nie gemocht hatte. Sadko überragte sie um Haupteslänge. Er wusste, dass er viel stärker war als sie. Er würde nicht lange brauchen, einen zu entwaffnen und alle zu töten. Die Fesseln freilich hinderten ihn daran.

„Du frierst, Sadko. Gleich wird dir nicht mehr kalt sein."

„Er friert nicht, du siehst doch, dass er Angst hat."

Sadko bemühte sich, Ruhe zu bewahren, und erwiderte: „Nur ein Feigling wagt einen an den Händen Gefesselten zu beleidigen." Und er spie dem Mann vor die Füße, den seine Kameraden zurückhielten.

„Lass nur, bald bist du derjenige, der lacht“, höhnten sie. „Sadko, der sich schon als Anführer sah und jetzt zittert.“

Der Gefangene richtete sich zu voller Größe auf. Er bebte nicht mehr. Sein Gesicht mit dem dichten Schnurrbart, der ebenso schwarz war wie seine Augen, schien von einer unendlichen Ruhe erfüllt. Selbst die Männer, die den Auftrag hatten, ihn zum Richtplatz zu führen, waren gegen ihren Willen beeindruckt.

Noch bevor sie ihn dazu aufforderten, ging er mit festem Schritt los. Leicht gebeugt trat er aus der Tür. Sofort ging er auf die Menge zu, die vor ihm zurückwich. Seine Furcht erregenden Blicke schweiften über die Gesichter, und viele wandten sich ab. Andere, deren Gefühle ihm vertraut waren, blickten ihm voller Liebe nach.

Einen Augenblick lang hoffte Sadko, sie würden sich auf die Wachen stürzen und ihn befreien, doch plötzlich erblickte er Rotschka, die von ein paar Männern festgehalten wurde. Sie sprach kein Wort, und über ihre Wangen flossen Tränen. Nur einen einzigen, herzzerreißenden Schrei stieß die junge Frau aus: „Sadko!“

Wie ein Echo war ein Wiehern hinter dem nächstgelegenen Zelt zu hören. Der Gefangene konnte nicht anders, er musste sich umdrehen. Sein Tarpan hatte den Namen des geliebten Herrn erkannt.

Als Sadko nur noch vier Schritte von dem greisen Stammesführer entfernt war, hob dieser die kleine Keule und schlug abermals auf den Ast. Sadko blieb stehen, die Wachen unmittelbar hinter ihm. Seine Füße waren locker gefesselt, damit er laufen konnte. Er würde hochspringen und den Greis mit beiden Füßen im Gesicht treffen können. Ein Schrei. Sein Pferd würde herbeigaloppieren. Er würde sich auf den Rücken des Pferdes schwingen und wäre gerettet. Doch dann würden die anderen unverzüglich die Frau töten, die er liebte.

„Ich sehe, dass du keine Angst hast. Fürchtest du dich nicht vor dem Tod?“, fragte Omakis.

„Nur wer mich tötet, muss den Zorn der Götter fürchten.“

Der Alte lachte auf. In seinem Bart klaffte der zahnlose Mund wie ein schwarzes Loch. „Derjenige, der dich tötet, hat nichts von den Göttern zu befürchten… Du aber hast noch eine Chance, deiner Strafe zu entgehen.“

Der Alte hielt kurz inne, es bereitete ihm ein gewisses Vergnügen, den Vorgang in die Länge zu ziehen. Mit seinen kleinen grauen, tief in den Höhlen liegenden Augen blickte er über sein Volk hinweg. Er konnte sich kaum aufrecht halten. Das war allen bewusst, trotzdem duckten sie sich unter seinem Blick. Schließlich legte er die Keule nieder und stellte den ausgehöhlten Ast aufrecht vor sich hin. Dann hob er seinen Stock und begann mit schriller Stimme zu sprechen: „Du, Sadko, den ich wie einen Sohn geliebt habe, wolltest die Führung des Stammes übernehmen. Du hast mir den Tod gewünscht … Bittest du mich um Verzeihung für dein Verbrechen?“

Der Gefangene ließ sich Zeit und warf einen Blick auf Rotschka. Sie weinte nicht mehr, sondern fand die Kraft für ein Lächeln und stieß einen stummen Schrei aus: Ich liebe dich. Sei stark!

Der Gefangene holte tief Luft. Die Kälte spürte er nicht mehr, auch nicht die schneidenden Fesseln. Mit hoch erhobenem Haupt und einer Stimme, die nach der schwachen Greisenstimme wie Donner klang, rief er: „Ich habe kein Verbrechen begangen! Ich habe dir keine Minute den Tod gewünscht, ich habe nur zu sagen gewagt, und das wiederhole ich hier, dass ein Greis uns nicht mehr zu führen vermag. Wenn du ein wahrer Stammesführer bist, überlässt du deinen Platz einem Stärkeren, Geschickteren und Schnelleren, als du es bist. Ich bin sicher, dass es für alle das Beste ist. Ich brauche für nichts um Verzeihung zu bitten.“

Ein Schauder erfasste die Menge, doch niemand wagte auch nur den Versuch einer Geste, die den Verurteilten retten konnte.

„Wenn du nichts bereust, verdienst du den Tod.“

Sadko lächelte angestrengt. Bleierne Wolken zogen über den Himmel, aus dem noch einmal ein langer goldener Strahl auf den See fiel. Der Blick des Verurteilten verlor sich in den unendlichen Weiten. Das gegenüberliegende Ufer blieb von Dunstschleiern verhullt.

In das lastende Schweigen hinein erhob sich erneut Omakis’ kreischende Stimme: „Du richtest den Blick auf den Baikalsee, Sadko. Recht hast du. Denn er wird dich töten …, und du weißt, dass der Baikal ein Gott ist, der den Zorn der anderen Götter nicht fürchtet. Der See wird dein Tod sein … und dein Pferd.“

Plötzlich kam starker Nordwind auf. Er brüllte und fegte heulend über den ganzen See. Die Fellbahnen der Zelte knatterten. Der ausgehöhlte Ast, den der Alte aufrecht vor sich hingestellt hatte, fiel um und rollte einem Bewaffneten vor die Füße. Dieser bückte sich eilig und hob ihn auf. Das wirkte auf den Stammesführer wie ein böses Omen, und er fühlte sich einen Augenblick lang aus der Fassung gebracht. Er zögerte, doch dann wandte er sich erneut dem Verurteilten zu und kreischte: „Aha! So ist das also! Du bist der Einzige, der dieses Tier reiten kann, das ebenso närrisch ist wie du. Ah! Du bist ja so stolz auf dein Pferd.

Und deshalb habe ich es ausgewählt, um dich in den Tod zu schleppen."

Das verkrampfte Gesicht des Verurteilten entspannte sich plötzlich. Es war fast eine Woge der Freude, die er in sich aufsteigen fühlte, und alle, die seine Augen sahen, erblickten darin die helle Flamme der Hoffnung. Gleich einem Siegesschrei antwortete Sadko: „Mein Tod wird auf dich und alle diejenigen zurückfallen, die dein Urteil gutheißen."

Als sich Gemurmel erhob, schrie der Stammesführer: „Macht Schluss mit ihm!"

Sechs Männer scharten sich um Sadko, der sich bereitwillig auf den vereisten Boden legte. Zwei Männer fesselten ihm die Beine. Dann nahmen sie einen kräftigen Lederriemen und banden ihm das eine Ende um die Knöchel. Als sie fertig waren, kamen zwei Krieger mit dem Pferd herbei, das sich von ihnen kaum bändigen ließ.

„Langsam, Navra! Ganz langsam, mein Großer", beschwichtigte ihn Sadko.

Sofort beruhigte sich das Pferd. Es wandte den Kopf nach seinem Herrn um, die Nüstern dampften. Die schwarze Mähne wehte im Wind. Noch immer war es gezäumt wie bei Sadkos Gefangennahme. Das bedeutete, niemand hatte es anfassen können, außer, um es hierher zu führen. Sobald die Männer den Lederriemen an Navras Schwanzriemen befestigt hatten, sprangen die Burschen, die den Zügel hielten, beiseite. Alle traten zurück, als ein anderer herbeikam. Mit einer langen Peitsche drosch er dem Pferd mit ganzer Kraft auf die glänzende Kruppe. Der Tarpan stieß ein markerschütterndes Wiehern aus und lief in vollem Galopp los.

Ein rasender Schmerz schoss Sadko von den Knöcheln bis in den Unterleib. Er hatte das Gefühl, als bräche unter seinem Rücken ein Feuer aus. Zunächst nahm er noch das Geschrei der Menschen wahr, die das Schauspiel zum Rasen brachte, bald aber drangen als einzige Geräusche nur noch das Donnern der Hufe auf dem Eis und das Scharren von Eis unter seinem Rücken zu ihm durch.

Sadko fühlte, dass ihm der Tod auf den Fersen war. Wenn er seinem Pferd den Befehl zum Halten zuriefe, würde es sofort stehen bleiben. Doch die Menschen wären sehr schnell da. Und er wollte lieber ihnen entkommen als dem Tod.

Unwillkürlich schrie er: „Navra! Links! Links!"

Ohne das Tempo zu drosseln, schwenkte das Pferd nach links. Es steuerte geradewegs auf das andere Ufer zu und galoppierte, als wolle es das äußerste Ende des Baikalsees erreichen. Diesen Ort hatte Sadko nie aufgesucht, weil dort angeblich die Götter wohnten, die den See geschaffen hatten und keine Menschen in ihrer Nähe duldeten.

Als der alte Stammesführer sah, in welche Richtung das Pferd lief, wandte er sich seinem Volk zu und verkündete: „Seht ihr, Sadko ist tot, und sein Pferd wird ihn an den Ort schleppen, wo die Götter des Sees auf ihn warten und ihm die Tore zur Hölle öffnen."

SADKO sah nichts mehr. Er fühlte, wie der Tod durch alle Wunden seines geschundenen Rückens in ihn eindrang. Doch plötzlich zeichnete sich Geäst ab. Wald. Das Ufer war erreicht. Felsen. Baumstämme. Aus Sadko brach nur noch ein lang gezogener Schrei hervor: „Halt! Haalt!"

Und als das Pferd zum Stehen kam und über das Eis rutschte, ein Stöhnen: „Navra!"

Das Pferd hatte so unvermittelt angehalten, dass sein Herr, in die Riemen verwickelt, zwischen den Hufen lag.

„Langsam, Navra. Langsam."

Das Pferd wandte den Kopf, um Sadko anzusehen, und der Verwundete spürte die wohltuende Wärme des Atems auf seinem Körper. Er musste ihm einfach sagen: „Ich wusste doch, dass ich mit dir..."

DA LAG der Wald. Zur Linken erstreckte sich eine Landzunge, dicht bewachsen mit Balsamtannen. Vom Dorf aus konnte man das Ende der kleinen Felsenbucht nicht sehen. Sadko musste sich unbedingt von seinen Fesseln befreien. Als er sich mühevoll aufrichtete, verursachten die Wunden auf seinem Rücken rasende Schmerzen, doch es gelang ihm, die an den Leib gefesselten Hände aus dem Riemen zu winden. Mit einer weiteren Kraftanstrengung wälzte er sich auf die linke Seite, krümmte sich erneut und bekam den Riemen zu fassen, mit dem er an Navras Schwanzriemen angebunden war. Das Pferd blieb unbeweglich wie ein Felsblock stehen.

Ein paar Minuten lang versuchte Sadko vergeblich, den Knoten zu lösen. Ihm fehlte die Kraft. Dann führte er seine gefesselten Hände zum Mund und biss, so fest er konnte, in das Leder. Wut hielt ihn aufrecht. Mit seinem Speichel, der fast augenblicklich gefror, weichte er das Leder auf. Und der Frost machte das Leder mürber.

Endlich gab ein Riemen nach. Es gelang Sadko, die rechte Hand zu befreien. Nun war es für ihn fast ein Kinderspiel, seine linke Hand aus den Fesseln zu ziehen. Mit beiden Händen befreite er rasch seine Beine. Er kniete sich hin. Ganz aufrichten konnte er sich nur, indem er sich an

Navra hinaufzog. Alles begann sich um ihn zu drehen. Mit kaum hörbarer Stimme flüsterte er: „Du bist mein Freund, Navra. Der beste von allen. Du hast mich gerettet… Du wirst mir auch weiter helfen."

Er hob den Kopf, drehte sich um und richtete den Blick auf die Bäume. Nichts bewegte sich. Nur der Wind wütete in den Zweigen und trieb weiße Wolken von Norden her. Vom Anfang des Sees, wo die Götter zu Hause waren.

„Siehst du, Navra, die Götter sind auf unserer Seite. Sie haben uns den Sturm geschickt."

Immer dichter fielen die Schneeflocken. Der Reiter schmiegte sich einen Augenblick an die Flanke des Tiers, doch als die Kälte ihn allmählich erfasste, nahm er den Zügel und flüsterte: „Komm!"

Die Felsen am Ufer zu überwinden war schwierig, doch als sie den Wald erreichten, wurde der Marsch leichter. Sie bewegten sich auf das Dorf zu, und als sie an einen dichten Fichtenbestand kamen, verbarg sich Sadko unter den Ästen, durch die kaum ein Lichtschimmer drang. Er suchte einen Vorsprung, der ihn ein wenig vor dem Nordwind schützte. „Leg dich hin, Navra."

Ein wenig überrascht gehorchte das Pferd. Der Mann riss sich die Reste seiner zerfetzten Kleidung vom Körper, legte sich auf die Seite und wandte dem Pferd den Rücken zu. „Leck, Navra… Leck, mein Großer."

Das Pferd beschnupperte den Rücken seines Herrn, auf dem sich im Frost braune, glänzende Krusten gebildet hatten. Sadko fühlte die Wärme des Atems und bald die große, raue, warme Zunge, die ihm die Wunden leckte. Er spürte, wie das Leben in ihn zurückkehrte.

Es war ein so angenehmes Gefühl, dass der erschöpfte Mann schließlich in einen fiebrigen Schlummer fiel. Das Pferd hörte auf zu lecken und legte seinen Kopf auf Sadkos Rücken, über den Schauer liefen.

KÄLTE und Hunger rissen Sadko aus dem Schlaf. Es war fast dunkel. Sadko schüttelte den Schnee ab, der ihn bedeckte, und erhob sich mühsam. Auch sein Pferd stand auf. Sie blieben bewegungslos stehen, der Mann an das Tier gelehnt.

„Gehen wir, Navra…, ja? Gehen wir?"

Das Pferd schüttelte den Kopf, als verstünde es seine Worte. Dass Sadko mit dem Tier reden konnte, tröstete ihn.

„Von dieser Seite dürfen wir nicht kommen. Wir müssen den Umweg durch den Wald machen. Uns gegen den Wind nähern. Und von der richtigen Seite."

Langsam ging Sadko voran, seine Füße spürte er nicht mehr. Nach hundert Schritten beschloss er, auf das Pferd zu steigen. Er wusste, dass er mit diesem Tier kein Risiko einging. Man sah noch genug, um den niedrig hängenden Ästen auszuweichen. Außerdem würde Navra sie wahrnehmen.

Sadko saß auf. „Langsam, Navra!"

Mit kleinen Schritten, als fürchtete er, seinem Herrn Schmerzen zu bereiten, bewegte sich der Tarpan zwischen den Birken und Fichten vorwärts. Sie stiegen die Bergflanke hinauf, um auf diese Weise das Dorf in großem Bogen zu umgehen, weil sonst die Hunde anschlagen könnten.

Nachdem sie das Dorf umgangen hatten, war es Nacht. Die Häuser waren ganz nah. Durch die windgeschüttelten Äste sah man Licht schimmern.

Sadko stieg ab und presste die Lippen fest zusammen, um nicht aufzuschreien. „Navra, du bleibst da …, nicht bewegen. Nicht bewegen!"

Mit größter Vorsicht schlich Sadko auf die nächstgelegene Hütte zu, wo sein Freund Tamar seit dem Tod seiner Mutter allein lebte. Er war noch mehr als zehn Schritte entfernt, als der Wind drehte und ihm Rauchgeruch entgegenwehte. Als er ganz nah an der Wand aus Knüppelholz stand, vernahm er das Knurren von Balik, Tamars Hündin. Doch sie hatte ihn erkannt, und es war ein freundliches Knurren. Die Tür öffnete sich, und Tamars Stimme drang in die Nacht: „Wer ist da?"

„Bist du allein?"

„Um des Himmels willen! Sadko! Komm schnell herein … Ich wusste es doch …, ich wusste es doch …, du konntest nicht …" Er schloss Sadko in die Arme. Ein kleines Herdfeuer flackerte in der Mitte des einzigen Raumes und strahlte Licht und Wärme aus, die Leben bedeuteten.

Sadko setzte sich auf einen Birkenklotz. „Hol Rotschka", bat er. „Sie soll mit ihrer Mutter kommen, denn sie kennt gute Heilmittel. Dann gehst du dreißig Schritte nach Süden. Dort steht Navra. Bring ihm Futter."

„Ich habe Farnkraut", sagte Tamar beim Hinausgehen.

Sadko blieb allein mit der Hündin zurück, er streckte sich neben ihr aus, den Rücken dem warmen Feuer zugewandt. Er krümmte sich, bis seine Hände seine Füße berührten, und rieb sie. Die Hände spürte er noch, doch die Füße waren gefühllos. Er wollte sie gern ans Feuer halten, doch er wagte es nicht, denn er wusste, dass er zu große Wärme meiden musste. Schließlich ließ er die Füße los und blieb zusammengekrümmt auf der Seite liegen. Die Hündin legte sich neben ihn, er nahm sie in die Arme und spürte die sanfte Wärme des Hundekörpers. Sadko schloss die Augen, und Balik leckte ihm die rechte Hand.

IM LAND am Baikalsee ist der Winter lang. Eis. Dick. Massiv. Schnee lastet auf der Erde und lässt den Wald unter seiner leblosen Masse ächzen. Bäume brechen unter der Last, reißen andere Bäume um und bilden ein dichtes Gewirr. Rund um den gewaltigen See erstarren Bäche und Flüsse.

Auf diesen Bergen, in diesen Tälern, auf diesen flachen Landstrichen, die sich ins Unendliche erstrecken, kann nichts mehr existieren. Und doch leben dort Tiere und Menschen. Wölfe. Sie sind die Herren des Landes. Nichts passt so gut zu dem tödlichen Nordwind wie das Heulen der Wölfe. Sie kommen in Rudeln, zehn, zwanzig, vielleicht ein paar hundert. Alles flieht vor ihnen. Alles, bis auf die Menschen mit ihrem Feuer und den Pfeilen. Selbst der Bär nimmt Reißaus, wenn die heulende Meute anrückt. Wie eine Schlange, die bis ans andere Ufer reicht, windet sich die lange Reihe der Wölfe, wenn sie sich auf den vereisten See stürzen. Doch auch das andere Ufer hat der Winter fest im Griff.

Mit den Wölfen versteht sich der Winter am besten. Mit ihnen heult er gern in den kältesten Nächten. Alles erzittert, wenn sich diese Stimmen erheben, Stimmen, die an den Tod erinnern, die aber das Leben sind.

Die Menschen vom Baikalsee kennen den Winter nur zu gut und fürchten sein Drohen nicht. Sie wissen, dass er über das Land hinwegzieht, wie auch die anderen Jahreszeiten vergehen. Bäume stürzen unter seinem Atem um und schlagen wieder aus. Das Frühjahr wird kommen und dem Winter mit ganzer Kraft an den Kragen gehen. Überall sprießt Leben hervor. Tausende Vögel kommen aus dem Himmel und aus allen möglichen Verstecken hervor, und ihr lebensvolles Lied verscheucht das Wolfsgeheul.

DIE KÜSSE und die sanften Zärtlichkeiten Rotschkas weckten Sadko auf. Die junge Frau kniete neben ihm. Ihre langen Haare streiften ihn, die Freudentränen, die sie vergoss, netzten sein Gesicht. Er wollte sie an sich ziehen, doch die Bewegung ließ ihn einen Schmerzensschrei ausstoßen.

„Beweg dich nicht, wir werden dich versorgen."

„Ist deine Mutter da?"

„Ja, sie ist da."

Sie stützte ihn, damit er Maneck sehen konnte, die sich zu ihm hinabbeugte. „Ich werde deinen Rücken behandeln. Die nötigen Kräuter habe ich mitgebracht. Aber zuvor müssen wir uns um deine Füße kümmern", entschied sie.

Sie wandte sich zu Tamar um und wies ihn an: „Hol mir Schnee!"

Der beleibte Tamar, der immer ein wenig unbeholfen wirkte, bückte sich und nahm ein schweres Holzgefäß auf. Rotschka hatte sich eilends erhoben, öffnete ihm die Tür und schloss sie hinter ihm wieder. Trotz seiner Schmerzen lächelte Sadko, als er ihre schlanke Gestalt hinter dem rundlichen Tamar sah, dessen Hinterteil genauso ausladend war wie seine Schultern. Als sich die junge Frau wieder neben ihn kniete, fragte er sofort: „Navra?"

„Ich habe Tamar begleitet. Er ist noch dort, wo du ihn zurückgelassen hast. Wir haben ihm Futter gebracht, sogar Getreide."

Tamar kam mit dem Gefäß voller Schnee zurück und stellte es neben die Füße seines Freundes.

„Hilf mir", sagte Maneck. „Du hebst sein Bein hoch und hältst es ganz fest, auch wenn er dich tritt."

Tamar ergriff den linken Knöchel und hob ihn über das Holzgefäß. Maneck nahm beide Hände voll Schnee und rieb den angeschwollenen Fuß kräftig ab. Anfänglich spürte Sadko nichts. Dann aber hatte er das Gefühl, der Schnee verbrenne ihn. Ein Kribbeln zog über die Wade, strahlte aus und erreichte schließlich das Knie.

„Leg es hin", sagte Maneck. „Nun das andere Bein." Trotz ihrer sanften Stimme verstand sie es, Befehle zu geben. Ihr aufmerksamer Blick glitt von Sadkos Fuß zu seinem Gesicht. Als sie sah, dass Sadko sein Gesicht verzog, meinte sie: „Du bist gerettet und wirst wieder gehen können. Du hast großes Glück gehabt. Leg dich flach auf den Bauch."

Der Verletzte folgte ihren Anweisungen. Maneck ließ sich von ihrer Tochter helfen. Sie holte Wasser, das sie in einem kleinen Kessel auf einem Stein im Herdfeuer angewärmt hatte, und weichte eine Hand voll getrockneter wilder Kohlblätter darin ein. Sie knetete die Masse wie Teig und legte sie dann auf die Wunden. Die Wärme war wohltuend, und die aufgeweichten Blätter verströmten einen angenehmen Duft. Die beiden Frauen wiederholten den Vorgang, bis der ganze Rücken und die Hüftgegend bedeckt waren.

„Gib mir die Felle."

Rotschka rollte die Wildkatzenfelle auseinander. Zu zweit breiteten sie die Felle aus und legten sie mit der Pelzseite nach außen auf die Umschläge. Dann nahmen sie Ledergurte und banden sie Sadko um die Brust.

„Siehst du, schon wieder gefesselt", sagte die junge Frau lachend. „Dieses Mal aber zu deiner Rettung."

„Damit du essen, trinken und Wasser lassen kannst", meinte die Mutter.

„Ich habe Durst."

Tamar brachte ihm schnell einen Holzbecher.

„Das Wasser darf nicht zu warm sein", empfahl Maneck. Sie tauchte den Finger hinein. „So geht's."

Der Verletzte trank mit kleinen Schlucken.

„Nicht zu viel auf einmal."

Als Sadko ausgetrunken hatte, fragte ihn sein Freund: „Was willst du tun?"

„Ich möchte etwas essen."

Tamar lachte auf. „Natürlich. Und später, wen willst du töten?"

Sadko seufzte tief auf und antwortete dann: „Niemand."

„Wen möchtest du am liebsten töten?"

„Niemand oder aber… alle. Alle Männer. Alle, die sich auf mich gestürzt haben, und alle, die sie nicht daran gehindert haben."

Tamar senkte den Kopf. „Du hast Recht", murmelte er. „Wir sind Feiglinge."

„Nein, die anderen haben das Gesetz angewandt, ihr habt es nur respektiert. Das Gesetz als solches ist schlecht."

Er schwieg. Maneck hatte ihn gerade angewiesen, das linke Bein auszustrecken. Sie hatte ein kleines Tongefäß aus einem Lederbeutel geholt und dickflüssiges Öl über den Fuß gegossen. Sie stellte das Gefäß ab und begann den Fuß sanft zu massieren.

„Was ist das?", erkundigte sich der Verletzte.

„Das ist das Öl, das das Leben erneuert. Es stammt von den Robben vom Baikal, und ich habe es mit Honig aus frisch ausgerissener und zerriebener Farnkrautwurzel vermischt."

Der dicke Tamar hatte sich an der anderen Seite des Herdfeuers niedergekauert. Er hatte die Ellbogen auf die Knie gestützt und das Gesicht in beide Hände gelegt.

„Tamar", rief Sadko, „das ist jetzt nicht der Moment zum Weinen! Hör mir zu!"

Der Dicke hob den Kopf. Sein Blick war von unendlicher Traurigkeit erfüllt. „Ich höre dir zu ..., mein Bruder." Er zögerte, das letzte Wort auszusprechen.

„Wer sich als mein Bruder fühlt, kann mir folgen. Wir gehen fort... Wir wollen einen neuen Stamm gründen."

„Wohin gehen wir?"

„Ich will dorthin gehen, wo die Sonne untergeht. Wer sich mir anschließen will, soll nur mitkommen, wenn er mir vertraut."

„Ich gehe mit dir", sagte Rotschka sofort.

„Ich auch", erklärte ihre Mutter. „Und mein Vater. Aber erst musst du gesund werden. Der Sturm hilft uns, dich versteckt zu halten. Der Sturm ist auf unserer Seite. Ich weiß es, er ist vom anderen Ende des Sees gekommen, wohin du gegangen bist. Der Sturm ist von den Göttern geschickt. Er ist immer auf der Seite der Gerechten."

„Der Sturm ist der Freund der Menschen, die sich lieben", meinte Rotschka lächelnd.

Sie wollten sich nach Westen wenden. Nur sehr wenig wussten sie über die Länder, von denen Reisende ihnen berichtet hatten. Dort lebten blonde und blauäugige Menschen, aber auch braunhäutige mit dunklen Augen. Alle waren Krieger und bekämpften sich oft. Vor dem Krieg schreckten sie allerdings nicht zurück. Im Gegenteil, sie waren an das Kampfgetümmel gewöhnt. Ihre Pferde ebenfalls.

Sadko träumte von den gewaltigen Schlachten, von denen die Unbekannten ihnen erzählt hatten. Er versuchte sich vorzustellen, was es mit diesen Kriegen auf sich hatte, in denen sich Armeen aus vielen tausend Soldaten gegenüberstanden. Schon sah er vor seinem geistigen Auge, wie Navra ihn mitten ins Gefecht brachte.

2

Der Sturm hielt sich meistens neun Tage und neun Nächte. Der Wald duckte sich unter seinem gleichmäßigen Heulen.

Nun lauschten sie ihm schon drei Tage. Seitdem sich Sadko in der Hütte aufhielt, hatten ihn vierzehn Personen besucht. Alles stand fest. Siebzehn Erwachsene wollten sich auf den Weg machen, dazu elf Kinder. Sie hatten 24 Pferde. Alles war unter größter Geheimhaltung vor sich gegangen. Die Kinder waren nicht eingeweiht. Von denjenigen, die nicht mitgingen, konnte niemand etwas ahnen. Sadko kannte seine Leute gut. Er hatte mit jedem einzelnen Mann und mit jeder Frau gesprochen, alle hatten Stillschweigen gelobt, und alle hatten bestätigt: „Der Sturm ist unser Verbündeter."

Säcke, Reisezelte, Werkzeug und Waffen wurden zurechtgelegt. Sie wollten reichlich Vorrat an getrocknetem Fleisch und Fisch mitnehmen, Mehl, Honig und Nüsse. Vor nichts hatten sie Angst. Wie die Steppe war auch die Taiga ihr Land.

Am Abend des vierten Tages gab Sadko Tamar die Anweisung: „Sag den anderen Bescheid. Es ist so weit."

Tamar schlüpfte in seinen Wolfsmantel, setzte sich die Mütze auf und ging hinaus.

Sadko zog sich an und beschloss, Navra zu holen. Als er aus der Hütte trat, überfiel ihn die Kälte. Doch mit Genuss atmete er den Wind ein, den er liebte. Er machte ein paar Schritte und pfiff. Es war ein Pfiff, den alle außer seinem Pferd für den Ruf eines in der Nacht Verirrten hätten halten können. Ein paar Augenblicke vergingen, dann näherte sich Navra vorsichtig.

Sadko umschlang Navras Kopf und drückte ihn. „Wir gehen los, mein Alter. Du hast einen langen Weg vor dir."

Allmählich fanden sich die anderen ein, und nur mühsam konnten die Mütter die aufgeregten Kinder zum Schweigen bringen. Die Jungen, die alt genug waren, um die Situation zu verstehen, und schon als kleine Kinder reiten gelernt hatten, freuten sich, mit Sadko aufzubrechen, denn sie bewunderten ihn wegen seiner Stärke, seiner Geschicklichkeit und seines Mutes. Niemand schien erstaunt, dass er lebte, während das übrige Dorf ihn tot wähnte.

In aller Stille sammelten sich die Menschen. Sadko und der alte Katschi, Manecks Vater, ein kleiner, lebhafter und rastloser Mann, gaben halblaut Anweisungen. Sie teilten den Leuten ihren Platz zu. Katschi hatte beschlossen, die Nachhut zu bilden und darauf zu achten, dass niemand vom Weg abkam und nichts verloren ging. Sadko übernahm die Spitze des Zuges. Trotz seiner Schmerzen und Müdigkeit war er glücklich, sich wieder in den Sattel schwingen zu können. Mit sicherer Hand gab er seinem Pferd genaue Befehle. Dann setzte sich die lange Karawane in Bewegung.

Schon war die Nacht hereingebrochen. Auf ihrem Weg in den Wald wies ihnen die Neigung des Geländes die Richtung, und Navra ahnte, wohin er sich wenden musste. Sie befanden sich auf einem Pfad, den er schon oft gegangen war. Er führte zunächst bergauf, dann fiel er allmählich ab.

Bald flachte das Gelände ab. Kleinere Bäume wuchsen dort. Man sah sie nicht, doch man ahnte ihr Vorhandensein, und ihr Rauschen klang nicht so laut wie das der großen Nadelbäume. Der Wind hatte aufgefrischt, war unerbittlicher. Er fegte vom Gebirge herab und traf auf seinem Weg auf kein Hindernis.

Der Wald wich der grenzenlosen Steppe.

Sadko wusste, dass niemand sie verfolgen würde. Der Sturm würde es vereiteln. Und wer nähme schon das Risiko auf sich, nur um einem alten Stammesführer zu Diensten zu sein, der sich nicht im Sattel zu halten vermochte? Der Einzige, den das Abenteuer womöglich reizte, war Polovtsi, der einmal Omakis' Nachfolger werden sollte. Wer aber würde einwilligen, ihn zu begleiten?

Die Männer und Frauen, die in dieser pechschwarzen Nacht hinter Sadko ritten, waren voller Vertrauen. Sie waren überzeugt, dass sie am anderen Ende der Steppe einen sagenhaften See entdecken würden. Die Älteren erinnerten sich an Reisende aus unbekannten Ländern. Menschen, die eine Sprache sprachen, die sie nicht verstanden. Diese hatten Zeichen auf den Boden gemalt, aus denen hervorging, dass sich im Westen eine weite Wasserfläche erstreckte, deren Grenzen man nicht sehen konnte. Viele der Männer und Frauen spürten, dass sie den Baikal nie mehr wiedersehen würden, und nahmen die Erinnerung an sein Wasser mit, das sie seit ihrer Geburt ernährt hatte.

Vor allem die Alten bewahrten die Bilder in ihrem Gedächtnis, und je mehr die Entfernung von ihrem See wuchs, desto stärker fühlten sie eine gewisse Beklemmung in sich aufsteigen.

Doch der Sturm unterstützte sie bei der Anstrengung, die Vergangenheit zu vergessen. Er packte sie mit solcher Gewalt, dass man fast glauben konnte, er wolle sie ohne Aufenthalt bis an ihr Ziel führen. Und die Alten fragten sich, ob das Wüten des Windes nicht ein Zeichen sei, dass die Götter des Sees sie als Strafe für den Traum von einem schöneren Paradies als dem, das sie ihnen geboten hatten, in die Hölle jagten.

Trotzdem setzten alle ihren Weg fort, den Kopf zwischen die Schulter gezogen, den Oberkörper tief über den Hals ihres Pferdes gebeugt.

Und die fügsamen Pferde folgten Navra, der den Zug in die Nacht anführte. Navra war stolz, an der Spitze des Zuges zu gehen und denjenigen auf dem Rücken zu tragen, der ihm seine Freundschaft geschenkt hatte.

So RITTEN sie bis zum Abflauen des Sturms, der genau neun Tage anhielt. Abend für Abend schlugen sie beim Tosen des Windes ihre kleinen Zelte auf. Die Kinder weinten vor Kälte. Über spärlichen, qualmenden Grasfeuern tauten die Frauen das Fleisch auf. Die Wachposten mit ihren Hunden waren vor Kälte wie erstarrt, wenn sie unbeweglich die undurchdringliche, unsichere Dunkelheit mit den Blicken absuchten. Und dann plötzlich: Stille. Tief. Nachtschwer, bevor sie sich in einer strahlend hellen Morgendämmerung in Luft auflöste.

Eine Morgendämmerung, die sie voller Entzücken wahrnahmen. Alles glitzerte unter einem endlosen, blank gefegten Himmelsgewölbe, dessen Farben von zartem Rosa zu Nachtschwarz reichten. Der Wind hatte nachgelassen. Steppe, so weit das Auge reichte, mit gekräuselter Oberfläche, wie erstarrt. Das Land erstreckte sich in die Unendlichkeit, nichts bewegte sich. Denn jedes Grasbüschel war zu Boden gewalzt und schneebedeckt. Jede Vertiefung, jeder Buckel, alles, an dem der Blick hängen bleiben konnte, war geglättet.

Sadko war wieder im Vollbesitz seiner Kräfte. In dieser großartigen Helligkeit packte ihn die Lust, wie der Blitz davonzureiten. Nur waren da die Frauen, die Kinder und die vielen schwer beladenen Tiere.

„Beeilt euch mit den Essensvorbereitungen. Es wird ein schöner Tag. Wir werden gut vorankommen."

Nachdem er diesen Befehl gegeben hatte, ging er auf sein Zelt zu und löste die Riemen aus weichem Leder. Kaum hatte er damit begonnen, als ein Mann herbeigelaufen kam und schrie: „Reiter in Sicht!"

Sadko richtete sich auf. In weiter Ferne, auf dem Pfad, dem sie gefolgt waren, wirbelten Pferde eine helle Wolke auf.

Der Mann, der sie hatte kommen sehen, blickte Sadko mit angsterfüllten Augen an. Mit tonloser Stimme sagte er: „Bestimmt Polovtsi."

„Möglich", erwiderte Sadko ganz gelassen. „Aber es scheinen nicht besonders viele zu sein." Er wandte sich dem Lager zu und rief: „Tamar! Lass satteln und die Waffen bereitmachen!"

Er verspürte nicht die geringste Angst. Im Gegenteil, er wünschte sich, dass es Polovtsi und seine Leute waren, die sich näherten. Er sah sie alle. Alle, die ihn verachteten. Er konnte ihre Namen im Schlaf aufsagen. Schnell überschaute er die Lage und murmelte: „Es können höchstens zehn oder zwölf sein. Trotzdem möchte ich keine Toten oder Verwundeten riskieren und auch keine Pferde verlieren."

Navra war bereits gesattelt. Mit kräftiger Stimme rief Sadko: „Niemand soll mir folgen! Wenn mir etwas passiert, übernimmt Tamar den

Befehl und setzt sich an die Spitze des Zuges. Denkt an die Frauen und Kinder!"

Mit einem Lächeln und einer kleinen Geste, die „Bis bald" bedeuten sollte, wandte er sich an Rotschka, dann schwang er sich auf sein Pferd, ging sofort in Galopp über und ritt geradewegs auf die Ankommenden zu.

Je näher er kam, desto mehr bestätigte sich seine Überzeugung, dass es sich in der Tat um die Leute handelte, die ihm den Untergang geschworen hatten. Zwanzig Schritte vor den Ankömmlingen hielt er Navra an. Auch die anderen blieben stehen. „Bin ich es, den ihr sucht?", rief Sadko ihnen zu.

„So ist es. Wir wollen dich lebendig oder tot nach Hause zurückbringen. Wenn ein Urteil gesprochen ist, muss es auch vollstreckt werden."

„Wenn du kein Feigling bist, Polovtsi, musst du es selbst vollstrecken. Du siehst ja, dass ich allein gekommen bin. Ich habe nur mein Jagdmesser. Du hast deine Lanze, deine Peitsche und dein Messer."

Sadko sah die Angst, die dem anderen ins Gesicht geschrieben stand, dem Mann, der kaum älter war als er und etwa von derselben Statur. Je mehr sein Feind zitterte, desto ruhiger wurde Sadko. „Wenn du so große Angst hast, gebe ich dir eine zweite Chance. Schau, ich werfe meine einzige Waffe fort. Du freilich musst deinen Männern sagen, dass sie nichts unternehmen sollen, egal, wie der Kampf ausgeht."

Der andere war voller Furcht, doch wenn er aufgab, würde er nie Stammesführer werden. Er sah das Messer in den Schnee fallen und schrie seinen Gefährten zu: „Unternehmt nichts!"

Gleich darauf spornte er seinen Hengst Inko mit der Lanzenspitze an, weil er seinen Gegner überrumpeln wollte. Genau das hatte Sadko gehofft. Er ließ Navra nach links ausweichen und sofort wieder nach rechts springen. In dem Moment, als der Feind ihm ganz nahe kam, war dessen Lanze noch nicht wieder auf Sadko gerichtet. Sadko griff nach dem Schaft der Lanze, wurde abgeworfen, sprang mit einem Satz auf, drehte sich und fand sich hinter Polovtsi auf dem Rücken von Inko wieder. Er nahm sogar die bewundernden Ausrufe wahr, die sein Manöver den Zuschauern entlockte. Während er Polovtsi mit der Linken an der Kehle packte, zog er mit der rechten Hand Polovtsis Messer aus der Scheide. Polovtsis Stimme überschlug sich, als er „Nein! Nein!" schrie.

Dreimal zu rufen gelang ihm nicht. Die gebogene Klinge fuhr ihm in den Leib. Polovtsi kippte nach vorn. Sadko ließ ihn los und stieß ihn vom Pferd. Der leblose Körper rollte über den Schnee, ehe er ausgestreckt und mit verschränkten Armen auf dem Rücken liegen blieb.

Navra war seinem Herrn gefolgt und hielt sich dicht neben dem anderen Hengst. Sadko schwang sich mühelos von einem Pferd auf das andere, ohne den Zügel des prachtvollen Tarpans Inko loszulassen. Er wendete, ritt auf seine Gegner zu und rief: „Schleppt die Leiche über den Schnee und erzählt eurem Anführer, wie Polovtsi zu Tode gekommen ist."

Stimmen erhoben sich: „Wir gehen mit dir, Sadko!"

Andere riefen: „Komm mit uns, du sollst unser Stammesführer sein!"

„Verräter mag ich nicht. Wenn ihr den verratet, der euch geschickt hat, werdet ihr auch mich verraten."

Noch während er sprach, hörte er hinter sich die Pferde herbeigaloppieren, auf denen seine Freunde saßen. „Ich behalte nur Inko", verkündete er den anderen noch. „Er ist ein brauchbares Tier, und ich habe ihn verdient."

Er wendete Navra und lenkte ihn auf das Lager zu. Dann ließ er Inko los, beugte sich unverzüglich hinunter und zog sein Jagdmesser aus dem Schnee. Als er einen Blick zurückwarf, sah er seine Gegner noch immer reglos und wie versteinert an derselben Stelle verharren. Seine Reiter scharten sich um ihn, und Tamar, der Inko am Zügel nahm, sagte: „Sadko, wir haben gesehen, wie du gekämpft hast. Keiner außer dir hätte geschafft, was du gemacht hast. Nun sagen wir nicht mehr Sadko, wenn wir von dir sprechen, sondern nennen dich unseren Anführer."

UNBEHELLIGT von weiteren Verfolgern gönnten sie sich einen Ruhetag in der weiten Ebene. Weil sie wussten, dass Zeit auf einer Reise kostbar ist, nutzten sie den Aufenthalt und verheirateten ihren Anführer mit der Frau, die er liebte. Eine schlichte Feier, eine Mahlzeit wie alle ihre Mahlzeiten, doch am Ende stimmten sie ihre Lieder an.

Sehr früh brachen sie am nächsten Tag die Zelte ab. Die Frauen bereiteten in aller Eile Mehlbrei, in den sie geräucherten Fisch schnitten. Die mühsam wachgerüttelten Kinder weinten, und beim Anziehen musste man ihnen helfen, sich auf den Beinen zu halten. Sadko ging von einem zum anderen. Hin und wieder schüttelte er einen kleinen Jungen und meinte: „Hör mal, so benimmt sich doch kein Mann. Schämst du dich nicht?"

Und weil es der Stammesführer war, der mit ihm sprach, wachte das Kind endgültig auf und beeilte sich, die Stiefel zu binden.

Vier Jungen, die sich lauthals stritten, versprach der junge Anführer: „Wer zuerst fertig ist, darf mit mir auf Navra reiten."

Sofort war der Streit beigelegt, und die Kinder zogen sich eilig Kleidung und Schuhwerk an. Als Erster war Balaki bereit. Er war etwa sechs Jahre alt. Sobald er vor Sadko, der ihn fest an sich drückte, auf Navra saß, frohlockte er: „Jetzt bin ich auch Anführer."

„Wenn du mutig bist, kannst du eines Tages Stammesführer werden."

Sie brachen auf, und es wurde nun zur Gewohnheit, dass Sadko jeden Morgen einen Jungen zu sich aufs Pferd nahm. Da es eine Auszeichnung war, gehorchten alle Jungen und unterließen die Streitereien.

Sie zogen geradewegs nach Westen und mussten auf diesem Weg einige Wasserläufe überqueren. Doch noch war die Eisdecke fest.

Erst als eine Bergkette sie zwang, nach Norden auszuweichen, setzte plötzlich Tauwetter ein. In der Dämmerung zog sich der Himmel zu, und sie hatten gerade noch Zeit, die Zelte aufzuschlagen, bevor ein Platzregen niederprasselte. Lauwarmer Regen, der direkt von Westen kam, herbeigetrieben von einem Wind mit fremdartigen Gerüchen. Er war erfüllt vom Geruch nach Rauch und gegrilltem Fleisch. Sofort nahm Sadko vier Männer und ging mit ihnen gegen den Wind. Bald erblickten sie Feuerschein. Angenehme Düfte schlugen ihnen entgegen. Dort wurde frisches Fleisch zubereitet. Sadko und seine Männer hatten ein paar Gegenstände aus Jade vom Baikalsee bei sich. Sie berieten sich. Sie hatten nur einen Hund mitgenommen, der Opritschi gehörte.

„Ich kann mit ihm auf sie zugehen. Wenn sie Hunde haben, wird er sie wittern", schlug Opritschi vor.

„Nein", erwiderte Sadko, „die anderen Hunde wittern ihn ja auch. Behalte deinen Hund hier. Wenn wir uns im Regen gegen den Wind anschleichen, haben wir die Chance, ganz nah heranzukommen. Ich werde Katschi mitnehmen, er ist alt und weise, vor ihm brauchen sie keine Angst zu haben."

Der Alte war einverstanden, und die beiden machten sich in dem Wolkenbruch auf den Weg. Der Duft drang aus einer Hütte aus Astwerk. Kein Hund. Ein Kind weinte. Eine Frauenstimme sprach leise. Der alte Katschi ging als Erster auf die Tür zu. Sadko blieb zwei Schritte hinter ihm. Als sich der Greis bückte und über die Schwelle treten wollte, stieß die Frau laute Schreie aus. Sofort stützte sich ein Mann, der am Feuer lag, auf dem Arm ab und griff nach einem Spieß.

Zum Zeichen seiner friedlichen Absicht hob Katschi seine geöffneten Hände. „Ich will euch nichts tun", sagte er langsam.

Der Mann, der dort lag, schien sehr alt zu sein und antwortete in einer unbekannten Sprache. Nun trat auch Sadko ein.

Die alte Frau, die ein kleines Kind auf dem Arm hielt, sagte schließlich: „Du, Baikal."

„Ja", bestätigte Sadko eilig. „Baikal. Sieh mal." Er zog aus seinem durchnässten Gewand einen kleinen, aus schöner dunkelgrüner Jade gearbeiteten Fisch. „Für dich. Für dich."

Der düstere Blick der Alten erhellte sich. Sie sagte: „Mein Vater, Baikal." Sie wies auf den ausgestreckten Mann und erklärte: „Er verletzt."

Dann zeigte sie auf das Kind, das aufgehört hatte zu weinen: „Baby versteckt. Die anderen tot. Ich versteckt. Alle gefangen genommen… Fast alle… Sie alles mitgenommen."

Sie lächelte und zeigte auf das Fleisch auf der Glut: „Das nicht", meinte sie, „das auch versteckt."

Sadko ging hinaus und rief seine Männer herbei. Rasch schilderte er ihnen, was passiert war, und fügte hinzu: „Lasst den Hund die Witterung aufnehmen."

Tamar kam herein und fand sofort ein Bündel Weidenruten, das man schon einmal als Fackel benutzt hatte. Er hielt es an die Glut, bis es sich entzündete, trug es vor sich her und ging hinaus.

Es dauerte ein Weilchen, bis der dicke Tamar zurückkam. Seine Fackel war fast abgebrannt. „Ein richtiges Gemetzel", berichtete er. „Überall liegen Tote. Wir müssen warten, bis es Tag ist."

Sadko beschloss, Tamar und Katschi zurückzulassen und mit den anderen beiden Männern zum Lager zurückzukehren. Die Angreifer würden nicht zurückkommen, weil sie schon alles ausgeplündert hatten. Es waren sicherlich Steppennomaden. Sadko kannte ihresgleichen. Mutig waren sie nicht, sondern suchten die isoliert Lebenden auf. Ackerbauern oder Viehzüchter.

„Morgen kümmern wir uns um die Toten", sagte er zu den Gefährten. „Man kann sie doch nicht unter freiem Himmel liegen lassen. Das würden uns die Götter nie verzeihen."

AM NÄCHSTEN Morgen kam die Alte schon in der Morgendämmerung herbei, beladen mit Fleischstücken, die sie für sie gebraten hatte. Tamar begleitete sie und trug einen großen Krug mit Milch. Die Ziegen, die der Kampf erschreckt und in die Berge verjagt hatte, waren nachts heimgekehrt. Die alte Frau hieß Greogs und der Verletzte Gorda.

Unmittelbar nach dem Essen brachen ein Teil der Frauen und zwei

Männer die Zelte ab. Die anderen begaben sich in die Nähe der Hütten.

Was sie entdeckten, erstaunte sie kaum. Denn es ziehen nicht nur unzählige Karawanen von Händlern und Hirten, die ihre Herden an andere Weideplätze bringen, durch die weiten Steppen, sondern auch Räuberbanden, denen es nichts ausmacht, ein ganzes Dorf wegen eines Stücks Fleisch und ein paar armseliger Schmuckstücke umzubringen. Am Tag zuvor waren die Plünderer über das Dorf hergefallen.

Die zwischen den Hütten verstreut liegenden Toten hatte der Regen rein gewaschen. Insgesamt fanden Sadkos Leute 32 Tote, davon zwölf Kinder. Die alte Frau hatte überlebt, weil sie mit ihren Ziegen in die Berge gezogen war. Das Kind hatte im Stroh vergraben gelegen und geschlafen. Hätte es auch nur den geringsten Mucks von sich gegeben, wäre das sein Ende gewesen. Den Verwundeten hatte man für tot gehalten und zurückgelassen. Die Alte hatte das Kind gefunden, als es zu weinen begann. Den alten Mann hatte sie mit Heilpflanzen behandelt.

Die Leute vom Baikalsee zogen in den Wald und fällten Bäume, die sie zerteilten und in die Steppe schleppten. Aus dem Holz errichteten sie einen gewaltigen Scheiterhaufen und legten die Toten darauf. Die alte Greogs sah dabei zu. Ihre Kinder waren darunter, ihre Enkel und ihre Freunde, aber sie weinte nicht. Ihr kupferfarbenes, von dunklen Runzeln zerfurchtes Gesicht blieb starr. Rotschka ging zu ihr und legte ihr den Arm um die Schultern. Die Alte gab ihr zu verstehen, wenn sie noch jung oder ein Mann wäre, würde sie alle Schuldigen töten.

Rotschka wies auf die weite Ebene. „Wo? Wo? Sie sind schon weit weg", gab sie zu bedenken.

Die Alte schüttelte den Kopf. Mit ihrem Stock deutete sie auf die Berge: „Plünderer da."

Rotschka rief Sadko und erzählte ihm, was sie gehört hatte.

Sadko verstand sofort, er überlegte. „Das ist weit", meinte er dann. „Wenn ich mit ein paar Männern losziehe und andere Räuber kommen, während wir fort sind, bringen sie euch um."

„Aber wir gehen doch auch fort", erwiderte Rotschka. „Und wenn sie später wiederkommen, töten sie Greogs, Gorda und das Kind."

„Nein", widersprach Sadko, „wir nehmen sie mit."

Inzwischen war der Scheiterhaufen fertig. Sie stellten sich rings um ihn auf. Ein Mann brachte aus einer Hütte Stroh herbei und stopfte es unter die Äste, ein anderer schlug Feuersteine aneinander. Schon züngelten die ersten Flammen empor. Dicker schwarzer Rauch stieg kerzengerade hoch, auf einer bestimmten Höhe knickte die Rauchsäule ab und zog nach Süden.

Greogs stellte sich ans Feuer. Es schien sie zu faszinieren. Sie hielt sich ganz gerade, fast ungerührt. Plötzlich barg sie das Gesicht in den Händen, und ein herzzerreißendes Schluchzen erschütterte ihren schmalen Rücken. Wie ein Echo auf diesen erstickten Schrei ertönte ein anhaltender Alarmruf aus dem Lager, wo zwei Wachposten zurückgeblieben waren. Alle wandten sich dem Lager zu. Keine dreihundert Schritte entfernt, unmittelbar an den ersten Gebirgsausläufern, näherte sich etwa ein Dutzend Reiter in leichtem Trab. Der vorderste Mann trug eine schwarze Kugel auf der Lanzenspitze.

Sadko stürzte los. Zum Glück waren die Pferde aufgezäumt. „An die Waffen!“ Sein Messer hatte er schon bei sich. Im Vorüberlaufen griff er nach seiner Lanze und sprang mit einem Satz auf den Rücken von Navra, der wie der Wind losrannte.

Kurz darauf befand sich Sadko so nah bei den Reitern, dass er sie zählen konnte. Es waren neun. Die Kugel, die der Erste von ihnen auf der Lanzenspitze trug, entpuppte sich als menschlicher Schädel.

Sadko drehte sich um. Vier seiner Gefährten ritten hinter ihm, waren aber noch ziemlich weit entfernt. Er beschloss, nach rechts zu schwenken, als wolle er sich in den Bergen verstecken. Er blickte sich um und bemerkte, dass seine Leute seine Absicht sofort durchschaut hatten, denn sie bogen nach links ab. Die Feinde teilten sich auf. Drei verfolgten ihn, während die anderen seinen Männern nachsetzten. Sadko beugte sich tief über den Hals seines Pferdes und sprach mit ihm. Navra behielt den Galopp bei, verlangsamte aber sein Tempo. Schon hörte man die anderen Pferde näher kommen. Nun verlangte Sadko von Navra eine Leistung, zu der nur sehr wenige Pferde fähig sind: eine hoch akrobatische Kehrtwendung, mit der er seine Verfolger verwirren wollte.

Kaum hatte er die Figur ausgeführt, stieß Sadko die Lanzenspitze in die Kehle seines ersten Verfolgers. Der Mann brüllte auf und fiel von seinem Pferd, das davonstob.

Die beiden anderen Räuber rissen voller Schrecken die Pferde herum, um sich in Sicherheit zu bringen. Navra galoppierte hinter ihnen her. Mit weniger als zwanzig Sätzen holte er den nächsten Reiter ein und stieß ihm die Lanze in den Rücken. Sadko brauchte einen Moment, um die Spitze herauszuziehen und verhalf damit dem am weitesten entfernten Reiter zu einem gewissen Vorsprung. Auch dessen Pferd war ein wunderschöner, schneller und trittsicherer Tarpan. Doch Navra ließ keinen Widerstand zu und raste los.

Als der Räuber merkte, dass Sadko ihn eingeholt hatte, bog er nach rechts, hielt sein Pferd an, ließ die Lanze fallen und riss die Arme hoch. „Gut Freund! Gut Freund!“, schrie er. Sein Blick war voller Angst.

Sadkos Lanze traf den Räuber mitten in der Brust, und der Verletzte stieß einen fürchterlichen Schrei aus. „Gut Freund? Und die, die du getötet hast, waren das auch Freunde?“, brüllte Sadko. Er zog die Waffe zurück, und der Mann kippte mit starrem Blick zur Seite.

Sadko verlor keine Zeit und galoppierte zu den anderen. Seine Kameraden hatten es mit neun Plünderern zu tun gehabt. Opritschi war am linken Arm verletzt und verlor viel Blut. Alle Feinde waren tot.

„Reitet zurück, damit Opritschi versorgt werden kann“, wies Sadko seine Leute an. Dann machte er sich mit Tamar und Mithkov daran, die Pferde einzufangen und die Waffen an sich zu nehmen.

Als sie ins Lager zurückkehrten, war alles für den Abmarsch bereit. Für den Transport des Verwundeten hatten die Frauen eine Trage geflochten, die von einem Pferd gezogen werden konnte. Nun hatten sie neun zusätzliche Pferde, sodass sie die anderen entlasten konnten. Auch 23 Ziegen besaßen sie. Zügig nahmen sie ihren Marsch wieder auf, der sie noch immer nach Westen führte.

3

Die gewaltige Steppe ist flacher als der gewaltige Ozean. Im Winter sind die Weiher, die Seen und die Flüsse steinhart gefroren und heben sich nicht mehr von dem kahlen Land ab.

Ganz plötzlich setzt der Frühling ein. Die Weiher werden wieder zu Wasser mit morastigen, binsenbewachsenen Ufern. In den Flüssen und Strömen bricht das Eis auf, jadefarbene Schollen schieben sich zwischen den dunklen Uferböschungen zusammen. Überall glitzert und rieselt es.

Aus dem modrigen Gras, das Eis und Schnee monatelang erbarmungslos niedergewalzt haben, sprießen grellgrüne Spitzen. Abertausende Blüten öffnen sich. Was vergangen war, erwacht zu neuem Leben.

Niemand mag den Sommer in diesen schattenlosen Steppen verbringen. Über die kahle Weite bricht der Sommer ebenso erbarmungslos herein wie zuvor der Winter. Eine feurige Sonne, brutaler als der eisige

Wind, lässt die Tümpel austrocknen und Schlamm und Sümpfe hart werden. Der Grund der Mulden verwandelt sich in eine gelbliche, oft graue Kruste, auf der sich kein Leben halten kann.

So scheint es, als sei das Reich der Gräser und der kahlen Böden, wo Schotter und ausgedörrte Sümpfe vorherrschen, allem Leben abhold. Und dennoch ziehen Menschen hindurch. Reiter und ihre Herden wagen sich in diese Einöde und versuchen, deren Grenzen zu erreichen.

Die Reiter vom Baikalsee begegneten Karawanen, die zehnmal größer waren als ihr kleiner Trupp. Greogs erklärte ihnen, dass alle diese Menschen auf dem Weg zu besseren, reicheren Gegenden seien, wo es sich leichter leben ließ, in Länder, von deren Existenz ihnen Reisende berichtet hatten.

Ein Händler erzählte ihnen von den Wundern des Südens und berichtete, dass man auch im Norden, am Ufer eines Salzwassers, das um vieles größer war als der Baikalsee, Schätze finden könne. Er zeigte ihnen einen Bernstein. Überall auf der Welt suchten Menschen nach diesem Material. Sie polierten es und fertigten Schmuckstücke daraus.

Von den Erzählungen des Unbekannten gefesselt, ließ sich Sadko den Weg dorthin erklären. Der Mann erläuterte den Weg, den die Sterne weisen konnten, und sagte, auch der Flug der Zugvögel führe zu diesem Meer mit seinen schier unerschöpflichen Reichtümern.

Sie setzten ihren Zug fort. Der Händler und seine Gefährten zogen weiter auf das Land zu, wo die Sonne am Mittag steht, die Leute vom Baikal kehrten ihr den Rücken und wandten sich in die Richtung zwischen dem Westen und den Regionen, von wo der Winter kam. Die Ältesten hatten die Unterhaltung mit den Leuten aus dem Süden nicht mitbekommen. Sie nutzten eine Pause und fragten erstaunt: „Wohin führst du uns? In die Kälte, die niemals endet?"

Sadko erklärte, wohin er sich wenden wollte, und zeigte das Stückchen Bernstein, das ihm der Mann überlassen hatte. Die Alten betrachteten es mit prüfenden Blicken.

„Das ist nichts wert", meinte Katschi. „Du hast dich betrügen lassen. Und der Mann lässt dich in die Nacht gehen, damit du ihm nicht in das Land des Tages folgst. Wir müssen umkehren und versuchen, ihn wieder zu treffen."

Es kam zu einem längeren, ein wenig hitzigen Streitgespräch, doch die Alten fürchteten sich davor, allein den Weg fortzusetzen, und fügten sich schließlich, weil alle Jungen auf Sadkos Seite standen. Erneut machten sie sich auf den Weg. In der Ferne glitzerte ein sehr breiter Wasserlauf, den es zu überqueren galt.

Als sie den Fluss erreichten, färbte der Glanz aus dem Westen die Wasseroberfläche blutrot. Gewaltige Wirbel tauchten auf und verschwanden. Während die Frauen die Zelte aufschlugen und rauchende Feuer aus feuchtem Gras anzündeten, begaben sich die Männer an das schlammige Wasser, wo noch Eisschollen trieben.

Die Alten schüttelten den Kopf. „Es wäre Wahnsinn, den Fluss zu überqueren."

„Wir haben schon ganz andere Flüsse überquert."

Tamar war ganz nahe ans Wasser getreten, bückte sich, schnitt eine Binse ab und warf sie in die Strömung. „Lasst uns Flöße aus diesen Pflanzen bauen", schlug er vor. „Sie können die Frauen, die Kinder und unsere Habe gut tragen."

Die jungen Leute waren alle einverstanden, einer fügte hinzu: „Und wenn sich die Männer zu schwach fühlen, können wir ihnen auch Flöße bauen. Und unsere Pferde ziehen alles."

Die Alten sahen sich an. Dann ergriff Katschi das Wort: „Wir setzen über", sagte er mit fester Stimme. „Und wenn das sprudelnde Wasser einem von uns den Tod bringt, dann haben die Götter gewollt, dass seine Reise hier endet."

AM ANDEREN Morgen machten sich alle ans Werk, sie schnitten Binsen und breiteten sie in der Sonne aus. Am nächsten Tag wurden die Binsen gebündelt und mit Lederriemen zusammengebunden.

Als die Binsenflöße am dritten Tag bereitlagen, ließ man die ältesten Frauen und die kleinsten Kinder aufsteigen. Auch den Verletzten, den die alten Frauen gepflegt hatten, legte man darauf. Die Pferde traten ins Wasser. Dann band man die Flöße an ihnen fest. Kaum hatten die Reiter ihre Stiefel ausgezogen und auf den Flößen untergebracht, schwangen sie sich auf ihre Pferde und wandten sich dem offenen Wasser zu. Die reißende Strömung trug sie nach Norden, in die Richtung, die sie ohnehin einschlagen wollten.

„Kämpft nicht dagegen an!", schrie Sadko. „Lasst euch einfach treiben. Dann ist schon viel gewonnen."

„Dieses wahnsinnige Wasser wird uns wohl in die Tiefen der Hölle bringen", brummten dagegen die Alten. Die alten Jäger hatten sich weder vor einem Bären noch vor dem Feind je gefürchtet, doch diese Flussüberquerung war für sie eine gefährliche Prüfung. Als sie sich umwandten und sich ihr Blick in der Unendlichkeit der Steppe verlor, die sie mit ihrem Heimatland verband, ergriff sie die Angst. Die Einöden, die sie durchquert hatten, und die Gewalt dieses unbekannten Flusses waren der Beweis, dass sie ein Paradies verlassen hatten, um an einem Ort zu sterben, wo gewiss keine Gottheit der Güte und der Liebe lebte.

Es GELANG ihnen, den großen Fluss mit dem wirbelnden, schlammigen Wasser unbeschadet zu überqueren. Nun schlugen sie das Lager auf und verbrachten die erste Nacht am anderen Ufer.

Sadko stellte sich nah ans Feuer und wandte sich an die Alten: „Ihr seht“, hielt er ihnen entgegen, „dass dieses Ufer nicht schlechter ist als das andere. Übrigens habe ich vor Anbruch der Nacht bemerkt, dass in der Ferne Wälder liegen, die denen am Baikal gleichen. Morgen werden wir dorthin gelangen, und ihr werdet erkennen, dass ihr zu Unrecht Angst hattet. Denn hinter diesen Bergen ist die Sonne untergegangen. Bestimmt liegt dort das Wasser, das größer ist als unser See.“

Die Alten blieben ihm eine Antwort schuldig. Die Müdigkeit schien sie zu überwältigen. Nur Katschi, der Älteste, erwiderte: „Du hast ganz sicher Recht, Sadko. Trotzdem solltest du heute Nacht die Wachen verdoppeln.“

„Mach dir keine Sorgen, Katschi. Ein Mann und die Hunde reichen aus.“

Der Greis bestand nicht darauf. Für die erste Nachtwache bestimmte Sadko Sorski, einen der Söhne Opritschis. Er war groß, dunkelhaarig und hatte rabenschwarze, stets lachende Augen, breite Schultern, eine kräftige Brust, und unter der Lederkleidung sah man seine starken Armmuskeln spielen. Während sich die anderen schlafen legten, nahm er seinen Bogen, das Jagdmesser und die Lanze und begab sich, ein paar Schritte von den Zelten entfernt, auf seinen Wachposten mit Blick über die weite Ebene.

Die Nacht war dunkel, aber nicht undurchdringlich. Als Sadko sich vom Feuer abwandte, konnte er das andere Ufer noch gut erkennen.

Rotschka trat aus der Jurte und legte ihm ihre kühle Hand auf den Nacken. „Komm.“

Er wandte sich der Ebene zu. Der Umriss des hoch gewachsenen Wachmanns zeichnete sich gegen den Himmel ab, wo undeutliche Lichtschimmer verblassten. Mit geschulterter Lanze machte der Wachposten langsam seine Runde. Beruhigt betrat Sadko das Zelt, in dem es angenehm warm war. Es herrschte tiefe Stille. Vorsichtig tastend zog sich der junge Anführer aus. Sehen konnte er nichts, aber ihm war, als könne er seine Frau auf dem Bärenfell liegen sehen, auf dem sie jede Nacht schliefen. Trotz ihrer Müdigkeit war seit ihrer Hochzeit kein einziger Abend vergangen, an dem sie sich nicht geliebt hatten.

Vielleicht hatte die Flussüberquerung damit zu tun, dass diese Nacht für Rotschka und Sadko eine andere Bedeutung hatte als die anderen Nächte seit ihrem Aufbruch.

„Ich liebe dich genauso wie zuvor, doch etwas scheint verändert", flüsterte die junge Frau.

„Ich weiß, und ich liebe dich jeden Tag ein wenig mehr."

„Aber was hat sich verändert?"

Er zögerte ein paar Augenblicke, dann antwortete er: „Wir sind nicht mehr in derselben Gegend. Nachdem wir heute den Fluss überquert haben, kann uns nichts mehr zur Umkehr bewegen. Nichts!"

DIE MORGENDÄMMERUNG des nächsten Tages brach an. Sie lagen erschöpft auf ihrem Lager, ein wenig trunken von der Liebe, aber hingerissen, als sei die Sonne an diesem Flussufer heller und wärmer.

Wenig später trat Sadko aus dem Zelt und richtete den Blick nach Westen. Im Morgenlicht wirkten die bewaldeten Berge, die sie in der Dämmerung am Vorabend nur undeutlich hatten ausmachen können, nicht mehr so düster.

Alle Menschen vom Baikal schauten in diese Richtung, als sie ins Freie traten. Der Wald war ihr Freund. Doch die Ältesten unter ihnen verspürten ein wenig Angst vor diesem Weg, der sie zu den Bernsteinufern führen sollte.

Die Erinnerung an den Baikal ließ sie nicht los, und angespornt vom Anblick des Waldes, der ihrem Wald am Baikalsee ähnelte, brachen sie sehr schnell ihr Lager ab. Die Sonne stand noch niedrig, als sie die Pferde beladen hatten und Sadko sich in den Sattel schwang und das Signal zum Aufbruch gab.

Wie immer führte Navra den Zug an, und sie kamen den Tag über gut voran. Am Abend wurde rasch das Lager aufgeschlagen und das Feuer angezündet. Müdigkeit lastete auf ihnen, doch sie wussten, dass sie am Tag darauf, noch vor Einbruch der Dunkelheit, das bewaldete Gebirge erreichen würden.

Am nächsten Morgen brachen sie erneut in fieberhafter Eile auf. Kaum waren sie drei Stunden unterwegs, als Navra eine langsamere Gangart anschlug. Mit hoch erhobenem Kopf schnupperte er in den

Wind, der ihnen entgegenwehte. Sadko wunderte sich. Nur wenn große Gefahr drohte, ließ sein Pferd Anzeichen von Beunruhigung erkennen.

„Was hast du, Navra? Was spürst du?“

Sie bewegten sich etwas vorsichtiger voran, und fast sofort stellte Sadko fest, dass sich der Pflanzenwuchs verändert hatte. Das Gras war höher. Die Binsenbüschel zahlreicher. Ein Sumpf.

Nach etwa dreißig Schritten watete Navra im Schlamm. Er machte von selbst Halt. Sadko hob den Arm, und die lange Schlange hinter ihm hielt an. „Hier sind gefährliche Sümpfe. Wir müssen sie umgehen.“

Er bog nach Norden ab. Das machte nichts, denn auch das Wasser, das Bernstein lieferte, lag im Norden. Alle folgten ihm, doch einige der Alten meinten, es sei klüger, der Sonne entgegenzugehen.

Den ganzen Tag zogen sie weiter. Bisweilen mussten sie sogar ein wenig nach Osten ausweichen. Sadko bestand hartnäckig auf diesem Weg, obwohl Tamar immer wieder an seine Seite ritt und fragte: „Bist du sicher, dass wir hier weiterziehen müssen?“

„Natürlich!“

„Man könnte denken, die Sümpfe wollten uns den Weg zum Bernstein versperren.“

„Wir werden es schaffen.“

Der Nachmittag war schon halb vergangen, als die Reiter einen gewaltigen Schwarm Gänse aufscheuchten, der sich schwerfällig in die Luft erhob. Sofort wurden Pfeile abgeschossen, und die großen Vögel plumpsten auf den Boden. Dieses unerwartete Ereignis brachte ein wenig Freude in die Herzen.

„Jetzt wird das Zeltlager aufgeschlagen!“, befahlen die Frauen. „Wir müssen die Gänse rupfen und über Nacht räuchern.“

Aber die Zelte konnten sie nur aufbauen, wenn sie das wasserdurchtränkte Gelände verließen. Und das bedeutete, dass sie sich erneut zurückbewegen mussten. Sadko war sich dessen bewusst. Eine innere Stimme sagte ihm, es sei besser, sich nach Süden zu wenden, doch der Bernstein hatte ihn in seinen Bann geschlagen, und sein Stolz verbot ihm, den Bitten der Alten nachzugeben.

Als das Lager aufgeschlagen war, blickten alle nach Westen. Noch immer stand die Sonne hoch am Himmel, doch sie verdüsterte sich allmählich. Rasch zogen dunkle Wolken auf, und die Goldborte an ihren Rändern färbte sich rot. Wenn die dichte Masse dann hier und da aufriss, zeigten sich strahlend helle violette Wolkenlöcher.

„Es lohnt sich nicht, Feuer anzuzünden und die Gänse zu räuchern", jammerten die alten Frauen. „Das wird nichts. Gleich regnet es sehr heftig. Wir müssen das Räuchern auf morgen früh verschieben."

„Morgen müssen wir weiterziehen."

Kaum hatte Sadko diese Worte gesprochen, erhob sich plötzlich ein heftiger Wind, der aus dem Sumpf kam. Noch hatten die Wolken sie nicht eingeholt, doch man hätte schwören können, dass der Wind sie hinter sich herzog. Immer schneller rasten sie. Weit hinten in der Unendlichkeit schien sich eine Feuersglut entzündet zu haben.

Der alte Katschi, von dem alle sagten, er könne das Wetter besser vorhersagen als jeder andere, kam zu Sadko und meinte halblaut: „Das ist das große Wasser, das so dampft. Ein Feuerwasser… Feuer aus der Erde. Wenn die Sonne hineinstürzt, fängt es an zu kochen. Du musst es aufgeben, Sadko. Niemand kann am Ufer des Feuerwassers leben. Und niemand kann diese Sümpfe überwinden."

„Lasst uns in die Jurten gehen. Wir reden morgen weiter", erwiderte der junge Anführer.

Der Alte wandte sich ab, und Sadko hörte ihn murren: „Morgen sind wir alle ertrunken."

Und als wolle der Himmel ihm Recht geben, ließ er einen Wolkenbruch niederprasseln. Alle flüchteten sich in die Zelte. Die Kinder weinten, die Frauen schrien, um sie zu beruhigen. Ein Blitz zerriss die Wolken.

Nun war die Nacht schon fast hereingebrochen. Der Donner grollte und dröhnte. Der Regenguss wurde stärker und stärker, der böige Wind zerrte an den Jurten und wehte Nässe hinein. Die verängstigten Kinder schrien immer lauter.

„Das Wasser steigt!", rief Tamar.

Der wasserdurchtränkte Boden konnte keine Nässe mehr aufnehmen. Der Sumpf lief über. Die vom Blitz erschreckten Pferde scharrten wiehernd mit den Vorderhufen, dann rissen sie sich los und flohen vor dem steigenden Wasser.

„Navra! Navra! Hierher!", schrie Sadko.

Ein paar Augenblicke vergingen, dann sah er im Schein eines Blitzes sein Pferd auf sich zukommen. Auch andere Männer riefen nach ihren Pferden, doch kaum eines gehorchte. Überall waren Schreie zu hören: „Das Wasser kommt herein!"

„Wir müssen uns retten!"

„Wir sehen nichts!"

Mehrere Männer versuchten Fackeln anzuzünden, aber alles war nass. Sie rafften zusammen, was ihnen in die Hände kam. Waffen, Werkzeuge, Pelze. Die Frauen nahmen ihre Kinder, und alle flohen. Sie mussten den Verletzten mitnehmen, den Alten helfen. Nun stapften sie durch sumpfigen Morast, der an ihren Stiefeln kleben blieb und sie zurückzuhalten versuchte.

„Wir sind verloren!“

„Wir haben eine Dummheit gemacht!“

Sadko hatte im Vorübergehen zwei Kinder hochgehoben. Eines setzte er sich auf seine Schultern und griff nach einem dritten. Rotschka trug zwei. Noch immer regnete es in Strömen. Beim Gehen hatten sie den Wind im Rücken. Sie gingen immer weiter, bis sie wieder festen Boden unter den Füßen hatten.

„Hier halten wir an!“, rief Sadko. „Bleibt zusammen. Niemand geht fort!“

Erschöpft, klatschnass und vor Kälte zitternd, drängten sich die Menschen aneinander und versuchten, sich mit den Zeltbahnen zu schützen, die sie hatten mitnehmen können.

Wind und Regen hatten aufgehört, doch die Nacht war schwer zu ertragen. Das Tageslicht konnte den dichten Nebel kaum durchdringen. Alles war weiß. Nur eine sehr verschwommene Helligkeit ermöglichte eine gewisse Orientierung.

„Tamar, komm mal her!“, rief Sadko.

Der Dicke ging mit Sadko.

Nach etwa fünfzig Schritten wateten sie bereits im Wasser. Der junge Anführer hörte, wie es hinter ihm platschte. Sein Pferd folgte ihm. Das Vorwärtskommen war äußerst mühsam, denn bei jedem Schritt mussten sie ihre Stiefel aus dem Schlamm herausreißen. Schließlich fanden sie ihre verlassene Lagerstelle, doch das Wasser, das ihnen bis zu den Knien reichte, hatte alles überschwemmt. Sadko begann zu retten, was er auf sein Pferd laden konnte.

„Geh zurück, Tamar. Die kräftigen Männer sollen mit allen Pferden herkommen. Wir müssen so viel wie möglich bergen.“

Tamar entfernte sich und kam bald darauf mit den Männern zurück. Nun begann die Arbeit. Wortlos. Ohne Sadko, der sich unbehaglich fühlte, einen Vorwurf zu machen. Sobald die Männer Zelte, Gegenstände, Pelze und Kleidung an dem Platz abluden, wo sie die Nacht verbracht hatten, machten sich die Frauen eilig an die Arbeit und hängten die Zeltbahnen über Pfosten, die ihnen die Alten in die Erde geschlagen hatten.

„Die Sonne kommt bald durch. Dann kann das alles trocknen."

Sie hatten sogar die meisten der am Vorabend erlegten Gänse wieder gefunden. Und dem alten Katschi, der etwas von einem Zauberer an sich hatte, gelang es, aus einer Art Polster eine Hand voll trockenes Gras herauszuholen und anzuzünden, dann bog er mit unendlicher Geduld Binsen hin und her, damit das Wasser hinauslief, ließ sie an den Flammen trocknen und unterhielt damit sein winziges Feuerchen, das sich allmählich zu einem richtigen Feuer mauserte.

„Los, ihr Kleinen, ihr müsst mir alle helfen", wandte er sich an die Kinder.

Alle Kinder folgten ihm, eiferten ihm nach, schnitten Gras und trockneten es. Der Qualm vermischte sich mit dem Nebel, der von der Wärme der zunehmenden Anzahl von Herdfeuern aufgewirbelt wurde. Und an den Feuern saßen die Frauen und rupften die Gänse. Die Hunde hatten schon lange nichts mehr gefressen und stürzten sich beim Ausnehmen auf die Innereien. Nur Leber, Magen und Flügel wurden auf die Glut gelegt und gebraten.

„Das andere wird geräuchert. Später sind wir froh, wenn wir etwas haben." Im Augenblick waren es die Frauen, die das Sagen hatten.

„Und die Federn und Daunen bewahren wir auf."

„Diese Vögel haben uns die Götter geschickt."

Das heiße Fleisch, das Maneck mit würzig duftenden Kräutern bestreut hatte, verlieh ihnen neue Kraft. Und während sie aßen und Kräutertee tranken, durchbrach die Sonne den Nebel. Stellenweise kam leichter Ostwind auf, schob den Dunst beiseite und vermischte ihn mit dem Rauch der Feuer.

„Die Götter haben uns diese Graugänse geschickt, um uns zu helfen", sagte der alte Katschi zu Sadko. „Sie haben uns den Sturm geschickt, um uns zu warnen. Nun lassen sie den Wind aufkommen, der uns den Weg weist. Es wäre klug, auf sie zu hören. Wir müssen dorthin gehen, wo die Sonne vorüberzieht, um die Sümpfe zu umgehen."

Sadko zögerte, noch immer dachte er an die Reichtümer, die ihnen der Bernstein bringen konnte, doch er spürte, dass fast alle Katschis Meinung waren. Schließlich nickte er und erwiderte: „Wir gehen, wohin du möchtest, zum Weg, den die Sonne nimmt."

Und er fühlte, wie alle diese entkräfteten Menschen erleichtert aufseufzten und allmählich neue Hoffnung schöpften.

4

Wieder nahmen sie ihren Marsch auf. Zwei Tage lang zogen sie nach Süden. Nachdem es ihnen gelungen war, das Sumpfgebiet zu umgehen, schwenkten sie nach Westen, unmittelbar auf das Gebirge zu, das sie lockte. Doch bis sie die ersten Bäume erreichten, mussten sie noch zwei weitere Tagesmärsche hinter sich bringen. Dann lag ein dichter Laubwald vor ihnen. Plötzlich flüchteten Rudel gehörnter Tiere einer unbekannten Art, die auf dem Grasland weideten, Deckung suchend in den Wald. Wie wild geworden, schossen die Hunde los, und die Jäger folgten im Galopp. Die ersten Pfeile erlegten drei Tiere.

Nun hielt Sadko seine Männer zurück. „Das reicht für heute. Wir müssen hier das Lager aufschlagen und die Beute zerlegen."

Sofort machten sich alle an die Arbeit. Nacheinander kamen die Hunde zurück, allerdings waren zwei verletzt, und drei fehlten.

Katschi und Maneck untersuchten die Wunden und erklärten: „Bärenkrallen. Von sehr großen Bären."

„Zündet heute Nacht ein paar Feuer an."

Hastig sammelten sie am Waldrand dürres Holz. Die Frauen hatten die Hirsche zerlegt, und der Duft von gebratenem Fleisch ließ allen das Wasser im Mund zusammenlaufen.

Sadko wandte sich an Katschi und sagte so laut, dass es alle hörten: „Du hast Recht gehabt, uns den Weg einschlagen zu lassen, der der Sonne am nächsten war. Deine Weisheit ist für uns wertvoll." In der Nacht stellte er mehrere Wachen auf.

Die Nacht war schön. Der Vollmond überflutete die unendliche Ebene mit seinem eisigen Licht. Gegen Morgen sahen die Wachposten, wie Nebel aufstieg und Hirschrudel davonstoben. Auch Wolfsgeheul hörten sie und das Gebrumm von Bären und anderen Tieren, die sie nicht kannten. Die Hunde winselten, aber keiner wagte sich ins Unterholz. Bisweilen schien es, als brumme und brülle der ganze Wald.

Einer der sehr jungen Wachposten sagte zum Anführer: „Dieses Gebirge ist voller Gefahren."

„Mach dir keine Sorgen, wir werden es durchqueren und unterwegs wieder Fleischvorräte beschaffen."

Merkwürdige Geräusche drangen aus dem Gebirge, als die Sonne aus den Nebelschleiern auftauchte, während die Frauen das Essen bereiteten und die Männer mit dem Abbau des Lagers begannen. Plötzlich dampfte der Wald. Ein dichter Schwarm von Vögeln in allen Größen flog auf und erhob sich in den klaren Himmel, zerstreute sich und fiel wie ein Regenschauer auf die weite Ebene nieder. Dann nichts mehr. Das Gebirge war verlassen. Alles Leben hatte sich in das Grasland und die Sümpfe verzogen. Noch nie hatten die Leute vom Baikalsee ein solches Schauspiel erlebt. Selbst die Ältesten konnten ihren Augen kaum trauen. Sie meinten: „Verhungern können wir in diesen Wäldern nicht."

„Heute werden wir uns auf den Weg machen und sie durchqueren."

Als die Pferde aufgezäumt und beladen waren, brach die Gruppe auf. Der Wald war dicht, doch man sah, wo sich Tiere Pfade gebahnt hatten. Eine der Spuren verlief etwa in die Richtung, die sie einschlagen wollten. Navra verfiel in ein rasches Tempo, doch sehr bald musste Sadko absteigen. Der Pfad setzte sich fort und war auch gut, doch für Reiter war er nicht geeignet. Sadko befahl seinem Trupp anzuhalten, er ließ sein Pferd zurück und machte sich allein auf den Weg, in der Hoffnung, dass es nur eine schwierige Stelle zu überwinden galt. Je weiter er vorstieß, desto beschwerlicher wurde der Pfad: ein dichtes Gewirr, durch das man sich nur mit Axt und Säbel einen Weg bahnen konnte.

Sadko kehrte um. Als er wieder zu den anderen stieß, erklärte er: „Wir müssen eine andere Route ausprobieren."

Sie beschlossen, dass drei Reiter drei verschiedene Wege einschlagen sollten. Es wurde ihnen aufgetragen zu reiten, bis die Sonne ein Drittel ihres Weges zurückgelegt hatte. Dann sollten sie zurückkehren, und alle sollten dem breitesten und einfachsten Pfad folgen. Sadko überließ Katschi die Verantwortung für die wartende Gruppe. Er selbst schlug den unteren Pfad ein, Tamar den oberen, und Tipock, der jüngste der drei, sollte der zwischen beiden Pfaden verlaufenden Spur folgen.

Die Männer machten sich auf den Weg. Zunächst ritten sie im Trab, doch sehr bald schon mussten sie absitzen. Der Wald war so dicht, dass stellenweise fast finstere Nacht herrschte. Die Stille lastete ebenso schwer auf ihnen wie die Dunkelheit.

Sie waren noch nicht weit gekommen, da schnaubte Tipocks Pferd plötzlich und blieb stehen. Sofort griff Tipock nach seinem Messer, doch es blieb ihm keine Zeit, es aus der Scheide zu ziehen, denn schon brach ein gewaltiger Bär durch das Dickicht und stürzte sich auf ihn. Ein weiterer sprang mit einem Satz auf das Pferd zu, das markerschütternd wieherte. Der junge Mann stieß einen Schrei aus, der erstarb, als die Kiefer des Bären seine Kehle zermalmten. Das Pferd war zu Boden gestürzt.

Die Bärin hatte es angefallen, und auch die beiden schon riesenhaften Bärenjungen warfen sich auf das Tier.

Sadko und Tamar hatten Tipocks Schrei gehört. Sie ließen ihre Pferde zurück und drangen in den Wald ein. Mit aller Kraft versuchten sie, sich mit Axthieben einen Weg durch das Dickicht zu bahnen, doch keinem gelang es, in das Gewirr vorzustoßen. So kehrten sie um und ritten in aller Eile zurück. Als sie bei der wartenden Gruppe ankamen, waren zwei Männer, die Tipocks Schrei ebenfalls gehört hatten, bereits auf dem Weg. Sadko und Tamar folgten ihnen.

Knapp ein Drittel des Weges lag hinter ihnen, als sie die Männer zurückkommen sahen. Der eine trug Tipocks Messer und seine Lanze. Beide waren Jäger, Krieger, die schon in Schlachten gekämpft hatten. Nun aber schienen sie völlig verängstigt zu sein.

„Ich ritt als Erster. Ich habe sie gesehen … Bären. Drei, die größer waren, als man sich vorstellen kann. Sie sind im Gestrüpp verschwunden und haben mitgenommen, was von Tipock und dem Pferd übrig war. Ungeheuer ... Wir konnten nichts tun … Nichts."

Er schwieg. Seine Gefährten machten Gesten der Ohnmacht. Als sich alle umwandten, sahen sie Poga auf sich zurennen, Tipocks Frau. Sie warf sich weinend an Sadkos Brust.

Sie mussten den Wald verlassen. Wieder zogen sie über die Ebene nach Süden. Immer wieder flogen dort ungeheure Vogelschwärme auf. Sie schlugen ihr Lager unweit des Waldes auf, damit sie mühelos Feuerholz sammeln konnten.

Sadko stellte die Wachposten auf, dann ging er in seine Jurte. Er hatte im Augenblick zwei Frauen, denn Tipocks Witwe wollte nicht allein bei dessen Mutter bleiben. Noch hatte sie sich Sadko nicht hingegeben, doch er wusste, dass sie es tun würde. Es war üblich, dass der Stammesführer mehrere Ehefrauen besaß, und Rotschka würde sich gut mit Poga, ihrer Freundin aus Kinderzeiten, verstehen. Und Rotschka wusste, dass sie allein Sadkos große Liebe war.

Erschöpft von den Anstrengungen des Tages, schliefen sie ein. Das Zelt blieb halb geöffnet, denn in diesem seltsamen Land fand Sadko keine Ruhe. Er wollte auf dem Sprung sein und hatte sich deshalb angekleidet schlafen gelegt. Er brauchte nur die Stiefel anzuziehen.

Sie schliefen noch nicht lange, als sie vom Wiehern der Pferde und von schreienden Menschen geweckt wurden.

Sadko sprang auf. Er hatte Navras Stimme erkannt, die er aus tausend anderen herausgehört hätte. Er nahm sich nicht einmal die Zeit, die Stiefel anzuziehen, sondern ergriff sein Messer und die Lanze und rannte barfuß ins Freie.

„Bären! Bären!“

Zwei Wachen liefen auf den Wald zu. Der im ersten Viertel stehende Mond schien recht hell, und Sadko konnte sehen, wie Navra und ein anderes Pferd auf dem Boden lagen und von zwei riesengroßen Bärinnen und drei etwas kleineren Bären festgehalten wurden. Der junge Anführer erreichte den Ort des Geschehens mit großem Vorsprung vor den anderen und warf sich auf die erste Bärin. Die Spitze seiner Lanze durchbohrte die Kehle des wilden Tiers, das jedoch mit der Tatze ausholte und das robuste Holz der Waffe wie Reisig zerbrach. Die verletzte Bärin konnte sich nur mühsam auf alle viere stellen, die zweite Bärin aber erhob sich. Sie überragte Sadko, der sein Messer zog.

Zwei andere Jäger kamen herbei, doch Sadko rief ihnen zu: „Lasst mich!“

Also stürzten sie sich auf die drei jüngeren Bären. Navra war tödlich verletzt, das hatte Sadko sofort begriffen. Als er sein Messer auf die Kehle der Bärin richtete, fuhr deren Tatze mit den scharfen Krallen auf Sadkos linke Schulter nieder. Blut schoss heraus. Doch Sadko versuchte nicht zu fliehen. Während die Bärin ihn an sich zog und ihr Furcht erregendes Maul aufriss, stieß Sadko mit der Rechten dreimal zu.

Endlich ließ die Bärin ihn los. Der junge Anführer erhob sich. Er ließ die Bärin in ihrem Todeskampf liegen, stürzte zu seinem Pferd und kniete neben ihm nieder. Die Flanke des schönen Tarpans war aufgerissen. Blut sprudelte heraus. Sadko, den der Schmerz schier umbrachte, zog seine Kleidung aus, drückte sie auf die Wunde und versuchte so, die Blutung zum Stillstand zu bringen. Anhaltendes Stöhnen drang aus der Kehle des Pferdes. Der Mond warf einen eisigen Schein in seine Augen.

Als Sadko sah, dass er nichts mehr für seinen Freund tun konnte, streckte er sich neben ihm aus, umschlang den großen Kopf des Pferdes mit den Armen und drückte ihn mit aller Kraft an sich. „Navra... Navra... Ich will nicht, dass du mich verlässt. Du hast mich gerettet, Navra... Du bist mein Bruder...“

Den anderen Jägern war es gelungen, die drei jungen Bären zu töten. Nun standen sie im Kreis um Sadko herum, hielten aber einigen Abstand. Sie wussten, was Navra Sadko bedeutete, niemand wagte näher heranzugehen. Niemand sprach.

Da trat Rotschka hervor. Sie blieb ein paar Augenblicke reglos hinter dem Mann stehen, den sie liebte, den sie von allen am meisten bewunderte und den sie noch nie hatte weinen sehen. Dann kniete sie langsam nieder, legte ihre kühle Hand auf Sadkos von Schluchzen geschüttelten Nacken und flüsterte: „Weine nur, Sadko …, weine um diesen Tarpan, den niemand ersetzen kann … Navra liebte dich ebenso wie ich … Ohne ihn wäre ich nicht deine Frau … Ohne ihn wärst du nicht mehr am Leben.“

Dann ließ auch sie sich zu Boden fallen. Mit ihrem linken Arm umschlang sie Sadkos Rücken, den rechten legte sie um den Hals des verletzten Pferdes.

Der Todeskampf zog sich noch lange hin. Die Umstehenden rührten sich nicht. Schon zeichnete sich weit hinten am Himmel der erste Morgenschein ab, als der schöne Steppentarpan ein letztes Röcheln ausstieß. Sadko drückte ihm einen Kuss auf die Blesse, dann erhob er sich und zog seine Frau an der Hand hoch.

Sein Blick war hart. Er wandte sich zu Tamar und stieß mit fester Stimme hervor: „Ich möchte, dass er sein Leben wie ein Mensch beschließt. Errichtet einen Scheiterhaufen, niemand soll sein Fleisch essen.“

Der Kreis löste sich auf. Sadko und Rotschka blieben einen Augenblick allein neben dem toten Pferd zurück. Dann kam Poga. Sie nahm Rotschka bei der Hand und zog sie zum Zelt, während Sadko sich den anderen Männern anschloss.

SIE HATTEN einen gewaltigen Scheiterhaufen errichtet. Alle hatten sich daran beteiligt. Sogar die Kinder. Sadko hatte schwer gearbeitet und mit zusammengebissenen Zähnen gegen seine Wut angekämpft. Allein gegen sich richtete sich sein Zorn. Hätte er es sich nicht in den Kopf gesetzt, der Route zu folgen, die zum Bernstein führte, hätten sie nicht den Umweg um die Sümpfe und diesen undurchdringlichen Wald machen müssen. Er fühlte sich schuldig am Tod seines Pferdes. Auf dem Weg zum Bernstein hatte er den Ruf der Götter außer Acht gelassen, die ihm den Weg zur Sonne gewiesen hatten. Und die Götter hatten ihm zur Strafe sein Pferd genommen.

Nachdem man das tote Pferd auf den Holzstoß gelegt und das Feuer angezündet hatte, kam Tamar zu Sadko und sagte: „Ich weiß, was du denkst, mein Freund. Aber du hast nur das Beste gewollt. Niemand kann dir deshalb böse sein. Wir sind alle traurig wegen deiner Traurigkeit, aber niemand verurteilt dich. Das musst du wissen.“

Sadko betrachtete ihn durch seine Tränen. „Danke, Tamar. Aber ich werde Navras Tod immer in meinem Herzen tragen, als sei ein rabenschwarzer, scharfer Stein in meine Brust gedrungen."

Eine Hand griff nach seiner Hand. Rotschka stand neben ihm. Auch sie weinte.

Als nur noch Asche übrig war, stemmte sich Sadko gegen seinen Schmerz. Er ging zum alten Rosbeck, der für die Pferde im Gemeinschaftsbesitz verantwortlich war. Bei diesen handelte es sich vor allem um die Tiere, die sie den Räubern abgenommen hatten und die sie meistens zum Tragen der Zelte einsetzten. „Rosbeck, ich brauche ein gutes Pferd!"

Der Alte nickte. Sein schwarzer Blick schweifte von Sadko zu der Herde der grasenden Pferde. „Komm mit!"

Sadko folgte ihm. Sie kamen an vier Frauen vorbei, die dabei waren, einem der Bären das Fell abzuziehen. Eine fragte ihn: „Und deine Verletzung?"

„Maneck hat mich versorgt."

„Du hast großes Glück gehabt. Das Tier hatte riesige Krallen. Sieh mal, das ist ein Fetzen deiner Kleidung."

„Oh! Lasst uns jetzt die Pferde ansehen."

Ein paar Schritte weiter blieben sie stehen, und der Alte erklärte: „Siehst du den Größten? Ein junges Tier. Schnell. Allerdings feurig und wild. Einem anderen würde ich nicht dazu raten."

Er schwieg und näherte sich vorsichtig dem großen Tarpan, der plötzlich den Kopf hob, schnaubte und die Zähne bleckte.

„Er kennt dich nicht… Das ist mit Sicherheit der Beste, wenn auch nicht einfach… Er bäumt sich ständig auf."

„Ich hole jetzt mein Sattelzeug. Bring das Pferd her."

„Mit deiner Schulterverletzung?"

„Du weißt genau, dass ich ein Pferd brauche."

Sadko wollte nicht mit einem geliehenen Tier aufbrechen. Und dieses Pferd, das dem Tier ähnelte, das er gerade verloren hatte, reizte ihn.

Mit dem Sattel kehrte er zu Rosbeck zurück. Die Kinder hatten sich eingefunden, um zuzuschauen. Alle bewunderten den Anführer, der ein Handgemenge mit einer riesigen Bärin überstanden hatte.

Während der Alte den ungestüm auf der Stelle stampfenden Tarpan festhielt, legte Sadko ihm den Sattel auf. Er redete pausenlos auf ihn ein und streichelte ihm den Hals. Als er dem Pferd die Hand auf die Blesse legen wollte, versuchte es zuzubeißen.

„Langsam …, langsam, mein Schöner." Sadko nahm den Zügel fest in die Hand und sprang schwungvoll auf den Tarpan, der wie der Blitz losschoss. Dicht über den Hals gebeugt, versetzte der Reiter das Pferd mit seiner Stimme in noch größere Erregung: „Los, los. Schneller!"

Das Pferd schickte sich an, geradewegs auf den Wald zuzulaufen. Sadko jedoch zwang es in die weite Ebene hinaus. Die Geschwindigkeit berauschte ihn. Männer, Frauen und Kinder sahen ihn fortreiten.

„Er ist verrückt", sagten die einen.

„Nein", widersprach der alte Rosbeck, „er schließt gerade Freundschaft mit einem Tier, das ebenso viel wert ist wie das Pferd, das er gerade verloren hat."

Bald war Sadko nur noch ein schwarzer Punkt, der sich in der Ebene verlor. Auf dem Weg des einsamen Reiters flogen große Vogelschwärme auf. Es sah ein wenig aus, als hobele das Pferd Späne von der Steppe ab, die der Wind hoch in den klaren Himmel wirbelte.

Plötzlich riefen mehrere Stimmen: „Er kommt zurück. Seht nur!"

Der schwarze Punkt kam genauso schnell näher, wie er sich entfernt hatte. Er wurde größer. Bald sah man Ross und Reiter. Und das Geräusch galoppierender Hufe war zu hören. Als Sadko in Rufweite war, schrien die Kinder voller Bewunderung: „Sadko, du bist der Stärkste!"

Dampf stieg aus dem schweißnassen Fell des Tarpans, der vor ihnen zum Stehen kam. Als sein Herr abstieg und ihm zärtlich über die Blesse strich, senkte er den Kopf. Er hatte sich ergeben.

„Du sollst auch Navra heißen. Den, der mich gerettet hat, wirst du nie ganz ersetzen, trotzdem bist du ein vorzügliches Pferd." Sadko sprach mit erstickter Stimme und vergoss eine Träne, als er dem schönen Steppentarpan einen Kuss auf die Nüstern drückte.

Sie hatten sich einen Ruhetag gegönnt, damit die Frauen Zeit hatten, Felle und Fleisch der Bären zu verarbeiten. Maneck und ihre Tochter hatten die Schädel der beiden Bärinnen, die Sadko getötet hatte, gereinigt. Sie hatten sie an der Hitze des Feuers getrocknet und, solange sie noch warm waren, mit Gras abgerieben. Jetzt traten beide Frauen mit Katschi in Sadkos Jurte.

Maneck trug einen der Schädel und gab ihn Poga: „Das ist vielleicht nicht die Bärin, die deinen Mann getötet hat, aber du kannst ihn zur Erinnerung aufheben. Und wenn der Mann, dem du dich hingibst, Kinder mit dir zeugt, werden sie die Kraft des Bären haben."

Katschi trug den anderen Schädel, den er Sadko hinhielt. „Du wirst diesen Schädel aufheben. Du hast bewiesen, dass du würdig bist, unser Anführer zu sein, denn du warst stärker als die riesige Bärin."

Sadko nahm den schimmernden Schädel und seufzte. „Meine Weisheit ist nicht so groß wie meine Kraft. Wenn sie es wäre, wären Tipock und auch mein Pferd noch am Leben."

„Tipock lebt nicht mehr, aber ich weiß, dass seine Seele unter uns weilt. Ihre Anwesenheit wird dir helfen, die Weisheit zu finden, um uns dorthin zu führen, wohin wir gehen müssen", erwiderte Katschi.

Maneck ging fort. Sadko legte den gewaltigen Schädel neben die Stelle, wo er geschlafen hatte, und sagte zu seinen Frauen: „Ihr müsst gut darauf aufpassen."

Rotschka setzte sich zu ihm. Sie zögerte, dann fragte sie schüchtern: „Wirst du die Weisheit haben?"

„Wovor hast du Angst?"

Rotschka senkte die Stimme und sagte: „Ich möchte nicht, dass du ..., dass du ..."

Sie vollendete den Satz nicht, doch Sadko wusste sehr wohl, was sie befürchtete. „Mach dir keine Sorgen", beruhigte er sie, „wir werden den Weg finden. Wir gehen bis zu dem See, der größer ist als der Baikalsee. Das große Wasser, wo die Sonne abends untergeht, um sich zu reinigen und neue Kraft zu schöpfen."

Nach diesen Worten ging er hinaus. Er spürte, dass Rotschka ihn durchschaute. Sie wusste, dass er beunruhigt war. Dass er sich nicht mehr sicher war, den Weg zu finden. Und die anderen, dachten sie ebenso? Doch was sollte er tun? Er konnte sich nicht eingestehen, dass er besiegt war. Ganz sicher hatte dieser Wald ein Ende.

Sadko kam wieder zu der Stelle, wo er sein neues Pferd angebunden hatte. Kaum hatte der schöne Tarpan ihn entdeckt, stieß er ein Wiehern aus, das Sadko verstand. Sein Pferd freute sich, ihn zu sehen. Um die Freundschaft endgültig zu besiegeln, musste er es nun unbedingt ohne Sattel reiten. Ihm zeigen, dass er ihm voll vertraute.

Und als er es losgebunden und gestreichelt hatte, sprang er mit einem Satz auf das Pferd. Er biss die Zähne zusammen, denn durch diese Bewegung war sicherlich die Schulterwunde wieder aufgeplatzt. Doch er wollte diese Gelegenheit nicht ungenutzt verstreichen lassen.

Etwa zwanzig Galoppsprünge vom Wald entfernt, zwang er das Tier, abzubiegen und denselben Abstand zum Wald beizubehalten. Mit den Augen versuchte er, das dichte Gewirr von Astwerk und gewaltigen Baumstämmen zu durchdringen.

Immer wieder glaubte er, eine Passage zu entdecken, doch jedes Mal war es nur ein schmaler, tief gelegener Pfad, den er nicht einschlagen konnte. Nun trieb er Navra zum vollen Galopp an und ritt nach Süden.

Plötzlich erhob sich in weiter Ferne etwas über den Baumkronen. Ein Berg?

Sadko spornte Navra wieder an. „Los! Los! Schneller!"

Nun hatte er seinen Blick nicht mehr auf den Wald gerichtet, sondern auf diesen langsam größer werdenden Berg, der kahl wirkte. Die Abendsonne ließ ihn erstrahlen. Er war rot, gelb, mit lang gezogenen violetten Schluchten. Noch nie hatte Sadko einen solchen Berg gesehen. Dann zog eine Wolke vorbei, dichter als die anderen, und tauchte ihn ins Dunkel. Sadko war von dem Anblick gefesselt und merkte nicht, wie die Zeit verging. Die Nacht brach herein. Sadko hatte sich weit vom Lager entfernt. Überzeugt, dass sie am nächsten Tag das Ende des Waldes erblicken würden, der ihnen den Weg versperrte, kehrte er um und nahm seinen Weg wieder auf.

5

Gewaltig erhebt sich der Berg im Mittelpunkt der Welt. Er ist der ewige Winter. Er berührt den Himmel. Mit seinen eisigen Zähnen durchbohrt er die Wolken und macht jedes Vorwärtskommen unmöglich. Versperrt den Weg zum Leben.

Das ist kein Gletscher, das ist ein Universum aus Eis. Schatten und strahlend helles Licht machen sich die steilen Hänge streitig.

Keine Wege mehr, keine Pfade, nicht einmal der kleinste.

Diese reglose Erde brüllt. Ihr Innerstes bebt und qualmt. Der Mittelpunkt der Welt oder das Ende der für Menschen zugänglichen Welt?

Selbst der aufkommende Wind wirkt an diesem Ort wie ein heftiges Atmen der Felsen. Um so viel Feuchtigkeit aus den Abgründen steigen und so viel Schwitzwasser an den Wänden glitzern zu lassen, muss in den Tiefen verborgen ein gewaltiges Feuer flackern.

Könnten diese Berge die Zuflucht des Dämonen sein? Ist es vielleicht der eisige Schatten ihrer Schluchten, wo sich die Seelen der Verdammten in wilden Schmerzen winden? Gibt es Wesen, die so närrisch sind, dass sie sich in die engen Spalten zwischen den Felsen, in das Felsgeröll wagen?

Fremde Welt. Beängstigend und fesselnd zugleich. Eine Welt, die dem Menschen die Flucht in das Tiefland gebietet und ihn zur gleichen Zeit in ihre Tiefen lockt, wo das Geheimnis der Nacht, das ganze Geheimnis, lauert und ihm seine Fallen stellt.

Die Reiter vom Baikal waren viele Jahreszeiten lang weitergezogen. Alte waren unterwegs gestorben und Kinder geboren worden, die niemals wissen würden, wo sie das Licht der Welt erblickt hatten.

Doch nie war Sadko der Gedanke an eine Umkehr gekommen, und keiner von denen, die ihm gefolgt waren, hatte gewagt, von Rückkehr zu reden. Alle fühlten sich von dem großen Wasser angezogen, wo sich die Sonne schlafen legt. Sie hatten grenzenlose Wälder durchquert, Flüsse und Wasserfälle überwunden, sie hatten hundert Kämpfe gegen wilde Tiere geführt. Sie hatten Menschen getroffen, die ganz anders waren als sie, bis hin zu den hoch gewachsenen Kriegern mit weißer Haut und strohfarbenen Haaren, mit denen sie sich verstanden, weil sie ihnen die schönen Steppentarpans anbieten konnten, in die sich jeder wahre Reiter verliebt. Mit anderen Unbekannten mussten sie kämpfen. Sie töteten und beweinten Verwundete und Tote.

Lange mühten sie sich ab, bis sie das Land erreichten, das von Gletschern geprägt war. Auch sehr hohe Berge hatten sie gesehen, doch nie hatte sich jemand von ihnen in der Nähe eines Gletschers befunden wie dem, der ihnen den Weg nach Westen versperrte.

Eines Abends hatten sie Halt gemacht. Sie hatten ihr Lager aufgeschlagen, ohne sich bis an den Fuß der gewaltigen Felsen- und Eismassen zu wagen, von denen Gebirgsbäche in die Tiefe stürzten. Von diesem gigantischen Berg schien die Nacht auszugehen. Sie legte sich über die erschöpften Menschen und hüllte sie in Furcht und Kälte ein.

Plötzlich erstrahlte die Morgendämmerung. Sie entriss den Bergen tiefe Seufzer, Ächzen und Klagen. Die Frauen begannen zu zittern. Die angsterfüllten Kinder verstummten. Ihre Furcht war so groß, dass sie nicht schrien. Die Alten traten vor. Stumm. Wie gelähmt vor Entsetzen.

Sadko fühlte, dass er wohl der Einzige war, der seine Furcht bezwang. Er musste handeln. Er musste sprechen: „Die Götter dieser

Berge sind nicht unsere Feinde. Sie lassen Gebirgsbäche hervorquellen. Hört nur!"

Alle lauschten und begriffen, dass es nicht nur das Heulen des Windes war, das an ihre Ohren drang. Ein Geräusch schien aus dem Innern der Erde aufzusteigen und auf sie zuzukommen. Sadko machte ein paar Schritte, dann blieb er stehen und drehte sich um. „Kommt her!"

Sie folgten ihm, doch auch den Mutigsten schnürte die Angst das Innerste zusammen. Als Sadko stehen blieb, hielten auch sie inne. Er wandte sich um. „Kommt doch. Kommt näher!"

Aus einer tiefen Erdspalte stieg Dampf auf. Er erhob sich in den Wind, der ihn verwirbelte und mit dem gelblichen Licht vermischte. Wasser brodelte in der Tiefe der Spalte. Das Geräusch war furchtbar. Es grollte. Das Echo von den Felsen verstärkte das Grollen.

„Wir müssen diesem Wasser folgen", sagten die Alten. „Es wird uns in ein flacheres Land geleiten."

Sie gingen kurze Zeit am Rand des Abgrunds, doch der Felsen wich nach innen zurück.

„Wir gehen bis zu der Stelle zurück, wo die Sonne aufgeht", meinte Sadko. „Wir müssen in diesem Gebirge einen Durchgang finden. Sicher entspringen hier noch andere Wildbäche."

UND WIEDER hatten sie ihr Lager abgebaut und sich erneut auf den Weg gemacht. Sie mussten unbedingt eine Passage durch diese gewaltigen Berge finden oder sie umgehen. Überall erhoben sich eindrucksvolle Berge aus Fels und Eis.

Ein paar Tage lang kamen sie kaum voran. Gereiztheit trieb vorübergehend einen Keil in die Gemeinschaft, dann schweißte die Angst sie wieder zusammen.

Gewaltige Winde schienen aus dem Gebirge zu kommen. Sie brachten Dämpfe mit sich, die sie an die Felswände drängten, von denen sie als Bäche niederrannen.

In luftigen Höhen schwebten Schlangenadler auf grellen Lichtwirbeln und ließen sich von den aufsteigenden Luftströmungen emportragen. Dann glitten sie gemächlich ohne jeden Flügelschlag dahin und verschwanden. Andere nahmen den Weg, der aus dem Gebirge zu kommen schien.

„Dass die Raubvögel in diese Richtung fliegen", bemerkte Tamar, „bedeutet, dass es auf der Erde Beute für sie gibt. Und wo es Beute gibt, ist auch Leben möglich."

Mehrere Stimmen erhoben sich und stimmten ihm zu: „Tamar hat Recht, wir müssen dorthin gehen, wo es Leben gibt."

„Aber das ist nach Süden."

„Das ist die Richtung, wo es Nahrung gibt."

Weil sich die immer wiederkehrende Torheit durchsetzte, zogen sie nach Süden. Sie mussten vor dem Gletscher fliehen, der ihnen wie die verdammte Seele der Welt erschien.

SADKO und die Seinen verweilten drei Tage, bevor sie sich in die tiefen Schluchten vorwagten.

„Die Götter, die unter den Bergen des ewigen Winters leben, müssen Götter des Hasses sein", sagten die Alten. „Der Schaum, der dort sprudelt, ähnelt dem Schaum aus den Nüstern wütender wilder Tiere. Doch dieses wilde Tier aus Winterkälte ist ein Riese, vor dessen Zorn wir uns fürchten müssen."

Sadko und die Jüngeren erwiderten: „Diese Götter haben eine ungeheure Macht. Aber die Macht ist nicht böse. Das aus ihrem Schlund fließende Wasser trägt sicherlich diese Macht in sich und gibt sie an die Lebewesen weiter, die davon trinken."

Sechs Männer, angeführt von ihrem jungen Stammesführer, wagten sich eines Morgens in die Nähe des Ufers. Durch eine Felsspalte in der Bergflanke gelang ihnen der Abstieg. Sie schöpften Wasser und hatten den Mut, davon zu trinken. Sie füllten Wasserschläuche, und als sie damit ins Lager zurückkamen, war es den Zurückgebliebenen sofort klar, dass das Wasser, das sie getrunken hatten, ihnen die Kraft des Wildwassers verliehen hatte. Denn mühelos trugen sie die aufgeblähten, sehr schweren Wasserschläuche.

„Die Kraft des Wassers macht sie so schwer", erklärte Sadko, „trinkt davon, und die Kraft geht in eure Körper über."

Die anderen tranken eilig, und die Alten nickten und sagten zu Sadko: „Du bist nicht nur der beste Reiter, der unerschrockenste Krieger, der Mutigste von uns allen, sondern du hast etwas, was es den Menschen ermöglicht, das Geheimnis der Götter zu ergründen. Wir könnten keinen besseren Anführer haben. Nimm den Marsch wieder auf, wir werden dir folgen, wohin du uns führen willst."

An demselben Morgen brachen sie die Zelte ab. Es zeichnete sich kein Pfad ab. Sadkos Pferd bewegte sich ohne Zögern, doch die ihm folgenden Reitpferde und Lasttiere sträubten sich. Es bedurfte der ganzen Geschicklichkeit und des ganzen Könnens der Reiter, um sie den

Schluchten entgegenzutreiben, deren Schatten und bewegte Nebelschwaden sie verängstigten.

Die Sonne hatte ihren höchsten Stand erreicht, als sie endlich in einem weiten Tal ankamen. Gras wuchs dort. Bald auch Büsche und Sträucher. Nach einem längeren Marsch wurden in der Ferne die ersten Bäume sichtbar. Das Tal erstreckte sich nach Westen. Es verbreiterte sich, doch beherrscht blieb es von sehr hohen Bergen mit weißen Gipfeln.

„Dieser so mächtige Fluss wird uns zum großen Wasser im Westen führen", verkündete Sadko.

Die Sonne stand bereits sehr tief, als sie Halt machten und beschlossen, die Zelte aufzubauen.

Das Ufer, an dem sie das Lager aufschlugen, stieg langsam an. Sie hielten sich mehr als dreißig Schritte von dem wilden Fluss entfernt. Die Frauen wagten sich bis zum Fuß der ersten Felsen vor, wo sie genügend Holz fanden, damit sie kleine Feuer entzünden und Fleisch zubereiten konnten. Sie waren todmüde, und das Tosen des Wassers zwang sie, sehr laut zu sprechen. Außer ihrer Müdigkeit verspürten sie eine gewisse Mattigkeit, die aus dem unteren Teil des Tals zu strömen schien. Der Grund lag darin, dass sich talabwärts ein warmer Wind erhoben hatte.

Nach kurzer Zeit verschleierten sich Mond und Sterne, dann verschwanden sie ganz. Riesige, schwere Wolken überzogen den Himmel. Eine Bedrohung war spürbar, eine Bedrohung voller Geheimnisse. Noch übertönte das Geräusch des Wildbachs den immer heftiger und wärmer wehenden Wind. Schon stieg das Wasser. Schneller und schneller schmolz das Eis. Plötzlich erhellte ein Blitz die Schlucht. Der Gletscher funkelte wie Feuersglut. Ein gewaltiges Donnergrollen rollte zwischen den Felsen. Die Kinder in den Zelten schrien auf. Die Frauen weinten. Männer brüllten Anweisungen.

Der Himmel zerbarst. Auf die Felsen prasselte der Regen. Wasser schoss von den Bergen herab und vereinigte sich mit der aus den Tiefen aufsteigenden Flut. Innerhalb weniger Augenblicke waren die Jurten umgefallen, vernichtet. Wasserfluten stürzten auf den Wildbach zu. Unter den zu Boden gewalzten und vom Wind zerfetzten Zelten bewegte sich etwas. Schon rissen die strömenden Bäche Gegenstände mit sich, Kleidungsstücke, Waffen, ein Kind, das schrie und um sich schlug. Die Pferde wieherten und zerbissen ihre Leinen, um zu fliehen. Erhellt wurde das gewaltige Durcheinander von Blitzen, die pausenlos aus den Wolken zuckten.

Sobald Sadko im Freien war, rief er: „Navra! Navra!“

Doch sein Pferd war bereits mit den Ersten geflohen und zu weit entfernt, um ihn zu hören. Nun stürzte sich der Anführer ans Ufer, rettete ein Kind, das er einer Frau in die Arme warf. Dann schrie er: „Steigt hinauf! Bis zum Felsen!“

Er stieg dagegen hinab, um weitere Kinder zu retten, die vom Wasser mitgerissen wurden. Nun waren es nicht mehr die sintflutartigen Regenfluten, die sie ergriffen, sondern der Wildbach, der sich in die Schluchten ergoss. Da geriet der junge Stammesführer selbst in einen Strudel, wurde gegen das Ufer geschleudert und bewusstlos mitgerissen.

6

Sadko öffnete die Augen. Eine blutrote Morgendämmerung flimmerte ihm entgegen. Er hob den Kopf und stieß vor Schmerzen einen Fluch aus. Sein Nacken war steif. Mit der rechten Hand fuhr er sich über den Kopf und fühlte eine riesige Beule. Seine Finger waren klebrig von Blut.

Plötzlich fiel ihm siedend heiß ein, was geschehen war. Der Regen, die Blitze, der Sturzbach. „Rotschka! Rotschka!“, schrie er.

Doch seine Stimme war kraftlos. Er bezwang seine Schmerzen, setzte sich auf und sah sich um. Der Sturzbach. Felsen. Ein schwarz-gelbes, schlammiges Ufer. Vor dem Felsen eine Schotterbank, auf der er festsaß.

„Navra!“ Er verstummte. Flussaufwärts war das Geräusch von Hufen zu hören. Dicht am Felsen näherte sich zögernd ein Pferd. Misstrauisch. Sadko erkannte es sofort. „Navra!“, rief er. „Komm her! Komm her!“

Der große Tarpan erblickte ihn, fiel in Galopp, sprang in großen Sätzen über die Felsblöcke und stürzte auf seinen Herrn zu.

„Navra! Da bist du ja, mein Schöner. Du bist wie dein Bruder, der mir das Leben gerettet hat.“

Und Sadko küsste den Kopf, der auf seiner Schulter lehnte. Dann trat er einen Schritt zurück und betrachtete sein Pferd, das am Oberschenkel, an der linken Flanke und an der Schulter blutete.

„Auch dich hat die Strömung gegen die Felsen geworfen. Aber du lebst. Jetzt gehen wir die anderen suchen.“

Kein Sattel, keine Zügel mehr, nicht die geringste Spur vom Zaumzeug.

Sadko nahm seine ganze Kraft zusammen und zog sich auf einen Felsblock. Er betrachtete seine nackten Füße. Auch seine Stiefel waren fort. Er trug nur noch seine an mehreren Stellen zerrissene Lederkleidung. Sein Jagdmesser war ihm geblieben. Sonst nichts. Gerade hatte er sich zum Aufbruch entschlossen, als er ein Jammern vernahm. Er lauschte. Er erhob sich und rief: „Oh! … Oh!"

Das Echo sprang von Felsen zu Felsen, als werde es vom Geräusch des Flusses mitgetragen. Noch einmal rief Sadko, und wieder war das Jammern zu vernehmen. Es kam von einer flussabwärts gelegenen Stelle. Auch Navra hatte es gehört und hob den Kopf.

„Los, mein Schöner! Wir müssen es finden."

Der Mann stand auf und folgte seinem Pferd, das dem Fluss zustrebte. Dort hatte sich ein großer Haufen Geröll angesammelt, und Sadko entdeckte mehrere Tote. Drei Frauen, einen Mann und vier Kinder. Eingeklemmt zwischen riesigen Felsblöcken. Der Tarpan ging um diese Barriere herum, die vom Ufer ausgehend bis ins Wasser reichte. Wieder hörte man das Jammern. Das Pferd näherte sich einem Felsen, wo sich durch die Flut Gras und Geäst verfangen hatten. Von dort kam das Jammern. Sadko ließ sich in den Schlamm gleiten, schob die Zweige beiseite und arbeitete sich vor. Auf dem Boden lag ein Kind, das den Leichnam einer Frau umschlungen hielt. Sadko erkannte beide. Der etwa acht Jahre alte Junge hieß Yourk. Er war mehrmals mit Sadko geritten. Aus Wunden an der Stirn und der linken Wange drang Blut. Yourk stöhnte, und aus seinem Mund rann ein wenig mit Blut vermischter Speichel. Als Sadko es vorsichtig hochhob, stöhnte das Kind lauter.

„Keine Angst, mein Kleiner. Du kennst mich doch."

Der Anführer setzte seinen Weg mit dem Kind auf den Armen fort, das sich allmählich beruhigte. Sie fanden weitere Leichen. Sadko beugte sich jedes Mal hinunter und vergewisserte sich, dass sie auch tatsächlich tot waren, bevor er sich, gefolgt von seinem Pferd, abwandte. Tief im Gestrüpp entdeckte er Sorski, der schrie: „Anführer! Hier bin ich …, mein Bein …"

Sadko setzte den kleinen Yourk ab und ging in die Hocke. Das linke Knie des jungen Jägers war stark geschwollen und violett angelaufen. Sadko tastete es vorsichtig ab. „Kannst du gehen?"

„Hilf mir beim Aufstehen."

Sadko hielt ihn kaum am Arm, als Sorski sich mit zusammengebissenen Zähnen erhob. Sorskis schwarze Augen funkelten plötzlich. Er lächelte. „Ich dachte, ich sei ganz allein. Falsch … Und die anderen?"

Sadko wies auf Yourk. „Du siehst, wir sind zu dritt."

„Vor kurzem habe ich Schreie gehört. Auch Pferde. Ich habe gerufen, aber niemand ist gekommen."

„Du steigst jetzt auf mein Pferd und nimmst den Kleinen hoch."

Der junge Mann legte die Hände auf den Rücken des Tarpans, schwang sich mit einem Satz auf und zog Yourk hinter sich.

So zogen sie los. Sadko ging voraus. Immer spürte er den warmen Atem seines Pferdes im Nacken.

Als Sadko ein Brombeerdickicht durchsuchte, wo er eine Bewegung zu sehen glaubte, vernahm er einen Jammerlaut, der vom unsichtbaren Ufer auszugehen schien. Sofort schlug Navra eine raschere Gangart an, arbeitete sich durch die Büsche und stieg geradewegs in die Richtung ab, aus der die Stimme kam. Sadko folgte eilends seinem Pferd. Der Tarpan war schneller. Am Ufer blieb er stehen. Drei Schritte vom Wasser entfernt, das klar über den kiesigen Grund plätscherte, lag Tamar.

Sadko stürzte zu ihm. „Tamar, erkennst du mich?"

Der Dicke stöhnte und versuchte, sich auf einen Arm zu stützen. Sein linker Ärmel war zerrissen. Blut sickerte über seinen Arm. Auch sein Gesicht war blutüberströmt.

„Versuche aufzustehen." Sadko half ihm und konnte ihn aufrecht an den Felsen lehnen. „Du hast Glück. Deine Stiefel sind noch da."

Tamar schaute sich um und fragte: „Und die anderen?"

Der Anführer machte eine Bewegung mit dem Kopf und seufzte. „Du siehst, dass ich die beiden da gefunden habe."

Tamar riss sich zusammen, stützte sich an der Flanke des Pferdes ab und versuchte einige Schritte zu tun. Er humpelte, aber er konnte gehen.

„Die anderen Pferde sind bestimmt nicht alle tot. Sie sind sicher stromabwärts geflohen."

„Und die Frauen?"

„Nichts."

Sadko stemmte sich dem Schmerz entgegen. Er half seinem Freund, gleichzeitig betrachtete er die Umgebung, über der ein eigenartiges Licht lag. Ein Kampf zwischen dem vom Fluss aufsteigenden Dampf und der Helligkeit der Sonne, die bis in die geheimsten Tiefen der Schluchten vorzudringen versuchte. Noch immer brodelte das Wasser.

Sie nahmen ihren Marsch wieder auf, und als sie ein totes Pferd erblickten, gingen sie näher heran. Sadko beugte sich hinunter und befühlte den Hals des ein paar Schritte vom Wasser entfernt liegenden Tiers. „Lange ist es noch nicht tot."

Ein Stück vom Ufer entfernt wuchsen Zwergweiden. Sadko zog sein Messer und hielt es seinem Freund hin. „Da, fang an."

Zuerst nahm er Yourk vom Pferd, dann half er Sorski beim Abstieg. Anschließend führte er Navra zu einem Weidengebüsch, damit er an den zarten Trieben knabbern konnte. Sadko streichelte ihn kurz mit beiden Händen, ehe er beschloss, zu den anderen zurückzugehen. Tamar und Sorski hatten inzwischen einen Schenkel des toten Pferdes zerteilt und aßen gierig das rote Fleisch. Zwischen zwei Bissen sagte Tamar: „Das ist Katschis Pferd."

„Das sehe ich."

„Katschi war alt. Sein Pferd auch."

Sadko seufzte und entschied sich zu essen. Er kaute einen Bissen, dann lehnte er sich zu Yourk hinüber, den Sorski auf den feuchten Boden gelegt hatte. Der Junge schlief noch immer.

„Er muss etwas essen." Sanft schüttelte er den Kleinen, der die Augen öffnete und stöhnte. Als Sadko Yourk ein Stückchen Fleisch anbot, öffnete sich dessen Mund sofort. Er saugte an dem Fleisch, dann begann er zu essen.

Nun beugten sich alle drei über dieses zerbrechliche Kind. Sie betrachteten sein Gesicht, besonders seinen Blick, in den allmählich Leben zurückkehrte. Ein Leuchten, das noch keine Freude war, stand im Gesicht der drei Männer.

HELLER Tag. Sonne überflutete das Tal, das sich ab der Stelle, wo die Menschen und das Pferd aufgebrochen waren, verbreitert hatte. Alles hatte sich verändert. Weitere Wasserläufe waren in den Fluss gemündet. Er ließ seine schimmernden Muskeln spielen. Ein ungeheures Tier. Die Menschen sahen ihn an, dann blickten sie sich fragend an. Mitten in den hohen, blau und weiß glitzernden Bergen, unter dem kristallklaren Himmel, war der Tod noch immer gegenwärtig. Trotzdem kam Freude auf. Erhob sich in die Lüfte. Denn der Boden war dicht bewachsen, und es galt, einen Durchgang zu finden. Zeitweise war das Unterholz so undurchdringlich, dass die Männer kaum noch den Gebirgsbach glänzen sahen.

Sadko hielt inne. Er schnitt einen biegsamen Ast ab, schlitzte das dickere Ende auf und klemmte einen handgroßen Kiesel in den Schlitz. Dann ging er weiter. An einer Stelle, wo der Pflanzenwuchs am niedrigsten war, übernahm er die Führung.

Plötzlich flog ein paar Schritte entfernt ein Schwarm schwerer Rothühner auf. Sadko machte eine schnelle Schleuderbewegung mit dem Arm. Der Stein schoss los, und ein Vogel fiel zu Boden.

Die Männer rannten los, und als sie ihn gefunden hatten, teilte Sadko ihn in drei Teile. Geschickt nahmen sie den Vogel aus, warfen die Eingeweide fort und gruben die Zähne in das Fleisch. Blut floss ihnen über Bart und Hände. Gehaltvolles Blut, das Kraft verlieh. Vergeblich versuchten sie Yourk zu wecken, der zusammengekrümmt auf dem Gras schlief.

Niemand sagte ein Wort. Nur ihre Augen sprachen. Augen, die immer mehr Glanz bekamen, in denen die Lebenslust wieder erwachte.

Nachdem sie alles verzehrt hatten, stellte Tamar fest: „Du bist der Geschickteste."

„Hunger ist sehr hilfreich." Sadko hatte inzwischen wieder einen flachen Stein aufgehoben und in den Astschlitz geklemmt. Sie gingen weiter. Nun zeichnete sich links eine Schneise ab, in die sie einbogen. Bald gelangten sie ans Flussufer. Dort legten sie sich flach auf den Bauch und labten sich am Wasser. Der Tarpan tat es ihnen gleich und prustete, als er sein großes, triefendes Maul aus dem Wasser hob.

„Er mag das Wasser", freute sich Sorski.

Sadko antwortete nicht gleich. „Dieses Wasser", sagte er bedächtig, „trägt den Tod der Unsrigen in sich. Und dieser Tod wird auf mich zurückfallen, denn nur, weil sie mir gefolgt sind, hat der Wildbach sie mitgerissen. Sie sind fern vom Baikal gestorben und haben das große Wasser, von dem sie träumten, nicht erreicht."

Sie nahmen ihren Weg flussabwärts wieder auf, doch nun folgten sie dem leichter begehbaren Ufer. Unterwegs warfen sie prüfende Blicke auf die Felsen. Sie sprachen nicht darüber, aber sie suchten mit den Blicken nach toten Menschen und Tieren.

Nun führte ihr Marsch an einer recht weiten Flussbiegung entlang, wo sich die Strömung zu verlangsamen schien. Eine kiesige Landzunge schob sich weit ins Wasser hinaus. Auch dorthin begab sich Sadko als Erster. Zwischen den Bäumen und Sträuchern schlängelte sich ein Pfad. Als sie auf der anderen Seite in die pralle Sonne kamen, hörten sie Rufe. Mindestens dreißig Krieger standen vor ihnen, die sie im Nu umringten. Die blonden Männer mit den langen Schnurrbärten sprachen eine Sprache, die die Leute vom Baikal nicht verstanden. Sadko zeigte mit Gesten seine friedlichen Absichten und zwang sich zu lächeln. Ein Krieger, vermutlich der Anführer, bedeutete ihnen, ihm zum Ufer zu folgen, wo eine Art natürlicher Damm das Wasser aufgestaut hatte. Schnell entdeckten

Sadko und Tamar, was der blonde Mann ihnen zeigen wollte: Vor diesem Damm lagen mindestens zehn Leichen: Männer, Frauen, Kinder und Pferde. Auch zwei Hunde waren darunter.

„Dieser Fluss ist ein Dämon. Niemand kann etwas gegen ihn tun“, flüsterte Sadko.

Der blonde Anführer der Fremden wandte sich zu seinen Männern um und sprach sehr schnell. Ein Krieger eilte zum Wald. Sadko folgte ihm mit den Blicken und sah Rauch über den Bäumen aufsteigen.

Der Krieger kam bald zurück, begleitet von einem kleinen, hinkenden Greis. Der Alte begrüßte Sadko und Tamar sofort in ihrer Sprache. Er erklärte, er sei Händler und in seiner Jugend mehrmals bis weit ins Landesinnere Sibiriens gereist. Er wies auf die an den Damm getriebenen Leichen, dann wandte er den Kopf mit einem Lächeln zum Wald, wo die Rauchsäulen aufstiegen. Mit leiser Stimme erklärte er: „Viele Tote, aber nicht alle … Bei uns, Lebende.“

„Jemand von unseren Leuten?“

„Ja. Drei Frauen, zwei Männer und zwei Kinder. Kommt mit.“

Sofort dachte Sadko an Rotschka. Am liebsten wäre er losgerannt, zwang sich aber, seinem Führer zu folgen.

Sie gelangten an eine Lichtung, wo drei Feuer brannten. Auf flachen Steinen briet Wildbret. Neben den Feuern lagen die Überlebenden auf Fellen ausgestreckt. Maneck, Rotschkas Mutter, war darunter.

Sadko kauerte sich neben ihr nieder. Zwischen zwei Schluchzern brachte Maneck schließlich heraus: „Ich bin alt. Meine Tochter war jung.“ Sie schloss die Augen, und sanft legte Sadko seine Hand, in der das Blut aufgehört hatte zu pulsieren, auf Manecks Brust.

Als Sadko sich erhob, sagte der Alte, der hinter ihm stand: „Wir können eure Toten nicht so liegen lassen. Wir müssen sie dem Fluss zurückgeben. Er wird sie in das große, tiefe Wasser mitnehmen. Die Rhone ist ein Gott, und ein Menschenleben, das er genommen hat, ist eine Opfergabe. Es gehört ihm. Er gibt es dem großen Wasser, und das ist das beste Grab, denn das große Wasser gibt Tote niemals frei.“

Sadko und Tamar sahen sich schweigend an. Der Alte, Dolvidix mit Namen, hatte ihre Blicke wohl verstanden, denn er sagte: „Ihr habt eure Lieben verloren. Überlasst sie dem Fluss. Der Fluss wird euch dafür lieben und den Toten ein neues Leben geben.“

Dann sprach er in seiner eigenen Sprache mit dem Stammesführer, der einen Befehl gab. Einige Krieger ergriffen Stangen, gingen zu den Felsen und begannen, die Leichen zu befreien und ins offene Wasser zu schieben. Andere Leute kamen mit Maneck herbei. Langsam wurden die Toten von der Strömung an das äußere Ende des Geröllhaufens getrieben. Dort erfasste der Fluss sie mit ganzer Gewalt und riss sie fort. Man sah, wie sie in Strudeln umhergewirbelt wurden und in dem lichtüberfluteten Strom flussabwärts verschwanden.

Tamar und Sadko verharrten schweigend. Sie sahen die Toten, die zum großen Wasser unterwegs waren, wo jeden Abend die Sonne untergeht. Das grenzenlose Wasser, das sie eines Tages zu erreichen gehofft hatten. Und Tamar seufzte: „Sie werden es vor uns kennen lernen. Möge es eine Freude für sie sein!"

SIE ASSEN das Fleisch, das die Helvetier – so nannten sich die Menschen, die ihnen halfen – zubereitet hatten. Sie tranken mit ihnen Wein, der Sadko und seinen Leuten unbekannt war und sie mit einer seltsamen Kraft erfüllte. Während sie aßen, hatte Navra am Waldrand gegrast. Nun kam er mit einem anderen Hengst und mehreren Stuten zurück. Alle waren verletzt, wenn auch nicht schwer. Auch sieben ihrer Hunde hatten sich inzwischen eingefunden und stürzten sich wie wilde Tiere auf die Knochen und Eingeweide des Wildbrets.

Die Helvetier waren mit zwei Karren gekommen, auf die sie ihre Jagdbeute hatten laden wollen. Nun polsterten sie die Karren mit Gras aus und legten die Verletzten darauf. Dann schlugen sie einen gewundenen, unbequemen Weg in Richtung Westen ein. Vier lange Tage entfernten sie sich kaum vom Ufer des tosenden, schäumenden Flusses.

Die Nacht war schon hereingebrochen, als der alte Helvetier, dessen Name Dolvidix war, dem neben ihm reitenden Sadko verkündete: „Heute kommen wir an..., aber durch den Nebel kannst du noch nichts sehen."

Kurz zuvor waren sie auf eine dichte Nebelwand getroffen. Schwere Nebelschwaden wogten, schon lange vom Mondlicht mit Silber überzogen. Ein merkwürdiger graugrüner Schimmer machte es den Reitern schwer, das undeutliche Gebilde vor ihren Augen zu erkennen.

„Das ist der Atem des Sees von Geneva", erklärte der alte Helvetier. „Merkst du, dass er den guten Geruch von Wasser mit sich bringt?"

„Das ist das große Wasser?", fragte Sadko, der noch immer den Ozean im Sinn hatte, von dem sie so viel gesprochen hatten.

„Das ist das große Wasser", antwortete der Mann.

„Das Wasser, wo die Sonne untergeht?"

Der Alte war überrascht. Er überlegte kurz, dann erwiderte er: „Die

Sonne geht hinter den Bergen des Jura unter. Es ist ihr Spiegelbild, das in den See eintaucht."

Sadko verstand das nicht, stellte jedoch keine weiteren Fragen.

Bald stampften die Pferde im Schlamm. Ein kaum wahrnehmbarer rötlicher Schimmer durchdrang den Nebel. Frauenstimmen ertönten. Reiter riefen.

„Wir sind da!", verkündete Dolvidix.

Das Geräusch von Wellen, die an Holz schlugen, ließ vermuten, dass Leute im Begriff waren, Boote zu besteigen. Sadko stieg von seinem Pferd ab.

„Die Pferde sind hier gut aufgehoben", sagte Dolvidix zu ihm. „Es gibt eine Koppel und Futter in Hülle und Fülle."

Erschöpft ließen sich Sadko, Tamar und der junge Sorski führen. Sie wateten ein paar Schritte, bis sie in ein langes, sehr stabiles Boot stiegen. „Und die anderen?", erkundigte sich Sadko.

„Macht euch keine Sorgen. Sie werden gut versorgt. Die Frauen nehmen sie mit. Wir können nicht alle am selben Ort unterbringen."

Ein Mann stieß das Boot mit einer langen Stange ab. Das unsichtbare Wasser schien ruhig zu sein. Im dichten Nebel zogen hohe Schatten vorüber. Ein ausgeprägter Geruch nach Zitrone und Fisch verbreitete sich. Das Boot stieß an einen Pfosten und schob sich dann mit einem rauen Schaben daran vorbei. Sadko sah nur undeutlich etwas Hohes aufragen. Über ihnen näherte sich das Licht einer Fackel, die durch den Nebel leuchtete. Ein Gesicht beugte sich herab, und eine Frauenstimme sprach ein paar Wörter.

Dolvidix antwortete in derselben seltsamen Sprache, dann hielt er sich an einem Holzpflock fest und zog sich hoch. „Sieh mal ..., da musst du hinaufsteigen."

Sadko ergriff das feuchte, kalte Holz. Sein Fuß berührte die erste Sprosse einer senkrechten Leiter. Er stieg hinauf, dem Licht der Fackel entgegen. Eine Frau hielt sie am ausgestreckten Arm zum Wasser hin. Da packte eine Hand Sadkos Handgelenk. Eine weiche, warme Hand. Er setzte den Fuß auf einen Untergrund aus Knüppelhölzern, die ebenso kalt und feucht waren wie der Bootsboden. Die Hand zog ihn auf eine Öffnung zu, wo ein Lichtschimmer zuckte, dann ließ sie ihn los.

Sadko trat ein paar Schritte vor. Vor ihm hing eine schwere Stoffbahn, die er beiseite schob. Zunächst fiel sein Blick nur auf Feuersglut, von der Rauch senkrecht zum Dach aufstieg, wo er undeutlich eine Öffnung sah. Das Feuer schien in der Mitte eines Raumes zu brennen, dessen Wände im Halbdunkel verschwanden. Sadko schaute nach oben. Der Rauch trat nicht direkt aus. Eine abgehängte Decke strahlte Wärme und Funken zurück. Und der Rauch zog an die Seiten, bildete Wirbel und wurde schließlich zu einer unsichtbaren Öffnung gesogen. Er sah Holzscheite, einen Hackklotz, Tongefäße. Aus einem verborgenen Winkel im Dunkeln drang Stöhnen. Eine Gestalt bewegte sich dort, als Tamar eintrat, gefolgt von einer Frau und von Dolvidix.

Dolvidix deutete auf die Frau neben sich: „Das ist meine Tochter Valina." Dann wies er auf die stöhnende Gestalt: „Meine Frau. Sie kann sich nicht mehr bewegen."

Valina beugte sich über das Herdfeuer und legte einen Rost darauf.

„Habt ihr bei euch keine Häuser auf dem Wasser?", fragte Dolvidix.

„Nein."

„Hier ist das ganze Dorf ins Wasser gebaut. Du wirst es morgen sehen. Nur die Kühe und Pferde sind auf festem Land untergebracht."

Als Tamar zu husten begann, sagte Dolvidix: „Ihr müsst euch setzen. Der Rauch steigt nach oben." Er selbst setzte sich mit verschränkten Beinen auf den Boden.

Die beiden Reiter vom Baikal taten es ihm gleich. Auf dieser Höhe gab es keinen Rauch, was angenehm war. Die Wärme des Herdfeuers umhüllte sie. Das Feuer brannte auf einer großen Tonscheibe, die es vom Boden isolierte. Aus einem großen Tongefäß holte die junge Frau ölglänzende Fleischscheiben. Sie legte sie auf den Rost, und bald hörte man es brutzeln. Ein appetitlicher Duft breitete sich aus. Der Alte sagte etwas in der Sprache der Helvetier, und seine Tochter holte einen Krug aus gebranntem Ton aus dem Halbdunkel und hielt ihn dem Vater hin.

Der alte Mann trank lange, dann reichte er Sadko den Krug. „Nimm! Das ist Wein von unserem Land." Der Alte zögerte ein wenig, dann fügte er hinzu: „Ich weiß wohl, dass euch das Herz schwer ist. Aber ihr müsst leben. Und unser Wein lässt die Wärme der Sonne und das Licht vom See in eure Körper strömen."

Sadko nahm das schwere Gefäß, setzte es an die Lippen und nahm zwei Schlucke. Dann gab er den Krug an Tamar weiter, der ebenfalls trank. Auch er verspürte kaum Freude im Herzen, doch je mehr er trank, desto mehr erhellte sich sein Blick, als beginne die Spiegelung des Herdfeuers in ihm zu leben.

Der Alte hatte sich erhoben. Er nahm den Krug und stellte ihn in eine dunkle Ecke. Dann kam er mit zwei Messern mit langer Klinge zurück. Eins legte er Tamar hin, das andere Sadko. „Für euch."

Die beiden Reiter sahen sich an, dann schauten sie ihren Gastgeber an und beugten sich nieder und nahmen die Messer prüfend in die Hand.

Solche Waffen hatten sie noch nie zu Gesicht bekommen. Alle Messer, die sie besaßen, hatten Metallklingen, die in einen Griff aus Horn, Bein oder Holz eingelassen waren. Der Griff dieser Messer war jedoch aus Bronze gearbeitet. Sadkos Messer stellte einen Frauenkörper dar, um den sich ein Reptil wand. Das Messer Tamars zeigte eine Hirschkuh, die sich im Laufen unendlich lang streckte.

Als sie von neuem Dolvidix ansahen, nickte dieser lächelnd. „Ich habe sie selbst angefertigt", sagte er. „Ich gieße Bronze."

Valina hatte den Rost, auf dem das Fleisch briet, vom Feuer genommen und stellte ihn vor den Männern auf den Boden. Dann holte sie aus einer Ecke dicke braune Kuchen und reichte sie ihnen.

„Sie hat Dinkel gemahlen, den Teig geknetet und ihn heute Morgen auf der Asche der letzten Nacht gebacken."

Die Männer aßen, während Valina am Feuer stand und sie lächelnd betrachtete.

Das Rindfleisch war sehr saftig. Es schmeckte nach den Kräutern, die Valina auf jede Scheibe gestreut hatte. Die Augen des Alten blitzten stolz, als er sagte: „Auch das kommt von unserem Land."

ALS SADKO aus einem vom Wein schweren Schlaf erwachte, herrschte Stille. Das Feuer war wohl erloschen, denn aus der Mitte des Raumes drang kein Schimmer. Durch den schlecht schließenden Vorhang am Eingang schien milchiges Licht. Nach kurzem Zögern warf Sadko lautlos die Felle und Tücher ab, die ihn bedeckten, und trat ins Freie.

Zu seiner Rechten schien der dichte Nebel in der Nacht zu versinken, doch auf der linken Seite färbte er sich rosa. Kleine Wellen plätscherten an die Pfähle, auf denen das Podest angebracht war. In der Dünung schaukelten schlafende Blässhühner und Enten. Sadko ließ den Blick über das Wasser schweifen, das, wie er glaubte, keine Grenzen hatte.

Plötzlich fröstelte ihn. Ein kalter Wind umwehte ihn. Der Nordostwind wühlte die Wolken auf, in denen sich Licht und Schatten in großen Wirbeln vermischten. Sadko schaute umher. Er suchte die versprochene unendliche Weite. Plötzlich rissen die Wolken auf. Berge, goldfarben und aschgrau, wurden sichtbar. Das Wasser war keineswegs ohne Grenzen. Es war längst nicht so weit wie der Baikalsee. Wo sich der Nebel auflöste, wo der Tag die Überreste der Nacht zerriss, traten Berggipfel hervor.

Sadko verstand das nicht. Inzwischen war das Wasser völlig von Land umgeben. Wohin sich sein Blick auch wandte, überall stieß er auf Berge und Wälder. Gerade wollte er umkehren, als das Podest vibrierte. Eine Hand legte sich ihm auf die Schulter, und die Stimme des alten Helvetiers fragte: „Hast du dich ausgeruht, mein Sohn?"

Sadko nickte. Er drehte sich zu seinem Gastgeber um. „Wo ist denn das große Wasser?"

Dolvidix lächelte, als er mit der Hand auf das Wasser wies. „Siehst du es nicht?"

„Aber dort sind Berge. Dieses Wasser ist viel kleiner als der Baikalsee. Das kann man einfach nicht das große Wasser nennen. In dieses Wasser kann die Sonne doch nicht eintauchen. Und auch die Nacht kann nicht aus diesem Wasser aufsteigen."

Es dauerte lange, bis der Greis begriff, was die Leute vom Baikal eigentlich suchten. Sein Gesicht legte sich in tausend Falten. Sein klarer Blick war freundlich, als er mit leiser Stimme sagte: „Du bist im richtigen Augenblick gekommen. Wir werden uns bald auf den Weg machen. Hier haben wir nicht genug Land."

„Ihr wollt fortgehen?"

„Ja, unser höchster Druide, Orgetorix, hat das beschlossen. Der alte Divico, der in seiner Jugend gegen die Römer gekämpft hat, wird unser Führer sein. Er kennt das Land, in dem die Sonne untergeht."

Sadko blieb vor Überraschung wie angewurzelt stehen. Sein Blick schweifte vom See zu dem alten Mann, der ihm erklärte: „Schon seit zwei Jahren treffen wir Vorbereitungen für unsere Reise. Wir haben Wagen gebaut, Pferde und Vieh gezüchtet. Auch Waffen und Werkzeug haben wir geschmiedet…"

„Ist es ein großes Heer, das sich auf den Weg machen will?"

Dolvidix richtete sich auf und atmete tief durch. „Nein, mein Sohn, ein Heer ist es nicht. Es ist ein Volk… Ein ganzes Volk."

Tamar war ebenfalls aufgestanden, und unmittelbar hinter ihm kam Valina. Sie war sehr schön, mit blonden Haaren, die bis zur Schulter reichten. Der alte Mann erklärte Tamar das Vorhaben ebenfalls.

Auch Tamar schien sehr erstaunt und fragte: „Und wer bleibt hier?"

„Niemand. Es werden andere kommen. So wie unsere Vorfahren, die hierher gezogen sind, weil Barbaren sie aus ihren Gebieten im Norden vertrieben haben."

„Und das Land im Westen, wohin ihr ziehen wollt, wer wohnt dort?“, fragte Sadko.

„Dort leben Gallier. Leute wie wir. Aber ihre Gebiete sind unendlich groß und sehr fruchtbar. Sie können die Gallier ernähren und auch uns.“

SADKO, Tamar und der junge Sorski hatten die überlebenden Verletzten besucht, die von den Helvetiern gepflegt und mit großer Güte versorgt wurden. Dolvidix versicherte ihnen, dass sie alle bis zum Aufbruch gesund sein würden.

Am Morgen des zweiten Tages trafen sechs bewaffnete Reiter ein. Ihr Anführer Barina sprach mit Dolvidix, der übersetzte: „Barina sagt, wenn ihr Krieger seid, könnt ihr nur mit uns ziehen, wenn ihr in unserer Reiterei zu dienen bereit seid.“

„Wir sind gern bereit, denen zu helfen, die uns geholfen haben“, stimmte Sadko ohne Zögern zu.

„Dann möchte er jetzt sehen, wie ihr zu Pferde sitzt.“

Die Helvetier suchten schnell Sattel- und Zaumzeug für Navra und zwei der anderen Tarpans. Schon saßen die drei Männer vom Baikal auf, und Sadko gab einen kurzen Befehl. Die drei Tiere genossen es, sich austoben zu können, und rannten blitzschnell los. Ein weiterer Befehl, und die drei Männer standen auf dem Rücken ihrer Reittiere. Sie ließen sich auf das Pferd zurückfallen und schlüpften unter dem Pferdebauch hindurch. Sie glitten zur Seite, als wollten sie sich fallen lassen, doch sie streiften den Boden kaum, sondern richteten sich mit einem Satz auf und saßen wieder im Sattel. Zehnmal ritten sie um die große Weidefläche und vollführten dabei in vollkommener Harmonie ihre akrobatischen Kunststücke, dann machten die drei Tarpans unmittelbar vor den helvetischen Reitern Halt.

Dolvidix übersetzte, was der Anführer der helvetischen Reiter sprach. „Barina sagt, dass ihr sehr geschickte Reiter seid. Ihr habt großartige, schnelle Pferde. Aber könnt ihr auch mit Waffen umgehen?“

„Er soll mir seine Lanze leihen“, erwiderte Sadko.

Dann drehte er sich zu Tamar um und gab ihm einen Befehl. Der Dicke stieg vom Pferd und ging zu einer Frau, die ein rundes Körbchen trug. Er gab ihr zu verstehen, dass er das Körbchen brauche. Er nahm es, stieg wieder auf sein Pferd und galoppierte fort. Am anderen Ende der Weide angekommen, kehrte er um und ritt zurück. Sadko trieb Navra an und ritt ihm entgegen. In dem Augenblick, als sich ihre Wege im Galopp kreuzten, warf Tamar den Korb in die Luft, und Sadko fing ihn mit der Lanzenspitze auf. Sofort wurden sie von allen Dorfbewohnern umringt, und es erhob sich ein freudiges Geschrei. Sadko ließ Navra in Trab fallen, und trotz der Schmerzen, die er noch immer verspürte, gelang es ihm, einen Salto zu schlagen und aufrecht im Sattel zu landen, ohne dass er Lanze oder Korb fallen ließ. Der Jubel verstärkte sich. Als die drei Männer vom Baikal vor den helvetischen Reitern stehen blieben, rief Dolvidix ihnen zu: „Barina fragt Sadko, ob er später einmal den Befehl über einen Teil der Reiter übernehmen will."

Und die Menschenmenge skandierte: „Sadko! Sadko! Sadko!"

Natürlich nahm der junge Anführer der Reiter vom Baikal das Angebot an. Und während ihm die Dorfbevölkerung und auch die Soldaten zujubelten, neigte er sich seinem Freund zu. Mit Tränen in den Augen starrte er auf den schimmernden See und sagte: „Da unten liegt Rotschka ... Sie schlummert unter dem Sonnenwasser."

AM NÄCHSTEN Tag machten sich Sadko, Tamar und Sorski bereits im Morgengrauen auf den Weg. Bei ihnen war der alte Dolvidix, sehr glücklich und stolz, dass auch er auf einem Steppentarpan reiten konnte.

Es war schon Mittag, als die vier Reiter eine weitläufige Hochebene erreichten, auf der unzählige Zelte standen. Auf eingezäunten Weiden sah man Pferde. Andere wurden von in Felle gekleideten Männern geritten, die mit Lanzen, Schwertern und schweren Schilden aus Holz und Leder ausgerüstet waren.

Gleich nach ihrer Ankunft ritt Barina zu den drei Männern vom Baikalsee. Er war groß, blond, mit kupferfarbener Haut. Seine kräftige Stimme war ein wenig rau. Zunächst sprach er von den Siegen der Helvetier über andere Völker, dann sagte er, indem er jedes einzelne Wort deutlich hervorhob: „Ihr müsst wissen, dass die Helvetier das edelste und stärkste Volk in ganz Gallien sind. Wir haben die besten Krieger, und Verräter werden von uns nicht geduldet. Wir hatten einen wahrhaft großen Stammesführer. Einen Gebieter mit Namen Orgetorix. Er war ein Edler unter den Edlen und unendlich reich. Er sollte unser König werden. Er hatte uns überzeugt, dieses zu enge, zwischen See und Bergen eingezwängte Gebiet zu verlassen, um nach Westen zu ziehen, wo es Ackerland in Hülle und Fülle gibt. Doch dann wollte sich Orgetorix ohne die Zustimmung seines Volkes mit anderen verbünden. In Ketten gelegt und verurteilt, zog er den Tod der Schande vor. Er nahm sich das Leben."

Barina hielt inne. Man spürte, dass ihm der Hals wie zugeschnürt war. Sicherlich hatte er Orgetorix sehr geliebt und bewundert. Er ließ seinen mächtigen Brustkorb schwellen, sodass seine kräftigen Muskeln die Kleidung aus rotem Leder fast sprengten. Dann sprach er weiter: „Obwohl Orgetorix mächtig und reich war, hat er verloren. Damit will ich euch sagen, dass nichts einen Menschen vor den Gesetzen und Gebräuchen beschützen kann, egal, um wen es sich handelt. Aufgegeben haben wir unseren Plan freilich nicht. Wir werden uns auf den Weg machen. Der alte Divico soll uns führen. Auch er kennt Gallien bis zu dem großen Wasser, in dem die Sonne untergeht."

Er erklärte, dass sich die Rauriker und Tulinger ihnen anschließen wollten. Dann bohrte er seinen blauen Blick in die schwarzen Augen der drei Reiter vom Baikal. „Seid ihr bereit zum Aufbruch?"

Noch bevor der alte Helvetier übersetzt hatte, erhob Sadko seine klare Stimme und sagte in keltischer Sprache: „Wir sind bereit!"

„Du sprichst unsere Sprache?", fragte der helvetische Krieger erstaunt.

Sadko lächelte und antwortete in seiner eigenen Sprache: „Allmählich verstehe ich ein wenig. Und ich habe die Wörter einfach wiederholt."

„Versuche, schnell zu lernen. Ein so guter Reiter wie du sollte eine Reitereinheit führen." Barina zögerte kurz und fügte dann hinzu: „Wenn unser Volk über Gallien herrschen soll, dann deshalb, weil wir das Volk aus der Mitte der Welt sind. Ein Teil des Wassers, das auf unser Gebiet fällt, fließt nach Norden. Ein anderer Teil fließt auf dem Weg, den die Sonne nimmt, und ein dritter, der von weit her kommt, fließt in das Land, aus dem ihr kommt. Wir dagegen richten es so ein, dass wir nach Westen ziehen, in die einzige Richtung, in die das Wasser aus unserem Gebiet nicht fließt."

Dolvidix übersetzte wie immer und ergänzte: „Das stimmt. Wir sind das Volk vom Mittelpunkt der Welt. Deshalb wollte Orgetorix die ganze Welt für uns."

DER FRÜHLING kam, und die Tage wurden länger. In diesen Wochen nahmen Sadko, Tamar und Sorski an den Übungen der helvetischen Reiterei teil. Die Tarpans waren schneller und wesentlich wendiger als die Pferde der Helvetier. Sie nutzten es aus, dass einige Stuten rossig waren und ließen sie von den Hengsten der Helvetier decken.

Barina, ein großer Pferdefreund, erklärte: „Die Fohlen werden in Südwestgallien geboren. Sie werden die Kraft unserer Tiere und die Schnelligkeit eurer Pferde besitzen, in deren Blut das Feuer der Steppen fließt. Diese Tiere werden die Welt in Erstaunen versetzen." Man spürte, dass er stolz und glücklich war, unter seinen Kriegern Reiter wie die drei Männer mit den schwarzen Augen zu haben.

Nach einem Monat stießen vier weitere Reiter zu ihnen, deren Verletzungen man versorgt und geheilt hatte. Auch sie ritten vorzügliche Tarpans, die nach der langen Untätigkeit voller Feuer waren.

Im Lager hatte sich eine fieberhafte Rastlosigkeit ausgebreitet. Alte, die schon einmal nach Westen gezogen waren, gesellten sich abends zu den Gruppen, die sich nach dem Essen vor den Zelten im Kreis um die Feuer setzten. Funkenschwärme stiegen aus den Feuern auf und wurden vom Wind verweht. Und diese Männer erzählten von Flüssen, die es zu queren galt, von Wäldern, Bergen und grenzenlosen Ebenen. Einige waren schon an Küstenstrichen gewesen, an denen man die Sonne im unendlichen Wasser untertauchen sah. Fasziniert hörten die anderen zu. Alle hatten Lust, in diese herrlichen Gegenden zu gelangen.

Eines Abends, als die Anstrengungen des Tages die Lider schwer werden ließen und auch die Geschwätzigsten allmählich ruhiger wurden, nutzte Sadko einen Augenblick der Stille und begann zu singen. Sogleich stimmten seine Gefährten ein. Sie sangen in der Sprache ihres Landes, die niemand außer dem alten Händler verstand, doch die Lieder waren so wohlklingend und mitreißend, dass sich auch die Menschen von den anderen Feuern einfanden.

Bald drängte sich eine dichte Menge um das Feuer, wo sich die schwermütigen Stimmen der Männer aus der Steppe erhoben, als lasse ihr Gesang Funken sprühende Rauchwirbel aufsteigen. Ein großes Geheimnis lag in diesem Gesang. Etwas unendlich Verwirrendes, was die Menschen erschauern ließ.

Als wolle er das Verwirrende noch betonen, erhob sich Sadko plötzlich und begann zu tanzen. Sorski schloss sich an. Ein Tanz, der die Helvetier genauso in Erstaunen versetzte wie der Gesang. Und bald sprangen die beiden Männer wie Teufel über das Feuer hinweg. Sie zogen den Säbel aus der Scheide und führten einen so schnellen Scheinkampf, dass man bei jeder Geste den Eindruck hatte, die Klingen durchbohrten die Brust des anderen oder trennten Gliedmaßen ab. Dann stießen sie ihre Waffen in den Boden und ergriffen stattdessen zwei brennende Scheite, mit denen sie jonglierten. Flammen und Funken sausten so nahe an ihren Gesichtern vorüber, dass man glauben konnte, sie selbst stünden in Flammen.

Als sie die Holzscheite in das Feuer zurückwarfen und den Tanz beendeten, erhob sich großer Jubel, dessen Echo von den fernen Bergen widerhallte. Dann breitete sich die Stille der Nacht über den Feuern aus, und die letzten Flammen erloschen.

SADKO und die Seinen waren sehr erregt, als sie sich schlafen legten. Diese Lieder und Tänze nach Wochen voller Tod und Sterben hatten ihre Lebensgeister wieder geweckt. Nun spürten sie in ihren Herzen die Gewissheit, dass ihre Reise sie schließlich doch an jenes Wasser führen würde, von dem sie so sehr geträumt hatten.

Unter den betagteren Helvetiern, mit denen sie ihr Leben teilten, war ein Druide mit guten Kenntnissen über das Jenseits. Er sagte: „Die Sonne versinkt in der Nacht. Aber ihr wisst doch, dass die Sonne ein furchtbares Feuer ist. Deshalb halten sich die Götter, die darüber wachen, welche Verdienste ein Mensch erworben hat, am Rand des Ozeans auf. Und wenn eine Seele herbeikommt, die nicht rein und hell ist, wenn es die Seele eines Mannes ist, der sich im Kampf nicht bewährt hat, werfen sie diese in die Sonne, wo sie verbrennt. Und jeden Abend wird sie aufs Neue verbrannt. So muss sie bis ans Ende der Zeiten aufs Äußerste leiden."

Nach diesem Gespräch lag Sadko lange wach im Zelt auf seinen Ziegenfellen und dachte an die Worte des Druiden, der auch gesagt hatte: „Wenn jemand schwere Fehler begangen hat, kann er seine Schuld im Kampf sühnen. Stirbt er in einer Schlacht zum Ruhm seines Volkes, wird seine Seele vor dem Feuer bewahrt, und sie wird die Milde des ewigen Frühlings kennen lernen."

Sadko dachte an die Menschen, die durch seine Schuld ums Leben gekommen waren. Würde er auf der bevorstehenden Reise Gelegenheit haben, für die Menschen zu kämpfen, die ihn aufgenommen hatten, und auf diese Weise dorthin gelangen, wo sich Rotschka und die anderen aufhielten?

Als Sadkos Wache anbrach, hatte er noch kein Auge zugetan. Er nahm seine Waffen und ging sein Pferd satteln, um Sorski abzulösen.

„Die Nebel, die vom See aufsteigen, sind sehr kalt", begrüßte ihn der junge Krieger.

„Geh ins Warme", erwiderte Sadko und atmete tief die Nachtluft ein.

Der Himmel vibrierte. Es herrschte vollkommene Stille. Kein Windhauch war zu spüren, weder auf dem Boden noch in den benachbarten Tälern, wo Rauchsäulen senkrecht in den Himmel stiegen.

Von manchen Stellen am Ufer drang der Schein von Feuern durch die Düsternis der Erde. Man ahnte, dass noch andere Wachen auf Posten waren. Sadko wusste, dass in den Pfahlbauten wie in den Ufersiedlungen, wo er sich befand, nur Helvetier lebten. Wer aber lebte am anderen Ufer? Feinde wie diejenigen, mit denen er zu Hause gekämpft hatte? Keine Unruhe mischte sich in seinen Mut. Nie würde er vor dem Feind zögern. Er würde nicht mehr zittern, als sein Vater gezittert hatte, der im Kampf mit den Barbaren sein Leben gelassen hatte.

Lange hatte er nicht an seinen Vater gedacht, den er kaum gekannt hatte, doch in dieser Nacht sah er seine hoch gewachsene Silhouette vor sich. Sie löste sich aus dem Schatten und trat langsam vor. An seiner Seite stand Sadkos Mutter, die ebenfalls sehr jung gestorben war.

Der Steppenreiter schloss die Augen. Berge und See verschwanden, doch die beiden geisterhaften Gestalten blieben. Ganz leise flüsterte Sadko ihnen zu: „Bald werden wir aufbrechen.“

7

Die geschäftige Unruhe nahm zu. Inzwischen hatte sie die ganze Gegend ergriffen. Die abgelegenen Behausungen, die Dörfer und die befestigten Siedlungen. Riesige Wagen wurden mit allem beladen, was nicht niet- und nagelfest war: Werkzeug, Küchengeräte, Feuerroste und Säcke mit Lebensmitteln wurden aufgetürmt, bis sich die Böden der Wagen bogen.

„Wir haben uns bei der Aussaat zu viel vorgenommen“, bedauerten die Menschen, „wir werden gar nicht alles Getreide mitnehmen können.“

„Stimmt, das wird nicht gehen, aber der Befehl lautet, nichts zurückzulassen. Alles, was wir nicht auf die Wagen und die Lasttiere laden können, muss verbrannt werden.“

Die Alten konnten es kaum fassen. Die Handwerker betrachteten, was sie mit viel Mühe angefertigt hatten, die Feldarbeiter sahen das

Getreide an und dachten an den Schweiß, den sie bei der Ernte vergossen hatten. Einige nickten schweigend, andere dagegen machten ihrer Verzweiflung oder Empörung Luft.

Ein alter Töpfer mit einem kleinen Karren und einem Maulesel, der fast genauso alt war wie er selbst, jammerte. Er blieb wie angewurzelt vor seinen Krügen und Gefäßen aller Art stehen, die er liebevoll geformt, verziert und gebrannt hatte. „Ich kann sie nicht zerbrechen. So viel Mühe …“, stammelte er nur.

„Dann kommen die Krieger und zerschlagen sie.“

„Aber warum kann man sie nicht verstecken? Ich kann sie in der Erde vergraben. Oder wir lassen sie denen, die später hier leben.“

„Die Stammesführer sagen, dass Menschen, die sich hier niederlassen, zwangsläufig unsere Feinde sind. Ganz sicher Barbaren aus dem Norden, die uns unser Land schon einmal wegnehmen wollten. Und außerdem kommt man erst gar nicht in Versuchung, hierher zurückzukehren, wenn nichts übrig bleibt.“

Die Tochter des alten Töpfers unterdrückte nur mühsam ihre Tränen und zog ihren Vater zum Seeufer. Als sie weit genug entfernt waren, machten sich die Nachbarn daran, die Töpferwaren zu zerschlagen.

Die Landarbeiter auf dem Plateau weinten, als sie Flammen aus den Heu- und Strohhaufen schlagen sahen. Auch das Getreide der letzten Ernte wurde in das Feuer geschaufelt.

Wie ein düsteres Echo auf die Marschlieder der Krieger erhob sich am Morgen des Aufbruchs ein Schluchzen und Klagen in den Orten, die vom Feuer verschlungen wurden.

Von einem Ende des großen Sees von Geneva bis zum anderen, in allen Gebieten des rechten Ufers, auf den Hügeln und auf der Hochfläche, bis in die tiefsten Winkel der kleinsten Täler fiel alles den Flammen zum Opfer. Der Nordwind drückte gewaltige Rauchschwaden auf den See nieder. Aus den einstürzenden Dächern stiegen Funkengarben auf. Und wenn ein Pfahlbau in sich zusammensank, mischte sich Wasserdampf in die dichten Rauchwolken.

Auf den Wegen am Seeufer und an den Hügelflanken zog die lange Kolonne aus Wagen, Lasttieren, Herden und Menschen, beladen mit Säcken und Körben. Die Reichsten besaßen schöne Ochsen, die sie vor ihre Wagen gespannt hatten. Neben ihrer beweglichen Habe und der Verpflegung hatten sie Platz für die Alten und Kinder geschaffen. Die Ärmsten schoben kleine, schwankende Karren, mit denen sie nicht weit kommen konnten, bevor sie zusammenbrachen.

Die Menschen schlossen sich dem Zug an, doch ihr Augenmerk galt weniger dem Weg als vielmehr ihren brennenden Häusern. Und viele von ihnen sahen die Feuersglut nur durch Tränenschleier.

ALS SADKO und die anderen Reiter seiner Einheit am westlichen Ende des Sees von Geneva ankamen, hatten sich dort bereits tausende von Männern, Frauen und Kindern eingefunden. Die Wagenkolonne zog sich, soweit das Auge reichte. Aus einem riesigen provisorischen Zeltlager stiegen Rauchsäulen auf. Am linken Ufer stieg von den Häusern der Stadt Geneva ebenfalls Rauch auf, freilich sehr viel weniger. Seeaufwärts, auf dem rechten Ufer wie auch an der Flanke des Jura, waren Häuser bereits völlig verbrannt. Auch deren Bewohner waren da, und viele weinten. Nur die Krieger lachten und sangen, sie freuten sich auf einen neuen Feldzug.

Sadko verstand inzwischen die Landessprache recht gut und ging mit Dolvidix zu den helvetischen Reitern, die schon vor zwei Tagen eingetroffen waren, um sie zu befragen. Die großen, kräftigen Burschen mit ihren langen blonden Mähnen und den lang herunterhängenden Schnauzbärten betrachteten Sadko oft mit Misstrauen, denn er war kleiner als sie, schlank, braunhäutig und schwarzhaarig. Der alte Dolvidix erklärte ihnen, woher diese Fremden kamen und rühmte ihr Können als Reiter.

Die Helvetier nickten und meinten: „Das werden wir eines Tages sehen, wenn sie den Römern gegenüberstehen."

Die Männer berieten sich ausführlich. Bestätigt wurde, dass Cäsar höchstpersönlich auf dem anderen Flussufer eingetroffen war.

„Er war es, der die Brücke unbrauchbar machen ließ."

„Nein, es waren die Allobroger. Sie haben Angst bekommen und die Brücke vor seiner Ankunft zerstört."

„Hier gibt es Berge, die das ganze Jahr schneebedeckt sind", erklärte Dolvidix Sadko. „Von ihren Hängen fließt ein Fluss, der schließlich in die Rhone mündet. Wenn wir eine Überquerung wagen wollen, müssen wir es vor der Einmündung versuchen. Dahinter ist es kaum möglich, eine Furt zu finden."

Bald hörte man, dass Divico als Anführer einer Abordnung den See überquert hatte. Er hatte den Auftrag, den Allobrogern klar zu machen, dass die Helvetier auf ihrer Wanderung nach Südwestgallien nur das Recht verlangten, die Wege zu benutzen. Sie verpflichteten sich, nichts zu zerstören, niemanden zu töten und Plünderungen zu unterlassen.

Als der alte Divico und seine Gefährten zurückkehrten, wurden sie von einer Menschenmenge empfangen. Ihr Boot legte dort an, wo sich die meisten Menschen im Lager der Auswanderer drängten. Der alte Mann stieg auf den am nächsten stehenden Wagen und hob die Hand. Sofort breitete sich Schweigen aus. Er begann ohne Umschweife: „Meine Freunde, wir werden durch das Land der Allobroger ziehen."

Da wurde er von lautem Geschrei unterbrochen. Voller Freude hüpften die helvetischen Krieger auf und ab und schwangen ihre Waffen.

Divico ließ sie ein paar Minuten jubeln, dann bat er um Ruhe, indem er nochmals die Hand hob. „Wir werden vielleicht mit der Zustimmung Cäsars dort durchziehen. Er bittet uns um einen Monat Geduld, denn er will sich mit den Allobrogern beraten."

Nun erhob sich ein Grollen in der Menge, doch der Anführer fuhr fort: „Allerdings werden wir in jedem Fall dort durchziehen, gleichgültig, wie er sich entscheidet. Unser Land ist zerstört, was eine Rückkehr unmöglich macht. Wir sind dazu verurteilt durchzuziehen ... oder zu sterben." Er hielt kurz inne und fügte dann hinzu: „Aber ich weiß, dass wir hindurchziehen werden."

Da stürzten die hochrangigen Krieger nach vorn, hoben Divico auf einen Schild und trugen ihn im Triumph fort.

Um die Wartezeit zu verkürzen, wurde viel geredet. Die Männer trafen sich zwischen den Wagen und um die Feuer und diskutierten. Immer wieder kamen sie zu dem Schluss, dass es lebensnotwendig gewesen war, aufzubrechen. Das Land der Helvetier war inzwischen viel zu klein für das Volk geworden. Die Menschen brauchten wesentlich mehr Raum: Ackerland, auf dem sie mehr Weizen ernten konnten; Weideland, wo es ihren Herden gut ging; Gebiete, wo sie nicht ständig Angst vor der Bedrohung durch Eindringlinge aus dem Norden haben mussten.

Die Helvetier kämpften gern. Deshalb war das Bedürfnis, die Grenzen ihres Landes zu erweitern, bei ihnen fast zur zweiten Natur geworden.

Sie waren zu der Überzeugung gelangt, Südwestgallien sei für sie gemacht. Das Land warte auf sie. Nur für sie hätten die Götter es geschaffen und mit so vielen Reichtümern ausgestattet. Denn weil sie so viel an diese ferne Region dachten, verklärte sie sich für sie zum Paradies. Zu einem gewaltigen Obstgarten mit einer Fülle riesiger, saftiger Früchte, wohlschmeckender als alles, was sie je bei sich zu Hause hatten kosten können.

Doch es blieben nicht alle Helvetier im Lager und warteten. Einige brachen als Abordnung zu benachbarten Völkern auf. Und es gelang ihnen, die Rauriker, die Tulinger und die Latobriger zu überzeugen, sich ihnen auf der langen Wanderung anzuschließen. Schon trafen einige dieser Männer ein und gesellten sich zu den helvetischen Truppen. Es wurde gelacht, man gratulierte sich, und der Wein erhitzte die Köpfe.

Nach vier Tagen kam das Gerücht in Umlauf, die Römer und Allobroger bauten entlang ihres Flussufers kolossale Befestigungsanlagen.

„Also wollen sie uns doch das Durchziehen verwehren!"

Und dann traf die Nachricht ein: Cäsar verweigert die Passage.

„Dann müssen wir den Durchmarsch eben mit Gewalt erzwingen und dürfen nicht darauf warten, dass sie ihre Befestigungen errichten."

Sadko schlug vor, an der Spitze eines Teils der Reiterei eine Furt zu durchqueren. Ein helvetischer Hauptmann sollte die Attacke leiten. Mit zwei vorrückenden Linien wollte man einen Überraschungsangriff führen und die Römer dazu bringen, sich zwischen den Flügeln zu verzetteln. Man einigte sich, an einer tiefen Stelle der Rhone Fußtruppen auf paarweise zusammengebundenen Booten übersetzen zu lassen. Auf dem Rundholzboden dieser Wasserfahrzeuge hatten mindestens dreißig Männer Platz. Innerhalb von drei Tagen wurden sechs dieser Boote gebaut. Zu Wasser lassen wollte man sie unterhalb der Stelle, wo der See in den Fluss übergeht. Das waren etwa tausend Schritte unterhalb des für den Angriff der Reiter vorgesehenen Ortes.

Vom anderen Ufer waren die Arbeiten der Allobroger und Römer gut zu erkennen. Sie rammten Pfähle und Baumstämme in den Boden und schütteten den Wall von hinten mit Steinen und Erde auf.

„Wenn sie die Arbeiten erst beendet haben, kann niemand die Befestigungen zerstören oder überwinden", meinten die helvetischen Stammesführer. „Wir müssen schnellstens nach noch vorhandenen Breschen suchen."

Sadko betrachtete prüfend das tosende Wasser des Flusses. Von den Strudeln an der Oberfläche ließ sich auf die Beschaffenheit des Grundes schließen. „Dort kann ein Pferd passieren. Die Strömung ist stark, aber unsere Tarpans haben schon andere Flüsse bewältigt."

Die helvetischen Reiter hörten zu und nickten. Ihr Anführer, ein blonder Riese mit mächtigen Armen, sagte: „Wenn eure Tarpans den Fluss durchqueren, können unsere Pferde das auch." Er musterte seine Leute. „Ich reite voran, ihr folgt mir. Wenn mein Pferd ausrutscht, setzt ihr den Weg fort. Alle, die ausgleiten, versuchen, flussabwärts ans Ufer zu kommen und dort anzugreifen, wo sie festen Boden unter den Füßen haben.

Je mehr Angriffspunkte da sind, desto größer ist die Verunsicherung der Feinde."

Die Aufregung wuchs von Stunde zu Stunde. Sadko und die Seinen blieben ruhig. Sie hatten schon so viele Kriegsabenteuer erlebt, dass die bevorstehende Auseinandersetzung für sie nichts Besonderes bedeutete. Auch war die Befestigungsanlage noch keineswegs fertig gestellt. Eine Bresche würde genügen, damit sie über den Feind herfallen und ihn in die Flucht schlagen könnten.

Sadko betrachtete Navra, dessen glänzendes Fell erzitterte. „Mein Schöner. Wir kommen durch", sagte er zärtlich zu ihm. „Und wenn uns die Götter dieses Flusses unbedingt das Leben nehmen wollen, werden sie uns auf den Grund des Wassers sinken lassen, wo wir Rotschka wieder finden."

Und der große Tarpan antwortete mit einem Kopfnicken.

IN EINEM Meer von Blut ging die Sonne unter. Helligkeit erstrahlte zwischen den Wäldern des Jura. Der alte Dolvidix kam zu Sadko, der auf einem Felsblock saß und sein Schwert schärfte. Er sah ihm eine Weile zu, dann fragte er: „Hast du den Himmel gesehen?"

„Ja, es ziehen Wolken auf. Die Nacht wird stockfinster. Das ist gut für uns."

Der alte Helvetier warf noch einen Blick nach Westen. Ein rötliches Funkeln erleuchtete seine Augen. „Heute kann niemand mehr die Zeichen des Himmels lesen", meinte er. „In meiner Jugend hätte kein Stammesführer einen Angriff vorbereitet, wenn der Himmel blutrot war. Das ist ein sehr schlechtes Vorzeichen. Es wird viele Tote und Verletzte geben."

„Das ist in einer Schlacht doch immer so."

„Ja, aber es kann doch auch weniger schlimm ausgehen."

Ein wenig gereizt unterbrach Sadko ihn: „Hat der Himmel bei denen auf dem anderen Ufer nicht dieselbe Farbe?"

Auf den Lippen des Alten deutete sich ein Lächeln an, das aber sehr schnell gefror. „Die Römer und ihre Verbündeten sind aber nicht die Angreifer. Wenn sie verstanden haben, was wir vorhaben, sehen sie, dass der Fluss den roten Himmel widerspiegelt. Für sie bedeutet es, dass das Wasser des Flusses nach Blut schreit ..., nach unserem Blut."

Sadko erhob sich, wandte sich zum Wasser und murrte: „Ich habe es nicht gern, wenn man schon vor der Schlacht an die Niederlage denkt." Plötzlich hatte sich der Himmel verdunkelt. Schon zog eine gewaltige schwarzviolette Wolke auf, getrieben von einem Wind, den man noch nicht spürte. „Ein Unwetter droht“, meinte Sadko. „Wenn es bei unserer Überquerung losbricht, sind die Götter tatsächlich auf unserer Seite.“

Der Alte legte ihm die Hand auf die Schulter. „Ich hoffe, dass du Recht hast. Aber höre trotzdem meinen Rat: Wenn du ins Wasser steigst, darfst du dein Pferd nicht flussaufwärts drängen.“

„Es ist aber doch am sichersten, wenn man gegen die Gewalt des Wassers kämpft.“

„Das ist es gerade, man darf nicht dagegen ankämpfen. Auch wenn dein Pferd sehr stark ist, ist der Fluss stärker und bezwingt es. Steige ins Wasser, und wende dich flussabwärts. Lass den Fluss gewähren. Nutze seine Gewalt, sie wird dein bester Verbündeter sein.“

Die Nacht war rabenschwarz. Die Düsternis schien vom Himmel zu kommen, an dem sich dicke Wolken wälzten. Immer wieder hatte Sadko hoch oben auf den Befestigungsanlagen der Allobroger den roten Punkt einer Fackel tanzen sehen. Einen Funken, der verschwand und ein Stück weiter wieder auftauchte.

Die Stunde des Kampfes rückte näher, und Sadko spürte, wie ihn große Ruhe überkam. Verglichen mit den Flüssen und Strömen, die sie im Verlauf ihrer Wanderung bewältigt hatten, war dieser Fluss ein Bächlein. Auch die anderen Reiter waren da. Sadkos Freunde hielten sich ein wenig von den Helvetiern fern, deren Anführer herbeikam und sagte: „Flussaufwärts wird ein kleines Licht leuchten. Das ist das Signal. Sobald die Boote ablegen, steigst du mit deinen Männern hier ins Wasser. Ich gehe mit den Meinen etwas weiter oben hinüber.“

Sadko war einverstanden.

Sie mussten nicht lange warten, doch es erschien ihnen unendlich. Alle Blicke richteten sich flussaufwärts, wo das Signal aufleuchten sollte.

Plötzlich rissen die Wolken auf, und der Mond überzog alles mit seinem bleichen Licht. Nur kurz blieb es hell. Als sich die Wolkendecke wieder zuzog, schien die Nacht noch dunkler zu sein.

„Gerade lange genug, damit sie unseren Standort ausmachen konnten“, brummte ein Reiter.

Das Signal zeigte sich in der Dunkelheit. Ein winziger Feuerpunkt.

„Los jetzt!“

Ein leichter Druck von Sadkos Schenkeln, und sofort lief der ungeduldig wartende Navra los. Mit knapp zehn Sätzen erreichte er das Wasser. Hinter ihm und ein kleines Stück flussaufwärts gingen auch die anderen Tiere ins Wasser. Mächtige Kieselsteine kamen unter ihren Hufen ins Rollen. Bei den Helvetiern waren bereits zwei Pferde ins Rutschen geraten. Die von der Flut mitgerissenen Reiter kämpften gegen die Strömung an, doch es waren offizielle Befehle erteilt worden: Kümmert euch nicht um die Reiter, die vom Pferd fallen.

Navra versuchte schnurstracks an das andere Ufer zu gelangen, doch als das eisige Wasser ihm bis an die Brust reichte, hörte er auf zu kämpfen. Er schwamm, und der Fluss trug ihn flussabwärts. Sadko zwang ihn, zum Ufer zu schwenken, dem er sich sehr schnell näherte. Die anderen folgten.

Sadko war nur ein paar Schritte vom Ufer entfernt, als die ersten Wurfspieße von den Befestigungsanlagen auf sie niederprasselten. Es waren Metallspitzen mit einem Holzschaft. Mehrere fielen ganz nahe neben ihm nieder. Einer streifte Navra, verletzte ihn aber nur oberflächlich.

Sadko griff nach einem Spieß und behielt ihn in der Hand. Man hörte Schreie. Einige Männer waren getroffen. Auch auf die Boote waren Wurfspieße gefallen. Sadko hörte jemanden hinter sich schreien und drehte sich um. Schwere, manövrierunfähig gewordene Boote trieben in der Strömung und hatten Reiter getroffen und abgeworfen. Ein Boot prallte gegen einen Felsen. Holz splitterte. Noch mehr Schreie. Menschen ertranken.

Navra war auf dem anderen Ufer angekommen und hatte festen Boden unter den Füßen. Immer mehr Wurfspieße pfiffen um Sadko, als er sich der Befestigungsanlage näherte. Er ließ Navra an der Befestigung entlanggaloppieren, um nach einer Bresche zu suchen. Nichts. Weitere Spieße fielen in seiner Nähe herab, doch inzwischen schienen die Werfer mehr auf die Masse der Angreifer als auf den einzelnen Reiter zu zielen.

Wieder riss die Wolkendecke auf, und der Mond warf sein helles Licht auf das ganze Tal. Boote, die nicht gekentert waren, schossen mit der Strömung flussabwärts. Man sah Tote liegen und Verwundete, die sich vor Schmerzen krümmten. Viele Männer schwammen verzweifelt.

Pferde ohne Reiter kamen ans Ufer. Andere versuchten wieder die Böschung am Ufer zu erreichen, von wo sie losgeschwommen waren. Auch im Fluss trieben tote Menschen und Tiere.

Einige Soldaten, denen es gelungen war, bis zum Fuß der Befestigungsanlagen vorzudringen, versuchten sie zu überwinden, doch sie wurden von den Pfeilen der Allobroger und Römer durchbohrt. Sadko trieb sein Pferd an und ritt auf sie zu. Er hoffte, die feindlichen Wurfgeschosse würden auf ihn gerichtet, damit die Hand voll Helvetier umkehren konnte. Die Männer verstanden seine Absicht. Als der Mond verschwand, stürzten sie zum Fluss, ließen ihre Ausrüstung zurück und warfen sich ins Wasser.

Als Sadko sich vergewissert hatte, dass allen noch lebenden Angreifern die Flucht gelungen war, drängte er Navra auf den Fluss zu. Der große Tarpan stürzte sich ins Wasser. Er schwamm sehr schnell und konnte den Fluss überqueren, bevor der Himmel erneut aufriss. Als der Mond wieder erschien, befand sich Sadko am Ufer. Auch andere hatten Glück und waren zurückgekehrt, doch die meisten Männer und Pferde waren tot. Die einen hatten am Fuß der Befestigungsanlage ihr Leben gelassen, die anderen waren der Strömung zum Opfer gefallen.

DIESER Überquerungsversuch hatte kaum ein Viertel der Nacht gedauert. Die Überlebenden kehrten ins Lager zurück, wo sich auch Sadko und seine Gefährten berieten.

„Was sollen wir tun?"

„Noch einmal übersetzen."

„Nein. Sieh dir das Befestigungswerk an. Wer kann das schon überwinden?"

Ein endlos langer Tag verging. Unendliche Mutlosigkeit überkam die vielen tausend Männer, Frauen und Kinder. Sie hatten ihr Land verlassen und fragten sich, ob sie jemals in das ihnen versprochene Gebiet gelangen würden.

Wieder vergingen eine Nacht und ein Tag, der sich ebenso düster, leer und entmutigend ankündigte wie der Tag zuvor.

Dann traf am späten Nachmittag ein Reiter ein. Er stieg nicht ab, als er sagte: „Cäsar lehnt ab. Ganz eindeutig. Die Allobroger wollen es auch nicht. Wir werden durch das Land der Sequaner, der Häduer und der Ambarrer ziehen. Diese Völker haben uns die Genehmigung für den Durchzug gegeben. Aufbruch ist morgen in aller Frühe."

Einige Männer wollten den Boten weiter befragen, doch der trieb schon sein Pferd an und galoppierte eilig weiter, um auch anderen Gruppen die Nachricht zu überbringen.

Ein wenig später berichtete ein alter Mann, der der Abordnung unter Divico angehört hatte, was geschehen war. Divico hatte Cäsar nicht nur an die Niederlage der römischen Armee gegen die Cimbern und Teutonen vor einigen Jahrzehnten erinnert, sondern sogar die Drohung hinzugefügt: „Nimm dich in Acht, Cäsar. Du bist mächtig, doch die Helvetier sind die besten Krieger der Welt. Dieses Schlachtfeld könnte zum

Schauplatz einer neuen Demütigung für dich und die deinen werden."

Darauf hatte der römische Feldherr, ohne die Stimme zu erheben, erwidert: „Lass es dir nicht einfallen, den Boden meiner Verbündeten oder meines eigenen Volkes zu betreten."

Als man ihn fragte, warum er nicht schon früher gesprochen habe, antwortete der greise Unterhändler: „Unmöglich..., wir hätten einen Monat warten sollen..., und die Angriffe auf ihre Anlagen haben nichts bewirkt." Er hielt inne. Man spürte sein Zögern, dann fügte er hinzu: „Ich kenne die Straßen. Es gibt nur einen möglichen Weg, am rechten Ufer der Rhone entlang. Er ist schmal und stark gewunden. Mit vielen tief eingeschnittenen Strecken. Auf der einen Seite der Fluss, auf der anderen die ihn überragenden Felsen. Ein paar Männer auf diesen Höhen reichen aus, eine ganze Armee aufzuhalten. Divico behauptet, er habe die Genehmigung der Sequaner zum Durchzug, aber wir sind tausende. Es reicht, wenn ein Betrunkener Wein stiehlt, und schon gibt es Krieg. Wir werden am Jura entlang bis zur großen Ebene der Sequaner ziehen. Die Ebene reicht vom Fuß der Berge bis zur Saône. Dort leben die Ambarrer im Süden und die Häduer im Norden. Sie machen guten Wein!"

Lähmendes Schweigen breitete sich aus, unterbrochen nur vom Knistern der Funken zu Füßen der im Kreis stehenden Menschenmenge. Das Geräusch eines mit den Hufen scharrenden Pferdes erschien nach diesem Schweigen entsetzlich laut. Wie ein Signal. Die Menschen erhoben sich allmählich und gingen zu ihrem Wagen oder Zelt zurück.

Auch Sadko wandte sich ab und fragte Dolvidix, der zu seiner Rechten ging: „Fließt die Rhone auch dorthin, wohin wir gehen?"

Der Alte blieb stehen und musterte ihn. Im Feuerschein zeigte sein Gesicht den Ausdruck großer Überraschung: „Natürlich nicht", sagte er. „Wir folgen ihr lange. Doch dann fließt sie dorthin, wo die Sonne zur Mittagszeit steht, wir aber ziehen zu dem großen Wasser, wo sie untergeht."

MIT EINEM Schlag brach der Morgen an. Die Nebelschwaden sanken ins Tal hinab, wo sie wie ein langsamer Fluss über einem schnellen Fluss trieben. Vögel stiegen in das Licht des neuen Tages auf, andere tauchten in den Morgendunst ein und verschwanden.

Die Lager erwachten. Überall baute man Zelte ab. Wer sich Schilfhütten gebaut hatte, räumte sie völlig aus und steckte sie dann in Brand. Divico hatte genaue Anordnungen gegeben.

Einer seiner Offiziere namens Matugenia kam auf einer schönen grauen Stute herbeigeritten. „Wir bilden die Vorhut“, erklärte er. „Die Leute vom Baikal gehen mit uns. Wir brauchen schnelle Leute, das sind sie. Und robuste Leute brauchen wir auch, das sind wir und unsere Pferde.“ Er war ein großer, kräftiger, untersetzter Bursche, der zu kämpfen wusste. Er näherte sich Sadko und seinen Gefährten und fuhr langsam fort: „Wir sind viele tausend und werden eine Route einschlagen, auf der manchmal keine zwei Menschen nebeneinander gehen können. Problematisch wird es für die Wagen. Aber es sind Männer da, um Bäume zu fällen und den Durchgang notfalls zu erweitern. Nur werden zwei volle Tage vergehen, bis sich auch die Nachhut in Bewegung setzen kann.“

Die helvetischen Reiter und die Männer vom Baikal brachen vormittags auf. Ihnen folgten eine Fußtruppe und die ersten Wagen. Zunächst war der Weg recht gut. Er verlief nahe dem rechten Ufer der Rhone, die man zwischen den Bäumen und Büschen in der Sonne glitzern sah.

Sie marschierten schon mehr als zwei Stunden, als sie an eine Talmulde zwischen bewaldeten Hängen kamen. Matugenia wies mit der Hand nach oben. „Jetzt bist du an der Reihe, Sadko. Sieh nach, was da oben ist.“ Dann wandte er sich an zwei seiner Männer: „Ihr beide geht mit ihm und hört auf seine Befehle.“

Sie ritten im schnellen Trab los. Navra hatte rasch ein paar Längen Vorsprung vor den schwereren Pferden, die bergauf Mühe hatten. Auf dem Gipfel angelangt, umrundeten sie das Wäldchen, in dem man mit dem Einschlag von Bäumen begonnen, diesen dann aber aufgegeben hatte. Eine Hütte war verbrannt. Von ihrem Standpunkt aus konnten die Reiter das Tal ziemlich weit flussabwärts und noch weiter flussaufwärts überblicken. Sie sahen den ganzen, sich am Fluss entlangschlängelnden Weg, den sie gerade zurückgelegt hatten. Soweit das Auge reichte, war er von Reitern, Wagen und Fußvolk verstopft.

Auch das andere Ufer war gut zu sehen. Dort fiel der Blick auf die lange, von den Allobrogern und ihren Verbündeten errichtete Befestigungsanlage. Gelegentliches Aufblitzen von Metall ließ vermuten, dass Bewaffnete auf den Befestigungsanlagen Wache hielten.

„Hier ist nichts zu befürchten“, stellte Sadko fest. „Lasst uns gehen.“

Sie trabten wieder ins Tal hinab und erstatteten ihrem Anführer Bericht.

„Sie werden sich wohl eine günstigere Stelle aussuchen und uns dann angreifen“, vermutete Matugenia.

„Wenn aber doch ein Abkommen geschlossen ist …“, meinte Sadko.

Der Offizier brach in lautes Gelächter aus: „Du hast nichts verstanden, Mann vom Baikal. Das Durchzugsrecht haben uns die Leute aus diesen Bergen gewährt. Nicht die Römer. Und ich versichere dir, dass diese Leute, die sich als Herren über ganz Gallien sehen möchten, das Joch sicherlich nicht vergessen haben. Unter dem Joch hindurchgehen zu müssen ist für einen Krieger die schlimmste Demütigung.“ Matugenia neigte sich zu Sadko, der zu seiner Linken ritt. „Weißt du, mein Vater hat als junger Mann an dieser Schlacht teilgenommen“, erzählte er. „Er hat mir immer gesagt, dass die Römer uns zwar nicht das Wasser reichen könnten, trotzdem aber großartige Krieger seien. Und sehr gut bewaffnet, gut ausgebildet, gut ausgerüstet und mit sehr geschickten Anführern. Mein Vater sagte, sie seien verraten worden. Aber niemand wird wohl je genau erfahren, was geschehen ist. Allerdings war mein Vater dabei, als die Soldaten unter dem Joch durchziehen mussten. Und dabei war ihm vor allem der Blick der Menschen im Gedächtnis geblieben, als sie sich niederbeugen mussten. Die Hände auf dem Rücken gefesselt. Der Hass in ihren Augen … Mein Vater hat mir immer wieder gesagt: Man kann einem besiegten Feind vieles antun, doch vor einem muss man sich hüten, nämlich ihn zu demütigen. Diese Männer hatten sich gut geschlagen, sie hatten Recht auf unsere Achtung. Doch scheinbar riefen ihnen sogar Kinder Beleidigungen zu, spien ihnen ins Gesicht und bewarfen sie mit Steinen.“ Der helvetische Reiter schwieg.

Nachdem sie längere Zeit wortlos geritten waren, drehte sich Sadko zu ihm um und fragte: „Glaubst du, dass sie uns angreifen, solange wir noch am Ufer der Rhone entlangmarschieren?“

„Bestimmt. Wenn sie unseren endlosen Zug nicht für einen Hinterhalt nutzten, wäre ihnen ihr Kriegstalent abhanden gekommen.“

Sadko antwortete nicht. Eine ungekannte Freude erfüllte ihn.

DER ENDLOSE Zug der Helvetier hatte lange vor Einbruch der Nacht Halt gemacht. Es galt, sich zu organisieren, Zelte aufzuschlagen, Holz zu fällen, Feuer anzuzünden, den Pferden Zeit zum Saufen, Grasen und Schlafen zu geben. Es war kein Lager, das man aufschlug, sondern das lange Band der Straße wurde zu einem einzigen Lager. Entlang der Rhone wurden Wachen aufgestellt, andere auf dem Weg vor und hinter dem Zug und noch mehr an Stellen, von wo aus sie das Tal überschauen konnten.

Matugenia nahm sich der ersten Wagen an und schimpfte: „Das ist Verschwendung. Die Leute sollten lieber schlafen und sich erholen.

Hier werden wir nicht überfallen. Zehn Mann würden als Wache für den ganzen Zug reichen."

Als er die Reiter für den ersten Wachabschnitt auf ihre Posten stellte, fragte ihn Sadko: „Was meinst du, wie viele Leute mit uns ziehen?"

„Die großen Stammesführer haben bestätigt, dass es mehr als 250 000 Helvetier sind. Man hat die Leute vor dem Aufbruch gezählt. Dazu kommen 35 000 Tulinger, 15 000 Latobriger, 30 000 Rauriker und etwa ebenso viele Bojer. Du siehst, das ist ein ganzes Land, das sich in Marsch gesetzt hat."

„Und wie viele Männer sind kampffähig?"

„Höchstens 85 000. Das sind viele, aber gegen die Römer ist es nichts."

Wahrscheinlich weil er von einem Vater aufgezogen worden war, für den die Römer die schlimmsten Feinde waren, schien Matugenia so ziemlich der Einzige zu sein, der sich wirklich vor einem Angriff der Truppen Cäsars fürchtete. Spione, die aus dem Land der Allobroger kamen, bestätigten, dass Cäsar wieder auf dem Weg nach Rom war. Als Besatzung hatte er nur eine einzige Legion zurückgelassen, die vor allem die Befestigungsanlagen an der Rhone hielt. Die Leute sagten deshalb: „Cäsar macht sich darüber lustig. Wenn wir nicht gerade die Provinzen durchqueren, die er in seinen Krallen hält, laufen wir nicht Gefahr, dass er uns angreift."

Die Müdigkeit war so groß, dass keiner abends lange aufblieb. Wer keine Wache schieben musste, ging so schnell wie möglich schlafen. Die Nächte waren kalt, doch das Wetter blieb schön, und tagsüber schien die Sonne über dem ganzen Land. Jeden Abend ging sie am südlichsten Punkt der Berge des Jura unter, und alle hatten es sehr eilig, in das Gebiet zu kommen, wo sie die Sonne im großen Wasser versinken sehen konnten.

Je weiter sie vorankamen, desto mühsamer wurde der Weg. Nicht so sehr für die Reiter, deren Pferde alle Hindernisse überwinden konnten, sondern vielmehr für die Wagen. Oft mussten die Reiter anhalten, absitzen und umkehren, um die an morastigen Stellen stecken gebliebenen Wagen zu befreien.

Immer wieder ließ Sadko einen der Jungen auf sein Pferd steigen. Er erinnerte sich an den langen Ritt durch die Steppen, auf dem er jeden Morgen ein Kind mitgenommen hatte, um es zu belohnen. Doch jetzt waren fast alle diese Kleinen, die mit ihm geritten waren, tot. Tot durch seine Schuld. Und das war ein Gedanke, der ihm auch die strahlendsten Tage verdüstern konnte.

EIN LANGER WEG

8

Es dauerte mehr als vierzig lange Tage, bis die Helvetier und ihre Freunde das Gebiet der Sequaner durchquert hatten. Dann hatten sie die abwechslungsreiche Gegend des Jura verlassen und das Land der Häduer erreicht. Mit diesem Volk hatten sie kein Abkommen geschlossen. Zwar hatten sie noch viel Getreide übrig, doch es mangelte ihnen an Fleisch. Außerdem hatten sie nur wenig Futter für die Pferde und das Vieh mitgenommen, die nun auf den Feldern das noch grüne Getreide abweideten. Deshalb kam es zu ernsthaften Zusammenstößen, doch was konnten ein paar Bauern gegen ein ganzes Volk ausrichten?

Am dritten Tag begann eine wahre Plünderung. Keller, Scheunen, Ställe, nichts blieb verschont. Doch bereits nach den ersten Raubzügen schickten die Häduer Cäsar Botschafter entgegen.

Denn Cäsar war zwar nach Rom gezogen, war aber dort nur so lange geblieben, bis er eine richtige Armee aufgestellt hatte.

Nach einigen Gewaltmärschen hatten seine Legionen die Alpen überquert und beeilten sich, den Helvetiern den Weg abzuschneiden.

Divico und seine Offiziere schätzten, wenn sie ein kleines Gebiet in Burgund durchquerten und auf das andere Ufer der Saône gelangten, würden sie nicht von den Römern verfolgt. Allerdings war das Gelände bis dorthin übersät von Sümpfen und Weihern. Wo Reiter und Pferde mühelos durchkamen, würden die überladenen Wagen einsinken.

Am Ende eines sehr mühsamen Tages blieben zwei Wagen stecken. Gerade hatten die Leute das Gespann ausgewechselt, als ein ungewöhnlich heftiges Gewitter losbrach. Der Blitz schlug knapp hundert Schritte vor der Spitze der Kolonne in einen kleinen Pappelbestand ein, und drei riesige Bäume entflammten wie Fackeln. Die Kinder und ein paar Frauen schrien auf. Vom Himmel kam ein Wolkenbruch wie aus einem gewaltigen durchlöcherten Sack. Selbst die reiterlosen Pferde und das Fußvolk standen bald bis zu den Knien in Schlamm und Wasser. In aller Eile mussten die Ochsen ausgeschirrt werden.

„Wir müssen die Wagen zurücklassen, denn wir bekommen sie nie mehr aus dem Schlamm."

Die Wagen sanken zusehends tiefer ein. Der Wind raste heulend über den Boden, türmte schlammige Wellen auf und brachte bald den schwersten Wagen, der zugleich der höchste war, zum Kippen.

Die Nacht brach herein, und nach einer ganzen Weile gaben die Befehlshaber die Anweisung, auch diesen Wagen aufzugeben und sich dem Konvoi wieder anzuschließen, der inzwischen abgebogen war. Sadko war es gelungen, aus dem stecken gebliebenen Wagen Decken und einen großen Korb mit Metallgegenständen zu bergen. Er trug gerade die Sachen zu einem anderen Wagen, in dem die Kinder der Besitzer der versunkenen Wagen aufgenommen worden waren, als er Schreie und Beschimpfungen hörte. Er drehte sich um. Ein Blitz erhellte den Himmel, und in seinem Licht sah er zwei Männer. Sie schleppten einen Zwölfjährigen mit, der sich mit Händen und Füßen wehrte.

„Was ist los!", schrie Matugenia.

„Er ist unter die Wagenplane gekrochen. Er hat ein Messer gestohlen."

„Nein, ich wollte es ihnen geben!", brüllte der Junge.

„Stimmt nicht. Du hast es weggeworfen, als du gesehen hast, dass du gefasst wirst."

„Ich habe es nicht weggeworfen, es ist mir hinuntergefallen."

„Bringt ihn her!", befahl Matugenia ruhig. „Wir werden ein Urteil über ihn sprechen."

Der Konvoi hatte sich neu formiert und wieder in Bewegung gesetzt. Divico hatte einen Hügel ausfindig gemacht, auf den er nun seine Leute hinaufsteigen ließ. Als alle Wagen, alle Reiter und das gesamte Fußvolk dort versammelt waren, stellten die Anführer Wachposten rund um den Hügel auf.

Zusammen mit einem helvetischen Reiter übernahm Sadko die erste Wache. „Was passiert eigentlich mit dem Jungen, der gestohlen hat?", fragte er ihn.

„Vielleicht wird er ausgepeitscht."

„Kennst du ihn?"

„Ja, ich weiß, dass er ein Dieb ist. Er heißt Aptus."

SADKO kannte den jungen Dieb nicht, aber er sah ihn ständig vor sich. Der Anblick der schmächtigen Gestalt, die von zwei Soldaten mitgezerrt und nur flüchtig im Schein von Blitzen zu sehen war, ließ ihn nicht los. Es dauerte sehr lange, bis er Schlaf fand. Vielleicht musste er immer an diesen Jungen denken, weil er selbst einmal verurteilt worden war. Wo war Aptus jetzt wohl? Sicher hatte man ihn irgendwo angebunden. Er hatte ein Messer gestohlen und wurde nun von Soldaten bewacht, die Bauernhöfe geplündert hatten. Natürlich, das war nicht dasselbe. Die Soldaten plünderten, um etwas zu essen zu haben, und schädigten damit ihnen unbekannte Menschen. Sadko versuchte Verständnis aufzubringen; sicherlich hatten die Stammesführer Recht, wenn sie den Jungen bestrafen wollten. Wahrscheinlich würden ein paar Peitschenhiebe ihm die Lust auf weitere Diebstähle austreiben.

Er schlief sehr spät ein und wachte schon lange vor dem Morgengrauen wieder auf. Obwohl er müde war, hatte er das Bedürfnis aufzustehen. Der Dunst war vom Himmel verschwunden. Der Wind hatte sich gedreht und blies von Norden. Es war recht kalt.

Sadko ging zu einem Feuer, das die Wachposten zwischen den Wagen angezündet und die ganze Nacht unterhalten hatten. Vier Männer saßen dort. Drei von ihnen kannte er nicht, der vierte war Dolvidix.

„Du schläfst auch nicht?“, fragte dieser ihn gleich.

„Nein.“

„Komm, hier ist etwas Warmes zu trinken.“ Der alte Mann reichte ihm einen Tonbecher. „Trink das. Das ist aus Kräutern, die ich gut kenne, und gibt Kraft.“

Sadko hatte sich gerade auf einen umgedrehten Kübel gesetzt und den Becher zum Mund geführt, als aus dem Schatten hinter ihm ein Stöhnen drang. Er wandte sich um und erkannte eine menschliche Gestalt am Rad des Wagens. „Das ist, das ist doch …“

„Ja“, bestätigte einer der Soldaten, „das ist dieser kleine Taugenichts.“

Der gefesselte Junge stöhnte. „Ich habe Durst.“

„Du bekommst morgen etwas zu trinken. Es sollte mich doch wundern, wenn deine Richter dir nicht guten Wein geben würden, damit du auf ihre Gesundheit trinkst.“

Sadko bemerkte, dass Dolvidix nicht mit den anderen lachte. Er sagte nichts, aber das Stöhnen des gefesselten Jungen machte ihm sehr zu schaffen. Er trank das warme, stark duftende Getränk, dann stand er auf und legte sich schlafen.

Als der Tag erwachte und die Stammesführer rufend vorbeigingen, war er der Erste, der hinausging. Sogleich stieg er ein paar Schritte die Hügelflanke hinauf und wollte einen Blick auf den Gefangenen werfen. Das Feuer qualmte noch immer. Auch der Wagen stand noch an Ort und Stelle, doch der Junge war nicht mehr an das Rad gefesselt. Sadko sattelte Navra, saß auf und ritt zu dem Feuer, um das sich ein paar Leute scharten. Dolvidix hatte ihn kommen sehen und ging gleich auf ihn zu.

Eigentlich wollte Sadko fragen, wo der junge Dieb sei, und er sah, dass auch Dolvidix gern mit ihm darüber sprechen wollte. Ein für beide unangenehmes, langes Schweigen herrschte. Sadko stieg vom Pferd und beschloss nachzufragen: „Sie haben über ihn gerichtet?“

Der Alte nickte.

„Sie haben ihn verurteilt?“

Wieder nickte Dolvidix und drehte sich zum Hang um, der zu dem weitläufigen, vom Wasser durchfurchten Gelände abfiel, auf dem das Licht des frühen Morgens glitzerte. „Da, schau!“ Er wies auf eine Wiese neben einem bestellten Acker. Unweit des Weges grub ein Mann ein Loch in die Erde. Etwa ein Dutzend Soldaten hielten sich daneben auf.

„Aber… was machen die denn da…, sie haben ihn doch nicht etwa getötet?“

Der Alte schüttelte den Kopf und fügte ganz leise hinzu: „Noch nicht.“

„Sie wollen ihn töten?“ Ein kaum wahrnehmbares Nicken. „Wie denn?“

„Sie werden ihn lebend in die Grube stecken.“

Sadko kannte diese Hinrichtungsart nicht und war einen Augenblick zutiefst entsetzt. „Lebendig… in die Erde?“, murmelte er. Er hatte so leise gesprochen, dass die anderen ihn nicht verstehen konnten.

Die Grube, die sie aushoben, war ziemlich weit entfernt, trotzdem konnte sich Sadko vorstellen, dass sie voll Wasser laufen würde. Bei den Soldaten, die in der Nähe des Lochs standen, entstand eine Bewegung.

„Du siehst“, sagte Dolvidix, „der Unglückliche wehrt sich. Schon als sie ihn vorhin dorthin führten, haben sie ihn geprügelt, damit er weiterging.“

Der Befehl kam. Reiter verbreiteten ihn überall auf dem Hügel: „Lasst die Wagen stehen, wo sie sind, nur die Kinder und die Alten, die nicht laufen können, sollen darin bleiben. Alle anderen begeben sich zum Fuß des Hügels und stellen sich um die Bewaffneten und den Gefangenen auf.“

Einzig der Wagen, in dem sich Divico befand, fuhr hinab und hielt neben der Grube an, die gerade so tief war, dass ein Mensch aufrecht darin stehen konnte.

Sadko ritt mit den Reitern seiner Einheit hinab. Weil er langsam ritt, rief Matugenia ihm zu: „Du musst dich auf meiner Höhe halten!“

Er trieb Navra ein wenig an und hielt sich zur Rechten des helvetischen Offiziers. Dolvidix befand sich knapp hinter ihm.

Einige Schritte vor der Grube blieben sie stehen. Die gesamte Reiterei war versammelt, rechts und links und auch hinter ihnen. Vor ihnen standen die Fußtruppen. Zusammen mit der Masse der unbewaffneten Leute an beiden Enden hatten sie sich im Rechteck formiert. Divicos Wagen befand sich in der ersten Reihe der Infanteristen, etwa gegenüber von Sadko und seinen Gefährten. Es dauerte eine ganze Weile, bis sich alle aufgestellt hatten. Der Gefangene stand unmittelbar vor Divicos Wagen und wurde von vier Soldaten festgehalten. Er war leichenblass. Aus seinem Kindergesicht schauten große helle Augen, die vor Angst noch mehr geweitet waren. Sein Blick wanderte von der offenen Grube zum Himmel, an dem sich die Helligkeit des heraufziehenden Morgens ausbreitete. Ein klarer Himmel. Bald würde die aufgehende Sonne einen schönen Tag ankündigen, und der Junge musste sich sagen, dass er die Sonne nicht mehr erblicken würde. Zweifellos weigerte er sich noch, an den Tod zu glauben. Sicherlich wollten sie ihm nur Angst einjagen. In letzter Minute würde Divico den Befehl geben, das Seil zu zerschneiden, mit denen Aptus' Arme an den Körper gefesselt waren. Er konnte nicht ohne einen Hoffnungsschimmer sein. Ein Kind!

Plötzlich schwieg die Menschenmenge. Divico hatte sich gerade auf das Vorderteil seines Wagens gezogen und stand aufrecht auf dem Brett, das als Kutschbock diente. Das Schweigen lastete noch schwerer. Es wurde immer heller, und eine Lerche stieg in die unbewegten Lüfte auf.

Dreimal stieß sie ihren langen schrillen Ruf aus: „Triri … triri … triri!"

Als habe er auf dieses Signal gewartet, hob Divico den rechten Arm, wies auf den Gefangenen und rief: „Dieser Mensch wird sterben! Er hat seine Strafe verdient. Wenn sich ein ganzes Volk im Aufbruch befindet, muss jedem daran gelegen sein, sich gut zu führen. Wir, die wir ihn zum Tod verurteilt haben, wissen, dass die Schmerzen, die er empfinden wird, als Beispiel dienen. Niemand hat das Recht zum Verrat. Der Diebstahl, den er begangen hat, ist Verrat."

Als Divico von seinem erhöhten Platz hinabstieg, erhob sich die schreckliche, fast völlig verzerrte Stimme des Jungen: „Nein! Nein! Verzeihung! Verzeihung!"

Doch die Männer stießen ihn nach vorn, und sein Schrei erstarb. Als der Junge nicht weitergehen wollte, hoben ihn die Männer hoch und trugen ihn zu der Grube. Sie ließen ihn aufrecht hineinfallen. Wasser spritzte auf. Es reichte Aptus bis zur Brust. Wieder heulte er auf, doch schon traf ihn eine Schaufel voll Schlamm mitten ins Gesicht.

Aus der Menge am äußeren Ende des Rechtecks ertönte ein herzzerreißender Schrei. Es kam Bewegung in die Menge. Eine ohnmächtige Frau wurde fortgetragen.

„Das ist seine Mutter", erklärte Dolvidix.

Sadko wäre am liebsten aufgesprungen und hätte gekämpft, um den Schlammwerfern Einhalt zu gebieten. Doch er rührte sich nicht. Es war, als sei er in einen bleiernen Panzer gehüllt. Noch dreimal stieß der Junge laute Schreie aus, trotz des Schlamms, den man ihm mitten ins Gesicht warf. Dann verschwand er plötzlich. Er war wohl zusammengebrochen. Immer wieder wurde Erde in die Grube geworfen, wo sich nichts mehr regte. Bald würde nur noch ein kahles Viereck aus Erde an die Stelle erinnern, wo gerade ein Junge verschwunden war. Sadko wurde das Bild nicht los, den Anblick des aufrechten Körpers in dem wasserdurchtränkten Boden, wo er allein zurückbleiben würde.

9

Wieder waren die Helvetier vier lane Tage weitergezogen. Das Wetter war schön geworden, und die Erde dampfte unter der Sonne.

Um die Mittagszeit des fünften Tages sah die Vorhut einen Fluss glitzern. „Ist das die Rhone?", fragte Sadko sofort.

Matugenia wusste es nicht. Er wandte sich um und fragte Dolvidix: „Kennst du den Namen dieses Wasserlaufs?"

„Natürlich", sagte der Alte. „Das kann nur die Saône sein, ein sehr langsamer Fluss. Ein Fluss der Ebenen."

„Wohin fließt sie?", fragte der Offizier.

„Sie fließt in die Rhone."

Der Wasserlauf wurde breiter. Seine Ufer mit den sanften Konturen unterschieden sich stark von den Ufern der Rhone. Keine Felsen. Braune Erde, die bis zum Wasser reichte. Auch Gebüsch und Pappeln.

Flussaufwärts, am rechten Ufer, lag ein hoher Hügel. Wiesen zogen sich über seine Flanken, und auf dem Gipfel ragten ein paar kümmerliche Bäume empor. Am Fuß des der Sonne zugewandten Hanges erhob sich ein Dorf. Ein anscheinend glückliches Dorf. Viel weiter flussabwärts sah man undeutlich einen ziemlich großen Wald.

Als die Vorhut den Fluss erreicht hatte, sagte Matugenia zu Sadko: „Wir könnten den Fluss mit unseren Pferden mühelos durchqueren, aber um alle hier passieren zu lassen..."

Er konnte den Satz nicht vollenden, denn ein Reiter, ein Adjutant

Divicos, schloss sich ihnen an. „Befehl, hier das Lager aufzuschlagen. Wir werden Flöße bauen. Ich habe bereits Reiter als Kundschafter nach Süden geschickt. Wenn sie zurück sind, seid ihr an der Reihe. Denn von dort kann Gefahr drohen.“

Noch ehe die Wagen in einem großen Kreis aufgestellt waren, brachen schon Männer zum Dorf auf. Sie kamen sehr schnell zurück und trieben Vieh vor sich her, auch Gefangene mit Äxten.

„Auf! In den Wald!“, schrie der Reiter, der den Trupp befehligte, und schlug den Männern, die sich auf den Weg zum Wald machten, mit der Breitseite seines Schwertes auf den Rücken.

Den ganzen Tag lang fällten die Gefangenen und helvetische Holzfäller Bäume und schnitten die Stämme zu. Andere wiederum hatten Zugseile vorbereitet und brachten das fertige Holz an das Ufer der Saône. Dort bauten Zimmerleute die Baumstämme zu Flößen zusammen.

Ein Teil der Kavallerie war fortgeritten und kam am späten Nachmittag mit Getreide, Wein und geschlachtetem Geflügel zurück. Die Frauen machten sich sofort an die Arbeit, rupften die Tiere und nahmen sie aus.

Matugenia rief seine Männer zusammen: „Los, jetzt sind wir an der Reihe!“

Sie machten sich flussabwärts auf den Weg am Ufer entlang. Weit ritten sie, ohne etwas Bedrohliches zu entdecken. Doch sehr viele Häuser und Dörfer waren verwüstet. Als die Bauern die Reiter kommen sahen, flohen sie. Drei Reiter trennten sich von der Gruppe und ritten zu den Höfen. Sie kamen mit leeren Händen zurück.

„Nichts mehr. Die Kameraden haben alles mitgehen lassen.“

„Ja und? Hättet ihr an deren Stelle nicht dasselbe getan?“ Matugenia lachte hämisch.

„Ja, klar.“

„Ihr wisst genau, dass diese Regel für alle Armeen gilt: Wer zuerst kommt, bedient sich. Die anderen bekommen den Rest. Und wenn nichts übrig ist…, Pech gehabt.“

Als sie zum Lager zurückkamen, waren die ersten Flöße bereits fertig, und man hatte begonnen, die Wagen aufzuladen. Ein Stammesführer, der die Aufsicht über die Baustelle führte, rief Matugenia zu: „Die Vorhut fährt mit den Flößen! Du überquerst den Fluss mit deinen Männern. Erkunde das andere Ufer. Wenn du nichts Verdächtiges siehst, können wir alle hinüberbringen.“

„Wir brauchen keine Flöße“, meinte Sadko. „Wir haben das schon oft gemacht.“

„Wie du willst", erwiderte der Offizier.

Ohne zu zögern, stiegen die Tarpans ins Wasser und schwammen geradewegs auf das andere Ufer zu. Ihrem Beispiel folgend, trieben auch die helvetischen Reiter ihre Pferde auf die Saône zu.

Die Überquerung war einfach. Die Strömung war so schwach, dass die Tiere mühelos auf das gegenüberliegende Ufer zusteuern konnten. Am Fuß eines ziemlich steil ansteigenden, aber mit üppigem Gras bewachsenen Ufers kamen sie wieder an Land. Die Reiter saßen wieder auf. Von ihrem Standpunkt aus erblickten sie eine Ebene, die fast ebenso groß war wie die gerade durchquerte. Sie war kaum von Erhebungen durchzogen, und an ihrem Ende lagen violette Höhenzüge, auf die sich die Sonne herabsenkte. Sadko dachte an das große Wasser. War Rotschka bereits dort? Er war mit seinen Gedanken einen Augenblick lang abwesend, da ließ ihn die laute Stimme Matugenias hochschrecken: „Es sollte mich doch wundern, wenn Cäsar uns hier noch angreifen würde. Auf jeden Fall würde man ihn sofort beim Überqueren des Flusses sehen. Selbst wenn es nachts wäre."

Sadko antwortete nicht. Er sah, wie das erste mit einem Wagen beladene Floß vom anderen Ufer ablegte und sich langsam näherte.

ALS DIE Nacht hereinbrach, hatten die Flöße erst etwa zehn Wagen übergesetzt. Als Verstärkung für die Vorhut, die den Schutz der Wagen sichern sollte, hatte auch ein Teil der helvetischen Reiter den Fluss überquert. Divico hatte alle seine Leute auf einem Hügel postiert. Weil er in der Tat einen Angriff der Römer fürchtete, ließ er die Wagen im Kreis um das Lager aufstellen.

Matugenia beobachtete die Vorgänge von weitem und erklärte Sadko: „Wenn der große Stammesführer so handelt, bedeutet es, dass er etwas weiß. Ganz sicher haben ihn seine Spione informiert. Die hat er überall in Gallien."

Inmitten des riesigen Kreises, den die Wagen bildeten, wurden auf dem Hügel Feuer angezündet. Nun war es Nacht. Der Sternenhimmel glitzerte. Er war unendlich klar. Und als der Mond sich zeigte, zeichnete sich alles mit überraschender Deutlichkeit ab. Der Schein der Feuer erschien beinahe blass.

Matugenia trat vor. Begleitet wurde er von Camilliers, dem befehlshabenden Offizier der Verstärkungsmannschaft der Reiterei, die für die Wache am Fluss sorgen sollte. Er war ein großer, dürrer Mensch mit kantigem Gesicht und langen blonden Haaren. Er grüßte sie und erklärte:

„Ich wusste es doch. Es geht einfach nicht, dass man alle auf diese Art und Weise hinüberbringt, das haben die Stammesführer endlich eingesehen."

„Und jetzt", erkundigte sich Dolvidix, „wie soll es weitergehen?"

„Morgen werden noch mehr Flöße gebaut. Sie werden miteinander verbunden, sodass sie eine Brücke bilden. Dann können alle auf die andere Seite gelangen."

„Das dauert aber ein ganzes Weilchen", gab Matugenia zu bedenken.

„Das schon, aber anders geht es nicht."

Die Männer gingen zum Essen an ein Feuer, wo Frauen einen Hammel brieten, den man Ackerbauern im Nachbardorf gestohlen hatte. Anschließend legten sie sich in einem Wagen schlafen.

Sadko war erst für die zweite Hälfte der Nacht als Wache eingeteilt. Als er ins Freie trat, stieg dichter Nebel vom Fluss auf. Man konnte nichts sehen, weder am anderen Ufer, noch auf dem Hügel, wo das große Lager aufgeschlagen war. Der Wachposten, den Sadko ablöste, sagte: „Keine Ahnung, was das soll, sie können sich ganz leise anschleichen, und wir würden sie erst sehen, wenn sie uns schon im Nacken säßen."

„Das einzig Gute ist, dass sie nicht wissen, wo wir sind", entgegnete Sadko. „Sie müssen uns möglicherweise ziemlich lange suchen."

Der helvetische Reiter lachte spöttisch. „Was denkst du nur? Wenn Divico Spione hat, kannst du sicher sein, dass Cäsar zehnmal mehr hat. Er weiß wahrscheinlich schon seit einer Ewigkeit, wo wir sind! Seine Spione sind mit Sicherheit dieselben, die auch für uns arbeiten und sich von beiden Seiten bezahlen lassen."

Der Nebel hielt sich den halben Morgen. Sadko und seine Gefährten hörten Axt- und Hammerschläge der am anderen Ufer schwer arbeitenden Männer. Auch Rufe drangen zu ihnen herüber. Befehle und Flüche.

„Da unten! Schnell! Flussabwärts!"

„Angriff! Achtung!", schrie Dolvidix, der sich in Sadkos Nähe befand.

Doch die Rufe entfernten sich. Sadko verstand die keltische Sprache nicht gut genug, um zu verstehen, was vorging. Er beobachtete den Alten, dessen runzliges Gesicht eine starke Beunruhigung erkennen ließ. Dann plötzlich erhellten sich seine Züge. Lachend öffnete sich der zahnlose Mund.

„Was ist denn nun so lustig?", fragte Sadko.

Dolvidix kam lachend zu ihm. „Es muss ja keiner hören, dass ich lache. Aber ich kann nicht anders. Sie haben den Nebel ausgenutzt und sind getürmt."

„Wer? Die Bauern?“

„Na klar! Bei einem solchen Nebel kann man einem, der sich hier auskennt, kaum nachsetzen.“ Er lauschte aufmerksam. Die Rufe wurden schwächer. „Wenn die Römer bis jetzt noch nicht wussten, wo wir sind“, fuhr er fort „„werden sie es sehr bald wissen. Und diese Bauern da werden sich ersetzen lassen, was man ihnen gestohlen hat. Die bekommen bestimmt eine schöne Belohnung.“ Nach einer Weile setzte Dolvidix hinzu: „Ja, eine schöne Belohnung. Siehst du, das darf man nie vergessen: Letzten Endes geht es im Krieg immer um Geld. Und wer am meisten zahlen kann, ist der Beste.“

Er wurde von einer Stimme unterbrochen, die vom anderen Ufer rief: „Hört ihr mich da drüben?“

Die Stimme Matugenias, den man überhaupt nicht sah, antwortete: „Offizier Matugenia hier. Ich höre euch sehr gut!“

„Die Schufte sind ausgerissen. Sie hatten flussabwärts Boote und sind wahrscheinlich inzwischen auf der anderen Seite. Schickt sofort eine Patrouille aus.“

„Gut! Ich reite mit sechs Leuten los.“

„Und wenn ihr sie findet, keine langen Diskussionen. Tötet sie sofort! Kein Mitleid mit diesen Leuten!“

Matugenia kam aus dem Nebel, zwei helvetische Reiter folgten ihm. Er rief: „Sadko, komm mit uns! Und ich brauche noch drei andere.“

Sofort antworteten ein paar Stimmen: „Wir sind bereit, Anführer! Los geht's!“

Und diese Rufe klangen wie ein Jagdsignal.

NUN ZOGEN sie in einer Reihe hinter Matugenia her und hielten sich am oberen Rand der Uferböschung. Stellenweise war der Nebel so dicht, dass sie nicht einmal mehr den Fluss erkennen konnten.

„Wenn sie sich da unten versteckt hielten, würde man sie nicht einmal sehen“, stellte ein Reiter fest.

Matugenia hielt an. „Ich bin wirklich dumm, wir hätten Hunde mitnehmen müssen“, sagte er wütend.

Ein Reiter erbot sich, sie zu holen.

„Ja, gut. Reite los. Mit den Hunden findest du uns auf alle Fälle wieder.“

Der Mann machte kehrt und verschwand sehr rasch. Hin und wieder drangen die Stimmen der Patrouillen von der anderen Uferböschung zu ihnen herüber.

„Da sprechen zu viele“, meinte Matugenia. „Und zu laut. Wenn die

Flüchtigen dort wären, wäre es für sie ein Leichtes, sich in Sicherheit zu bringen."

Sie waren schon lange unterwegs, als der Reiter, der die Hunde geholt hatte, sie wieder einholte. Die Hunde rannten jetzt voraus. Man hörte sie in den Büschen und Brombeersträuchern stöbern. Bisweilen gab einer der Hunde einen leisen Ton von sich.

Die Reiter bewegten sich auf einem sehr schmalen Uferpfad, als plötzlich zwei Hunde zu knurren begannen. Die Männer schrien: „Los, los! Such…, such!"

Sie schnüffelten einen Moment, zögerten, doch dann rannte eine kleine Hündin mit schwarzen Kraushaaren plötzlich durchdringend bellend in das Gebüsch. Die anderen folgten ihr.

„Da ist doch etwas!", rief Matugenia. „Zwei begleiten mich, zwei gehen links um das Gestrüpp, zwei rechts herum."

Sadko blieb an der Seite des Offiziers. Sie lenkten ihre Pferde auf die Spur der Hunde. Nur mühsam konnten die Pferde in das Dickicht vordringen. Der Kopf eines Menschen tauchte auf. Mehrere Reiter brüllten: „Da sind sie!"

„Es sind mindestens drei!"

„Nein, wenigstens vier!"

Auch die anderen Reiter bahnten sich einen Weg in das Gestrüpp. Nur Sadko blieb zurück. Die Flüchtigen sahen, dass sie eingekreist waren, und hoben die Hände. Die schwarze Hündin hetzte auf sie zu und wollte zubeißen. Doch einer der Männer bückte sich, sprang auf und schwenkte eine Axt. Zweimal schlug er zu, und die Hündin sank zu Boden.

„Verdammter Kerl, bringt einfach unsere Hunde um!", brüllte Matugenia. Er stürzte sich als Erster auf die Entflohenen. Sein schweres Schwert fuhr empor und glänzte im immer heller werdenden Morgenlicht.

„Erbarmen!", flehten die Männer.

Doch schon hatte Matugenia mit dem ersten Schwertstreich dem Mann, der die Hündin getötet hatte, den Schädel eingeschlagen. Erneut hob er sein blutüberströmtes Schwert und schlug noch einmal zu. Ein Mann wurde an der Schulter getroffen und versuchte zu fliehen, doch zwei große, wilde Hunde stürzten sich auf ihn. Er verschwand im Gebüsch. Sadko hatte sein Pferd angehalten. Die anderen Reiter kamen herbei. Sie fackelten nicht lange und töteten zwei weitere Flüchtige.

Sadko schloss auf. Matugenia warf ihm einen vorwurfsvollen Blick zu, sagte aber nichts. Er drehte sich zum Fluss hin und rief: „He, ihr da drüben! Hört ihr mich?"

Von weit her antworteten Stimmen: „Ja!“

„Wir haben gerade vier getötet“, berichtete Matugenia. „Wie viele waren es überhaupt?“

„Etwa zehn!“

„Sind alle auf das andere Ufer gekommen?“

„Keine Ahnung. Sucht weiter!“

Eine heftige Windbö hob plötzlich einen dichten Nebelschleier. Sofort schrien etliche Stimmen: „Das Boot! Das Boot!“

Ein schweres Boot trieb mit der Strömung flussabwärts. Zwei Männer standen darin und stakten mit langen Stangen.

„Kommt an Land…, kommt an Land, ihr seid gefangen!“

Mindestens vier Männer lagen auf dem Boden. Die beiden mit den Stangen bemühten sich, in die Flussmitte zu gelangen.

Matugenia drängte sein Pferd bis zur Böschung und schrie: „Los, Sadko! Du hast noch keinen Finger gerührt, und dein Tarpan schwimmt sehr gut!“

Sadko dirigierte Navra auf den Fluss zu. Sein Pferd stieg ohne Zögern ins Wasser.

Als die Männer sahen, dass sie nicht entkommen würden, riefen sie: „Tut uns nichts! Wir gehen auch in den Wald. Wir fällen so viele Bäume, wie ihr wollt.“

„Kommt hier an Land!“, rief der Mann, der am linken Ufer den Befehl hatte.

Doch das Schiff bog in die entgegengesetzte Richtung ab, weshalb der Anführer am linken Ufer Matugenia befahl, nochmals das Gebüsch am rechten Ufer zu durchsuchen.

„Also gut, umkehren!“, forderte der Offizier Sadko bedauernd auf.

Als Navra aus dem Wasser gestiegen war, wandten sich die beiden Männer um. Das Schiff hatte am Ufer angelegt. Die sechs Bauern lagen ein paar Schritte vom Wasser entfernt auf den Knien. Hinter ihnen standen sechs Reiter. Sie waren vom Pferd gestiegen und hatten das Schwert gezogen. Das Schweigen war niederdrückend.

Matugenia, der noch zu Pferde saß, brüllte sehr laut: „Hochheben!“

Die sechs Schwerter blitzten in der Sonne auf. Die Männer hielten sie nun ganz hoch über dem Kopf.

„Schlagt zu!“

Die sechs schweren Schwertklingen fielen gleichzeitig. Und sechs Männer mit eingeschlagenem Schädel stürzten zum Fluss hin um.

SADKO war Krieger. Schon oft hatte er gekämpft und getötet. Er war verwundet worden. Viele Menschen hatte er unter fürchterlichen Qualen sterben sehen, an diesem Morgen jedoch spürte er tiefen Ekel in sich aufsteigen. Seitdem er gesehen hatte, wie man den Jungen, der nur ein Messer gestohlen hatte, bei lebendigem Leib begraben hatte, war er nicht mehr derselbe. Auch der Anblick der von den Schwertern der helvetischen Reiter eingeschlagenen Schädel verfolgte ihn.

Ein von Matugenia gerufener Befehl schreckte ihn auf: „Wir lassen es damit bewenden! Haltet euch zu meiner Rechten, wir wollen alle Büsche durchsuchen, in denen sie sich möglicherweise versteckt halten!"

Sadko reagierte langsam. Es war, als sei er gerade mit Mühen aus einem Albtraum erwacht. Beim Aufstellen war er langsamer als die anderen und fand sich am Ende der Reihe. Weit entfernt vom Fluss und weit von seinem Anführer, der am Ufer entlangzog. Die Pferde kamen in dem Gestrüpp nur mühsam voran. Wenn die Reiter im Zweifel waren, hieben sie auf die Zweige ein und stießen ihre Lanzen ins Gebüsch. Sadko tat es ihnen gleich. Sein Vorwärtskommen, seine Gesten, alles richtete sich nach dem Tun der anderen. Eigentlich dachte er nicht mehr nach.

Schon brannte die hoch stehende Sonne auf sie herab. Die Reiter schlugen bereits eine ganze Weile auf die Büsche, als Navra anhielt und heftig schnaubte, wie immer wenn Gefahr im Verzug war. Er blieb vor einem Dickicht aus Zwergweiden und Brombeerranken stehen. Sadko richtete sich auf. Sein Blick fiel in eine Höhle, eine Art Nest, wo zusammengekrümmt und bewegungslos ein menschlicher Körper lag. Mit dem Schaft seiner Lanze berührte Sadko einen Arm, der das Gesicht bedeckte. Der Arm hob sich, die Hand öffnete sich zitternd. Der ganze Körper bebte. Es war ein junger Mann, sicherlich kaum älter als der lebendig Begrabene. Sadko zog seine Waffe zurück und wollte schon mit der Spitze zustoßen, um ihn zu treffen. Doch als er den klaren Blick des Jungen sah, hielt er mitten in der Bewegung inne.

Die Zeit blieb stehen. Sollte sie für diesen jungen, kaum den Kinderschuhen entwachsenen Mann wirklich ein für alle Mal stehen bleiben?

Sadkos Arm wurde schwer. Seine Hand hatte nie gezögert, einen Feind zu erschlagen, doch nun begann sie zu beben. Auch seine Lanze erzitterte. Er zog sie zurück, als wolle er ausholen und mit noch größerem Schwung zuschlagen. Doch die eiserne Spitze wandte sich langsam ab. Sadko schloss für einen Augenblick die Lider und drängte sein Pferd neben das Brombeergestrüpp.

Als er noch einmal hinsah, war der Junge, den er verschont hatte, nicht mehr derselbe. Ein ungeheures Erstaunen stand ihm ins Gesicht geschrieben.

Sadko schreckte hoch, als Matugenias Stimme ertönte: „Was ist? Kommst du endlich?“

„Ja, ich komme.“

„Was hast du gesehen?“

„Nichts, mein Pferd hat wohl ein Tier gewittert.“

„Es reicht“, befahl der Offizier, „wir gehen zurück! Wenn es noch andere Flüchtige gibt, sind sie längst entkommen.“

Sie kehrten ans Ufer zurück und ritten in einer langen Reihe den Pfad an der Saône entlang. Sonne und Wind hatten endlich die letzten Nebelspuren zerstreut. Das Geäst glänzte noch, und sie wurden von einem zauberhaften Licht begleitet.

Dieser Morgen verbreitete eine ungeheure Freude, die Sadko auch in seinem Innern aufsteigen fühlte. Es schien ihm, als seien seine Toten, die ihn immer und immer wieder gequält hatten, ein wenig zur Ruhe gekommen. Konnte es an einem solchen Morgen der Freude überhaupt Platz für den Tod geben?

DIVICO hatte wohl die Gabe des sechsten Sinns. Seine Spione hatten ihm die Rückkehr Cäsars mit mehreren in aller Eile rekrutierten Legionen signalisiert, doch hatten sie nicht bemerkt, dass er sich zum Saônetal wandte. Trotzdem hatte der alte helvetische Stammesführer den Befehl erteilt, sich mit der Arbeit möglichst zu beeilen. Als die Patrouillen zurückkehrten, herrschte an beiden Ufern rege Tätigkeit.

Um die Mittagszeit lag die Baustelle unter einer Hitzeglocke und in grellem Licht. Sobald ein Floß fertig gestellt war, zog und schob man es ins Wasser. Das Gleiche geschah auf dem anderen Ufer. So arbeiteten sich zwei hölzerne Zungen aufeinander zu.

Noch nicht einmal zum Essen wurde die Arbeit unterbrochen. Frauen hatten Fleisch zubereitet und brachten den Männern dampfende Stücke. Sie verschlangen ihre Portionen während der schweren Arbeit.

Der Nachmittag war schon fast vorüber, als vom linken Ufer ein Floß ablegte, das die letzte Lücke schließen sollte. Von beiden Seiten kamen Männer herbei, um es mit den anderen zu verbinden. Bald sollte alles fertig sein. Noch etwa zehn Schritte, und das Floß lag an Ort und Stelle. Für den Fall, dass es ein wenig zu kurz war, wollten sie sehr kräftige Balken einfügen. Und genau das traf ein.

An einer Seite war das Floß schon befestigt. Sechs starke Männer brachten den ersten Balken herbei. Sie hatten die Hälfte des Weges zurückgelegt, als ein Schrei ertönte: „An die Waffen!"

Die Gefahr kündigte sich an dem linken Ufer an. Dort zog sehr rasch eine lange, schuppige, in der Sonne glitzernde Schlange heran.

„Schnell! Schnell!", brüllte Matugenia.

Sadko war einer der Ersten und schirrte Navra von den Holzstämmen ab, die er zog. Er griff nach seinem Schwert und der Lanze und sprang aufs Pferd. Der große Tarpan galoppierte sofort los und sprang auf die Flöße. Ohne zu zögern, wollte er die noch nicht mit Stämmen geschlossene Strecke überspringen. Doch der schlüpfrige Holzuntergrund gab den Hufen keinen festen Halt. Nur die Vorderhufe berührten das andere Floß, sodass sich Sadko plötzlich im Wasser wieder fand. Er hielt sich an seinem Pferd fest. Seine Lanze hatte er noch, doch sein Schwert versank im Wasser wie ein Stein.

„Los, Navra! Los, mein Schöner!"

Der Tarpan schwamm sehr schnell. Als er sich auf das linke Ufer hinaufzog, war die dortige Reiterei bereits aufgebrochen. Die Fußsoldaten hatten sich in zwei Gruppen geteilt. Die größere Gruppe marschierte mit schnellem Schritt auf der Spur der Kavallerie, die andere beeilte sich, die Wagenburg um das Lager wieder zu schließen.

Sadko wartete nicht auf die anderen. Allein galoppierte er den helvetischen Reitern nach. Er war sicher, sie einholen zu können, bevor der Kampf entbrannte. Er fühlte sich sehr stark. Wie in den Schlachten, die er am Baikalsee geführt hatte.

Navra spürte wohl, was seinen Herrn im Innersten bewegte. Noch nie hatte er ein solches Tempo vorgelegt. Der Wind legte seine Ohren flach und pfiff Sadko in den Ohren.

In dem Augenblick, als sich Navra der Gruppe der Helvetier näherte, drängte sein Herr ihn nach links, um die schwerfällige Kavallerie zu umreiten. Als die Helvetier ihn vorübergaloppieren sahen, trieben sie ihre Pferde an. Sie ritten auf einer Höhe, doch als sie sich den Römern näherten, gelang es Sadko, sie zu überflügeln. Er war ein gewaltiger Mann, der ganz allein eine Armee attackieren wollte. Ein riesiger Mann auf einem fliegenden Pferd. Und dennoch – er war ein Mann ohne Schwert.

Doch als Bewohner der Steppe hatte er mit sicherem Blick sofort den Anführer an der Spitze der römischen Kavallerie ausgemacht, die, wie Sadko gehört hatte, die beste der Welt war.

Sadko war trunken vor Geschwindigkeit und Kraft, aber er war bei klarem Verstand. Er stürzte sich nicht auf den römischen Offizier, sondern tat, als habe er ihn nicht gesehen. Damit wollte er erreichen, dass der Feind seine Route änderte, um ihn anzugreifen. Tatsächlich wandte sich der Römer nach links. Sadko tat, als wolle er ihm ausweichen. Der andere verlagerte seine Lanze. Navra hatte verstanden. Genau in dem Moment, als der Feind seinen Herrn angreifen wollte, vollführte er den Sprung zur Seite, den Sadko allen seinen Pferden antrainiert hatte. Fassungslos wollte der Römer den Angriffswinkel seiner Lanze ändern. Kaum hatte sich seine Bewegung angedeutet, als ihm seine Waffe entrissen wurde und die Lanze des Reiters vom Baikal ihm die Brust durchbohrte.

Der Römer sank nach hinten, wobei das Heft seines Schwertes sichtbar wurde. Sadko griff danach und zog die lange Klinge aus ihrem Futteral. Eine prachtvolle Eisenwaffe, wie sie nur die Römer besaßen. Schon hob Sadko sie hoch und drehte sie blitzend in der Sonne. Innerhalb weniger Augenblicke spürten zwei Feinde ihre scharfe Schneide und ihr Gewicht am eigenen Leib. Es war der Teufel in Person, der eine lange, blutige Schneise in die dicht geschlossenen Reihen schlug. Der Teufel auf einem dämonischen Steppenpferd.

NIEMAND wird jemals wissen, wie viele Menschen sich an jenem Tag in der Sonne und im Staub am Ufer dieses friedlichen Flusses gegenseitig umbrachten. Hunderte, tausende. Die einen mit Eisenhelm und Harnisch, die anderen halb nackt, getrieben von Mordlust und einem unerklärlichen Blutdurst.

Hundertmal wichen die Römer zurück, hundertmal wurden die Helvetier zurückgedrängt. Es gab weder Sieger noch Besiegte. Über Stunden war auf diesen, vom vielen vergossenen Blut sumpfig gewordenen Grasflächen nur eine Armee siegreich, die Armee der Schatten. Diese Armee mobilisierte die Mächte der Finsternis und warf sie gegen alles, was die Lebenden an Vernunft und Liebe in sich trugen.

Und von der Anhöhe des Hügels sahen die verschreckten Frauen, Kinder und Greise, die sich hinter dem lächerlichen Bollwerk ihrer Wagen verschanzt hatten, dieses Kampfgetümmel mit dem fürchterlichen Gebrüll und einem rot strömenden Fluss.

Und als lodere ein Feuer in ihnen, rasten ein Pferd und ein Reiter dahin. Man hätte sie für ein einziges Wesen halten können, ein Wesen von unglaublicher Kraft und Schnelligkeit, so eng verschweißt wirkten der Mann und das Pferd. Keiner von beiden hatte auch nur die geringste Verletzung. Keine Schramme, und doch waren beide blutüberströmt.

Das Schwert, das Sadko dem römischen Anführer zu Beginn des Kampfes entrissen hatte, wirkte in seiner Hand Wunder. Es hatte schon zwanzig Lanzen zerschmettert, zwanzig Schwerter verbogen, zwanzig Schilde zu Boden geworfen, Arme, Beine, Köpfe abgehackt und etliche Schädel gespalten. Kein Helm hatte ihm widerstanden. Wie von Wahnsinn gepackt, raste Navra zwischen den anderen Pferden umher. Seine Hufe flogen wie der Wind. Und in diesem wirbelnden Strudel aus Eisen und Fleisch bahnte er sich immer wieder einen blutigen Weg. Nie zuvor hatte jemand einen solchen Dämon gesehen, weder die Römer noch die Helvetier.

Und als die besiegten, von der Übermacht niedergeworfenen Helvetier den Befehl zum Rückzug erhielten, um das befestigte Lager zusammen mit den dort zurückgelassenen Truppen zu verteidigen, war der große Steppentarpan der Letzte im Kampf.

ALS DIE Helvetier ins Lager zurückkehrten, wurde es schon Abend. Es war ein geordneter Rückzug, mit einer Nachhut, die es keinen Moment versäumte, dem zehnfach überlegenen Strom der Römer zu trotzen und sie in Schach zu halten.

Als Sadko als einer der letzten Soldaten in das befestigte Lager zurückraste, war es fast Nacht, doch nun entbrannte eine neue Schlacht. Sogar die Frauen und die Greise beteiligten sich. Die Helvetier, aufrecht gehalten von der Wut der Enttäuschung, standen auf den Wagen, die einen Wall bildeten, und schossen ihre Pfeile auf die Angreifer ab.

Die Römer, denen es gelungen war, sich auf die Wagen zu schwingen, wurden hundertmal zurückgestoßen, umgeworfen. Die Kinder und Frauen schlüpften zwischen die Wagenräder und stachen den Soldaten in den Bauch, wenn sie auf die Wagen zu klettern versuchten. Und die Soldaten hoben die Arme empor und fielen nach hinten, wobei sie im Fallen bisweilen die ihnen folgenden Krieger mitrissen. Auf beiden Seiten herrschte eine Zerstörungswut, eine Mordlust, die nichts besänftigen konnte.

Die helvetischen Fußsoldaten hatten schon lange ihre Holz- und Lederschilde weggeworfen, denn nur zu leicht wurden diese von den Pfeilen der Römer durchbohrt. Sie kämpften ungeschützt und hielten den Schwertern der Krieger Cäsars nichts als die nackte Brust entgegen.

Auch Sadko kämpfte als Fußsoldat. Noch immer hatte er sein Eisenschwert und schlug von einem Wagen aus mit aller Kraft zu. Doch diese Art Kampf lag ihm nicht. Navra stand hinter dem Wagen, auf dem sich sein Herr abmühte. Er verstand nichts. Mehrmals stieß er ein lang gezogenes Wiehern aus, das Sadko sehr wohl verstand. Einen Ruf, den er trotzdem sehr lange außer Acht ließ. Umso mehr, weil sein alter Freund, der dicke Tamar, gerade zu ihm gestoßen war. Tamar hatte man einer anderen Einheit zugeteilt, weshalb die Männer sich seit einiger Zeit kaum gesehen hatten. Nun standen sie wieder Seite an Seite und kämpften beide wie Wahnsinnige.

Wieder wieherte Navra und ein anderer Tarpan ebenso. Ohne das Kämpfen zu unterbrechen, näherte sich Sadko seinem Freund und meinte: „Reiter gehören nicht auf einen Verteidigungswall!“

„Das nicht. Aber was sollen wir machen?“

„Auf dem offenen Feld sterben.“

Wie der Wind saßen sie im Sattel. Im leichten Trab ritten sie innen an der Wagenburg entlang. Ein Wagen, der niedriger war als die anderen, schien eine annehmbare Bresche zu bieten.

„Los!“

„Los!“

Fast gleichzeitig hatten sie gerufen. Die beiden Tarpans rannten los, als hätten sie Flügel.

Die bestürzten Römer sahen die fliegenden Pferde über sie hinwegbrausen. Einige glaubten, es seien Götter in den Reihen der Helvetier. Angst ergriff sie. Die beiden Reiter ritten nun hinter den Angreifern hin und her. Sie galoppierten, als wollten sie fliehen, doch dann stürzten sie sich von hinten auf die Römer und schlugen mit voller Kraft los. Ihre Tarpans liefen mit einem solchen Tempo hin und her, dass man den Eindruck hatte, es seien fünfzig Pferde und nicht nur zwei.

Und es bedurfte aller kriegerischen Kenntnisse und Talente des römischen Feldherrn, um seine Kavallerie wieder in den Griff zu bekommen. Ruhig und bedächtig ließ er seine besten Bogenschützen hinter toten Pferden Aufstellung nehmen. „Bleibt im Hinterhalt. Und wenn sie in annehmbarer Reichweite vorbeikommen, zielt auf das Herz. Aber ihre Teufelspferde will ich lebendig.“

Zwanzigmal ritten Sadko und Tamar außerhalb der Reichweite der Bogenschützen vorüber. Dann näherten sie sich, ohne die Falle zu bemerken. Pfeile wurden geschossen, und beide Männer wurden getroffen. Als Erster stürzte Tamar zu Boden, worauf sein Tarpan stehen blieb. Navra lief weiter. Sein verletzter Herr hielt sich noch aufrecht. Der römische Feldherr brauchte seine Männer zu dringend, um sie hinter ihm herzuschicken.

Denn die Schlacht ging weiter. Die Wagenburg der Helvetier hielt durch. Die Römer wussten, dass die Helvetier Furcht erregende Krieger waren. Doch an diesem Tag machten sie die Erfahrung, dass sich auch die Frauen und Kinder dieses Volkes zu schlagen wussten.

TAMAR war tot, Sadko jedoch lebte noch. Sein Pferd hatte ihn ans Flussufer gebracht. Dort hatte er sich zu Boden gleiten lassen. Er lag bäuchlings am schlammigen Ufer und trank in gierigen Zügen. Dann wandte er sich um und kroch von dem schlammigen Untergrund weg. Mit schwacher Stimme befahl er: „Leg dich! Leg dich hin, mein Schöner!“

Der große Tarpan legte sich aufs Gras, und Sadko setzte sich neben ihn, den Rücken an den Bauch des Pferdes gelehnt. Er schaute auf das Schlachtfeld, wo der Kampf mit der gleichen Brutalität weitertobte.

Denn die Helvetier hatten noch nicht nachgegeben. Fast alle ihre Offiziere waren tot oder verwundet. Doch ein alter Mannschaftsführer befehligte sie noch. Er wusste zwar nicht mehr, welches Manöver er noch unternehmen sollte, aber er stand aufrecht auf einem Wagen. Und unter diesem Wagen hörte er es plötzlich grunzen. Als er sich nach unten beugte, sah er riesige Schweine, die seine Krieger von den Bauernhöfen hergetrieben hatten.

Nun erinnerte er sich, dass einige Wagen Pech geladen hatten. Ohne Zeit zu verlieren, befahl er, alle mit Pech gefüllten Lederschläuche und Gefäße sowie alle Behälter mit Schwefel und hochprozentigem Alkohol herbeizubringen.

Die Leute gehorchten. Als das gesamte Material herbeigeschafft war, befahl er, die Schweine einzeln herauszuholen. Dann ließ er sie nacheinander mit Pech, Alkohol und Schwefel beschmieren. Die Soldaten konnten die Tiere nur mit Mühe festhalten.

„Schiebt einen Wagen weg!“, brüllte der Anführer schließlich.

Zehn Männer schoben an den Rädern, zwei zogen an der Deichsel.

„Holt jetzt Feuer!“

Ganz in der Nähe brannte ein Feuer. Sie holten Glut vom Rost. Jedes Mal wenn sich ein Schwein der Bresche näherte, warfen sie mit Glut nach ihm. Die eingeschmierte Haut fing Feuer, und das vor Schmerzen schreiende Tier floh. Es rannte den römischen Kriegern vor die Füße und den Pferden vor die Hufe. Die Brandwunden waren fürchterlich, nichts hätte die lebenden Fackeln aufhalten können.

Die verängstigten Pferde bäumten sich auf. Manche rasten in einem Wahnsinnsgalopp davon. Es dauerte lange, bis es den Römern gelang, ihre von Entsetzen erfüllten Pferde wieder in den Griff zu bekommen.

Von seinem Platz aus sah Sadko, wie die gewaltigen Feuerbälle die Reihen einer ganzen Armee durchbrachen. Einige Tiere wurden von Wurfspießen getroffen, stürzten zu Boden und verbrannten. Andere ließen sich von ihrem Instinkt leiten, liefen zum Fluss und tauchten unter, ohne ihr Tempo zu bremsen. Die Tiere schwammen zum anderen Ufer. Nur ihre Rüssel sah man aus dem Wasser ragen.

Sadko sah nochmals zum Hügel. Der Kampf ging weiter, schien aber weniger gewaltsam zu sein. Doch noch immer floss das Blut, und die ersten Sonnenstrahlen erleuchteten die letzten Anstrengungen der entkräfteten Kämpfer.

10

Sadko hatte stark geblutet und schließlich das Bewusstsein verloren. Von der Erde und dem Wasser stieg Kälte auf, die ihn allmählich durchdrang. Das letzte Bild, das er vor Augen hatte, war das Gesicht Rotschkas. Einer lachenden Rotschka, mit der er vor Jahren am Ufer des Baikalsees entlanggelaufen war.

Ein sehr heftiger Schmerz führte ihm die Bilder wieder vor Augen. Als würde sich die Spitze des römischen Pfeils nochmals in seinen Rücken bohren. Mit kaum geöffneten Lippen stieß er nur ein einziges Wort heraus: „Navra!"

„Dein Pferd ist nicht tot“, sagte eine Stimme. „Hast du Schmerzen?"

Sadko erkannte Dolvidix, der sich über ihn beugte. Er hauchte: „Ja.“

„Wo bist du verwundet?“, fragte der alte Helvetier.

Mit größter Anstrengung hauchte Sadko: „Am Rücken …“

„Sadko, wir werden dich pflegen“, versicherte Dolvidix halblaut. „Du wirst wieder gesund. Du bist kräftig.“

Dann sprach er sehr schnell in seiner Muttersprache mit Leuten, die sich über den Verwundeten beugten und ihn ganz vorsichtig auf den Bauch legten. Sie zerrissen die ledernen Kleidungsstücke und bestrichen die Wunde, aus der so viel Blut geflossen war, mit einer Paste. Der Boden erzitterte ein wenig, als ein Wagen herbeikam. Kräftige Arme hoben Sadko hoch. Der Himmel schwankte. Es dämmerte bereits wieder. Die schwere lederne Plane des Wagens fiel hinter Sadko herunter.

Mit ungeheurer Anstrengung stieß Sadko ein Wort hervor: „Navra!“

Dolvidix streckte den Kopf hinein und tröstete ihn: „Mach dir keine Sorgen, dein Pferd ist unverletzt. Navra war der Erste, der sich um dich gekümmert hat. Er ist hier. Hinter dem Wagen. Fest angebunden.“

Sadko nahm alle seine Kräfte zusammen, stützte sich auf einen Unterarm und sagte mit Mühe: „Nicht festbinden … Er riecht mich …, läuft nicht weg.“

„Ist gut. Mach dir keine Gedanken, ich binde ihn los.“

Der Wagen setzte sich in Bewegung. Sein Schwanken auf dem leichten Boden war für Sadko sehr schmerzhaft. Jede Neigung, immer wenn er in ein Wasserloch fuhr, jeder Stein, über den ein Rad rumpelte, ließ die Schmerzen erneut aufflammen. Die Fahrt ging weiter, während das Tageslicht verging. Sadko fielen die Augen zu. Der Schlummer nahm ihn mit in seine lauen Wolken und seine seidenweiche Stille.

DER SCHWERE Wagen war wohl schon lange gefahren. Als er anhielt, herrschte tiefe Nacht. Es wurde marschiert, es ging voran, überall wurde geredet. Sadko wollte fragen, wo sie sich befanden. Wohin es ging. Da wurde die Plane zurückgeschlagen, und ein Schatten zeichnete sich ab.

„Wie geht es?“ Es war Dolvidix’ Stimme. Er hielt ein Tongefäß in der Hand. „Du musst ein wenig trinken.“

Sadko trank. Er hatte großen Durst.

„Nicht zu viel auf einmal … Hast du Hunger?“

„Nein. Wo sind wir?“

Dolvidix stellte das Wassergefäß an der Einstiegsöffnung des Wagens ab. Dann setzte er sich ins Stroh neben Sadko. „Es waren zu viele. Und besser bewaffnet als wir. Sie haben uns geschlagen. Es gab viele Tote. Auch bei ihnen.“ Er seufzte tief. „Man muss wohl anerkennen, dass Cäsar uns alle hätte umbringen können. Er hat uns verschont und befohlen, in unser Land zurückzukehren.“

Er schwieg. Eine Zeit verging. Draußen zeichneten sich unaufhörlich Licht und Schatten ab. Zum Schein des ersten Feuers war ein weiteres hinzugekommen. Sadko stützte sich auf den Arm und sah, dass jemand Navra Gras gegeben hatte.

Eine ganze Weile später begann der alte Helvetier erneut, er sprach mit leiser, ersterbender Stimme: „Weißt du, Cäsar hat uns zur Rückkehr verurteilt… Der Krieg…“ Sadko wurde immer benommener, als die Stimme fortfuhr: „Er hat uns gezwungen, in unser Land zurückzukehren, wo alles zerstört ist. Er hat uns zum Wiederaufbau verurteilt. Das macht er nicht, um uns zu schonen. Die Römer verschonen ihre Feinde nie. Nein, er tut es, weil er die Tapferkeit unserer Soldaten kennt. Er hat sie erlebt. Cäsar fürchtet die Barbaren aus dem Norden, die nun auf dem rechten Ufer des Rheins leben. Er weiß, wenn unser Gebiet unbewohnt bleibt, lassen die Barbaren sich dort nieder, und Cäsar hat Angst davor, sie als Nachbarn zu haben. Mit uns am See von Geneva sichert sich Cäsar einen zusätzlichen Schutzwall. Er ist ein Krieger, der alles, was ihm in die Hände fällt, zu seinem Schutzschild macht.“

Langsam erhob er sich und schloss die Plane hinter sich. Einen Augenblick lang war es dunkel, dann teilte sich die Plane ein wenig, und Navra schob seinen großen, neugierigen Kopf hinein und begrüßte seinen Herrn.

Auf den Wiesen und Feldern am Ufer der Saône war wieder Ruhe eingekehrt. Nach dem Ende des Kampfes grub man Gräber und bestattete tausende von Toten. Generationen von Menschen würden dort später leben, die nichts von der soeben zu Ende gegangenen Tragödie wissen würden.

UNENDLICHE Tage lang waren sie unterwegs. Den Schwung, der sie zum Aufbruch in neue Länder getrieben hatte, verspürten sie nicht mehr. Selbst die Ochsen- und Pferdegespanne schienen auf ihren Rücken die gewaltige Last der Niederlage zu tragen. Trotz des Sonnenscheins und des heranrückenden Sommers war alles trostlos, düster und erstarrt. Alles schien sie in die Kälte des Winters zu führen.

Die Armee Cäsars hatte sie ständig verfolgt. Cäsar, der den Bauern der durchquerten Landstriche befohlen hatte, den Helvetiern Getreide für die Menschen und Futter für die Tiere zu überlassen. Das edle, würdige und so stolze Volk der Helvetier wurde behandelt wie eine Bande von Bettlern.

Die Rückkehr war ein langer, schmachvoller Weg. Geplagt von Fliegen und Mücken, lagen hunderte von Verwundeten in den Wagen. Ihr ununterbrochenes Jammern machte das Herz der erschöpften Menschen noch schwerer.

Tagelang waren sie marschiert. Sie hatten schreckliche Gewitternächte mit Regen und Hagel durchlebt. Weil sie kein Feuerholz hatten, aßen sie Getreide, das sie in kaum lauwarmem Wasser einweichten. Manchmal war es ihnen gelungen, Kaninchen, Biber oder riesige Ratten zu erlegen.

Viele Kinder waren unterwegs gestorben, aus Mangel an Milch, aus Mangel an Getreide, manchmal auch aus Mangel an Liebe, weil ihre Eltern vor ihnen gestorben waren.

Greise schleppten sich dahin und flehten: „Tötet uns doch …, gebt uns den Gnadenstoß!“

Einige waren am Ende ihrer Kräfte und ließen sich fallen. Man zog sie auf einen Wagen, wo ihr Todeskampf begann.

Nach großem Leid und vielen Tränen hatten die Menschen, die kräftig genug waren und überlebt hatten, schließlich ihr Land zwischen dem See von Geneva und den Bergen wieder erreicht. Ihr verlassenes Land. An einem trübseligen grauen Abend waren sie angekommen. Die Ruinen der Dörfer und Höfe ragten da und dort als schwarze Pfähle, wie Galgen auf. In diesem düsteren Bild fehlte nur der Anblick von Erhängten.

Auch die Pfahlbauten und -dörfer waren niedergebrannt, ihre schwarzen Skelette ragten über dem Wasser auf, und die letzten Sonnenstrahlen färbten sie golden und blutrot.

Die Besiegten verspürten nicht die geringste Freude über das Wiedersehen mit ihrem Land. Die Spuren der Feuer, in denen sie alles verbrannt hatten, was sie nicht mitnehmen konnten, waren wie Vorwürfe auf dem Boden sichtbar. Es gab nicht einmal mehr Einfriedigungen für die Kühe, Rinder und Pferde. Doch man konnte sie frei laufen lassen, denn es war nichts da, was sie hätten zerstören können; die Erschöpfung hatte sie so ermattet, dass sie nicht weglaufen würden.

Die erste Nacht hatten sie in den Wagen verbracht. Der alte Dolvidix hatte neben Sadko geschlafen und war oft aufgestanden. Normalerweise war er von den Anstrengungen des Tages so erschöpft, dass er sich nachts nicht rührte und man ihn im Morgengrauen aufwecken musste.

An diesem Morgen war er schon auf den Beinen, bevor die ersten Sonnenstrahlen über das Gebirge lugten. Sadko war durch seine Verwundung gezwungen, auf der Seite zu liegen, trotzdem gelang es ihm, ans andere Ende des Wagens zu kriechen. Er hob die lederne Plane, die der alte Helvetier hinter sich geschlossen hatte, und streckte den Kopf hinaus. Ein paar Schritte weiter stand Navra, reglos. Als er seinen Herrn witterte, kam er näher.

Der Reiter streichelte dem Tarpan, der am ganzen Leib zitterte, über den Hals. „Mein Schöner, du wartest auf mich…, wir werden noch galoppieren. Das tun wir. Auf jeden Fall. Wir beide."

Dolvidix stand auf der Böschung, unbeweglich angesichts der Überreste seines Pfahlhauses, das hundert Schritte vom Ufer entfernt gestanden hatte. Seine Silhouette ragte ebenso düster und bewegungslos auf wie die der vom Feuer geschwärzten Pfähle, deren Spiegelbild sich leicht im Wasser wiegte. Enten schaukelten auf dem Wasser, hatten den Schnabel unter die Flügel gesteckt und schliefen.

Der alte Mann kam zum Wagen zurück. Er näherte sich, streichelte die seidige Flanke des Tarpans und sagte halblaut: „Schön ist der See kurz vor Tagesanbruch."

„Er ist immer schön."

Eine Weile verharrten sie schweigend. „Ich werde das Feuer anzünden", sagte der alte Mann schließlich.

Sadko ergriff seinen Arm und zwang Dolvidix, bei ihm zu bleiben. „Hör zu, Dolvidix, du bist doch wirklich mein Freund, nicht wahr?"

„Das weißt du doch. Du bist für mich wie ein Sohn."

„Du bist der einzige Freund, den ich noch habe."

Der Alte seufzte tief auf. „Du hast noch dein Pferd."

„Genau darüber will ich mit dir sprechen." Sadko suchte nach Worten, dann fragte er: „Glaubst du, dass der See die Toten bewahrt?"

„Ja…, er bewahrt sie. Weißt du, er ist sehr tief. Auf dem Grund ist das Wasser sehr kalt. Die Toten leben dort lange. Sehr lange. Und ihre Seele bleibt immer dort. Wenn sie fortgeht, folgt sie dem Fluss. Doch immer in dem eisigen Wasser."

„Dolvidix, meine Verletzung wird nie wieder heilen. Das weißt du genauso gut wie ich. Ich musste einfach hierher zurückkommen, um wieder mit Rotschka zusammen zu sein."

„Du kannst wieder gesund werden." Doch überzeugend klang diese Antwort nicht.

„Du weißt genau, dass das nicht stimmt", widersprach Sadko. „Ich habe kein Blut mehr. Nur möchte ich dich um eines bitten: Wenn ich tot bin, nimm ein Boot und wirf meine Leiche in die Mitte des Sees. Dorthin, wo Rotschka mich erwartet."

„Das verspreche ich dir, Sadko. Aber du wirst leben."

„Jetzt, mein Freund, zäume bitte mein Pferd auf. Ich möchte es noch einmal reiten."

Der Alte schien erschrocken. „Du bist ja verrückt!"

„Nein, ich liebe mein Pferd. Wenn du mein Freund bist, tust du, was ich dir sage…, und wenn ich tot bin, lässt du mein Pferd frei. Es weiß, wohin es gehen muss. Tu, um was ich dich bitte. Warte nicht, bis die anderen aufwachen.“

Dolvidix zögerte, doch Sadko flehte ihn an. Schließlich rief er Navra, der sofort herbeikam. Sadko sprach leise mit ihm und streichelte seinen schönen Kopf.

Und niemand sah die Tränen, die aus den Augen des Steppenreiters strömten.

Mit Dolvidix’ Hilfe gelang es Sadko, sich an den Rand des Wagens zu knien und sich auf sein Pferd zu ziehen.

„Du bist verrückt, mein armer Sadko…, du bist verrückt. Und du zwingst mich auch noch, dir bei deiner Verrücktheit zu helfen… Ich sollte es gar nicht tun.“

„Du erweist mir den größten Dienst, den man einem Menschen erweisen kannst: Du befreist mich.“ Er zögerte einen Moment, dann fügte er mit leiser Stimme hinzu: „Du bist mein Vater – leb wohl!“

Als hätte ihn ein Stachel gestochen, trieb er sein Pferd an, das wie der Blitz davonstob. Der Reiter aus der Steppe lenkte sein Pferd zu dem kahlen Gelände zwischen dem Seeufer und dem Fuß der Hügel. Der kalte Morgenwind strich ihm eisig über das Gesicht. Einen Moment lang schloss er die Augen. Da war der Baikalsee. Am Ende des Landstrichs mit dem verbrannten Weizen. Er würde dorthin gelangen. Er würde in sein Dorf zurückkehren und Rotschka und all die anderen wiedersehen. Das Dorf, wo er eigentlich Stammesführer sein sollte.

Nachdem er einige Minuten geritten war, fühlte Sadko, wie Blut aus seiner Wunde rann. Und in seinem Mund war wieder der ekelhafte Geschmack.

Mit leiser Stimme sprach er mit seinem Pferd, und der Wind, der ihn beim Reiten umwehte, trug dem Pferd seine Worte zu: „Du wirst dich auf den Weg in die Berge machen. Ich weiß, dass du leben wirst. Dass du sehr gut zurechtkommen wirst… Ich wäre gern noch länger bei dir geblieben…, aber das ist vorbei…, vorbei.“

Er ließ das vor Leben strotzende Tier umkehren, obwohl es gern noch weitergaloppiert wäre. Doch Sadko fühlte seine Kräfte schwinden. Das Blut floss seinen Rücken hinunter und rann aus seinem Mund.

Als er wieder in die Nähe der Wagen kam, waren mehrere Feuer angezündet. Helligkeit breitete sich aus, rosafarben und violett. Gerade trat die Sonne über die Gipfel der Berge.

Als Navra vor Dolvidix anhielt, standen mehrere Leute bei ihm. Sadko konnte sie nicht erkennen. Er erahnte Formen, die sich in einem Nebel bewegten, den nur er wahrnahm. Er ließ sich aus dem Sattel gleiten. Hände streckten sich nach ihm aus, hielten ihn fest und betteten ihn ins feuchte Gras.

„Wir müssen ihn in den Wagen bringen."

„Das ist nicht mehr nötig. Ihr seht doch, dass er tot ist."

„Es war eine Verrücktheit, so zu galoppieren."

Dolvidix erwiderte einfach: „Es war eine Befreiung." Dann erklärte er, was der Reiter vom Baikalsee sich wünschte. Er nahm Navra das Zaumzeug ab und schirrte ihn vor den Wagen. Anschließend hoben sie den Toten hinauf. Dolvidix beschwerte Sadkos Leib mit einem Stein und band ihn mit einem Stück Seil fest. „So wird er sofort in die Tiefe sinken, wo die ruht, die er liebt… Und sie werden glücklich sein."

Zwei Männer trugen den mit dem Ballast beschwerten Leichnam zu einer Piroge und legten ihn hinein. Dolvidix setzte sich mit den beiden Männern in das Boot. Die anderen schoben es sofort aufs offene Wasser hinaus. Dann ruderten sie bis zur Seemitte. Gerade trat die Sonne hervor und färbte das Wasser und die Nebelschwaden, die über der Wasseroberfläche schwebten.

„Hier ist es gut", entschied der alte Helvetier und unterdrückte ein Aufschluchzen.

Die Männer hoben den Leichnam über Bord. Langsam sank er in die Tiefe.

„Lebe wohl, mein Sohn", hauchte der Alte. „Bis bald."

Als das Boot zum Ufer zurückfuhr, sagten die Leute: „Wir müssen schnell sein Pferd losbinden, sonst zerschlägt es alles."

„Lasst mich allein zu ihm gehen", meinte Dolvidix. „Man muss ihn in Ruhe lassen. Es fällt ihm schwer." Ein Schluchzen erstickte ihm die Stimme.

Dolvidix näherte sich langsam dem Tarpan, der aufgehört hatte, an dem Geschirr zu reißen. Der alte Mann schirrte den Hengst ab, erzählte ihm leise von seinem Herrn und ließ ihn dann frei.

Sofort hob Navra die Nase in den Wind. Dann schritt er langsam auf den See zu. Er ging zu der Piroge, die er lange beschnupperte. Er stieg ins Wasser, dann kam er wieder an Land, wo er zögerte. Er schnupperte nach rechts, nach links und schien etwas zu suchen.

Ohne Hast kam er zum Wagen zurück. Mit der Nase stupste er die Plane fort und beschnupperte das Stroh, auf dem sein Herr gelegen hatte. Dann zog er sich zurück, sah noch einmal auf den See hinaus und trabte langsam flussaufwärts am Ufer entlang.

„Wohin geht er wohl?“, fragten die Leute.

Mit tränenüberströmtem Gesicht sagte Dolvidix leise: „In sein Steppenland.“

Noch immer behielt der große Tarpan seinen raumgreifenden Trab bei. Als er das obere Ende des Sees erreichte, gingen zwei Männer auf ihn zu. Sie hatten ihn kommen sehen und wollten ihn aufhalten. Kaum hatte das Pferd sie gesehen, ging es in seinen schärfsten Galopp über. Es machte einen Bogen, um ihnen aus dem Weg zu gehen, und verschwand in Richtung des oberen Rhonetals.

Es war wieder ein Pferd der freien Wildbahn. Ohne Herrn. Ein echter Tarpan, der nur ein einziges Ziel hatte – in die grenzenlosen Steppen zurückzukehren. In das Land zurückzukehren, wo er geboren wurde.

BERNARD CLAVEL

Foto: J. Foley

Vom Autodidakten zum gefeierten Schriftsteller

Bernard Clavel, geboren am 29. Mai 1923 in Lons-le-Saunier, zählt in Frankreich zu den ganz großen Autoren. Da der Vater ihm verwehrte, sich mit den schönen Künsten zu befassen, verließ der träumerische Clavel mit 14 Jahren die Schule, um bei einem Konditor in die Lehre zu gehen. Die Zeit bei seinem harten Lehrmeister prägte ihn und machte aus ihm einen unangepassten Mann.

Bevor Clavel Schriftsteller wurde, hat er eine Vielzahl von Berufen ausgeübt – angeblich 36 verschiedene. Unter anderem arbeitete er in einer Schokoladenfabrik, einem Betrieb, der Sonnenbrillengläser herstellte, und bei Winzern. Nachdem er vergeblich versucht hatte, von der Malerei zu leben, wurde er Buchbinder und wechselte zum Journalismus über, ehe er Erfolg als Schriftsteller hatte.

Von Jugend an hat er gemalt und geschrieben, doch niemand nahm den Autodidakten ernst. Sein erstes Werk wurde 1956 gedruckt. Ermuntert vom Zuspruch anderer Schriftsteller, schrieb er weiter und veröffentlichte binnen vierzig Jahren neunzig Bücher, die in über zwanzig Ländern verlegt worden sind. Manche Titel erreichten allein auf Französisch Auflagen in Millionenhöhe. Bernard Clavel hat über zwanzig Literaturpreise erhalten, viele seiner Stoffe wurden für Kino und Fernsehen verfilmt. In Schulen und an Universitäten beschäftigt man sich mit seinen Romanen.

Vierzigmal ist Clavel im In- und Ausland umgezogen. „Ich würde gern ein Jahr in Sibirien leben", sagt der Autor, der sich als Mann der Wildnis, Flüsse und Wälder fühlt. Doch seine Frau, die kanadische Autorin Josette Pratte, teilt diese Vorliebe nicht. So sucht Clavel entlegene Gegenden in seinen Büchern auf.

Sue Grafton
KOPF
IN DER
SCHLINGE

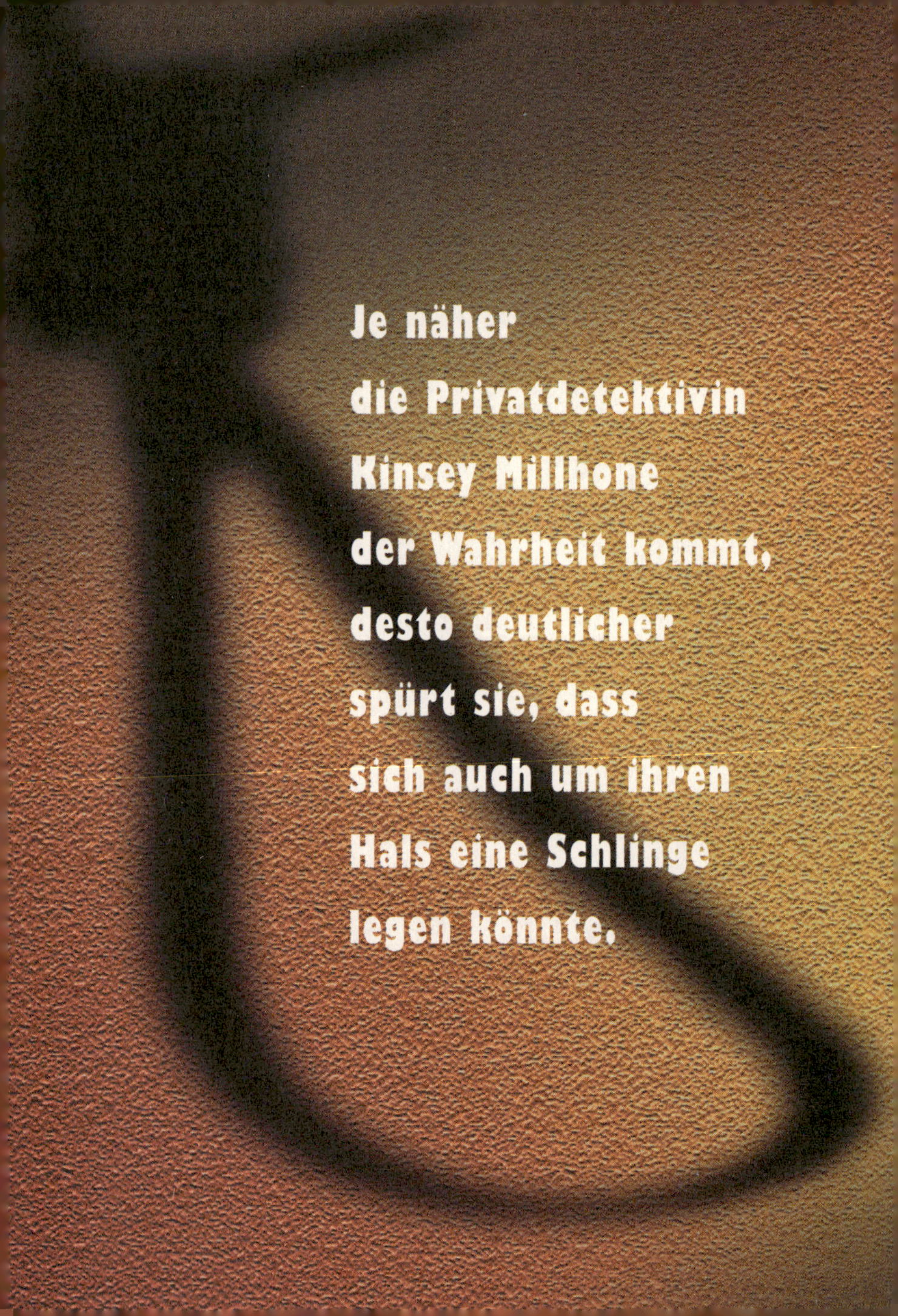
Je näher
die Privatdetektivin
Kinsey Millhone
der Wahrheit kommt,
desto deutlicher
spürt sie, dass
sich auch um ihren
Hals eine Schlinge
legen könnte.

1

Manchmal denke ich darüber nach, wie seltsam es wäre, einen Moment lang in die Zukunft sehen zu können, einen kurzen Blick auf die Ereignisse zu werfen, die uns zu einem unbekannten Zeitpunkt erwarten. Stellen Sie sich vor, wir könnten durch ein winziges Guckloch in der Zeit schauen und einen zufälligen Ausschnitt von dem aufschnappen, was in den nächsten Jahren auf uns zukommt. Manche Momente, die wir erblickten, würden uns völlig unverständlich sein, und manche, so fürchte ich, würden uns maßlos erschrecken. Wenn wir wüssten, was uns droht, würden wir manche Entscheidungen nicht treffen und am Scheideweg Alternative B statt Alternative A wählen; der Arbeitsplatz, die Ehe, der Umzug in eine andere Stadt, der Nachwuchs, der geplante medizinische Eingriff, der lang ersehnte Skiurlaub, der so viel Spaß machte – bis das unheilvolle Rumpeln der Lawine ertönte. Aber natürlich verläuft die Zeit nur in eine Richtung. Hier, in der nüchternen und kalten Gegenwart, sind wir abgeschirmt vor dem Wissen um die Gefahren, die auf uns warten, durch blinde Unschuld geschützt vor zukünftigen Schrecken.

Nehmen wir nur einmal meinen Fall. Ich kurvte in einem Mietwagen auf dem Highway 395 durch die Berge, und zwar in südlicher Richtung auf den Ort Nota Lake in Kalifornien zu, wo ich eine potenzielle Klientin befragen wollte. Die Straße war trocken und die Sicht einwandfrei, da klares Wetter herrschte. Der Auftrag der Klientin war nichts Besonderes, jedenfalls nicht, soweit ich informiert war. Ich hatte keine Ahnung, dass irgendwelche Risiken lauerten, sonst hätte ich mich nicht darauf eingelassen.

Ich hatte Dietz in Carson City zurückgelassen, wo ich die letzten zwei Wochen damit verbracht hatte, für ihn Krankenschwester und Gesellschafterin zu spielen, während er sich von einem Krankenhausaufenthalt erholte. Er hatte sich einer Knieoperation unterziehen müssen, und ich hatte mich bereit erklärt, ihn in seinem schnieken, kleinen roten Porsche nach Nevada zurückzufahren. Mit meiner Fürsorglichkeit ist es nicht weit her, aber ich bin praktisch veranlagt, und die neunstündige

Fahrt erschien mir als die nächstliegende Lösung für das Problem, wie man sein Auto zu ihm nach Hause zurückbefördern sollte. Ich bin eine geübte Fahrerin, und er konnte sich darauf verlassen, dass ich uns ohne unnötige Verzögerungen oder belangloses Geplapper nach Carson City bringen würde. Die vergangenen zwei Monate hatte er bei mir gewohnt, und da unser Abschied nahte, gingen wir persönlichen Gesprächen lieber aus dem Weg.

Der Vollständigkeit halber: Ich heiße Millhone, mit Vornamen Kinsey. Ich bin weiblich, zweimal geschieden, stehe sieben Wochen vor meinem 36. Geburtstag und bin einigermaßen durchtrainiert. Ich besitze eine Lizenz als Privatdetektivin und wohne in Santa Teresa, Kalifornien, einem Ort, an dem ich hänge wie ein Ball an einer kurzen Schnur. Gelegentlich führt mich mein Beruf zwar in andere Landesteile, aber im Grunde bin ich eine Kleinstadtschnüfflerin und werde es vermutlich mein Leben lang bleiben.

Robert Dietz ist ein Privatdetektiv in Nevada, den ich einmal als Leibwächter für mich selbst engagiert hatte. Dann wurde aus unserer Beziehung etwas mehr. Er ist Ende vierzig, ein Meter fünfundsiebzig groß, wiegt so etwa achtzig Kilo, und sein halblanges Haar weist um die Ohren herum etwas Grau auf. Seine Operation, die für den ersten Montag im März angesetzt war, verlief ohne Komplikationen, also können wir uns diesen Teil sparen. Am Freitagmorgen derselben Woche wurde er aus der Klinik entlassen. Den anschließenden Heilungsprozess verbrachte er mit viel Herumsitzen in seiner Wohnung, während sein Knie so dick verbunden war, dass es wie eine Nackenrolle aussah. Wir sahen uns Schund im Fernsehen an, spielten Gin-Rommé und setzten ein Puzzle zusammen. In den ersten drei Tagen übernahm ich das Kochen, was heißt, dass ich vor allem Sandwiches zubereitete. Danach wollte Dietz offenbar unbedingt selbst wieder die Küche übernehmen, und unser Speiseplan wurde reichhaltiger und umfasste nun Pizza und Gerichte vom Chinesen.

Nach Ablauf von zwei Wochen kam Dietz ganz gut wieder allein zurecht. Er hatte noch einen langen Heilungsprozess vor sich, aber er konnte allein zu seinen Behandlungen fahren und schien auch sonst imstande zu sein, für sich zu sorgen. Mittlerweile hielt ich es nicht mehr für ausgeschlossen, dass ich durchdrehen würde, wenn ich noch länger hinter ihm herlief. Es war Zeit, mich auf den Weg zu machen, bevor unsere Zweisamkeit lästig zu werden begann. Ich hielt meine Abschiedsworte oberflächlich; jede Menge lässiges „Okay“, „Vielen Dank“ und „Bis bald". Das war meine Art, den schmerzhaften Kloß in meinem Hals zu verdrängen und peinliches Geheule zu verhindern.

Und hier raste ich nun auf der Suche nach Arbeit die Landstraße entlang, alles andere als wählerisch, was meinen nächsten Auftrag anging. Ich wollte eine Ausflucht, Geld, Ablenkung, alles, um meine Gedanken vom Thema Robert Dietz fern zu halten. Ich habe kein Talent fürs Abschiednehmen. Andererseits habe ich aber auch kein Talent für Beziehungen. Man kommt jemandem nahe, und im Handumdrehen hat man ihm schon die Macht gegeben, einen zu verletzen, zu betrügen, zu ärgern, zu verlassen oder zu Tode zu langweilen. Meine gewohnte Strategie ist es, auf Distanz zu bleiben.

Nördlich von Topaz hatte ich die Staatsgrenze nach Ostkalifornien überquert. Irgendwo zu meiner Rechten, hinter einem dunkelgrünen Kiefernwald, lag der Yosemite-Nationalpark mit seinen zerklüfteten Cañons, Seen und tosenden Wasserfällen und den hohen Gipfeln der Sierra Nevada.

Bei der potenziellen Klientin, zu der ich unterwegs war, handelte es sich um eine Frau namens Selma Newquist. Dietz hatte früher einmal für sie gearbeitet, indem er ihr half, sich aus einer unerquicklichen ersten Ehe zu lösen. Dann kam die zweite Ehe, und offensichtlich hatte der Tod ihres zweiten Ehemannes nun Fragen aufgeworfen, die sie beantwortet haben wollte. Sie hatte Dietz engagieren wollen, doch weil er momentan außer Gefecht gesetzt war, hatte er mich empfohlen. Dietz hatte sich für meine Zuverlässigkeit verbürgt und mir im Gegenzug versichert, dass Mrs Newquist geleistete Arbeit gewissenhaft bezahlte. Es sprach nichts dagegen, lange genug Halt zu machen, um mir anzuhören, was die Frau zu sagen hatte. Wenn sie mich dann nicht engagieren wollte, hätte ich lediglich eine halbstündige Unterbrechung meiner Fahrt nach Santa Teresa investiert.

Ich erreichte Nota Lake (2356 Einwohner, 1314 m ü. d. M.) nach gut drei Stunden. Der Ort sah nach nicht viel aus, obwohl die Umgebung spektakulär war. Auf drei Seiten ragten Berge empor, und da noch Schnee lag, zeichneten sich die Gipfel in schimmerndem Weiß vor dem Himmel ab. Auf der schattigen Straßenseite sah ich Schneereste und Eisklumpen unter den blattlosen Bäumen. Die Luft duftete nach Kiefern mit einem leicht süßlichen Nebengeruch. Es kam mir vor, als steckte ich den Kopf in eine halb leere Packung Vanilleeis und saugte den zuckrigen Duft ein. Der See, an den die Ortschaft grenzte, war nicht mehr als drei Kilometer lang und anderthalb breit. Seine Oberfläche war glasig, und in ihr spiegelten sich die Granitzacken der Berge und die Umrisse von Weißtannen, die auf den Hängen wuchsen. Ich hielt an einer Tankstelle und besorgte mir einen Plan der Stadt, die sich wie ein Fleck am östlichen Ende des Nota Lake ausnahm.

Die wichtigsten Geschäfte schienen sich an der Hauptstraße aneinander zu reihen. Ich fuhr einmal alles ab und zählte zehn Tankstellen und 22 Motels. In Nota Lake gab es preiswerte Unterkünfte für die Skifahrer von den Mammoth Lakes. Der Ort hatte außerdem eine große Zahl von Fastfood-Restaurants zu bieten, darunter meinen persönlichen Lieblingsladen McDonald's. Die weiteren Lokale mit Sitzplätzen unterteilten sich gleichmäßig in mexikanisch, Bar-B-Que und „Familienrestaurants", was auf Massen plärrender Kleinkinder und ein Verbot harter Drinks schließen ließ.

Die Adresse, die ich bekommen hatte, lag am Ortsrand, zwei Straßenzüge von der Durchgangsstraße entfernt in einer Siedlung, deren Straßen nach Indianerstämmen benannt waren – Shawnee, Cherokee, Crow, Chippewa ... Selma Newquist wohnte im Pawnee Way, und ihr Haus war das exakte Ebenbild des Nachbarhauses: Fachwerkverkleidung, ein Schindeldach, eine Veranda mit Fliegengittern am einen Ende und eine Doppelgarage am anderen. Ich parkte in der Einfahrt neben dem dunklen Ford, stieg die zwei Stufen zur Veranda hinauf und klingelte – dingdong – wie eine Avon-Beraterin.

Die Frau, die mir die Tür öffnete, war Ende vierzig und von kleiner, kompakter Statur. Sie hatte braune Augen und kurzes dunkles, zerzaustes Haar.

„Hallo, ich bin Kinsey Millhone. Sie sind Selma?"

„Nein, ich bin ihre Schwägerin Phyllis. Mein Mann Macon ist Toms jüngerer Bruder. Womit kann ich Ihnen helfen?"

„Ich bin mit Selma verabredet. Vermutlich hätte ich vorher anrufen sollen. Ist sie da?"

„Oh, entschuldigen Sie. Jetzt fällt es mir wieder ein. Sie hat sich gerade ein bisschen hingelegt, aber sie hat mir gesagt, dass Sie vorbeikommen würden. Sie sind sicher die Bekannte dieses Detektivs aus Carson City, mit dem sie telefoniert hat."

„Genau", bestätigte ich. „Wie geht es ihr denn?"

„Selma hat ihre schlechten Tage, und ich fürchte, heute ist einer davon. Tom ist heute vor sechs Wochen gestorben, und sie hat mich in Tränen aufgelöst angerufen. Die Ärmste sieht aus, als hätte sie seit Tagen nicht geschlafen. Ich habe ihr ein Valium gegeben."

„Ich kann auch später wiederkommen, wenn Sie das für besser halten."

„Nein, nein, ich weiß, dass sie mit Ihnen sprechen will. Kommen Sie doch herein."

Ich folgte Phyllis durch die Diele und einen mit Teppich ausgelegten Flur entlang bis zu Selmas Schlafzimmer. Im Vorübergehen warf ich einen kurzen Blick durch die Türen rechts und links des Flurs. Ich gewann den Eindruck, dass alle Räume hoffnungslos überladen waren. Die Vorhänge und Bezugsstoffe im Wohnzimmer waren auf eine rosa-grüne Tapete abgestimmt, die mit Blumensträußen und pinkfarbenen Schleifen bedruckt war. Der Veloursteppichboden war blassgrün und verströmte jenen intensiv chemischen Geruch, der darauf schließen ließ, dass er kürzlich verlegt worden war. An den Fensterscheiben hatte sich ein weißer Kondensfilm angesammelt. Die Dämpfe von Zigarettenrauch und Kaffee vermischten sich zu einem penetranten Geruch.

Phyllis klopfte an die Tür. „Selma? Ich bin's, Phyllis."

Ich vernahm eine gemurmelte Antwort. Phyllis öffnete einen Spaltbreit die Tür und spähte hinein. „Du hast Besuch. Es ist eine Dame – die Detektivin aus Carson City."

Ich wollte sie schon korrigieren, überlegte es mir dann aber anders. Ich war nicht aus Carson City, und ich war mit Sicherheit keine Dame, aber was spielte das schon für eine Rolle? Durch den Türspalt konnte ich einen Blick auf die Frau im Bett werfen: ein Gewirr platinblonden Haares, eingerahmt von den Pfosten eines Himmelbetts.

Offenbar war ich hereingebeten worden, denn Phyllis trat einen Schritt zurück und sagte, als ich vorüberging, halblaut zu mir: „Ich muss jetzt nach Hause, aber Sie können jederzeit vorbeikommen, falls Sie etwas brauchen. Wir wohnen zwei Häuser weiter."

Ich nickte ihr dankend zu und betrat das Schlafzimmer. Die Vorhänge waren zugezogen, das Licht gedämpft. Es gab Unmengen von Rüschen, und knallbunte Stoff- und Tapetenmuster bedeckten Wände, Fenster und die bauschige Bettwäsche.

„Es tut mir Leid, wenn ich Sie störe", begann ich, „ich bin Kinsey Millhone."

Selma Newquist setzte sich in ihrem ausgebleichten Flanellnachthemd auf und strich die Bettdecke glatt. Ich schätzte sie auf Ende fünfzig. Ihr Teint ließ auf einen dunklen Typ schließen, doch ihr Haar war ein Wust weißblonder Locken und wirkte wie Zuckerwatte. Momentan hing der ganze Turm zur Seite. Sie tastete auf dem Nachttisch herum, bis sie Zigarettenpäckchen und Feuerzeug gefunden hatte. Ihre Hand zitterte leicht, als sie sich die Zigarette anzündete. „Kommen Sie doch hier herüber“, sagte sie und zeigte auf einen Stuhl.

Ich zog den Stuhl näher heran und setzte mich.

„Tut mir Leid, dass Sie mich so sehen müssen. Normalerweise bin ich um diese Zeit schon auf, aber heute war ein harter Tag.“

„Aha“, sagte ich. Der Zigarettenrauch senkte sich langsam auf mich herab.

„Ich weiß nicht, ob Sie je einen Menschen verloren haben, der Ihnen nahe stand, aber es gibt Tage, da fühlt man sich, als bekäme man die Grippe. Der ganze Körper tut einem weh, und der Kopf dröhnt so, dass man nicht mehr richtig denken kann.“ Sie neigte dazu, sich beim Sprechen die Hand vor den Mund zu halten. Offenbar war ihr die Verfärbung an ihren beiden Schneidezähnen peinlich, die, wie ich nun sah, auffallend grau waren. „Woher kennen Sie Robert Dietz?“

„Ich habe ihn selbst vor ein paar Jahren engagiert, damit er mich beschützt. Jemand hat mein Leben bedroht, und Dietz hat dann als mein Leibwächter gearbeitet.“

„Was macht sein Knie? Es hat mir Leid getan zu hören, dass er das Bett hüten muss.“

„Das wird bald verheilt sein. Er ist ja zäh. Außerdem ist er schon wieder auf den Beinen.“

„Hat er Ihnen von Tom erzählt?“

„Nur, dass Sie erst seit kurzem verwitwet sind.“

„Dann kläre ich Sie mal auf, obwohl ich eigentlich gar nicht weiß, wo ich anfangen soll. Womöglich halten Sie mich ja für verrückt, aber ich kann Ihnen versichern, dass ich das nicht bin.“ Sie nahm einen Zug von ihrer Zigarette und seufzte eine Hand voll Rauch aus. „Tom hatte einen Herzinfarkt. Er war auf der Straße unterwegs ..., etwa zehn Kilometer von hier entfernt. Es war zehn Uhr abends. Er muss es früh genug gemerkt haben, um am Straßenrand anzuhalten. Ein Beamter der Verkehrspolizei namens James Tennyson – ein Freund von uns – erkannte Toms Geländewagen, sah, dass er die Warnblinkanlage eingeschaltet hatte, und hielt an, um nachzusehen, ob er Hilfe brauchte. Tom war über dem Lenkrad zusammengesunken. Ich war auf einer kirchlichen Versammlung, und als ich nach Hause kam, standen zwei Streifenwagen in der Einfahrt. Sie wissen doch, dass Tom als Detective im Sheriffbüro gearbeitet hat?“

„Das wusste ich nicht.“

„Ich hatte ständig Angst, dass er eines Tages bei seiner Arbeit ums Leben kommen würde. Nie hätte ich gedacht, dass er auf diese Weise stirbt."

„Das muss schwer gewesen sein."

„Es war entsetzlich", sagte sie. Die Tränen stiegen ihr in die Augen. „Ich meine, er hatte nie irgendwelche Symptome. Oder sagen wir mal so: Falls er welche hatte, hat er mir nichts davon erzählt. Er litt an hohem Blutdruck, und der Arzt hat ihn bedrängt, das Rauchen aufzugeben und Sport zu treiben. Aber Sie wissen ja, wie Männer sind. Er hat alles abgetan und einfach so weitergemacht, wie es ihm passte."

„Wie alt war er?"

„Kurz vor dem Ruhestand. Dreiundsechzig", antwortete sie. „In letzter Zeit hatte er Schlafstörungen. Ich habe gehört, wie er auf war, um zwei, drei, fünf Uhr morgens, und Gott weiß was gemacht hat. In den letzten Monaten hat er immer mehr abgenommen. Der Mann aß kaum noch, er rauchte nur, trank Kaffee und starrte aus dem Fenster in den Schnee hinaus."

„Klingt, als hätte er unter großem Stress gestanden."

„Genau. Aber ich weiß nicht, warum, und das macht mich wahnsinnig." Sie nahm einen tiefen Zug von ihrer Zigarette. „Jedenfalls habe ich deswegen Dietz angerufen. Ich finde, ich habe ein Recht darauf, es zu wissen."

„Ich möchte nicht unhöflich klingen, aber spielt das wirklich eine Rolle? Was auch immer es war, jetzt lässt sich doch nichts mehr daran ändern, oder?"

Sie wandte kurz den Blick ab. „Das habe ich mir auch schon gesagt. Aber ich halte nichts davon, bis ans Ende meines Lebens rätseln zu müssen. Ich weiß nicht einmal, wohin er an jenem Abend unterwegs war. Er hat zu mir gesagt, er bleibe daheim, aber irgendetwas muss dazwischengekommen sein."

„Er hat Ihnen keine Nachricht hinterlassen?"

„Nichts."

„Ich möchte nicht aufdringlich sein, aber waren Sie glücklich verheiratet?"

Sie antwortete mit einem kurzen, verlegenen Lachen. „Ich auf jeden Fall. Wie es für ihn war, weiß ich nicht. Es war nicht seine Art zu klagen. Er nahm das Leben mehr oder weniger so, wie es kam. Ich war schon einmal verheiratet ..., mit einem gewalttätigen Mann. Und ich habe einen Sohn aus dieser Ehe. Er heißt Brant."

„Hm. Und wie alt ist er?“

„Fünfundzwanzig. Brant war zehn, als ich Tom kennen lernte, also hat Tom ihn im Grunde aufgezogen.“

„Und wo lebt Brant?“

„Hier in Nota Lake. Er arbeitet als Sanitäter bei der Feuerwehr. Seit der Beerdigung wohnt er bei mir, aber er hat eine eigene Wohnung im Ort.“

„Sie und Tom waren wie lange verheiratet, vierzehn Jahre?“

„Knapp zwölf. Die meiste Zeit verstanden wir uns gut, aber vor kurzem begann sich alles zu ändern. Ich meine, er tat seine Pflicht, aber mit dem Herzen war er nicht bei der Sache. In letzter Zeit hatte ich das Gefühl, dass er etwas verbirgt. Ich weiß nicht, er war so – irgendwie verschlossen. Warum war er an diesem Abend draußen auf der Landstraße? Ich meine, was hat er da gemacht? Was war so heikel, dass er es mir nicht erzählen konnte?“

„Könnte es ein Fall gewesen sein, an dem er gearbeitet hat?“

„Möglich wäre das schon.“ Sie dachte darüber nach und drückte ihre Zigarette aus. „Tom hat nur selten ein Wort über die Arbeit verloren. Er nahm seinen Beruf sehr ernst, fast schon zu ernst.“

„Jemand aus dem Sheriffbüro muss doch seine Arbeit übernommen haben. Haben Sie mit dem Betreffenden gesprochen?“

„Das hier ist kein Großstadtrevier. Es gab nur zwei Ermittlungsbeamte, Tom und seinen Partner Rafer. Mit ihm habe ich gesprochen. Rafer ist oberflächlich betrachtet immer recht freundlich, aber trotz seines vielen Geplappers ist es ihm gelungen, sehr wenig zu sagen.“

Ich begriff immer noch nicht, was sie eigentlich wollte. „Glauben Sie, dass irgendetwas an Toms Tod verdächtig ist?“

„Ganz und gar nicht“, erwiderte sie, „aber er hat über irgendetwas nachgegrübelt, und ich will wissen, was das war. Ich bin ihm eine gute Ehefrau gewesen, und ich will nicht im Ungewissen bleiben, jetzt, wo er gestorben ist.“

„Was ist mit seinen persönlichen Sachen? Haben Sie die durchsucht?“

„Der Leichenbeschauer hat mir die Gegenstände gegeben, die Tom bei sich hatte, als er starb, aber das war nur das Übliche. Uhr, Brieftasche, etwas Kleingeld in der Hosentasche und sein Ehering.“

„Und hat er hier im Haus ein Arbeitszimmer gehabt?“

„Ja, schon, aber sein Schreibtisch ist ein einziges Chaos. Überall stapeln sich Papiere. Es könnte ganz offen vor mir liegen, was auch immer es ist. Ich kann mich nicht dazu überwinden nachzusehen, ich kann die Sache aber auch nicht ruhen lassen. Damit würde ich Sie gern beauftragen ..., dass Sie versuchen herauszufinden, was ihn so beunruhigt hat."

Ich zögerte. „Versuchen kann ich es. Aber es würde mir weiterhelfen, wenn Sie sich etwas konkreter äußern würden. Sie haben mir nicht viele Anhaltspunkte gegeben."

Selmas Augen füllten sich mit Tränen. „Ich habe mir das Hirn zermartert und habe trotzdem keine Ahnung. Bitte tun Sie einfach *irgendwas.* Ich kann sein Arbeitszimmer nicht einmal betreten, ohne mich in Tränen aufzulösen."

Lieber Himmel, das hatte mir gerade noch gefehlt – ein Auftrag, der nicht nur unklar war, sondern mir auch noch aussichtslos erschien. Ich hätte mich auf der Stelle davonmachen sollen, doch ich tat es nicht. Was ich noch sehr bedauern sollte.

2

Gegen Ende meines Besuchs bei ihr schien das Valium richtig zu wirken, und sie nahm sich zusammen. Irgendwie schaffte sie es, in erstaunlich kurzer Zeit auf die Beine zu kommen. Ich wartete im Wohnzimmer, während sie duschte und sich anzog. Als sie eine halbe Stunde später wiederkam, staunte ich über ihre Verwandlung. Frisch geschminkt strahlte sie mehr Selbstvertrauen aus, obwohl sie immer noch häufig mit erhobener Hand sprach, um ihren Mund zu verbergen.

Während der nächsten zwanzig Minuten diskutierten wir das Geschäftliche. Mittlerweile stand fest, dass Selma Newquist sich durchzusetzen wusste. Sie griff nach dem Telefon und buchte mir mit einem einzigen Anruf nicht nur eine Unterkunft, sondern schlug auch noch eine Ermäßigung von zehn Prozent auf den bereits gesenkten Preis der Nebensaison heraus.

Ich fuhr um zwei Uhr nachmittags bei Selma weg und machte lange genug im Ort Halt, um meine gewohnte Fastfood-Ernährung durch eine Portion Fish and Chips von Capt'n Jack und eine große Cola zu ergänzen. Danach war es an der Zeit, ins Motel zu gehen. Die „Nota Lake Cabins" bestanden aus zehn rustikalen Hütten auf einem waldigen Grundstück, direkt neben der Hauptdurchgangsstraße, etwa neun Kilometer außerhalb der Stadt. Toms verwitwete Schwester Cecilia Boden war Besitzerin und Geschäftsführerin der Anlage. Als ich in den Parkplatz einbog, merkte ich, dass die Gegend für meinen Geschmack etwas zu abgelegen war. Ich bin im Tiefsten meines Herzens ein Stadtmensch und fühle mich umgeben von Restaurants, Banken und Kinos eigentlich am wohlsten. Da Selma aber für mich bezahlte, wollte ich keinen Protest einlegen. Schön blöd von mir.

Cecilia telefonierte gerade, als ich hereinkam. Ich schätzte sie auf sechzig, doch sie war so klein und kurvenlos wie ein zehnjähriges Mädchen. Sie trug ein rot kariertes Flanellhemd, das sie in Bluejeans gesteckt hatte. Der Empfangsbereich war ein mit Kiefernholz getäfeltes Kabuff, kaum groß genug für einen schmalen, gepolsterten Stuhl und das Regal mit den Prospekten. Die Rezeption bestand aus einer dreißig Zentimeter breiten Schreibunterlage auf der unteren Hälfte der teilbaren Tür, die die Minilobby vom Büro trennte, wo Cecilia soeben das große Buch mit den Reservierungen zu Rate zog. Während ich darauf wartete, dass sie zu telefonieren aufhörte, nahm ich aufs Geratewohl ein paar Prospekte aus dem Regal und informierte mich über Angebote für Skipässe und Übernachtungen in näher bei Mammoth Lakes und Mammoth Summit gelegenen Orten. Anscheinend hatte ich das große alljährliche Forellen-Wettangeln verpasst, das in der Vorwoche stattgefunden hatte. So ein Pech.

Ich sah auf und stellte fest, dass Cecilia Boden mich mit verschlossener Miene anstarrte. „Sie wünschen?“, fragte sie.

Ich erklärte ihr, wer ich war, und mit einer Handbewegung lehnte sie die Kreditkarte ab, die ich ihr anbieten wollte. Mit geschürzten Lippen sagte sie: „Selma hat gesagt, ich solle die Rechnung direkt an sie schicken.“ Sie nahm einen Schlüsselbund vom Haken und öffnete die untere Hälfte der Tür. Indem sie es mir überließ, ihr zu folgen, ging sie zur Vordertür hinaus und einen mit Tannenrinde übersäten Weg entlang. Die Luft draußen war feucht und roch nach Lehm. Ich hörte den Wind durch die Bäume wehen und die Eichhörnchen schnattern. Die Hütten vor uns lagen etwa zwanzig Meter auseinander, getrennt durch genügend Douglastannen, um sich an eine Weihnachtsbaumplantage zum Selberfällen erinnert zu fühlen.

„Wir sind fast ausgebucht“, bemerkte Cecilia. „Ungewöhnlich für März.“

„Tatsächlich“, murmelte ich, weil mir nichts Besseres einfiel. „Warum heißt der Ort Nota Lake? Ist das indianisch?“

Cecilia schüttelte den Kopf. „Nö. Früher war die Nota ein Zeichen, das Kriminellen in die Haut eingebrannt wurde, um sie als Gesetzesbrecher zu kennzeichnen. So wusste man immer, wer ein Schurke war. Ein Trupp Desperados ist hier in der Gegend hängen geblieben; Verbrecher, die Mitte des achtzehnten Jahrhunderts aus England deportiert worden sind. Sie wurden allesamt gebrandmarkt: Mörder und Räuber, Sittenstrolche – das Übelste vom Üblen. Die halbe Ortschaft ist mit diesen Sträflingen verwandt." Wir waren an der ersten Hütte angekommen, und sie steckte ihren Schlüssel ins Schloss. „Das ist Willow."

„Willow" war geräumig, ein kieferngetäfeltes Zimmer mit einem Kamin aus großen Steinen. Die Feuerstelle war rußgeschwärzt, und Holz lag ordentlich gestapelt auf dem Rost. In der Luft hing ein stechender Geruch nach unzähligen Hartholzfeuern. An der einen Wand stand ein Bettgestell aus Messing. Die Steppdecke hatte ein wildes Patchworkmuster und sah aus, als rieche sie nach Moder. Cecilia öffnete eine Tür zur Linken. „Hier sind Badezimmer und Wandschrank. Wir haben allen Komfort: Bügeleisen, Bügelbrett, Kaffeemaschine, Seife."

„Sehr schön", sagte ich.

Sie reichte mir den Schlüssel. „Hinterm Haus liegt noch mehr Holz. Achten Sie auf Schwarze Witwen, wenn Sie Holz holen. Ein Münztelefon hängt vor dem Büro. Erspart mir den Zirkus, Telefongespräche abzurechnen. Etwa fünfzig Meter in dieser Richtung die Straße runter ist ein Imbisslokal. Von sechs Uhr morgens bis halb zehn abends geöffnet."

„Danke."

Nachdem sie gegangen war, kehrte ich zum Parkplatz zurück und holte meine Tasche sowie die Reiseschreibmaschine, die ich mitgebracht hatte. Ich hatte die freien Stunden bei Dietz dazu genutzt, längst fällige Schreibarbeiten zu erledigen. Meine Garderobe besteht in erster Linie aus Jeans und Rollkragenpullovern, wodurch das Packen ein Kinderspiel ist. Zurück in der Hütte, legte ich meine wenigen Kleidungsstücke in eine roh zusammengezimmerte Kommode. Welch reizendes Zuhause, wenn man von den Schwarzen Witwen absah.

Ich nahm die Schreibmaschine und stellte sie auf die Tischplatte unter dem Seitenfenster. Heutzutage benutzen die meisten Privatdetektive Computer, aber ich kann mich irgendwie nicht mit ihnen anfreunden. Für meine zuverlässige Smith-Corona brauche ich keinen Stromanschluss, und ich muss mir weder Sorgen über einen Totalabsturz noch über gelöschte Daten machen. Ich zog einen zerfledderten Schreibblock heraus und machte mir ein paar Notizen.

Genau genommen hatte Selma Newquist mich engagiert, damit ich die letzten vier bis sechs Wochen im Leben ihres verstorbenen Mannes rekonstruierte, ausgehend von der Theorie, dass das, was ihn belastet hatte, vermutlich innerhalb dieser Zeitspanne aufgetreten war.

Ich hatte mich bereit erklärt, ihr alle zwei bis drei Tage mündlich Bericht zu erstatten, ergänzt durch eine schriftliche Zusammenfassung.

Das andere Thema, das wir behandelt hatten, war mein Honorar. Selma hatte mir versichert, dass sie mehr als genug Geld hätte, aber offen gestanden hatte ich Schuldgefühle dabei, wenn ich von Toms Nachlass profitierte. Schließlich hatten wir uns auf 250 Dollar pro Tag geeinigt.

Von Dietz hatte ich mir einen Standardvertrag mitgenommen. Ich hatte die Einzelheiten meines Auftrags vermerkt, und Selma hatte mir einen Scheck über 1500 Dollar gegeben. Ich würde ihn später auf der Bank überprüfen lassen, bevor ich mich an die Arbeit machte. Leider muss ich zugeben, dass ich es trotz meines Mitgefühls für alle Witwen, Waisen und Zukurzgekommenen auf der Welt für klug halte, sich davon zu überzeugen, dass genug Bares vorhanden ist.

Ich machte die Tür der Hütte zu und schloss sie ab. Dann ging ich zu meinem Mietwagen und fuhr die neun Kilometer in den Ort. Entlang der Landstraße folgten in größeren Abständen verschiedene Firmen: Traktorenverkauf, ein Gebrauchtwagenhändler, ein Wohnwagenpark, ein Gemischtwarenladen. Der Himmel war von intensivem Blau zu Grau übergegangen, und ein dicker weißer Nebel verhüllte die Berggipfel. Der Wind rüttelte an den Bäumen. Ich stellte die Heizung im Auto an und drehte das Gebläse auf, bis mir tropische Winde um die Beine wehten.

Für meinen Aufenthalt in Carson City hatte ich Kleider eingepackt, die für diese Gegend zu leicht und zu dünn waren. Also fuhr ich die Einkaufsstraßen im Ort auf und ab, bis ich einen Secondhandshop fand.

Ich erstand eine schwere braune Bomberjacke aus Leder und ein verschossenes blaues Flanellhemd.

Auf der anderen Straßenseite entdeckte ich ein Geschäft für Bürobedarf. Ich ging hinüber, besorgte mir Schreibpapier und ein paar Päckchen Karteikarten. Zwei Häuser weiter sah ich eine Filiale von Selmas Bank, wo ich mir ein Bündel Zwanzigdollarscheine besorgte, das ich in meine Umhängetasche steckte. Der Ort kam mir bereits vertraut vor; er war ordentlich angelegt und sauber. Die Atmosphäre erinnerte entfernt an eine Westernstadt. Mir fiel auf, dass überwiegend Nutzfahrzeuge unterwegs waren: Pick-ups und Kombis mit Skiständern auf dem Dach.

Als ich wieder bei Selma anlangte, stand das Garagentor offen. Der Parkplatz links war leer. Rechts sah ich einen blauen Pick-up neuester Bauart stehen. Als ich aus meinem Wagen stieg, kam zwei Häuser weiter ein uniformierter Hilfssheriff zur Tür heraus. Er überquerte die beiden Rasenflächen zwischen uns und kam auf mich zu. Ich wartete, da ich annahm, dass es sich um Toms jüngeren Bruder handelte. Ich schätzte ihn auf Ende vierzig, aber vielleicht trog sein Äußeres auch. Er hatte dunkles Haar, dunkle Augenbrauen und ein angenehmes Gesicht. Er war ungefähr einsachtzig groß und von kompakter Statur.

„Sind Sie Macon?", fragte ich.

Er reichte mir die Hand. „Genau. Ich habe Sie herfahren sehen und dachte mir, ich komme mal rüber und stelle mich vor."

„Das mit Ihrem Bruder tut mir Leid."

„Danke. Es war ganz schön hart, das kann ich Ihnen sagen." Er deutete mit dem Daumen aufs Haus. „Selma ist nicht da. Ich glaube, sie ist vor kurzem zum Markt gegangen. Wollen Sie rein? Die Tür steht meistens offen, aber Sie können auch gern zu uns kommen."

„Danke, aber Selma kommt bestimmt gleich, und wenn nicht, bringe ich die Zeit auch so herum. Ich würde gern morgen oder übermorgen mal mit Ihnen sprechen."

„Kein Problem. Ich erzähle Ihnen alles, was Sie wissen wollen, obwohl ich gestehen muss, dass wir uns keinen Reim auf Selmas Vorhaben machen können. Tom war ein so grundanständiger Kerl, wie man selten einen findet. Die ganze Stadt hat zu ihm aufgesehen, mich eingeschlossen."

„Dann werde ich mich ja vielleicht nur kurz hier aufhalten."

„Wo hat Selma Sie untergebracht? Ich hoffe, in einem angenehmen Haus."

„Nota Lake Cabins. Cecilia Boden ist Ihre Schwester, oder? Haben Sie noch mehr Geschwister?"

Macon schüttelte den Kopf. „Wir waren nur drei", sagte er. „Tom ist drei Jahre älter als Cecilia und fast fünfzehn Jahre älter als ich. Seit ich denken kann, bin ich hinter den beiden hergerannt. Ich landete erst Jahre nach Tom im Sheriffbüro." Sein Blick schweifte zur Straße ab, wo Selmas Auto auftauchte und in die Einfahrt bog. „Da kommt sie, also will ich Sie mal nicht länger aufhalten. Lassen Sie mich wissen, womit ich Ihnen helfen kann."

Inzwischen war Selma in die Garage gefahren und ausgestiegen. Sie und Macon begrüßten einander mit einer kaum wahrnehmbaren Unterkühltheit. Während sie den Kofferraum ihrer Limousine öffnete, verabschiedeten Macon und ich uns. Selma lud eine braune Papiertüte mit Lebensmitteln und zwei Reinigungspaketen aus und schlug den Kofferraum zu. Unter ihrem Pelzmantel trug sie eine akkurat gebügelte anthrazitfarbene Hose und eine langärmelige Bluse aus kirschfarbener Seide.

„Darf ich Ihnen damit helfen?“, fragte ich und griff nach der Tüte mit den Lebensmitteln.

„Ich hoffe, Sie stehen noch nicht lange hier“, sagte sie. „Ich bin zu dem Schluss gekommen, dass ich genug Zeit damit zugebracht habe, mir selbst Leid zu tun.“

„Wem gehört der Pick-up? War das Toms Wagen?“, wollte ich wissen.

Selma nickte und schloss die Tür auf, die von der Garage ins Haus führte. „Ich habe jemanden von der Werkstatt am Tag nach seinem Tod gebeten, ihn hierher zu schleppen. Aber ich kann mich nicht dazu überwinden, ihn zu fahren.“ Sie drückte einen Knopf, und das Garagentor fuhr rumpelnd herab. „Sie haben also Macon kennen gelernt.“

„Er ist herübergekommen, um sich vorzustellen“, antwortete ich und folgte ihr ins Haus. „Eines sollte ich noch erwähnen. Ich habe vor, mich mit ziemlich vielen Leuten hier am Ort zu unterhalten, doch wenn ich anfange, mich nach Toms Privatangelegenheiten zu erkundigen, erzählt mir kein Mensch etwas. Deshalb verdrehe ich eventuell die Tatsachen ein bisschen.“

„Was ist mit Cecilia? Was sagen Sie ihr?“

„Das weiß ich noch nicht. Mir fällt schon was ein.“

„Die wird Ihnen die Ohren voll quasseln. Im Grunde konnte sie mich nie leiden. Egal, worin Toms Probleme bestanden haben mögen, sie wird mich zur Schuldigen abstempeln, wenn sie kann. Bei seinem Bruder ist es das Gleiche. Macon hat Tom ständig um irgendetwas gebeten – einen Kredit, einen Rat, ein gutes Wort für ihn im Büro. Wenn ich nicht eingeschritten wäre, hätte er Tom ausgeplündert. Tun Sie mir einen Gefallen: Nehmen Sie nicht alles, was die beiden sagen, für bare Münze.“

Die Verdrossenen sind ideal, dachte ich. Sie erzählen einem alles.

DEN REST des Nachmittags verbrachte ich damit, mich durch Tom Newquists unerträglich schlampiges Arbeitszimmer zu wühlen. Ich überspringe die ermüdende Liste von Unterlagen, die ich durchsah, Akten, die ich sortierte, Schubladen, die ich ausleerte, und Quittungen, die ich nachprüfte, um *irgendeinen* Hinweis auf seine Probleme zu finden. In meinem Bericht gegenüber Selma übertrieb ich das Ausmaß meiner Bemühungen (leicht), damit sie zu schätzen wusste, was man heutzutage für dreißig Dollar die Stunde bekam.

Offenbar bewahrte Tom zwanghaft jeden Zettel auf. Sein Schreibtisch war ein Wirrwarr von Aktendeckeln, Briefen, bezahlten und unbezahlten Rechnungen, Einkommensteuerformularen, Zeitungsartikeln und Unterlagen über Fälle, an denen er arbeitete.

In der untersten Schublade fand ich einiges von seinen Utensilien – Handschellen, Gummiknüppel und die Taschenlampe, die er dabeigehabt haben musste. Vielleicht hätte sein Bruder Macon die Sachen gern für sich. Ich würde Selma später danach fragen.

Ich durchsuchte zwei große Umschläge voller Plunder und nahm mir die Freiheit, bezahlte Strom- und Gasrechnungen von vor zehn Jahren wegzuwerfen. Ich ließ die Tür zum Arbeitszimmer offen und führte nebenbei eine Unterhaltung mit Selma in der Küche, während ich die Spreu vom Weizen zu trennen versuchte. „Ich hätte gern ein Foto von Tom."

„Wozu?"

„Weiß ich noch nicht. Es erscheint mir nur ganz praktisch."

„Nehmen Sie eines von denen an der Wand am Fenster."

Ich blickte über die Schulter und entdeckte mehrere Schwarz-Weiß-Fotos von ihm in verschiedenen Umgebungen. „Gut", sagte ich. Ich legte einen Papierstapel beiseite und ging auf die Bilder zu. Im größten Rahmen waren ein nicht lächelnder Tom Newquist und ein gewisser Sheriff Bob Staffer gemeinsam bei etwas abgebildet, das wie ein Festessen aussah. Ich nahm das gerahmte Foto von der Wand und hielt es gegen das nachlassende Licht, das zum Fenster hereinkam.

Tom Newquist war ein jugendlich aussehender 63-Jähriger mit kleinen Augen, einem runden, sanften Gesicht und dunklem, sich lichtendem Haar, das ganz kurz geschnitten war. Sein Gesichtsausdruck war der gleiche, den ich seit Urzeiten von anderen Polizisten kannte – neutral, wachsam, intelligent. Es war ein Gesicht, das nichts über den Mann dahinter verriet. Ich fragte mich, was er an Selma gefunden hatte. Sie wirkte zu grell und zu emotional als Partnerin für einen Mann, der sich so gut beherrschen konnte.

Ich sah auf und stellte fest, dass sie in der Tür stand und mich beobachtete. Ich hielt das Bild in die Höhe. „Kann ich das mitnehmen? Ich würde gern einen Ausschnitt und ein paar Abzüge davon machen lassen."

„Einverstanden. Das ist ein schönes Bild von ihm. Wie kommen Sie denn voran?"

Ich zuckte mit den Achseln. „Bis jetzt habe ich nichts als Plunder gefunden."

„Brauchen Sie Hilfe?"

„Eigentlich nicht. Jedenfalls werde ich bald Schluss für heute machen. Ich komme morgen wieder und versuche es noch einmal." Ich stopfte eine

Hand voll Kataloge und Werbeprospekte in die Mülltüte. „Irgendwann sollten wir die Telefonrechnungen durchgehen. Das ist ein enormer Aufwand, deshalb schiebe ich es bis zum Schluss auf. Wir setzen uns nebeneinander und halten fest, wie viele Telefonnummern Sie kennen."

„Na gut", sagte sie zögerlich. „Dann lasse ich Sie jetzt mal weiterarbeiten."

ALS ICH meine Arbeit für diesen Tag beendet hatte, gab mir Selma einen Hausschlüssel, versicherte mir jedoch, dass sie die Türen meist unversperrt ließ. Sie erklärte mir, dass sie oft weg sei, aber wolle, dass ich auch in ihrer Abwesenheit jederzeit freien Zutritt zum Haus hätte. Ich sagte ihr, dass ich auch Toms persönliche Dinge durchsehen wolle, wogegen sie nichts einzuwenden hatte.

Als ich ging, war es völlig dunkel, und die Straßenlampen trugen wenig dazu bei, mein Gefühl der Isoliertheit zu vertreiben. Auf der Landstraße wurde mir bewusst, auf welch weiten Flächen keinerlei menschliche Behausungen zu sehen waren. Die Bergketten waren pechschwarz, und die bleiche Scheibe des Mondes betupfte die schneebedeckten Gipfel nur ein wenig mit Silber. Die Temperatur war gefallen, und ich roch die finstere Feuchtigkeit des Sees. Einen Moment lang sehnte ich mich nach Santa Teresa mit seinen roten Ziegeldächern, den Palmen und dem tosenden Pazifik.

Ich bremste ab, als ich das Schild NOTA LAKE CABINS sah. Vielleicht würden mich ein knisterndes Feuer und eine heiße Dusche aufmuntern. Ich parkte meinen Wagen auf dem kleinen Platz neben der Rezeption. Auf dem Weg zu den Hütten warfen ein paar Niedervoltlampen mattgelbe Kreise auf die Tannenspäne. Ich schloss meine Hütte auf, ging hinein und tastete nach dem Lichtschalter. Die Deckenbeleuchtung ergoss ihren matten Vierzigwattschein. Ich schaltete die Nachttischlampe ein, die weitere vierzig Watt beisteuerte.

Das Zimmer wirkte trist und kalt. Ich musterte das Holz auf dem Rost. Daneben lag ein Stapel Zeitungspapier, um das Feuer zu entfachen. Natürlich gab es keinen Gasanzünder, und ich nahm an, dass es länger dauern würde, das Feuer zum Brennen zu bringen, als ich Zeit hätte, es zu genießen. Ich ging im Zimmer herum und zog die Vorhänge an den Fenstern zu. Dann schlüpfte ich aus den Kleidern und stieg in die Dusche. Ich bin keine Wasserverschwenderin, aber trotzdem ließ das warme Wasser schnell nach, und einen Sekundenbruchteil bevor das kalte Wasser mit voller Wucht auf mich herunterprasselte, wusch ich mir den letzten Rest Shampoo aus den Haaren. Langsam kam mir das Ganze wie ein Erlebnisurlaub in der Wildnis vor.

Wieder angezogen, schloss ich die Hütte ab und ging zur Straße zurück, die ich eilig entlangmarschierte, bis ich das Lokal erreichte. Das „Rainbow Café" war etwa doppelt so groß wie ein Wohnanhänger. Die Einrichtung bestand aus einer Resopaltheke und aus mit Kunstleder gepolsterten Nischen an den Wänden. Zu sehen waren eine Kellnerin und eine Schnellköchin. Ich bestellte mir Frühstück zum Abendessen. Es gibt nichts Köstlicheres als Rührei am Abend: weiches, heiteres Gelb, von Butter glänzend und mit Pfeffer gesprenkelt.

Auf dem Rückweg zur Hütte machte ich am Münztelefon vor dem Büro Halt. Ich rief auf Kreditkarte bei Henry Pitts an.

Henry Pitts war mein 86-jähriger Vermieter. Wenn der Rentnerbund je einen Kalender mit männlichen Pin-ups über achtzig machen würde, käme er aufs Titelblatt.

Ich erwischte ihn gerade noch, bevor er zur Tür hinausging. „Wohin willst du denn?", fragte ich.

„Zu ‚Rosie's'. Sie und William brauchen heute Hilfe bei den Abendgästen", antwortete er. Rosie war die Besitzerin der Kneipe, die einen halben Block von meiner Wohnung entfernt lag. Sie und Henrys älterer Bruder William hatten letztes Thanksgiving geheiratet.

„Und was ist mit dir? Von wo aus rufst du an?"

Ich informierte ihn über meine momentane Lage und nannte ihm sowohl Selmas Nummer als auch die Nummer von Nota Lake Cabins, falls er mich erreichen musste. Nachdem er aufgelegt hatte, rief ich noch in der Anwaltskanzlei an, in der ich ein Büro habe, und hinterließ dort ebenfalls meinen Aufenthaltsort und Selmas Nummer. Eine andere Methode, um in Verbindung zu bleiben, fiel mir nicht ein.

Der Gedanke, den Abend in der Hütte zu verbringen, erschien mir deprimierend. Ich stellte mir vor, wie ich zusammengekauert unter dieser feucht aussehenden Steppdecke lag und die Spinnen aus dem Holzstoß gekrochen kamen, sobald meine Wachsamkeit nachließ. Es war eine trostlose Vorstellung.

Ich ging zur Motelrezeption hinüber und spähte durch die Glastür hinein. Es brannte Licht, doch Cecilia war nirgends zu sehen. Ich marschierte hinein, ignorierte die Tischglocke und klopfte an die Tür mit der Aufschrift DIREKTION. Kurz darauf erschien Cecilia in einem pinkfarbenen Chenille-Bademantel und flauschigen pinkfarbenen Hausschuhen. „Ja?"

„Hallo, Cecilia. Kann ich Sie kurz sprechen?"

„Stimmt etwas nicht mit dem Zimmer?"

„Nein, nein. Alles in Ordnung. Ich wollte Sie fragen, ob Sie ein paar Minuten erübrigen könnten, um mit mir zu sprechen. Hat Selma Ihnen erzählt, warum ich hier in Nota Lake bin?"

„Sie hat nur gesagt, dass sie Sie engagiert hat. Ich weiß nicht einmal, was Sie von Beruf sind."

„Tja, also ich führe für die California Fidelity Insurance Ermittlungen durch. Selma macht sich Gedanken wegen der Haftung in Bezug auf Toms Tod."

„Haftung wofür?"

„Gute Frage. Leider darf ich mich nicht näher dazu äußern. Wissen Sie, *offiziell* war er nicht im Dienst, aber sie glaubt, er sei an dem Abend, als er starb, womöglich in einer dienstlichen Sache unterwegs gewesen. In diesem Fall kann sie Ansprüche geltend machen."

Sie starrte mich ausdruckslos an und hielt die Tür auf, um mich durchzulassen. „Kommen Sie lieber rein. Ich muss Ihnen allerdings sagen, dass das ein schmerzliches Thema ist."

„Das kann ich mir vorstellen, und es tut mir Leid, wenn ich Sie belästige. Macon habe ich auch schon kennen gelernt."

„Der taugt nichts", erklärte sie. „Wir können uns nicht leiden. Natürlich hat Selma in meinen Augen auch nie zur Familie gehört."

Cecilia Bodens Wohnung war mit meiner Hütte vergleichbar, also trist, schwach beleuchtet und ein wenig schäbig. Der Hauptunterschied bestand darin, dass meine Unterkunft eiskalt war, während sie die Raumtemperatur bei sich irgendwo auf der Stufe „Vorglühen" zu halten schien.

Wir setzten uns ins Wohnzimmer. Meine Geschichte klang zwar plausibel, ließ mir aber nicht viel Spielraum, um mich nach Toms Charakter zu erkundigen. Ich merkte jedoch, dass sie meine Absichten nicht infrage stellte, und je länger wir plauderten, desto deutlicher zeichnete sich ab, dass sie vollkommen bereitwillig über Tom und seine Frau, ihre Ehe und alles andere redete, wonach ich sie hatte fragen wollen.

„Selma sagt, Tom sei in den letzten paar Wochen wegen irgendetwas bedrückt gewesen. Haben Sie eine Ahnung, was das gewesen sein könnte?"

Cecilias Augen wurden schmal. „Er hat mir nichts Spezielles anvertraut", antwortete sie vorsichtig.

„Aber was hatten Sie für einen Eindruck?"

Sie zögerte einen Moment. „Ich glaube, Tom war unglücklich. Er hat es zwar mir gegenüber nie ausgesprochen, aber das ist meine Meinung."

Ich machte so etwas wie „Hm", ein verbales Füllsel, begleitet von einem Blick, der hoffentlich Mitgefühl ausdrückte.

„Es liegt mir fern, Selma zu kritisieren. *Er* hat sie geheiratet, nicht ich. Falls Sie meine Meinung interessiert: Mein Bruder hätte etwas wesentlich Besseres haben können. Selma ist ein Snob, wenn Sie's genau wissen wollen."

Diesmal murmelte ich: „Tatsächlich."

„Sie ist nicht religiös, selbst wenn sie in die Kirche geht. Sie ist ein bisschen materialistisch und scheint sich einzubilden, sie könnte mit Anschaffungen die Leere in ihrem Leben füllen, aber das funktioniert nicht."

„Zum Beispiel?"

„Haben Sie den neuen Teppich im Wohnzimmer gesehen?"

„Ja, habe ich."

Cecilia warf mir einen selbstzufriedenen Blick zu. „Den hat sie sich vor etwa zehn Tagen legen lassen. Ich fand es geschmacklos, das so früh zu tun. Außerdem hat sie mir einmal erzählt, dass sie sich die Schneidezähne überkronen lassen will, was nicht nur eitel, sondern absolut unnütz ist. Geldverschwendung ist gar kein Ausdruck."

Ich fragte mich, was gegen Eitelkeit einzuwenden sei. Angesichts der Bandbreite menschlicher Verfehlungen ist diese doch harmlos im Vergleich mit einigen anderen, die ich anführen könnte. Was ich allerdings sagte, war: „Ich habe den Eindruck, sie hing sehr an Tom."

„Das ist ja wohl nicht mehr als recht und billig. Tom hat sein Leben damit zugebracht, diese Frau zufrieden zu stellen. Zuerst musste sie ein Haus haben. Dann wollte sie etwas Größeres in einer besseren Gegend. Dann mussten Sie Mitglieder im Country Club werden. Es ging immer weiter und weiter. Und wenn sie einmal nicht bekam, was sie wollte? Tja, dann schmollte und grollte sie, bis er nachgab und es für sie besorgte."

Ich sagte: „Du liebe Güte!" So rede ich immer in solchen Situationen. Doch mir fiel beim besten Willen nicht ein, wie ich nun weitermachen sollte. „Er war ein gut aussehender Mann. Ich habe drüben ein Bild von ihm gesehen", fuhr ich anbiedernd fort.

„Er war ausgesprochen attraktiv. Warum er Selma geheiratet hat, war mir ein Rätsel. Und dann noch dieser Sohn!" Cecilia zog den Mund zusammen wie einen Tabaksbeutel. „Brant war mir vom ersten Moment an zuwider. Er hatte eine Ausdrucksweise wie ein Fernfahrer und war maßlos frech. War auch in der Schule schlecht. Hatte Probleme mit seinem Temperament. Selma hielt ihn natürlich für einen Heiligen. Der arme Tom war der Verzweiflung nahe. Ich glaube, irgendwie hat er es schließlich geschafft, den Jungen zur Vernunft zu bringen, aber ohne ihre Hilfe."

„Wissen Sie zufällig, wohin Tom an jenem Abend wollte? Soweit ich weiß, wurde er ein Stück außerhalb des Ortes gefunden."

„Eineinhalb Kilometer nördlich von hier."

„Er ist nicht kurz bei Ihnen vorbeigekommen?"

„Ich wünschte, er hätte es getan", sagte sie. „Ich war zu Besuch bei einer Freundin drunten in Independence und bin erst kurz nach Viertel nach zehn oder so wieder hier gewesen. Ich habe den Krankenwagen vorbeifahren sehen, hatte aber keine Ahnung, dass er für Tom bestimmt war."

3

Am Dienstagmorgen um neun suchte ich das Büro des Leichenbeschauers von Nota County auf. Ich hatte in der Nacht zuvor nicht gut geschlafen. Die Hütte war schlecht isoliert und die Nachtluft frostig. Mit Jogginganzug und einem Paar dicken Socken war ich ins Bett gekrochen und hatte mich unter einer Daunendecke, einer Steppdecke und einer Wolldecke, beschwert von meiner massigen Lederjacke, zusammengerollt. Als ich um sieben Uhr aufwachte, fühlte sich meine Nase an wie ein Eis am Stiel, und mein Atem zeichnete sich in Wölkchen gegen das matte Morgenlicht ab.

Ich duschte unter lauwarmem Wasser, trocknete mich fröstelnd ab und zog mich hastig an. Dann trabte ich die Straße zum Rainbow Café hinunter, wo ich mir ein weiteres Frühstück gönnte, bei dem ich Kaffee, Würstchen und mit Butter und Sirup getränkte Pfannkuchen vertilgte. Ich sagte mir, dass ich den vielen Zucker und das Fett brauchte, um meine erschöpften Reserven wieder aufzufüllen, doch in Wirklichkeit tat ich mir Leid, und das Essen war die einfachste Form von Trost.

Das Büro des Leichenbeschauers lag in einer Seitenstraße mitten im Ort. Der Leichenbeschauer ist in Nota County ein auf vier Jahre gewählter Beamter, der in diesem Fall zugleich als Bestatter für die einzige Leichenhalle des Bezirks fungierte. Wilson Kirchner III., allgemein Trey genannt, hatte die Position bereits seit zehn Jahren inne. Das Bestattungsunternehmen Kirchner & Sons schien früher einmal ein privates

Wohnhaus gewesen zu sein, das vermutlich in den Zwanzigerjahren gebaut worden war. Es war im Tudorstil gehalten und hatte eine Fassade aus blassroten Backsteinen mit dunkel gestrichenen hölzernen Zierleisten. Dünnes Sonnenlicht brach sich in den bleiverglasten Fenstern.

Trey Kirchner kam in den Empfangsbereich heraus, als er mich hörte, und streckte mir zum Gruß die Hand entgegen, während er sich vorstellte. „Trey Kirchner. Selma hat angerufen und mir gesagt, dass Sie kämen."

Kirchner war Mitte fünfzig, groß und breitschultrig. Sein Lächeln war einnehmend. Er hatte etwas Solides an sich: ein Mann, der von Natur aus so aussah, als könne er sämtliche vom Tod hervorgerufenen Gefühle wie Schmerz, Verwirrung und Wut auffangen.

Ich folgte ihm einen langen Flur entlang. Das Büro, das wir betraten, war offenbar für Publikumsverkehr bestimmt, da kein Buch, kein Aktenordner und kein Blatt Papier zu sehen war. „Nehmen Sie Platz", sagte er und zeigte auf zwei identisch aussehende Polsterstühle, die auf der einen Seite eines kleinen Tischs standen. Seine Art war entspannt, angenehm und seltsam unpersönlich. „Sie sind also wegen Toms Tod hier." Er griff über den Tisch, öffnete die Schublade und nahm einen flachen braunen Aktendeckel heraus. „Ich habe Ihnen eine Kopie des Autopsieberichts anfertigen lassen, falls Sie das interessiert."

Ich nahm den Aktendeckel. „Danke. Ich dachte schon, ich müsste Sie dazu überreden."

Er lächelte. „Die Unterlagen sind öffentlich zugänglich. Ich hätte die Kopie mit der Post schicken und Ihnen den Weg ersparen können, wenn Selma früher darum gebeten hätte."

„Toms Tod wurde also als Fall für den amtlichen Leichenbeschauer eingestuft?"

„Zwangsläufig", antwortete er. „Sie wissen ja, dass er ohne Zeugen und vermutlich ohne große Vorzeichen draußen auf dem Highway 395 gestorben ist. Wir nahmen an, dass es sein Herz war, aber vor der Obduktion weiß man das ja nie genau. Es hätte auch ein Aneurysma sein können. Jedenfalls hat Calvin Burkey die Autopsie vorgenommen; das ist der Gerichtspathologe für die Landkreise Nota und Mono. Es wurde nichts Auffälliges gefunden. Tom starb an einem schweren, akuten Herzinfarkt infolge massiver Arteriosklerose. Sie werden sehen, es steht alles hier drin. Teile der Koronararterien waren zu fünfundneunzig Prozent verstopft."

„Sonst hat sich nichts ergeben?"

„Was aus dem Rahmen fiele? Nein. Er hatte kurz zuvor Nahrung zu sich genommen. Unserem Bericht zufolge hat er in einem Lokal etwas zu Abend gegessen. Die Untersuchung auf Gifte hat auch nichts ergeben. Warum fragen Sie?“

„Selma hat gesagt, er hätte abgenommen. Ich frage mich, ob er etwas wusste, was er ihr verschwiegen hat.“

„Nein. Kein Krebs, falls Sie das meinen. Worüber zerbricht sich Selma denn den Kopf?“

„Schwer zu sagen. Ich glaube, sie hat das Gefühl, dass er etwas vor ihr verborgen hat, dass er irgendwelche Geheimnisse hatte. Sie hat ihn nicht um Antworten bedrängt, daher ist die Sache jetzt ungeklärt, und das belastet sie sehr.“

„Ich glaube nicht, dass Sie irgendetwas Skandalöses aufdecken werden. Tom war Kirchgänger und eine gute Seele. Beliebt und geachtet im ganzen Ort und großzügig mit seiner Zeit. Wenn er irgendwelche Fehler hatte, so würde ich sagen, dass er zu streng, zu puritanisch war. Er hielt nichts davon, die Regeln zu verletzen, obwohl ich es ihn ab und zu habe tun sehen. Er war ein ganz geradliniger Mann, aber das ist in meinen Augen positiv. Wir könnten ein paar mehr von seiner Sorte gebrauchen. Er wird uns hier fehlen.“

„Haben Sie ihn in den letzten paar Wochen einmal länger gesprochen?“

„Eigentlich nicht. Ich sah ihn meist nur in beruflichem Rahmen. Der Mann, mit dem Sie sprechen müssen, ist sein Partner Rafer LaMott.“

ICH SASS in meinem Mietwagen auf dem Parkplatz vor Kirchner & Sons und blätterte Tom Newquists Autopsiebericht durch. Der Inhalt entsprach dem, was Trey Kirchner mir erzählt hatte. Ich hatte gehofft, die Erklärung möge eindeutig sein und besagen, dass sich Tom Newquist im Endstadium einer tödlichen Krankheit befunden hatte und seine Besorgnis ganz einfach von einer Todesahnung herrührte. Doch dies war nicht der Fall.

Ich ließ den Motor an. Ich hielt es für folgerichtig, als nächsten Schritt Toms Partner Rafer LaMott aufzusuchen. Ich sah auf meinen Plan von Nota Lake und fand die Außenstelle des Sheriffbüros, die im Gemeindezentrum etwa sechs Häuserblocks weiter westlich untergebracht war. Der Komplex mit den Verwaltungsbüros war früher eine Schule gewesen. Dies wusste ich, weil die Worte NOTA LAKE GRUNDSCHULE in Blockbuchstaben in den Architrav gemeißelt waren.

Ich für meinen Teil hasste Grundschulen. Die Schule war ein Minenfeld ungeschriebener Regeln gewesen, die offenbar alle außer mir nachvollziehen und akzeptieren konnten. Meine Eltern waren bei einem Autounfall ums Leben gekommen, als ich fünf war, und so war mir die Schule wie die Fortführung ebendieser Gemeinheit und ebendieses Verrats vorgekommen. Zur Mittagszeit hatte ich oft darum gebeten, nach Hause gehen zu dürfen, aber meine Lehrer hatten die klagend vorgebrachte Bitte regelmäßig abgelehnt. Als ich acht war, hatte ich gelernt, nicht mehr zu fragen. Ich war einfach hingegangen, wenn es mir gepasst hatte, und hatte hinterher die Folgen durchgestanden. Was hatten sie denn machen wollen – mich kaltblütig erschießen?

Der Eingang zum Gemeindezentrum führte in einen breiten Korridor, der als Empfangshalle diente.

Ich fand die Außenstelle des Sheriffbüros. Sie bestand aus mehreren zusammenhängenden Räumen, die ein Wust aus Büromaschinen, Drahtkörben und an sämtlichen glatten Flächen haftenden Notizen zierte. Die Schreibkraft war eine Frau Mitte dreißig in Jeans, einem blauen Sweatshirt über einem weißen Rollkragenpullover und Turnschuhen. Ihr Namensschild wies sie als Margaret Brine aus. Sie hatte kurzes schwarzes Haar, eine ovale Brille mit schwarzer Fassung und zahlreiche Sommersprossen unter ihrem Make-up.

Ich holte eine Visitenkarte heraus und legte sie auf den Tresen. „Ich wollte fragen, ob ich Rafer LaMott sprechen könnte."

Sie nahm meine Karte und musterte sie kurz. „Weiß er, worum es geht?"

„Der Leichenbeschauer hat mir empfohlen, mit ihm über Tom Newquist zu sprechen."

„Warten Sie bitte", sagte sie und verschwand durch eine Tür nach hinten. Ich konnte ein Murmeln hören, und kurz darauf erschien Rafer LaMott, ein Schwarzer, der soeben in ein Sportsakko schlüpfte. Er war etwa Mitte vierzig, gut einsachtzig groß, hatte kurzes schwarzes Haar und faszinierende haselnussbraune Augen. Er hielt meine Karte in der Hand und las in leicht hochnäsigem Tonfall die darauf abgedruckten Daten ab. „Kinsey Millhone, Privatdetektivin aus Santa Teresa, Kalifornien. Was kann ich für Sie tun?"

Ich spürte ein Prickeln im Nacken. Genau genommen war er nicht unhöflich, aber er war alles andere als freundlich. Ich zeigte ein auf Außenwirkung angelegtes Lächeln ohne jede Aufrichtigkeit oder Wärme. „Selma Newquist hat mich engagiert. Sie hat ein paar Fragen in Bezug auf Tom."

Er warf mir einen raschen Blick zu und schritt dann durch die Klappe am einen Ende des Tresens. „Ich habe einen Termin, aber Sie können mit mir zum Parkplatz rausgehen. Was für Fragen denn?“

Mir blieb nichts anderes übrig, als neben ihm herzutrotten, während er auf einen Hinterausgang zuging. „Sie sagt, er habe sich über irgendetwas den Kopf zerbrochen. Sie will wissen, was das war.“

Er stieß die Tür auf und ging hindurch. Sein Gang wurde immer schneller, was mich auf seine wachsende Erregung schließen ließ. Ich musste mein Tempo verdoppeln, um mit ihm Schritt zu halten. Eilig schritt er über den Parkplatz und hielt erst inne, als er an einem weißen Kleinwagen angelangt war und Anstalten machte, ihn aufzuschließen. „Hören Sie, ich kann Ihnen Folgendes sagen, ohne damit jemandem zu nahe treten zu wollen: Selma hat andauernd versucht, sich in Toms Angelegenheiten einzumischen, nur für den Fall, dass der arme Kerl mal vorübergehend einen eigenen Gedanken fasste.“

„Ich weiß Ihre Offenheit zu schätzen ...“

„Dann wissen Sie sicher auch Folgendes zu schätzen“, sagte er. „Tom hat nie ein Wort gegen Selma gesagt, aber ich kann Ihnen aus eigener Erfahrung sagen, dass es anstrengend ist, mit ihr zusammen zu sein. Tom war ein anständiger Kerl, aber jetzt, wo er tot ist, bin ich erleichtert darüber, dass ich sie nicht mehr sehen muss. Meine Frau und ich hatten im Grunde nie Lust, mit Selma zusammen zu sein. Wir haben uns eben getroffen, wenn wir es ihm zuliebe mussten. Falls das gehässig klingt, tut es mir Leid, aber so ist es eben. Der beste Rat, den ich Ihnen geben kann, ist, den Mann in Frieden zu lassen. Er ist in seinem Grab noch nicht einmal ganz kalt geworden, und schon versucht sie, ihn wieder auszugraben.“

„Könnte er sich über einen Fall den Kopf zerbrochen haben?“

Mit einem kurzen, ungläubigen Lächeln darüber, dass ich nicht lockerließ, wandte er den Blick von mir ab. Ich sah ihm an, wie er um Geduld rang. „Als er starb, hatte er zehn, fünfzehn Akten auf seinem Tisch liegen. Und nein, die können Sie nicht einsehen, also fragen Sie gar nicht erst.“

„Wer hat seine Arbeit übernommen?“

„Ein paar Fälle habe ich übernommen. Vor kurzem hat ein neuer Kollege angefangen, und der erledigt den Rest. Diese Informationen sind allesamt nicht für die Öffentlichkeit bestimmt.“

„Glauben Sie, dass Tom private Probleme hatte, die er vor Selma geheim halten wollte?“

„Fragen Sie jemand anders. Ich will nichts mehr über Tom sagen.“

„Was ist denn schon dabei? Wenn Sie mir ein bisschen weiterhelfen würden, wäre ich schon wieder weg“, sagte ich.

Anstelle einer Antwort stieg er ins Auto und schlug die Tür zu. Er drehte den Schlüssel im Zündschloss und drückte einen Knopf am Armaturenbrett. Das Seitenfenster fuhr mit leisem Surren herunter. Als er wieder sprach, wirkte sein Tonfall freundlicher. „He, das klingt jetzt vielleicht unhöflich, aber tun Sie sich selbst einen Gefallen und lassen Sie die Sache fallen, ja? Selma ist eine Narzisstin. Sie bildet sich ein, alles drehe sich um sie.“

Ende der Debatte. Ende des Frage-und-Antwort-Spiels. Er legte den Rückwärtsgang ein, fuhr aus der Parklücke und rauschte davon. Ich konnte ihm nur noch nachstarren und merkte, wie mir eine brennende Hitze ins Gesicht stieg. Ich hob eine Hand an die Wange, als hätte man mich geohrfeigt.

ICH STIEG in meinen Wagen und fuhr zu Selma zurück, nach wie vor völlig ahnungslos. Ich konnte nicht sagen, ob Rafer etwas wusste oder ob er nur verärgert darüber war, dass Selma eine Privatdetektivin engagiert hatte.

Selma hatte einen Zettel an die Tür geklebt, auf dem stand, dass sie bis Mittag drüben in der Kirche sei. Die Tür war unverschlossen. Ich ging hinein und rief „Hallo“ für den Fall, dass Brant im Haus war. Niemand erwiderte mein Rufen, obwohl drinnen einige Lichter brannten.

Ich ging in Toms Arbeitszimmer und setzte mich an seinen Schreibtisch, während ich mich fragte, was für Geheimnisse er verborgen haben mochte. Es hätte alles Mögliche sein können: Alkohol, Drogen, Glücksspiele, eine Affäre, eine Schwäche für Frauenkleider. Die meisten von uns haben etwas, was sie lieber für sich behalten möchten. Aber vielleicht war es auch nichts. Ich wollte es mir nicht eingestehen, aber Rafers Einstellung gegenüber Selma übte bereits ihre Wirkung auf mich aus: Langsam regten sich leise Zweifel.

Ruhelos und gelangweilt ging ich in die Küche hinaus. Auf der Arbeitsfläche stand ein Teller mit Rosinenplätzchen. Obendrauf lag ein Zettel, auf dem stand: *Bitte zugreifen*. Ich aß ein paar der Plätzchen und spazierte in den Flur. Das Telefon schien alle fünfzehn Minuten zu klingeln, aber ich ließ den Anrufbeantworter übernehmen. Selma war sehr gefragt, doch es ging ausschließlich um wohltätige Zwecke – den Kirchenflohmarkt und eine Spendenaktion für den neuen Anbau der Sonntagsschule.

Ich wandte meine Aufmerksamkeit dem Schlafzimmer zu. Toms Kleidung hing noch in seiner Hälfte des Schranks. Ich begann seine Taschen zu durchsuchen. Ich sah auf dem oberen Schrankbrett nach, in seinen Schuhschachteln und seiner Kleingeldbüchse. Ich fand einen geladenen Colt .357-er Magnum in einer Nachttischschublade, aber sonst nichts von Belang, nur die peinliche Ansammlung von Plunder, den anscheinend jeder irgendwo aufbewahrt: alte Eintrittskarten, Streichholzbriefchen, Schnürsenkel. Ich sah unters Bett, fuhr mit einer Hand die Matratze entlang, spähte hinter Bilderrahmen, klopfte mit den Knöcheln gegen Schrankwände. Im Badezimmer nebenan durchsuchte ich das Medizinschränkchen und fragte mich, wann ich mich wohl mit Anstand aus dem Staub machen konnte.

Ich ging wieder ins Arbeitszimmer, wo ich den restlichen Kram in Toms Regalen durchsuchte. Ich sah seine Kreditkartenquittungen aus den letzten zwölf Monaten durch, aber weder bei Visa noch bei MasterCard war irgendetwas Ungewöhnliches zu finden.

Ich hörte einen Wagen in die Einfahrt fahren. Wenn es Selma wäre, würde ich ihr erklären, dass ich aufhörte, damit sie nicht noch mehr von Toms sauer verdientem Geld hinauswarf. Die Haustür öffnete und schloss sich wieder. Ich rief „Hallo", und Selmas Sohn Brant erschien in der Türöffnung. Er trug eine rote Strickmütze, einen roten Jogginganzug und nagelneue weiße Reeboks aus Leder. Um seinen Hals hing ein weißes Handtuch. Mit seinen 25 Jahren war Brant der Typ Mann, nach dem sich matronenhafte Hausfrauen im Supermarkt umdrehen, um ihn im Vorbeigehen verstohlen zu mustern. Er hatte dunkles Haar und buschige Brauen über ernsten braunen Augen. Sein Teint war makellos, das Kinn kantig und die Wangen fein geschwungen. Seine Figur war untadelig – breite Schultern, flacher Bauch und eine schmale Hüftpartie. Wäre ich jünger gewesen, hätte ich mir bei seinem Anblick einen Seufzer nicht verkneifen können.

„Meine Mutter ist noch nicht zu Hause?", fragte er und nahm die Strickmütze ab. Sein Lächeln brachte ebenmäßige weiße Zähne zum Vorschein.

„Sie müsste jeden Moment kommen. Ich bin Kinsey. Sind Sie Brant?"

„Ja, Ma'am." Wir schüttelten uns über den mit Plunder voll gestellten Schreibtisch seines Vaters hinweg die Hände. Seine Handfläche war seltsam grau. Als er sah, dass ich es bemerkt hatte, grinste er verlegen. „Das kommt von den Gewichtheberhandschuhen. Ich war gerade beim Training", erklärte er. „Wie läuft's denn bis jetzt?"

„Ganz gut, würde ich sagen."

„Dann lasse ich Sie jetzt lieber weitermachen. Wenn Mom kommt, sagen Sie ihr, dass ich unter der Dusche stehe."

„In Ordnung."

Selma kam um Viertel nach zwölf nach Hause. Ich hörte, wie das Garagentor hinauf- und wieder herunterratterte. Wenig später hörte ich die Kühlschranktür auf- und wieder zugehen und dann das Klappern von Besteck. Mit einer Trägerschürze um, erschien sie schließlich in der Tür zum Arbeitszimmer. „Ich mache Sandwiches mit Hühnchensalat, falls Sie mit uns essen wollen. Haben Sie Brant schon kennen gelernt?"

„Ja. Hühnchensalat klingt prima. Soll ich Ihnen helfen?"

„Nein, nein, aber kommen Sie doch rüber, dann können wir uns unterhalten, während ich alles vorbereite."

Ich folgte ihr in die Küche, wo ich mir die Hände wusch. „Wissen Sie, was ich noch nicht gefunden habe? Toms Notizbuch. Hat er sich denn keine Notizen gemacht, wenn er in einem Fall ermittelte?"

Erstaunt wandte sich Selma von der Arbeitsfläche ab. „Aber natürlich. Es war ein kleines Ringbuch mit schwarzem Ledereinband, etwa so groß wie eine Karteikarte. Er hatte es immer bei sich." Sie zerteilte die Sandwiches in zwei Hälften und legte sie auf eine am Rand mit Petersilie dekorierte Platte.

„Vielleicht ist es in seinem Wagen."

„Gute Idee. Darauf hätte ich eigentlich von selbst kommen müssen."

Ich öffnete die Verbindungstür und betrat die Garage. Ich schlüpfte um Selmas Auto herum und machte die Fahrertür des Pick-ups auf. Das Wageninnere roch intensiv nach Zigarettenrauch. Das Handschuhfach war aufgeräumt und enthielt nur einen Satz Straßenkarten, die Bedienungsanleitung, die Zulassung und den Versicherungsschein. Ich sah in die Seitenfächer beider Türen und musterte die Fläche unter den Schalensitzen.

Schließlich kehrte ich in die Küche zurück. „Fehlanzeige", sagte ich. „Fällt Ihnen noch etwas anderes ein?"

„Vielleicht hat er das Notizbuch auch im Büro liegen lassen, obwohl er das selten tat. Ich rufe Rafer an und frage ihn."

„Wird er dann nicht behaupten, die Notizen seien Eigentum der Dienststelle?"

„Ach, bestimmt nicht", erwiderte sie. „Er hat zu mir gesagt, er würde alles tun, um zu helfen. Er war Toms bester Freund, wissen Sie."

Brant erschien wieder, diesmal in einer blauen Uniform, die ihn als

Rettungssanitäter auswies. B. NEWQUIST war auf die linke Brust gestickt. Seine Haut verströmte Seifenduft, und sein Haar war jetzt feucht vom Duschen. Ich gestattete mir einen dieser kleinen Wimmerlaute, die nur Hunde hören können. Weder Brant noch seine Mutter schien es zu bemerken. Ich setzte mich an den Küchentisch, ihm direkt gegenüber, und aß brav mein Sandwich, während die beiden plauderten. Noch während des Essens klingelte erneut das Telefon. Selma stand auf. „Bleibt nur sitzen. Ich gehe in Toms Arbeitszimmer dran."

Brant verspeiste sein Sandwich, ohne viel zu sagen, und ich merkte, dass es an mir war, ein Gespräch zu beginnen.

„Ich habe gehört, dass Tom Sie adoptiert hat."

„Als ich dreizehn war", antwortete Brant. „Mein ... leiblicher Vater, heißt das wohl ..., hatte sich jahrelang nicht mehr gemeldet. Aber ich würde Tom sowieso als meinen echten Vater betrachten, auch wenn er mich nicht adoptiert hätte."

„Sie müssen ein gutes Verhältnis zu ihm gehabt haben."

Er stellte den Plätzchenteller von der Arbeitsfläche herüber, und wir verspeisten das Gebäck abwechselnd, während wir unser Gespräch fortsetzten. „In den letzten Jahren schon. Davor kamen wir nicht gerade blendend miteinander aus. Tom war streng und hat Vorschriften knallhart durchgesetzt. Er hat mich dazu gedrängt, den Pfadfindern beizutreten, was mich total angewidert hat – Karate, Dauerlauf und solches Zeug. Ich glaube, ich habe so ziemlich alles getan, um seine Autorität infrage zu stellen. Aber schließlich hat er sich gemacht", sagte er und lächelte ein wenig dabei.

„Seit wann sind Sie denn schon Sanitäter?"

„Seit drei Jahren. Davor habe ich eine Weile studiert, hab mich aber nicht besonders hervorgetan."

„Hat Tom mit Ihnen über seine Fälle gesprochen?"

„Manchmal. In letzter Zeit allerdings nicht."

„Wissen Sie, warum?"

Brant zuckte mit den Achseln. „Vielleicht war das, woran er gearbeitet hat, nicht so interessant."

„Was ist mit seinen Arbeitsnotizen? Haben Sie die gesehen?"

Einen Moment lang wurde sein Blick finster. „Seine Arbeitsnotizen? Fehlen sie denn?"

„Ich glaube ja. Oder sagen wir mal, es ist mir bisher nicht gelungen, sein Notizbuch zu finden."

„Das ist aber seltsam. Wenn er es nicht in der Jackentasche hatte, hat er es im Schreibtisch oder in seinem Pick-up aufbewahrt. Seine alten Notizen hat er mit Gummibändern zusammengebunden und in Kisten im Keller aufbewahrt. Haben Sie seinen Partner schon gefragt? Sie könnten ja auch im Büro sein."

„Ich habe einmal mit Rafer gesprochen, aber ich habe ihn nicht nach dem Notizbuch gefragt, weil ich da noch nicht dran gedacht hatte, es zu suchen."

„Da kann ich Ihnen auch nicht weiterhelfen. Aber ich werde hier mal die Augen danach offen halten."

Nach dem Essen verließen Selma und Brant das Haus. Brant hatte noch einiges zu erledigen, bevor er zur Arbeit ging, und Selma war mit ihrer endlosen Reihe ehrenamtlicher Aktivitäten beschäftigt. Stille senkte sich über das Haus, und ich merkte, wie mich leise Beklommenheit überfiel. Langsam gingen mir die Einfälle aus, was ich noch tun konnte. Ich ging ins Arbeitszimmer zurück und nahm das Telefonbuch aus Toms oberster Schublade. Aufgrund der geringen Größe der Stadt war das Verzeichnis nicht umfangreicher als eine Zeitschrift. Ich suchte nach James Tennyson, dem Verkehrspolizisten, der Tom an jenem Abend gefunden hatte. Es gab nur einen James Tennyson, mit einer Adresse im Iroquois Drive im selben Viertel. Ich sah auf meinem Stadtplan nach, packte Jacke und Tasche und ging zum Auto hinaus.

JAMES TENNYSON hatte helles Haar, klare Gesichtszüge und eine schlanke Figur und war genau der Typ von ernsthaftem jungem Mann, den man sich auf der Landstraße zu Hilfe wünscht, wenn der Keilriemen gerissen oder ein Reifen geplatzt ist. Er trug Zivilkleidung: Jeans, ein Sweatshirt und Pantoffeln aus Schaffell.

„Kinsey Millhone", sagte ich, als wir uns die Hand schüttelten. „Ich bin Privatdetektivin, und ich habe ein paar Fragen zu Tom Newquists Tod. Verzeihen Sie, dass ich Sie zu Hause belästige."

„Kein Problem." Er trat beiseite, um mich hineinzulassen. „Ich habe Nachtschicht, deshalb sitze ich gerade beim Frühstück", erklärte er. „Womit kann ich Ihnen helfen?"

Während James seine Cornflakes verspeiste, erläuterte ich ihm Selmas Befürchtungen. „Sie haben Tom doch persönlich gekannt, oder?"

„Ja, ich kannte ihn. Ich meine, wir waren keine richtig guten Freunde, aber hier in Nota Lake kannte jeder Tom. Ich sage Ihnen, sein Tod hat mich erschüttert. Hier galt er als eine Art Institution."

„Können Sie mir sagen, wie Sie ihn gefunden haben? Ich weiß, dass er einen Herzinfarkt hatte. Ich versuche nur, ein Gefühl dafür zu bekommen, was geschehen ist."

„Also, das war vor fünf, sechs Wochen und im Grunde nichts Außergewöhnliches. Ich fuhr den Highway 395 entlang, als ich sein Fahrzeug am Straßenrand stehen sah. Die Warnblinkanlage war eingeschaltet, also habe ich dahinter angehalten. Ich erkannte Toms Pick-up. Zuerst dachte ich, er hätte womöglich einen Motorschaden oder so was. Beide Türen waren verschlossen, aber als ich näher kam, sah ich ihn zusammengesunken dasitzen."

„Wie sind Sie hineingekommen?"

„Das Fenster auf der Fahrerseite stand einen Spaltbreit offen. Ich hatte eine Drahtschlinge im Wagen, und damit zog ich den Türknopf auf. Ich merkte gleich, dass es ihm schlecht ging. Er sah entsetzlich aus. Ich zerrte ihn aus dem Wagen an den Straßenrand und fing gleich mit der Wiederbelebung an. Ich habe über Funk einen Krankenwagen gerufen, aber es nutzte nichts. Der Arzt in der Notaufnahme hat ihn beim Eintreffen für tot erklärt."

„Glauben Sie, er wusste, was mit ihm passierte, und hat deshalb am Straßenrand gehalten?"

„Das würde ich annehmen. Er muss Schmerzen im Brustkorb gehabt haben."

„Haben Sie zufällig Toms Notizbuch gesehen? Schwarzes Leder, etwa so groß?"

Er dachte einen Augenblick nach und schüttelte dann langsam den Kopf. „Nein, Ma'am. Ich glaube nicht. Natürlich habe ich auch nicht danach gesucht."

„Ich dachte, vielleicht haben Sie es gefunden und im Sheriffbüro abgegeben."

„Das hätte ich vermutlich getan, wenn ich es gesehen hätte. Wie dem auch sei, ich kann mir nicht vorstellen, dass es über Tom irgendetwas zu ermitteln gibt. Sie können sich keinen netteren Kerl vorstellen. Er war einfach großartig. Ein guter Mensch und ein guter Polizist."

„Das wurde mir schon gesagt."

ICH FUHR zum Motel zurück, denn ich hielt es keine einzige Minute mehr in Toms Arbeitszimmer aus. Ich hatte Heimweh und wollte hier weg.

Ich schloss die Tür zu meiner Hütte auf und stellte erfreut fest, dass das Zimmer aufgeräumt worden war. Das Bett war gemacht, das Badezimmer geputzt. Ich setzte mich an den Tisch und spannte ein Blatt Papier in meine Smith-Corona ein. Selma Newquist würde eben ihren Frieden mit Toms Ableben schließen müssen. Der Tod hinterlässt immer offene Angelegenheiten. Ich konnte hier sitzen und tippen, bis mir die Luft ausging. Tom Newquist war tot, und ich vermutete, niemand würde je herausfinden, wie seine letzten Momente verlaufen waren.

4 Diesen Abend verbrachte ich in einer Bar namens „Tiny's Tavern". Cecilia hatte mir verraten, dass die Kneipe bei Polizisten ein beliebter Freizeittreff war, also würde ich mich ebenfalls dort amüsieren. Außerdem wollte ich der Hütte mit ihren eisigen Innentemperaturen und ihrer depressiven Beleuchtung fernbleiben. Das Tiny's hatte Wände aus rohen Brettern, Sägespäne auf dem Fußboden und eine Theke mit einer Fußleiste aus Messing, die sich durch den ganzen Raum zog. Der ganze Laden war grau vor lauter Zigarettenrauch. Die Musikbox war in grellem Grün und Gelb lackiert, und an ihren Seiten verliefen Röhren, in denen Blasen aufstiegen. Bestückt war sie mit Countrymusik. Hin und wieder harkte ein Pärchen mechanisch auf der drei mal drei Meter großen Tanzfläche herum, während die anderen Gäste zusahen.

Ich war mir über die unausgesprochenen Erwartungen in einem Lokal wie diesem nicht im Klaren, doch nun befand ich mich schon eine Stunde lang hier, und kein Mensch hatte besondere Notiz von mir genommen. Ich saß auf einem Barhocker, nippte an einem miesen Bier, fischte Erdnüsse aus einer Messingschüssel und plauderte mit der Kellnerin, die Alice hieß und leuchtend orangefarbenes Haar hatte.

Um zehn kam Macon Newquist herein. Er war in Uniform und bewegte sich in gemächlichem Schritt durch den Raum, während er das Lokal nach Anzeichen sich anbahnenden Ärgers absuchte. Im Vorübergehen warf er mir eine Begrüßung zu, schien aber keine Lust auf Konversation zu haben. Kurz nachdem er gegangen war, zahlte sich mein Herumlungern aus, als ich die Angestellte aus dem Sheriffbüro entdeckte. Allerdings fiel mir beim besten Willen ihr Name nicht mehr ein. Sie kam in einer Vierergruppe mit einem Mann, den ich für ihren Ehemann hielt, und einem anderen Paar. Sie setzten sich an einen freien Tisch auf der anderen Seite des Raums. Ich starrte die Schreibkraft mit ihren dunklen, bis oberhalb der Ohren gestutzten Haaren an. Ihre dunkelbraunen Augen glitzerten hinter der kleinen, ovalen Brille. Die andere Frau hatte kastanienbraunes Haar, war vollbusig und hübsch. Die

Frauen zogen die Jacken aus, packten ihre Handtaschen, verließen den Tisch und marschierten zur Damentoilette. Ich eilte selbst zu den Sanitäranlagen, und so kamen wir alle drei fast im gleichen Moment an der Tür an. Ich verlangsamte meinen Schritt.

Die Angestellte sagte: „Stell dir nur vor: Billie hat etwas mit diesem miesen Typen aus dem Videoladen angefangen. Ich habe ihr gesagt, sie sollte ein bisschen mehr auf sich halten ...“

Die beiden plauderten weiter, während sie durch die Tür gingen und in den ersten zwei Toilettenkabinen verschwanden. Ich betrat die dritte und lauschte mir das Herz aus dem Leib. In schneller Folge wurden drei Toiletten gespült, und wir versammelten uns um die Waschbecken, um uns die Hände zu waschen. Wundersamerweise spuckte mein Gehirn in diesem Moment den Namen der Angestellten aus. Ich fing ihren Blick im Spiegel auf und lächelte ihr zu. „Sind Sie nicht Margaret?“

Sie sah mich ausdruckslos an und sagte dann ohne jegliche Wärme: „Oh, hallo.“

„Kinsey Millhone“, erinnerte ich sie. Ich hielt ihr die Hand hin, und sie war zu höflich, um den Handschlag zu verweigern.

„Nett, Sie wiederzusehen“, sagte sie.

Ich drehte mich um und winkte der anderen Frau kurz zu. „Hallo. Wie geht's? Kinsey Millhone“, sagte ich. „Und Sie sind ...?“

Zuerst zögerte sie und warf Margaret einen Blick zu. „Earlene.“

„Meine beste Freundin“, bemerkte Margaret.

„Na, das hört man aber gern“, sagte ich. Ich benahm mich wie eine Vertreterin und plapperte zwanghaft weiter, um das Gespräch am Laufen zu halten.

Margaret ließ sich nichts vormachen. „Ich weiß nicht, was Sie zu Rafer gesagt haben, aber er war den ganzen Tag schlecht gelaunt, und an mir hat er dann seinen Ärger ausgelassen.“

„Ehrlich? Das tut mir aber Leid. Ich wollte ihn nicht aufbringen.“

„Alles bringt ihn auf, seit Tom gestorben ist. Sie haben jahrelang zusammengearbeitet, lange bevor ich dort angefangen habe.“

„Oh, dann kann ich es verstehen, dass es ihn geärgert hat“, sagte ich. Mir wurde langsam schlecht von dem ganzen heuchlerischen Gesülze, obwohl es den erwünschten Effekt zu haben schien.

Margaret rollte mit den Augen. „Er wird's verkraften, aber ich würde Ihnen raten, ihm möglichst aus dem Weg zu gehen.“

„Ich bin nur noch ein paar Tage hier und weiß nicht, wo ich sonst Informationen bekommen kann. Vielleicht können Sie mir ja weiterhelfen. Ehrlich, ich bin nicht auf der Suche nach üblen Geschichten über Tom Newquist. Ich habe gehört, dass er ein großartiger Mann war, und offenbar sind alle sehr betrübt über seinen Tod."

„Tja, das stimmt", gestand sie unwillig. „Aber Rafer meint, Selma würde ständig Schwierigkeiten heraufbeschwören, indem sie sich andauernd in Toms Angelegenheiten einmischt."

„Von Einmischen kann wohl kaum die Rede sein", sagte ich. „Sie hat mir erzählt, dass Tom wegen irgendetwas bedrückt war. Er schlief schlecht. Er grübelte. Sie wartete auf den geeigneten Zeitpunkt dafür, die Sache zur Sprache zu bringen. Jetzt ist er tot, und dass er mit einer Last auf der Seele gestorben ist, bedrückt sie. Deshalb hat sie mich engagiert. Sie möchte etwas wieder gutmachen. Was ist dagegen einzuwenden? An ihrer Stelle würden Sie doch das Gleiche tun, oder?"

„Na ja", sagte Margaret. Offenbar fiel es ihr schwer, ein Gegenargument zu finden. Ich beschloss, Earlene mit einzubeziehen. „Was meinen Sie, Earlene? Was würden Sie an Selmas Stelle tun?"

„Vermutlich das Gleiche. Ich verstehe, was Sie meinen." Sie warf Margaret einen raschen Blick zu. „Du hast selbst gesagt, dass Tom in den letzten Wochen vor seinem Tod unausstehlich war."

„Earlene!"

„Na, stimmt doch."

„Haben Sie irgendeine Vermutung, was ihn belastet hat?", fragte ich.

Margaret war ungehalten. „Selbstverständlich nicht. Und selbst wenn er missmutig und gereizt war, ist das ja wohl kein Verbrechen."

„Aber wer könnte Bescheid wissen? Wen soll ich fragen außer Rafer?"

„Könnte nicht schaden, Hatch zu fragen", meinte Earlene.

„Würdest du dich bitte raushalten?", fauchte Margaret.

„Wer ist Hatch?", fragte ich Earlene.

„Hatch ist ihr Mann. Er sitzt da draußen", erklärte sie.

Margaret schnaubte. „Der hilft Ihnen nicht weiter, und ich wette, Wayne auch nicht. Wayne hat seit Jahren nicht mehr für Tom gearbeitet. Wie soll er da von irgendwas eine Ahnung haben?"

„Hatch hat für Tom gearbeitet?", fragte ich Margaret.

„Hm. Er und Wayne sind beide Hilfssheriffs, nur dass Wayne für Whirly Township zuständig ist und Hatch tageweise hier arbeitet."

„Es könnte jedenfalls nicht schaden, ihn zu fragen", sagte ich.

Margaret dachte darüber nach. „Ich werde Sie vermutlich nicht davon abhalten können, aber in meinen Augen ist es Zeitverschwendung."

Zu dritt verließen wir die Damentoilette.

„Ich hole nur schnell mein Bier", sagte ich.

Eilig ging ich zur Theke hinüber, packte Bierglas und Jacke und ging an ihren Tisch. Ich ließ eine weitere Vorstellungsrunde über mich ergehen und versuchte, einnehmend zu wirken, während ich beiden Männern die Hände schüttelte. „Einnehmend" ist keine Eigenschaft, die ich von selbst ausstrahle.

Hatch war groß und schlaksig und hatte dichtes blondes Haar, das an den Seiten ganz kurz geschoren war. Earlenes Mann Wayne hatte dunkles Haar, das kurz geschnitten und nach vorn gekämmt war. Er besaß die Hübscher-Junge-Attraktivität eines Kleinkriminellen. Er wich meinem Blick aus.

Hatch wirkte zumindest freundlich, also konzentrierte ich mich auf ihn. „Sie haben Tom also gekannt. Können Sie mir ein wenig über ihn erzählen?"

Hatch musterte mich behaglich. „Sie werden mich nicht dazu bringen, dass ich irgendetwas Schlechtes über diesen Mann sage."

„Das will ich auch nicht. Wie lange kannten Sie ihn?"

„Etwas über fünfzehn Jahre, schon lange bevor ich im Sheriffbüro angefangen habe. Ich bin von Barstow hier raufgezogen, und gleich am Anfang ist jemand in meine Wohnung eingebrochen und hat meine Stereoanlage gestohlen. Nachdem ich die Polizei angerufen hatte, ist Tom erschienen."

„Wie war er denn so? War er klug? War er witzig? Ein lockerer Typ?"

Hatch legte den Kopf schief, bis die eine Schulter fast an sein Ohr reichte. „Ich würde sagen, Tom war ein guter Polizist; das war mit Abstand das Wichtigste an ihm. Er war absolut korrekt. Wenn in einer kleinen Stadt wie dieser jemand das Gesetz bricht, kann es gut sein, dass er früher mal ein paar Häuser neben einem gewohnt hat. Aber bei Tom zählte nichts Persönliches. Er war nicht bösartig oder so. Beruf war eben Beruf, und man musste ihn für seine Einstellung respektieren."

„Können Sie mir ein Beispiel nennen?"

„Nicht auf Anhieb. Und du, Wayne? Du weißt schon, was ich meine. Was war denn typisch für Tom?"

Wayne schüttelte den Kopf. „He, Hatch. Das ist dein Bier. Nicht meins."

Hatch kratzte sich am Kinn. „Also, an folgende Geschichte kann ich mich erinnern. Da war dieser nette alte Knabe namens Sonny Gelson. Weißt du noch, Schatz? Das war schätzungsweise so vor fünf, sechs Jahren. Er hat drüben in Winona in einem großen, alten Haus gewohnt, das schon reif für den Abbruch war. Eines Abends hat ihm seine Frau ein großes Loch in die Brust geballert. Etwa sechs Monate zuvor hatte sie von einem verdächtigen Streuner berichtet, und Sonny hat ihr eine Smith & Wesson gekauft. Eines Abends war er weggefahren, und sie war allein zu Hause. Sie hört jemanden unten im Flur, reißt die Waffe aus der Schublade und feuert auf den Kerl, sowie er zur Tür hereinkommt. Das Problem war nur, dass die Knarre versagt hat und in ihrer Hand losging. Sonny hatte sie selbst neu geladen, aber ich fürchte, er hatte es nicht richtig gemacht, oder zumindest sah es danach aus. Die Kugel kam trotzdem aus dem Lauf und traf ihn mitten in die Brust. Ich glaube, er starb, noch bevor Judy den Notruf wählen konnte. Außerdem hatte Judy selbst eine schwer verletzte Hand und blutete heftig. So, aber jetzt kommt der Clou. Tom hatte die fixe Idee, dass es sich um geplanten Mord handelte. Also, da haben wir nun Judy Gelson, die sich wegen ihres schrecklichen Irrtums die Augen ausweint. Der Staatsanwalt will schon auf Unfall mit Todesfolge plädieren lassen und den Fall damit abschließen. Aber Tom hat unermüdlich weiter nachgeforscht und ziemlich schnell eine dicke Versicherungspolice entdeckt. Es stellte sich heraus, dass Judy einen Liebhaber hatte und die zwei sich diesen Plan ausgedacht hatten, um ihren Mann loszuwerden. Sie hat selbst die Patrone mit einer Ladung brisantem Sprengstoff präpariert, damit sie wie ein unschuldiges Opfer der Umstände dasteht. Tom hat sie überführt, und dabei ist er früher einmal fest mit ihr gegangen. Darauf wollte ich hinaus."

„Was wurde aus Judy Gelson?"

„Sie sitzt irgendwo fünfundzwanzig Jahre bis lebenslänglich ab. Der Liebhaber ist verschwunden. Ja, man hat nicht einmal rausgekriegt, wer es war. Vielleicht jemand von hier. Tom hat hartnäckig versucht, dem Kerl auf die Spur zu kommen."

„Hat er gern an alten Fällen gearbeitet?"

„Das machen doch alle. Man hat immer die Chance, etwas aufzuklären und sich einen Namen zu machen. Aber es ist mehr als das; es geht darum, jemanden zur Rechenschaft zu ziehen, ‚die Akte schließen' nennt man das heutzutage, aber es läuft aufs Gleiche hinaus."

Ich sah zu Margaret hinüber und sagte: „Etwas anderes will Selma auch nicht."

Hatch schüttelte den Kopf, als er ihren Namen hörte. „Tja, also, Selma. Die ist ein anderer Fall. Tom war verrückt nach ihr; er hat den Boden unter ihren Füßen vergöttert, ganz ehrlich."

Nun meldete sich Margaret zu Wort. „Wir anderen finden Selma ziemlich unerträglich."

„Weshalb?"

„Ach, wissen Sie, sie ist schnell eingeschnappt und glaubt oft, man wolle sie beleidigen, wenn es gar nicht so gemeint ist. Tom hat sich immer redlich bemüht, sie zu beruhigen, aber es war nie genug. Wenn man den beiden in der Öffentlichkeit begegnet ist, hat er immer dafür gesorgt, dass sie ins Gespräch mit einbezogen wurde, stimmt's?", sagte sie und wandte sich an Earlene, damit sie ihr das bestätigte. „Ich glaube, er wusste, dass sie unbeliebt war."

„Das stimmt. Alle mochten ihn, konnten aber mit ihr nichts anfangen."

„Also war ihre Unsicherheit gerechtfertigt", sagte ich.

Earlene lachte. „Sicher, aber wenn sie nicht so egozentrisch gewesen wäre, wäre sie vielleicht beliebter gewesen. Selma ist überzeugt davon, dass sich die ganze Welt um sie dreht. Und sie muss überall dabei sein, immer in der ersten Reihe."

Earlenes Mann Wayne schien es nicht recht zu behagen, wenn seine Frau mit ihren Ansichten so freimütig hausieren ging. Ich fing seinen Blick auf. „Und was ist mit Ihnen, Wayne? Möchten Sie noch etwas hinzufügen?"

Er lächelte, aber mehr in sich hinein als zu mir. „Wenn Sie mich fragen, schlagen sich die anderen drei schon ziemlich gut."

„Stimmen Sie ihrer Einschätzung zu?"

„Prinzipiell bin ich nicht der Meinung, dass uns Toms Ehe irgendetwas angeht. Was ihn und Selma miteinander verbunden hat, ist eine Sache zwischen den beiden."

Earlene warf eine zerknüllte Papierserviette nach ihm. „Du alter Miesepeter."

„Sag, was du willst. Du ziehst mich da nicht mit hinein."

„Lassen Sie ihn", sagte ich. Auf einmal war ich müde geworden. Von der Mischung aus Anspannung und rauchgeschwängerter Luft hatte ich Kopfschmerzen bekommen. Ich hatte nach allgemeinen Informationen gefragt, und die besaß ich nun. „Ich glaube, ich fahre ins Motel zurück", erklärte ich.

„Gehen Sie nicht im Zorn. Gehen Sie nur einfach", sagte Wayne lächelnd.

„Sehr witzig. Haha", zischte Earlene ihm zu.

Margaret sah auf ihre Uhr. „Wir sollten lieber auch gehen. Seht mal, wie spät es ist. Viertel vor zwölf, und ihr müsst uns noch nach Hause bringen!"

Die vier begannen ihre Sachen zusammenzusammeln.

„Bis bald", sagte ich.

Ich sah die vier davonziehen und ging dann wieder an die Theke, wo ich meine Zeche bezahlte. Alice, die Kellnerin mit den orangefarbenen Haaren, machte gerade Pause. Sie zog sich einen Hocker neben mir herbei und zündete sich eine Zigarette an. „Sind Sie von der Polizei?"

„Ich bin Privatdetektivin."

„Ach so", sagte sie und blies Rauch zur Seite. „Ich habe gehört, dass Sie sich nach Tom Newquist erkundigt haben."

„Das spricht sich ja schnell herum."

„Na klar. In einer so kleinen Stadt gibt es nicht viel Gesprächsstoff", meinte sie. „Bei dem Trupp, mit dem Sie gerade geredet haben, waren Sie aber an der falschen Adresse. Die sind alle von der Polizei und loyal gegenüber ihresgleichen. Von denen werden Sie keinen dazu kriegen, auch nur ein schlechtes Wort über Tom zu sagen."

„Das habe ich gemerkt. Haben Sie etwas hinzuzufügen?"

„Ich bemühe mich, nicht über andere zu urteilen, aber es ist schwer, gar keine Meinung zu haben. Alle fallen über Selma her, und das kommt mir unfair vor. Ich wünschte nur, sie würde aufhören, sich wegen ihrer dämlichen Zähne den Kopf zu zerbrechen." Alice hielt sich eine Hand vor den Mund. „Haben Sie gemerkt, dass sie immer so macht? Natürlich ist Selma ätzend, aber wissen Sie was? Tom ist neben ihr gut dagestanden. Er wäre einem nicht im Traum wegen irgendwas ins Gesicht gesprungen, und warum auch? Dafür hatte er ja Selma. Sie hat jeden attackiert."

„Interessant."

„Na ja, wissen Sie, ich reagiere einfach so. Ich habe die Nase voll davon, dass jeder über Selma herzieht. Tom war passiv – schlicht und einfach , also warum ihr vorwerfen, dass sie eingesprungen ist? An ihrer Stelle hätten Sie es genauso gemacht."

„Selma sagt, er war in den letzten paar Wochen sehr angespannt. Haben Sie irgendeine Ahnung, woran das lag?"

Sie überlegte einen Moment lang und zog an ihrer Zigarette. „Ich habe nie groß darüber nachgedacht, aber jetzt, wo Sie es erwähnen, schien er wirklich nicht mehr der Alte zu sein. Passen Sie auf, ich mache Folgendes: Ich höre mich um, ob irgendjemand etwas weiß. Schließlich sind die Leute hier weder unaufrichtig noch heimlichtuerisch, sie wollen nur ihre Mitbürger schützen."

„Das habe ich gemerkt“, sagte ich. Ich holte eine Visitenkarte heraus und kritzelte meine Privatnummer in Santa Teresa sowie die Nummer des Motels darauf. „Vielen Dank für Ihre Hilfe.“

Ich ging in die Nachtluft hinaus. Die Temperatur war gefallen, und ich konnte meinen Atem sehen. Der Parkplatz war nur halb voll und die Beleuchtung gerade düster genug, um Unbehagen hervorzurufen. Ich blickte mich kurz um. Es war niemand zu sehen; allerdings hätten die Kiefern im Umkreis des Platzes auch jeden verborgen. Ich nahm die Autoschlüssel in die Hand, während ich zu meinem Mietwagen ging und ihn aufschloss. Ich ließ mich hinters Lenkrad gleiten, schlug die Tür zu und versperrte sie. Voller Befriedigung lauschte ich, wie die Schlösser einrasteten. Die Windschutzscheibe war milchig beschlagen, und ich wischte mir mit der nackten Hand einen Fleck frei. Als ich den Zündschlüssel im Schloss umdrehte, schreckte mich das dumpfe Mahlen auf, das eine zu schwache Ladung der Batterie anzeigte. Nach einer Reihe von Fehlzündungen starb der Motor wieder ab.

Auf einmal sah ich auf dem Weg hinter mir Scheinwerfer aufleuchten und blickte mich im Rückspiegel danach um. Ein dunkler Lieferwagen fuhr langsam vorüber. Der Fahrer, der eine schwarze Kapuzenmütze trug, drehte sich zur Seite und starrte mich an. Die Augenlöcher in der Strickmütze waren weiß eingefasst, während die Mundöffnung einen breiten roten Rand hatte. Der Blick des Fahrers verschmolz mit meinem, und beide trafen sich im rechteckigen Bildausschnitt des Rückspiegels. Ich spürte, wie ich vor Angst eine Gänsehaut bekam. *Männlich,* dachte ich. *Weiß,* dachte ich. Aber ich hätte mich auch in beiden Punkten täuschen können.

Der Lieferwagen fuhr langsamer und kam schließlich zum Stehen. Der Leerlauf des Motors durchdrang die nächtliche Stille. Ich merkte, wie ich den Atem anhielt. Ich wusste nicht, was ich tun würde, wenn der Fahrer ausstiege und auf mein Auto zukäme. Nach endlosen dreißig Sekunden fuhr der andere Wagen weiter, bis er am Ende der Durchfahrt ankam und nach links abbog.

Ich versuchte erneut, mein Auto anzulassen. „Na los“, sagte ich. Der Motor machte eher einen noch matteren Eindruck. Mittlerweile fuhr der Lieferwagen den Weg vor mir von rechts nach links entlang, sodass wir durch die frontal zu meinem Wagen geparkten Autos getrennt waren. Ich sah, wie sich der Fahrer vorbeugte, das maskierte Gesicht jetzt in meine Richtung gedreht. Es war diese Ausdruckslosigkeit, die mich aus der Ruhe brachte, diese formlose Kopfbedeckung, die sämtliche Gesichtszüge auslöschte, außer Augen und Mund, welche in frappierendem Kontrast hervortraten. Terroristen und Bankräuber trugen solche Mützen, nicht normale Bürger, die Angst vor der Kälte haben. Der Lieferwagen blieb stehen. Die schwarze Kapuzenmütze war mir jetzt voll zugewandt, ein anhaltender Blick fixierte mich eindringlich. Der Fahrer streckte seine behandschuhte rechte Hand aus und zielte mit dem Zeigefinger auf mich wie mit einem Pistolenlauf. Zwei imaginäre Kugeln wurden auf mich abgefeuert, einschließlich Rückstoß. Ich zeigte ihm im Gegenzug den Vogel. Gleich danach fragte ich mich, ob ich meine schnippische manuelle Entgegnung lieber für mich hätte behalten sollen. In Los Angeles sind schon aus nichtigerem Anlass Schießereien auf der Schnellstraße ausgebrochen. Plötzlich begann ich zu fürchten, dass er womöglich unten im Fußraum eine echte Waffe liegen hätte.

Ich trat mehrmals heftig aufs Gaspedal und drehte erneut den Zündschlüssel um. Wundersamerweise sprang der Motor hustend an. Ich legte den Leerlauf ein, trat fest aufs Gas und schaltete die Scheinwerfer ein, während ich den Motor hochjagte. Der Lieferwagen fuhr gerade am anderen Ende aus dem Parkplatz.

Ich fuhr rückwärts aus der Parklücke heraus, schaltete in den Vorwärtsgang und bog auf die Fahrspur ein, die in die entgegengesetzte Richtung führte. Dabei spähte ich in die Finsternis, um zu beobachten, wohin der Lieferwagen verschwunden war. Ich konnte mein Herz klopfen hören, als hätte die Angst das arme Organ hinauf zwischen meine Ohren gejagt. Ich kam an der markierten Ausfahrt an und fuhr langsam weiter, während ich die umliegenden Straßen danach absuchte, ob der Lieferwagen um den Block fuhr. Soweit ich sehen konnte, war die Straße leer. Eigentlich war ja nichts passiert. Jemand in einem vorbeifahrenden Lieferwagen hatte mich angesehen und mit einem ausgestreckten Zeigefinger und einer Daumenbewegung symbolisch auf mich geschossen. Ich nahm nicht an, dass der Vorfall weltweit Schlagzeilen machen würde.

Erst als ich schon halb durch die Stadt gefahren war, sah ich, wie der Lieferwagen einen halben Häuserblock weiter hinten auf die Straße einbog. Ich blickte in sämtliche Richtungen, sah aber weder andere Fahrzeuge noch Fußgänger. Zu dieser späten Stunde war Nota Lake verlassen. Sogar die Tankstellen waren geschlossen.

Ich erschauerte unwillkürlich und drehte die Heizung auf. Ich sehnte mich verzweifelt danach, es wieder warm zu haben und einen anderen Menschen zu sehen. Führten denn die Leute nicht ihre Hunde Gassi?

Musste kein Elternteil schnell Hustensaft für ein Kind besorgen? Ich wollte dem Fahrer des Lieferwagens zeigen, dass ich Hilfe hatte.

An der nächsten Straße bog ich links ab und fuhr drei Blocks weit, den Blick stets in den Rückspiegel gerichtet. Binnen Sekunden kam der Lieferwagen hinter mir um die Ecke gefahren und setzte seine Verfolgung fort. Ich fuhr sechs Blocks Richtung Westen und bog dann wieder nach links ab. Normalerweise habe ich eine Pistole in der Aktentasche, die in meinem VW hinter dem Rücksitz liegt. Doch das hier war ein Leihwagen, und als ich Santa Teresa verlassen hatte, war ich mit Dietz zusammen gewesen. Wozu sollte ich eine Waffe brauchen? Die einzige Herausforderung, die mir bevorstand, war, auf engem Raum mit einem Gehbehinderten zusammenzuwohnen.

Zwanghaft blickte ich alle paar Sekunden in den Rückspiegel. Der Lieferwagen war immer noch da. Falls der Fahrer des anderen Wagens mich jedoch nervlich zermürben wollte, wollte ich ihm nicht die Befriedigung einer offenkundigen Reaktion gönnen. Ich wollte nicht beschleunigen. Ich wollte nicht Fangen spielen. Ich bog noch einmal links ab und fuhr in gemessenem Tempo an den Häusern vorbei. Vor mir, kurz vor der Kreuzung, lag das Gemeindezentrum von Nota Lake mit dem Sheriffbüro. Daneben befand sich das Polizeirevier. Ich war mir aber gar nicht sicher, ob das Revier nach Mitternacht überhaupt noch besetzt war. Langsam kam ich zum Stehen, ließ aber die Scheinwerfer brennen und den Motor weiterlaufen. Der Lieferwagen hielt neben mir an, und der Fahrer wandte sich wie zuvor zur Seite, um mich anzustarren. Ich hätte schwören können, dass ein Grinsen durch den rot umrandeten Strickmund drang. Der Fahrer machte keine weitere Bewegung, und nach einem spannungsgeladenen Moment fuhr er weiter. Ich sah nach dem hinteren Nummernschild, doch es war mit Klebeband abgedeckt, und man konnte keine Ziffern erkennen. Der Lieferwagen wurde schneller, bog an der Kreuzung nach links ab und verschwand aus meinem Blickfeld. Ich merkte, wie ich durch den Adrenalinstoß innerlich zu glühen begann.

Ich wartete volle fünf Minuten, die mir allerdings wie eine Ewigkeit vorkamen. Ich musterte die Straße auf allen Seiten, falls sich jemand zu Fuß näherte. Das Gefühl der Beklommenheit war so handfest wie ein Fieberanfall. Erneut bemerkte ich Scheinwerfer hinter mir, und als ich in den Rückspiegel blickte, sah ich ein Fahrzeug langsam um die Ecke biegen. Ich lehnte mich auf die Hupe. Ein schrilles Jaulen drang durch die Nacht. Das andere Fahrzeug kam neben mir zum Stehen.

Jetzt sah ich, dass es James Tennyson von der Verkehrspolizei in seinem Einsatzwagen war. Er kurbelte das Fenster herunter. „Alles in Ordnung?“, fragte er.

Ich drückte einen Knopf am Armaturenbrett und ließ das Fenster auf der Beifahrerseite meines Wagens herunter. „Jemand ist mir gefolgt.“

„Warten Sie kurz“, sagte er. Er fuhr seinen Streifenwagen in eine Parklücke auf der anderen Straßenseite. Dann kam er zu meiner Seite herüber und beugte sich herunter, damit wir uns unterhalten konnten. „Was ist denn passiert?“

Ich schilderte ihm die Ereignisse und bemühte mich, weder etwas zu verzerren noch zu übertreiben. Ich wusste nicht, wie ich ihm die Panik vermitteln konnte, die ich empfunden hatte, ohne dumm zu erscheinen. Meiner Schätzung nach war er Mitte zwanzig, und ich vermutete, dass ich schon mehr handgreifliche Auseinandersetzungen mit angesehen hatte als er. Trotzdem war er ein uniformierter Beamter, und sein Anblick wirkte beruhigend.

„Tja, ich kann verstehen, was Sie beunruhigt. Mir kommt es auch unheimlich vor“, sagte er. „Vielleicht war es ein Typ, der in der Bar gesessen hat. Manchmal werden die Männer hier ein bisschen seltsam, wenn sie trinken. Klingt, als hätte er Sie abgepasst, als Sie auf den Parkplatz herauskamen.“

„Das habe ich mir auch gedacht.“

„Das Polizeirevier ist nachts geschlossen. Soll ich Sie nach Hause begleiten? Wäre mir ein Vergnügen.“

„Bitte“, sagte ich.

Er eskortierte mich die ganzen neun Kilometer zum Motel, wobei er vor mir herfuhr, damit ich seinen Streifenwagen im Blick behalten konnte. Der Lieferwagen war nirgends zu sehen. Bei Nota Lake Cabins angekommen, parkten wir nebeneinander, und er brachte mich zu meiner Hütte und wartete, während ich die Tür aufschloss und das Licht einschaltete. Ich wollte gerade die Räume durchsuchen, aber er streckte den Arm aus wie der Anführer der Sicherheitstruppe in der Grundschule. „Lassen Sie mich das machen.“

„Aber sicher. Kommen Sie nur herein.“

Er sah in den Wandschrank, hinter die Badezimmertür, sogar unter das Bett. „Scheint mir alles in Ordnung zu sein“, befand er schließlich. Er ließ seinen Blick auf meinem Gesicht ruhen. „Ich kann Sie auch woandershin bringen, wenn Ihnen das lieber ist. Wir haben Motels mitten im Ort, wo Sie sich vielleicht sicherer fühlen werden.“

Ich dachte kurz darüber nach. Ich war aufgedreht und erschöpft zugleich. Um diese Uhrzeit umzuziehen wäre absolut nervig. „Ist schon gut“, erwiderte ich. „Ich habe den Lieferwagen auf dem Weg hierher nicht gesehen. Vielleicht war es nur ein dummer Scherz.“

ICH SCHLIEF nicht besonders gut, doch als der Morgen dämmerte, war mir wohler. Ganze drei Minuten heißes Wasser waren mir vergönnt, bevor die Rohre zu rattern anfingen. Ich ging zur Landstraße hinaus und trat in einen Morgen aus eisigem Sonnenlicht und glasklarer Luft. Ich konnte Lehm und Kiefernnadeln riechen. Der Lieferwagen war nirgends zu sehen, niemand in einer Kapuzenmütze blieb stehen, um mich anzustarren. Ich frühstückte im Rainbow Café und sah der Schnellköchin zu, einer jungen Schwarzen, die ungemein tüchtig und konzentriert ans Werk ging.

Danach fuhr ich wieder zu Selma.

Ihre Schwägerin Phyllis war in der Küche. Die beiden arbeiteten am Küchentisch, der mit Papieren übersät war. Ich vermutete, dass sie die Sitzordnung für irgendeine Veranstaltung des Country Clubs aufstellten.

Selma sah zu mir auf. „Morgen, Kinsey. Was haben Sie heute vor? Sind Sie hier drinnen fertig?“

„Fast“, antwortete ich. Ich sah zu Phyllis hinüber und fragte mich, ob wir das Thema in ihrer Gegenwart besprechen sollten.

Selma bemerkte mein Zögern. „Keine Sorge. Schießen Sie los. Sie brauchen ihretwegen keine Bedenken zu haben. Sie weiß Bescheid.“

„Ich tappe immer noch im Dunkeln. Nicht, dass ich an Ihrer Geschichte zweifeln würde. Ich bin mir sicher, dass irgendetwas Tom Kopfzerbrechen bereitet hat. Man hat mir mehrfach erzählt, dass er nicht mehr der Alte war. Ich kann nur keinen einzigen Hinweis darauf finden, was ihn beunruhigt hat. Es ist frustrierend.“

Ich sah, wie sich die Enttäuschung über Selmas Miene legte. „Es sind ja erst zwei Tage“, murmelte sie.

„Ja, stimmt“, gab ich zu. „Und es besteht immer die Hoffnung, dass sich ganz unerwartet etwas ergibt, aber bis jetzt habe ich nichts gefunden.“ Ich überlegte, ob ich die Geschichte mit dem Lieferwagen erwähnen sollte, sah aber keinen Sinn darin. „Bis gleich“, sagte ich und ging zu Toms Arbeitszimmer.

In der Tür blieb ich stehen und starrte auf die Unordnung, die nach wie vor den Raum beherrschte. Nun war ich am Bodensatz angekommen, und es war schwer zu entscheiden, wo ich weitermachen sollte. Ich hatte jegliche Begeisterung für das Projekt verloren, das mir schmutzig und sinnlos vorkam. An der einen Wand hatte ich sechs Pappschachteln aufgereiht. Darin befanden sich die Unterlagen, die ich sortiert hatte: alte Einkommensteuererklärungen, Garantiescheine, Versicherungspolicen, Telefonrechnungen und Kreditkartenquittungen. Immer noch keine Spur von seinen Arbeitsnotizen.

Ich faltete eine neue Pappschachtel zusammen und legte noch mehr Papiere hinein. Nachdem ich den Schreibtisch abgeräumt hatte, konnte ich nun sehen, dass Toms Schreibtischauflage voller Kritzeleien war: Schnörkel, Telefonnummern, etwas, was nach Aktenzeichen von Fällen aussah, Termine, Namen und Adressen. Ich ging die Fläche Kritzelei für Kritzelei durch. Die Zeichnungen waren denen sehr ähnlich, die Jungs in der sechsten Klasse zu meiner Zeit geliebt hatten: Dolche, Blut und Pistolen, die dicke Kugeln abfeuerten. Das einzige sich wiederholende Element war ein dicker Strick, der wie die Schlinge an einem Galgen geformt war. Tom hatte zwei davon gezeichnet: einen mit einer durchgestrichenen Telefonnummer in der Mitte und einen zweiten mit einer Zahlenreihe, gefolgt von einem Fragezeichen. In einer Ecke der Schreibtischauflage befand sich ein von Hand gezeichneter Kalender des Monats Februar mit ordentlich eingetragenen Zahlen. Ich überprüfte den Kalender rasch und stellte fest, dass er nicht mit dem Februar dieses Jahres übereinstimmte. Der Erste fiel auf einen Sonntag, und die beiden letzten Samstage des Monats waren durchgestrichen. Ich nahm mir die Zeit, eine ausführliche Liste sämtlicher Telefonnummern und Aktenzeichen anzulegen.

Neugierig geworden, holte ich die Telefonrechnungen der letzten sechs Monate heraus, da ich hoffte, ich würde dort eine der Nummern finden. Ich wurde vorübergehend abgelenkt, als mir sieben Anrufe in das Gebiet mit der Vorwahl 805 auffielen, das sowohl Santa Teresa als auch das südlich davon gelegene Perdido County und San Luis Obispo im Norden umfasst. Eine Nummer erkannte ich als die des Sheriffbüros von Perdido County. Dazu kamen sechs Anrufe bei einer anderen Nummer im Abstand von jeweils etwa zwei Wochen. Das letzte Datum stammte von Ende Januar, wenige Tage vor seinem Tod. Ganz spontan nahm ich den Telefonhörer ab und wählte die Nummer. Nach dreimaligem Klingeln schaltete sich ein Anrufbeantworter ein, und eine Frauenstimme erzählte das Übliche. Ihre Stimme war kehlig und älteren Jahrgangs, doch darüber hinaus erhielt ich keine Informationen. Ich legte wieder auf. Vielleicht war sie eine Freundin von Selma. Ich notierte mir die Nummer und machte mich wieder daran, die Nummern auf den Telefonrechnungen mit den Nummern auf der Schreibtischauflage zu vergleichen.

Endlich hatte ich einen Erfolg zu verbuchen. Es sah ganz danach aus, als hätte Tom bei der Nummer angerufen, die ich durchgestrichen in einer der Schlingen entdeckt hatte, obwohl dort die Nummer ohne die Vorwahl 805 notiert worden war. Ich wählte nun meinerseits die Nummer, und am anderen Ende wurde abgenommen. „Gramercy. Mit wem darf ich Sie verbinden?"

„Das Gramercy Hotel in Santa Teresa?"

„Ja, Ma'am."

„Tut mir Leid. Dann habe ich mich verwählt."

Ich legte auf. Das war nun wirklich seltsam. Das Gramercy Hotel war eine miese Absteige an der unteren State Street. Warum sollten die Newquists dort anrufen? Ich umringelte die Nummer in meinen Aufzeichnungen, setzte ein Fragezeichen dahinter und packte dann weiter ein.

Um zehn Uhr legte ich eine Pause ein, um die Beine auszustrecken. Danach musste ich noch die unteren Fächer eines Wandschranks ausräumen, die hinter zwei breiten Türen verborgen waren. Ich ließ mich auf alle viere hinab. Die Lagerfläche war so geräumig, dass ich mit dem Kopf hineintauchen musste, um bis in die hintersten Ecken zu kommen. Ich hievte zwei Kisten hervor, blieb gleich auf dem Fußboden sitzen und sah ihren Inhalt durch.

Oben auf der zweiten Kiste stieß ich auf zwei dicke blaue Ringbücher, die viel versprechend aussahen. Offensichtlich hatte Tom Kopien der meisten Berichte aus den Unterlagen des Sheriffbüros angefertigt. Vor mir lag ein Berg unaufgeklärter Kriminalfälle, bei denen die Ermittlungen noch nicht endgültig eingestellt worden waren, obwohl manche davon schon viele Jahre alt und die Kopien vergilbt waren. Ich blätterte sie interessiert durch. Sie umfassten die Kriminalität in Nota Lake von 1935 bis heute.

„Kinsey?" Phyllis stand in der Tür.

„Sie haben mich vielleicht erschreckt", sagte ich. „Ich habe Sie gar nicht hereinkommen hören."

„Tut mir Leid. Ich gehe jetzt nach Hause. Kann ich Sie kurz sprechen?"

„Sicher. Kommen Sie nur herein."

„Ungestört", fügte sie hinzu und drehte sich auf dem Absatz um.

5

Ich richtete mich auf und folgte ihr den Flur entlang. Hinter uns konnte ich Selma am Telefon mit jemandem plaudern hören. Phyllis öffnete die Haustür, und wir gingen auf die Veranda hinaus. Die Kälte war wie ein eisiger Windstoß. Der Himmel hatte sich zugezogen, und in der Ferne wallten schwere graue Wolken die Berge herab.

Ich verschränkte die Arme, um möglichst viel Körperwärme zu bewahren. „Frieren Sie nicht?“, fragte ich Phyllis, die vor mir stand, die nackten Arme in einer dünnen Baumwollbluse, während ihr der Rock gegen die bloßen Beine wehte.

Sie machte eine wegwerfende Handbewegung, als wischte sie die bittere Kälte beiseite. „Das bin ich gewöhnt.“ Dann kam sie zur Sache. „Sie wissen ja, dass Macon und Tom sich seit jeher nahe standen, und als Tom Selma geheiratet hat, haben wir ihm alles Gute gewünscht. Tom war ein wunderbarer Mann.“

„Das bestätigt jeder. Ja, die meisten Leute scheinen ihn sogar sympathischer zu finden als sie“, sagte ich.

„Oh, Selma hat ihre guten Seiten. Ich würde zwar nicht sagen, dass wir Freundinnen sind, aber man kann die Schwächen von jemandem erkennen und ihn trotzdem aufgrund seiner besseren Eigenschaften mögen.“

„Unbedingt“, bekräftigte ich und bat sie im Stillen, sich zu beeilen.

„Im September sind Tom und Macon zu einer Schusswaffenausstellung nach Los Angeles gefahren, und ich habe sie begleitet. Selma hat sich nicht besonders dafür interessiert, und sie hatte irgendeine große Veranstaltung am selben Wochenende, deshalb ist sie nicht mitgekommen. Jedenfalls habe ich Tom zufällig mit dieser Frau gesehen, und ich weiß noch, wie ich dachte: Oha! Wissen Sie, was ich meine? Irgendetwas daran kam mir nicht ganz koscher vor. Sagen wir es mal so: Diese Person war interessiert.“

Leiser Ärger wallte in mir auf. „Phyllis, ich wünschte, Sie hätten mir das schon früher gesagt. Ich habe mich da drinnen durch den ganzen Schrott gewühlt, und nun entnehme ich Ihren Worten, dass Toms ‚Problem‘ überhaupt nichts mit Papieren zu tun hatte.“

„Aber das ist auch schon alles, was ich weiß. Ich habe Macon nach der Frau gefragt, und er hat gesagt, sie sei Ermittlungsbeamtin in einem Sheriffbüro drüben an der Küste. In Perdido, glaube ich. Jedenfalls riet mir Macon, den Mund zu halten. Selma hatte eine große Feier zum

Hochzeitstag im Country Club geplant, und ich dachte die ganze Zeit, wenn Tom nun etwas mit einer anderen hätte ..."

„Sie haben es ihr also gesagt", legte ich ihr in den Mund.

Phyllis verzog das Gesicht. „Nein, hab ich nicht. Plötzlich war Tom tot und Selma außer sich. Seitdem fühle ich mich entsetzlich. Wenn ich ihr gesagt hätte, was ich vermutete, hätte sie ihn gleich zur Rede stellen und die Sache beenden können."

„Wissen Sie definitiv, dass er eine Affäre hatte?"

„Eigentlich nicht. Das ist es ja."

Die Haustür ging mit einem Ruck auf, und Selma streckte den Kopf heraus. „*Da* seid ihr. Ich dachte schon, ihr zwei wärt abgehauen und hättet mich sitzen lassen. Was macht ihr denn?"

„Wir haben nur geplaudert", antwortete Phyllis, ohne zu zögern. „Sie war so nett, mich hinauszubegleiten."

„Sie ist ja ganz erfroren. Lass die Ärmste mal reinkommen und auftauen, du liebe Güte!"

Dankbar huschte ich ins Haus, während die beiden die nächste Arbeitssitzung für den morgigen Vormittag besprachen. Ich ging in die Küche, wo ich mir die Hände wusch. Ich hätte mir denken sollen, dass eine andere Frau mit im Spiel war. Das könnte erklären, warum Toms Kumpel ihn so schützten. Außerdem könnte es die sechs Anrufe mit der Vorwahl 805 bei der Unbekannten erklären, deren Bandansage ich abgehört hatte.

Kurz darauf kam Selma ganz aufgeregt herein. „Also, wenn das nicht der Gipfel ist! Ich kann es gar nicht glauben. Phyllis hat mir gerade von einer Dinnerparty erzählt, die demnächst hier in der Nachbarschaft stattfindet. Aber bin ich etwa eingeladen? Natürlich nicht", sagte sie. „Als Tom noch gelebt hat, waren wir überall dabei – bei Cocktailpartys, Essenseinladungen, Tanzabenden im Club. Wir haben immer zur Gesellschaft gehört, aber jetzt sitze ich Abend für Abend hier, und das Telefon klingelt kaum einmal, es sei denn wegen Wohltätigkeitsarbeit. Sklavenarbeit nenne ich das! Die gute alte Selma ist ja immer für ein Komitee zu haben."

„Aber Selma, es ist doch erst sechs Wochen her! Vielleicht bezeugen die Leute ihren Respekt, indem sie Ihnen Zeit zum Trauern lassen."

„So würden es die anderen sicher auch darstellen", erwiderte sie spitz. Dann schüttelte sie ihre Missstimmung ab. „Schluss damit. Kann ich Ihnen einen Happen zum Mittagessen anbieten? Ich mache Suppe heiß und könnte uns überbackene Käsesandwiches grillen."

„Klingt prima“, sagte ich. Mittlerweile mit der Küche vertraut, öffnete ich den Geschirrschrank und nahm Suppentassen und Teller heraus. „Kommt Brant auch zum Essen?“

„Das bezweifle ich. Er ist noch in seinem Zimmer und liegt vermutlich im Tiefschlaf. Er geht dreimal die Woche zum Fitnesstraining, daher schläft er die Vormittage dazwischen gerne aus. Lassen Sie mich mal nachsehen.“ Sie verschwand kurz und kehrte kopfschüttelnd zurück. „Er kommt gleich“, erklärte sie.

Während Selma die Suppe warm machte und die Sandwiches grillte, informierte ich sie über die Schritte, die ich bereits unternommen hatte. Beim Erzählen klangen meine Bemühungen kümmerlich. Aufgrund dessen, was mir Phyllis anvertraut hatte, eröffnete sich mir nun ein neuer Weg, auf dem ich ermitteln konnte. Aber ich wollte nichts davon verlauten lassen, solange ich es nur mit Vermutungen zu tun hatte. Selma hatte die Möglichkeit einer anderen Frau nie in Betracht gezogen.

Brant kam, als wir uns gerade zum Essen setzten. Er trug Jeans und Cowboystiefel, und sein knappes weißes T-Shirt brachte den Erfolg seines Krafttrainings besonders zur Geltung. Selma verteilte Suppe in jede Tasse und halbierte die Sandwiches, von denen sie jedem eines auf den Teller legte.

Wir begannen in jener Stille zu essen, die ich leicht beklemmend finde. „Was hat Sie eigentlich auf die Idee gebracht, Sanitäter zu werden?“, fragte ich.

Ich hatte Brant mit vollem Mund erwischt. Er lächelte verlegen, während er sich die Hälfte des Bissens in die Backe schob. „Ich hatte Freunde bei der Feuerwehr, daher habe ich einen halbjährigen Kurs belegt. Ich glaube, Tom hat gehofft, ich würde im Sheriffbüro anfangen, aber das war nicht mein Fall. Ich mag meine Arbeit. Wissen Sie, es ist immer irgendwas los.“

Ich nickte. „Ist der Job das, was Sie erwartet haben?“

„Klar. Nur dass es mehr Spaß macht“, antwortete er.

Ich hätte ihn vielleicht noch weiter ausgefragt, wenn ich nicht bemerkt hätte, wie er auf die Uhr sah. Er stopfte sich den Rest des Sandwichs in den Mund, stand vom Tisch auf und drückte seiner Mutter einen hastigen Kuss auf die Wange. „Ich glaube, ich fahre nach Independence runter und besuche Sherry.“

„Kommst du heute Abend zurück?“

„Darauf würde ich mich nicht verlassen“, meinte er.

„Fahr vorsichtig.“

„Es sind ganze fünfunddreißig Kilometer. Das werde ich wohl noch schaffen.“ Er schnappte sich die restlichen Plätzchen vom Teller und steckte sich grinsend eines davon in den Mund. „Back lieber noch ein paar Plätzchen. Die hier waren nicht genug“, sagte er. „Bis später dann.“

SELMA verließ nach dem Mittagessen das Haus, und so kam ich nicht mehr dazu, das Thema anzusprechen, das mir inzwischen auf den Nägeln brannte – nämlich eine kurze Fahrt nach Santa Teresa, um mein Auto zu holen. Ich hatte den Leihwagen nun seit über drei Wochen, und die Kosten stiegen mit jedem Tag. Dazu kam die Geschichte mit der Ermittlerin aus dem Sheriffbüro, der ich nachgehen könnte, wenn ich erst einmal zu Hause wäre.

Unterdessen war es an der Zeit, mich mit der Polizei von Nota Lake zu unterhalten. Ich hielt es für klüger, den Vorfall vom vergangenen Abend zu Protokoll zu geben. Also schlüpfte ich in meine Lederjacke, nahm meine Umhängetasche und ging. Das Polizeirevier von Nota Lake lag in einem unscheinbaren einstöckigen Gebäude. Der Dienst habende Beamte war M. Corbet, ein Mann Mitte vierzig mit einem weichen, runden Gesicht. Da ich meine Glaubwürdigkeit untermauern wollte, bevor ich ihm mein Erlebnis mit dem Lieferwagen schilderte, gab ich ihm meine Visitenkarte. Officer Corbet war höflich, aber ich sah ihm geradezu an, dass die Geschichte über jemanden, der mich aus einer Kapuzenmütze heraus penetrant anstarrte, nicht als gravierender Fall behandelt werden würde. Er nahm meinen Bericht auf und klopfte mit den Fingern auf den Tresen. Dann sagte er: „Ich kenne jemanden mit so einem Lieferwagen.“

„Wirklich?“, sagte ich überrascht.

„Ja, Ma'am. Klingt nach Ercell Riccardi. Er wohnt gleich hier um die Ecke. Vielleicht möchten Sie mal einen Blick auf den Wagen werfen. Ercell lässt ihn immer draußen stehen, wenn er ihn nicht benutzt.“

„Mit den Schlüsseln im Zündschloss?“

„Ja, Ma'am. Ich schätze, er hat vor fünf, sechs Jahren damit angefangen. Wir hatten eine Reihe von Autoaufbrüchen, eine Bande von Jugendlichen, die Kassettenrekorder geklaut und Spritztouren gemacht haben. Ercell hatte die Nase voll davon, immer wieder die Stereoanlage zu ersetzen. Jetzt lässt er den Wagen offen stehen, mit den Schlüsseln im Zündschloss und einem Zettel am Armaturenbrett, auf dem steht: ‚Bitte wieder in die Einfahrt stellen, wenn Sie fertig sind.‘“

„Also nehmen sich die Leute seinen Lieferwagen, wann immer sie Lust dazu haben?“

„Passiert nicht allzu oft. Gelegentlich pumpt ihn sich jemand, aber alle bringen ihn wieder zurück."

„Ich sehe ihn mir mal an."

Wieder auf der Straße, schob ich die Hände in die Jackentaschen und marschierte um die Ecke. Sobald ich auf die Lone Star gelangte, sah ich den schwarzen Lieferwagen. Vorsichtig ging ich auf ihn zu, ging um ihn herum, fuhr mit dem Finger über das Nummernschild und musterte dessen Oberfläche, auf der ich Reste eines Klebebands erkennen konnte.

Ich trat wieder den Rückweg an. Als ich an meinem Mietwagen ankam, erwartete mich Macon Newquist, der seinen Streifenwagen dahinter am Straßenrand geparkt hatte. Er lächelte. „Hallo! Hab ich mir doch gedacht, dass das Ihr Auto ist. Wie läuft's denn?"

„Gut. Einen Moment lang dachte ich schon, Sie wollten mir einen Strafzettel verpassen."

„Keine Sorge." Er verschränkte die Arme und lehnte sich mit einer Hüfte an meinen Mietwagen. „Übrigens, Phyllis hat diese Geschichte von der Waffenausstellung erwähnt."

Ich überlegte mir meine Antwort gut. Phyllis hatte wohl Schuldgefühle bekommen, weil sie mir davon erzählt hatte, und alles gebeichtet, sowie sie nach Hause kam. „Sie hat nebenbei etwas erwähnt. Ich habe gar nicht besonders darauf geachtet."

„Ich möchte nicht, dass Sie einen falschen Eindruck bekommen. Dass Tom mit der Frau gesprochen hat, das war rein beruflich."

„Das überrascht mich nicht. Wissen Sie, wie sie heißt?"

„Nein. Ich weiß nur, dass sie Ermittlerin im Sheriffbüro ist."

„Wissen Sie zufällig, in welchem Bezirk?"

„Nicht aus dem Stegreif. Könnte Kern oder San Benito gewesen sein, ich weiß nicht mehr, was er gesagt hat. Ich habe schon gemerkt, dass Phyllis die beiden mit Argusaugen beobachtet hat, und ich möchte nicht, dass Sie etwas Falsches denken. Irgendwelchen Klatsch über Tom ist das Letzte, was Selma jetzt brauchen kann."

„Ganz meiner Meinung. Glauben Sie mir, ich würde mit so etwas nie verantwortungslos umgehen."

„Das ist schön. Freut mich zu hören. Tom wurde von allen bewundert. Falls es etwas Anstößiges in seinem Leben gab ..., dann werden das die Leute nicht über ihn wissen wollen. Nehmen Sie zum Beispiel jemanden wie Margarets Mann. Ich glaube, Sie haben im Tiny's mit ihm gesprochen. Hatch war ein Schützling von Tom, und der andere Mann, Wayne, ist von Tom aus einer schlechten Pflegefamilie herausgeholt worden. Verstehen

Sie, worauf ich hinauswill? Sie können nicht herumlaufen und diese Leute fragen, wie Tom war. Sie nehmen es nicht besonders gut auf."

„Danke für die Warnung."

„Ich würde es nicht als Warnung bezeichnen. Ich sage lediglich, nichts überstürzen und nicht grundlos Ärger heraufbeschwören."

„Das würde mir nicht im Traum einfallen."

ICH FUHR zum Hotel zurück, machte allerdings einen kurzen Abstecher zum Rainbow Café, wo ich mir eine Tüte Chips und eine Dose Pepsi besorgte. Ich aß, um mich zu trösten, aber das half mir auch nicht weiter. Ich hatte seit drei Wochen nicht mehr gejoggt und spürte, wie mein Hintern mit jedem Bissen, den ich zu mir nahm, dicker wurde. Die junge Schwarze, die an den Grillplatten arbeitete, machte gerade Pause und sah sich auf einem kleinen Farbfernseher, der am Ende des Tresens stand, den Wetterbericht an. Sie war schlank und gut aussehend, und ihr Gesicht wurde von kringeligen Korkenzieherlocken eingerahmt. Ich sah sie kurz die Stirn runzeln. „O Mann! Wo ist denn der Frühling hingekommen?", sagte sie zu niemand im Besonderen.

Die Wetterkarte zeigte Sturmgebiete. Ich hatte gehofft, mich morgen auf den Nachhauseweg zu machen, aber ein schwerer Schneesturm könnte dazu führen, dass die Bergpässe geschlossen wurden. Überdies hatte der Mietwagen keine Schneeketten, und ich hatte wenig Erfahrung damit, unter gefährlichen Bedingungen zu fahren.

Wieder in der Hütte angelangt, tippte ich meine Notizen zu Ende und übersetzte all die sinnlosen Aktivitäten in die förmlich klingende Sprache eines schriftlichen Berichts. Die nach wie vor unbekannte Ermittlerin aus dem Sheriffbüro, die sich für Tom Newquist interessiert hatte oder auch nicht, unterschlug ich dabei geflissentlich.

Um zwei Uhr schloss ich die Hütte hinter mir ab und ging zu meinem Wagen. Cecilia musste aus dem Fenster gesehen haben, da sie genau in dem Moment, als ich vorbeiging, an die Scheibe klopfte und mir zuwinkte. Sie kam an die Tür und hielt einen Zettel hoch. „Für Sie ist ein Anruf gekommen. Alice möchte, dass Sie sich bei ihr melden. Ich habe die Nummer diesmal aufgeschrieben, aber in Zukunft soll sie versuchen, Sie bei Selma zu erreichen. Ich leite hier ein Motel, keinen Auftragsdienst."

Ihr ärgerlicher Tonfall veranlasste mich zu einer Gegenklage. „Ach, übrigens, wo ich Sie gerade treffe: Glauben Sie, Sie könnten vielleicht ein bisschen heizen? Die Hütte ist nahezu unbewohnbar; ich friere bald ein", sagte ich.

Ein Anflug von Wut zog über ihre Miene. „Am ersten März wird hier draußen die Heizung abgestellt. Ich kann nicht einfach eine Lieferung Heizöl herbeipfeifen, bloß weil ein paar Kurzurlauber hier Krach schlagen wollen.“ Cecilia versetzte der Tür einen kleinen Stoß, als sie wieder hineinging. Falls mir noch jemand telefonisch etwas ausrichten wollte, würde ich wohl Pech haben.

Ich ging an das Münztelefon und warf Geld in den Schlitz. Alice nahm beim vierten Klingeln ab.

„Hallo, Alice. Kinsey Millhone. Ich habe Ihre Nachricht bekommen. Sind Sie in der Arbeit oder zu Hause?“

„Zu Hause. Ich muss erst um vier im Tiny's sein. Hören Sie, ich weiß nicht, ob Ihnen das weiterhilft, aber ich sag's Ihnen einfach mal. Die Kellnerin, die an der Theke im Rainbow arbeitet, ist eine gute Freundin von mir. Sie heißt Nancy. Sie sagt, Tom sei an jenem Abend gegen neun reingekommen. Sie können selbst mit ihr sprechen, wenn Sie wollen.“

„Ist das die Schwarze?“

„Nee, nee. Das ist Barrett, Rafer LaMotts Tochter. Nancy arbeitet auch noch an der Kasse. Braunes Haar, Vierzigerin.“

„Was hat sie sonst noch gesagt? War er allein oder in Begleitung?“

„Sie meint, er sei allein gewesen, er habe gegessen und sei gegen halb zehn wieder gegangen, als sie gerade die Abrechnung machte. Wie gesagt, womöglich hat es gar nichts zu bedeuten, aber sie sagt, sonst sei er nie um diese Zeit gekommen. Sie wissen ja, als er gefunden wurde, war er draußen auf dem Highway 395, aber er war in Richtung Berge unterwegs, nicht zu sich nach Hause.“

„Daran kann ich mich erinnern“, sagte ich. „Der Leichenbeschauer hat erwähnt, dass Tom kurz zuvor gegessen hatte. Selma zufolge hätte er an dem Abend zu Hause sein sollen. Haben Sie je Gerüchte über Tom und eine andere Frau gehört?“

Sie stieß ein bellendes Lachen aus. „Tom? Sie machen wohl Witze? Er war total verklemmt in puncto Sex. Wie kommen Sie auf die Frage?“

„Ich habe mir überlegt, ob er vielleicht zu einem Rendezvous ins Rainbow gekommen ist.“

„Oh, ein *Rohndez-vuus!* Das ist stark. Hören Sie, wenn Sie in dieser Stadt fremdgehen, sollten Sie sich lieber woanders treffen, wenn Sie nicht wollen, dass es jeder mitkriegt. Warum sollte er das Risiko eingehen, dass seine Schwester auftaucht? Cecilia mag zwar Selma nicht besonders, aber sie hätte ihn trotzdem verpfiffen. So funktionieren die Leute hier nämlich.“

„Ich nehme an, über mich wird auch geredet. Tut irgendjemand aufgeregt?"

„Ach, Gemecker hier und da, aber soweit ich gehört habe, ist es nichts Ernstes. Ein paar Typen haben sich gefragt, ob Sie verheiratet sind. Denen ist wohl aufgefallen, dass Sie keinen Ehering tragen."

„Offen gestanden habe ich meinen Ring abgenommen, um den Brillanten neu fassen zu lassen."

„Schwachsinn."

„Nein, ehrlich. Mein Mann ist ein *Riese.* Schluckt ständig Anabolika, daher ist er wahnsinnig reizbar. Er würde jedem den Kopf abreißen, der mich nur anrührt."

Sie lachte. „Ich wette, Sie sind in Ihrem ganzen Leben noch keinen einzigen Tag verheiratet gewesen."

„Alice, Sie würden sich wundern."

WIE VORHERGESAGT, wurde das Wetter schlecht, als das Sturmtief heranrückte. Der Himmel ging von Blau zu einem nebligen Dunkelgrau über, das den Tag so düster wirken ließ wie bei einer Sonnenfinsternis.

Meinen Nachmittag verbrachte ich folgendermaßen: Ich ging in den Copyshop, wo ich Kopien meines getippten Berichts und mehrere kopierte Ausschnittsvergrößerungen der Porträtaufnahme von Tom Newquist anfertigte. Ich warf Originalfoto und Bericht in Selmas Briefkasten. Nun musste ich noch mehrere Stunden totschlagen, bevor ich mich mit Anstand zurückziehen konnte. Mit der Zeit wurde mir langweilig, außerdem wollte ich mich aufwärmen. Nota Lake hatte kein Kino, keine Stadtbibliothek und keine Kegelbahn. Ich ging in die einzige Buchhandlung, erstand zwei Taschenbücher, kehrte in meine Hütte zurück, kroch unter einen Stapel Decken und las nach Herzenslust.

Um sechs schlüpfte ich in meine Jacke und ging zum Rainbow Café hinüber. Ich aß ein Weizentoast-Sandwich mit Speck, Salat und Tomate und plauderte beiläufig mit Nancy, während sie meine Rechnung eintippte, um sicherzugehen, dass Alice alles wahrheitsgetreu wiedergegeben hatte.

Um fünf nach halb sieben kehrte ich in die Hütte zurück, las das erste Buch durch, legte es beiseite und griff nach dem zweiten. Erschöpft von meinem harten Tagwerk, erhob ich mich um zehn, putzte mir die Zähne, wusch mein Gesicht und stieg wieder ins Bett, wo ich auf der Stelle einschlief.

Ein Geräusch durchdrang meinen klebrig-zähen Traum. Ich kämpfte mich langsam schwimmend aufwärts, mein Körper mit dunklen Bildern und den ganzen bleiernen Szenarien des Schlafs befrachtet. Ich schlug die Augen auf. Nota Lake stahl sich in mein Bewusst sein zurück, und die Hütte war so kalt, dass ich genauso gut im Freien hätte schlafen können. Was hatte ich gehört? Das kaum vernehmbare Kratzen von Metall auf Metall ..., aber nicht das Geräusch eines Schlüssels ..., eventuell ein Dietrich, der ins Türschloss geschoben wird. Die Angst durchzuckte mich wie eine Feuerwerksrakete. Ich schlug die Decken beiseite und steckte die Füße in meine Schuhe.

Ich blieb stehen, wo ich war, mittlerweile auf die Stille eingestellt. Selbst in der tiefsten Provinz herrscht keine vollkommene Dunkelheit. Ich konnte die Blöcke helleren Graus erkennen, die die Fenster auf drei Seiten bildeten. Ich sah zum Bett zurück. Hastig arrangierte ich die Kissen so, dass sie eine rundliche Körperform ergaben, die ich wieder zudeckte. Dann schlich ich zur Tür hinüber und versuchte, die Kratzgeräusche des Eindringlings über mein Herzklopfen hinweg zu vernehmen. Ich tastete am Türrahmen entlang. Es gab keine Sicherheitskette. War das Schloss erst einmal geknackt, stand also nichts mehr zwischen mir und meinem nächtlichen Besucher. Obwohl es dunkel war, zeichneten sich nach und nach die Umrisse im Innern der Hütte ab. Ich ging die Einzelheiten im Gedächtnis durch und suchte dabei irgendwo in der primitiven Einrichtung nach einer Waffe. Bett, Stuhl, Tisch, Duschvorhang. Ich hielt auf meiner Seite der Tür die Finger auf dem Schloss, um zu verhindern, dass es sich drehte. Vielleicht würde der Kerl annehmen, dass das Schloss klemmte. Auf der anderen Seite der Tür vernahm ich nun ein leises Tappen, als mein Besucher sich zurückzog, um sich eine andere Möglichkeit zum Eindringen zu suchen. Auf Zehenspitzen holte ich einen hölzernen Stuhl, schob die Stuhllehne unter den Knopf und klemmte die Stuhlbeine gegen den Fußboden. Lange würde das nicht halten, aber es bremste ihn vielleicht ein wenig.

Waren die Fenster verschlossen? Ich konnte mich nicht erinnern. Ich ging von Fenster zu Fenster und tastete nach den Riegeln. Sie schienen alle gesichert zu sein. Ein schmaler Spalt in den Vorhängen ließ mich einen kleinen Ausschnitt der Umgebung erspähen. Kein Verkehr auf der Landstraße. Kein Licht in den benachbarten Hütten. Zur Linken nahm ich eine Bewegung wahr, als jemand um die Seite der Hütte zu ihrer Rückseite verschwand.

Geräuschlos durchquerte ich den Raum und betrat die dunkleren Umrisse des Badezimmers. Ich fasste nach dem Duschvorhang, der an mehreren Ringen von einer runden Metallstange hing. Mit den Fingern betastete ich die Halter, die an beiden Seiten der Duschkabine in die Wand geschraubt waren. Vorsichtig nahm ich die Stange aus den Schlitzen und schob den Vorhang Ring für Ring herunter. Als ich sie schließlich in der Hand hielt, wurde mir klar, dass die Stange nutzlos war: zu wenig Gewicht und zu leicht zu verbiegen. Ich brauchte eine Waffe, aber was besaß ich schon? Ich musterte das Milchglas des Badezimmerfensters. In der Mitte waren Kopf und Schultern des Eindringlings zu erkennen. Er hielt die Hände gegen das Glas, um besser hereinsehen zu können. Es musste frustrierend sein festzustellen, dass die Dunkelheit undurchdringlich war. Ein winziges Geräusch, vielleicht das leise Kratzen eines Klauenhammers, der in den Spalt zwischen Scheibe und Rahmen gezwängt wurde.

Fieberhaft ging ich in Gedanken sämtliche Gegenstände in der Hütte durch in der Hoffnung, auf etwas zu kommen, das ich als Waffe benutzen konnte. Toilettenpapier, Teppich, Kleiderbügel, Bügelbrett. *Bügeleisen!* Ich stellte die Vorhangstange vorsichtig beiseite, um kein Geräusch zu machen. Dann schlich ich zum Wandschrank und nahm das Bügeleisen vom oberen Brett. Ich behielt den Stecker in der Hand, während ich das Kabel abwickelte. Blind tastete ich nach der Steckdose neben dem Waschbecken, steckte das Bügeleisen ein und drehte den Temperaturregler so weit hoch, wie es ging. Ich blickte wieder zum Fenster. Die Silhouette von Kopf und Schultern war nicht mehr zu sehen.

Sachte bahnte ich mir den Weg durchs Zimmer zur Tür und presste mein Ohr ans Türschloss. Ich hörte, wie der Dietrich wieder ins Schloss geschoben wurde. Dann vernahm ich, wie sich der winzige Drehmomentschlüssel zu seinem Gegenstück gesellte und die zwei Metallstifte über die Zuhaltungen krochen. Hinter mir konnte ich das Bügeleisen aus dem Badezimmer ticken hören, während es sich erhitzte. Ich sehnte mich danach, das Gewicht des Eisens in der Hand zu fühlen, wagte aber noch nicht, den Stecker aus der Dose zu ziehen. Mein Herz hämmerte heftig gegen meinen Brustkorb.

Mir war noch niemand begegnet, der mit Handschuhen einen Dietrich hätte bedienen können, also durfte ich vermuten, dass er mit bloßen Händen ans Werk ging. Ich legte die rechte Hand sachte auf den Türknopf. Ich spürte, wie er sich unter meinen Fingern drehte. Der Stuhl blieb an Ort und Stelle, während ich einen schnellen Spitzentanz durch den Raum ins Badezimmer vollführte. Ich fühlte die Hitze, die das Bügeleisen ausstrahlte, als ich den Stecker aus der Wand zog. Ich schlang die Finger um seinen Griff und kehrte an die Tür zurück, wo ich meinen Wachposten wieder bezog. Mein nächtlicher Besucher war jetzt gerade dabei, die Tür aufzudrücken. Verstohlen wie eine Spinne kamen seine Finger um den Türrahmen gekrochen. Ich machte einen Satz nach vorn, das Eisen in der vorgestreckten Hand, aber er war schneller als erwartet. Ich erwischte ihn zwar, allerdings erst, als er die Tür bereits aufgetreten hatte. Der Stuhl flog an mir vorbei. Ich roch den beißenden Gestank verbrannter Wolle. Erneut drückte ich das Eisen gegen ihn. Diesmal roch ich versengtes Fleisch. Er stieß einen wüsten Fluch aus – kein Wort, sondern einen Aufschrei.

Gleichzeitig holte er aus und traf mich mit der Faust ins Gesicht. Aus der Balance geraten, stolperte ich rückwärts. Das Eisen flog mir aus der Hand und schlitterte lärmend über den Fußboden. Er war schnell. Bevor ich mir über die Situation im Klaren war, hatte er mir die Füße weggetreten. Ich fiel um. Er drehte mir den Arm auf den Rücken und presste mir sein Knie ins Kreuz. Mir war klar, dass ich binnen Minuten bewusstlos werden würde, wenn er nicht lockerließ. Ich bekam nicht genügend Luft in die Lungen, um einen Ton von mir zu geben. Jede Bewegung war eine Qual. Ich roch den Schweiß der Anspannung, wusste aber nicht, ob es seiner oder meiner war.

Sehen Sie? Das ist genau die Art von Augenblick, die ich gemeint habe. Da lag ich nun mit dem Gesicht nach unten auf Cecilia Bodens schäbigem Flickenteppich, von einem Kerl, der mir mit massiver körperlicher Gewalt drohte, außer Gefecht gesetzt. Hätte ich diese bedauerliche Entwicklung an dem Tag vorausgesehen, als ich Carson City verließ, hätte ich den Mietwagen abgegeben und wäre nach Hause geflogen. Aber woher hätte ich das wissen sollen?

Unterdessen befanden sich der Eindringling und ich an einem toten Punkt, während er sich überlegte, was für eine Strafe er mir zukommen lassen sollte. Der Kerl würde mir wehtun, daran bestand kein Zweifel. Er war jetzt stocksauer, von Wut ganz berauscht, und er atmete schwer und heiser. Ich versuchte, mich zu entspannen und mich zugleich auf das Unvermeidliche einzustellen.

Mein Angreifer wich halb von mir zurück und drosch mir sein Knie in den Brustkorb, sodass ich keine Luft mehr bekam. Er packte meinen rechten Zeigefinger und knickte ihn mit einer raschen Bewegung seitlich ab, sodass er mir den Finger ausrenkte. Das Geräusch klang wie das hohle Knacken einer rohen Karotte, die in zwei Teile zerbrochen wird. Ich hörte mich einen Schreckenslaut ausstoßen, als er nach dem nächsten Finger griff und den Knöchel im Gelenk zur Seite klappte. Ich merkte, dass beide Finger nun in einem unnatürlichen Winkel zum Rest meiner Hand abstanden. Mein Angreifer versetzte mir erneut einen Tritt. Dann hörte ich ihn schwer atmen, während er über mir stand und auf mich herabstarrte.

Ich drückte mein Gesicht gegen den Teppich und empfand absurde Dankbarkeit, als er darauf verzichtete, mich noch einmal zu treten. Eilig durchquerte er die Hütte. Ich hörte ihn hinter sich die Tür zuknallen und das gedämpfte Geräusch seiner Schritte, die immer leiser wurden.

Ich rollte mich auf den Rücken und umfasste meinen rechten Arm. Ich merkte, wie meine Hände bebten und ich unwillkürlich leise stöhnte. Der Schweiß war mir ausgebrochen, und durch meinen Körper strömte so viel Hitze, dass ich fürchtete, mich übergeben zu müssen. Im selben Augenblick begann ich zu zittern. Ich war schon lange nicht mehr verletzt worden und hatte fast vergessen, was für ein Gefühl es war, vom Schmerz übermannt zu werden.

Ich hielt mir die Hand schützend vor die Brust, drehte mich zur Seite und richtete mich mühsam auf. Ich wimmerte wie ein Kätzchen. Ich schaltete das Deckenlicht ein und sah auf meine Hand hinab. Zeige- und Mittelfinger standen im Dreißiggradwinkel ab. Der Anblick drehte mir fast den Magen um. Neben dem Bett entdeckte ich meine Tasche. Ich nahm sie, griff nach meiner Jacke und legte sie mir wie einen Schal um die Schultern. Ordnungsliebend, wie ich bin, richtete ich den Stuhl auf und stellte das Bügeleisen in den Schrank. Dann ging ich los, um Hilfe zu holen.

6

Cecilia wählte die Notrufnummer und meldete den Einbruch mit Überfall. Der Dienst habende Beamte sagte, er werde einen Krankenwagen schicken, aber Cecilia versicherte ihm, sie habe mich ebenso schnell ins Krankenhaus gefahren, wie die Sanitäter brauchen würden, bis sie hier wären. Sie schlüpfte in Jogginganzug, Mantel und Turnschuhe und setzte mich in ihr Auto. Ich muss ihr zugute halten, dass sie über meine Verletzung ehrlich besorgt zu sein schien, da sie mich gelegentlich tätschelte und Dinge sagte wie: „Ganz ruhig jetzt. Es wird alles wieder gut. Wir sind gleich da."

Ich empfand keinen Schmerz mehr. Irgendein natürliches Betäubungsmittel war durch meinen Kreislauf geflossen und hatte mich ganz benommen gemacht. Ich lehnte den Kopf gegen den Sitz zurück.

Cecilia musterte mich besorgt. „Sie sind kreidebleich“, sagte sie. Sie drückte auf den Knopf für die Fensterheber und ließ die Scheibe halb herunter, sodass mir ein breiter Strom eisiger Luft ins Gesicht schlug. Die Straße glänzte vor Feuchtigkeit, und der Schnee wehte in diagonalen Linien über die Fahrbahn.

Die Notaufnahme sah genauso aus wie jede andere Klinikambulanz, die ich je hatte aufsuchen müssen: beige gesprenkelter, auf Hochglanz gebohnerter Fußboden, Schalldämmplatten an der Decke. Ich erklomm den Untersuchungstisch, wo ich auf dem knisternden Papier lag und an die Decke starrte. Ich zitterte. Das Licht kam mir unnatürlich grell vor, und der Raum bebte. Ich legte mir den linken Arm über die Augen und versuchte, an etwas Schönes zu denken – zum Beispiel an Sex.

Auf dem Flur vernahm ich ein leises Geräusch, dann kam jemand herein. „Miss Millhone?“ Ich schlug die Augen auf.

Die Ambulanzschwester war schwarz, und ihr Namensschild besagte, dass sie V. LaMott hieß. Sie musste Rafer LaMotts Frau und die Mutter des jungen Mädchens sein, das als Schnellköchin im Rainbow Café arbeitete. Wie ihre Tochter war V. LaMott schlank, mit einer Haut im Farbton von Tabak. „Ich bin Mrs LaMott. Meinen Mann haben Sie schon kennen gelernt, glaube ich.“

„Wir haben uns kurz unterhalten.“

„Lassen Sie mal die Hand sehen.“

Ich hielt sie in die Höhe. Ein neu gewonnenes Talent erlaubte mir, in zwei Richtungen gleichzeitig zu deuten. Sie war äußerst vorsichtig und berührte mich nur sanft. Sie maß meine Temperatur und den Blutdruck und machte ein paar Notizen auf meiner Akte.

„Was heißt das V?“, fragte ich.

„Viktoria. Sie können mich Vicky nennen. Wir sind hier nicht förmlich.“

Stets im Dienst, ergriff ich die Gelegenheit und fragte sie nach den Newquists, während wir auf den Arzt warteten. „Ich habe gehört, Rafer und Tom waren gut befreundet“, sagte ich zum Einstieg.

„Das stimmt.“

„Haben Sie viel zu viert unternommen? Sie können ruhig offen sprechen. Ich habe alles schon gehört. Kein Mensch mag Selma.“

Vicky lächelte. „Wir haben uns getroffen, wenn wir mussten. Manchmal konnten wir ihr nicht aus dem Weg gehen, also haben wir das Beste daraus gemacht. Einmal hat sie zu mir gesagt – ich zitiere wörtlich: ‚Ich hätte Sie ja eingeladen, aber ich dachte, Sie würden sich bei Ihren eigenen Leuten wohler fühlen.‘ Ich musste mir wirklich auf die Zunge beißen. Und um alles noch komplizierter zu machen, ist unsere Tochter Barrett mit ihrem Sohn gegangen."

„Selma war sicher begeistert."

„Sie konnte kaum etwas dagegen einwenden. Ständig hat sie ein derartiges Theater darum gemacht, wie vorurteilsfrei sie sei. Wenn es nicht so erbärmlich wäre, hätte ich mich kaputtgelacht. Diese Frau besitzt weder nennenswerte Bildung noch Intelligenz. Rafer und ich haben beide an der Uni von Los Angeles studiert. Er hat einen Abschluss in Kriminologie; ich habe eine abgeschlossene Ausbildung in Krankenpflege und bin außerdem examinierte Krankenschwester."

„Selma wusste doch, dass die beiden sich trafen?"

„Na klar. Sie sind jahrelang fest miteinander gegangen. Tom war hingerissen von Barrett. Ich weiß, dass er glaubte, dass sie einen guten Einfluss auf Brant hatte."

„Hat Brant ein Problem?"

„Eigentlich ist er ein anständiger Kerl. Er war nur damals verkorkst wie viele Jugendliche seines Alters. Ich glaube zwar nicht, dass er je Drogen genommen hat, aber er hat ziemlich viel getrunken und bei jeder Gelegenheit rebelliert."

„Warum haben sich die beiden getrennt?"

„Das müssten Sie eigentlich Barrett fragen. Ich würde sagen, dass Brant für jemanden wie Barrett zu bedürftig und zu abhängig war. Er neigte dazu, Trübsal zu blasen und zu klammern. Natürlich ist das Jahre her. Damals war er zwanzig. Sie hatte gerade die Highschool abgeschlossen und wollte nicht gleich eine ernste Beziehung eingehen."

Ihre Ausführungen wurden unterbrochen, als der Arzt hereinkam. Dr. Price war Ende zwanzig, mager und jungenhaft, hatte leuchtend blaue Augen und große Ohren. Ich sah noch den Abdruck auf seiner Wange, wo er sein Kissen im Schlaf zusammengeknüllt hatte. Ich stellte mir vor, dass das gesamte Ambulanzpersonal irgendwo auf kleinen Pritschen schlummerte. Er warf einen Blick auf meine Finger und sagte: „O Mann! Wahnsinn!" Seine Begeisterung gefiel mir.

Wir unterhielten uns über meinen Angreifer und das, was er angerichtet hatte. Der Arzt musterte mein Kinn. „Der muss Ihnen ganz schön eine gelangt haben", sagte er. „Haben Sie noch weitere Schürfwunden oder Prellungen irgendwo am Körper?"

„Er hat mich zweimal in die Rippen getreten."

„Schauen wir mal nach“, sagte er und zog mir das Hemd hoch.

Mein Brustkorb hatte sich auf der rechten Seite ziemlich schnell violett verfärbt. Der Arzt hörte mir die Lunge ab. Er tastete meinen rechten Arm ab, Handgelenk, Hand und Finger. Dann trotteten wir in den Nebenraum, wo mir eine zerzauste Röntgenassistentin Brustkorb und Hand röntgte. Ich kehrte zur Untersuchungsliege zurück und legte mich wieder hin. Ich fühlte mich reichlich durchgeschüttelt, und der Raum begann sich um mich zu drehen.

Als der Film entwickelt war, klemmte der Arzt die einzelnen Aufnahmen vor die Leuchttafel. Meine Rippen waren gequetscht, aber nicht gebrochen, und würden vermutlich noch ein paar Tage schmerzen, erforderten aber keine ärztliche Behandlung. Röntgenologisch gesprochen waren die zwei geschundenen Finger völlig verdreht, aber ich sah, dass keine Knochen gebrochen waren.

Der Arzt stach mich unter fröhlichem Pfeifen mehrmals in die Gelenke beider Finger. Während ich an die Wand starrte, manövrierte er meine Finger in ihre gewohnte Position zurück. Als ich es schließlich wagte, den Blick auf meine Hand zu richten, sah ich, dass die verletzten Finger nun dick und rot waren. Sie ließen sich nun zwar wieder beugen, doch die Knöchel waren geschwollen wie bei einem plötzlichen Anfall von rheumatoider Arthritis. Dr. Price brachte eine Rolle Pflaster, ein Päckchen Verbandsstoff und eine Metallschiene herbei, wofür meiner Krankenversicherung um die fünfhundert Dollar in Rechnung gestellt werden würden. Er klebte die beiden Finger aneinander und befestigte sie dann mit einem weiteren Streifen Pflaster am Ringfinger, das Ganze von der Schiene gestützt.

Ich hörte Stimmen auf dem Flur, und in der Tür erschien ein Hilfssheriff. Diesen Mann hatte ich noch nie gesehen: ein großer, dürrer Junge mit einem langen Gesicht und einer glänzenden metallenen Zahnspange. Ich war gleich voller Zutrauen.

„Miss Millhone, ich bin Hilfssheriff Carey Badger. Ich habe gehört, dass Sie ein Problem hatten. Können Sie mir erzählen, was geschehen ist?“

„Klar“, sagte ich und gab meine traurige Leidensgeschichte erneut zum Besten.

Vor der Tür unterhielten sich erneut Leute, und Rafer LaMott erschien. Er sah frisch geduscht und rasiert aus und war in seiner braunen Cordhose und einer weichen roten Kaschmirweste über dem Sporthemd wie aus dem Ei gepellt. Sein Gesichtsausdruck war neutral. Er steckte die Hände in die Taschen und lehnte sich lässig gegen die Wand. Er sah aus wie aus einem Katalog für Herrenbekleidung. „Cecilia war müde, also habe ich sie nach Hause geschickt. Sobald Sie hier fertig sind, fahre ich Sie, wohin Sie wollen.“

ES WAR sechs Uhr morgens, als mich Rafer endlich auf den Beifahrersitz seines Wagens setzte. Das Angebot, mich zu chauffieren, kam einer Entschuldigung schon sehr nahe. Sein wahrer Grund bestand aber zweifellos darin, mich über den neuesten Stand meiner Ermittlungen auszufragen, aber das war mir eigentlich egal. Die Sonne war noch nicht richtig aufgegangen, und ich konnte mich nicht entscheiden, wo ich mich von ihm absetzen lassen sollte. Die Vorstellung, allein in der Hütte zu sein, war mir unerträglich. Als läse er meine Gedanken, fragte Rafer: „Wohin?“

„Am besten setzen Sie mich im Rainbow ab. Ich kann mich dort aufhalten, bis ich weiß, was ich als Nächstes tun soll.“

„Ich würde mir gern die Hütte ansehen. Um sieben kommt ein Spezialist für Fingerabdrücke aus Independence, dann fangen wir gleich an. Vielleicht haben wir ja Glück und stellen fest, dass Ihr Eindringling Fingerabdrücke hinterlassen hat.“

„Führen Sie gleich einen Exorzismus durch, wenn Sie schon dabei sind. Ich glaube nicht, dass ich gut schlafen werde, bevor ich dort ausgezogen bin.“

Er schwieg eine Weile und wandte seine Aufmerksamkeit der Straße zu. Endlich fragte er: „Haben Sie eine Theorie zu diesem Angriff heute Nacht?“

„Ich nehme an, es war derselbe Kerl, der mir vom Tiny's aus gefolgt ist“, sagte ich.

Sein Blick wanderte wieder zur Straße. „Davon habe ich gehört. Corbet hat dafür gesorgt, dass wir eine Kopie des Berichts bekamen. Fehlt irgendwas?“

„Ich habe gar nicht nachgesehen. Jedenfalls bezweifle ich, dass Diebstahl das Motiv war. Ich glaube, es ging darum, mich von meinen Ermittlungen abzubringen.“

„Warum?“

„Wenn ich das nur wüsste. Ich habe das Gefühl, er möchte Tom Newquist schützen. Etwas Besseres fällt mir nicht ein.“

„Sie könnten sich irren, wissen Sie? Sie sind ein Single und attraktiv. Das macht Sie natürlich zu einem Ziel ...“

„Wofür? Der Angriff war nicht sexuell motiviert. Es war nichts anderes als gewaltsame Körperverletzung im herkömmlichen Sinn. Der Kerl wollte mich massiv verletzen."

„Was noch?"

„Nichts weiter", erwiderte ich. „Aber ich hätte eine Frage an Sie: Wo ist Toms Notizbuch? Es ist verschwunden. Niemand hat es seit seinem Tod gesehen."

Er warf mir einen Seitenblick zu und schüttelte dann ausdruckslos den Kopf. Ich sah, wie er überlegte. „Er hatte es immer ganz in seiner Nähe, aber ich weiß, dass es nicht in seinen Schreibtischschubladen war, weil wir die ausgeräumt haben."

„Der Beamte von der Verkehrspolizei kann sich auch nicht erinnern, es in seinem Wagen gesehen zu haben. Es nervt Sie bestimmt, dass ich auf diesem Punkt herumreite ..."

„Hören Sie, ich habe mich neulich danebenbenommen. Ich rege mich eben leicht über Selma auf. Es hat nichts mit Ihnen zu tun."

Ich spürte, wie sich die distanzierte Anspannung zwischen uns lockerte. Es gibt nichts Entwaffnenderes als ein Geständnis dieser Art. „Vielleicht spielt es ja auch gar keine Rolle", sagte ich. „Wie verfahren Sie denn im Allgemeinen mit Berichten? Sind nicht ohnehin die meisten von Toms Notizen mittlerweile getippt und abgeheftet worden?"

„Möglich. Alte Hasen wie Tom und ich neigen dazu, alles dann zu erledigen, wenn es uns gerade in den Kram passt."

„Wäre es irgendwie möglich, sich zurückzuarbeiten, indem man nachsieht, welche Berichte fehlen?"

„Es würde Ihnen nicht viel sagen. Sie hätten keine Möglichkeit herauszufinden, wo er war und mit wem er gesprochen hat, geschweige denn etwas über den Inhalt der Gespräche zu erfahren. Es hätte auch ein Fall sein können, den er aus irgendeinem Grund wieder aufgegriffen hat."

„Wie zum Beispiel?"

Rafer zuckte mit den Achseln. „Womöglich hat er einen neuen Anhaltspunkt gefunden."

„An so etwas hatte ich auch gedacht. Ich meine, was wäre, wenn Tom von etwas erfuhr, mit dem er nicht umzugehen wusste?"

„Er hätte es mir erzählt. Wir haben über alles geredet."

„Und wenn es Sie betroffen hätte?"

Er zuckte kurz zusammen. „Lassen Sie uns aufhören, ja? Ich will damit nicht sagen, dass wir nicht weiter darüber reden können, aber lassen Sie mich ein bisschen nachdenken."

„Eines noch. Und werden Sie bitte nicht wütend auf mich. Sagen Sie mir nur, was Sie denken. Könnte die Möglichkeit bestehen, dass Tom eine Affäre mit einer anderen Frau hatte?“

„Nein.“

Ich lachte. „Versuchen Sie, Ihre Antwort auf höchstens fünfundzwanzig Wörter zu beschränken“, sagte ich. „Warum nicht?“

„Er war ein zutiefst moralischer Mensch.“

„Könnte das nicht sein Grübeln erklären? Ein Mann ohne Gewissen würde nicht mit sich hadern.“

„Einwand, Euer Ehren. Reine Spekulation.“

Wir bogen in den Parkplatz neben dem Rainbow Café ein. Rafer öffnete seine Tür. „Kommen Sie, ich lade Sie zum Frühstück ein! Meine Tochter arbeitet hier.“

Ich kämpfte mit dem Türgriff und gab schließlich auf. Ich blieb sitzen, während er ums Auto herumging und mir die Tür öffnete. „Danke. Ich merke jetzt schon, dass das nervig wird.“

„Das tut Ihnen ganz gut“, meinte er. „Es zwingt Sie, sich mit Ihren Abhängigkeitsproblemen auseinander zu setzen.“

„Ich habe keine Abhängigkeitsprobleme“, entgegnete ich bestimmt.

Rafer lächelte nur.

Er hielt mir die Tür zum Café auf, und ich ging vor ihm hinein. Das Lokal war gut besucht, allerdings ausschließlich von Männern, zweifellos allesamt Frühaufsteher – Rancher, Polizisten und Arbeiter auf dem Weg in die Fabrik. Nancy, die braunhaarige Kellnerin, nahm an einem Tisch voller Männer in Arbeitskleidung die Bestellung auf, während sich Barrett hinter der Theke auf eine Bratfläche mit garenden Pfannkuchen und Omeletts konzentrierte. Rafer ging voraus und fand eine freie Nische für uns. Als wir an den anderen Tischen vorbeikamen, bemerkte ich, dass wir zahlreiche Blicke auf uns zogen. Vermutlich hatten die Buschtrommeln bereits die Nachricht von dem Überfall auf mich verbreitet.

Zwei Tische weiter entdeckte ich Macon, den Blick auf mich gerichtet. Er beugte sich vor und machte irgendeine Bemerkung. Der Mann bei ihm am Tisch wandte sich ganz beiläufig um, indem er so tat, als sähe er sich nur im Raum um, während er in Wirklichkeit mich beäugte. Ich nahm eine Speisekarte zur Hand und tat so, als bemerkte ich nicht, wie er so tat, als bemerkte er mich nicht. Es war Margarets Ehemann Hatch.

„Wissen Sie schon, was Sie möchten?“, fragte Rafer. „Ich gönne mir das volle Programm.“

„Ich bin dabei“, sagte ich. „Ihre Tochter heißt Barrett?“

„Das war Vickys Idee. Der Job hier ist übrigens nur vorübergehend. Sie hat sich für ein Medizinstudium eingeschrieben, weil sie gern Seelenklempnerin werden möchte. Auf die Art kann sie zu Hause wohnen und ihr Geld sparen, bis es losgeht.“

Nancy kam mit der Kaffeekanne an unseren Tisch. Sie hatte große braune Augen und einen Schönheitsfleck hoch oben auf der rechten Wange. „Sie sind aber früh dran“, sagte sie zu Rafer. Wir schoben ihr beide unsere Becher hin, und sie schenkte ein.

„Kennen Sie Kinsey?“

„Ja, sie war schon mal hier.“

„Hallo“, sagte ich. „Ich würde Ihnen ja die Hand geben, wenn ich könnte.“

„Ja, ich habe schon davon gehört. Cecilia hat kurz reingeschaut, als wir gerade aufmachten. Sie sagt, Sie hätten ganz schön was abgekriegt. Ihr Kinn wird langsam blau.“

Ich legte eine Hand an die Stelle. „Es muss toll aussehen.“

„Verleiht Ihnen Charakter“, sagte sie. Sie warf Rafer einen Blick zu. „Was möchten Sie zum Frühstück?“

„Nun, ich möchte meinen Cholesterinspiegel möglichst hoch halten, also glaube ich, ich nehme Blaubeerpfannkuchen, Würstchen, Rühreier und Kaffee.“

„Zweimal, bitte“, sagte ich.

„Bin gleich wieder da.“

Ich sah Rafers Blick zum Fenster wandern. „Entschuldigen Sie mich. Da ist Alex. Ich bringe ihn schnell zur Hütte und lasse ihn schon anfangen.“

Ich musste meinen Kaffeebecher mit beiden Händen halten, da die Finger meiner Rechten so plump wie ein Topfhandschuh waren. Der Arzt hatte gesagt, ich könne das Pflaster nach ein oder zwei Tagen entfernen, wenn ich dabei kein Unbehagen verspürte. Er hatte mir vier Schmerztabletten gegeben, ordentlich in einem kleinen weißen Umschlag versiegelt. Ich sah aus dem Fenster und beobachtete Rafer, wie er in Gesellschaft eines jungen Mannes mit einem schwarzen Koffer, der so ähnlich aussah wie eine Arzttasche, in Richtung Hütte ging.

„Miss Millhone, kann ich Sie sprechen?“

Ich sah auf. James Tennyson stand in seiner hellbraunen Highway-Patrol-Uniform am Tisch, versehen mit sämtlichen Accessoires: Schlagstock, Taschenlampe, Schlüssel, Holster, Pistole und Munition.

„Sicher. Setzen Sie sich."

Er legte eine Hand auf das Holster und sicherte seine Pistole, während er in die Nische schlüpfte. Ich hatte den Eindruck, dass er sich unwohl fühlte, kannte ihn aber nicht gut genug, um mir sicher zu sein. Er zeigte auf meine Hand. „Ich habe gerade gehört, dass so ein Kerl Sie letzte Nacht überfallen hat. Ist alles in Ordnung?"

„Mehr oder weniger."

„Er hat es ernst gemeint."

„Ich werd's überleben."

„Warum ich herübergekommen bin … Es ist mir erst gestern eingefallen. An dem Abend, als Tom starb und als ich seinen Wagen sah, mit eingeschalteten Warnblinkern, da ging eine Frau die Straße entlang in Richtung Stadt."

„Eine Frau?"

„Ja, Ma'am. Da bin ich mir fast sicher."

„Und sie war in Ihre Richtung unterwegs?"

„Ja, aber kurz bevor ich vorbeikam, ist sie abgebogen, daher konnte ich sie nicht besonders gut sehen. Außerdem war sie ziemlich dick angezogen."

„Ist es ungewöhnlich, dort jemanden laufen zu sehen?"

„Ja, Ma'am. Da draußen stehen kaum Häuser."

„Glauben Sie, dass sie mit ihm zusammen war?"

„Ich halte es für möglich", antwortete er. „Wenn er Brustschmerzen hatte, hat sie sich vielleicht auf den Weg gemacht, um Hilfe zu holen."

„Warum hat sie nicht Sie angehalten?"

„Keine Ahnung. Ich weiß auch nicht, was ich davon halten soll." Er blickte zu einem der Tische im vorderen Teil des Lokals. „Mein Frühstück ist gekommen. Wenn Sie noch weitere Fragen haben, rufen Sie mich einfach an."

ALS RAFER und ich nach dem Frühstück zur Hütte kamen, stand die Tür offen. Ich konnte Pulverspuren entlang den Außenkanten der Fensterbretter erkennen. Rafer stellte mich dem Mann von der Spurensicherung vor, der mir die Fingerabdrücke abnahm, um sie ausschließen zu können. Er hätte sich die Mühe sparen können. Die Hütte gab keinerlei Beweismittel her.

Der Raum war trostlos. Im Bett lag immer noch das Kissenarrangement, das ich unter dem Stapel Decken drapiert hatte. Ein Schauder lief mir den Rücken hinunter, und ein weiteres Mal schämte ich mich meiner Unzulänglichkeit bei dem Versuch, mich selbst zu verteidigen.

Während Rafer und der Mann von der Spurensicherung draußen beratschlagten, holte ich meine Reisetasche heraus und begann meine Sachen zu packen. Ich hörte Rafer nicht hereinkommen, merkte aber plötzlich, dass er in der Tür stand. „Sie reisen ab?", fragte er.

„Ich wäre verrückt, wenn ich hierb liebe."

„Da gebe ich Ihnen Recht, aber ich dachte, Sie wären mit Ihren Ermittlungen noch nicht fertig."

„Das wird sich noch herausstellen."

Sein Blick ruhte voller Besorgnis auf mir. „Sie hören auf?"

„Das habe ich nicht gesagt."

„Hören Sie, ich merke genau, dass Sie beunruhigt sind. Ich würde Ihnen ja Schutz anbieten, aber ich kann keinen Hilfssheriff entbehren. Wir sind ohnehin unterbesetzt. Kennen Sie denn niemand, der in puncto persönliche Sicherheit einspringen könnte?"

„Oh, bitte nur das nicht! Ich habe schon einmal einen Bodyguard engagiert, aber das hier ist anders."

„Inwiefern?"

„Wenn dieser Typ mich umbringen wollte, hätte er es letzte Nacht getan."

„Mag sein", sagte er. Schweigend blieb er noch da stehen, die Hände in den Taschen.

Ich zog den Reißverschluss der Tasche zu, nahm Jacke und Tasche und sah mich in der Hütte um. Ich hatte die Smith-Corona vergessen, die nach wie vor mit halb geschlossenem Deckel an ihrem Platz stand. Ich ließ den Deckel einrasten. „Danke fürs Mitnehmen und für das Frühstück."

„Ich muss jetzt zur Arbeit, aber sagen Sie mir Bescheid, wenn ich Ihnen irgendwie helfen kann."

„Sie könnten das hier tragen", sagte ich und reichte ihm die Schreibmaschine. Er ließ sich nicht lumpen und trug mir Reisetasche und Schreibmaschine, als er mich zum Auto begleitete.

Ich wartete, bis er weggefahren war, ging zum Büro und steckte den Kopf zur Tür hinein. Cecilia war nirgends zu sehen. Auch ihre Tür war zu, und ich vermutete, dass sie den verlorenen Schlaf von letzter Nacht nachholte.

Ich stieg ins Auto und fuhr zu Selma. Um zehn Uhr war ich auf dem Weg nach Hause.

7

Kurz nachdem ich Nota Lake verlassen hatte, fiel mir ein Streifenwagen des Bezirkssheriffs auf, der mir mit einem halben Kilometer Abstand Gesellschaft leistete. Ich hatte das Gefühl, dass ich über die Grenze des Bezirks begleitet werden sollte. Als wir an der Kreuzung von 395 und 168 ankamen, entfernte sich der Streifenwagen. Ob die Eskorte beabsichtigt oder zufällig war, konnte ich nicht sagen. Ebenso wenig war mir klar, ob dahinter eine freundliche oder feindselige Absicht steckte.

Danach raste die öde Landschaft in einer monotonen Wiederholung buschbestandener Hügel vorüber, und ich verbrachte den Rest der Fahrt in einem durch die Straße erzeugten hypnotischen Zustand. Es kamen nur wenige Orte – Big Pine, Independence, Cartago –, kleine Enklaven, die in erster Linie aus Tankstellen, Holzhäusern und vielleicht einer Pizzeria bestanden.

Nach und nach ließ ich meine Gedanken zu den Ereignissen zurückwandern, die ich hinter mir gelassen hatte. Ich war eine Stunde bei Selma gewesen, bevor ich aus Nota Lake abgereist war. Bis jetzt hatte ich mit den vier Tagen Arbeit tausend der fünfzehnhundert Dollar verdient, die sie mir als Vorschuss bezahlt hatte. Das hieß, dass ich ihr Geld schuldete, wenn ich jetzt aufhörte.

Selma war ehrlich bestürzt über die Geschehnisse gewesen. „Mir wird ganz schlecht. Es ist meine Schuld. Ich habe Sie da hineingezogen", hatte sie gesagt.

„Reden Sie keinen Unsinn, Selma. Es ist nicht Ihre Schuld. Zumindest macht es Ihre Vermutung glaubwürdig, dass Tom ein so genanntes ‚Geheimnis' hatte."

„Aber ich hätte mir nie träumen lassen, dass es gefährlich ist."

„Das Leben ist gefährlich", sagte ich. Langsam verlor ich die Geduld. „Hören Sie, wir können hier sitzen und herumjammern, aber ich würde die Zeit viel lieber sinnvoll nutzen. Ich habe einen ganzen Stapel Telefonrechnungen. Setzen wir uns doch mal zusammen und sehen, wie viele Nummern Sie kennen."

Und das taten wir dann auch. Wir konnten etwas mehr als drei Viertel der Gesprächspartner aus den letzten zehn Monaten benennen. Viele waren Bekannte von Selma, die mit ihren Wohltätigkeitsveranstaltungen zu tun hatten, dazu kamen mehrere Freunde. Einige der übrigen Nummern erkannte sie als beruflich bedingte Telefonate, was durch eine entsprechende Überprüfung von Toms Adressenkartei bestätigt wurde.

Ich hatte den ganzen Aktendeckel mit den Telefonrechnungen in meine Reisetasche gesteckt und war dann in den Keller gegangen, um einen Blick auf die Kisten zu werfen, die Brant erwähnt hatte. Dort, in dem trockenen, überhitzten Raum, herrschte eine merkwürdige Ordnung. Obwohl sein Schreibtisch ein uferloses Chaos darstellte, war Tom Newquist systematisch, zumindest wenn es um seine Arbeit ging. Auf einem Regal zu meiner Rechten standen mehrere Pappkartons, in denen er gebündelte Arbeitsnotizen aus den letzten 25 Jahren aufbewahrte. War ein Notizbuch voll, nahm er regelmäßig die sechsfach gelochten Blätter heraus, klebte ein Etikett mit den entsprechenden Daten daran und umwickelte sie mit einem Gummiband. Oft gehörten mehrere Bündel Notizen zu ein und demselben Fall; diese waren dann in einzelne große Umschläge verpackt, die ebenfalls etikettiert und datiert waren. Ich konnte mit den Fingern seine Ermittlungen zurückverfolgen, Jahr für Jahr, ohne Lücken oder Unterbrechungen. Manchmal hatte er außen auf einen Umschlag eine aktualisierende Notiz geheftet. Es fehlten die Notizen vom Juni des vergangenen Jahres bis zu seinem Tod. Ich musste annehmen, dass das fehlende Notizbuch die letzten acht Monate umfasste, also stand ich genau genommen wieder am Anfang.

Der Regen wurde stärker, je weiter ich nach Süden fuhr. In Rosamond sah ich einen McDonald's und holte mir eine große Cola, eine große Portion Pommes und einen Big Mac. Dazu schluckte ich eine Schmerztablette. Zwölf Minuten später war ich wieder unterwegs. Je näher ich Los Angeles kam, desto heiterer wurde meine Stimmung.

Ich ließ Santa Paula hinter mir, und schließlich ging die Fernstraße 126 in die 101 über. Beim Anblick des Pazifiks hätte ich fast laut aufgejubelt. Ich drehte das Fenster herunter, um mir Regentropfen aufs Gesicht wehen zu lassen. Der Duft des Ozeans war intensiv und wohltuend. Auch wenn ich kurze Zeiträume in küstenfernen Landstrichen verbringen kann, bin ich dort nie so glücklich wie in der Nähe tiefen Wassers.

Spürbar aufgeheitert, legte ich die letzten Kilometer nach Santa Teresa schnell zurück. Inzwischen war ich fünf Stunden unterwegs, sodass sich mein Fuß anfühlte, als sei er am Gaspedal festgeschweißt. Meine verletzten Finger waren von Medikamenten betäubt und schafften es trotzdem, vor Schmerz zu pochen.

Das Viertel, in dem ich wohne, sah genauso aus wie immer, eine kurze Wohnstraße, einen Block weit vom Strand entfernt: Palmen, hohe Kiefern, Maschendrahtzäune, bucklige Gehsteige und stuckverzierte Häuser mit verwitterten Dächern aus roten Ziegeln. Ich fand einen Parkplatz gegenüber meiner Wohnung, die früher einmal eine Einzelgarage gewesen war und jetzt ein zweistöckiges Refugium darstellte, das durch einen Laubengang mit dem Haus verbunden war, in dem mein Vermieter wohnte. Diesen Monat waren es fünf Jahre, dass ich hier lebte, und ich hänge sehr an der Wohnung, die ich mittlerweile als meine betrachte.

Ich musste zweimal gehen, um den Mietwagen auszuladen, hin und zurück durch Henrys quietschendes Tor. Ich schloss die Tür auf, stellte die Schreibmaschine neben den Schreibtisch und schleppte meine Reisetasche die Wendeltreppe hinauf. Dann zog ich mich aus, nahm den Verband von meiner Hand ab und gönnte mir eine ausgedehnte heiße Dusche. Dabei sang ich ein Potpourri aus Musicalnummern, bei dem der Text zur Hälfte aus „da-da-da" bestand. Das herrliche Gefühl, sauber zu sein und es warm zu haben, war fast zu viel für mich. Ich putzte mir mit der Linken die Zähne und begoss mich mit einem preiswerten Eau de Cologne aus der Drogerie, das nach Maiglöckchen duftete. Ich zog einen frischen Rollkragenpullover, frische Jeans, saubere Socken und Turnschuhe an und erklärte mich für fertig. Danach musste ich nur noch ungefähr zwanzig Minuten damit zubringen, meine Finger wieder zu schienen und zu verbinden. Es würde wirklich ätzend werden.

Um Viertel vor fünf schlüpfte ich zur Tür hinaus und platschte im Regen über den Innenhof. Ich spähte durch das Fenster in Henrys Hintertür und klopfte an die Scheibe. Henry Pitts ist braun gebrannt, hat ein hageres Gesicht und lange Beine – ein Gentleman mit schneeweißem Haar, blauen Augen und noch allen seinen eigenen Zähnen. Er ist 86 Jahre alt und mit Intelligenz, guter Laune und einer erstaunlichen Energie gesegnet. Bekleidet war er mit einem marineblauen T-Shirt und weißen Shorts, bedeckt von einer langen Bäckerschürze. Er kam eilig herbei, um die Tür aufzuschließen, sein Gesicht ein einziges Lächeln.

„He, Kinsey. Ich habe dich heute noch gar nicht zurückerwartet. Komm doch rein. Was ist denn mit deiner Hand passiert?"

„Lange Geschichte." Ich umarmte ihn im Vorübergehen. „Irgendetwas riecht hier ganz wunderbar. Was kochst du?"

Henry lächelte. „Eine Überraschung zu Rosies Geburtstag. Ich habe eine Fleischpastete mit Nudeln im Ofen. Es ist ein ungarisches Gericht, dessen Namen ich jetzt hoffentlich nicht aussprechen muss. Außerdem mache ich ihr einen ungarischen Apfelkuchen."

„Wie alt wird sie denn?"

„Neulich hat sie behauptet, sie würde sechsundsechzig, aber ich vermute, dass sie schon seit Jahren einiges unterschlägt. Du kommst doch hoffentlich mit, oder?“

„Das würde ich mir nie entgehen lassen“, sagte ich. „Dann muss ich noch losgehen und ein Geschenk besorgen. Um wie viel Uhr?“

„Ich gehe nicht vor sechs rüber. Setz dich doch, dann mache ich eine Kanne Tee.“

Er dirigierte mich in seinen Schaukelstuhl und stellte den Wasserkessel auf. Ohne eine spezielle Reihenfolge einzuhalten, tauschten wir wie gewohnt Nachrichten aus: meine Reise, Dietz’ Operation, das Neueste von der Heimatfront. Ich schilderte meinen Auftrag so knapp wie möglich, auch den Überfall in der vergangenen Nacht. Während ich meinen Tee austrank, bereitete Henry den Kuchenteig zu und begann, die Äpfel für die Füllung zu schälen und zu reiben.

„Dann sause ich jetzt mal los und kaufe ein Geschenk. Machst du dich schick für die Party?“

„Ich ziehe eine lange Hose an“, antwortete er. „Du kannst bleiben, wie du bist.“

Wie sich herausstellte, war Rosies ganzes Restaurant für die Geburtstagsfeier umfunktioniert worden. Ein paar ihrer Stammgäste hatten das Lokal mit Girlanden aus Krepppapier, Ballons und handgeschriebenen Transparenten mit der Aufschrift WEITER SO, ROSIE! geschmückt. Dazu kamen ein riesiger Blumenstrauß, ein Fass mieses Bier, ein Stapel Pizzaschachteln und eine gigantische Geburtstagstorte. Die Partygäste hatten die Musikbox mit lärmenden Hits aus den Sechzigern bestückt und alle Tische an die Wand geschoben, damit sie Twist und Watussi tanzen konnten. Rosie sah mit mildem Lächeln zu. Ich hatte fast eine geschlagene Stunde in einem Kaufhaus in der Innenstadt verbracht und schließlich eine Bluse aus roter Seide gewählt, von der ich dachte, dass sie Rosie gefallen könnte. Um zehn schlichen Henry und ich uns davon und eilten durch den Regen nach Hause.

Ich schloss die Tür ab, ging durch meine Wohnung und bestaunte sie ausgiebig: das Bullaugenfenster in der Eingangstür, die Wände aus poliertem Teak und Eiche, das Gästebett zum Ausklappen, das in den Erker eingepasst war. Die Wendeltreppe führte hinauf zu meinem Schlafzimmer mit der Doppelbettmatratze auf einer Plattform mit eingebauten Schubladen und einem Badezimmer mit einem Fenster, das aufs Meer hinausging. Ich war so glücklich darüber, wieder zu Hause zu sein, dass ich kaum zu Bett gehen konnte. Nackt kroch ich unter einen Stapel Steppdecken und lauschte dem Regen, der an mein Oberlicht aus Plexiglas plätscherte.

Als ich wieder zu mir kam, war es sechs Uhr morgens. Ich lauschte dem Geräusch des Regens, schob den Gedanken an Joggen beiseite und schlief wieder ein. Um acht raffte ich mich auf und vollzog meine morgendlichen Waschungen. Ich frühstückte, las die Zeitung, stellte anschließend die Schreibmaschine auf und legte meine Notizen daneben. Als Erstes musste ich heute Morgen den Mietwagen zurückgeben. Danach würde ich mit dem Taxi in mein Büro fahren, mich dort kurz zeigen und dann irgendjemand dazu überreden, mich nach Hause zu fahren. Bis dahin wollte ich mich an die Schreibmaschine setzen und im leidigen „Adlersuchsystem" meinen Bericht vervollständigen. Erst als ich den Deckel der Schreibmaschine abnahm, bemerkte ich, dass jemand die beiden mittleren Reihen der Tastatur gepackt und das Metall zu einem unentwirrbaren Knoten verdreht hatte. Einige Tasten waren abgebrochen und andere einfach seitlich abgeknickt wie meine Finger. Ich setzte mich und starrte entgeistert auf die Maschine. Was ging hier vor sich?

Ich beschloss, nicht ins Büro zu fahren, sondern mich stattdessen darauf zu konzentrieren, den ein oder zwei Anhaltspunkten nachzugehen, die ich besaß. In meinem tiefsten Inneren wusste ich ganz genau, dass die Schreibmaschine vor meiner Abreise aus Nota Lake ruiniert worden war. Trotzdem machte die Entdeckung mich nervös und zerstörte mein Gefühl von Sicherheit und Wohlbehagen. Verärgert holte ich die Gelben Seiten heraus und rief an, bis ich jemanden fand, der meine altehrwürdige Smith-Corona reparieren konnte.

Dann holte ich meine Notizen heraus und sah mir die hiesigen Telefonnummern an, die ich von Tom Newquists Schreibunterlage abgeschrieben hatte. Als ich die eine Nummer von Toms Arbeitszimmer aus gewählt hatte, hatte sich ein Anrufbeantworter gemeldet. Ich ging davon aus, dass die Frau, die ich auf der Ansage gehört hatte, jene Ermittlerin aus dem Sheriffbüro war, die Phyllis angeblich mit Tom hatte flirten sehen. Erneut meldete sich der Apparat, und dieselbe kehlige Frauenstimme erzählte mir, was ich nach dem Pfeifton tun könne. Ich hinterließ meinen Namen, meine private und geschäftliche Telefonnummer und eine kurze Nachricht, dass ich mich gern mit ihr über Tom Newquist unterhalten würde.

Ich steckte das Foto von Tom in die Handtasche, packte meine Jacke und meinen Schirm und ging in den Regen hinaus. Ich benutzte, soweit ich konnte, die linke Hand, fummelte mit den Autoschlüsseln herum und schob Dinge von einer Hand in die andere. Die einfachsten Tätigkeiten gingen wesentlich langsamer vonstatten, da die Schiene an meiner rechten Hand mich zwang, in unbeholfenen Schritten vorzugehen.

Ich gab die Schreibmaschine im Reparaturgeschäft ab und den Mietwagen bei der Verleihfirma und fuhr mit einem Taxi zu meinem Wohnsitz zurück. Dort setzte ich mich in mein Auto, das nach längerem Stottern schließlich ansprang.

Ich fuhr nach Santa Teresa hinein. Das Gramercy Hotel, dem einer der Anrufe Tom Newquists gegolten hatte, war ein klotziges dreistöckiges Gebäude auf der unteren State Street, das gern von Obdachlosen aufgesucht wurde, wenn sie gerade ihren monatlichen Scheck bekommen hatten. Der stuckverzierte Bau war im süßlichen Grün eines Crème-de-Menthe-Frappee gestrichen. Ein Transparent, das quer über die Fassade verlief, nannte die ausgesprochen niedrigen Zimmerpreise.

Das Hotel hatte früher sicher einmal als elegant gegolten. Der Fußboden bestand aus grünem Marmor und war mit einem krummen Weg aus Zeitungspapier bedeckt, das all die nassen Schritte auffangen sollte. Ich näherte mich dem langen Empfangstisch, der sich unter einem mit weißen Gipsvoluten verzierten Bogen erstreckte. Der Mann hinter dem Tresen stützte sich auf den Ellbogen nach vorn und war offenkundig an meinen Absichten interessiert. Das hier erschien mir zwar wie ein weiterer vergeblicher Versuch, aber es war offen gestanden das Einzige, was mir momentan einfiel.

„Ich hätte gern den Geschäftsführer gesprochen. Ist er da?"

„Das bin wohl ich. Mein Name ist Dave Estes. Und Sie heißen?"

„Kinsey Millhone." Ich holte meine Visitenkarte heraus und reichte sie ihm.

Er las sie aufmerksam. Er war Mitte dreißig, ein fröhlich aussehender Typ mit offenem Gesichtsausdruck, Brille, leichtem Überbiss und einer hohen Stirn. „Womit kann ich Ihnen helfen?"

Ich legte das Foto von Tom Newquist vor ihm auf den Tresen. „Ich wüsste gern, ob Sie diesen Mann schon einmal gesehen haben. Er ist Fahnder im Sheriffbüro von Nota Lake. Er heißt Tom ..."

„Moment, Moment, Moment", fiel er mir ins Wort. Er hielt eine Hand in die Höhe, um mich zum Schweigen zu bringen, und machte dann ein Gesicht, als müsse er gleich niesen. Er schloss die Augen und zog die Nase kraus. Dann hellte seine Miene sich wieder auf, und er zeigte auf mich. „Newquist! Tom Newquist!"

Ich war verblüfft. „Das stimmt. Kennen Sie ihn?“

„Ach nein, kennen tu ich ihn nicht, aber er war hier.“

„Wann war das?“

„Also, ich würde sagen, im Juni letzten Jahres. Vermutlich in der ersten Woche. Ich würde sagen, am fünften, wenn ich raten muss.“

Die Bestätigung traf mich derart unvorbereitet, dass mir nicht einfiel, was ich als Nächstes fragen sollte.

Estes sah mich an. „Ist ihm etwas zugestoßen?“

„Er ist vor ein paar Wochen an einem Herzinfarkt gestorben.“

„He, so ein Jammer. Tut mir Leid, das zu hören.“

„Können Sie mir sagen, was ihn hierher geführt hat?“

„Na klar. Er hat nach einem Kerl gesucht, der gerade aus dem Gefängnis entlassen worden war. Irgendwie kommen eine Menge Typen in dieser Situation hierher. Fragen Sie mich nicht, warum. Wo wir doch ein so nobles Haus sind.“

„Erinnern Sie sich noch an den Namen des Mannes, den er gesucht hat?“

„Warten Sie kurz.“ Er verzog das ganze Gesicht und spulte das gleiche Programm noch einmal ab. Plötzlich hielt er inne. „Sie fragen sich wahrscheinlich, wie ich das mache. Ich habe einen Kurs für Mnemotechnik besucht, das ist die Kunst, sein Gedächtnis zu verbessern. Der Trick dabei ist, Gedächtnisstützen zu finden, die einem helfen, etwas im Gedächtnis zu verankern.“

„Sagenhaft. Ich bin beeindruckt.“

„Dass ich mich an den zeitlichen Rahmen für den Besuch Ihres Newquist erinnere, liegt daran, dass ich ziemlich genau zu der Zeit, als er kam, meinen Kurs angefangen habe. Er war mein erster Übungsfall. Der Name Newquist? Kein Problem. *New,* weil er ein neues Gesicht für mich war, verstehen Sie? Und *Quist* wie in Quiz. Ein neues Gesicht kommt rein und stellt mir Fragen, also Newquist.“

„Nicht schlecht“, sagte ich. „Und der andere Mann? Der, nach dem er sich erkundigt hat?“

„Es hatte etwas mit Zahnärzten zu tun. Ach ja. Sein Familienname war Toth. Das ist wie *tooth* mit einem fehlenden o. Mit Vornamen hieß er Alfie.“

„Tom Newquist war also aus beruflichen Gründen hier.“

„Genau. Dummerweise hat er ihn aber verpasst. Toth war zwei Wochen hier gewesen, ist aber am ersten Juni ausgezogen.“

„Haben Sie irgendeine Ahnung, warum er nach Toth gesucht hat?“

„Er hat gesagt, er gehe einer Spur in einem Fall nach, an dem er arbeitet."

„Hat Toth eine Nachsendeadresse hinterlassen?"

„Nein, aber ich habe die Adresse seiner Exfrau, unter der Rubrik ‚nächster Verwandter, der nicht im selben Haushalt lebt'. In meinen Augen sind das keine vertraulichen Daten. Wenn die Leute sich eintragen, sage ich ihnen gleich, dass die Meldeformulare des Hotels den Behörden zugänglich sind."

„Die Polizei ist Ihnen für Ihre Einstellung sicher dankbar, aber haben die Hotelgäste denn nichts dagegen?"

Dave Estes zuckte mit den Achseln. „An dem Tag, wo ich verklagt werde, kann ich diese Taktik ja ändern. Wissen Sie, es ist auch noch ein anderer Mann gekommen, ein Kriminalbeamter in Zivil. Das war am ersten Juni. An dem Tag habe ich nicht gearbeitet, sonst hätte ich es in meiner ollen Birne abgespeichert", sagte er und tippte sich dabei gegen die Stirn. „Ich habe Peck geraten, den gleichen Kurs zu machen, aber bis jetzt habe ich es noch nicht geschafft, ihn dazu zu überreden."

„Jammerschade", sagte ich. „Und wer war nun der andere Kriminalbeamte?"

„Da kann ich Ihnen nicht weiterhelfen, das ist es ja. Wenn Peck den Kurs gemacht hätte, könnte er sich bestens daran erinnern. Aber so? Null Chance."

„Könnte ich selbst mit Peck sprechen?"

„Das könnten Sie tun, aber ich kann Ihnen genau erzählen, was er Ihnen sagen wird. Er weiß noch, dass dieser Kriminalbeamte hereinkam – er hatte einen Haftbefehl und alles, aber Toth war nicht hier. Später am selben Tag ist er dann ausgezogen. Der Kriminalbeamte ist am nächsten Morgen noch mal gekommen, und Peck hat ihm Adresse und Telefonnummer von Toths Exfrau gegeben, genau wie ich es getan hätte."

„Haben Sie Tom Newquist von dem anderen Beamten erzählt?"

„Genau wie Ihnen jetzt."

„Was ist mit Toths Exfrau? Haben Sie Newquist gesagt, wo er sie finden kann?"

„Klar. Ich bevorzuge niemanden, das ist mein Motto. Deshalb vertraue ich es Ihnen auch an. Warum zum einen Ja sagen und zum anderen Nein? So sehe ich es jedenfalls."

„Sie haben mir noch gar nichts anvertraut", sagte ich.

Er griff nach einem Stück Papier und kritzelte Namen, Adresse und

Telefonnummer einer Frau darauf, offensichtlich alles aus dem Gedächtnis. Dann reichte er mir den Zettel.

Ich nahm ihn und warf einen Blick auf die Adresse in Perdido. „Klingt, als wäre Alfie Toth auf einmal unheimlich gefragt gewesen. Wie heißt Peck mit Vornamen?“

„Leland. Er hat eine Geheimnummer. Und *die* würde ich Ihnen ohne sein Einverständnis nicht geben.“

Ich überlegte einen Augenblick, wusste aber nicht, was ich noch hätte fragen können. „Gut. Danke für Ihre Hilfe.“

„Wollen Sie denn den Rest nicht hören?“

Ich zögerte. „Welchen Rest?“

„Der Kerl ist tot. Ermordet. Ein Wanderer hat seine Leiche vor ein paar Monaten oben bei Ten Pines gefunden. Am dreizehnten Januar. Daran erinnere ich mich, weil es der Geburtstag meiner Großtante ist.“

Ich starrte ihn an. Eine kurze Nachricht in der Zeitung fiel mir wieder ein. „Das war Alfie Toth?“

„Allerdings. Der Leichenbeschauer hat geschätzt, dass er seit sechs, sieben Monaten tot war – ziemlich genau seit der Zeit, als alle Welt auf der Suche nach ihm war.“

IN DER Stadtbibliothek fand ich die entsprechende Notiz in einer Ausgabe des *Santa Teresa Dispatch* vom 15. Januar:

> IN LOS PADRES GEFUNDENE LEICHE IDENTIFIZIERT
> Die am 13. Januar von einem Wanderer im Los Padres National Forest entdeckten verwesten menschlichen Überreste sind vom Sheriffbüro Santa Teresa als Leiche eines Wohnsitzlosen namens Alfred Toth, 45, identifiziert worden. Der Tote war sieben Kilometer östlich des Manzanita Mountain gefunden worden. Der Fall wird als Mord behandelt. Wer nähere Angaben dazu machen kann, wird gebeten, Detective Clay Boyd im Sheriffbüro anzurufen.

Vor dem Gebäude stand eine Telefonzelle. Ich kramte ein paar Münzen aus den Tiefen meiner Tasche, wählte die Nummer des Sheriffbüros von Santa Teresa County und fragte nach Detective Boyd.

„Boyd.“ Sein Tonfall war ausdruckslos, nüchtern, rein geschäftsmäßig.

„Hallo, mein Name ist Kinsey Millhone“, begann ich und versuchte, nicht allzu fröhlich zu klingen. „Ich bin Privatdetektivin und arbeite an einem Fall, der eventuell mit dem Tod von Alfie Toth zusammenhängen könnte.“

Pause. „Inwiefern?“

„Tja, ich bin mir noch nicht sicher. Ich erwarte keine vertraulichen Informationen von Ihnen, aber könnten Sie mich vielleicht auf den neuesten Stand bringen? Das letzte Mal stand im Januar etwas darüber in der Zeitung.“

Pause. „Worin besteht Ihr Interesse an der Sache?“

„Das ist etwas kompliziert. Ich arbeite für die Witwe eines Ermittlungsbeamten aus dem Sheriffbüro oben in Nota Lake. Tom Newquist. Kannten Sie ihn zufällig?“

„Der Name sagt mir nichts.“

„Er ist letzten Juni hierher gekommen, um mit Alfie Toth zu sprechen, aber als er im Gramercy eintraf, war Toth schon ausgezogen. Geht aus Ihren Unterlagen hervor, dass Newquist an Ihre Abteilung herangetreten ist?“

„Moment bitte.“ Er schaltete auf Warten. Als er wieder an den Apparat kam, hörte ich ihn umblättern. „Tom Newquist hat sich nicht bei uns gemeldet, aber ich kann aus der Akte ersehen, dass wir mit Nota Lake Kontakt hatten.“

„Tatsächlich. Ich frage mich, warum er Ihnen nicht mitgeteilt hat, dass er herkommt.“

„Herrje, ich weiß nicht. Das ist eine schwere Frage“, sagte er tonlos.

Ich merkte, wie mein Frust wuchs. Wie konnte dieser Mann so gefällig und so begriffsstutzig zugleich sein? Ich versuchte es anders. „Wurde Alfie Toth zur Zeit seines Todes wegen irgendeines Vergehens gesucht?“

„Nicht dass ich wüsste.“

„Der Rezeptionist des Gramercy sagt, ein Kriminalbeamter in Zivil sei mit einem Haftbefehl für ihn gekommen.“

„Das war keiner von uns.“

„Sie haben keine ausstehenden Haftbefehle vermerkt?“

„Nein, Ma'am, habe ich nicht. Erkundigen Sie sich doch in Nota Lake, dann hören Sie ja, was sie dort zu sagen haben. Ich gebe nicht jedem x-Beliebigen, der danach fragt, über den Inhalt laufender Ermittlungen Auskunft. Ich möchte Sie nicht beleidigen, aber Sie könnten ja weiß Gott was sein ... Journalistin zum Beispiel.“

„Gott bewahre“, sagte ich. „Sie halten mich doch nicht für etwas derart Mieses.“

Detective Boyd lachte. „Schönen Tag noch.“

8

Olga Toth öffnete die Tür zu ihrer Eigentumswohnung in Perdido in einem leuchtend gelben Ensemble aus eng anliegenden Strümpfen und einem sackförmigen Kleid aus Baumwollstoff, das um die Taille mit einem breiten, strassbesetzten weißen Plastikgürtel zusammengezogen war. Der Stoff klebte an ihrem Körper wie ein Verband, der allerdings den Schaden, den die Zeit an ihrem sechzig Jahre alten Körper angerichtet hatte, nicht ganz verbergen konnte. Ihre Haare leuchteten in einem trocken wirkenden Platinblond, die braunen Augen waren dick umrandet. Ich roch den Wermut in ihrem Atem, bevor sie ein Wort sagte.

Ich war die 45 Kilometer nach Perdido mitten im Nieselregen gefahren. Die Straße war glatt, und ihr Belag glänzte unter einem trügerischen Wasserfilm, der das Fahren gefährlich machte. Unter gewöhnlichen Umständen hätte ich die Fahrt vielleicht hinausgeschoben, aber ich hatte Angst, dass die Polizei es womöglich irgendwie schaffen würde, Alfies Exfrau vor meinem Interesse zu warnen und sie zu drängen, den Mund zu halten, wenn ich an ihre Tür klopfte.

„Mrs Toth?" Ich zeigte ihr meine Karte. „Könnte ich mit Ihnen über Ihren Exmann sprechen?"

Ihr Lächeln schwand enttäuscht. „Herzchen, tut mir Leid, dass ich diejenige bin, die Ihnen das sagen muss, aber er ist verstorben. Wenn Sie also seiner unbezahlten Rechnungen wegen hier sind, stellen Sie sich bitte hinten an."

„Es geht um etwas anderes. Darf ich reinkommen?"

„Sie kommen aber nicht wegen einer Gerichtsvorladung?", fragte sie misstrauisch.

„Ganz und gar nicht. Ehrlich."

Sie musterte mich, überlegte und trat dann zurück. „Aber keine komischen Mätzchen", warnte sie mich.

„Ich bin nie komisch", erwiderte ich.

Ich folgte ihr durch die kleine Diele und sah zu, wie sie ein Martiniglas von einem kleinen Beistelltisch nahm. „Ich habe mir gerade einen Drink gegönnt, falls Sie auch einen möchten …"

„Im Moment nicht, vielen Dank."

Wir betraten ein Wohnzimmer, das komplett in Weiß eingerichtet war: abgetreten wirkender weißer Nylonvelours-Teppichboden, weiße Nylongardinen, weiße Kunstledersofas. Auf dem Couchtisch aus Glas und

Chrom standen ein großer Strauß weißer Lilien und ein Krug Martinicocktail.

„Was sind Sie von Beruf?“, fragte ich.

Sie bot mir einen Platz am einen Ende der Couch an, während sie sich ans andere Ende setzte. „Ich bin Kosmetikerin, und falls Sie je Lust auf ein neues Styling haben, könnte ich Wunder vollbringen. So, was ist das jetzt für eine Geschichte mit Alfie? Ich dachte, er hätte seine Probleme ein für alle Mal hinter sich, der Ärmste?“

Ich erklärte ihr, was für einen Auftrag ich hatte, wobei ich annahm, sie als Witwe würde Verständnis dafür aufbringen, dass sich Selma Newquist über den seelischen Zustand ihres Mannes in den Wochen vor seinem Tod Gedanken machte.

„An den Namen Newquist kann ich mich erinnern. Das ist der, der ein paar Tage nach Alfies Verschwinden bei mir angerufen hat.“

„Wie lange war Alfie hier?“

„Zwei Tage, vielleicht drei.“

„Was hat Alfie dazu veranlasst, aus dem Gramercy auszuziehen?“

„Ich hatte den Eindruck, dass er nervös war, aber er hat mir nicht verraten, warum. Er hat einen Ort gesucht, an dem er sich verkriechen konnte, und hoffte wohl, sich hier niederlassen zu können, aber das wollte ich nicht. Alfie war ein reizender Mann. Er war zwanzig Jahre jünger als ich, obwohl man das nie gesehen hätte. Acht Jahre lang waren wir verheiratet. Natürlich war er die meiste Zeit davon im Gefängnis.“

„Weshalb war er im Gefängnis?“

Sie winkte ab. „Es war nie irgendetwas Großes – ungedeckte Schecks oder Bagatelldiebstahl. Immer wieder ist er in schlechte Gesellschaft geraten und hat sich auf irgendeinen Versager mit einem völlig idiotischen Plan eingelassen. In seinen Ohren klang alles gut. Das meiste endete katastrophal, aber irgendwie hat er nie etwas daraus gelernt. Er war ja dermaßen naiv! Dafür musste man ihn einfach gern haben. Außerdem sah er auf eine witzige Art gut aus. Was er machte, machte er gut, und alles andere konnte man sowieso von vornherein abschreiben.“

„Was hat er denn gut gekonnt?“

„Im Bett war er sagenhaft.“

„Ah. Und im Juni letzten Jahres war er hier“, sagte ich, um sie auf neutralen Grund zurückzuleiten. „Wo wollte er hin, als er von hier wegging?“

„Da bin ich genauso überfragt wie Sie. Als ich ihn das letzte Mal sah, hat er seine Sachen zusammengesammelt. Und ehe ich mich's versehe, werde ich nach seinen Zahnbrücken befragt, als sie versuchen, seine

Leiche zu identifizieren. Das war Mitte Januar, als er schon ein halbes Jahr weg war. Die Bullen waren anscheinend der Ansicht, er sei, kurz nachdem er von mir weggegangen ist, umgebracht worden."

„Wie haben sie den Zeitpunkt ermittelt?"

„Das habe ich auch gefragt, aber sie haben mir keine Einzelheiten verraten. Ich habe ihn, na, sagen wir Anfang September, vermisst gemeldet. Sein Bewährungshelfer hatte irgendwie meine Adresse und Telefonnummer herausgefunden, und er war ziemlich sauer, weil sich Alfie nicht gemeldet hatte."

„Hat die Polizei eine Theorie darüber, was ihm zugestoßen ist?"

Sie schüttelte den Kopf. „Ich sage Ihnen eines: Seines Geldes wegen wurde er bestimmt nicht umgebracht; der Mann war nämlich restlos pleite."

„Sie haben mir noch nicht erzählt, warum Newquist überhaupt nach ihm gesucht hat."

„Da ging es um einen Mord in Nota County. Er hatte erfahren, dass Alfie mit einem Mann befreundet war, der im März letzten Jahres tot aufgefunden worden war. Ich glaube, es gab Grund zu der Annahme, dass die beiden zu dem Zeitpunkt, als der andere umkam, gemeinsam unterwegs waren."

„Wurde Alfie verdächtigt?"

„Ach, Herzchen, das verraten einem die Bullen doch nie. Sie bilden sich ein, dass man offener zu ihnen ist, wenn sie einem sagen, dass sie nach dem potenziellen Zeugen eines Verbrechens suchen. In diesem Fall stimmt es wahrscheinlich sogar. Alfie war ein Feigling. Er hätte nie jemanden umgebracht."

„Wie hat Tom Newquist herausgefunden, dass Alfie in Santa Teresa war?"

„Oh. Das weiß ich nicht. Darüber hat er nichts erwähnt."

„Und das Opfer? Hat Ihnen Newquist den Namen des anderen Mannes genannt?"

„Musste er gar nicht. Ich kannte ihn über Alfie. Ein Typ namens Pinkie Ritter. Er und Alfie haben sich im Knast kennen gelernt, vor sechs Jahren in Chino. Ritter war bösartig, ein richtiger Scheißkerl, aber er hat auf Alfies Hintern aufgepasst. Nachdem sie wieder rauskamen, wollte Alfie, dass Ritter auch hier wohnt, aber das habe ich entschieden abgelehnt. Ritter war ein verurteilter Vergewaltiger."

„Und sonst hat sich niemand nach Alfie erkundigt?"

„Meistens war ich bei der Arbeit, also weiß ich wirklich nicht, was

Alfie die ganze Zeit gemacht hat. Na, vielleicht hatte er Freunde. Hatte er eigentlich immer. Wie gesagt, er war ein reizender Mensch. Wissen Sie, immer scharf, aber nett."

„Muss ein sympathischer Mann gewesen sein", murmelte ich und hoffte, Gott würde mich nicht auf der Stelle tot umfallen lassen.

„War er auch. Nie ist er in Kneipenschlägereien geraten oder hat jemanden beleidigt. Er war nichts als ein großer, dummer Junge", sagte sie mit bebender Stimme, „und er hat nicht immer besonders klug gehandelt. Womöglich hat ihn jemand aus Jux und Tollerei umgebracht."

ICH FUHR nach Santa Teresa zurück und versuchte, nicht allzu intensiv über die Informationen nachzudenken, die ich erhalten hatte. Ich ließ meine Gedanken einfach fließen, ohne zu versuchen, sie zu ordnen oder zu verarbeiten. Langsam tastete ich mich an etwas heran. Ich wusste nur nicht, was es war. Eines schien sicher: Tom Newquist war auf derselben Spur gewesen, und vielleicht hatte ihn das, was er herausgefunden hatte, in unsägliche Bedrängnis gestürzt.

Kurz nach drei Uhr kam ich an meiner Wohnung an. Der Regen hatte sich fürs Erste gelegt, doch der Himmel war mit dunklen Wolken bedeckt. Ich schloss meine Tür auf und schaltete das Licht ein. Mittlerweile hatte meine Hand leicht zu schmerzen begonnen. Ich holte mir in der Küche ein Glas Wasser und schluckte ein Schmerzmittel. Dann nahm ich den Gazeverband von den Fingern und warf die Schiene beiseite, ließ aber das Pflaster an Ort und Stelle. Die Geste war zwar rein symbolisch, aber dennoch heiterte sie mich auf.

Ich sah nach dem Anrufbeantworter, der eine Nachricht aufwies. Ich drückte die Taste und hörte Toms Kontaktperson aus dem Sheriffbüro: „Hier ist Colleen Sellers, ich bin bis fünf Uhr zu Hause."

Ich wählte ihre Nummer. Schnell nahm sie ab, fast als hätte sie auf den Anruf gewartet. Ihr „Hallo" war vorsichtig, ohne jeden Beiklang von Wärme oder Freundlichkeit.

„Hier ist Kinsey Millhone", sagte ich. „Spreche ich mit Colleen?"

„Ja. Sie wollten mich wegen Tom Newquist etwas fragen?"

„Genau. Danke, dass Sie sich gemeldet haben. Ehrlich gesagt, ist es ein bisschen heikel. Ich nehme an, Sie haben gehört, dass er verstorben ist."

„Ja, ich hab's gehört."

Weiter verriet sie mir nichts, also war ich gezwungen weiterzubaggern. „Also, ich bin Privatdetektivin hier am Ort ..."

„Ich weiß, wer Sie sind. Ich habe es überprüft."

„Aha, gut. Jedenfalls bin ich aus Gründen, die zu kompliziert zu erklären sind, von seiner Witwe engagiert worden, um herauszufinden, was sich in den letzten zwei Monaten seines Lebens abgespielt hat."

„Warum?"

„Wäre es irgendwie möglich, das unter vier Augen zu besprechen?", fragte ich.

COLLEEN wohnte in Santa Teresa, gar nicht weit von mir, und sie schlug vor, dass wir uns auf dem Spielplatz trafen. Ich sah sie schon aus der Ferne, wie sie in einem gelben Regenmantel mit übergezogener Kapuze auf einer der Schaukeln saß. „Gehen wir doch ein bisschen spazieren", schlug sie vor.

Aus der Nähe schätzte ich sie auf Ende vierzig. Sie hatte ein kantiges Gesicht, trug eine übergroße Brille mit einer eckigen roten Fassung und hatte schulterlanges blondes Haar. Ihre Augen waren von einem warmen Braun. Sie war grobknochig und hoch gewachsen und hatte eine Schuhgröße, die sie wahrscheinlich zwang, im Versandhandel einzukaufen.

„Arbeiten Sie heute nicht?", fragte ich.

„Ich habe mir freigenommen."

„Darf ich fragen, warum?"

„Sie dürfen fragen, was Sie wollen. Glauben Sie mir, ich bin geübt darin, Antworten zu umgehen, wenn mir die Fragen nicht passen. Im Juni werde ich fünfzig. Das bringt einen dazu, einen langen, kritischen Blick auf sein Leben zu werfen. Auf einmal weiß man nicht mehr, was man tut oder warum man es tut. Meine Eltern sind beide tot – meine Mutter seit letztem Jahr. Es ist ein seltsames Gefühl, ganz allein draußen an der Front zu stehen."

„Haben Sie Kinder?"

Sie schüttelte den Kopf. „Nein, und das ist noch etwas, das ich infrage stelle. Ich meine, jetzt ist es viel zu spät, aber ich grüble darüber nach. Nicht dass ich mir je Kinder gewünscht hätte. Und Sie? Haben Sie Kinder?"

„Nein. Ich war zweimal verheiratet und bin zweimal geschieden, beide Male, als ich noch keine dreißig war. Damals war ich noch nicht weit genug, um Kinder zu bekommen. Ich war nicht einmal weit genug für eine Ehe, aber woher hätte ich das wissen sollen?"

„Wissen Sie, was ich bereue? Ich wünschte, ich hätte bei Familiengeschichten besser zugehört. Oder vielleicht wünsche ich mir, jemanden zu haben, dem ich sie weitergeben kann. Ich frage mich, was mit den Alben voller Familienfotos geschieht, wenn ich einmal tot bin. Sie werden im Müll landen ..., sämtliche Onkel und Tanten futsch", sagte sie und verstummte. Dann wechselte sie abrupt das Thema. „Was haben Sie denn mit Ihrer Hand angestellt?"

„Jemand hat mir die Finger ausgerenkt. Sie hätten sie sehen sollen, wie sie seitwärts abstanden. Mir wurde ganz schlecht", sagte ich.

Wir schlenderten ein Stück weiter. Zu unserer Rechten trennte ein niedriges Mäuerchen den Gehweg vom Strand auf der anderen Seite. „Wie kommen wir bis jetzt voran?", fragte ich. „Ich nehme an, dass Sie mich ein wenig unter die Lupe nehmen, um sich darüber klar zu werden, wie viel Sie mir erzählen wollen."

„Ja, das stimmt", räumte sie ein. „Tom hat mir vertraut, und das nehme ich ernst. Ich meine, auch wenn er tot ist – warum soll ich sein Vertrauen missbrauchen?"

„Das ist Ihre Entscheidung. Vielleicht geht es um einen ungelösten Fall, und Sie hätten die Gelegenheit, ihn an seiner Stelle abzuschließen."

„Hier geht es nicht um Tom, sondern um seine Frau", erklärte sie.

„Sie hat ein Recht auf ihren Seelenfrieden."

„Haben wir das nicht alle?", sagte sie. „Ich bin der Frau nie begegnet, also kümmert mich ihr Seelenfrieden nicht."

Mehr bekam ich nicht aus ihr heraus. Als wir am Kai ankamen, fing es wieder an zu regnen. „Ich glaube, ich verabschiede mich hier", sagte ich. „Falls Sie sich entschließen sollten, mir mehr zu sagen, melden Sie sich einfach."

„Ich werd's mir überlegen."

Ich trottete nach Hause. Es war an der Zeit, mit den Spielchen aufzuhören. Ich holte meinen Wagen und fuhr zum Santa Teresa Hospital.

ICH ERWISCHTE Dr. Yee auf dem Weg zum Parkplatz. Den VW hatte ich am Straßenrand gegenüber der Ambulanz des Krankenhauses abgestellt. Ich ging gerade um das Gebäude herum, um es durch den Haupteingang zu betreten, als Dr. Yee aus einer Seitentür herauskam. Ich rief ihn beim Namen, woraufhin er sich umdrehte. Ich winkte, und er wartete, bis ich bei ihm war.

In Santa Teresa County wird eine Autopsie von verschiedenen Gerichtsmedizinern vorgenommen, die beim Bezirk unter Vertrag stehen. Steven Yee war Mitte vierzig, ein Sinoamerikaner der dritten Generation, der eine Schwäche für die französische Küche hatte.

„Suchen Sie mich?“ Er war gut einsachtzig groß, schlank, gut aussehend und hatte ein weiches, rundes Gesicht.

„Gott sei Dank habe ich Sie erwischt! Sind Sie auf dem Weg nach Hause? Ich müsste Sie etwa eine Viertelstunde lang beanspruchen, wenn Sie so viel Zeit erübrigen können.“

Er sah auf die Uhr. „Ich muss erst in einer Stunde im Restaurant sein“, erwiderte er.

„Davon habe ich schon gehört. Sie haben eine zweite Laufbahn eingeschlagen.“

Er lächelte erfreut und zuckte bescheiden mit den Achseln. „Na ja, es ist erholsam, einmal Lauch zu zerkleinern anstelle ... anderer Dinge. Also, was gibt's?“

„Ich brauche Informationen über einen Mann namens Alfie Toth. Sind Sie mit dem Fall vertraut?“

„Muss ich wohl. Ich habe die Autopsie vorgenommen.“ Er wies mit dem Daumen in Richtung des Gebäudes. „Kommen Sie mit in mein Büro. Ich zeige Ihnen, was wir haben.“

„Wunderbar“, freute ich mich und folgte ihm. „Ich habe erfahren, dass Toths Tod eventuell etwas mit einem vermutlichen Mord in Nota Lake zu tun hat. Ein Ermittler des Sheriffbüros hat an dem Fall gearbeitet, als er vor wenigen Wochen an einem Herzinfarkt starb. Er hieß Tom Newquist. Ist er an Sie herangetreten?“

„Ich kenne den Namen, aber er hat sich nicht direkt an mich gewandt. Ich habe mit dem Leichenbeschauer von Nota Lake telefoniert, Trey Kirchner, und er hat ihn erwähnt. Was haben Sie mit dem Fall zu tun?“

„Newquists Witwe hat mich engagiert. Sie sagt, ihr Mann stand unter enormem Stress, und ich soll herausfinden, warum. Die Polizei in Nota Lake hat sich zu diesem Thema sehr bedeckt gehalten.“

„Kann ich mir vorstellen.“

Am Aufzug angekommen, drückte er den Knopf für „Abwärts“, und wir sanken in die Tiefen des Gebäudes hinab.

Dr. Yees Büro war eine kleine, kahle Kammer auf demselben Flur wie die Leichenhalle. Im Vorraum standen Aktenschränke, und das Büro selbst war kaum groß genug für seinen wuchtigen Rollschreibtisch, den Drehstuhl und einen einfachen Holzstuhl für Besucher. Seine Fachbücher waren in ein frei stehendes Regal umgesiedelt worden, und die Schreibtischplatte war nun für eine Reihe französischer Kochbücher reserviert, die auf beiden Seiten von einem großen Glas trüben Formalins gestützt wurden, in dem etwas schwamm, was ich mir lieber nicht näher ansah.

„Warten Sie einen Moment, dann hole ich die Akte", sagte er. „Setzen Sie sich doch."

Auf dem Stuhl stapelten sich medizinische Zeitschriften, und so hockte ich mich auf die Kante, dankbar, dass Dr. Yee mir sein Vertrauen schenkte. Er kehrte mit einem Aktendeckel und einem großen Umschlag zurück und setzte sich auf den Drehstuhl.

„Sind das die Fotos? Darf ich sie sehen?"

„Sicher, aber die werden Ihnen nicht viel sagen." Er griff nach dem Umschlag und zog mehrere Farbfotos im Format 18 mal 24 heraus, die verschiedene Ansichten der Stelle zeigten, wo Alfie Toth gefunden worden war. Das Gelände war ziemlich wild: Felsen, Gestrüpp und eine uralte Eiche. „Toth wurde anhand der Überreste seines Skeletts und in erster Linie durch sein Zahnschema identifiziert. Pinkie Ritters Leiche in Nota Lake wurde unter ganz ähnlichen Umständen gefunden: der gleiche Tathergang und ein ähnlich abgelegener Ort."

Ich schwieg und starrte verblüfft auf eine Nahaufnahme, ohne genau zu wissen, was ich da vor mir sah; vermutlich die untere Hälfte von Alfie Toths Körper, verkrümmt auf der Erde. Die Beckenknochen schienen noch aneinander zu hängen, aber Oberschenkelknochen, Schien- und Wadenbeine lagen in einem wirren Haufen da. Die willkürliche Anordnung des Skeletts sah aus wie eine Halloween-Dekoration, die dringend sortiert gehörte.

Dr. Yee fuhr fort: „Ritters Leiche wurde vollständig bekleidet und mit verschiedenen persönlichen Gegenständen in den Taschen gefunden: ein abgelaufener kalifornischer Führerschein, Kreditkarten. Die Identifizierung erfolgte anhand seiner Fingerabdrücke, die rekonstruiert werden mussten. Ritters Fingerabdrücke waren schon seit 1972 gespeichert. Eine absolut miese Ratte. Zuerst hat man auf Selbstmord getippt, obwohl Kirchner sagte, er habe große Zweifel und der Sheriff auch. Bedenken Sie, vor Ort wurde kein Abschiedsbrief gefunden, andererseits gab es aber auch keine Verletzungsmerkmale an der Leiche. Genau wie bei Toth."

„Und was haben wir hier vor uns?", fragte ich und drehte das Foto so, dass er es auch betrachten konnte.

„Allem Anschein nach haben beide Männer einen Strick um einen Felsbrocken gebunden, sich eine Schlinge um den Hals gelegt, den Stein durch die Gabelung zweier Äste eines Baumes geschoben und sich stranguliert."

„Das ist aber seltsam." Ich blickte auf ein Foto hinab, auf dem ich nun einen in Schlangenlinien verlaufenden Strick ausmachen konnte, der sich um einen Felsbrocken vom Ausmaß einer großen Wassermelone wand. Toths Rumpf und Beine hatten sich gelöst und waren in einem Haufen auf eine Seite des Baumes gefallen, während die obere Hälfte seines Körpers, vom Gewicht des Steins gezogen, auf die andere gestürzt war.

„An dem Strick ist nichts Besonderes, falls Sie sich das fragen. Eine stinknormale Wäscheleine", sagte Dr. Yee und musterte mein Gesicht. „Ich möchte ja nicht rassistisch werden, aber die Methode passt eher zu einem asiatischen Gemüt. Wie kommt irgendein Kerl droben in Nota County überhaupt auf so was? Und dann noch ein zweiter hier bei uns? Es ist ja möglich, dass Toth vom angeblichen Selbstmord seines Freundes gehört und seine Methode imitiert hat, aber es kommt einem trotzdem abwegig vor."

„Tatsächlich. Wenn Alfie Toth sich umbringen wollte, sollte man annehmen, dass er sich eher ein Loch ins Hirn gepustet hätte."

Dr. Yee rutschte auf seinem Stuhl nach hinten. „Eine plausiblere Erklärung wäre, dass beide Opfer vom selben Täter ermordet wurden. Die Polizei ist deshalb so paranoid, weil sie Spinner und Nachahmungstäter abschrecken will. Sie möchte sichergehen, dass niemand anders als der Mörder die Einzelheiten kennt."

„Was ist der geschätzte Todeszeitpunkt bei Ritter?"

„Oh, er muss nach Kirchners Schätzung fünf Jahre dort gelegen haben. Eine Benzinrechnung unter seinen Sachen trug ein Datum vom April 1981."

„Eine ziemlich große Lücke zwischen beiden Todesfällen", sagte ich. Ich ließ das Szenario in meinem Kopf ablaufen wie einen Film. „Es kann wohl nicht sein, dass sich zwei Männer an weit entfernt liegenden Orten in Kalifornien unabhängig voneinander die gleiche Methode haben einfallen lassen?"

„Wahrscheinlich nicht", sagte er. „Allerdings ist es angesichts der Tatsache, dass sie befreundet waren, möglich, dass sie gehört haben, wie jemand diese Technik beschrieben hat. Wenn man Selbstmord begehen will, ist das Schöne an dieser Methode, dass es kein Zurück mehr gibt, wenn man erst einmal den Stein durch die Astgabel gerollt hat. Außerdem tritt der Tod relativ schnell ein; zwar nicht sofort, aber man verliert innerhalb einer Minute oder schneller das Bewusstsein."

„Und das sind die einzigen beiden Todesfälle dieser Art, von denen Sie wissen?"

„Ja. Ich glaube nicht, dass es eine Serie gibt, aber diese beiden müssen zusammenhängen."

„Wäre es denkbar, dass Toth seinen Freund Ritter ermordet hat, es wie Selbstmord statt Mord aussehen lassen wollte und sich schließlich selbst auf die gleiche Weise umgebracht hat?"

„Möglich", sagte er zweifelnd. „Aber worauf wollen Sie hinaus? Toth begeht einen Mord, und es vergehen fünf Jahre, bevor ihn plötzlich die Schuldgefühle übermannen?"

„Klingt nicht besonders einleuchtend, nicht wahr?"

ALS ICH um fünf nach Hause kam, brannte in Henrys Küche Licht, und ich setzte mich auf eine Tasse Tee zu ihm. Gegen sechs machte ich mich auf den Weg zu Rosies Taverne. Der Regen hatte wieder nachgelassen, doch es war empfindlich kalt geworden, sodass ich dankbar war, als ich die Kneipe betrat.

Im Rosie's war es ruhig. Zwei Gäste saßen in einer Nische, und das gelegentliche Klirren von Besteck auf Porzellan war das einzige Geräusch, das ich vernahm. In der Luft hing der durchdringende Geruch von Zwiebeln, Speck und schmorendem Rindfleisch. Rosie saß allein an der Bar, in die Abendzeitung vertieft, die aufgeschlagen vor ihr lag. Ich zog den Hocker neben ihr heraus und setzte mich. „Irgendetwas riecht gut."

„Viele Etwas", erwiderte sie. „Ich habe William gezeigt, wie man scharf eingelegtes Rindfleisch und Rinderzunge mit Tomatensoße kocht."

„Mein Lieblingsgericht", sagte ich trocken.

Hinter uns öffnete sich die Tür, und eine Vierergruppe erschien. Rosie rutschte von ihrem Hocker herunter und durchschritt den Raum, um die Neuankömmlinge zu begrüßen. Erneut ging die Tür auf, und auf einmal stand Colleen Sellers im Eingang. Anscheinend hatte sie beschlossen, mir doch zu helfen.

Wir setzten uns in die hintere Nische, die ich meist als meine bezeichne. Ich schenkte ihr ein Glas Wein ein. Sie nahm die Brille ab und hielt sie an der Fassung fest, während sie eine Papierserviette aus dem Spender zog und die Gläser damit säuberte. Ohne Brille sah sie verletzlich aus, und Trauer schwebte greifbar zwischen uns in der Luft.

„Wann haben Sie Tom kennen gelernt?"

„Vor einem Jahr auf einer Konferenz droben in Redding. Seine Frau habe ich nie kennen gelernt. Andere Leute haben angedeutet, sie sei eine ziemliche Nervensäge. Aber er hat immer von ihr gesprochen, als wäre sie eine Art Göttin." Sie wischte sich die Haare aus dem Gesicht und setzte die Brille wieder auf.

„Haben Sie sich zufällig oder geplant kennen gelernt?"

Colleen rollte mit den Augen, und ein müdes Lächeln umspielte ihre Lippen. „Ich wusste, dass er dort sein würde, und ich habe ihn angesprochen. Wie finden Sie das?"

Ich erwiderte ihr Lächeln. „Soll ich Sie einfach erzählen lassen?"

„Das wäre mir recht", sagte sie trocken. „Bis zu der Konferenz in Redding hatte ich nur telefonisch mit ihm zu tun. Er klang umwerfend, also wollte ich ihn natürlich persönlich kennen lernen. Wir haben uns auf Anhieb verstanden und über die Fälle geplaudert, die wir bearbeitet hatten, und über die Organisation unserer Dienststellen, das Übliche eben."

„Jemand war der Meinung, Sie beide seien ziemlich dicke miteinander gewesen."

„Dicke?"

„Dass Sie mit ihm geflirtet hätten. Ich gebe nur wieder, was ich gehört habe."

„Es ist doch nicht verboten zu flirten. Tom war ein Schatz. Ich habe noch keinen Mann kennen gelernt, der keine kleine Stütze für sein Ego brauchen konnte, erst recht nicht in unserem Alter. Wer hat Ihnen denn solches Zeug erzählt? Jemand, der Ärger machen möchte, das kann ich Ihnen garantieren."

„Wie gut kannten Sie ihn?"

„Ich habe ihn nur zweimal getroffen. Nein, falsch. Ich habe ihn dreimal getroffen. Zuerst ging es nur um die Arbeit, angefangen mit dem Fall, an dem er gearbeitet hat."

„Was für ein Fall war das?"

„Der Sheriff droben in Nota Lake hat in einer öden Gegend einen vermeintlichen Selbstmörder gefunden, einen früheren Häftling namens Ritter, der sich am Ast einer Eiche erhängt hatte. Die Identifizierung wurde durch seine Fingerabdrücke bestätigt, und Tom hat seine Spur bis zu seiner Entlassung aus Chino im Frühjahr '81 zurückverfolgt. Ritter hatte Familie in dieser Gegend, genauer gesagt in Perdido. Tom hat diese Verwandten angerufen, und sie haben ihm erzählt, dass Ritter mit einem Freund unterwegs war."

„Alfie Toth", ergänzte ich. „Ich weiß, dass Tom im Juli hierher gefahren ist, um nach ihm zu suchen."

„Stimmt. Ich war diejenige, die etwas über den Kerl wusste. Ich rief Tom an, und er sagte, er komme am nächsten Tag. Das war Mitte April.

Ich vermute, dass er dann zu viel zu tun hatte, da es Juni wurde, bis er es tatsächlich hierher schaffte. Zu der Zeit war Toth bereits verschwunden."

„Tom hat also nie mit ihm gesprochen?"

„Nicht dass ich wüsste. Es stellte sich heraus, dass der Leichnam, der dieses Jahr im Januar gefunden wurde, Toth war. Sowie er identifiziert war, rief ich Tom an. Der Tathergang war bei Ritter und Toth der gleiche, und das bereitete uns Kopfzerbrechen. Die beiden Todesfälle mussten etwas miteinander zu tun haben, aber es war schwer, genauer einzugrenzen, was dahinter stecken könnte."

„Soweit ich gehört habe, lagen die beiden Morde fünf Jahre auseinander. Haben Sie dafür eine Erklärung?"

Ich sah, wie sie die Mundwinkel nach unten verzog und den Kopf hin und her wiegte, um ihre Unentschlossenheit auszudrücken. „Das war der Punkt, an dem Tom und ich uns nicht ganz einig waren. Es hätte ein abgekartetes Spiel sein können ..., wissen Sie, ein Banküberfall oder ein Einbruch, bei dem Ritter und sein Kumpan einen Komplizen übers Ohr gehauen haben. Der Typ spürt die beiden auf und bringt Ritter auf der Stelle um. Dann braucht er noch fünf Jahre, um dessen Freund Toth zu finden."

„Was war Toms Theorie?"

„Tja, er dachte, Toth könnte Zeuge bei dem Mord an Ritter gewesen sein. In den Bergen passiert irgendetwas, und Pinkie Ritter kommt ums Leben. Toth kann fliehen, aber am Schluss findet ihn der Mörder doch."

„Oder vielleicht hat Alfie Toth Ritter ermordet, und ein Dritter kam hinzu und hat Ritter gerächt."

Sie lächelte kurz. „Ehrlich gesagt habe ich diese Theorie auch aufgestellt, aber Tom war fest davon überzeugt, dass der Täter in beiden Fällen derselbe war."

Ich dachte an Dr. Yees Ansicht, die mit der von Tom übereinstimmte. „Es würde mir weiterhelfen, wenn ich wüsste, wie ich mich mit Ritters Familie in Verbindung setzen kann."

„Ich kann Ihnen nachher die Telefonnummer geben, wenn Sie möchten."

„Das wäre wunderbar. Eines noch: Ich weiß, dass es mich nichts angeht, aber waren Sie in Tom verliebt? Das glaube ich nämlich zwischen den Zeilen herauszuhören."

Ihre Körpersprache wandelte sich, und ich sah ihr an, dass sie mit sich selbst darum rang, wie viel sie preisgeben sollte. „Tom war seiner Frau völlig ergeben, und das hat er mir auch gleich zu Anfang gesagt. Aber ich sage Ihnen eines: Zwischen uns hat es wirklich gefunkt. Da habe ich zum ersten Mal den Begriff ‚Seelenverwandtschaft' verstanden. Es war, als fände ich mich selbst in einer anderen Hülle – meinem geistigen Gegenstück –, und das war ein geradezu berauschendes Gefühl. Es gab nichts, das ich nicht zu ihm sagen konnte. Und lachen? Mein Gott, was haben wir gelacht!"

„Sind Sie mit ihm ins Bett gegangen?", fragte ich beiläufig.

Colleens Wangen röteten sich. „Nein, aber ich hätte es getan. Ich war so verrückt nach ihm, dass ich das Thema selbst angeschnitten habe. Ich war schamlos. Ich hätte ihn unter jeder Bedingung genommen." Sie schüttelte den Kopf. „Er war nicht dazu bereit. Und wissen Sie, warum? Er war redlich. Er hat ein Treueversprechen abgelegt, und das hat er ernst genommen."

„Er fehlt Ihnen also", sagte ich.

„Ich habe jeden Tag geweint, seit ich von seinem Tod erfahren habe. Ich hatte nicht einmal Gelegenheit, mich von ihm zu verabschieden."

„Das muss hart sein."

„Schrecklich. Es ist einfach schrecklich. Seiner Frau ist wenigstens der Luxus gegönnt, in aller Öffentlichkeit zu trauern. Macht es ihr sehr zu schaffen?"

„Deshalb hat sie mich ja engagiert – um Trost zu finden."

Colleen wandte wie beiläufig den Blick von mir ab und versuchte, ihr Interesse zu verbergen. „Hat sie ihn geliebt?"

„Sehr, würde ich sagen. Vermutlich war es eine gute Ehe, vielleicht nicht perfekt, aber sie hat funktioniert. Es behagt ihr nicht, dass er mit ungeklärten Fragen gestorben ist."

Colleen richtete den Blick wieder auf mich. „Sie dachten, es sei meinetwegen gewesen. Dass wir eine Affäre hatten."

„Es kam mir in den Sinn." Ich schwieg einen Moment lang. „Wissen Sie, warum Tom so zermürbt war?"

„Vielleicht."

„Warum so beschützerisch?"

„Ich muss jetzt gehen", sagte sie unvermittelt und nahm ihren Mantel. „Ich rufe Sie später an und gebe Ihnen die Telefonnummer von Ritters Tochter."

Ich hob einen Finger. „Moment noch! Ich habe etwas für Sie, falls Sie interessiert sind." Ich griff in meine Schultertasche und zog eines der Schwarz-Weiß-Fotos heraus, die Tom bei dem Festessen im April zeigten. „Ich habe die Bilder nachmachen lassen für den Fall, dass ich sie brauche. Vielleicht möchten Sie gern eine Erinnerung an ihn haben."

Kommentarlos nahm sie das Foto entgegen, und ein zartes Lächeln umspielte ihre Mundwinkel, während sie es betrachtete.

Ich sagte: „Ich habe ihn nie persönlich kennen gelernt, aber ich fand, dass er darauf gut getroffen ist."

Sie sah mich mit Tränen in den Augen an. „Vielen Dank."

9

Als ich am Samstagmorgen vom Laufen zurückkam, war eine Nachricht von Colleen Sellers auf meinem Band, in der sie mir Namen und Adresse einer Frau in Perdido namens Dolores Ruggles nannte, einer Tochter von Pinkie Ritter. Da dies meine einzige Spur war, tankte ich, sobald ich geduscht und angezogen war, den VW auf und fuhr auf der 101 nach Süden.

Zu meiner Rechten donnerte der raue Pazifik an die Küste. Ich nahm die Ausfahrt Leeward und überquerte auf der Suche nach der Straße, in der Dolores Ruggles wohnte, noch einmal den Freeway. Das Viertel war ein Labyrinth aus flachen Wohnhäusern, und die schmalen Straßen kreuzten sich immer wieder. Dolores' Haus war eine schmucklose Schachtel in einem schmucklosen Garten ohne Bäume, mit kaum einem Strauch oder einem Büschel Gras.

Ich klingelte. Der Mann, der mir die Tür öffnete, trocknete sich die Hände an einem Handtuch. Er war mindestens Anfang sechzig, vielleicht einssiebzig groß und hatte eine grauweiße Haartracht, die an Holzasche erinnerte. „Immer mit der Ruhe", sagte er gereizt.

„Entschuldigung. Ich dachte, die Klingel sei kaputt. Ich suche Dolores Ruggles."

„Wer zum Teufel sind Sie?"

Ich reichte ihm meine Karte. „Ich bin Privatdetektivin", erklärte ich.

„Das sehe ich. Was wollen Sie von Dolores? Sie ist im Moment beschäftigt und möchte nicht gestört werden."

„Ich brauche eine Auskunft. Vielleicht können Sie mir helfen, dann ersparen wir ihr die Umstände. Ich bin wegen ihres Vaters hier."

„Ihr Vater? Dieser Scheißkerl wurde ermordet."

„Das ist mir bekannt. Ich versuche herauszufinden, was geschehen ist."

„Was spielt das jetzt für eine Rolle? Der Mann ist tot, und das für meinen Geschmack nicht früh genug. Ich habe Jahre damit zugebracht, die Schäden zu bereinigen, die er angerichtet hat."

„Darf ich hereinkommen?"

Er starrte mich an. „Machen Sie, was Sie wollen", sagte er unvermittelt, drehte sich auf dem Absatz um und überließ es mir, ihm zu folgen. Ich huschte hinter ihm her und erstellte im Vorübergehen eine schnelle Bestandsaufnahme des Wohnzimmers. Der Raum sah aus, als hätte ihn ein Mann eingerichtet. Der Boden bestand aus dunklem Hartholz. Mein Blick fiel auf eine schlaffe Couch und einen eingesunkenen Polstersessel, beides von schweren, handgewebten Indianerdecken verhüllt. Die Wände waren voller Bücher, in Zweier- und manchmal sogar in Dreierreihen in die Regalbretter gequetscht.

„Ich bin gerade am Abspülen", erklärte er, während er in die Küche ging. „Schnappen Sie sich ein Geschirrtuch, und helfen Sie mit. Übrigens, ich heiße Homer und bin Dolores' Mann. Mr Ruggles für Sie."

Sein Ton hatte sich von unverblümter Grobheit zu etwas Schroffem, aber nicht Unangenehmem gewandelt. Ich konnte sehen, dass er zu seiner Zeit ziemlich gut aussehend gewesen sein musste – ein Mann mit einem gewissen Maß an Charakter und einer anziehenden Ausstrahlung.

Er drehte das Wasser auf und machte sich wieder an die Arbeit. Ich nahm ein frisches Geschirrtuch heraus und griff mir einen nassen Teller.

„Sie können das Geschirr auf dem Küchentisch stapeln. Ich räum's dann auf, wenn wir fertig sind."

Ich warf einen Blick auf den Tisch. „Äh, Mr Ruggles, der Tisch muss abgewischt werden. Haben Sie einen Schwamm?"

„Lassen Sie das mit dem Mr Ruggles. Es klingt absurd."

„Ja, Sir."

Das brachte mir ein angedeutetes Lächeln ein. Er drückte den Lappen aus und warf ihn mir mit einem Kopfschütteln zu. „Also, worum geht's? Warum interessieren Sie sich für Pinkie Ritter? Ein anständiges Mädchen wie Sie sollte sich schämen."

„Bis gestern hatte ich noch nie von ihm gehört. Ich war auf der Suche nach einem Freund von ihm, der eventuell ... Könnten wir diesen Teil beiseite lassen? Es ist fast zu kompliziert, um es zu erklären."

„Sie meinen Alfie Toth."

„Danke. Genau der. Anscheinend weiß jeder über ihn Bescheid."

„Nun ja, Alfie war ein Spatzenhirn. Frauen fanden ihn attraktiv, aber ich konnte das nicht begreifen. Ich glaube, er hat sich mit meinem Schwiegervater herumgetrieben, weil er sich von ihm Schutz versprochen hat, was ein weiterer Beweis dafür ist, wie bescheuert er war."

„Sie wussten, dass Alfie tot ist?"

„Allerdings. Die Polizei hat es uns mitgeteilt, als seine Leiche gefunden wurde. Sie sind vorbeigekommen und haben uns die gleichen Fragen gestellt, auf die Sie vermutlich eine Antwort haben wollen, nämlich welche Verbindung zwischen den beiden bestand und wer wem was getan hat. Und ich gebe Ihnen die gleiche Antwort wie den Bullen: Ich weiß es nicht."

„Sie haben offenbar keine hohe Meinung von Pinkie."

„Das ist eine krasse Untertreibung. Ich habe den Kerl aus tiefster Seele gehasst. Wer auch immer Pinkie umgebracht hat, hat mir ein Leben im Knast erspart. Pinkie hatte sechs Kinder – drei Söhne und drei Töchter –, und er hat jedes Einzelne von ihnen von Geburt an misshandelt. Heutzutage hört man überall dieses Gerede über Kindesmisshandlung, aber Pinkie hat es knallhart auf die Spitze getrieben. Er hat sie geschlagen, versengt, hat sie in Schränke gesperrt, hungern lassen und missbraucht. Pinkie war der fieseste Dreckskerl, der mir je begegnet ist."

„Ist denn niemand eingeschritten?"

„Man hat es versucht. Eine Menge Leute haben ihn verpfiffen. Das Kunststück war nur, es auch zu beweisen." Er schüttelte den Kopf. „Pinkie wusste, wie der Hase läuft. Er hat das Haus sauber gehalten – dafür haben die Kinder gesorgt –, und er kochte gern. Wenn die Sozialarbeiter vorbeikamen, hatte es den Anschein, als sei alles in Butter. Die Kinder wussten genau, dass sie den Mund halten mussten. Dolores sagt, sie könne sich noch erinnern, wie sie alle sechs in einer Reihe im Wohnzimmer standen und artig Fragen beantwortet haben. Pinkie war nicht im Raum, aber auch nicht weit weg. Den Kindern war völlig klar, dass sie ihn nicht anschwärzen durften, sonst wären sie am Abend tot. Also standen sie da und logen. Das Einzige, was sie gerettet hat, war, dass er ins Gefängnis kam."

„Und was war mit seiner Frau? Wo war sie die ganze Zeit?"

„Dolores glaubt, dass er sie umgebracht hat, aber auch das ließ sich nicht beweisen."

„Klingt, als sei Pinkie wirklich ein ausgesprochen übler Typ gewesen."

„Der allerübelste."

„Also hätte jeder ihn umbringen können, seine Kinder eingeschlossen. Wollen Sie das damit sagen?"

„Im Großen und Ganzen schon", bestätigte er. „Aber als er ums Leben kam, hatten sich die anderen Geschwister in sämtliche Himmelsrichtungen zerstreut. Ein paar von ihnen leben noch in Kalifornien, aber wir haben nicht allzu viel Kontakt zu ihnen." Homer spülte den letzten Teller und drehte den Wasserhahn zu.

„Wann haben Sie ihn zuletzt gesehen?"

„Im März vor fünf Jahren. Sowie er aus Chino rauskam, hat er sich auf den Weg hierher gemacht. Dolores war das Einzige seiner Kinder, das noch hier in der Gegend lebte, also war er natürlich der Meinung, dass sie ihm Kost und Logis schuldig war."

„Hatten Sie denn keine Einwände?"

„Doch, aber in dieser Debatte zog ich zwangsläufig den Kürzeren. Dolores ist ein tolles Mädchen, aber seien Sie froh, dass Sie nicht wissen, was sie durchgemacht hat. Tatsache ist jedenfalls, dass sie immer noch die Liebe dieses Mannes erringen wollte. Er war nach wie vor ihr Daddy, und sie konnte ihn nicht abweisen. Schließlich hatte ich die Schnauze voll und habe ihm gesagt, dass er verschwinden soll."

„War Toth damals mit ihm zusammen?"

„Ab und zu. Ich glaube, Alfies Exfrau hat irgendwo hier im Ort gewohnt. Er hat bei ihr schmarotzt, wenn er nicht gerade hier war und bei uns schmarotzt hat."

„Und die beiden sind zusammen weggefahren?"

„Soweit ich weiß."

„Und wohin wollten sie?"

„Los Angeles. Hinterher hat man alles rekonstruiert und herausgefunden, dass sie in Los Angeles ein Auto gestohlen haben und damit nach Lake Tahoe gefahren sind."

„Glauben Sie, dass ihnen vielleicht irgendjemand auf den Fersen war?"

„Keine Ahnung", antwortete er. „Pinkie machte nicht den Eindruck, als ob er sich bedrängt fühlte. Warum? Glauben Sie, dass ihnen jemand gefolgt ist?"

„Möglich", sagte ich.

Währenddessen vernahm ich unterschwellig eine Reihe seltsamer Geräusche aus dem Nebenzimmer. Zuerst dachte ich, sie kämen aus einem Radio oder Fernseher, doch die Sätze wiederholten sich in leblosem und mechanischem Tonfall. Homer hörte es auch, und er neigte den Kopf in Richtung Schlafzimmer. „Dolores ist da hinten. Wollen Sie mit ihr sprechen?"

„Wenn Sie einverstanden sind."

„Sie verkraftet es schon", meinte er. „Lassen Sie mir einen Moment Zeit, dann erkläre ich ihr, worum es geht."

Er ging den Flur hinunter bis zu einer Tür und klopfte einmal, bevor er hineinging. Kurz darauf öffnete die Tür sich wieder, und Homer winkte mich herein.

Auf den ersten Blick dachte ich, Dolores Ruggles könne keinen Tag älter als 21 sein. Später erfuhr ich, dass sie 28 war, was mir immer noch zu jung dafür erschien, um mit einem Mann in Homers Alter verheiratet zu sein. Schmal und zierlich saß sie in einem Zimmer voller Barbiepuppen an einer Werkbank. Vom Boden bis zur Decke saßen diese Plastikpuppen in ihren winzigen Klamotten da: Strandkleider, Abendkleider, Kostüme, Pelze, Shorts, Capes, Leggings, Badeanzüge, Babydolls – jedes Stück mit den passenden Accessoires versehen.

Ich gestehe, dass mir die Worte fehlten. Homer lehnte an der offenen Tür und beobachtete meine Reaktion, also sagte ich in hoffentlich ausreichend respektvollem Tonfall: „Erstaunlich!"

Dolores sah mich schüchtern an. Sie hatte eine Puppe auf dem Schoß, allem Anschein nach keine Barbie, sondern ein anderer Typ. Mit einem kleinen Hammer und einem Tapetenmesser schnitt sie ihr den Bauch auf. Dicht nebeneinander standen in einer Schachtel lauter identische kleine Plastikmädchen, geschlechtslos und unversehrt, deren Brustkörbe von einem ähnlichen Lochmuster durchbohrt waren wie bei altmodischen Radiolautsprechern. „Chatty Cathys", erklärte sie. „Das ist mein neues Hobby. Ich repariere ihre Stimmen, damit sie wieder sprechen können."

„Ist ja toll."

„Ich lasse euch Frauen mal allein. Ihr habt eine Menge zu besprechen", meinte Homer und zog sich zurück.

„Wie viele Barbies haben Sie denn?", fragte ich Begeisterung heuchelnd.

„Etwas über zweitausend." Ihre Redeweise war emotionslos und ihre Art ungekünstelt. Sie richtete die meisten ihrer Kommentare an die Puppe, während sie weiterarbeitete. „Hatten Sie als Kind eine Barbie?"

„Kann ich nicht behaupten", antwortete ich. Ich nahm eine in die Hand und musterte sie. „Sie sieht aus, als litte sie an irgendwelchen Essstörungen, finden Sie nicht? Was hat Sie veranlasst, sich mit den Chatty Cathys zu beschäftigen?"

„Die meisten der Chattys gehören mir gar nicht. Ich repariere sie für eine Freundin, die das professionell betreibt. Es ist gar nicht so abwegig, wie es scheint. Aber Sie sind garantiert nicht den ganzen Weg hierher gefahren, um sich über Puppen zu unterhalten. Sie interessieren sich ja für meinen Vater."

„Homer hat mich schon aufgeklärt, aber ich würde gern Ihre Version hören. Soweit ich weiß, haben er und Alfie Toth eine Zeit lang bei Ihnen gewohnt, nachdem sie aus Chino entlassen worden waren."

„Das stimmt. Danach hat Paps versucht, bei meinem Bruder Clint zu übernachten – er wohnt in Inglewood gleich beim Flughafen von L. A. Clint hat sich geweigert, ihn hereinzulassen, und hat ihm erklärt, er könne ja im Werkzeugschuppen schlafen. Paps war natürlich stocksauer. Er und Alfie haben gewartet, bis Clint weg war, und dann sein ganzes Bargeld gestohlen und seine Möbel demoliert."

„Hat Clint Anzeige erstattet?"

Dolores wirkte verblüfft. „Warum sollte er denn das tun?"

„Ich habe gehört, dass ein Kriminalbeamter in Zivil versucht hat, kurz vor Toths Tod einen Haftbefehl gegen ihn zu vollstrecken. Ich wüsste gern, ob der auf diesen Zwischenfall zurückging."

Dolores schüttelte den Kopf. „Garantiert nicht. Auch wenn Clint Paps nicht bei sich im Haus haben wollte, hätte er ihn nie verpfiffen."

„Was glauben Sie, warum er von Clint aus nach Lake Tahoe gefahren ist?"

„Meine Schwester wohnt dort. Oder vielmehr eine von ihnen. Nicht direkt in Lake Tahoe, aber in der Gegend."

„Wie lange war er denn bei ihr?"

„Eine Woche oder so. Mame hat mir später erzählt, dass er mit Alfie weggefahren sei, um angeln zu gehen, und soweit ich weiß, hat seitdem kein Mensch mehr Paps gesehen."

„Glauben Sie, dass ich mit ihr sprechen könnte?"

„Na klar. Sie ist nicht schwer zu finden. Sie arbeitet dort oben als Angestellte im Sheriffbüro."

„Wo dort oben?"

„In Nota Lake. Sie heißt Margaret, aber die ganze Familie nennt sie Mame."

ALS ICH nach Hause kam, kniete Henry in seinem Garten im Blumenbeet. Ich schritt über die Wiese und blieb stehen, um ihm bei der Arbeit zuzusehen. Er nahm meine Anwesenheit wahr, schien sich aber in der Stille wohl zu fühlen. Ich setzte mich auf einen hölzernen Liegestuhl, während er mit einer Pflanzkelle die Erde umgrub.

„Ich muss wieder nach Nota Lake", sagte ich.

„Wann?"

„Irgendwann nächste Woche. Ich möchte lange genug hier bleiben, um meine Hand auszukurieren."

„Warum willst du überhaupt wieder hinfahren?“

„Ich muss jemanden sprechen.“

„Kannst du das nicht telefonisch erledigen?“

„Am Telefon fällt den Leuten das Lügen zu leicht. Ich möchte Gesichter sehen“, sagte ich. Ich schwieg und horchte auf das vertraute Scharren seiner Pflanzkelle im Erdreich. „Kannst du dich noch an die Zeit erinnern, als man von ‚Schwingungen‘ gesprochen hat?“, fragte ich nach einer Weile.

Ich sah, wie Henry lächelte. „Hast du schlechte Schwingungen?“

„Die übelsten.“ Ich hielt meine rechte Hand in die Höhe und versuchte, die Finger zu beugen. Sie waren so steif und geschwollen, dass ich fast keine Faust zustande brachte.

„Fahr nicht. Du brauchst nichts zu beweisen.“

„Doch, Henry. Ich bin eine Frau. Wir müssen andauernd etwas beweisen.“

„Was zum Beispiel?“

„Dass wir hart im Nehmen sind. Dass wir genauso gut sind wie die Männer, was – wie ich erfreut bestätigen kann – gar nicht so schwer ist.“

„Und was bereitet dir Kopfzerbrechen?“

„Dass mir die Finger ausgerenkt wurden, bevor ich überhaupt irgendetwas kapiert habe. Jetzt, wo ich der Wahrheit näher komme, frage ich mich, was der Kerl dann tun wird.“

„Dein Telefon hat geklingelt“, bemerkte er.

„Henry, wie kannst du das hören? Du bist sechsundachtzig Jahre alt!“

„Und zwar schon dreimal.“

Inzwischen war ich aufgestanden und hatte den Garten zur Hälfte durchquert. Ich hatte meine Tür offen gelassen und nahm noch im Gehen den Hörer ab, gerade als sich der Anrufbeantworter einschaltete. Ich drückte auf „stop“. „Hallo, hallo, hallo.“

„Kinsey, sind Sie das? Ich dachte schon, es sei Ihr Band.“

„Hallo, Selma. Sie hatten Glück. Ich war draußen im Garten.“

„Tut mir Leid, dass ich Sie belästigen muss.“

„Kein Problem. Was gibt’s denn?“

„Jemand hat Toms Arbeitszimmer durchsucht. Ich weiß, das klingt seltsam, aber ich bin mir sicher, dass jemand hier drinnen war und die Sachen auf seinem Schreibtisch verstellt hat. Nicht, dass der Raum verwüstet wäre, aber irgendetwas stimmt nicht.“

„Wie sind die Täter reingekommen?“

Sie zögerte. „Ich war nur eine Stunde lang weg, vielleicht ein bisschen länger. Bei so kurzen Zeitspannen schließe ich meistens die Tür nicht ab."

„Was macht Sie so sicher, dass jemand drinnen war?"

„Das kann ich nicht erklären. Ich war in Toms Arbeitszimmer, bevor ich ausgegangen bin. Ich war deprimiert, und es wirkte irgendwie tröstlich auf mich, nur so auf seinem Stuhl zu sitzen. Sie wissen ja, wie es ist. Na, jedenfalls, als ich nach Hause kam, habe ich meine Handtasche auf den Küchentisch gestellt und bin noch einmal zum Auto gegangen. Ich hatte mir ein paar Kisten geholt, um Toms Bücher einzupacken. Sowie ich in sein Arbeitszimmer kam, habe ich den Unterschied gesehen."

„Und Brant? Woher wollen Sie wissen, dass er nicht drinnen war und auf Toms Schreibtisch nach irgendetwas gesucht hat?"

„Er war bis vor ein paar Minuten bei Sherry." Es entstand eine kleine Pause, während der sie die Tonart wechselte und nun mit leicht beleidigter Stimme weitersprach. „Offen gestanden hat es mich geärgert, dass Sie sich nicht gemeldet haben. Ich habe damit gerechnet, von Ihnen zu hören."

„Tut mir Leid, aber ich bin nicht dazu gekommen."

„Wo ich Sie ohnehin gerade am Telefon habe, könnten Sie mir vielleicht mitteilen, was sich getan hat. Ich gehe davon aus, dass Sie noch an dem Fall arbeiten."

„Aber sicher." Ich unterdrückte das Bedürfnis, wütend zu werden, und schilderte ihr meine Unternehmungen in den vergangenen anderthalb Tagen, wobei ich die persönlichen Aspekte von Toms Beziehung zu Colleen Sellers beiseite ließ. Eine Teilwahrheit ist schwerer zu erzählen als eine glatte Lüge. Da wollte ich sie schützen, und sie putzte mich wegen Nachlässigkeit herunter. Undankbar war gar kein Ausdruck! „Tom ist im Rahmen von Ermittlungen im Juni hierher gefahren. Können Sie sich daran erinnern? Wahrscheinlich war er über Nacht weg."

„Ja", bestätigte sie langsam. „Was spielt das für eine Rolle?"

„Es gab einen Mordfall hier unten, von dem Tom dachte, dass er mit Skelettfunden zusammenhinge, die vergangenes Frühjahr in Nota County entdeckt wurden."

„Ich weiß, welchen Fall Sie meinen. Er hat nicht viel davon gesprochen, aber ich weiß, dass er ihn beschäftigt hat. Was ist damit?"

„Tja, wenn es um laufende Ermittlungen in einem Mordfall geht, habe ich keinerlei Befugnis. Ich bin Privatdetektivin, das heißt, ich stelle freiberufliche Recherchen an. Ich kann meine Nase nicht auf Ihre bloße Behauptung hin in polizeiliche Angelegenheiten stecken."

„Es gibt doch wohl kein Gesetz, das es verbietet, Fragen zu stellen?"

„Ich habe ja Fragen gestellt, und ich sage Ihnen, was ich herausgefunden habe: Dass Tom zermürbt war, hing mit Dingen zusammen, die nichts mit Ihnen zu tun haben.“

„Aber wenn das hier rein beruflich ist, warum sollte sich dann jemand die Mühe machen, das Haus zu durchsuchen?“

„Woher soll ich das wissen?“ Sie trieb mich in die Enge, und das ärgerte mich maßlos.

„Kinsey, ich bezahle Sie, um dieser Sache auf den Grund zu kommen. Wenn ich gewusst hätte, dass Sie mir nicht helfen würden, hätte ich die fünfzehnhundert Dollar dazu verwendet, mir die Zähne überkronen zu lassen.“

„Ich tue, was ich kann. Was erwarten Sie denn von mir?“

„Wenn Sie den Auftrag nicht zu Ende führen wollen, warum sagen Sie es dann nicht einfach?“

„So ist es ja gar nicht.“

„Wann kommen Sie dann zurück?“

Ich musste mir auf die Zunge beißen. „Das weiß ich noch nicht. Vielleicht am Dienstag.“

„Nächste Woche?“, rief sie. „Und warum nicht heute? Sie schulden mir noch Arbeit im Wert von fünfhundert Dollar! Für eine solche Summe sollten Sie doch wohl so schnell wie möglich hierher kommen wollen.“

„Selma, ich bin nicht bereit, mich jetzt darüber zu streiten. Ich tue, was ich kann.“

„Wunderbar! Wann kann ich also mit Ihnen rechnen?“

„Ich habe keine Ahnung.“

„Sie können mir doch sicher ungefähr sagen, wann Sie eintreffen. Morgen bin ich den ganzen Tag weg. Ich gehe um zehn Uhr zum Gottesdienst und bin dann zu Besuch bei meiner Cousine drunten in Big Pine. Ich kann nicht herumsitzen und darauf warten, dass Sie irgendwann einmal auftauchen. Außerdem muss ich Vorbereitungen treffen, wenn Sie kommen.“

„Ich rufe an, wenn ich komme, aber ich werde nicht in Nota Lake Cabins absteigen. Ich finde es dort grässlich. Es ist zu abgelegen und zu gefährlich.“

„Gut“, sagte sie rasch. „Sie können hier bei mir wohnen.“

„Ich möchte mich keinesfalls aufdrängen.“

„Das macht keine Umstände. Ich kann Gesellschaft vertragen. Brant möchte sowieso in seine Wohnung zurückgehen. Er packt schon seine

Sachen zusammen. Das Gästezimmer ist stets bereit. Ich warte mit dem Abendessen auf Sie, und bitte keine Widerrede."

„Wir reden darüber, wenn ich da bin", sagte ich. Natürlich merkte ich, dass ich bereits begonnen hatte, meinen geistigen Terminkalender durchzugehen und mich darauf einzustellen, so bald wie möglich aufzubrechen. Da ich quasi zugestimmt hatte, wurde mir jetzt klar, dass ich es nur noch hinter mich bringen wollte.

Sowie ich aufgelegt hatte, nahm ich den Hörer wieder ab und rief bei Colleen Sellers an. Sie klang, als sei sie nicht besonders begeistert darüber, von mir zu hören, aber ich hatte es satt, ständig um den heißen Brei herumzureden. „Colleen, ich habe gerade eine halbe Stunde mit Pinkie Ritters Tochter Dolores und ihrem Mann verbracht. Dabei habe ich erfahren, dass Pinkie noch eine Tochter in Nota Lake hat und er und Alfie aus diesem Grund überhaupt erst dorthin gefahren sind."

„Und?"

„Diese Frau habe ich bereits kennen gelernt. Sie heißt Margaret und arbeitet als Verwaltungsangestellte im Sheriffbüro. Ich muss noch einmal hinauffahren und sie befragen, aber das kann ich nicht, ohne zu wissen, womit ich es zu tun habe."

„Warum rufen Sie da mich an? Ich kann Ihnen nicht helfen, und offen gestanden ärgert es mich, dass Sie mich immer wieder damit bedrängen."

„Ehrlich gesagt, muss ich Ihren Ärger riskieren. Sie müssen jetzt endlich offen zu mir sein."

„Warum?"

„Weil mein Leben davon abhängen könnte", fauchte ich. „Kommen Sie, Colleen. Sie sind doch vom Fach. Sie wissen Bescheid. Sie sitzen da, verteilen häppchenweise Informationen und klammern sich an die Krumen, weil Sie sonst nichts haben. Aber das hier ist eine verdammt ernste Angelegenheit. Wenn Tom an Ihrer Stelle wäre, glauben Sie, dass er dann Informationen verweigern würde?"

„Wahrscheinlich nicht", gestand sie widerwillig ein.

„Dann machen wir mal weiter. Wenn Sie wissen, worum es geht, dann verraten Sie es mir doch einfach."

Sie zögerte immer noch. „Tom steckte in einer moralischen Krise. Ich war der leichte Teil daran, allerdings war ich nicht das einzige Problem. Er hat sich mir gegenüber korrekt verhalten, und ich glaube, das fand er tröstlich. Das andere Problem, vor dem er stand, war komplizierter."

„Raten Sie das nur, oder wissen Sie das genau?"

„Also, Tom hat sich nie konkret geäußert, aber er hat auf die Sache angespielt. Etwas in der Richtung, dass er nicht wüsste, wie er Verstand und Gefühl in Einklang bringen soll."

„In welcher Hinsicht?"

„Er fühlte sich für den Mord an Toth verantwortlich."

„Wie das?"

„Aufgrund eines Vertrauensbruchs. Ich habe ihm Adresse und Telefonnummer des Gramercy gegeben. Tom glaubte, dass jemand unbefugt einen Blick in seine Notizen geworfen hat, um Toth dann aufzuspüren und umzubringen. Es machte ihn halb wahnsinnig."

Ich merkte, wie ich das Telefon anblinzelte, und versuchte, aus ihren Äußerungen schlau zu werden. „Aber sein Notizbuch ist verschwunden."

„Damals war es noch da."

„Wen hatte er im Verdacht? Hat er je einen Namen genannt?"

„Jemanden, mit dem er zusammengearbeitet hat. Aber das ist eine Vermutung von mir, nichts, was er mir direkt gesagt hätte. Warum sollte es ihn sonst belasten, wenn es nicht jemand war, der die Dienststelle hintergangen hat?"

Ich wurde nachdenklich. In Gedanken ließ ich die Beamten Revue passieren, die ich in Nota Lake kennen gelernt hatte: Rafer LaMott; Toms Bruder Macon; Hatch Brine; James Tennyson; Earlenes Ehemann Wayne. Und Hilfssheriff Carey Badger, der in der Nacht nach dem Überfall meinen Bericht aufgenommen hatte. Alle, die infrage kamen, standen im Zusammenhang mit dem Sheriffbüro von Nota Lake oder der Verkehrspolizei. Im Hinterkopf hatte ich schon den Verdacht gehegt, dass mein Angreifer an einer Polizeischule ausgebildet worden war. Zunächst hatte ich mich dieser Vermutung widersetzt, aber nun spürte ich, wie sie sich in meiner Vorstellung festzusetzen begann. Er hatte mich mit solchem Geschick niedergerungen, wie ich es selbst einmal beigebracht bekommen hatte. „Wollen Sie damit sagen, dass einer von Toms Kollegen in einen Doppelmord verwickelt ist?"

„Ich glaube, dass er diesen Verdacht hegte und ihn das zermürbt hat. Aber auch das hat er nie deutlich gesagt. Ich kann es nur vermuten."

Diesmal schwieg ich einen Moment. „Darauf hätte ich von selbst kommen sollen. Wie dumm von mir. Mist!"

„Was wollen Sie jetzt tun? Sie können das nicht allein erledigen."

„Wen soll ich denn verständigen? Das Sheriffbüro von Nota Lake?"

„Ich weiß nicht, ob ich das täte", sagte sie und lachte zur Abwechslung einmal.

„Tja, also wenn ich die Lösung gefunden habe, sage ich Ihnen Bescheid", erklärte ich.

„Ich wäre vorsichtig."

„Keine Sorge", sagte ich. „Noch eine Frage, solange ich Sie in der Leitung habe: Waren Sie je selbst in Nota Lake?"

„Soll das ein Witz sein? Tom war viel zu nervös, um sich dort mit mir zu treffen."

Beunruhigt legte ich den Hörer auf. Mein Angstpegel schwoll bedrohlich an. Die Angst war wie etwas Feuchtes und Schweres, das in meine Knochen sank. Die meisten der Polizisten, die ich im Lauf der Zeit kennen gelernt hatte, waren anständige, gewissenhafte Menschen gewesen, was den Gedanken umso verstörender machte, dass womöglich einer von ihnen auf die andere Seite übergewechselt war. Ich wusste nicht, wann mir je etwas solche Angst eingejagt hatte wie die Vorstellung, gegen diesen Kerl anzutreten, aber was hatte ich schon für eine Wahl? Wenn ich aus diesem Auftrag ausstieg, was dann? Würde ich, wenn ich das nächste Mal Angst bekam, den Auftrag dann ebenfalls sausen lassen?

Ich stieg die Wendeltreppe hinauf und begann pflichtbewusst, meine Reisetasche zu packen.

10

Ich nahm den Highway 126 durch Santa Paula und Fillmore, bis ich auf den Highway 5 traf, wo ich scharf auf den Highway 14 abbog. Ich durchquerte Cañon-Land: kärglich bewachsene braune Hügel mit vereinzelten Sträuchern.

Ich hatte meine halb automatische Pistole eingepackt. Angesichts des Zustands meiner lädierten Finger bezweifelte ich zwar, dass ich überhaupt zum Abdrücken in der Lage wäre, doch war mir die Pistole ein Trost.

Allmählich legte sich meine Wut auf Selma wieder. Ich bedauerte, dass ich keine Zeit mehr gehabt hatte, um mich mit Leland Peck, dem Angestellten des Gramercy Hotels, in Verbindung zu setzen. Ich hatte mich auf das Wort seines Kollegen verlassen, dass er nichts auszusagen habe. Jeder gute Detektiv weiß es besser. Ich hätte ihn nach seinen Erinnerungen an den Zivilfahnder mit dem Haftbefehl für Toth befragen sollen.

Ohne im Geringsten zu ahnen, was auf mich zukommen sollte, dachte ich beiläufig an die bevorstehende Nacht. Es ist mir aus ganzem Herzen zuwider, bei jemand anders zu übernachten. Ich will beim Frühstück niemanden gegenübersitzen haben. Ich will weder die Zeitung teilen müssen, noch will ich am Ende des Tages mit jemandem reden. Wenn ich an solchen Dingen interessiert wäre, wäre ich schon längst wieder verheiratet und hätte Ruhe und Frieden ein für alle Mal ein Ende bereitet.

Als ich um Viertel vor sieben in Nota Lake eintraf, hatte sich die Nacht über die Landschaft gelegt, und das Wetter war richtig ekelhaft. Der Nieselregen hatte sich zu schneidendem Graupel verstärkt. Meine Scheibenwischer rackerten sich ab und häuften Matsch in einem Bogen an, der fast die gesamte Windschutzscheibe füllte. Ich parkte vor Selmas Haus, schnappte mir meine Reisetasche und ging mit gebeugtem Kopf auf die Veranda zu, als könnte ich so der peitschenden Mischung aus Regen und Schnee entgehen. Ich klopfte höflich und trat geduldig von einem Fuß auf den anderen, bis sie die Tür öffnete. Wir tauschten die üblichen Floskeln aus, während ich beim Gedanken an den nagelneuen Teppich die Schuhe abstreifte. Das Haus war ofenwarm und dunstig vom Zigarettenrauch, der in den hermetisch gegen den Winter abgeriegelten Räumen hing. Ich trottete hinter Selma her, die mich ins Gästezimmer führte. „Lassen Sie sich so viel Zeit, wie Sie wollen, um sich frisch zu machen und auszupacken. Ich bin draußen in der Küche."

„Danke."

Nachdem sich die Tür hinter mir geschlossen hatte, sah ich mich voller Unbehagen im Zimmer um. Der Teppich hier war quietschrosa und hatte einen Flor aus Baumwollvelours. Dazu kamen ein Himmelbett mit Baldachin und eine aufgeblähte Steppdecke aus rosa-weiß kariertem Gingan. Die Tapete hatte ein Muster aus rosa-weißen Streifen mit einer Blütenbordüre als oberen Abschluss. Das Zimmer roch, als wäre es geraume Zeit verschlossen gewesen, und die Hitze hier drinnen wirkte noch intensiver als im übrigen Haus. Ich merkte, wie ich vor Sehnsucht nach frischer Luft zu hyperventilieren begann.

Ich ging zum Fenster hinüber wie ein Dieb auf frischer Tat, der zu entkommen versucht. Ich schaffte es, das Fenster drei Zentimeter weit hochzuschieben, nur um vor massiv gebauten Sturmfenstern mit Doppelverglasung zu stehen. Ich bearbeitete die Riegel, bis ich sie alle gelockert hatte. Dann versetzte ich dem Sturmfenster einen Stoß, wodurch es unversehens aus dem Rahmen fiel und in das Gebüsch darunter plumpste. Hoppla! Ich steckte meinen Kopf durch den Spalt und ließ mir den Graupelschauer ins Gesicht wehen. Das Sturmfenster war genau außerhalb meiner Reichweite gelandet, also ließ ich es, wo es war, nämlich in den Wacholderbüschen. Ich schob die Fensterscheibe wieder herab und zog die Rüschenvorhänge zurecht, damit man das Fehlen des Sturmfensters nicht gleich bemerkte. Wenigstens konnte ich mich zur Schlafenszeit in einer vernünftig abgekühlten Atmosphäre zur Ruhe begeben.

Ich wusch mir die Hände und putzte mir die Zähne im Gästebad. Dann ging ich ins Schlafzimmer zurück und sah mich noch einmal um. Ich nahm meine Pistole aus der Reisetasche und versteckte sie zwischen der Matratze und den Sprungfedern am Kopfende des Betts. So würde ich zwar niemanden überlisten, aber zumindest hätte ich die Waffe in Reichweite. Schließlich war nichts mehr zu tun, als mich am Abendessenstisch zu präsentieren.

Selma gab sich zurückhaltend. Nachdem sie ihren Willen durchgesetzt hatte, verblüffte mich das. „Ich habe keine großen Umstände gemacht. Ich hoffe, es ist Ihnen recht“, erklärte sie.

„Aber sicher.“

Sie brauchte einen Moment, um ihre Zigarette auszudrücken und die letzten Rauchschwaden seitlich auszustoßen. Für einen Raucher bedeutet das Etikette. Wir zogen unsere Stühle heraus und setzten uns.

Angesichts meiner gewohnten Ernährung ist ein selbst gekochtes Essen normalerweise ein Genuss für mich. Oder zumindest dachte ich das, bevor ich mit der Mahlzeit konfrontiert wurde, die Selma zubereitet hatte. Dies war die Speisenfolge: Eistee mit bereits eingerührtem Süßstoff, Eisbergsalat mit Dressing aus der Flasche, das die Farbe eines Sonnenuntergangs aufwies. Zum Hauptgang gab es Instant-Kartoffelbrei und eine dicke Scheibe Hackbraten, die in verdünnter Champignoncremesuppe schwamm. Während des Essens stieß ich mit der Gabel auf mehrere Stellen trockener Kartoffelbreiflocken. Ich wusste genau, dass sie Brant anders ernährte.

Selma schwieg während des Essens, und ich hatte auch nicht viel beizutragen. Sowie wir mit dem Essen fertig waren, zündete sich Selma eine Zigarette an, damit ich auch ja keine Minute den Teerstoffen und den giftigen Gasen entging, die über den Tisch wehten. „Möchten Sie Nachtisch? Ich habe eine schöne Kokosnuss-Cremetorte im Gefrierschrank. Die ist in einer Minute aufgetaut.“

„O Mann, ich bin pappsatt. Das war prima.“

„Ich habe mich noch gar nicht nach Ihren Fingern erkundigt.“

Ich hielt die rechte Hand in die Höhe. „Sie sind noch ein wenig steif, aber es geht schon besser.“

„Na, das ist ja schön. Was haben Sie jetzt vor, wo Sie wieder da sind?“

„Das habe ich mir gerade überlegt", sagte ich. „Ich glaube, ich habe einen Hinweis auf das, was Tom belastet hat."

„Tatsächlich?"

„Nach unserem Gespräch heute Morgen habe ich noch jemand anders angerufen. Ohne ins Detail gehen zu wollen ... Es hat den Anschein, als hätte Tom einen Kollegen verdächtigt, an dem Doppelmord beteiligt gewesen zu sein, den er untersucht hat."

Selma nahm einen tiefen Zug aus ihrer Zigarette. „Ich glaub's nicht!"

„Ich weiß, dass es unglaubwürdig klingt, aber Tom war der Meinung, dass einer seiner Kollegen Alfie Toths Adresse heimlich aus seinen Arbeitsnotizen abgeschrieben hat. Kurz darauf wurde Toth ermordet. Tom ist fast durchgedreht, weil er dachte, er hätte etwas mit Alfies Tod zu tun. Und schlimmer noch, er vermutete, dass jemand aus seiner Dienststelle die Hand im Spiel hatte."

„Aber das wissen Sie im Grunde nicht", sagte sie. „Das ist nur eine Vermutung Ihrerseits."

„Wie wollen wir jemals etwas wissen, wenn nicht jemand ein Geständnis ablegt? Und das kommt mir unwahrscheinlich vor. Bis jetzt ist dieser Jemand ja ungestraft davongekommen."

„Wer hat Ihnen das gesagt?"

„Es war jemand aus einem Sheriffbüro. Eine vertrauliche Quelle."

„Vertraulich, du liebe Zeit! Sie bringen hier eine massive Anschuldigung vor."

„Meinen Sie, das wäre mir nicht klar?", erwiderte ich. „Mir gefällt dieser Gedanke genauso wenig wie Ihnen. Deshalb bin ich ja zurückgekommen – um Klarheit zu schaffen."

„Und wenn Sie das nicht können?"

„Dann gehen mir leider die Ideen aus. Eine Möglichkeit gibt es noch. Pinkie Ritters Tochter Margaret ..."

Selma runzelte die Stirn. „Stimmt. Ich hatte ihre Verwandtschaft ganz vergessen. Warum hat sie nicht den Mund aufgemacht, als Sie letztes Mal hier waren?"

„Bis gestern wusste ich noch nichts von Ritter."

„Ich glaube, Sie sollten lieber mit Rafer sprechen."

„Nein, meiner Ansicht nach ist es das Beste, ihn vorerst herauszuhalten." Ich bemerkte den seltsamen Ausdruck, der über ihr Gesicht huschte. „Was ist?", fragte ich.

Sie zögerte. „Er ist mir heute Nachmittag begegnet, und ich habe ihm gesagt, dass Sie heute Abend wiederkämen."

Ich begann vor Verzweiflung mit den Augen zu rollen. „Hätten Sie doch nur den Mund gehalten! Es ist so schon schwierig genug. Hier weiß jeder über die Angelegenheiten des anderen Bescheid."

„Seien Sie doch nicht albern. Er war Toms bester Freund. Was wollen Sie jetzt machen?"

„Ich spreche heute Abend mit Margaret und lasse mir erzählen, was sie weiß", antwortete ich. „Wenn sich nichts ergibt, bin ich mit meiner Weisheit am Ende."

„Aha! Das war's dann wohl." Selma drückte ihre Zigarette aus und stand auf, um das Geschirr abzuräumen. „Hoffentlich war es keine Fehlentscheidung von mir, Sie zu engagieren."

Ich sah sie scharf an. „Ich habe Ihnen niemals eine Garantie gegeben."

„Das habe ich nicht gemeint."

Es fiel mir schwer, den Wandel in ihrem Verhalten nachzuvollziehen. Vielleicht glaubte sie, ich gäbe auf. „Ich sage nicht, dass ich aufhöre", erklärte ich.

„Schon verstanden. Sie wollen sagen, dass die Sache eine Nummer zu groß für Sie ist."

„Möchten Sie denn gegen die Polizei antreten? Da habe ich persönlich mehr Verstand."

Sie knallte einen Teller so heftig hin, dass er in zwei gleiche Stücke zerbrach. „Mein Mann ist gestorben!"

„Das weiß ich. Es tut mir Leid."

„Nein, das tut es Ihnen nicht. Es kümmert niemanden einen Dreck."

„Selma, Sie haben mich engagiert, damit ich das erledige, und ich erledige es auch. Ja, es ist eine Nummer zu groß für mich. Das war es übrigens auch für Tom. Sehen Sie nur, was ihm zugestoßen ist. Es hat ihm das Herz gebrochen."

Sie stand an der Spüle, ihre Schultern zuckten, Tränen strömten ihr über die Wangen. Ich tätschelte sie schüchtern und murmelte tröstende Worte. Ich malte mir aus, dass Tom zu Lebzeiten oft das Gleiche getan hatte, vermutlich sogar an derselben Stelle. Schließlich riss sie sich zusammen. Wir spülten das Geschirr zu Ende, und Selma zog sich in ihr Zimmer zurück.

Ich floh aus dem Haus, sowie es mir mit Anstand möglich war. Nichts macht einen so hartherzig wie die Gegenwart eines Menschen, der sich die Rolle eines Leidenden auserkoren hat.

MARGARET und Hatch wohnten in der Nähe des Ortskerns in der Second Street. Ich hatte von Selma aus angerufen, bevor ich das Haus verließ. Kaum hatte ich mich gemeldet, da unterbrach Margaret mich schon. „Dolores hat gesagt, dass Sie bei ihr waren. Worum geht es überhaupt?"

„Ich versuche herauszufinden, was mit Ihrem Vater passiert ist", antwortete ich. „Ich würde Sie gern heute Abend sprechen."

Sie schien von meinem Ansinnen völlig verblüfft zu sein und willigte zögerlich ein. Zweimal legte sie die Handfläche über die Sprechmuschel und beriet sich mit jemandem im Hintergrund. Ich nahm an, dass es Hatch war.

Die Fahrt hinüber war trotz der rutschigen Straßen und des anhaltenden Graupelschauers ereignislos. Aber es fiel mir auf, wie nahe das Haus der Brines an dem Parkplatz vor Tiny's Tavern lag, wo ich bedroht worden war. Nachdem Wayne und Earlene die Brines zu Hause abgesetzt hatten, hätte Hatch ohne weiteres noch einmal zurückfahren können.

Ich gelangte in eine Siedlung aus Backsteinbungalows und bremste ab, als ich die Hausnummer erkannte. Vor der Einfahrt der Brines parkten zwei Autos und ein Pick-up. Ich fand zwei Häuser weiter einen Parkplatz am Straßenrand und fragte mich, ob bei ihnen vielleicht eine Party stattfand. Ich hatte keine Lust, in ein geselliges Beisammensein hineinzuplatzen, vor allem, da ich ja genauso gut morgen mit Margaret sprechen konnte. Andererseits – sie heute noch zu treffen würde meine Rückkehr zu Selma verzögern. Ich hatte nach wie vor ihren Hausschlüssel, und es war ausgemacht, dass ich selbst aufschließen würde, wenn ich zurückkam.

Ich stieg aus und schloss den Wagen ab. Die Gehsteige waren offenbar wärmer als die Straße. Die Schneeflocken schmolzen sofort und hinterließen seichte Pfützen.

Margaret öffnete die Tür in Bluejeans und einem dicken roten Pullover mit nordischem Muster. „Hallo, kommen Sie rein."

„Danke. Ich hoffe, ich störe nicht. Ich habe Autos in Ihrer Einfahrt stehen sehen."

„Hatchs Pokerabend. Die Männer sind im Fernsehzimmer", erklärte sie und wies mit dem Daumen nach hinten. „Ich habe Küchendienst. Wir können uns dort unterhalten."

Ich folgte ihr in die Küche am Ende des Flurs. Margaret war gerade mitten in den Essensvorbereitungen, und auf der langen Arbeitsfläche aus Resopal mit Holzdekor standen mehrere kalte Platten, Schalen mit

Kartoffelchips und Schüsselchen mit Dipsoßen. „Wenn Sie mir helfen, diese Snacks ins Esszimmer zu bringen, sind sie aus dem Weg, und wir können uns unterhalten."

„Klar."

Sie nahm zwei Schüsseln, stieß die Schwingtür mit der Hüfte auf und hielt sie mir, während ich mit dem Käse- und Wursttablett hindurchging. Natürlich war das alles dermaßen ungesund, dass ich auf der Stelle Hunger bekam, doch mein Appetit hielt nicht lang an.

Durch einen Bogengang zu meiner Linken sah ich Hatch und seine fünf Kumpane im Fernsehzimmer am Pokertisch sitzen. Auf dem Tisch befanden sich zahllose Bierflaschen und -krüge. Die ganze Mannschaft glotzte wie auf Kommando zu mir her. Ich erkannte Wayne, James Tennyson und Brant; die anderen beiden hatte ich noch nie gesehen. Hatch machte eine Bemerkung, und James lachte. Brant hob grüßend die Hand. Margaret beachtete das Grüppchen kaum, doch die Kälte im Raum war deutlich zu spüren.

Ich stellte die Schüsseln auf den Tisch im Esszimmer und ging zurück in die Küche, wobei ich versuchte, so zu tun, als kümmerte mich ihre Anwesenheit gar nicht. Ich nahm eine Platte von der Arbeitsfläche und fing Margaret ab, als sie an der Schwingtür ankam. „Am besten reiche ich Ihnen die Platten, und Sie können sie dann auf den Tisch stellen", sagte ich mit vorgetäuschter Hilfsbereitschaft. In Wirklichkeit war es mir unerträglich, mich diesem kollektiven Starren auszusetzen. Sie nahm mir kommentarlos die Platte ab.

Nachdem wir die Fressalien verteilt hatten, seufzte Margaret erleichtert auf. „Ein Glück, dass sie nur einmal im Monat spielen", erklärte sie. „Ich habe Hatch gesagt, sie sollen sich abwechseln, aber er hat sie gern hier." Sie lehnte sich an die Arbeitsfläche und verschränkte die Arme. „Also, womit kann ich Ihnen helfen?" Die Frage ließ Hilfsbereitschaft vermuten, doch ihre Art war zu geschäftsmäßig.

„Ich wollte wissen, was Sie mir über den letzten Besuch Ihres Vaters sagen können. Soweit ich weiß, sind er und Alfie Toth damals im Frühjahr in die Gegend gekommen, um Sie aufzusuchen."

„Das stimmt", antwortete sie. „Ich hoffe, Sie finden das nicht respektlos, aber mein Vater war eine Null, und das wussten wir alle."

„War er bei seinem Besuch auch problematisch?"

„Aber sicher. War ständig hinter Frauen her. Er war gerade aus dem Gefängnis entlassen worden und wollte unbedingt Sex."

„Irgendjemand Spezielles?"

Margaret zuckte mit den Achseln. „Eine Kellnerin im Rainbow und eine im Tiny's. Alice, die mit den roten Haaren."

„Die kenne ich", sagte ich.

„Das war das Einzige, wovon er redete: wie geil er sei. Ich fand es peinlich. Ich meine, wer will schon solches Gerede von seinem eigenen Vater hören? Er war uferlos ätzend. Er hat Schlägereien angezettelt. Er hat sich Geld gepumpt. Er hat das Auto zerbeult. Es machte Hatch rasend, und so haben wir zwei natürlich zu streiten angefangen."

„Wie ist es dann ausgegangen?"

„Nach einer Woche haben wir ihn und Alfie auf einen Angelausflug geschickt. Alles nur, um sie ein paar Tage loszuwerden. Hatch hat ihnen zwei Angelruten geliehen, die er nie wieder gesehen hat. Also, genau weiß ich nicht, was passiert ist, aber irgendetwas muss schief gelaufen sein. Am nächsten Morgen ist Alfie aufgetaucht und hat gesagt, sie hätten beschlossen abzureisen und er wolle ihre Sachen holen."

„Wo war Ihr Vater?"

„Alfie hat uns erklärt, dass Pinkie auf ihn warte und er sich beeilen müsse, weil er sonst wütend auf ihn würde. Ich habe mir nichts dabei gedacht. Ich meine, es klang ganz typisch für ihn."

„Wusste Tom das alles?"

„Ich habe es ihm letzten März erzählt, als Daddys Leiche aufgetaucht ist."

„Kam es Ihnen nicht seltsam vor, dass niemand in der Familie je wieder von ihm gehört hat, nachdem er angeblich von hier abgereist ist?"

„Warum denn? Schlechte Neuigkeiten machen schnell die Runde. Wir dachten uns immer, wenn ihm etwas passiert wäre, würde man sich bei uns melden. Er hatte immer einen Ausweis bei sich. Außerdem hat Alfie hin und wieder von sich hören lassen."

„Warum hat er angerufen?"

Margaret zuckte mit den Achseln. „Nur um zu hören, wie es uns geht, hat er gesagt."

„Hat er je nach Ihrem Vater gefragt?"

„Ja, schon, aber nicht, als wollte er ihn treffen. Sie kennen das doch: Wie geht's deinem Dad? ... Hast du was von ihm gehört? ... Solches Zeug eben."

„Er hat sich also gefragt, ob Pinkie wieder aufgetaucht ist. Stimmt das?"

„Ich schätze schon. Tom dachte, Daddy wäre womöglich am selben Tag, als Alfie abreiste, ermordet worden, obwohl das nie bewiesen werden konnte."

„Das könnte sein“, sagte ich. „Nach Alfies Verhalten zu schließen, wollte er entweder den Eindruck erwecken, dass Pinkie noch am Leben sei, oder er war sich selbst nicht sicher.“

DIE SAMSTAGABENDE im Tiny's waren eine lebhafte Angelegenheit: zwei sich abwechselnde Livebands, Squaredance, Wettbewerbe, Johlen, Geplärr und jede Menge trampelnde Cowboystiefel auf der hölzernen Tanzfläche. Sechs Kellnerinnen hetzten in einer unablässigen Prozession zwischen der Bar und den überfüllten Tischen hin und her. Ich entdeckte Alice mit ihrem auffälligen orangefarbenen Haar in der anderen Hälfte des Raumes und drängte mich durch die drei Reihen sich gegenseitig anrempelnder Zuschauer, die das Lokal bevölkerten. Ich musste schreien, um mich bemerkbar zu machen. Sie begriff, was ich wollte, und deutete auf die Damentoilette. Ich sah ihr dabei zu, wie sie einen schwappenden Krug Bier und sechs Tequilas servierte und sich dann in meine Richtung durchschlängelte. Gemeinsam stürzten wir in den Toilettenraum und schlugen die Tür zu. Die Ruhe war bemerkenswert, der Lärm aus der Kneipe um mehr als die Hälfte gedämpft.

„Tut mir Leid, dass ich Sie entführe“, sagte ich.

„Machen Sie Witze? Ich bin begeistert. Das hier ist die Hölle auf Erden, und die Trinkgelder sind beschissen.“ Sie holte ein Päckchen Zigaretten aus ihrer Schürzentasche. „Was machen Sie denn hier? Ich dachte, Sie wären nach Hause gefahren.“

„Bin ich auch. Und jetzt bin ich wieder da.“

„Ging ja schnell.“

„Ja, und ich weiß wesentlich mehr als vor zwei Tagen.“

„Das ist gut. Ich habe gehört, Sie untersuchen einen Mordfall. Margaret Brines Vater, heißt es.“

„Es ist ein bisschen komplizierter, aber das stimmt schon.“

Alice schnaubte. „Das war vielleicht ein Idiot. Er hat mich hemmungslos angebaggert, dieser schmierige kleine Drecksack. Ich habe ihn zur Schnecke gemacht, aber er war schwer zu erschüttern.“

„Wen hat er sonst noch belästigt? Margaret hat mir erzählt, er sei tierisch scharf gewesen …“

Alice hielt eine Hand in die Höhe. „Da ist etwas, was ich erwähnen sollte, bevor Sie weiterreden. Ich weiß nicht, wie ich es ausdrücken soll, aber die Leute hier scheinen sich Ihretwegen Gedanken zu machen.“

„Warum? Was habe ich getan?“

„Es gibt Gerüchte, die besagen, dass Sie mit Drogen zu tun hätten.“

„Hab ich nicht! Lächerlich! Das ist ja albern“, sagte ich.

„Außerdem sollen Sie kaltblütig zwei Männer erschossen haben.“

Ich lachte verblüfft auf. „Wo haben Sie denn das gehört?“

„Sie haben nie jemanden umgebracht?“

Ich merkte, wie mir mein Lächeln verging. „Doch, schon, aber das war Notwehr. Die beiden waren Killer und wollten mir ans Leder ...“

Alice fiel mir ins Wort. „Hören Sie, ich bin bereit, Ihnen zu glauben, aber die Leute hier betrachten Sie mit schiefem Blick. Es gefällt ihnen nicht, wenn jemand hier auftaucht und Ärger macht.“

„Alice, ganz ehrlich: Ich habe nie grundlos auf jemanden geschossen. Schon die Vorstellung ist abstoßend. Ich schwöre es. Wo haben Sie das denn her?“

„Das hab ich vorhin aufgeschnappt, hab die Typen reden hören. Schätzungsweise hat jemand nachgeforscht und die Fakten ans Licht geholt.“

„Fakten?“

„Fühlen Sie sich doch nicht gleich angegriffen! Ich erzähle Ihnen das in Ihrem eigenen Interesse. Ich sage nur, passen Sie auf sich auf.“

„Irgendjemand versucht, mich in Misskredit zu bringen“, sagte ich zornig.

„He, mich geht das nichts an. Mir ist es völlig egal. Sie können abknallen, wen Sie wollen“, sagte sie. „Der Punkt ist jedenfalls, dass die Leute langsam sauer werden. Ich dachte, ich warne Sie lieber, bevor es zu weit geht.“

„Das ist nett von Ihnen. Ich wäre nur froh, wenn Sie mir auch noch verraten könnten, wo das alles herkommt.“

Alice zuckte mit den Achseln. „An Ihrer Stelle würde ich den Bullen aus dem Weg gehen.“

Ich spürte einen Anflug von Angst. „Wie kommen Sie darauf?“

„Tom war auch Polizist. Sie sind stocksauer.“

ICH WARTETE am Seitenausgang, die Hände in den Taschen vergraben, obwohl die Kälte, die ich empfand, von innen kam. Ich suchte die menschenleeren Autoreihen ab und spähte in die Finsternis. Die Musik aus der Bar hinter mir war nur noch als dumpfes, monotones Hämmern wahrzunehmen. Ich sah einen Lichtstrahl und ein Auto, das auf den Parkplatz einbog. Schnell trat ich in die Dunkelheit zurück, bis ich sicher war, dass es auch wirklich Macon in seinem Streifenwagen war. Er hielt neben mir an. Ich trat hervor und ging zum Fenster auf der Fahrerseite. Er drehte es herunter, während ich näher kam.

„Wie ist es gelaufen?“, fragte er.

„Alice hat mir erzählt, dass das Gerücht umgehe, ich sei eine Art schießwütige Revolverheldin im Drogenwahn.“

Er sah zur Seite, rutschte nervös hin und her und klopfte mit seiner behandschuhten Hand aufs Lenkrad. „Zerbrechen Sie sich nicht den Kopf über Tratschereien. Auf solches Zeug gibt doch kein Mensch etwas“, sagte er. „Ich begleite Sie jetzt lieber nach Hause. Ich habe noch einen Funkspruch bekommen, dem ich nachgehen muss.“

„Danke.“ Ich stieg in mein Auto, und er folgte mir bis zu Selmas Einfahrt und blieb mit laufendem Motor stehen, während ich den Rasen vor dem Haus überquerte. Selma hatte das Licht auf der Veranda brennen lassen, und mein Schlüssel ließ sich leicht im Schloss drehen. Ich winkte Macon von der Tür aus zu, woraufhin er davonfuhr. Ich schlüpfte aus meinen nassen Schuhen und trug sie den Flur hinunter zum Gästezimmer.

Selma hatte eine Nachttischlampe eingeschaltet, sodass der ganze Raum in heiteres Rosa getaucht war. Auf den Nachttisch hatte sie mir einen Teller selbst gebackener Schokoladenplätzchen gestellt, abgedeckt mit Plastikfolie. Ich aß zwei davon und genoss den Geschmack von Butter und Vanille. Dann aß ich aus Höflichkeit noch zwei weitere. Offenbar hatte Selma nicht die Angewohnheit, nachts die Heizung herunterzudrehen, denn im Zimmer hing eine erstickende Hitze. Ich ging zum Fenster hinüber, zog die Vorhänge beiseite und schob den unteren Teil des Fensters hoch. Eisige Luft strömte durch die Lücke, die das Sturmfenster hinterlassen hatte, das nach wie vor einen Meter tiefer in den Büschen lag.

Ich starrte auf den Teil der Straße hinaus, den ich überblicken konnte. Ein Wagen fuhr langsam vorüber, und ich trat ins Zimmer zurück. Ich hasste es, in Nota Lake zu sein. Ich hasste es, Außenseiterin zu sein, die Zielscheibe für übelsten Dorfklatsch. Und ich hasste meine Vermutungen. Waren Polizeiabzeichen und Schlagstock einst Symbole persönlicher Sicherheit gewesen, so ließ mich ihr Anblick nun erzittern, als hätte man mir Stromschläge verpasst.

Warum konnte ich nicht einfach in mein Auto steigen und noch heute Nacht nach Hause rasen? Wenn ich binnen einer Stunde abreiste, könnte ich um vier Uhr morgens in Santa Teresa sein. Ich sah meine gemütliche Bettplattform mit ihrer blau-weißen Daunendecke vor mir, von wo aus ich durch das Oberlicht die Sterne sehen konnte.

Ich trat vom Fenster zurück und brach den Bann. Wer nach Hause will, muss erst durch den dichten, dunklen Wald, dachte ich.

Binnen Minuten hatte ich mich ausgezogen und war in das übergroße

T-Shirt geschlüpft, das ich als Nachthemd benutzte. Ich wusch mir das Gesicht und putzte mir unter den gewohnten Schwierigkeiten mit der linken Hand die Zähne. Dann holte ich meine Unterlagen aus der Reisetasche und ging ins Bett. Ich drehte die Leselampe so, dass ich meine getippten Notizen durchsehen konnte.

Der einzige Punkt, der mir ins Auge fiel, war James Tennysons Erwähnung einer Frau, die an dem Abend, als Tom starb, die Straße entlangmarschiert war. Hatte er gelogen? Hatte er die Frau erfunden, um mich auf eine falsche Spur zu locken? Ich fragte mich, was für eine Frau davongegangen wäre und Tom allein mit dem Tod hätte ringen lassen. Nach allem, was ich über ihn wusste, glaubte ich nicht, dass er eine Affäre gehabt hatte. Also warum musste die Frau – falls es sie gab – ihre Identität geheim halten?

Zum zweiten Mal fragte ich mich, ob Tom ins Rainbow Café gegangen war, um sich mit jemandem zu treffen. Ich hatte Nancy schon einmal danach gefragt, aber nun war es wohl an der Zeit, Druck zu machen.

ICH ERWACHTE vom entfernten Geräusch des Telefons, das in der Küche klingelte. Beim achten durchdringenden Läuten warf ich die Decken beiseite und trabte den Flur hinab. Selma war nirgends zu sehen, und der Anrufbeantworter war abgeschaltet. Ich nahm den Hörer ab. „Hier bei Newquist." Jemand atmete mir ins Ohr und legte dann auf.

Ich legte auf und blieb einen Moment lang stehen. Die Stille hielt an. Ich schaltete den Anrufbeantworter ein und sah in Selmas Terminkalender nach, der an der Kühlschranktür hing. Vermerkt war nichts, doch es war Sonntag, und mir fiel ein, dass sie erwähnt hatte, nach der Kirche eine Kusine in Big Pine besuchen zu wollen.

Ich tappte ins Gästezimmer zurück, wo ich mir die Zähne putzte, duschte und mich anzog. Ich freute mich nicht auf einen weiteren Tag in dieser Stadt, aber mir blieb nichts anderes übrig, als meine Arbeit zu erledigen. Als braver Gast machte ich mein Bett und aß zur Stärkung die restlichen drei Plätzchen. Danach schnappte ich mir Lederjacke und Umhängetasche, schloss das Haus hinter mir ab und ging zum Auto hinaus.

Die Tankuhr stand kurz vor „leer", und da ich unterwegs zum Rainbow war, hielt ich auf dem Weg stadtauswärts zum Tanken an.

Ich fuhr vor die Zapfsäule, an der man bedient wurde, und sah zu den Fenstern der Tankstelle hinüber, wo ich zwei Angestellte in Overalls miteinander plaudern sah. Beide wandten sich um, warfen einen Blick auf meinen VW und setzten dann ihr Gespräch fort. Ich wartete, aber keiner kam heraus, um mich zu bedienen. Ich machte meine Tür auf und ging aufs Büro zu.

„Hallo?“

Nichts. Kein Mensch. Das Büro war verlassen.

Ich ging wohl oder übel zum Auto zurück und reihte mich in den Verkehrsfluss auf der Hauptstraße ein und fuhr sechs Blocks weit, bevor ich eine andere Tankstelle sah. An der Zapfsäule neben mir stand ein Wagen, und der Tankwart war gerade dabei, den Schlauch aus dessen Tank zu ziehen. Er sah mich kurz an, und sofort nahm ich den Wandel in seinem Blick wahr.

„Hallo. Wie geht's?“, fragte ich.

Er nahm die Kreditkarte der anderen Frau, verschwand im Büro und kam kurz darauf mit ihrer Quittung zurück. Die beiden plauderten einen Moment lang, dann fuhr sie davon. Der Tankwart ging ins Büro zurück, und ich sah ihn nicht mehr. Was war hier los?

Drei Häuser weiter war eine freie Tankstelle. Diesmal sah ich einen Tankwart bei den Zapfsäulen stehen und fuhr gleich dorthin. Ich drehte das Fenster auf der Beifahrerseite herunter. Freundlich fragte ich: „Hallo, haben Sie geöffnet?“

Sein ausdrucksloser Blick verursachte mir einen Moment lang Unbehagen. Ich versuchte es mit meinem besten Lächeln. „Sprechen Sie Englisch? *Habla inglés?*“

Sein Lächeln war träge und bösartig. „Ja, Lady, allerdings. Und jetzt hauen Sie gefälligst ab hier. Wenn Sie in dieser Stadt bedient werden wollen, haben Sie Pech gehabt.“

Ich wandte den Blick ab und wahrte einen neutralen Gesichtsausdruck, als ich die Tankstelle verließ, doch unter der Jacke lief mir bereits der Schweiß den Rücken hinunter.

11

Als ich außer Sichtweite war, parkte ich in einer Seitenstraße, um über meine Lage nachzudenken. Man hatte sich eindeutig abgesprochen, aber ich wusste nicht, ob diese Typen sich an mein Auto hielten oder an mein persönliches Aussehen. Ich zog die lederne Bomberjacke aus und warf sie auf den Rücksitz. Dann durchwühlte ich die verschiedenen Kleidungsstücke, die ich für solche Notfälle bei mir habe. Ich streifte ein schlichtes rotes Sweatshirt über und setzte eine Sonnenbrille und eine Baseballmütze der Dodgers auf. Dann holte ich den großen Ersatzkanister aus dem Kofferraum und marschierte zu einer Tankstelle, an der ich mein Glück bisher noch nicht versucht hatte.

Der Tankwart im Büro war vielleicht neunzehn, hatte einen wasserstoffblonden Bürstenschnitt und grün lackierte Fingernägel. Er beobachtete mich durch die Fensterscheibe mit ausdrucksloser Miene, während ich den Kanister an der Selbstbedienungs-Zapfsäule füllte. Die Summe belief sich auf 7,45 Dollar. Ich ging zum Büro und reichte ihm einen Zehner, den er in die Tasche steckte, ohne mir Wechselgeld anzubieten. Schön zu wissen, dass – egal, wie tief du sinkst – immer jemand bereit ist, auf deine Kosten Profit zu machen.

Ich kehrte zu meinem Auto zurück, wo ich die zwanzig Liter Benzin in den Tank füllte. Mein Herz klopfte, als hätte ich eine Verfolgungsjagd hinter mir, und vielleicht hatte ich das auch. Ich befand mich ohnehin schon auf unbekanntem Terrain, und mein Wohlbefinden hing von alltäglichen Freundlichkeiten ab. Jetzt wurde ich geschnitten, und das beängstigte mich.

Neun Kilometer außerhalb der Stadt bog ich auf die gekieste Fläche neben dem Rainbow Café ein. Ich blieb einen Moment lang sitzen und versuchte, „meine Mitte zu finden", wie man in Kalifornien sagt. Ich habe keine Ahnung, was das heißen soll, aber es schien mir auf meine gegenwärtige Lage zu passen. Ich atmete ein paarmal tief durch und stieg aus.

Das Lokal war nur spärlich besucht. Ich sah mich rasch um. Am Tresen saß James Tennyson vor einer Tasse Kaffee. Rafers Tochter Barrett arbeitete mit dem Rücken zu mir am Grill. Rafer und Vicky LaMott saßen in der Nische in der Mitte der Reihe freier Tische. Sie waren gerade mit dem Essen fertig. James sah mich und nickte. Ich steuerte eine Nische in der anderen Ecke an und murmelte Rafer und Vicky im Vorbeihuschen einen Gruß zu. Ich hatte Angst, auf eine Reaktion zu warten für den Fall, dass sie mich ebenfalls schnitten. Nancy bemerkte mich. Sie wirkte geschäftig, aber nicht abweisend, und ging auf den Tresen zu, um eine Portion Hafergrütze zu holen. „Ich komme gleich zu Ihnen. Möchten Sie Kaffee?"

„Liebend gern." Offenbar nahm sie nicht an dem Boykott meiner Person teil. Auch Alice war am Vorabend freundlich zu mir gewesen. Vielleicht waren es nur Männer, die mich ausschlossen; kein tröstlicher Gedanke. Immerhin war es ein Mann gewesen, der mir vor nur drei Tagen die Finger ausgerenkt hatte.

Während ich darauf wartete, bedient zu werden, studierte ich James' Profil. Er war an dem Abend, als Tom starb, als Erster am Ort des Geschehens gewesen, womit er die ideale Gelegenheit gehabt hatte, Toms

Notizen verschwinden zu lassen. Ich spielte immer noch mit der Möglichkeit, dass er die Fußgängerin erfunden hatte. Colleen war es nicht gewesen. Sie hatte mir versichert, nie hier in der Gegend gewesen zu sein, eine Behauptung, die ich ihr abnahm. Außerdem – wenn sie mit ihm im Wagen gesessen hätte, hätte sie ihn nicht allein gelassen.

Die LaMotts kamen aus ihrer Nische und schlüpften in ihre Wintermäntel. Vicky ging hinüber zum Tresen, um mit Barrett zu plaudern, während Rafer an der Kasse bezahlte. James stand zur selben Zeit auf und ließ sein Geld neben seinem Teller auf dem Tresen liegen. Er wechselte ein paar Worte mit Rafer, und ich sah, wie dieser in meine Richtung blickte. James zog seine Jacke an und verließ das Restaurant, ohne noch einmal zurückzublicken. Vicky gesellte sich zu ihrem Mann, der ihr offenbar sagte, dass sie hinausgehen und im Auto auf ihn warten sollte. Sie nickte und machte sich dann an ihren Handschuhen und ihrer Strickmütze zu schaffen. Ich war mir nicht sicher, ob sie mich ignorierte oder nicht.

Als sie hinausgegangen war, kam Rafer auf mich zugeschlendert, die Hände in den Manteltaschen. Der Mantel war hervorragend geschnitten und der Stoff von einem dunklen Schokoladenbraun, das mit der Farbe von Rafers Teint harmonierte.

„Hallo, Detective LaMott“, sagte ich.

„Rafer“, verbesserte er. „Was macht die Hand?“

„Hängt noch dran.“ Ich hielt meine Finger in die Höhe und wackelte mit ihnen, als täte mir das nicht weh.

„Darf ich mich setzen?“

Ich wies auf den Platz gegenüber, und er schlüpfte in die Nische. Er schien sich unbehaglich zu fühlen, doch sein Gesichtsausdruck war mitfühlend, und seine haselnussbraunen Augen zeigten Besorgnis, nicht die Kälte oder Feindseligkeit, die ich schon fast erwartet hatte. „Ich habe mich mit einigen Leuten aus Santa Teresa lange über Sie unterhalten“, begann er.

Ich merkte, wie ich Herzklopfen bekam. „Tatsächlich? Mit wem denn?“

„Mit dem Leichenbeschauer und ein paar Polizisten. Einem Fahnder aus dem Morddezernat namens Jonah Robb.“

„Aha. Sie haben die Geschichten überprüft, die über mich im Umlauf sind.“

„Genau. Ich kann es Ihnen ja sagen: Aus der Sicht des Sheriffbüros sind Sie in Ordnung, aber ich habe Gerüchte gehört, die mir nicht gefallen.“ Seine Stimme wurde eine Stufe leiser. „Passen Sie auf, ich weiß über Ihre

Vermutungen Bescheid. Sagen Sie mir doch einfach, was Sie in der Hand haben, dann tue ich mein Möglichstes, um Ihnen zu helfen."

Ich sagte: „Toll" und fragte mich, warum ich nicht begeisterter klang. „Wissen Sie, was mir im Moment Kopfzerbrechen macht? Ein Zivilfahnder – oder jemand, der sich als solcher ausgegeben hat – ist mit einem Haftbefehl für Alfie Toth in einem Billighotel in Santa Teresa aufgetaucht. Das Sheriffbüro von Santa Teresa hat nirgends in seinen Unterlagen einen ausstehenden Haftbefehl vermerkt, also war der Wisch vermutlich Schwindel."

„Das kann ich überprüfen", sagte er sofort. „Was noch?"

„Ich glaube, dass der Mann selbst auch ein Schwindler war. Er könnte zwar Polizist gewesen sein, aber ich glaube, er hatte keine Befugnis."

„Was hat er für einen Namen genannt?"

„Das habe ich auch gefragt, aber der Angestellte, mit dem ich gesprochen habe, war an dem Tag nicht an der Rezeption, und er sagt, sein Kollege habe sich keinen Namen nennen lassen."

„Sie glauben, es war jemand aus unserem Revier", sagte er. Es klang wie eine Feststellung, keine Frage.

„Möglich."

„Ausgehend wovon?"

„Wirkt die zeitliche Übereinstimmung nicht ein bisschen zu zufällig? Tom wollte im Zusammenhang mit Pinkie Ritters Tod mit Toth sprechen. Der andere Kerl ist ihm zuvorgekommen, und das war das Ende des armen Alfie. Tom war ab Mitte Januar, als Toths Leiche gefunden wurde, mit den Nerven am Ende, stimmt's?"

„Das behauptet Selma." Rafer gab sich nun reserviert.

„Wäre denn nicht denkbar, dass es das war, worüber Tom nachgegrübelt hat?"

„Tom war fünfunddreißig Jahre lang Vollblutpolizist. Er hat die Ermittlungen in einer Mordsache geleitet, die, wie ich sagen würde, sein Interesse geweckt, ihn aber keinesfalls dazu getrieben hat, nachts wach zu liegen und an den Nägeln zu kauen. Sein Herzinfarkt wurde dadurch nicht verursacht. Die Vorstellung ist absurd. Das war schließlich sein Beruf."

„Er hat sich verantwortlich gefühlt."

„Wofür?"

„Für den Mord an Toth. Tom glaubte, dass sich jemand Zugang zu seinem Notizbuch verschafft hat, wo er Toths damalige Adresse und Telefonnummer im Gramercy Hotel vermerkt hatte."

„Woher wollen Sie wissen, was Tom geglaubt hat?"

„Er hat es jemandem aus einer anderen Sheriffdienststelle anvertraut."

„Colleen Sellers."

„Genau."

„Und Tom hat ihr das erzählt?"

„Na ja, nicht explizit. Aber so hätte der Mörder Toth finden und ihn umbringen können."

„Sie haben mir immer noch nicht verraten, weshalb Sie jemanden aus unserer Dienststelle verdächtigen."

„Wer hatte sonst Zugang zu seinen Notizen?"

„Jeder", antwortete Rafer. „Seine Frau, sein Sohn Brant. Das Haus war die halbe Zeit unverschlossen. Dazu noch die Putzfrau, der Gärtner, die Nachbarn von nebenan und der Typ von gegenüber. Jeder von ihnen hätte Toms Haustür aufmachen und ohne weiteres hineinspazieren können. Was macht Sie eigentlich so sicher, dass es niemand aus Santa Teresa war?"

Ich starrte ihn an. „Daran habe ich noch gar nicht gedacht", sagte ich. Es war tatsächlich eine Möglichkeit.

Er gab sich umgänglicher. „Warum hören Sie hier nicht auf, und lassen es uns erledigen? Wir haben auch nicht nur auf der faulen Haut gelegen. Wir arbeiten an einer Spur."

„Wollen Sie damit sagen, dass Sie einen Hinweis auf Alfies Mörder haben?"

„Ich will sagen, dass Sie gut beraten wären, wenn Sie nach Hause fahren und von jetzt an uns weitermachen lassen würden." Er sah auf die Uhr. „Vicky sitzt im Auto, und wir kommen zu spät zur Kirche", erklärte er und nahm seine Lederhandschuhe aus der Manteltasche. Ich sah, wie er sie glatt zog, und musste unerklärlicherweise an seine frühmorgendliche Ankunft in der Notaufnahme denken: frisch geduscht und rasiert, schick gekleidet und hellwach. Er sah zu mir herab. „Hat Sie irgendwann mal jemand über die Geschichte von Nota Lake aufgeklärt?"

„Ja, Cecilia."

„Gegründet von einem Trupp Schwerkrimineller, die für ihre schrecklichen Verbrechen buchstäblich gebrandmarkt worden waren. Die Leute, mit denen Sie es jetzt zu tun haben, sind ihre Nachkommen. Sie sollten auf sich aufpassen."

Ich lachte beklommen auf. „Was, ist das etwa wie in einem Western? Ich werde gewarnt? Ich muss die Stadt bis Sonnenuntergang verlassen haben?"

„Keine Warnung, nur eine Empfehlung. In Ihrem eigenen Interesse."

Ich sah ihm nach, als er das Lokal verließ, und merkte, wie ich eine unterschwellige Angst bekam, die appetithemmend wirkte. Frühstücken erschien mir nun keine so tolle Idee mehr.

Nancy kam mit Kaffeekanne und Speisekarte auf mich zugeeilt und füllte meine Tasse mit heißem Kaffee. „Wissen Sie schon, was Sie essen möchten?"

„Ich habe keinen Hunger", sagte ich. „Am besten setzen wir uns an die Theke, dann können wir uns unterhalten."

„Aber gern."

Ich nahm meine Tasse und ging zum Tresen, wo sie zwischen Kochplatten und Kasse einen Platz für mich deckte. Barrett war gerade dabei, mit einem flachen Spatel den Grill zu reinigen. Speckfett und gebräunte Teilchen von Pfannkuchen und Würstchen wurden in die Fettpfanne gefegt. Nancy wischte den Tresen sauber. „Alice sagt, Sie hätten sich nach Pinkie Ritter erkundigt."

„Erinnern Sie sich an ihn?"

„Jede Frau in Nota Lake erinnert sich an ihn", sagte sie verächtlich. „Er hat mich eines Abends angefallen, als ich von der Arbeit kam. Er hat auf dem Parkplatz gewartet und mich am Hals gepackt, als ich in mein Auto stieg. Ich habe ihn kräftig in die Eier getreten, und damit hatte sich's."

„Haben Sie Anzeige erstattet?"

„Wozu auch? Ich habe mich selbst darum gekümmert. Was soll die Polizei denn machen, hinterher antanzen und ihm auf die Finger klopfen?"

Barrett war nun zu dem kleinen Spülbecken am Tresen direkt vor uns herübergekommen und hielt Teller unters Wasser. Sie besaß die hellen Augen ihres Vaters und machte kein Geheimnis daraus, dass sie Nancys Bericht lauschte und deren Einstellung begrüßte.

Ich sprach sie an. „Hat er Sie auch angemacht?"

„Hm. Überhaupt nicht", erwiderte sie, und die Röte stieg ihr langsam in die Wangen. „Ich war damals noch minderjährig, erst knapp achtzehn. Er war nicht so dumm, dass er mich angebaggert hätte."

Ich wandte mich wieder an Nancy. „Dürfte ich Sie noch etwas anderes fragen?"

„Klar."

„Tom Newquist war an dem Abend, als er starb, zuvor hier im Lokal, stimmt's?"

„Das stimmt. Er ist gegen neun Uhr gekommen und hat einen Cheeseburger und Pommes bestellt. Dann hat er herumgesessen und Zigaretten geraucht. Ab und zu hat er auf die Uhr gesehen, als wolle er die Zeit totschlagen. Ich nahm an, dass er mit jemandem verabredet war, aber sie ist nicht gekommen."

„Weshalb sagen Sie ‚sie'? Könnte es nicht auch ein Mann gewesen sein?"

Der Gedanke schien Nancy zu erstaunen. „Darüber habe ich noch nie nachgedacht."

„Hat er telefoniert?"

Sie schüttelte den Kopf mit fragendem Blick an Barrett. „Zumindest habe ich es nicht gesehen."

Ich richtete eine weitere Frage an Barrett. „Hatten Sie den Eindruck, dass er sich hier mit jemandem treffen wollte?"

Barrett zuckte mit den Achseln. „Ich denk schon."

Nancy meldete sich wieder zu Wort. „Ich glaube, ich weiß jetzt, was es war: Er war frisch rasiert, und er sah schnieke aus, als hätte er sich extra aufgebrezelt. Das hätte er doch nicht gemacht, wenn er mit einem Mann verabredet gewesen wäre."

„Sind Sie auch dieser Meinung?", fragte ich Barrett.

„Er sah schick aus, das stimmt", bestätigte sie.

„Wirkte er verärgert oder gekränkt, als hätte man ihn versetzt?"

„Nicht im Geringsten", erklärte Nancy. „Um halb zehn ist er aufgestanden, hat bezahlt und ist zu seinem Pick-up hinausgegangen. Danach habe ich ihn nicht mehr gesehen. Ich musste an dem Abend das Lokal schließen, deshalb saß ich hier drinnen fest. Hast du ihn draußen noch gesehen, Barrett? Du bist doch kurz vor ihm rausgegangen."

Barrett überlegte und runzelte leicht die Stirn, bevor sie den Kopf schüttelte. „Vielleicht hat er hinten geparkt."

„Wo hatten Sie denn an dem Abend geparkt?", fragte ich.

„Nirgends. Ich hatte kein Auto. Mein Dad hat mich abgeholt."

„Sie wohnt ja gleich auf der anderen Seite der Siedlung, aber ihre Eltern wollen nicht, dass sie abends zu Fuß nach Hause geht. Sie haben einen richtigen Beschützerinstinkt, vor allem ihr Dad."

Barrett lächelte, und unter der dunklen Haut konnte man den rosigen Ton ihrer Verlegenheit erkennen.

Das Lokal begann sich mit Gottesdienstbesuchern zu füllen, und ich wollte weiteren Zusammenstößen mit erbosten Bürgern aus dem Weg gehen. Also schlüpfte ich in meine Jacke und ging zum Auto hinaus, um meine Aktentasche zu holen, und marschierte dann am Straßenrand entlang zu Nota Lake Cabins.

Die Rezeption war unverschlossen, und am Türknauf hing eine flache

Plastikuhr, deren Zeiger auf 11.30 Uhr wiesen. Darüber stand GLEICH ZURÜCK. Ich ging hinein. „Cecilia? Sind Sie da?“

Keine Antwort.

Ich setzte mich auf den gepolsterten Stuhl und begann, meine Aufzeichnungen durchzulesen und mit einem geborgten Kugelschreiber ein Detail nach dem anderen auf Karteikarten zu übertragen. In mancher Hinsicht war es reine Fleißarbeit. Ich konnte mir produktiv und tüchtig vorkommen und war zugleich vor den Augen der Öffentlichkeit geschützt. Meine Notizen zu übertragen hatte außerdem den Vorteil, dass es mich von dem Unbehagen ablenkte, das ich empfand. Trotzdem konnte ich mir nun nicht mehr vorstellen, den Schwanz einzuziehen und wegen Rafers versteckter „Empfehlung“ in Bezug auf meine persönliche Sicherheit davonzulaufen. Was machte ich also? Ich versuchte mich damit zu beruhigen, dass ich getan hatte, was ich konnte. Ich hatte mit mir selbst vereinbart, so lange Spuren zu verfolgen, bis ich nicht mehr weiterkam.

Ich arbeitete anderthalb Päckchen Karteikarten durch, ohne auf umwälzende Enthüllungen zu stoßen. Dann mischte ich sie zweimal, legte sie wie eine Patience aus und suchte Reihe für Reihe nach aufschlussreichen Einzelheiten ab. Ich hatte mir zum Beispiel notiert, dass Cecilia mir erzählt hatte, sie sei an dem Abend, als Tom starb, gegen zehn Uhr fünfzehn nach Hause gekommen. Sie hatte gesagt, sie habe den Krankenwagen gesehen, aber keine Ahnung gehabt, dass er für ihren Bruder bestimmt gewesen war. Könnte sie die Frau gesehen haben, die die Straße entlanggegangen war? Mir fiel ein, dass die besagte Frau ja womöglich in Nota Lake Cabins gewohnt hatte. In diesem Fall hatte ihr Spaziergang womöglich nichts mit Tom zu tun gehabt. Auf jeden Fall war es sinnvoll, einmal nachzufragen, nur um diese Möglichkeit auszuschließen.

CECILIA verspätete sich. Statt halb zwölf war es schon fast Viertel nach, als sie endlich zur Tür hereinkam. Sie hatte zum Kirchgang ein ausgebeultes blaues Tweedkostüm angezogen, an dessen Revers eine Anstecknadel mit mehreren Hummeln prangte. Sie öffnete die Halbtür zum Büro, stellte ihre Handtasche auf den Schreibtisch und wandte sich zu mir um. „Was kann ich für Sie tun? Ich habe gehört, dass Sie bei Selma wohnen, also wollen Sie sich ja wohl nicht nach einer Hütte erkundigen.“

„Ich arbeite immer noch an dieser Geschichte um Toms Tod. Können Sie sich vielleicht daran erinnern, wer an dem Wochenende damals hier gewohnt hat?“

„Im Motel? Das ist leicht.“ Sie griff nach den Meldeunterlagen, begann, die Wochen zurückzublättern, und fuhr mit dem Finger eine Namensliste entlang. „Eine Gruppe Skifahrer, vielleicht sechs Personen, in zwei Hütten. Haben sich ständig beschwert. Nichts hat ihnen gepasst“, sagte sie und warf mir einen Seitenblick zu.

„Sonst noch jemand? Irgendwelche allein reisende Frauen?“

„Soll heißen?“

„Soll gar nichts heißen, Cecilia“, erklärte ich geduldig. „Ich gehe nur dem Bericht der Verkehrspolizei nach. Tennyson behauptet, er habe eine Frau die Straße entlanggehen sehen, also hoffe ich trotz aller Aussichtslosigkeit, dass sie seinerzeit hier übernachtet hat. Dann können Sie mir sagen, wo ich sie erreichen kann.“

Sie sah erneut in ihre Meldeunterlagen. „Nee. Nur noch eine Familie mit zwei Kindern. Die Frau saß im Rollstuhl, also bezweifle ich, dass sie es war, die er gesehen hat.“

„Und was ist mit Ihnen? War irgendjemand auf der Straße, als Sie von Ihrer Freundin aus Independence zurückkamen? Es muss zwischen zehn und halb elf gewesen sein.“

Cecilia dachte kurz darüber nach und schüttelte dann den Kopf. „Das Einzige, woran ich mich erinnere, ist, dass jemand da draußen telefoniert hat. Ich versuche, Fremde davon abzuhalten, das Telefon zu benutzen. Es ist nur für Motelgäste gedacht. Doch es war nur Barrett, die ihren Dad anrief, damit er sie abholt. Ich habe ihr angeboten, sie zu fahren, aber sie sagte, er sei schon unterwegs.“ Sie klappte das Melderegister zu. „Und jetzt entschuldigen Sie mich bitte. Ich erwarte einen Gast zum Sonntagsessen.“

„Sicher. Kein Problem. Danke für Ihre Hilfe.“ Ich steckte meine Unterlagen in die Aktentasche, schlüpfte in meine Jacke, packte Hand- und Aktentasche und kehrte zu meinem Auto am Rainbow zurück.

Ich fragte mich Folgendes: Wenn Barrett um halb zehn aus der Arbeit gekommen war, warum hatte sie dann 45 Minuten gebraucht, bis sie ihren Vater angerufen hatte? Ich setzte mich ins Auto und betrachtete die Wolken, die sich am dunkelgrauen Himmel ballten. Es war erst ein Uhr nachmittags, doch die Finsternis war so durchdringend, dass sich der Fotosensor an Cecilias Außenbeleuchtung einschaltete. Es begann zu schneien, große, luftige Flocken, die sich wie eine Schicht Seifenblasen auf die Windschutzscheibe legten. Ich wartete und beobachtete die Rückseite des Rainbow Cafés.

Gegen halb drei waren die Mittagsgäste fast alle gegangen. Ich saß mit der Geduld einer Katze da, die darauf wartet, dass die Eidechse wieder aus dem Spalt zwischen zwei Steinen gekrochen kommt. Um 14.44 Uhr ging die Tür auf, und Barrett erschien. Sie trug Schürze und Kochmütze und schleppte einen großen Müllsack aus Plastik, der für die Abfalltonne zu meiner Linken bestimmt war. Ich drehte das Fenster herunter. „Hallo, Barrett. Haben Sie einen Augenblick Zeit?"

Sie warf den Müllsack in die Tonne und kam zum Wagen. „Ich dachte, Sie wären weg."

„Ich habe Cecilia besucht. Warum machen Sie nicht mal Pause? Ich würde gern mit Ihnen sprechen."

Sie zögerte und sah zum Rainbow hinüber. „Das soll ich eigentlich nicht, aber eine Minute geht schon." Sie stieg ins Auto, schlug die Tür zu und verschränkte ihre nackten Arme gegen die Kälte.

„Ihr Dad hat gesagt, Sie wollen Medizin studieren."

„Ich bin noch nicht zugelassen."

„Wo haben Sie sich denn beworben?"

„Wollen Sie etwas Bestimmtes? Nancy weiß nämlich nicht, dass ich hier draußen bin, und ich habe eigentlich erst kurz vor drei Kaffeepause."

„Ich wollte gerade darauf zu sprechen kommen", sagte ich. „Ich möchte gerne etwas wissen. Waren es nicht Sie, die Tom Newquist an jenem Abend treffen wollte?"

„Warum hätte er das denn tun sollen?"

„Ich habe keine Ahnung. Deshalb frage ich Sie ja."

Sie runzelte demonstrativ die Stirn und schüttelte dann ratlos den Kopf. „Nicht dass ich wüsste", sagte sie, als hätte sie sich das Hirn zermartert.

Ich fand eine Flunkerei angebracht. „Ich muss Ihnen allerdings sagen, dass er sich einen Vermerk in seinen Schreibtischkalender gemacht hat. Er hat klar und deutlich *Barrett* geschrieben."

„Ehrlich?"

„Ich bin heute darauf gestoßen. Deshalb habe ich ja vorhin gefragt, mit wem er sich hier treffen wollte. Ich hatte auf Ihre Ehrlichkeit gehofft, aber Sie haben nicht mitgespielt", sagte ich. „Ich hätte vermutlich darüber hinweggesehen, aber dann bekam ich die Bestätigung, und jetzt bin ich hier. Möchten Sie mir sagen, was da vor sich ging?"

„Die Bestätigung? Wer hat es bestätigt?"

„Cecilia."

„Es war gar nichts", sagte sie.

„Na gut. Dann spucken Sie es doch einfach aus. Ich möchte es gerne hören."

„Wir haben uns nur ein paar Minuten lang unterhalten, und dann wurde ihm schlecht.“

„Worüber haben Sie sich unterhalten?“

„Es war nichts Besonderes. Wir haben über meinen Dad geredet. Bloß belangloses Geplauder. Brant und ich waren fest miteinander gegangen, und Tom hat sich nach unserer Trennung erkundigt. Es hat ihm immer Leid getan, dass wir nicht zusammengeblieben sind. Mir war klar, dass er auf irgendetwas hinauswollte, aber ich wusste nicht, worauf. Und dann wurde ihm auf einmal übel.“

„Hat er gesagt, dass er Schmerzen habe?“

Sie nickte, und ihre Stimme zitterte, als sie weitersprach. „Er fasste sich an die Brust, und sein Atem ging rasselnd. Ich sagte, ich würde zum Motel gehen und Hilfe holen, und er meinte: ‚Gut, mach das!‘ Er sagte, ich solle die Autotür abschließen und niemandem etwas von unserem Treffen erzählen. Das war ihm unheimlich wichtig; er ließ es sich von mir versprechen.“ Sie kramte in ihrer Tasche und zog ein Tempotaschentuch hervor und wischte sich die Augen.

Ich wartete, bis sie wieder ruhiger war, bevor ich weiterbohrte. „Hat er sonst noch etwas gesagt?“

Sie holte tief Luft. „Von der Straße fern halten, wenn Autos kommen. Er wollte nicht, dass irgendjemand erfuhr, dass ich mit ihm gesprochen hatte. Er wolle mich nicht in Gefahr bringen, hat er gesagt.“

„Er hat nicht gesagt, durch wen?“

„Er hat niemanden namentlich genannt“, antwortete sie.

„Er hat Ihnen nicht vielleicht sein Notizbuch zur Aufbewahrung gegeben?“

Sie schüttelte schweigend den Kopf.

„Sind Sie sicher? Ich dachte, er hätte Ihnen das kleine schwarze Buch gegeben, in das er seine Arbeitsnotizen eintrug.“

„Hat er aber nicht.“

„Barrett, sagen Sie die Wahrheit? Bitte, bitte, bitte! Glauben Sie mir, ich sage keinem Menschen, dass Sie es haben.“

„Ich sage Ihnen die Wahrheit.“

Ich schüttelte den Kopf. „Ich widerspreche Ihnen ja äußerst ungern, aber Tom hatte es immer bei sich, und trotzdem hat es kein Mensch seit seinem Tod gesehen. Jetzt stellt sich heraus, dass Sie mit ihm im Wagen waren. Wo könnte das Notizbuch sonst sein? Es war ihm sehr wichtig, das Notizbuch in Sicherheit zu wissen, also muss er es Ihnen gegeben haben. Das ist die einzig mögliche Erklärung.“

Das Schweigen lastete schwer auf ihr. Ich ließ es ein Weilchen andauern.

Barrett sah aus dem Fenster. „Sie haben keinerlei Beweise", sagte sie.

„Ja, gut, ich weiß. Ich meine, abgesehen davon, dass Cecilia Sie an jenem Abend vor dem Motel gesehen hat", erwiderte ich.

Nancy streckte den Kopf aus der Hintertür des Rainbow. Barrett machte die Beifahrertür auf, lehnte sich hinaus und rief: „Ich komme gleich!"

„Und wo ist das Notizbuch?"

„In meiner Handtasche", antwortete sie düster. „Er hat gesagt, ich solle es verstecken, bis er entscheiden könne, was damit geschehen soll."

„Er wusste nicht, dass er sterben würde."

„Mann, das war ein Schock!"

„Kann ich mir vorstellen. Passen Sie auf, wenn Sie es mir jetzt geben, kopiere ich es morgen in aller Frühe und gebe es Ihnen wieder zurück."

Nach einem quälenden Augenblick sagte sie: „Na gut."

Sie stieg auf ihrer Seite aus dem Wagen und ich auf meiner. Ich schloss rasch die Türen ab, bevor ich ihr nach drinnen folgte. Sie hatte ihre Handtasche in dem Lagerraum links von der Küchentür stehen. Barrett holte das Notizbuch aus der Tasche und reichte es mir. Sie schien verärgert zu sein, weil es mir irgendwie gelungen war, sie zu überreden. „Außerdem hat er noch gesagt, dass der Schlüssel auf seinem Schreibtisch liegt", erklärte sie.

„Der Schlüssel liegt auf seinem Schreibtisch?"

„Das hat er jedenfalls gesagt. Zweimal sogar. Ich muss jetzt gehen."

„Danke. Sie sind ein Schatz." Ich hielt mir einen Finger vor die Lippen. „Streng geheim. Kein Wort zu irgendjemandem."

„Scheiße! Warum hab ich's dann Ihnen gesagt?"

Nancy streckte den Kopf durch die Küchentür. „O Kinsey. Da sind Sie! Brant ist am Telefon."

Ich ging in den Gastraum hinaus, der nahezu menschenleer war. Der Hörer lag umgekehrt auf der Theke neben der Kasse. „Brant?"

„Hallo, Kinsey", sagte er. „Ich bin im Haus von meiner Mom. Ich bin vor kurzem am Rainbow vorbeigefahren und habe Ihren Wagen dahinter stehen sehen. Ich wollte nur fragen, ob mit Ihnen alles in Ordnung ist."

„Alles bestens. Ist Ihre Mutter schon zu Hause?"

„Sie kommt erst gegen neun", antwortete er. „Brauchen Sie irgendwas?"

„Eigentlich nicht. Wenn Sie Ihre Mutter irgendwie erreichen können, würden Sie ihr dann ausrichten, dass ich es habe?“

„Was haben Sie?“

Ich legte die hohle Hand um die Sprechmuschel und kam mir vor wie eine Figur aus einem Agentenfilm. „Das Notizbuch.“

„Wie haben Sie denn das fertig gebracht?“

„Das erkläre ich Ihnen später. Ich komme in ein paar Minuten nach Hause. Können Sie auf mich warten?“

„Eigentlich nicht. Ich bin nur vorbeigekommen, um ein paar Sachen zu holen, die ich nachher zu Sherry bringen will. Ich muss bei der Arbeit für jemanden einspringen. Wir können uns morgen unterhalten.“

„Gut. Bis dann“, sagte ich.

Ich schloss Selmas Haustür auf und ging in die Küche. Das Haus war düster und still. Alles war noch so, wie ich es hinterlassen hatte, bis auf einen Teller voller Plätzchen mit Schokoladenglasur, der mitsamt dem Hinweis Bitte zugreifen auf der Arbeitsfläche stand. Das Kondenswasser an der Plastikfolie darüber ließ darauf schließen, dass die Plätzchen bis vor kurzem noch gekühlt oder gefroren gewesen waren. Brant musste angenommen haben, dass die Aufforderung ihm galt, da ein Teller mit einer Gabel voller verräterischer Schokoladenspuren an seinem Platz auf dem Tisch stand. Ich bedauerte, dass ich ihn verpasst hatte. Wir hätten gemeinsam über die neuen Erkenntnisse nachdenken können.

Ich ging in Toms Arbeitszimmer, setzte mich auf seinen Drehstuhl und überlegte. Dann begann ich sein Notizbuch durchzugehen. Der Einband bestand aus rauem schwarzem Leder, das vom Gebrauch ganz weich geworden war. Ich verfuhr nach der nächstliegenden Methode, indem ich auf der ersten Seite – die vom ersten Juni datierte – begann und mich bis zur letzten durcharbeitete, die vom ersten Februar stammte, also zwei Tage vor seinem Tod. Hier waren nun endlich die acht Monate umfassenden fehlenden Notizen! Auf dem dünn linierten Papier war jeder Fall durch eine Fallnummer am linken Rand gekennzeichnet und beinhaltete Angaben über Strafanzeigen und Spurensicherung sowie Namen, Adressen und Telefonnummern von Zeugen. Anhand einer Reihe nahezu unleserlicher Abkürzungen konnte ich den Verlauf mehrerer Verhöre zu jeder einzelnen Angelegenheit verfolgen. Ich las über den Fund von Pinkies Leiche und die Ergebnisse des Leichenbeschauers. Durch zahlreiche Verrenkungen meiner Vorstellungskraft fand ich heraus, dass Tom sich von Pinkies Tod bis zu dessen Haftzeit in Chino und seiner

Freundschaft mit Alfie Toth zurückgearbeitet hatte, wobei Letzteres von *MB*, also Margaret Brine, bestätigt worden war. *C* bezog sich wohl auf Colleen Sellers, die ihn angerufen hatte, um ihm von Alfie Toths Haft in *ST* (Santa Teresa) zu berichten. Wie ich bereits wusste, hatte er am 5.6. Dave Estes im Gramercy befragt und mit Olga Toth gesprochen. Als *C* wieder anrief, um ihm zu berichten, dass Toths Leichnam gefunden worden war, wurden Toms Notizen spärlicher. Er äußerte sich nun vorsichtig und benutzte eine Art Code. Die letzte Seite mit Notizen enthielt lediglich ein paar Zahlen – 8, 12, 1, 11 und 26 –, großgeschrieben, unterstrichen und mit einem Ausrufe- und einem Fragezeichen versehen.

Ich saß da und starrte auf die Zahlen, bis sie auf der Seite zu tanzen anfingen. Was bedeuteten sie? Ein Datum? Die Kombination für einen Safe? Ich dachte daran, dass Tom gegenüber Barrett einen „Schlüssel" auf seinem Schreibtisch erwähnt hatte. Ich hatte eine Woche lang an seinem Schreibtisch gearbeitet und hatte keinen Schlüssel gesehen. Was für eine Art von Schlüssel denn? Den Schlüssel wozu?

Vielleicht besaß er eine Stahlkassette, die mit einem kleinen Kombinationsschloss versehen war. Wie viele volle Müllsäcke hatte ich vergangene Woche hinausgeschafft? Wie konnte ich sicher sein, dass ich nicht den Schlüssel weggeworfen hatte, den er meinte? Bei dieser Vorstellung wallte Panik in mir auf.

Ich leerte der Reihe nach den Inhalt sämtlicher Schubladen aus und zog dann jede ganz heraus, um Rückwand und Boden abzutasten. In der Schublade mit den Handschellen und dem Schlagstock fand ich seine Taschenlampe, die ich benutzte, um die Schienen der Schublade abzusuchen. Hatte er „Schlüssel" im übertragenen Sinn gemeint? Ich schob die Schubladen wieder hinein und entfernte alles von der Schreibtischplatte. Dann wanderte ich mit dem Finger über seine Schreibtischunterlage und suchte nach den Zahlen, die er sich notiert hatte. Sie waren da – 8, 12, 1, 11 und 26 –, und zwar mitten in einer Schlinge!

Was, wenn ich die ausschlaggebende Information weggeworfen hatte? War der Müll schon abgeholt worden? Der Schweiß brach mir aus. Wie üblich war es im Haus so heiß wie in einem Backofen. Ich ging zum Fenster hinüber und schob es nach oben. Dann lockerte ich die Riegel des Sturmfensters, stieß kaltblütig lächelnd die Scheibe hinaus und sah zufrieden zu, wie das Fenster unten auf die Erde fiel. Ich atmete ein paar tiefe Züge frische Luft und hoffte, so meine Beklemmung zu bekämpfen.

Dann setzte ich mich erneut an den Schreibtisch und versuchte den Kopf frei zu bekommen. Also: Ich musste eben weitersuchen, so gelassen und sorgfältig wie möglich. Erneut ging ich alle Schubladen durch und musterte ihren Inhalt genau. Ich sah mir jede Einlage in Toms Aktenordnern an, spähte in Umschläge, öffnete Schachteln mit Büro- und Heftklammern und beäugte Etiketten.

Unwillkürlich kam ich immer wieder auf die Überlegung zurück, dass die Zahlen eine Art Code waren. Ich nahm mir ein Blatt Papier und schrieb das Alphabet auf. Darunter notierte ich entsprechend die Zahlen von 1 bis 26. Wenn die Ziffern 8, 12, 1, 11 und 26 lediglich Ersatz für Buchstaben waren, lautete der Name oder die Initialen HLAKZ. Was sollte das heißen? Sagte mir gar nichts. Ich versuchte das Gleiche von hinten. Jetzt ergaben die Zahlen SOZPA. Wenn die Zahlen Buchstaben repräsentierten und es ein Wort war, dann war das Einzige, was ich sicher wusste, dass es sich aus fünf unterschiedlichen Buchstaben zusammensetzte. Ein Personenname? Ich dachte darüber nach, wie viele Leute ich hier kannte, deren Namen aus fünf Buchstaben bestanden: Brant, Macon, Hatch, Wayne, James, Rafer. Ich sah auf das Ausrufezeichen und das Fragezeichen. *!?* Was bedeutete das? Überraschung? Bestürzung?

Ich merkte, dass ich am Verhungern war – zweifellos Ausdruck meiner Verwirrung. Mittlerweile war es Viertel nach vier. Ich ging in die Küche, um nach Nahrung zu suchen. Ich sah in Selmas Kühlschrank und wurde von plastikverpackten Resten vom Vorabend begrüßt – nicht wert, aufgewärmt zu werden. Ich blickte auf ihren Zettel und genehmigte mir ein paar Plätzchen. Die Konsistenz war etwas trocken für meinen Geschmack, doch die Glasur war lecker und klebrig, und nur ein leicht chemischer Geschmack ließ vermuten, dass Selma eine Fertigmischung verwendet hatte. Ich trank ein paar Schluck Milch aus der Tüte und sparte mir damit das Glas.

Wieder gestärkt, setzte ich mich erneut auf Toms Drehstuhl. Was, wenn 8, 12, 1, 11 und 26 Seitenzahlen waren und sich auf die Notizen selbst bezogen? Ich versuchte es mit diesem Ansatz, doch der jeweilige Inhalt dieser Seiten schien rein gar nichts miteinander zu tun zu haben.

Der Nachmittag ging in den Abend über, und ich kam nicht weiter. Ich dachte an den ursprünglichen Ausgangspunkt zurück. Selma hatte mich engagiert, damit ich herausfand, weshalb Tom bedrückt gewesen war. Wenn jemand, den er kannte, seine Privatsphäre verletzt, seine Notizen gelesen und die Daten dazu benutzt hatte, Alfie Toth aufzuspüren und umzubringen, wäre das Grund genug. Aber warum sollte die Tatsache, dass Hatch in die Sache verstrickt war – oder James oder Wayne –, Tom aus der Ruhe gebracht haben? Tom hielt sich an die Regeln. Wenn er einen von ihnen verdächtigt hätte, hätte er sofort gehandelt. Oder nicht?

Mein Blick fiel auf die Schreibtischunterlage. Ich schob einen Stapel Akten beiseite. In die rechte untere Ecke hatte Tom ein Raster gezeichnet, in das er die Wochentage des Monats Februar eingetragen hatte. Der Erste fiel auf einen Sonntag, der 28. auf einen Samstag. Die letzten beiden Samstage des Monats – der 21. und der 28. – waren durchgestrichen. War es das Jahr 1908? 1912, 1901, 1911 oder 1926? Ich stand auf und ging ans Bücherregal, wo ich ein Exemplar von Toms Almanach herauszog. Ich blätterte den Index auf und suchte mir den Dauerkalender heraus. Neben jedem Jahr stand eine Nummer, die einer nummerierten Schablone entsprach und sämtliche Varianten wiedergab, wie die Monate angelegt sein konnten. Ich schaltete die Schreibtischlampe ein und musterte die Reihe von Kalenderseiten, indem ich mir die Februare ansah, die so angelegt waren wie der, den Tom gezeichnet hatte. Kalender Nummer fünf war ein solcher. Ich sah mir die Jahre an, die dazu passten: 1900, 1903, 1914, 1925, 1931.

Das Jahr konnte also doch nicht von Belang sein, oder? Und warum hatte er die letzten beiden Samstage des Monats durchgestrichen? Wenn diese beiden Samstage wegfielen, sank die Zahl der Tage von 28 auf 26 – die Anzahl von Buchstaben im Alphabet. Ich versuchte es mit diesem Ansatz, indem ich die Buchstaben den Wochentagen gegenüberstellte. Das Ergebnis war immer noch HLAKZ.

Während ich weiterhin auf Toms Drehstuhl schaukelte, fuhr ich mit ihm aufs Fenster zu. Es war kurz vor halb fünf, und draußen herrschte schon völlige Dunkelheit. Das Zimmer war empfindlich abgekühlt. Ich lehnte mich vor und schloss das Fenster. Von irgendwoher spürte ich einen Luftzug. Neugierig geworden, stand ich auf und ging den vorderen Flur entlang bis zum Wohnzimmer, wo ich die Tischlampen anschaltete. Die Vorhänge bebten wie von einer unsichtbaren Hand bewegt. Die Haustür war geschlossen und abgesperrt, genau wie die Hintertür zur Garage. Ich steckte den Kopf in Selmas Schlafzimmer. Alles war unberührt. Ich ging weiter den Flur hinab. Sämtliche Fenster in Brants altem Zimmer waren geschlossen.

Ich blieb wie angewurzelt stehen. Die Tür zu meinem Zimmer war nur angelehnt. Hatte ich sie so zurückgelassen? Argwöhnisch stieß ich sie auf. Die Vorhänge wehten und flatterten hin und her. Das Zimmer war ein einziges Chaos. Scharfkantige Glasscherben lagen auf dem Teppich. Das Fenster, das ich so überaus sorgfältig geschlossen hatte, war mit einem

Hammer zerschmettert worden, den der Täter auf dem Fußboden hatte liegen lassen. Glassplitter in der Größe von Salzkristallen lagen auf dem Fensterbrett verstreut. Das Fenster war hochgeschoben worden, vermutlich von außen. Es war eindeutig jemand eingedrungen. Ich ging zum Bett hinüber und schob meine Hand zwischen Sprungfedern und Matratze. Meine Pistole war weg.

12

Ich sah auf die Uhr: 17.36 Uhr. Ich ging in die Küche zurück, um die Polizei zu informieren. Die Hand auf dem Hörer, zögerte ich. Wen sollte ich denn anrufen? Ich wusste nicht, ob ich einem von ihnen trauen konnte. Ich überlegte, auf wen ich mich in dieser Situation verlassen konnte. Ein Frösteln durchlief mich. Es war doch wohl niemand *mit* mir im Haus?

Das Telefon gellte mit außergewöhnlicher Lautstärke und löste eine Welle von Übelkeit in mir aus. Ich riss den Hörer herunter. „Hallo?"

„*Hi*, Kinsey. Brant hier. Ist meine Mom schon da?" Er klang jung und unbeschwert, entspannt und gelassen.

Mein Magen bäumte sich auf. „Sie müssen nach Hause kommen", sagte ich.

Sein Tonfall wandelte sich. „Warum? Was ist denn los?"

„Es ist eingebrochen worden. Auf dem Fußboden im Gästezimmer liegen Glasscherben, und meine Pistole ist weg."

„Bleiben Sie, wo Sie sind. Ich komme sofort!"

Ich legte den Hörer auf, drehte mich um und lehnte mich mit dem Rücken an die Wand, wobei ich leise vor mich hin wimmerte. Eine Stadt voller Cowboys, und jemand wollte mir ans Leder. Ich streckte die Hände vor mir aus und sah, wie meine Finger zitterten und die kürzlich ausgerenkten Glieder geschwollen und nutzlos wirkten. Meine Pistole war gestohlen worden. Ich brauchte aber irgendetwas, womit ich mich gegen den bevorstehenden Angriff wehren konnte. Auf der Suche nach einem Messer fing ich an, Küchenschubladen aufzuziehen. Hinter meinen Lidern spürte ich Tränen brennen. Was würde mir ein gezahntes Steakmesser gegen eine abgefeuerte Kugel helfen?

Stunden schienen zu vergehen. Ich konnte den großen Zeiger an der Küchenuhr bei jeder Sekunde ticken hören.

Draußen vernahm ich quietschende Bremsen, dann eine Autotür, die zugeschlagen wurde. Ich drehte mich um und starrte zur Tür. Was, wenn es jemand anders war? Was, wenn sie es waren? Die Tür flog auf, und

Brant kam mit der beruhigenden Masse eines Schlachtschiffs auf mich zu. Ich streckte eine Hand aus, und er ergriff sie.

„Sie sehen ja schrecklich aus! Wie ist der Typ denn hereingekommen?"

Ich wies auf mein Zimmer und folgte ihm unbewusst, als er zielstrebig den Flur in dieser Richtung entlangging. Er sah sich nur kurz und oberflächlich um, dann verließ er das Gästezimmer wieder und ging der Reihe nach den Rest des Hauses ab, wobei er in jeden Wandschrank, jede Ecke und jeden Winkel blickte. Dann stieg er in den Keller hinab. Ich wartete oben an der Treppe und knetete meine verletzte Hand. Wo war meine Pistole?

Brant ging zurück in die Küche. Ich folgte ihm wie ein Entenküken. „Hat er das Notizbuch mitgenommen?"

„Wer?"

„Der Typ, der eingebrochen ist", sagte er scharf.

„Ich hatte es in der Tasche", erwiderte ich.

„Berichten Sie mir genau, was Sie heute gemacht haben. Zu welcher Zeit haben Sie das Haus verlassen, und wie lange waren Sie weg?"

Auf eine Art, die mir weitschweifig und unverständlich vorkam, sprudelte ich die Geschichte mit den Tankwarten hervor und mein Gespräch mit Nancy im Rainbow. Ich erzählte ihm, dass mir Rafer und Vicky begegnet seien und ich mit Cecilia und Barrett gesprochen hatte. Mein Gehirn arbeitete doppelt so schnell wie meine Lippen, sodass ich mir träge und dumm vorkam. Was war los mit mir? Ich wusste, dass ich mich schon einmal so gefühlt hatte – so verängstigt, so machtlos, so daneben ...

Brant starrte mich an. „Sie haben tatsächlich mit ihm gesprochen?"

Von wem redete er eigentlich? „Mit wem?" Meine Stimme klang dumpf.

„Rafer."

Was hatte ich gefragt? Was hatte er zuvor gesagt? „Was?"

„Rafer. Im Rainbow. Ich habe gefragt, ob Sie mit ihm gesprochen haben."

„Klar."

„Sie haben mit ihm gesprochen?!" Seine Stimme war vor Beunruhigung lauter geworden.

„Ich habe ihn auf den neuesten Stand gebracht", sagte ich. Meine Stimme kam mit Verzögerung wie in einem hallenden Raum.

„Was glauben Sie denn, wer all die Gerüchte in die Welt gesetzt hat?"

„Wer?"

Brant packte mich an den Schultern und schüttelte mich leicht. „Kinsey, wachen Sie auf, und hören Sie zu. Das ist eine ernste Angelegenheit“, sagte er.

„Sie wollen doch nicht behaupten, dass er es war?“

„Aber natürlich war er es. Wer hätte es denn sonst gewesen sein können? Denken Sie mal nach, Sie Dummerchen.“

„Worüber soll ich nachdenken?“, fragte ich verwirrt. Ich verließ mich auf seine Hilfe, doch seine Unruhe trieb die meine in gefährliche Höhen.

Seine Stimme dröhnte weiter, beschwörend und einlullend. „Sie haben Mom erzählt, es sei jemand von den Polizeibehörden. Glauben Sie im Ernst, dass mein Vater auch nur eine einzige schlaflose Nacht verbracht hätte, wenn es jemand anders als Rafer gewesen wäre? Rafer war sein bester Freund. Die beiden hatten schon jahrelang zusammengearbeitet. Und dann findet Tom heraus, dass Rafer zwei Männer umgebracht hat. Mann, o Mann! Er muss durchgedreht sein, als ihm klar wurde, was los war. Hat er das denn nicht aufgeschrieben? Steht das nicht in seinen Notizen?“

„Die Notizen sind verschlüsselt. Ich kann sie nicht lesen.“

„Wo sind sie? Können Sie sie mir zeigen? Vielleicht kann ich den Code knacken.“

„Dort drinnen.“ Mein Verstand arbeitete blitzschnell, nur mein Mund tat sich schwer. „Ich habe mich mit Barrett unterhalten. Sie war mit Tom im Wagen, bevor er starb“, erklärte ich.

„Worüber haben die beiden gesprochen? Und warum soll er das gemacht haben?“

„Über irgendwas. Ich weiß es nicht mehr.“

„Haben Sie sie denn nicht zum Antworten gedrängt? Sie hatten das Mädchen doch in der Hand“, sagte er. Seine Worte erschienen in der Luft, mit großen Blockbuchstaben geschrieben.

„Hören Sie auf zu schreien!“, stieß ich hervor.

„Ich schreie nicht. Was haben Sie denn?“

„Barrett hat Rafer mit keinem Wort erwähnt.“ Da fiel es mir wieder ein. Sie hatte gesagt, dass Tom sie nach ihrem Vater gefragt habe.

„Warum sollte sie auch? Sie sind eine Wildfremde für Barrett. Sie vertraut sich Ihnen nicht an. Sie würde Ihnen so etwas nie sagen. Ihr eigener Vater? Sie müsste ja verrückt sein“, sagte er mit gellender Stimme.

„Aber warum hat sie mir dann die Notizen gegeben?“

„Barrett hat keine Ahnung. Sie weiß überhaupt nichts.“

„Woher wollen Sie denn wissen, was er getan hat?“

„Weil ich rechnen kann“, gab er genervt zurück. „Ich zähle zwei und zwei zusammen. Passen Sie auf: Tom hat sich mit Barrett getroffen. Vermutlich wollte er herausfinden, wo sich Rafer aufgehalten hat, als Pinkie ermordet wurde. Das Gleiche bei Alfie Toth. Er hat den Zusammenhang erkannt. Jemand hatte ihm ja schon die Angaben über Toth abgeluchst. Was glauben Sie, wer das war? *Rafer!*“

„Rafer“, wiederholte ich und nickte. Ich begriff, was er meinte. Ich hatte das Gleiche vermutet. Toms Freundschaft mit Rafer war so eng, dass Tom es sich doppelt und dreifach überlegt hätte, bevor er ihn bei den Behörden anzeigte. Ein so enormer Konflikt hätte ihn in extreme Bedrängnis gebracht. Mein Verstand knackte und surrte. *Klick, klick, klick.* Es war wie beim Flippern. Ich dachte an den Angestellten des Gramercy. Warum hatte er mir nicht erzählt, dass der falsche Zivilfahnder schwarz gewesen war? Man sollte doch annehmen, dass er sich an etwas so Auffälliges erinnern müsste. Mein Verstand befand sich immer noch auf Zickzackkurs. Ich wünschte, ich hätte mit Leland Peck gesprochen, bevor ich Santa Teresa verlassen hatte. Mir war äußerst merkwürdig zumute. Geräusche wurden ein- und wieder ausgeblendet.

Brant redete immer noch. Für mich klang es wie dummes Gewäsch, aber irgendwie ergab es eine seltsame Logik. „Pinkie hat Barrett angemacht. Sie war beim Wandern in den Bergen und ist auf das Angellager der beiden gestoßen. Barrett wurde überfallen. Er hat ihr eine Pistole an den Kopf gehalten und sie vergewaltigt. Er hat sie gezwungen, unaussprechliche Dinge zu tun. Alfie ist nicht eingeschritten. Er hat ihr keinerlei Hilfe angeboten, sondern ist davongerannt und hat sie Pinkies Willkür überlassen. Barrett kam in völlig hysterischem Zustand zurück. Rafer hat Pinkie verfolgt und zur Strecke gebracht. Er hat ihn gefesselt und an einem Ast aufgeknüpft. Dort hat er ihn für das, was er Barrett angetan hat, langsam sterben lassen. Er hätte auch Alfie umgebracht, aber der konnte entkommen. Rafer hat sich die ganzen Jahre in Sicherheit gewähnt, aber dann ist Pinkies Leiche aufgetaucht, und Dad hat die Verbindung zwischen den beiden Männern gefunden. Er ist den ganzen Weg nach Santa Teresa gefahren, um mit Alfie zu sprechen, aber Rafer ist ihm zuvorgekommen. Er hat Toth auf genau die gleiche Art aufgeknüpft wie Pinkie.“ Brant musterte mich mit ernstem Blick. „Was ist denn mit Ihren Augen los?“

„Mit meinen Augen?“ Sowie er es erwähnt hatte, merkte ich, dass mein Blickfeld zu schwanken begonnen hatte und die Bilder von einer Seite zur anderen rutschten wie bei schlechter Kameraführung. Mir war schwindlig, als stünde ich kurz davor, in Ohnmacht zu fallen.

„Alles in Ordnung?“

„Bestens.“ Ich sah Rafer mit der Schlinge. Ich sah, wie er sie um Pinkies Hals festzog. Ich sah, wie er Alfie in der Wildnis aufknüpfte. Ich spürte seine Wut und den Schmerz, den er über das empfand, was sie seiner einzigen Tochter angetan hatten. Ich sagte: „Woher wissen Sie das alles?“

„Weil Barrett es mir damals erzählt hat, Kinsey! Deshalb habe ich mich ja von ihr getrennt. Ich war zwanzig Jahre alt. Ich konnte damit nicht umgehen“, sagte er gequält.

„Tut mir Leid. Tut mir Leid“, sagte ich, vergaß aber auf der Stelle, warum es mir Leid tat.

Brants Tonfall wurde vorwurfsvoll. „Sie sind ja völlig high. Ich fasse es nicht! Was zum Teufel haben Sie eingeworfen?“

„Ich bin high?“ Natürlich. Daniel fiel mir ein. Mein Exmann. So wunderschön. Augen wie ein Engel, ein Heiligenschein aus goldenen Locken. Und wie ich ihn geliebt habe! Er hatte mir einmal ohne mein Wissen LSD gegeben, und ich sah den Fußboden in den Höllenschlund rutschen …

Brant reckte den Kopf. „Was ist das?“, zischte er.

„Was?“

„Ich habe etwas gehört.“ Seine Angst war ansteckend wie ein Bazillus.

„Warten Sie mal.“ Brant schlenderte den Flur hinab. Ich sah, wie er aus dem kleinen Zierfenster in der Haustür blickte. Abrupt wich er zurück und gestikulierte dann hektisch in meine Richtung. „Ein Auto ohne Licht ist gerade vorbeigefahren. Es hat etwa sechs Häuser weiter angehalten. Haben Sie eine Pistole?“

„Ich habe Ihnen doch erzählt, dass sie gestohlen wurde. Was ist denn los?“

„Rafer“, sagte er grimmig. Er ging zu der Schublade im Küchentisch seiner Mutter hinüber. Dort nahm er eine Waffe heraus und drückte sie mir in die Hand. „Hier! Nehmen Sie die.“

Ich stand da und starrte sie verwirrt an. „Danke“, flüsterte ich. Es war ein einfacher Polizeirevolver Marke Smith & Wesson. Ich hätte mir selbst fast einmal so einen ähnlichen gekauft, einen .357-er Magnum mit Fünfzolllauf und einem Karomuster aus Walnussholz am Schaft.

„Rafer wird mit entsicherter Waffe hier hereingestürmt kommen“, erklärte Brant. „Ohne Umschweife. Er hat überall herumerzählt, dass Sie eine Killerin sind und dass Sie Drogen nehmen, und jetzt sind Sie tatsächlich von irgendwas völlig zugedröhnt.“

„Ich habe nichts genommen“, entgegnete ich mit trockenem Mund. Die Plätzchen! Ich war zugedröhnter, als er ahnte. Ich arbeitete mich in meinem Gedächtnis zurück, durch die Kurse auf der Polizeischule. Was hatte ich zu mir genommen? Symptome: Verwirrung, Paranoia, undeutliche Sprechweise, Augenzittern. Ich war völlig abgedreht von Speed.

„Sie haben ihn durchschaut. Er wird Sie umbringen müssen. Wir müssen die Sache durchziehen“, sagte Brant.

„Lassen Sie mich nicht allein. Reden Sie mit ihm. Ich kann abhauen“, sprudelte ich hervor.

„Daran hat er schon gedacht. Er hat sich Unterstützung verschafft. Vermutlich Macon und Hatch. Die hassen Sie alle beide. Jetzt sollten wir uns lieber mal vorbereiten.“

Als Brant seine Jacke abstreifte, roch ich den Stressschweiß, ein Geruch so scharf und durchdringend wie Ammoniak. Aus irgendeinem Grund sah ich auf seine Hände. Trotz meines Rauschzustands erkannte ich einen Fleck auf seinem rechten Handgelenk, eine dunkle Stelle, geformt wie der Bug eines Schiffs. Der Fleck hob sich von der sauberen weißen Fläche seiner Haut ab wie ein Brandzeichen. Wieder arbeitete sich mein Hirn durch die Möglichkeiten: Narbe, Knutschfleck, Schmutz oder Schorf. Ich hatte eine reichlich lange Leitung. Eine Verbrennung! Die Verfärbung der Wunde passte genau zu der Spitze eines glühenden Bügeleisens! Adrenalin rauschte durch meinen Körper. Eine Art Euphorie durchfuhr mich. Ich hatte darum gerungen, den Code mit Logik und analytischem Denken zu knacken, während die Lösung im Grunde auf räumlichen Verhältnissen beruhte. Vertikal, nicht horizontal. So funktionierten die Zahlen. Die Reihen auf und ab anstatt vor und zurück.

Ich legte den Revolver auf den Küchentisch. „Ich komme gleich wieder“, sagte ich. So schnell ich konnte, ging ich in Toms Arbeitszimmer. 8, 12, 1, 11 und 26. Ich sah auf den Kalender, den Tom gezeichnet hatte: achtundzwanzig Tage, von denen der erste auf einen Sonntag fiel und dessen letzte beide Samstage, der 21. und der 28, durchgestrichen waren. Ich nahm einen Bleistift zur Hand und schrieb die Buchstaben des Alphabets auf, indem ich pro Tag einen Buchstaben notierte, diesmal aber vertikale Reihen benutzte. Falls meine Theorie zutraf, würde der Code bestätigen, was ich bereits wusste: 8 würde für den Buchstaben *B* stehen. Die Zahl 12 für den Buchstaben *R*. Die 1 wäre das *A*, die 11 das *N* und die 26 das *T*.

B-R-A-N-T.

Ich merkte, wie ein Lachen in mir aufwallte. Ich saß hier im Haus mit ihm fest. Er hätte ohne weiteres Zugang zu den Notizen seines Vaters gehabt. Die Durchsuchung des Arbeitszimmers und das zerbrochene Fenster – beides waren nur Ablenkungsmanöver gewesen, um uns anderen vorzugaukeln, dass jemand von draußen in der Hoffnung, die Notizen zu finden, ins Haus eingedrungen sei. Es ging überhaupt nicht um Barrett. Pinkie hatte Barrett nicht vergewaltigt. Es war Brant, den er missbraucht und gedemütigt hatte.

„Was machen Sie da?"

Ich zuckte zusammen. Brant stand in der Tür. Sein Bild bewegte sich von einer Seite zur anderen. Mir fiel keine Antwort ein. Augenzittern. Etwas in den Plätzchen. Aber ich war klüger als er. Oh, viel klüger. Ich war heute klüger als alle anderen.

„Was schauen Sie da an?"

„Toms Notizen. Ich werde einfach nicht schlau daraus."

Er starrte mich an. Ich merkte, dass er festzustellen versuchte, ob das stimmte, was ich sagte. Ich versuchte, meinen Verstand klar zu bekommen. Ich hatte ihn nie zuvor so schlank und jung und hübsch gesehen. So ist der Tod, ein Liebhaber, in dessen Umarmung man ohne Warnung versinkt. Er streckte die Hand aus. „Ich nehme die Notizen."

Ich reichte ihm das Notizbuch und stellte mir die Smith & Wesson vor. Wo hatte ich schon einmal von einer solchen Waffe gehört? Unter keinen Umständen würde er mir eine Waffe geben, wenn er nicht sehen wollte, wie ich damit getötet würde. Weder stand Rafer LaMott vor der Tür noch sonst irgendjemand. Ich malte mir das Szenario aus – wie wir beide durchs Haus schlichen und scheinbar auf einen Angriff warteten, der nie käme. Brant konnte mich jederzeit erschießen, hinterher behaupten, er hätte mich für einen Einbrecher gehalten; er würde auf Notwehr plädieren und erklären, dass ich bis über beide Ohren zugedröhnt war, was zutraf. Noch während sich der Gedanke formierte, spürte ich, wie sich die Wirkung der Drogen um eine Stufe verstärkte. Ich konnte ihn überlisten. Er war stark, aber ich hatte mehr Erfahrung als er. Ich wusste alles, was er wusste, und noch ein bisschen darüber hinaus.

„Steht das Auto immer noch draußen?", fragte ich.

Brant trat ans Fenster, hielt das Gesicht dicht an die Scheibe und spähte nach rechts. „Einen halben Block weiter weg."

„Ich finde, wir sollten das Licht ausschalten."

Er musterte mich kurz und stellte sich wohl das Haus in völliger

Finsternis vor. „Sie haben Recht. Drücken Sie auf den Schalter. Ich kümmere mich um die anderen Lampen im Haus."

„Gut." Ich schaltete das Licht im Arbeitszimmer aus und wartete, bis ich ihn im Flur nach vorn gehen hörte. Dann schlich ich mich zum Fenster, drückte den Riegel zur Seite und schob es etwa fünfzehn Zentimeter hoch. Ich ließ mich auf alle viere hinab, tastete mich durch den Raum zu dem Wandschrank und drängte mich mit den Füßen voran in die Lücke unter den Bücherborden. Ein ideales Versteck. Ich war nun nicht mehr zu sehen. Die Zeit verstrich.

„Kinsey?" Brant war wieder da.

Stille.

Ich hörte ihn ins Arbeitszimmer kommen. Er musste in der Tür stehen und abwarten, bis sich seine Augen an die Dunkelheit gewöhnt hatten. Dann ging er zum Fenster hinüber und stieß dabei gegen einige Kisten. Ich hörte, wie er mit Gewalt das Fenster weiter aufschob und hinaussah. Ich war verschwunden. Er konnte mich nicht übers Gras rennen sehen. Er knallte das Fenster zu und schimpfte: „Scheiße!" Er musste eine Waffe bei sich haben, da ich ihn nachladen hörte.

Er verließ das Arbeitszimmer und brüllte dabei meinen Namen. Jetzt war er wütend. Jetzt kümmerte es ihn nicht mehr, ob ich wusste, dass er kam. Ich schob mich aus dem Schrank, ging zum Schreibtisch hinüber und zog so leise wie möglich die unterste Schublade auf. Ich nahm Toms Handschellen heraus und steckte sie in meine Gesäßtasche. Ich merkte, wie mein Machtgefühl anschwoll. Plötzlich war ich weit jenseits jeglicher Furcht und wütend bis zur Weißglut.

Als ich aus dem Arbeitszimmer in die Finsternis des Flurs trat, konnte ich sehen, wie er sich vor mir bewegte, sein Körperumriss schwärzer als das dunkelgraue Licht, das ihn umgab. Ich begann zu laufen, immer schneller, ohne dass meine Turnschuhe ein Geräusch auf dem Teppich verursachten. Brant spürte meine Anwesenheit und drehte sich um, als ich mich aufbäumte. Ich versetzte ihm einen heftigen Tritt in die Magengrube und brachte ihn damit auf Anhieb zu Fall. Ich hörte seine Pistole dumpf an die Wand poltern. Ich trat noch einmal nach ihm und erwischte ihn seitlich am Kopf. Schnell stellte ich mich über ihn. Ich hätte ihm den Schädel zerschmettern können, aber aus Höflichkeit hielt ich mich zurück. Ich zog die Handschellen aus meiner Hosentasche, packte die Finger seiner rechten Hand und bog sie nach hinten, um ihn gefügig zu machen. Ich legte die eine Handschelle um sein rechtes Handgelenk und machte sie zu, während ich grimmig vor mich hin lächelte, als der bewegliche Teil der Fessel einschnappte. Dann stellte ich meinen linken Fuß auf seinen Nacken, zerrte ihm den rechten Arm auf den Rücken und griff nach dem linken. Er war bewusstlos. Ich schloss beide Handschellen um seine Gelenke. Das alles, ohne zu zögern. Und im Dunkeln.

Das Licht in der Küche ging an. Selma erschien in der Tür. Sie trug immer noch ihren Pelzmantel, stand stocksteif da wie ein Soldat und starrte auf den Anblick vor ihr. Brant stöhnte mittlerweile. Blut rann ihm aus der Nase, und er rang um Atem. „Mom, pass auf! Sie ist mit Drogen voll gepumpt", krächzte er.

Selma trat rückwärts in die Küche. Ich wich den Flur entlang vor ihr zurück und hielt Ausschau nach Brants Waffe, als Selma wieder auftauchte, diesmal mit der Smith & Wesson in der rechten Hand.

„Stehen bleiben", sagte sie. Sie hielt die Waffe nun mit beiden Händen und hatte die Arme auf Schulterhöhe steif ausgestreckt. Ich ließ mich nicht beeindrucken, sondern ignorierte ihr kleines Schauspiel. Sie konnte ja nicht wissen, dass ich mich durch das Zeug, das ich intus hatte, völlig unverwundbar fühlte. Ich war restlos high – eine verblüffende Mischung aus Erregung und Unsterblichkeit.

„Sie werden mir meinen Sohn nicht wegnehmen!"

Ich war auch wütend auf sie. „Ich habe Ihnen doch gesagt, Sie sollen es aufgeben. Sie hätten die Finger davon lassen sollen. Jetzt haben Sie nicht nur Tom verloren, sondern auch noch Brant", sagte ich. Ich ließ mich auf alle viere hinab und tastete unter dem Stuhl herum. Wo zum Teufel war Brants Waffe?

„Sie sind vollkommen auf dem Holzweg. Ich habe Brant keineswegs verloren", erwiderte sie. „Und jetzt stehen Sie sofort auf. Tun Sie, was ich sage!"

„Sehen Sie Brants Waffe? Sie muss hier irgendwo sein."

„Ich warne Sie. Ich zähle bis drei, dann erschieße ich Sie."

„Tun Sie das", erwiderte ich. Ich kroch ins Esszimmer, überzeugt davon, dass sich der Revolver irgendwie unter dem Geschirrschrank verklemmt hatte. Ich berührte mit einer Schulter den Boden und griff so weit unter den Geschirrschrank, wie mein Arm reichte. Genau in dieser unerquicklichen Stellung – mit ausgebreiteten Gliedmaßen auf dem Bauch liegend, während Brant stöhnend und mit Handschellen gefesselt im Flur lag –, riskierte ich es, zu Selma aufzublicken, und sah in zeitlupenhaftem Erstaunen, wie sie das Gesicht verzog, die Augen schloss und abdrückte.

Ein greller Blitz und ein lauter Knall waren die Folge. Die Kugel flog mit tödlicher Geschwindigkeit aus dem Lauf. Das normale Mündungsfeuer aus dem vorderen Ende des Revolvers und die vertikalen, fächerförmigen Blitze am Spalt neben der Trommel waren von einem blendenden Gelb und wirkten viel zu intensiv. Brant hatte offenbar die erste Patrone mit einer viel zu hohen Zusatzdosis an Sprengstoff präpariert. Jetzt glaubte ich zu wissen, wer Judy Gelsons Liebhaber gewesen war, als sie damals ihrem Mann ein Loch in die Brust geschossen hatte. Die Kammer und der obere Steg waren zerrissen. Die Druckwelle hebelte die Trommel aus und schob sie auf die linke Seite des Revolvers. Die Patronenhülse wurde zerfetzt, und winzige Messingteilchen sprenkelten Selmas Hände, während sich Flocken unverbrannten Sprengstoffs auf ihr Gesicht setzten. Wie von Zauberhand zerplatzte zugleich sämtliches Glas in den Schranktüren – einschließlich der Kristallgläser und der Porzellanteller – wie ein Feuerwerk und bildete einen glitzernden Sternenregen aus fallenden Scherben.

„Wahnsinn! Ganz toll! Probieren Sie das doch noch mal", sagte ich.

Selma weinte, als ich zum Telefon ging und die Nummer der Polizei wählte.

HINTERHER erlaubte mir der Sheriff von Nota County, die Akten über die Morde an Ritter und Toth zu lesen. Rafer und ich setzten uns zusammen, und indem wir Toms Notizen mit anderen Daten zu diesem Fall verglichen, gelang es uns, den Verlauf von Toms Ermittlungen nachzuvollziehen. Die Ironie daran war allerdings, dass die Beweise, die er gesammelt hatte, nicht nur dürftig waren, sondern ausschließlich auf Indizien beruhten. Nichts davon reichte aus, um eine Verhaftung zu rechtfertigen, geschweige denn eine Verurteilung. Tom hatte erkannt, dass Brant einen Doppelmord begangen hatte, und er wusste, dass er das nicht auf Dauer für sich behalten konnte. Die Wahrheit zu enthüllen hätte die Zerstörung seiner Ehe bedeutet. Die Wahrheit zu verbergen hätte die Zerstörung alles anderen bedeutet, was ihm wichtig war. Tom war in aller Stille gestorben, und wenn Selma es dabei belassen hätte, wäre der Fall vielleicht damit ebenfalls begraben gewesen.

Brant wurde für das, was er mit mir gemacht hatte, wegen versuchten Mordes angeklagt und befindet sich derzeit gegen Kaution auf freiem Fuß. Selma hat einen Nobelanwalt engagiert, der ihm (natürlich) geraten hat, auf nicht schuldig zu plädieren. Ich nehme an, wenn es zur Verhandlung kommt, wird dieser Anwalt eine Methode finden, um die ganze Geschichte mir anzulasten. So funktioniert die Justiz doch heutzutage.

Mittlerweile steht Selmas Haus zum Verkauf, und sie verlässt Nota Lake. Die Stadt ist unversöhnlich, außerdem konnten sie die Leute dort ohnehin nie leiden.

Wenn ich in der Lage gewesen wäre, all diese Ereignisse vorherzusehen, hätte ich ihr geraten, sich die Zähne überkronen zu lassen, anstatt mich zu engagieren. Damit wäre sie besser gefahren.

Hochachtungsvoll
KINSEY MILLHONE

SUE GRAFTON

Foto: Bill Reitzel

„Vor allem gefällt mir an Krimis, dass am Ende jeder das kriegt, was er verdient."

Das Interesse am Schreiben wurde bei Sue Grafton schon in frühen Jahren durch ihren Vater geweckt, einen Rechtsanwalt in Louisville, Kentucky, der in seiner Freizeit Kriminalromane schrieb. „Nach Abschluss des Colleges riet mir mein Vater strikt davon ab, Jura zu studieren", erinnert sich Sue Grafton. „Er sagte, ich würde mich als Rechtsanwältin zu Tode langweilen." So führte ihr Weg zunächst nach Hollywood, wo sie zehn Jahre lang als Drehbuchautorin tätig war. Allerdings wurde ihr die „Fließbandproduktion" von Drehbüchern unter ständigem Zeitdruck immer mehr zur Last, und erst als Reaktion auf das Scheitern ihrer Ehe fand Sue Grafton zu ihrer eigentlichen Berufung. „Während des schrecklichen Scheidungskriegs und Sorgerechtsstreits lag ich nachts oft wach und überlegte, wie ich meinen Exmann am besten abmurksen könnte", erzählt sie. „Aber natürlich wusste ich, dass ich das im wirklichen Leben niemals fertig bringen würde." In dieser Lage wurde das Krimischreiben zum idealen Ventil.

Im Lauf der Jahre hat Sue Grafton 16 Romane mit der flotten Privatdetektivin Kinsey Millhone als Hauptfigur erschaffen, die bereits in 26 Sprachen übersetzt wurden. „Durch Kinsey kann ich eine Art zweites Leben führen, und das empfinde ich als großartige Möglichkeit", erklärt die Autorin, die inzwischen drei Kinder und zwei Enkelkinder hat. „Ich bin froh, dass meine dritte Ehe ein richtiger Glücksgriff war und ich nunmehr schon seit zwanzig Jahren verheiratet bin, aber wenn ich mich Tag für Tag zum Schreiben an den Computer setze, dann träume ich mich hinein in Kinsey Millhones Singleleben und gerate dabei in die haarsträubendsten Situationen."

WINTERSONNE
Originalausgabe: *Winter Solstice*
erschienen bei St. Martin's Press, New York

ZEIT DER RACHE
Originalausgabe: *The Visitor*
erschienen bei Bantam Press, London

DER REITER VOM BAIKALSEE
Originalausgabe: *Le Cavalier du Baikal*
erschienen bei Editions Albin Michel, Paris

KOPF IN DER SCHLINGE
Originaltitel: *N is for Noose*
erschienen bei Henry Holt and Company, New York

Übersetzer:
Wintersonne: Ursula Grawe
Zeit der Rache: Rüdiger Hipp
Der Reiter vom Baikalsee: Ingrid Frieling
Kopf in der Schlinge: Ariane Böckler

Illustrationen und Fotos:
Wintersonne: S. 4 (links), 6/7, 8: Nägele/IFA-Bilderteam, S. 6: Sergio Martinez
Zeit der Rache: S. 4 (rechts), 164/165, 166 und Kapitelvignetten: Images Colour Library; Joseph Nettis/ Courtesy of Stock, Boston; Fotomontage von John Calvert
Der Reiter vom Baikalsee: S. 5 (links), 330/331 und Kapitelvignetten: Erich Lessing/Archiv für Kunst und Geschichte
Kopf in der Schlinge: S. 5 (rechts), 434/435, 436: Hubertus Mall

Die ungekürzten Ausgaben von *Wintersonne* und *Kopf in der Schlinge* sind im Buchhandel erhältlich.
Zeit der Rache wird in Bälde im Buchhandel erhältlich sein.